連《れん》歌《が》辞《じ》典《てん》

廣木一人◉編

東京堂出版

はじめに

連歌とはどのようなものかご存じでしょうか。僧正遍昭という名はご存じでしょうか。九世紀の後半に活躍した僧で、六歌仙の一人として歌人としても著名な人です。晩年、僧正という高位に就きましたが、なかなか洒脱な人だったようで、同じ六歌仙の一人で美人の誉れ高い小野小町との間柄も取りざたされています。『百人一首』に採録された、

天つ風雲の通ひ路《ぢ》吹き閉ぢよ乙女の姿しばしとどめむ

という宮中の舞姫を詠んだ歌も有名です。

この遍昭については平安時代に書かれた『大和物語』中にいくつかの逸話が残されていて、そこには出家前、良岑《よしみね》宗貞《むねさだ》と名乗っていた頃のこととして、次のような話もあります。

宗貞（遍昭）がある時、ある女房に「今宵逢いに行くから」と言うと、その女房は化粧をきれいにして宗貞を待っていた。ところが宗貞はいつまで経ってもやって来ない。そのうちに「丑三つ時」になったと夜回りの者が告げて行くのが聞こえた。女房は業を煮やして次のような手紙を宗貞に送ります。この辺りから原文を引用してみましょう。

「丑三つ」と申しけるを聞きて、男のもとに、ふと言ひ遣《や》りける。

人心うしみつ今は頼まじよ

と言ひ遣りたりけるに、驚きて、

夢に見ゆやとねぞ過ぎにける

とぞ付けて遣りける。しばしと思ひて、うち休みけるほどに、寝過ごしにたるになむありける。

女房の五七五の歌(句)に対して宗貞は七七の歌(句)で返答しています。五七五と誰かが詠み、七七と別の者が応ずる、これが連歌(細かく言えば短連歌*)です。少し説明を加えると、丑の刻は現在の午前一時から三時くらいです。その二時間を四等分して一つ、二つと数える。「丑三つ」は午前二時から二時半頃ということになります。実は、この夜、宗貞は午前一時までの夜回り係でした。その仕事が終わって、気持ちがゆるんでうとうととしてしまったのです。その時に、くだんの女房から詰問の手紙が来た。もう「丑三つ」になったのに、約束はどうしたのか、あなたの言うことなどもう信じない、私につらい思いをさせるだけではないか、というのです。「うしみつ」に「丑三つ」と「憂し見つ」の意味が掛けられていることに気づかれたでしょうか。

宗貞の弁解はこうです。約束は破ろうとして破ったわけではない。あなたのことを夢にみるのではないかと思ってうとうととして時を過ごしてしまっただけです。こんな言い訳が通用したのかどうかは知りませんが、宗貞の句にも「子《ね》」と「寝」の掛詞が使われているのに気づかれることと思います。「子」の刻(午後十一時から午前一時頃)を寝過ごし、「丑」の刻になってしまったというのです。機知に対して機知で応える。世慣れた男女であれば、二人のぎくしゃくはこれでよしとして解消したのでしょう。はじめから、単なる恋愛ごっこだったのかも知れません。

もう一つ、今度は室町時代、連歌最盛期のこれも短連歌の例を挙げてみましょう。寛永年間(一六二四〜四四)に刊行された笑話集『醒睡笑』*に載せられた宗祇*の逸話です。

宗祇が東国の旅の途次、あるお堂で一休みしていた時に、その堂守から発句*を言いかけられた。その発句に句を付けよ、というのです。短いので全文を引いてみます。

宗祇東国修業の道に、二間四面のきれいなる堂あり、立寄り、腰をかけられたれば、堂守の言ふ。「客僧は上方の人候ふや」。「なかなか」と。「さらば発句を一つせんずるに、付けてみ給へ」と。

新しく作りたてたる地蔵堂かな
物までもきらめきにけり

と付けられし。「これは短いの」と申す時、祇公、「そちの弥言《いやこと》にある〈かな〉を足されよ」とありつる。

堂守の発句は五七五でなければなりません。宗祇の方は七七でなければならない。ところが宗祇の句は五七となっていて音が足りない。堂守はそれを「短い」と咎めます。宗祇の答えはこうです。

堂守の句は五七五でなければならないのに、最後が七音(字)になっていて、「かな」の二音が余分になっている。したがって、余計な「かな」を自分がもらうことにした、と言うのです。これで宗祇の句は「かな《金》物までもきらめきにけり」となります。因みに「なかなか」は承知した、「弥言」は余分な言葉という意味です。

落語のもとになったとも言われる『醒睡笑』には宗祇をめぐる逸話が多く載せられています。これは当時、宗祇が著名人であったことを意味します。先ほどの短い逸話の中にも当時の人々の、連*歌師と知った上での宗祇観が窺えます。まず、連歌師であること。連歌師は旅行く人であるということ。僧形をしていたということ。機知に富んだ者であること、などです。

連歌そのものに関しても重要な事柄が示されています。これは遍昭らの連歌でもそうでしたが、まず、五七五と誰かが詠み、それに誰かが七七と応ずる、というのが基本的な形であること、それを「付ける」と述べています。それから『醒睡笑』ですが、発句には「かな」が必要だという認識があったこと、などです。「かな」は発句に必要とされた「切字*」の代表格です。堂守はその必要性を知っていたがゆえに、字を余らせて「地蔵堂かな」とやってしまったと考えられます。

ここまで読んできた方の中には、もしかすると、これは芭蕉に似ていると気づいた方もいるかも知れません。その直感は正しい。芭蕉は一般に俳諧師とされていますが、「俳諧*」とは正確には「俳諧連歌」のことです。つまり、芭蕉は(俳諧の)連歌をその文学の本分としていたのです。芭蕉は紀行文『笈の小文《こぶみ》』の中で、「つひに無能無才にしてただこの一筋に繋がる」と述べ、それは西行・雪舟・利休、さらに「宗祇の連歌」に連なるものだとしています。芭蕉は自分の文学に直接繋がる人物として宗祇の名を挙げ、その跡を慕うように『笈の小文』の旅に出、『奥の細道』の旅にも出たのでした。

幾分、連歌というものがお分かりになったでしょうか。何だ、洒落のやり取りではないか、寄席での余興でやるような謎かけと同じではないか、と思われたかも知れません。その思いもほぼ適切です。連歌はこのようなものを出発点にして、常にそれを底流に置いて、発展し、長く連ねるようになり、文芸化、高度化しました。宗祇の名誉のために、代表作『水無瀬三吟百韻』*の冒頭部を少し挙げておきます。

1　雪ながら山本霞む夕べかな　　宗祇
2　行く水遠く梅匂ふ里　　肖柏*
3　川風に一むら柳春見えて　　宗長*
4　舟さす音もしるき明け方　　宗祇

（略）

続きを省略しましたが、このように連ねていって百句まであります。このような形が連歌完成時のものでした。細かい説明は省きますが、遥かかなたには雪をいただいた山頂が見え、その裾の方は春を感じさせる霞がたなびいている、というのが第一句(発句)の意味です。その山からは雪解け水が流れ、その水辺の里には梅が匂っている、と肖柏は「付け」ています。宗長はそこからさらに柳の風に吹かれる新緑を見出し、そこにこそ春が見える、と印象的に詠んでいます。再び登場した宗祇は、その川に船頭を「付け」、まだ朝靄の中、その棹さす音のみが聞こえてくると、何かの物語を予感させるような、感覚的な句を作っています。視点が遠い山頂から山裾へ、柳の新芽へと絞られてきて、その後イメージが転換して、人物が描かれ、生活が語られる、と連なっています。

二人の機知の応答で始まった連歌はこのように誰かが作った一句の意味、それを詠んだ人の呼吸ともいうべきものを別の人が受け取って、それに応じて「付ける」、また、そこから別の人が同様に続けて、百句連ねるようになったのです。

濃密で、しかも心温まる時間、丸一日を、戦国武将たちも争乱の中で過ごし、連歌の時間の流れの中に身を置き、現実から離れ、別世界に遊びました。文学論風に言えば、虚の世界を構築することで、現実を超えた普遍的な真なる世界を模索したのです。

このような連歌*(百韻連歌)は鎌倉初頭には完成し、特に南北朝・室町期に質、量ともに最盛期を迎えました。天皇・将軍から庶民にいたるまで、全国津々浦々に広がりました。俳諧(の連歌)まで入れれば、それは明治中頃まで六百数十年間、日本の文芸の中で、和歌とともにもっとも重要な形態でした。現代に繋がる日本文化の総体との関わりから言えば、和歌を超えると言ってもよいかも知れません。

しかし、明治中期を境に瞬く間に世から忘れられていきました。理由はいくつか考えられますが、一言で言えば、連歌が近現代の文学観に適合しないと見なされたからです。

後年、連歌研究のみならず中世文学・書誌学の泰斗として名の知られるようになった伊地知鐵男の若い折の経験談に次のようなものがあります。昭和十年頃、熱田神宮*でのことです。

福井先生の紹介をいただいて、名古屋の熱田神宮に立寄ったのである。社務所に行って案内を乞うと、二十七、八の袴を着た人が取次に出てこられたので、私としてはできるかぎり鄭重な詞遣いで、当社にある連歌資料を拝見できないだろうかという意味のことを伝えた。ところが、その人は暫く怪訝な顔をしていたが、「レンガですか、さあ、当社にはレンガはあまりありませんが、裏に少しある程度です」との返事だった。私は唖然として次の句がつげなかった。連歌が煉瓦にうけとられてしまったらしい。（『伊地知鐵男著作集Ⅱ』中「連歌歴雑感」）

熱田神宮は日本武尊を祀り、そのことで連歌にきわめて縁の深い神社です。中世後期以後のものですが、そこに奉納された連歌が今も多く残されています。熱田神宮はその後、その価値に気づき、『熱田神宮奉納連歌』と名づけて所蔵の連歌資料を公刊しましたが、その社人にして昭和十年頃には連歌の何たるかが分からなくなっていたということなのです。

実は連歌研究はこの伊地知の前世代にあたる福井久蔵・山田孝雄・能勢朝次という大正から昭和

前中期に日本文学研究全般にわたって多くの業績を上げた研究者によって、切り開かれつつありました。それにもかかわらず、一般社会にはほとんどその存在さえ知られていなかったのです。

連歌研究はその後も、先の伊地知のみならず、金子金治郎・木藤才蔵・島津忠夫といったこれも昭和後期から平成初めにかけて中世文学研究全体を領導したと言ってよい人々によって、さらに深められていきました。それらの先学によって、連歌の世界がいかに広範で重要な文芸であるかが示され、西欧も含め、こころある現代詩人にも注目されてきました。しかし、現在でも、連歌という存在、ましてやその文芸形態を知っている日本人はほとんどいないと言っても過言ではありません。

この責任がどこにあるのかの詮索はむなしい行為でしょう。二〇〇四年に出版された『可能性としての連歌』の「あとがき」で、その著者である小説家高城修三さんは「短連歌(一句連歌)の発生から中世連歌、近世俳諧、近代連句論への展開を一つのものとして説く一般書がほとんどないことに、少なからず不満を感じていた」と述べています。そんなはずはない。先に挙げた研究者も、末端に連なる私も一般向けに発言してきたつもりであったのだが、と思いつつ、これまでの発言がそう思われるようなものであったことは反省すべきなのだと思います。少なくとも高等学校での古典の授業で連歌を学んだ人は皆無に近いと思います。大学の日本文学の専門課程に進んでさえ、と述べていくと責任転嫁になりますが。

とは言うものの実は、現在、連歌は意外に盛んなのです。どこの話かと疑われるかも知れませんが、主としてインターネット上での話です。これには高城さんらの実践という功績も含め、ネット上に多くの連歌会が開かれ、不特定多数の人々が連歌(らしきもの)を作っているのです。先ほどのレンガの話は何だったのかとさえ思われるほどです。全国連歌大会というものも催されています。連句と明治以後、名を変えて連歌よりは存続してきた俳諧(俳諧連歌)の方はもっと盛んになっています。こちらはインターネットだけでなく、それまで分裂していた各地・各流儀の団体の多くが結集し、一九八八年には連句協会(母体は一九八一年)という全国組織も結成されました。

連歌が現代の着物をまとって楽しまれることは嬉しいことです。しかし、このような時であるからこそ、元来の連歌の様相を知ってもらいたい。既に幾ばくか関心があり、実作さえなされている方々には、それを知ってもらった上で、新しい方法、内容、文芸性を追求してほしいというのが、私の願いです。よけいな差し出口を言うな。自分たちは自分たち流に楽しむ、と言われるかも知れませんが、連歌の日本文学・文化における重要性を改めて確認した方が、安心した心境で楽しめるだろうと思いますし、新たな発見があるかも知れません。まして、連歌などまったく知らなかった方々には是非ともその存在、ユニークさも含めてその価値を知ってほしいと思います。

私自身は過去の連歌の復活を願っているのでありません。実作者ではありませんし、中世末期時点での連歌の文学としての行き詰まりは認識しています。だからこそ、俳諧の登場が必要であったし、近代当初にはそれらを葬ることの時代的要請もあったのだと思います。しかし、だからこそ、近代が置き去ってきたものがあるのではないか。文学というものは何であったのか、どうあるべきかを模索する時に、連歌を知ることがきわめて役立つと考えています。

連歌は言葉と言葉での人間同士の生き生きとしたやり取りです。『去来抄』に見える芭蕉の言葉を借りれば、連歌は「文台、引き下ろせば即ち反故」(生成する場を離れたら無意味)とされたものでした。連歌は、「言葉」というものを存在の根にしている「人間」というものを知るための契機にもなるとも思えてしかたがないのです。

連歌とは何かをなんとなくお分かりいただけたかと思いますが、本書を有効に利用していただくために、次に、繰り返しになるところもありますが、改めて連歌の概説をしておきます。それを手がかりに、詳細は辞典項目にあたってほしいと思います。なお、便宜のために、辞典項目に取り上げた言葉には＊印を付けておきました。

この辞典は家弟東京堂出版常務廣木理人の勧めによったものです。また、校正等では飯泉昭平さんにお世話になりました。記して謝辞にかえます。

二〇〇九年初秋

廣木一人

本書を使う人のために

一、本書は入門辞典としても使えるように、はじめに「連歌概説」を置いた。

二、「はじめに」「連歌概説」中、辞典編にある用語には＊を付け、両者を合わせて見ることで連歌全般について詳しく知り得るよう工夫した。

三、辞典編の解説は簡潔に記すように心がけ、どの項目もあまり字数に差が出ないようにした。さらに詳しい知見は、＊印を付した項目を参照することによってかなえられるように工夫した。

三、＊印は辞典編に項目を立てたものに付けたが、「連歌」など頻繁に出現する用語には、煩わしさを避けるために一々付けなかったものもある。

四、連歌に関わる書の中に、連歌論書・連歌学書と区別して呼ぶべきものがあるが、どちらに属するか判断が困難なものが多いので、これらは辞典編の解説では一括して「連歌書」と記載した。

五、辞典編の人名の項目解説には、「公家」「武家」などと、その人柄を知る手だてとしておよその社会的立場を記したが、絶対的なものではない。特に「連歌師」という記述は便宜的なものである。

六、連歌作品・連歌書は翻刻のあるものにほぼ限定して取り上げ、それぞれ所載書を記した。

七、解説に引用した古典籍は古典かなづかいで記した。また漢文は訓読して記したものがある。

八、本書末には主要参考書一覧・重要語句索引を付した。

連歌概説

一　連歌の種類

三種類の連歌

連歌と呼ばれている文学はその形から大きく三種類に分けることができる。*短連歌《たんれんが》、*鎖連歌《くさりれんが》、*長連歌《ちようれんが》(*定数連歌《ていすうれんが》)である。この三種類の連歌は発展史の上では、短連歌→鎖連歌→長連歌と進展した。ただし、鎖連歌が成立したからといって、短連歌が作られなくなるわけではなく、それは鎖連歌と長連歌の関係でも同じである。それぞれ性格を異にするところがあり、特に短連歌は独自の役割を持つものとして、長連歌の時代になっても作りつづけられた。ただし、一般に連歌と呼んだ時は長連歌を想定していることが多い。特に連歌論書・連歌学書などで言及されているものは長連歌であり、現在の研究などにおいても同様である。したがって、長連歌のしくみについては後の節で少し詳しく解説したいが、ここでは、短連歌と鎖連歌および長連歌の外形について簡単に触れておきたい。

短連歌

まず、短連歌であるが、これは五七五七七の短歌形式が二分割されて、一方をある者が詠み、もう一方を別の者が前者に関わらせながら詠む、という形をいう。古くは、分割の位置はさまざまであったが、完成した折には、一方が五七五の句で、もう一方が七七の句と定まった。この両者の順が入れ替わるものがあるが、基本的には、五七五に七七が付く、という形である。二つの句が付いた時点で、外見上、短歌形式と同じ形になる。そこで、短歌の合作ではないこと、それぞれの句が独立しつつ、互いに関わるという点が追求されて完成を迎えることになった。

鎖連歌

次は鎖連歌であるが、こちらは短連歌にさらに一句以上の句が付いた形をいう。五七五・七七・五七五…の形である。七七から始まるものもあったらしいが、完成した形としては、五七五が先頭にくるものであった。どこまで繋げるかは定まっていず、数句で終わるものがほとんどであったと思われる。詠み手は二人以上であれば何人でもよく、これも定まっていない。しかし、たとえ二人によって詠まれた三句であっても、短連歌との相違は決定的で、鎖連歌の考案によって、連歌は見た目の上からも短歌と決別することになった。その点で鎖連歌の存在は連歌史上きわめて大きな意味を持つ。ただし、この形式は後後も、偶発的に人々が連歌を詠み合った時などに出現することが往々にしてあったものの、長連歌に対して短連歌ほどの独自性を持たないために、長連歌に座を譲った過渡期の残滓として、長連歌完成後はそれほど注目されないものとなった。また、長連歌を作る予定であったのが、何かの都合により、途中で終わってしまったもの、当時の記録では「一折《ひとおり》」などと呼ばれているものは、形の上では鎖連歌と類似するが、それは一般には鎖連歌とは呼ばない。

長連歌

長連歌は定数連歌と言えるもので、鎖連歌から発展して、ある定まった数の句を続けることを前提にして作られた連歌である。五七五の句から始まり、七七句で終わることからその数は必ず偶数となる。成立過渡期には五十句、百二十句なども見られたが、百句の形式をその完成形とする。後世、四十四句(*世吉《よよし》)、三十六句(*歌仙《かせん》)など幾つかの形が生まれたが、単に連歌と呼べば百句の長連歌のことをいう。この形式は「句」の替わりに「韻」の語を用いて「*百韻(連歌)」とも呼ばれた。また、完成したものを一巻とも称した。

なお、明治になって、*俳諧連歌を連句と称するようになったが、連歌に関してはこう呼ぶことは現在までない。

二　連歌のしくみ

形　態

普通、単に連歌と呼ばれる百韻連歌について、簡単にそのしくみを説明しておく。

連歌は五七五から始まり、七七をそれに付け、またそれに五七五を付け、というように作られていく。それぞれを一句(韻)と数えて百句(韻)続ける。最初の五七五を出発の句という意味で「*発句《ほっく》」と呼び、次の七七を「*脇(句)」と呼んでいる。その次からは数字で「第三(句)」「第四(句)」と呼ぶ。ただし、最後の百句目は終わりの意を込めて「*挙句《あげく》(揚句)」という。これは現在、「挙句の果てに」と使われる言葉の語源となっている。

人　数

何人で行うかは定められていないが、十人前後が一般的である。つまり、ある者が五七五の句を詠んだら、別の者が七七の句を詠む。*一巡(順)などと呼ばれ、最初の一回は全員が順に詠むことが多いが、その後は句を思いついた者が詠むのが普通で、「*出勝《でがち》」などと呼ばれている。つまり、最後まで進んだ時(*満尾《まんび》した時)、常識的には上級者の句が一番多いということになる。

一人だけですべてを詠むのを「*独吟」と呼ぶが、これは特殊なものである。二人で行うのは「両吟」、三人のものは「三吟」などと言っている。

付合

問題は「七七をそれに付け」と前述した、その「付け」の方法である。この「付け」が連歌を成り立たせる根幹であり、短歌と同じ形に見える短連歌も連歌である以上、この「付け」の方法によって二句が付けられていたことになる。短連歌と長連歌は一見する形は相違していても、文学的方法として、「付け」という方法により作られているという点で共通するものと言えるのである。

「付け」は連歌理論において「付合《つけあい》」*と呼ばれもした。「付合」は二句の関係、はじめの句を「前句」*、それに付けられる句を「付句」*というが、その前句と付句の付けられ方の方法を言い、また、その方法で付けられた二句(前句と付句)の作品のことも言った。連歌はどれほど長く繋がろうとも、常に「前句」と「付句」を基本単位としている。つまり、その関係が次々に移動しながら百句を形成することになる。したがって、完成した百句に一本の筋はないし、統一された主題も思想もない。それぞれの句は半ば独立し、多様な内容を表出して、それが連なって一つの作品を形づくるのである。

付合の方法

したがって、中世連歌論書において言及されることの多くは、この「付合」の解明、もしくはその方法の解説であった。その方法は大きく、内容(意味)の関わりか、言葉の関わりか、漠然とした情趣によるか、の三つに分けられる。内容でということで言えば、前の句の内容をそのまま引き継ぐか、逆の立場を詠むかなど多くの方法が考えられた。言葉のことで言えば、前句中の或る言葉と何かしらの関わりを持つ言葉を付句で詠み込むということが考えられた。特に、漢籍を含めた古典文学に関わって関連があるとされた言葉と言葉の関係を「寄合」*と呼んだ。前句と付句の微妙な関係を表現するのに寄与する「てには」*の使い方も重要で、これも連歌論書の中心的課題の一つであった。

「付合」の方法はさまざまであり、そこに連歌の独自性があり、連歌を詠む者、それを享受する者の楽しみがあった。他の者が分からない付合では意味がないし、平凡なものは面白みがない。付合の妙味こそが連歌を隆盛に導いた最大の要因であったのである。

式目

ただし、このように連歌の根幹が「付合」にあるとすると、百句のうちで、同じような内容・言葉の連想が出てくる恐れがある。連歌は常に「前句」と「付句」との関係であると述べたが、そうであれば、Aという「前句」とBという「付句」の連想と同じ連想によって、再びAと同じ句が作られることも起こってくる。例えば、「梅」の句→「鶯」の句→「梅」の句、というような繰り返しである。連歌が「付合」を基盤にして長く繋げられるものである限り、このような事態が起こることを避けることはできない。しかし、これでは百句作る意味はない。そこで考え出されたのが、それを禁止する規則であった。それを「*連歌式目《しきもく》」と呼んでいる。この規則書には同じ連想を繰り返してはならないとする「*輪廻《りんね》」「*遠輪廻《とおりんね》」の総括的禁止事項から、個々の語彙の使用制限などに至るまで、詳細な事柄が記載されている。

例えば、「蛍」や「松虫」などの虫類が頻繁に詠み込まれてはならないなども規制された。そのためには日本語の語彙を分類する必要も生じた。はからずも、「連歌式目」は*体・用《ゆう》(体言・用言)の概念も含め、日本語語彙分析に関しての重要な役割も果たすことにもなった。このような規制は繁雑と言えるものであるが、しかし、これが連歌という付合文芸が成り立つことを保証したと言ってよい。

行様

また、全体のバランス(*行様《ゆきよう》)ということも重視された。深刻な作品ばかりが連なったり、凝った技巧的な句が続いたりすると参加者(*連衆《れんじゅ》)は食傷してしまう。連歌においてすぐれた句とは、必ずしも一句のみの文学性によるのではなかった。時には次の句(付句)を引き立たせる作品を詠むことを求められたし、類似した情趣が続いた折には、強引にでもそこから抜け出る句が要求された。そうでなくとも、連歌の作品は付合(前句と付句の関係)の中ではじめて、連歌作者としての手腕・文学性が見えてくるものであった。したがって、連歌作品の評価は一句だけを取り出して云々しても意味がない。あくまでも付合、さらには全体の流れの中でどのような位置を占めるのかが肝心なことであったのである。

芭蕉は、連歌の後継文芸の俳諧に関してではあるが、「発句は門人にも作者あり。俳諧は老吟の骨」(土芳『三冊子』)と述べ、発句一句ではなく、俳諧(の連歌)という句々の連なりの中にこそ、自分の真価があると自負している。

三　連歌会について

会席の文芸

連歌が人々の連想による文芸であるということは、言うまでもなく、人々がある場所に集い、その中で生成したということである。それ故に、「*座の文芸」「会席の文芸」などと呼ばれている。その具体的ありようは、*会席作法書類に記述されていることからおよそ判明する。以下、それらを参考にして、簡単に連歌が作られていく実際を説明しておきたい。

会の進行

まずは、会の前に、連歌会を催そうとした者、主催者(亭主)が参加者に案内を出すことが必要であった。特に重要なのは連歌そのものの責任者である「*宗匠」と、連歌作品を*懐紙に書き留めるなどの実務を担当する「*執筆《しゅひつ》」の招聘であった。

会が始まるとこの執筆が*文台《ぶんだい》と呼ばれる机を座敷の正面に運び、宗匠の横に座し、筆録の準備をする。墨を摺る、四枚の料紙(懐紙)を取り上げて横長に折り使用できるように調える、などである。その後、執筆は発句が出されたら、それを吟じ、懐紙に書き留める。以下、同様の繰り返しであるが、「*賦物《ふしもの》」や「*端作《はしづくり》」の記載のこともあった。最後には懐紙四枚を紙縒《こより》で綴じ、文台を片付ける。*出句《しゅつく》の受け取り方、吟じ方など細かな作法（*執筆作法）があり、その点で執筆は連歌会の花形であった。

参加者（連衆）の方も自分の句を提出する時の作法など心得なければならないことが幾つかあった。優れた作品が出された時に皆で吟じ合うなどということもあった。その他、主催者や宗匠のふるまいなど、その場にいる者がさまざまな所作を伴って連歌が進んでいった。その点で、連歌会は文学という営為の作り出す劇場空間であったと言える。

部屋・時間

以上のように連歌会は進行するのであるから、かなりの時間を、ある人数の者が一つの部屋に集って共有する必要があった。その時間・空間を楽しんだと言った方が正確であるかも知れない。そのためには、参加人数が十人前後だとすれば、その人数が適度な余裕をもって、二列に並んで座するだけの大きさの部屋が必要であった。最低十数畳の部屋が理想的で、室町将軍家などで使われた部屋は十八畳が普通であったと考えられる。

時間は六時間から八時間が標準的であったらしい。それだけの時間、十数名が一つ部屋に集まるのであるから、格式のある連歌会ほど、集いを心地よいものにしなければならなかった。「会席の文芸」ということはそのような用意も含んでの謂いである。

総合的文化

部屋自体、その装飾（*会席荘厳《しょうごん》）、部屋から見える外の景色、つまりは庭なども含めた空間的な居心地の良さも求められたはずである。日本家屋のあり方の典型として後世まで続く、座敷・押板（床の間）・掛軸・*立花《たてばな》・*香・庭園などの完成の時代と連歌盛行の時期が重なっているのは偶然ではない。また、長時間を要したために、飲食も必要であった。料理・酒・茶*・菓子などという、これも日本の伝統的飲食物と密接な関係を持った。連歌師*が茶道や香道に深く関わったのも、さらにそれらの精神的基盤の多くが連歌から影響を受けたのも当然のことであったと言える。

また、このような集い（寄合）が常日頃の日本の会席のあり方、作法と深く結びついていたことも特筆すべきことであろう。連歌が後の茶道の会席のあり方を先取りし、それが引いては一般の人々の会合の作法を形づけたとさえ言える。室町中期の連歌会席の注意事項を記した『会席二十五禁*』の末尾には、この注意事項は連歌の席に限ることではない、と述べられている。

四　連歌の歴史

発生期

このような連歌がどのような史的過程を経て完成していったのかも簡単に見ておきたい。連歌は前述したように短連歌・鎖連歌・長連歌（定数連歌）と展開してきた。もっとも早い短連歌は、『日本書紀』に載る、日本武尊《やまとたけるのみこと》と秉燭者《ひともせるもの》の問答（*酒折宮《さかおりのみや》問答）とされたり、『万葉集』巻第八に載る大伴家持と尼の問答とも言われている。どこに連歌発生の原初を置くかは連歌の定義と関わり難しいことであるが、連歌隆盛の基を築いた二条*良基《よしもと》は酒折宮問答を重視して、その連歌中の言葉を取り、連歌を「筑波の道*」と呼んだ。平安時代にこのような短連歌が公家などの間で広く行われようになり、現存する日記・物語・説話集などの文学作品に多く記録されることとなる。『拾遺和歌集*』などの勅撰和歌集にも採録された。ただし、その理論づけは十二世紀に入ってからであり、源俊頼*の『俊頼髄脳*』によってである。

平安後期

この短連歌に三句目が付いて、鎖連歌に発展したのがいつかもよく分からない。それは『今鏡』などに記録されていることなどから判断すれば、俊頼の時代とほぼ同じ、十二世紀初め頃のことであったらしい。以後、鎌倉期にかけて行われるようになったが、この時代の作品や記録はほとんど残されていず、その実態は不明な点も多い。

鎖連歌が生まれ、連歌が長く続けることのできる文芸形態であることが認知されてから、百韻連歌の完成まではあまり時間を要していない。まとまった文学作品を志向し、形式として、規模の大きい調ったものにしようという意識はすぐに生じたと考えられる。

鎌倉期

長連歌(定数連歌)として記録で確認できる早いものには、五十句のもの、百二十句のものなどがあるが、百にほぼ固まってきたのは鎌倉初期で、現在、確かめられるものでもっとも早い記録は、藤原*定家の日記*『明月記』の中の一二〇〇年のものである。当時は*後鳥羽院の御所で盛んに連歌が行われており、その中で次第に形式などが調えられていった。その時期は*『新古今和歌集』が編纂された時期とほぼ重なり、参加者は新古今歌人が中心であった。このことからも後世まで連歌が『新古今和歌集』の和歌のあり方から影響を受けつづけたのは当然のことであったと言える。

以後、連歌はその遊興的な側面もあって、公家および上層武家から民間へと広まっていった。*花《はな》の下《もと》連歌師の出現もその一つであり、鎌倉末期頃になると、*地下《じげ》連歌師と呼ばれた人たちが連歌界の表面に躍り出てくる。かれらは半ば職業連歌師と言ってよいような存在で、日本において文学を主たる職業とする者の先駆けとなった。連歌の重要性はここにもある。

この時代の連歌はさまざまな文献に記録されているが、残念ながら「会席の文芸」である性格上、作品は破棄されてほとんど残されていない。

南北朝・室町初期

連歌が社会的な認知度を高め、その方法が理論化し、また、文芸化とともに作品もある程度保存されるようになっていくのは南北朝期に入ってからである。それは、地下連歌師の第一人者であった*救済《きゅうぜい》と、公家社会の第一人者であり、和歌も含め当時最高の文化人であった*二条良基の力による。二人による第一准勅撰連歌集『*菟玖波集』の編纂は画期的で、隆盛の面でも社会的評価でも和歌に匹敵するほどになっていった。足利将軍家の愛好も重要で、*北野天満宮連歌会所の設立など、連歌は幕府の公的な文芸へとその社会的地位を高めていく。この連歌のありようは*豊臣秀吉政権を経て、徳川幕府に継承され(*柳営連歌)、連歌は幕末まで武家の文芸として存続することとなった。

室町中・後期

室町中期は連歌が頂点に達した時代である。特に第二准勅撰連歌集『*新撰菟玖波集』の編纂はその記念碑といってよい。その撰集の中心に位置している*七賢および編纂に携わった*宗祇・*肖柏・*宗長・*兼載らは多くの連歌論書・学書も書き残し、連歌を文学史上ゆるぎないものにした。*心敬は『*老のくりごと』の中で「歌道廃れしよりは、世人みな連歌に心を移し、一天に満てり」と述べている。

この時期以後の連歌を見ていく上で重要な事柄は、連歌が公家や連歌師などの特殊な階層だけに行われていたのではないということである。おそらく文字を理解するほどの者であれば、その多くが連歌を嗜んだと思われ、庶民の連歌愛好の様子は幾多の狂言にも描かれている。地方を含めた武士も同じで、細川管領家(*勝元など)・*大内家・三好家(*長慶など)・上杉家・太田家(*道灌など)・*今川家・*尼子家・*朝倉家・*能登畠山家・毛利家(*元就など)・織田家など、名だたる守護大名・戦国大名はその居城などで頻繁に連歌会を催したことが分かっている。居館に*連歌所(屋)を設けていた大名もあり、かれらは自邸へ都の著名な連歌師が来訪してくれるのを心待ちにしていた。この熱狂とも言える流行は日本の文芸、さらには文化の広範な普及、充実をもたらしたと考えられる。

近世期

　連歌は安土桃山期にも盛行していたが、近世に入ると新しい社会の担い手の登場とともにその隆盛の座を次第に俳諧に譲っていった。しかし、俳諧は連歌の後継であり、その文学的方法は同じである。また、座を譲ったと言っても、多くの大名家や城下町などでは俳諧とは別に、連歌が行われ続けられていたことも近年、再認識されつつある。徳川幕府の柳営連歌は勿論のこと、福岡の黒田家(*福城松《ふくじょうまつ》連歌)、仙台の伊達家(*七種《ななくさ》連歌)、*金沢藩高岡などはその典型である。*佐渡のような地方では連歌が明治・大正・昭和初期まで行われ続けられた。

　俳諧のことで付け加えれば、俳諧は連歌を基盤にして成り立ったのであり、初期俳諧を領導した*貞徳も*宗因も元来、連歌師であった。芭蕉の文学も連歌を無視してはその真髄を明らめることはできない。俳句が連歌の発句を基としていること、それに伴って言及される、後に歳時記の形で日本文化の基盤の一つとなる*季の題(*十二月題)が連歌において体系化されたことも重要である。それらを考慮に入れれば、連歌の存在は現在まで繋がっていると言えよう。

五　連歌句集・連歌論書

連歌は連歌が行われたその場において、執筆により懐紙に書きとどめられることによって、文字による作品として定着した。それがさらに引き写され、広く流布することもあり、そのようなものが、後世に残される連歌の第一次的な形であったと言えるが、一方では、さまざまな連歌懐紙から句が抽出され、それらの句々を収集して句集としてまとめられることも多かった。

その折は、発句は一句独立したものとして収められるが、*平句は前句と付句二句を一組とした、いわゆる付合の形で記載されるのが一般であった。発句および付句集と呼べるものであるが、それには、発句のみのもの、付合のみのもの、両者を合わせたもの、の三種があった。連歌は、実際にはこのような形で百韻の一部分が残されることが多く、後世、人々に読まれた連歌作品もこれによるものがほとんどであったと言ってよい。

連歌句集

このような連歌句集には多くの人の作品を集めた撰集と呼ぶべきものと、個人の句のみを集めた個人句集とがあった。ただし、和歌の私家集と相違して、個人句集といっても付合の形で収録される平句の場合は、前句は別人のもので、付句のみがその個人の作品である。また、原則的にはその前句には作者名が記されることはない。この点は撰集でも同様で、作者名は付句作者のみ示すのが一般であった。

収録された句は発句と付合とで大きく分けられ、四季・*恋・旅・*雑《ぞう》などの内容によって分類されることが多かった。ただし、発句はかならず季の題(十二月題)を含むので、四季のみに分類された。もっとも重要な撰集である二つの准勅撰連歌集『菟玖波集』『新撰菟玖波集』も同様で、これらは勅撰和歌集に準じた部立により、句々が分類、配列されている。

連歌句集はこのように連歌作品の全貌を残したものではないが、良質の句を簡便に知るのによいものであり、また、発句には多く*詞書が付されていて、連歌会の事情、作者の動静などを知る貴重な資料ともなっている。これらの句集には、成立間もない頃に注釈が施されたものも多く、連歌興隆期の連歌作品の解釈を知る上でも重要なものとなっている。

特殊なものとして、*連歌合《れんがあわせ》の形を取ったものなどもあった。

連歌論集・学書

連歌に関わる書としては、句集のほかに、論書・学書・用語集と呼ばれるものがある。これら三種は区別できないものも多く、この三種の要素が混ざり合っているのが一般的である。また、連歌式目を記した書、寄合語を集めたものなど特殊なものもあった。

これらのうち、連歌式目書・寄合書などと呼べるものは、鎌倉中期頃から盛んに作られたらしく、冷泉家に伝えられた『*私所持和《わたくししょじわ》歌《か》草子《そうし》目録』にもそれらの書名が記載されているが、本格的に文学論を加味して記述された書としては二条良基『*僻連抄』が現存最古のものとしてよい。その後、心敬・宗祇らによって多くの連歌論書等が書かれることとなる。それらは連歌の隆盛・充実と相俟って、室町期の文学・芸術論の中でもっとも注目すべきものとなり、後継文芸である俳諧は勿論、茶・香などをはじめ日本の文化全体に多大な影響を及ぼした。

六　連歌師

連歌作者

連歌は短連歌時代は勿論のこと、長連歌においてもその初期は公家を主要な作者としていた。皇族を含む公家、上層僧侶などが連歌を好んだことは、その文学的充実に大きく寄与した。それは摂政関白であった二条良基の存在を考えても分かる。その後、室町期の最盛期になってもそれは変わらず、宮中や公家邸・寺社などで、連歌会が頻繁に催されていたことは、当時の日記などの記録にも残されている。

また、鎌倉幕府内での連歌流行や、それを引き継いだものとしての足利将軍家の愛好もあり、公家など以外に武家に広まったことは、中世の文学全体を見渡す上でも重要なことであった。連歌は守護大名・戦国大名、各地の国人領主たちにも広まり、連歌会を催すことは、室町中期から安土桃山時代に至るまで、武家の間ではなくてはならないものになり、家子郎等の結束をはかる手段ともなっていた。この点で、連歌は中世社会のありようを如実に示した文芸であったと言える。

連歌師

このようななかで、鎌倉期の早い時期に、連歌を職業とするような、いわゆる地下連歌師と呼ぶべき人々が登場してきたことはさらに特筆すべきことである。和歌において、職業歌人とみなせる歌僧などと称せられる人々が、文学史の表舞台に登場してくるのは南北朝くらいからであるのに対して、職業連歌師が現れるのはもっと早かったと思われるのである。

花の下連歌師と言われる人々が社会的にどのような立場にいたかは議論のあるところであるが、かれらは一部分であっても連歌をもって生計の糧を得ていた可能性がある。それを受け継いだ善阿*、その弟子の救済などはもはや専門連歌師もしくは職業連歌師と呼んでよいであろう。

その後、救済の後継者らは明らかに連歌をもって世に名を成した者で、室町期に入ると連歌は専門連歌師の時代へと入っていき、隆盛を迎えることとなる。もともとの出自はさまざまでも梵灯庵*・宗砌*・心敬・宗祇らによって、他の文芸に先立って、職業文学者の時代が到来したのである。

かれらの多くは後の俳諧師に繋がるような僧形(宗匠姿)の者で、特殊な身分階層に属し、かなり自由に貴顕とも交流でき、全国を旅することができた者であった。連歌界はかれら専門連歌師を中核に、その周辺に公家・武家さらには庶民に至るまでの連歌愛好者がいるという様相を呈したのである。

七　連歌師の古典研究

新古今和歌集

中世文学の中心的存在の一つであった和歌は、古典の再認識、それを根底に置いての展開を模索することによって成り立っていた。中世和歌のはじめを飾る『新古今和歌集』の「新古今」の名はそのことを如実に示している。『新古今和歌集』の文学的達成と同等の達成を目標とした連歌もその方向を変えることはなかった。中古・中世初期以来、歌人らによって進められていた古典研究は、連歌が隆盛になると、連歌師の手にも委ねられるようになった。さらに連歌にとって古典文学は和歌とは違った必要性も有していた。付合の連想の基盤がそこに求められたからである。

付合の拠り所

連歌が付合によって生成することは前述した。その付合の連想は人々に共有されるものでなければ、意味をなさないことも述べた。そのような共有される事象もしくは心、美意識にはいかなるものが想定され得るであろうか。連歌が古典文学を拠り所としたのは当然のことであった。古典は時代・地域を超えたものであった。言い方を変えれば、『古今和歌集』以来の和歌、『源氏物語』や『伊勢物語』を知らないでいては、連歌会で、連歌がどのように進行していくのか理解の外にいるしかなかったことであろう。文学的な達成は脇に置いておいても、実際上、連歌を詠む者にとって、古典文学を知ることは欠かすことのできないことであったのである。

古典研究

このような状況下において、専門連歌師たる者は自分自身の創作のためにも、指導の面に関しても、古典文学に精通している必要があり、その理解を一般の連歌愛好者に提供する役目も担った。室町期に連歌師によって多くの古典文学研究がなされ、注釈書が書かれ、また講義が行われたのは故なしとしないのである。宗祇の自邸である*種玉庵《しゅぎょくあん》などは古典文学の講義所のような趣きを持っていたとされている。

和歌の研究、『源氏物語』などの著名な物語の研究は連歌師を抜きにしては語れないわけであるが、特に目に立つのは文学研究・講義の象徴的な存在であった*古今伝授で、それが宗祇を核とし、主として連歌師の間に伝えられたことである。この古今伝授は次第に公家・武家・皇族へと広がりを見せるが、連歌師はその基軸にいたと言ってよい。

八　連歌師の旅

文化の伝達者

古典研究に付け加えて重要なのは、連歌師が連歌は勿論のこと、この古典文学、さらには茶や香などを含めた都の文化を地方へと伝えたことである。連歌師は当時、身分的に自由な立場にいる文化人と目されていた。室町期になって、ますます地方の大名らが政治的・経済的力を蓄え、それとともに都の文化を渇望するようになると、かれらは会席という場で直に文化を享受できるように、連歌師の来訪を待望したのである。連歌会に参加することはさまざまな文学・文化を体感するきわめて都合のよい手段であった。

連歌師たちの方もそのような希望を充分に認識していた。連歌師たちはその自覚のもとでかれらのもとへ頻繁に赴いたのである。それは北海道から種子島まで全国に及ぶものであった。

連歌師が旅人であったことは必然のことであったのであり、そのようなかれらは時には都と地方を結ぶ政治的・経済的な仲介役も担った。ただ、それを密偵のような偏った任務と捉えると本質を誤る。あくまでも連歌師に期待されたのは文化人としての自在な生き方であり、だからこそ公家も武家も個人的な事柄を依頼もし、連歌師たちの方はかれらに保護され、安全に自由に旅ができたのである。

紀　行

連歌師は本質的には文学者であったのであるから、その旅が連歌会への出席や実務的な所用だけを目的としていたとは考えられない。歌枕を訪ねる旅であり、文学的な深みを求める旅であることもあったであろう。どちらに重きがあったにせよ、旅に出た文学者たる連歌師は、その旅での出来事、思いを紀行文に書き留めた。それも当然のことである。地方の時代と言ってもよい室町期には多くの紀行が書かれたが、そのかなりが連歌師の手によるものであった。宗祇をはじめ旅の途中で死んだ者も多い。連歌師は旅に生き、旅に死んで、紀行を書き残した。芭蕉の生き方がそれに類似するのは芭蕉が(俳諧の)連歌師であったからにほかならない。

連歌および古典文学、文化はこのようにして地方に伝播され、都の上質な文化は全国的なものとなった。この点でも連歌師の文化史上の役割は多大であったと言える。

(廣木)

連歌辞典

【あ】

挨拶句《あいさつく》

一座への挨拶性をもって詠まれた*発句のこと。発句は会の口開けとして、早くから挨拶性を含んでいたと考えられるが、室町後期になり、「*客発句脇亭主」と明確に認識されると、発句は客からの挨拶であることが自然と共通理解になったと思われる。室町末期の了意『*連歌初心抄』には「挨拶の発句」の項が設けられている。後の*俳諧では、*徳元『*誹諧初学抄』(一六四一年成)に発句は「当意即妙」であれば「挨拶もまさる」とあり、『去来抄』(一七〇四年成)には「昔は必ず客より挨拶第一に発句をなす」とある。(永田)

哀傷《あいしょう》

人の死を悼む心情にかかわることをいう。人生の無常を観相する*述懐《しゅっかい》や*無常の分類に含まれることもある。和歌では*勅撰集の部立とされ、『*新撰菟玖波集』にも継承された。百韻の*行《ゆき》様《よう》の多様性を保証するために*連歌式目上からも規定された。*応其《おうご》『*無言抄』などに分類項が見え、「霞の谷・塩干山・帰らぬ道・無名の煙」などの語が挙げられている。*表八句・十句目までに詠むことを禁じられ、晴の会で詠むことも禁じられた。*兼載『*梅薫抄』では、初心者が好んで用いることを戒めている。(永田)

あひしらひ《あいしらい》

*前句との取り合わせ。*寄合を含めた語と語の関係をいう。*二条良基『*僻連抄』に「いかなるあひしらひもなけれども付くることのあるなり」とあり、『*撃蒙抄』には「一々にあひしらひたる体」、「〈松〉と〈波〉とのあひしらひあれども」など、*兼載『*連歌延徳抄』でも「〈六〉に〈七〉、〈大和〉に〈我が国〉をあひしらひたる」と使われている。後に「あしらひ(会釈)」として*俳諧などで軽く付けて処理する方法を言うようにもなった。(廣木)

秋《あき》

秋の季節に関わる事柄をいう。「秋」は和歌で*勅撰集の部立とされ、『*菟玖波集』『*新撰菟玖波集』にも継承された。四季の中でも特に珍重され、『*連歌新式』「*句数事」では五句まで続けることが許され、『*連歌新式追加並新式今案等《れんがしんしきついかならびにしんしきこんあんとう》』では三句以上でなければならないとされた。*紹巴『*連歌至宝抄』は「物寂しく哀れなる体」を*本意として、明月や露繁きさま、長夜を明かし兼ねるさまを挙げ、後半部に初秋・中秋・末秋の詞を掲出する。→素秋《すあき》・平秋《ひらあき》(永田)

秋田藩桧山の連歌《あきたはんひやまのれんが》

近世に行われた秋田県能代市桧山の連歌。桧山城代、多賀谷家は藩主佐竹氏の連歌愛好もあって、年頭に*祈禱連歌として、*発句を城代、*脇を奥方、*第三を重臣が詠み、その三句を*北野天満宮に送り、そこで*満尾《まんび》後、桧山に戻してもらい正月十一日にそれを披露する「連歌開き」を行った。万治二年（一六五九）以来、明治五年（一八七二）まで綿々と続けられたもので、その*懐紙は多賀谷家の尊崇の厚かった霧山天神（多賀谷天神）に七十七巻が現存する。正月十一日の「連歌開き」は*柳営連歌に倣ったものと思われる。（廣木）

秋津洲千句《あきつしませんく》

連歌作品。*荒木田守武著。自筆稿本には、天文十五年（一五四六）八月二十五日の奥書がある。長官昇進後の守武が、伊勢の斎館に百日参籠した折の五日間に詠んだ*法楽独吟*千句である。第一百韻「何舟百韻」（*発句「秋津洲に心も置かぬ霞かな」）以下、百韻十巻と追加二十二句から成る。守武最晩年の作であり、正風の連歌千句としても注目される。自筆稿本には、何者かによる加点が付されている。『荒木田守武集』（神宮司庁）所収。（永田）

挙句《あげく》

*長連歌の最後の句。「揚句」とも。*梵灯庵『*長短抄』に「挙句を書きて、*懐紙をば綴づべし」とある。『*連通抄』には連歌の終わりを「めでたく上ぐべし。何としてもやさやさと上ぐべ」きであるとし、『*湯山両吟《ゆのやまりょうぎん》百韻』挙句に関する*宗祇の注にも「祝ひの心ばかりなり」とある。このような詠み方が慣例であった。俳論『三冊子』（一七〇二年成）では*前句付かなくともよく、あらかじめ用意をしておけ、*一巡に*執《しゅ》筆《ひつ》の句がなければ執筆が詠め、*発句と同じ字を慎め、などとしている。（廣木）

朝倉家の連歌《あさくらけのれんが》

朝倉家は現福井県、越前国守護代であったが、孝景（一四二八〜八一）の時に一乗谷を拠点として一国を支配するようになった。その曾孫、孝景（宗淳、一四九三〜一五四八）の時には戦国大名として勢力を拡大し、それに伴って居城一乗谷城には多くの歌人らが訪れるようになる。連歌においては*宗祇が幾度か訪れ、『*老葉《わくらば》』にその記録があるが、*宗長の来訪は特筆すべきで、計五回ほどに及んだ。句集『*那智籠』などの*詞書には、被官の邸も含め、所々で連歌が頻繁に行われたことが記録されている。（廣木）

浅茅《あさじ》　連歌書。*宗祇著。明応九年(一五〇〇)成。赤松家家臣の葦《あし》田*友興《ともおき》の願いにより、越智《おち》久通《ひさみち》に書き与えた書。前半は、八十歳になる*宗祇が伊予国(愛媛県)の*七賢や*宗祇、*肖柏、*宗長、*兼載の句など七十二*付合を挙げそれぞれの*付様《つけよう》を解説する。特に*本歌・*本説による付合の重要性を述べる。後半は国別に百八十七カ所の*名所を挙げ、それぞれに『*古今集』『*新古今集』などから*証歌を示し、一部に*寄合語を載せる。『連歌論集2』(三弥井書店)所収。(松本)

足利将軍家の連歌《あしかがしょうぐんけのれんが》　初代*尊氏以来、足利家歴代は連歌を愛好し、連歌は武家の公的文芸と考えられるようになった。尊氏は准勅撰連歌集『*菟玖波集』を執奏してもいる。また、十五世紀半ばには*北野天満宮連歌会所奉行および*宗匠職を任命し、*将軍家連歌始《はじめ》、*月次《つきなみ》連歌などを取り仕切らせた。将軍家と連歌の関わりには、*義満、*義教による『*北野社一万句』に見られるような権力誇示の面も見られる。作品は『後鑑《のちかがみ》』中「御連歌集」、『*菟玖波集』『*新撰菟玖波集』に収められている。(廣木)

あしたの雲《あしたのくも》　追悼記。*兼載著。明応四年(一四九五)九月十八日大内*政弘没後、まもなくの成立。「奉悼法泉寺殿辞」「大内政弘終焉記」とも。『*新撰菟玖波集』の後援者でもあった政弘の病床を見舞うために山口に下向した兼載が、政弘の死後そのまま留まり記した追悼記である。三条公敦《きんあつ》・相良*正《まさ》任《とう》との追悼和歌、「南無不動明王」以下、十三仏の名号を句頭に賦した*独吟*名号連歌を掲載する。尾崎千佳「校本　奉悼法泉寺殿辞(あしたの雲)」(「やまぐち学の構築」3)所収。(松本)

吾妻辺云捨《あずまあたりのいいすて》　連歌句集。*心敬著。成立年未詳。心敬の関東下向以降の句を集めた句集。*春・*夏・*秋・*冬に分類した*付句二百七十八句と、巻末に四首の和歌を収める。文明二年(一四七〇)一月に武蔵国(埼玉県)で興行された『*河越千句』から十二句が所収され、同年成立の自撰句集『*芝草句内岩橋』と一致する句は三十一句になる。本句集から『*竹林抄』には四十七句、『*新撰菟玖波集』には十五句が採録される。貴重古典籍叢刊『心敬作品集』(角川書店)所収。(松本)

東路のつと《あずまじのつと》　紀行。*宗長著。永正六年(一五〇九)成。「宗長道記」「宗長紀行」とも。同年七月十六日、駿河国(静岡県)丸子を出立、相模・武蔵・上野・下総などを廻った四カ月余の旅の記録。白河の関を訪ねることが目的であったが、関東の戦乱や鬼怒川・那珂川の氾濫などの事情で断念したとする。多くの関東武士との交流が記されており貴重である。所収の句七十句のうち、句集『*壁草』に十八句が見える。新編日本古典文学全集『中世日記紀行集』(小学館)所収。(松本)

あづまの道の記《あずまのみちのき》 紀行。「尊海僧正紀行」とも。尊海(一四七二〜八二)による、天文二年(一五三三)十月から翌春までの静岡への旅での和歌、連歌とその詠まれた事情を記した書。尊海は仁和寺真光院僧正、久我通博の子で、三条西*実隆との交流も深い。室町期の高僧のあり方や、そのような者と地方武士の文芸との関わりなどを知る資料としても価値がある。『戦国の権力と寄合の文芸』(鶴崎裕雄・和泉書院)所収。(廣木)

吾妻問答《あずまもんどう》 連歌書。*宗祇著。文正二年(一四六七)成。文明二年(一四七〇)とも。「角田川」「連歌之秘抄」とも。宗祇が関東に下向中、連歌好士の質問に答えたことを問答体で記し、長尾孫四郎(弥四郎とも。長尾景春に比定される)に書き贈ったものである。連歌における時代区分に始まり、*名所句、見るべき書、*付様《つけよう》、手本とすべき句、一座の進行、*執筆《しゅひつ》の事など連歌に必要な事項を二十六項目にわたり解説した宗祇の代表的な連歌論書。日本古典文学大系『連歌論集他』(岩波書店)所収。(松本)

愛宕百韻《あたごひゃくいん》 連歌作品。「明智光秀張行百韻」とも。天正十年(一五八二)五月二十四日(二十七、八日とも)、*明智光秀により山城国(京都府)愛宕山威徳院で毛利征伐のための戦勝祈願として*張行された。*発句は光秀の「ときは今天《あめ》が下しる五月かな」で、他に行祐、*紹巴、*昌叱、*兼如《けんにょ》らが同座した。「本能寺の変」直前の*百韻であり、『常山紀談』(一七〇〇年頃成)などに、発句が「土岐の一族である私が今天下を治める」と解釈され、変後、紹巴が*豊臣秀吉から詰問された話が伝わる。新潮日本古典集成『連歌集』(新潮社)所収。(松本)

熱田神宮《あつたじんぐう》 愛知県名古屋市にある神社。旧官幣大社。連歌の祖とされた日本武尊《やまとたけるのみこと》と縁の深いこともあって、中世以来、頻繁に*法楽連歌が行われ、現存する原*懐紙も多く残されている。現存最古のものは応永三十年(一四二三)十一月十三日「山何連歌」で、新しいものは明治三十一年(一八九八)二月十九日「何屋連歌」である。*万句・*千句連歌も多い。*連衆は社家が中心であるが、著名*連歌師も参加している。なお、法楽連歌の翻刻に『熱田神宮奉納連歌上中下』(熱田神宮宮庁)がある。(廣木)

姉小路今神明百韻《あねこうじいましんめいひゃくいん》

連歌作品。文安四年(一四四七)十月十八日、京都姉小路の高松神明神社において*張行された*法楽百韻。*賦物は「朝何」。*連衆は*宗砌・親当《ちかまさ》(*智蘊)・*心敬・*専順・*忍誓ら十三人である。*七賢の四人が同座する作品は、現存する資料では本百韻のみで貴重である。*発句は宗砌による「榊葉に咲くや八たびの霜の花」で、『*竹林抄』『*新撰菟玖波集』にも採録された。新編日本古典文学全集『連歌俳諧集』(小学館)所収。(松本)

尼子家の連歌《あまこけのれんが》

尼子家は南北朝期の連歌を支えた守護大名、佐々木(京極)*導誉の末裔。守護代として出雲に移った後、勢力を伸ばし、文明末期には山陽・山陰十一カ国の太守と称された。佐々木氏の文化愛好を出雲に移し、居城、富田月山城は戦国動乱期における山陰文化の中心となった。特に晴久《はるひさ》(一五一四～六〇)は*宗牧・*宗養父子を城下に招き、師事、たびたび連歌会を催した。宗牧『*択善集』はこの晴久に進上された書である。→導誉(廣木)

天橋立紀行《あまのはしだてきこう》

紀行。*紹巴著。*心前らを伴って、永禄十二年(一五六九)閏五月二十四日に都を発ち、天橋立を見て七月十一日に帰洛するまでを記す。途次や目的地の宮津・峰山などで在地の武士と交流、連歌会を催し、『伊勢物語』の講釈などを行っている。連歌*発句や和歌が多く記載され、「敵味方の境目」を行きつつも、「酒宴ことごとしく」歓迎を受けて旅する様子は、室町後期の*連歌師の旅の典型といえる。奥田勲「「紹巴天橋立紀行」について」(「国文学攷」53)所収。(廣木)

雨夜の記《あまよのき》

連歌書。永正十六年(一五一九)成。数人の手を経てまとめられた類似の内容を持つ『連歌作例』を増補したもので、最終的な著者は*宗長か。序文に見える*宗祇に相談したというのは宗祇生前の初期段階でのことと思われる。諸本で箇条の数が相違するが、日本女子大学本は百三十二項に及ぶ。*付句のさまざまな付け方、連歌用語の意味、*本歌の取り方、「*てには」論などを例句を挙げて説明する。『連歌論集4』(三弥井書店)所収。(松本)

荒木田集《あらきだしゅう》

連歌撰集。荒木田守氏(*守武の長兄)編。一五〇〇年頃成(文亀

二年〈一五〇三〉九月に追補）。守武・守晨《もりとき》をはじめ、*伊勢神宮内宮の神官の家、荒木田家を中心とした内宮関係者五十五名の作品を集める。九百四十九句を四季・*恋・*雑《ぞう》・*発句に部類する。*月次《つきなみ》の会・*千句連歌など十五世紀後半の伊勢神宮の連歌の様相を知るのに格好な資料である。『伊勢神宮神官の研究』（奥野純一・日本学術振興会）所収。→守武（廣木）

闇夜一灯《あんやのいっとう》　連歌書。*宗牧著。成立年未詳。「連歌艶言《えんげん》」とも。序文によれば、*宗祇が関東下向中に*宗長に語ったことを、*宗牧が伝え聞き記した書。奥書には、宗牧の子*宗養が書写し三*好長慶《ながよし》に与えたとある。前半は「分かる・行く・結ぶ」などの連歌の用語を挙げて*寄合を示し、後半は前半部で挙げた語を用いた*前句とその*付句を具体的な*付合例として四季・*雑《ぞう》に分けて記す。引用された例句は宗長・宗祇の句が多く、*兼載・*宗碩が続く。『続群書類従17下』所収。→宗養三巻集（松本）

【い】

言捨て《いいずて》　*懐紙に書き留めない、その場限りの連歌。連歌が懐紙に書き留められるようになった後の用語であるが、それ以前の短連歌・鎖連歌などに対しても援用して言うことがある。元来連歌は即興的なやり取りで、長く続いた短連歌時代の連歌は原則的に言捨てであった。建長二年（一二五〇）八月十五日の記録に「『言捨てならんこそ念なけれ。少将、覚えよ』と仰言ありし」（『*弁内侍日記』）とあるのは、その元来のあり方を垣間見せている。→短連歌・鎖連歌（廣木）

飯盛千句《いいもりせんく》　連歌作品。永禄四年（一五六一）五月成。三好長慶主催。*宗養・*紹巴・*元理などの*連歌師を招いてのもの。興行場所の飯盛城は生駒山脈の西にあり、永禄三年から長慶はここを居城とし、五畿内を支配した。この*千句は各*発句に五畿内の名所を詠み込み、その支配を誇示したもので、長慶絶頂期のものである。飯盛城ではたびたび宗養らを招いて連歌会が行われており、当時の権力者と連歌の関係を窺わせる。古典文庫『千句連歌集8』所収。→長慶（廣木）

家隆《いえたか》　公家。藤原。「かりゅう」とも。歌人。保元三年（一一五八）〜嘉禎三年（一二三七）。八十歳。仏性。従二位。光隆の子。藤原俊成を和歌の師とする。『新古今集』撰者の一人で、藤原定家*と並び称される当時の代表歌人である。後鳥羽院*主催の有*心無心連歌などの宮廷連歌会にもたびたび参加したことが定家『明月記*』に、自邸で「いろは連歌*」を催したことが『古今著聞集*』巻五に見える。後鳥羽院に独吟百韻*も詠進した。家集に『壬二集』がある。『菟玖波集*』に二十三句入集。→新古今和歌集（山本）

家忠《いえただ》　武家。松平。弘治元年（一五五五）〜慶長五年（一六〇〇）。四十六歳。伊忠の子。下総国（現千葉県）小見川《おみがわ》藩藩主。伏見城番となったが、関ヶ原の戦に先立ち、大阪方の攻撃を受け自刃した。連歌を紹巴*に師事、文禄三年（一五九四）十月三日の「何人百韻」、同月七日の「何船百韻」では紹巴・昌叱*・玄仍《げんじょう》*・兼如《けんにょ》*らと同座している。居城では一月に佳例連歌、九月尽に法*楽連歌、さらに月次《つきなみ》*連歌も張行*、家中の連歌盛行をもたらした。また、点取俳諧も行っている。日記に『家忠日記*』がある。（廣木）

家忠日記《いえただにっき》　日記。松平家忠*著。天正五年（一五七七）十月から文禄三年（一五九四）九月まで現存。もとは天正三年家督相続時から没年まで及んでいたと思われる。記述は簡潔であるが、政治・日常生活など貴重な記事が多い。特に連歌記事は豊富で、三河国（現愛知県）深溝《ふこうず》、武蔵国（現埼玉県）忍《おし》、下総国（現千葉県）上代《かしろ》、小見川《おみがわ》のどの移封地においても在地の武士らとの会、連歌愛好者の訪れなど連歌盛行の様子が克明に記されている。『増補続史料大成19・20』（臨川書店）所収。（廣木）

家久《いえひさ》　武将。島津。天文十六年（一五四七）〜天正十五年（一五八七）。四十一歳。貴久の子、義久*の弟。文事を好み、永禄十年（一五六七）二月二十五日義久家月次《つきなみ》*連歌会に出座、『家久君上京日記*』によれば、天正三年四月二十一日上京、心前*宅に宿泊し、隣家の紹巴*に京都近辺をたびたび案内された。また、滞在中、紹巴・昌叱*・心前らとの連歌会に幾度か出座している。紹巴の『源氏物語』講釈を聴講、玄佐*から古今伝授*を受けた。（廣木）

家久君上京日記《いえひさぎみじょうきょうにっき》　紀行。島津家久*著。「中書家久公御上洛日記」とも。天正三年（一五七五）二月二十日、現鹿児島県串木野市の居城を出立、小倉から瀬戸内海を船で京都へ、その後、伊勢神宮*を往復、帰りは日本海を船で行き、七月二十日に帰郷するまでを記す。途中、さまざまな名所*・

寺社を訪れ、また、土地の豪族と交流、京都では心前の家を宿とし、紹巴に私淑し、連歌を共にし、古典の講義を聞くなどしている。昌叱と同座の記事も多い。『近世初頭九州紀行記集』(九州史料刊行会・私家版)→家久(廣木)

伊香保三吟《いかほさんぎん》　連歌作品。文亀二年(一五〇二)四月二十五日成。宗祇・宗碩・宗坡による三吟。賦物は「何衣」。発句は宗祇の「手折るなと花や言ひそめし杜若《かきつばた》」で以下、宗碩・宗坡の順で詠み継ぐ。宗祇が越後から美濃に向かう途中、現群馬県伊香保温泉に滞在した折の作品で、現存する宗祇出座連歌の最後のものである。宗長『宗祇終焉記』には「この湯にて煩ひそめ」云々とあるだけで、この作品に関する記述はない。江藤保定「宗祇連歌作品拾遺」(「鶴見女子大学紀要」9)所収。(廣木)

池田千句《いけだせんく》　連歌作品。「永正千句」とも。永正五年(一五〇八)二月成か。花をすべての発句に詠み込む十花千句である。摂津池田の国人、池田正盛(性繁)主催。肖柏・宗坡・玄清・宗碩などの連歌師を招いてのもので、池田氏の結束、戦勝祈願などの目的があったと考えられる。室町中期の池田は連歌が盛んで、宗祇の句集などにもその一族の名が見える。肖柏も一時、池田に庵を結んだ。武士と連歌との関わりを示す好例である。古典文庫『千句連歌集7』所収。(廣木)

意地《いじ》　表現主体の根本精神・心構えをいい、二条良基が多用した語である。仏教語に由来するか。句を詠み出す心の働きのほかに、その結果生まれた作品の風情(心・内容・意想)の意でも使われる。良基『九州問答』の「連歌の意地」をめぐる問答に、「まづ連歌は第一心なり」、「詞を聞き取りたるばかりにて、意地が次になる程に、当座の感がなきなり。意地は強く、詞柔らかなるべし」とある。『十問最秘抄』において、良基は「正しくゆがまず幽玄なる」文芸精神を意地として捉えた。(永田)

石井家《いしいけ》　連歌師の家。出自は、室町期以降に九条家家司を務めた石井三家であるとみられる。初代の了派(滋久)は宗祇門とされ、『新撰菟玖波集』に「よみ人しらず」として一句入集しており、実隆とも交流があった。近世期以降は、猪苗代家とともに仙台藩に仕え、同家と隔年で七種《ななくさ》連歌に出座した。猪苗代家とほぼ二年交代で京都に住み、公家と伊達家との連絡係を務めた。なお、近世中期の連歌師了珍の実父は里村家の昌築である。家系は、その後近代まで存続した。

（永田）

石　苔《いしのこけ》　連歌句集。弘治三年（一五五七）成。時衆の二十九世遊行上人体光（乗阿）（一五〇二〜六二）の自撰句集。跋文に「関東修行五ヶ年間の愚句」とある。現存するのは下巻のみで、恋・雑《ぞう》の付合二百二十三および年月順に配列された発句百五十五句を収める。発句の多くに詞書があり、宗祇禅師旧跡・宗牧庵室を訪れていること、各地の武将らとの連歌を通じての交流などが分かる。『戦国の権力と寄合の文芸』（鶴崎裕雄・和泉書院）所収。→時衆と連歌（廣木）

石山千句《いしやませんく》　連歌作品。「永禄千句」とも。永禄七年（一五六四）五月十二日、現滋賀県、近江国石山寺世尊院で景恵により張行された千句。追加として八句を添えている。第一百韻発句のみ近衛稙家《たねいえ》に請い、紹巴を中心として巻かれたもので、多くは石山寺の僧侶であるが、中に心前・元理・清誉、仍景《なおかげ》（昌叱）などの連歌師が加わっている。当時は宗養没後間もなくで、連歌界の第一人者となった紹巴の意欲が現れたものである。『続群書類従17上』所収。（松本）

石山月見記《いしやまつきみき》　紀行。三条西公条《きんえだ》著。天文二十四年（一五五五）成。「石山月見日記」とも。公条・義俊・宗養・紹巴の四人が紫式部を偲ぶために石山寺に参詣し、十五夜の月見をした時の記録である。この折、十五日から十九日まで、理文・仍景《なおかげ》（昌叱）を執筆《しゅひつ》として、千句連歌『石山四吟千句』を興行し、二十一日に帰洛した。巻末には「南無如意輪観世音菩薩」の音の十六字を歌の頭に賦した「詠十六首和歌」を載せる。『群書類従27』所収。（松本）

石山百韻《いしやまひゃくいん》　連歌作品。至徳二年（一三八五）十月十八日、近江国（滋賀県）石山寺倉坊において張行された百韻。賦物は「何船」。連衆は二条良基・石山座主坊（杲守《こうしゅ》）・波多野通郷《みちさと》・師綱（梵灯庵）・成阿《じょうあ》らの十六人。発句は良基の「月は山風ぞ時雨に鳰《にほ》の海」で、心敬に『所々返答』で「世に比類なく大やかに奇特、おぼろけにも出で来がたき金玉」と評価されるなど、後世、代表作として喧伝された。新潮日本古典集成『連歌集』（新潮社）所収。（松本）

衣　裳《いしょう》　「衣類」とも。衣服に関することをいう。百韻の行様《ゆきよう》の多様性を保証するために連歌式目上からも規定された範疇語である。一条兼良『連珠合璧集』には「砧」「衾《ふすま》」「帯」「綾」「布」などが挙げられている。ただし、『連歌新式』では「衣《きぬ》々《ぎぬ》(後朝)」とともに、「帯」「沓」「冠」などは「衣裳にあらず」とされている。この詞を含む句は『連歌新式』では可隔五句物《ごくへだつべきもの》とされるが、「衣」の語が含まれれば可隔七句物《しちくへだつべきもの》である。(永田)

伊勢神宮《いせじんぐう》　三重県伊勢市にある神社。内宮《ないくう》と外宮《げくう》の二宮がある。古くから連歌が行われていたことが知られるが、室町期以降、中央の*連歌師の頻繁な来訪もあって、きわめて盛んになった。内宮の神事に関わる若菜連歌、伊勢海《いせのうみ》連歌、外宮の神事に関わる浜出《はまいで》連歌などは明治初期まで続けられていた。内宮神官の家である荒木田家は特に熱心で、*守武など連歌愛好者が多く出た。なお、伊勢神宮神官の連歌の一部は『伊勢神宮神官連歌の研究』(奥野純一・日本学術振興会)に翻刻がある。(廣木)

伊勢千句《いせせんく》　連歌作品。「大神宮法楽千句」とも。大永二年(一五二二)八月四日から八日成。*宗長と*宗碩の両吟であるが、第一百韻*発句は管領細川*高国、第十百韻発句は三条西*実隆の句である。高国の立願により伊勢国山田の御師、高尚光定邸で興行された。このあたりの事情は宗長『*宗長手記』や宗碩『*佐野のわたり』に詳しい。五日間かけての異例の*千句で、両人会心の作であり、門下の注など古注も多い。『京都大学蔵貴重連歌資料集4上下』(臨川書店)所収。(廣木)

伊勢物語詞百韻《いせものがたりことばひゃくいん》　連歌作品。大永元年(一五二一)十月六日成。*後柏原天皇主催。『伊勢物語』中の特徴的な詞を*賦物とした*百韻で、「みだれそめにし」「夢かうつつか」「我と等しき」「高安の里」「桜狩り」等を詠み込んでいる。*連衆には*後奈良天皇(親王御方)、*元長、永宣などがいる。この頃、同天皇主催の「源氏詞」「万葉詞」「新古今詞」を賦物とする百韻が*張行されている。『続群書類従上17』所収。↓詞連歌・異体千句(山本)

異体千句《いたいせんく》　連歌作品。康正二年(一四五六)成。源意の*独吟千句。源意は山名宗全の家臣。*一条兼良の序文と*合点を備える。「*源氏国名」「五色」「古今集作者」「*一字露顕」「以呂波」「建保百首名所」「草木名」「魚鳥名」「*韻字」「*源氏伊勢物語詞」を各*百韻の*賦物とするもので、いずれも一般の賦物連歌とは異なるために「異体」と称された。「韻字」「源氏伊勢物語詞」などはこれに先行する例は見出せないなど、珍しい千句である。古典文庫『千句連歌集3』所収。(山本)

一言《いちごん》　連歌書。著者成立年未詳。末尾に「興俊へ　心敬」とあり、東国下向後の*心敬から、若年の*兼載（興俊）に与えられた書ということであるが、『宗砌袖内』に類似し疑わしい。関東の*地《じ》下《げ》連歌師の間に伝えられた秘伝書のごとき書と思われる。内容は*寄合ばかりを頼らないこと、「*てには」「心」「詞」によって付けること、和歌と連歌の違いをわきまえること、かろがろと詠み、修行を怠らないことなどを説く。『心敬の研究校文篇』（湯浅清・風間書房）所収。→宗砌袖内（廣木）

一座何句物《いちざなにくもの》　*連歌式目中の規定。語に関する使用回数制限の一覧。主要な*景物を一座一句物から一座五句物までに分類する。ただし、この規定の基本的概念は*百韻中に同じ景物を詠み込んではならないという点にある。したがって、一座二句物以上に入れられていても、一座五句物の「梅」で言えば、「ただ一、紅梅一、冬木一、春梅一、紅葉に一」などと注記されている。百韻中の句の多様性を保持する基盤といえる規定である。（廣木）

一巡《いちじゅん》　*連衆全員が一通り定められた順番に一句ずつ付けること。その作品。「一順」とも。*兼載『*心敬僧都庭訓』には「一巡の連歌をば、いかにもあさあさとすべし」とある。立場が考慮されて詠作の順が決まっているので、気が緩むこともあり、*岩松尚純《ひさずみ》『*連歌会席式』では「一順の間、隙《ひま》あきぬとて」雑談をする者がいると注意されている。また、あらかじめ書状を回して作り置くことも可能で、室町後期になるとそれが一般化した。また、名残の裏になって同様にすることを「裏一巡」と呼んだ。→一巡箱（廣木）

一巡箱《いちじゅんばこ》　*一巡をあらかじめ作っておくために、*連衆の家に順に回す料紙を入れた文箱《ふばこ》のことで、長さ三十数センチ・幅五センチ・深さ四センチ程度のものである。*宗牧著『*当風連歌秘事』には、「ただ今、京都には（略）*宗長・*宗碩以来、*発句等出で来候へば、五、三日以前より、一巡を文箱に入れて、人衆の次々へ送り侍るなり」とある。俳論、去法師《さるほうし》『しぶうちわ』（一六七四年成）には「一順箱といふは別にあると思ふに、扇箱を一順箱といへるは珍し」と見える。（廣木）

一条殿御会源氏国名百韻《いちじょうどのごかいげんじこくめいひゃくいん》　連歌作品。宝徳（一四四九～一四五二）頃の成か。一条*兼良の主催によるもので、長句に『源氏物語』巻名を歌語として詠み込み、短句には日本の国名を隠し題で詠み込んだ*百韻。*発句は「梅が枝の実は心葉の茂みかな(兼良)」で巻名「梅が枝」を、*付句は「雪にも露の結ぶ卯の花(*宗砌)」で「悠紀国」を詠み込む。*連衆は兼良ら公家の他に宗砌・*日晟《にちせい》らの*連歌師が加わっている。『続群書類従17上』所収。→源氏国名連歌(山本)

一字露顕《いちじろけん》 *賦物の一種。日に火(ひ)、蚊に香(か)、名に菜(な)のように、一音の同音異義字を各句に詠み込む形式の賦物のこと。一条*兼良『*連歌初学抄』には、「一字露顕の賦物は近代も*百韻連歌に句ごとにことごとくこれを用ゆ、もっともその興有り」とあり、賦物が廃れてからも遊技的な興味をもって試みられた。作例には、康正二年(一四五六)の『*異体千句』第四百韻や、天文十五年(一五四六)の『*秋津洲千句』第八百韻などがある。(永田)

一二三付《いちにさんづけ》 *一巡の間のみ付句の作者名を記し、二巡目からは名前の代わりに「一」「二」「三」と数字を句に記す記載方法のこと。*祈禱連歌や、一日*千句において用いられた。『*俳諧名目抄』には、「月次《つきなみ》の奉納、又は一日千句には必ずかくの如くすることとなり」とある。後代の*俳諧においては、*点者が作品の評点の際に、優れた句の順位を句頭に一・二・三と書き加えることを指すようにもなったという。(永田)

厳島神社《いつくしまじんじゃ》 広島県宮島にある神社。安芸国の一宮。平清盛以来、武家によって篤く信仰されたが、この地を領した大内、毛利家も同様で、その一環として、天文二十二年(一五五三)大内*義隆《よしたか》による*千句連歌、それ以前かとする*万句連歌など、連歌も多く奉納された。*宗祇をはじめ中央の*連歌師の来訪も多かった。弘治二年(一五五六)、毛利隆元が神社内に*天満宮を創建、*連歌所も設けられ、*月次《つきなみ》連歌も行われるようになった。以後、棚守房顕・元行など神官にも愛好され、最盛期を迎えた。(廣木)

厳島神社蔵連歌懐紙《いつくしまじんじゃぞうれんがかいし》 連歌懐紙。一三一〇年頃成か。元徳二年(一三三〇)の書写の奥書を持つ*厳島神社蔵反故経の裏に残された連歌懐紙三葉で、「賦何船連歌」「賦小何連歌」「賦物不明連歌」の断簡(句ごとに欠損もある)である。前二者は初折表が十句で、*本式連歌の形態をとどめる。作者名は御・実相・観・祐など。園城寺実相院などの都の大寺で興行されたものか。鎌倉期の連歌の実態を伝える貴重な資料である。『菟玖波集の研究』（金子金治郎・風間書房）所収。↓懐紙（廣木）

一句立《いっくだち》

*付合において*付句一句が*前句とほとんど関わらず独立しているさまをいう。今川*了俊『*言塵《ごんじん》集』に「*寄合には言ひかなへたれども、我一句立の心なくては言ひながしといふ体になる」「昔の連歌は寄合ばかりにて別のすがたなし。今の連歌は我一句立ばかりにて」などとあり、付句には前句との関わりと独自性の両方が必要であると説かれる。ちなみに、俳論『去来抄』（一七〇四年成）などでは「一句立ちがたい」句は嫌われている。（廣木）

一山社用旧格雑記《いっさんしゃようきゅうかくざっき》

記録。太宰府天満宮執行坊信亭著。「社格諸用雑記」とも。天保十五年（一八四四）から慶応四年（一八六八）までの*太宰府天満宮に関わる諸々の記録である。連歌に関する記事も多く、知行一覧では連歌屋が三十石とあり、「年中行事大概」では連歌堂*月次《つきなみ》連歌、*延寿王院*千句などの天満宮関係の連歌会、また福岡藩の*福《ふく》城松《じょうまつ》連歌の記事、それらの実際の運営の様子などが記されている。連歌関係記事を抄出した翻刻に『太宰府天満宮連歌史』がある。↓延寿王院鑑寮日記（廣木）

一紙品定之灌頂《いっしなさだめのかんじょう》

連歌書。著者未詳。奥書には建治元年（一二七五）十一月、藤原基良の書とある。*二条良基に仮託した書で、*地下《じげ》連歌師の秘伝書の一つか。「当世せぬ詞」「すまじき詞」「当世上手の好む詞」の一覧、*付合の方法・句病・種々の句体、*発句・*脇・*第三、*俳諧についてなど内容は未整理で多岐にわたる。なかでも「上手の好む手爾葉の事」など「*てには」を重視する姿勢が見える。引用されている例句には*救済・*周阿のものがある。古典文庫『連歌論新集』所収。（松本）

田舎連歌《いなかれんが》

田舎とは洗練されている京に対しての言葉で、文芸性の低いことを卑しめていう。*二条良基『*連理秘抄』に「田舎連歌（略）*寄合を洩らさじと付けて詞を思はざる故に、下種《げす》しく強《こは》くきこゆる」とある。この初形本『*僻連抄』には「田舎」の代わりに「鎌倉」とあり、具体的には*鎌倉連歌が念頭にあったと思われる。*心敬『*ささめごと』には「片つ（辺の）人」の言動がたびたび記されているが、これは未熟な人の意に近く、実際に京と地方には格差があったと思われる。（廣木）

因幡千句《いなばせんく》 連歌作品。文明七年(一四七五)十一月二十六日から三日間で詠まれた*千句連歌で、*平野追加三句を付す。各*百韻*発句に「雪」を詠み込んだ十雪千句である。*専順が応仁の乱後の動乱を避けて現岐阜県、美濃国因幡に滞在していた折のもので、専順が第一百韻の発句(竹に声まつ下折れぬ木々の雪)を詠み、高弟、*紹永《じょうえい》が*脇を詠んでいる。全体で八十句を詠み、第一百韻では*執筆《しゅひつ》を勤めたらしい宗春は後の*兼載と推測され、兼載若年期の作品として重要である。古典文庫『千句連歌集4』所収。(松本)

猪苗代家《いなわしろけ》 *兼載を祖とする連歌の家。兼載以降、*兼純—*長珊《ちょうさん》—宗悦—*兼如《けんによ》—*兼与—兼也—*兼説—*兼寿—兼柳—兼郁—兼恵(兼竹)—謙宜—謙庭—謙得—謙道と明治期まで続く。五代目の兼如以降は現宮城県仙台藩のお抱え*連歌師となり、一月七日に行われる正月*七種《ななくさ》連歌会(伊達連歌)の運営を*石井家とともに行った。仙台藩主主催の歌会や連歌会に連なり、和歌・連歌の指導をし、*古今伝授も授けた。また、近衛家を中心とした公家と交わり、伊達家と公家との仲介役を務めた。(松本)

伊庭千句《いばせんく》 連歌作品。大永四年(一五二四)三月十七日から二十一日に行われた*千句で、追加八句を付す。*宗碩の庵、月村斎で興行された。現滋賀県、近江国守護六角定頼の被官、伊庭貞和(種村)が願主となって催されたもの。『*実隆公記』二十二日の条には貞和が三条西*実隆へ莫大な金・酒・食物・紙などを持参したことが記録されている。基本的に実隆・*宗長・宗碩による三吟であるが、貞和が各*百韻に一句詠み、追加八句には家臣らの句がある。古典文庫『千句連歌集7』所収。(松本)

異物《いぶつ》 和歌・連歌で一般に使用がすることが戒められる詞。ただし、二条*良基は『*僻連抄』で「常に用ゐざる所の鬼風情の物なり」としつつ、「口の優しき人のしたるは、極めて*幽玄に聞こゆ」とし、『*撃蒙抄』でも常用は禁じつつも、*前句によっては詠むこともあるとして、「父にかはるも姿《すがた》なりけり／燈の赤《あか》き色なる鬼を見て」(『*菟玖波集』にも所収、付句は*救済)等の*付合例を載せる。『*筑波問答』では特に初折に用いることを禁じている。(山本)

今川家の連歌《いまがわけのれんが》 今川家は足利氏の支族。遠江・駿河の守護。範国

(?〜一三八四)など歴代、文芸に関心が深く、範国の子貞世(*了俊)は冷泉家の歌道を支え、また*二条良基の連歌を継承した。*宗牧が『*東国紀行』の旅の途中に義元時代の駿河を訪れるなど、多くの文人が富士山一見を兼ね、今川家を訪れ文芸の会を催した。氏親(一四七三〜一五二六)は*宗長を、義元(一五一九〜六〇)は冷泉為和を庇護している。戦国期地方文芸の拠点の一つであった。→了俊(廣木)

異名《いみょう》

一般に用いられている以外の名称。古くは『喜撰式』『能因歌枕』などに見える。『蔵玉集』は「草木異名」と初めにあり、異名ごとに*証歌を載せる。連歌では『*梵灯庵袖下集』に「花の兄と申すは、梅の異名なり」などと列挙するのが早い例である。和歌を詠む際に用いた替詞《かえことば》を、*連歌式目の「*同字」などの規制に抵触しないように、または*付合の連想のために「異名」として連歌でも重視するようになったと考えられる。連歌論書中に取り込まれたものも多いが、和歌・*俳諧のための異名辞書に七九三年刊の『異名分類抄』もある。(廣木)

伊予千句《いよせんく》

連歌作品。「伊勢法楽千句」「太神宮法楽千句」とも。天文六年(一五三七)五月二十二日から*張行、*伊勢神宮に奉納された*千句連歌。追加八句を付す。伊予国(愛媛県)宇和郡の豪族、今城能親の主催で、*周桂の草庵で行われたことが奥書に見える。第一百韻の発句に*近衛稙家《たねいえ》、第十百韻の発句に*三条西公条《きんえだ》の句を据え、能親および家臣に、周桂・*宗牧・*寿慶・*永閑《えいかん》・*元理など*連歌師が加わってのものである。*宗長・*宗碩没後の連歌壇が垣間見える。『続群書類従17上』所収。(松本)

いりほが《いりほが》

「入穿」。内容や表現などの*趣向に凝りすぎて、意味内容が破綻したり、不可解な作品となってしまうこと。元来、和歌で使われた用語で、『*八雲御抄』六は「詞のいりほが」として表現が凝りすぎる例を挙げ、「風情のいりほが」として奇抜な内容を志向するあまりに道理に合わないことを問題とする。『*ささめごと』は「心のいりほが・姿のいりほが侍るべしとなん」として、「心」(内容)と「姿」(詞の表現)が凝りすぎるものがある、としている。(山本)

いろは式目《いろはしきもく》

連歌式目の各項目中の語彙をいろは順に並べたもの。『*応安新式(連歌新式)』の改訂増補版を実用の便宜のために再編し、注を加えたもので、*応其《おうご》『*無言抄』中「以呂波詞」が先蹤か。*紹巴の『いろは新式』は『無言抄』の草稿を基にしたものである。以後この系統を引く書や、別系のものなど多くのいろは順式目が作られた。『無言抄』中のものは寛永十三年(一六三六)刊の立圃編の俳諧作法書『はなひ草』にも影響を与えた。→連歌式目(廣木)

以呂波百韻《いろはひゃくいん》 連歌作品。宝徳三年(一四五一)八月十五日に一条教房邸で*張行された。各句の句頭に、「い・ろ・は…」四十七文字に「き・や・う」(京)の三文字を加えた五十文字を詠み込み、それを二度繰り返し*百韻を構成させたもの。*発句は「いを寝ぬや水の最中の秋の月」(兼良)、*脇は「櫓を推す舟の初雁の声」(教房)。連衆は*一条兼良・一条教房・*宗砌・*賢盛《かたもり》(宗伊)・専永ら十八名である。『続群書類従17上』所収。→いろは連歌(山本)

いろは連歌《いろはれんが》 連歌様式。冠字《かむりじ》連歌の一種。いろは四十七文字を句頭に据えて句作するもの。『*古今著聞集』巻五には六条天皇時代(一一六五〜六八)頃、および*藤原家隆(一一五八〜一二三七)邸で行われた逸話と*付合を載せる。四十七句をはじめから目標とした*長連歌であり、その点で長連歌の原初的なものとして重要である。現存最古の*一条兼良らの『*以呂波百韻』では「き・や・う」(京)を加えて二度繰り返して*百韻を構成させている。→定数連歌(山本)

岩国藩の連歌《いわくにはんのれんが》 現山口県にあった岩国藩の連歌。中世の大内氏以来、この地方は文事の盛んな地であったが、近世になっても藩主吉川《きっかわ》氏にその愛好は継承された。その表れとして、毎年正月十一日(*柳営連歌に倣ったか)に岩国藩*連歌始《はじめ》が行われ、その記録は『御用所日記』に、元禄三年(一六九〇)から嘉永六年(一八五三)の期間のものとして、多くは*三つ物もしくは*表八句の形で残されている。*宗匠家として森脇・香川・朝枝家などが存在したこともこの藩の連歌盛行を示している。(廣木)

印孝《いんこう》 *連歌師。生没年未詳。もと日蓮宗、本国寺の僧。『*新撰菟玖波集作者部類』には、「法花衆、坂本」とある。*連歌師に転じ、諸国を遊歴したらしく、文明二年(一四七〇)正月の関東での『*河越千句』、明応五年(一四九六)春の近江での『*永原千句』に出座、第三百韻の*発句も詠んでいる。仙澄『発句聞書』には永正十二年、十三年(一五一六)、越後などでの句が三十四句収録されている。文明十六年(一四八四)の史料編纂所本『自讃歌宗祇注』奥書に名が見える。『*新撰菟玖波集』に九句入集。(松本)

韻字《いんじ》

連歌の句末の語をいう。*『式目秘抄』には「上句下句のとまりの字なり。詩には少し変はりたり。連歌には〈てにをは〉の字をも韻の字といへり」とある。元来は漢詩法での用語であるが、和歌でも用いられ、連歌では*去嫌《さりぎらい》などに関わって式目の項目に立てられた。*『連歌新式』には「*物名《もののな》と*詞字《ことばのじ》とこれを嫌ふべからず。物名と*打越《うちこし》を嫌ふべし。詞字・つつ・けり・かな・らむ・して、かくの如き類、打越を嫌ふ」とあり、「新式今案事」では「〈かな〉の字、近来は*発句のほか、願《ねがひ》の〈かな〉と云ひて或いは一、これを用ふ」とある。（廣木）

飲食《いんしょく》

一般的な連歌は*百韻であり、これだけの句数を完成させるのには長時間かかった。そのために会の前後、および途中での飲食は欠かせないものであった。室町中期の*『看聞日記』によれば*月次《つきなみ》連歌会には酒一献が必要とされている。そうであったからこそ、連歌会での過度な飲食は無作法だとされた。*二条良基*『僻連抄』には「稠人《ちょうじん》・広座・大飲・荒言の席、ゆめゆめ*張行すべからず」とあり、*『連歌会席式』にも*連衆への注意、また*『会席二十五禁』には供する亭主側への注意がある。（廣木）

韻字連歌《いんじれんが》

賦物の一種。漢詩押韻の規則に準じ、偶数番の句（短句）の最終字に同じ韻の字を配して詠む形式の連歌をいう。たとえば、「中に生ふる桂は月の宮木かな／紅葉を幣《ぬさ》の追い風ぞ吹く／山姫の裾野の時雨色染めて／雲の衣は空に罹《かか》れり／網を干す奥津磯屋は目路《めぢ》遠し／うちぞ見えたるあまの扂《とざし》は」の場合、短句の末尾の「吹（ｓｕｉ）」・「罹（ｌｉ）」・「扂（ｉ）」がすべて平声の支脂の韻で統一されている。→賦物（永田）

陰の体《いんのてい》

付け方の一体。*前句に対して自らの考えを反映させて句を付けるのではなく、よそ事のように主観的な情を入れずに付けること。*『連歌諸体秘伝抄』に、「人と我とに秋二つあり／荻原の隣も風の夕べにて」の*付合例を挙げ、「心を外へつかはして、よそなるものを求め寄する姿なり。たとへば、我が身の上をばさし置きて、よその事をとり扱ふ体の句なり」とある。あまり好んで用いるべき手法ではないが、四季草木の句を詠む場合は有効であるとされる。→陽の体（永田）

【う】

植物《うえもの》　草木類や苔類をいう。「立物《たちもの》」とも。*百韻の*行様《ゆきよう》の多様性を保証するために*連歌式目上からも規定された範疇語で、「*動物《うごきもの》」である「生類《しょうるい》」に対するものである。『*連歌新式』では「一座一句物」の中に「かくの如き植物」として、「若菜」「欵冬《やまぶき》」「躑躅《つつじ》」などを挙げ、「*水《すい》辺*体用事《たいゆうのこと》」では「草枕」「柴の戸」などは「植物にあらず」としている。また、植物同士は可隔五句物《ごくへだつべきもの》とする。「*句数事」には掲出されていないが、『*宗祇袖下』には「二句までする物」とある。（永田）

請取てには《うけとりてには》　「うけてには」とも。「*てには」の一種。『*知連抄』の挙げる六種のてにはの一つ。長句の*前句の句末の詞に対して、短句の*付句の句頭に関連のある詞を詠んで付ける、つまり、前句の句末から付句の句頭に続くようにする付け方をいう。例句には「来る秋の心より置く袖の露／かかる夕べは荻の上風」等が挙げられている。ただし、*宗砌『*初心求詠集』では前句の末句の二字が付句の句頭と同音であることをいうなど異説もある。→懸てには（山本）

動物《うごきもの》　獣・鳥・魚・虫などをいう。「生類《しょうるい》」とも。*百韻の*行様《ゆきよう》の多様性を保証するために*連歌式目上からも規定された範疇語で、「*植物《うえもの》」に対するものである。『*連歌新式』では「一座一句物」の中に「鶯」「蛍」「熊」「竜」「鬼」「女」などを挙げ、動物同士は可隔五句物《ごくへだつべきもの》とするが、『*式目秘抄』には「熊・虎・鬼・龍など様の物は、うちまかせて百韻連歌にすべきにあらず」とある。「*句数事」には掲出されていないが、『*宗祇袖下』には「二句までする物」とある。（永田）

氏親《うじちか》　武家。今川。文明五年（一四七三）～大永六年（一五二六）。五十四歳。駿河国守護。文事を好み、『伊勢物語』などの古典籍を収集、永正十二年（一五一五）には素純と歌集『続五明題集《しょくごめいだいしゅう》』を編纂している。父、義忠に続いて*宗長を庇護、宗長は永正元年、氏親出陣に際し『*出陣千句（三島千句）』、永正十一年にはその厄年払いのために『*浅間千句』の独吟連歌を氏親の*発句を得て奉納している。また、『*宗祇終焉記』には宗祇追悼連歌の*脇や和歌が見える。→今川家の連歌（廣木）

氏頼《うじより》 武家。六角(佐々木)。嘉暦元年(一三二六)~応安三年(一三七〇)。四十五歳。崇永。近江国守護。領国に*救済《きゆうぜい》を迎え*千句連歌を興行したことが『*菟玖波集』一七〇三番*詞書から分かる。また、『*草庵集』によれば*頓阿とも交流があった。救済・*周阿・*成阿《じようあ》らの加わった*北野天満宮*法楽連歌『*紫野千句』の主催者と見なされ、第十百韻の*発句を詠んでいる。『新拾遺集』以下勅撰集に三首、『菟玖波集』に十七句入集。(廣木)

有心体《うしんてい》 *十体の一。心を澄まして詠作に没入し、真の有様が表現された風体。十体の最高位に置かれる。元来、和歌において使われた用語で、『*定家十体』や定家偽書類に多く挙げられている。*心敬『*ささめごと』では「*幽玄」と並べ、この二つを「心蕩《とら》け、哀深く、まことに胸の奥より出たる我が歌、我が連歌のことなるべし」として十体の至極と位置づけ、「槙立つ山の寒き夕暮／行き行きてこの川上は里もなし(*救済)」などの作例を挙げている。(山本)

有心無心連歌《うしんむしんれんが》 和歌伝統に則した優雅な有心の句と、俗的で滑稽な無心の句を付け合う連歌。鎌倉時代初期に*後鳥羽院のもとで、藤原*定家・飛鳥井雅経ら歌人中心の有心衆(柿本衆)と藤原長房・紀宣綱ら非歌人中心の無心衆(栗本衆)が*付句を競うことがたびたび行われたことが『*明月記』に見える。『*菟玖波集』に断片的に所収されるが、有心衆の作句も*俳諧的要素が濃厚である。*有心体を重視する*正風連歌が志向されるようになった後代には、ほとんど行われなくなった。(山本)

薄花桜《うすはなざくら》 連歌書。*兼載著。明応元年(一四九二)成。「花桜」とも。現徳島県、阿波国に下向した兼載が、守護細川*成之《しげゆき》(道空)の求めに応じて記した書。「紅の梅」「花の雲」「花の風」などの好ましくない連歌の詞、約百四十項目を挙げる。『*禁好詞』と密接な関係がある。書名は、末尾近くに藤原*家隆の「紅の薄花桜ほのぼのと朝日いざよふ小初瀬の山」を引用することから名づけられた。兼載の連歌学書『*連歌延徳抄』も「薄花桜」の名を持つ伝本があるが別書である。『続群書類従17下』所収。(松本)

埋付《うずみづけ》 付け方の一体。「うもれづけ」とも。表面上は一見疎遠に見えるが、心の底に深い連関が感じられる付け方をいう。*二条良基『*僻連抄』では「上には付かぬやうにて、下に深き心あり」

と説明し、『連歌秘伝抄』では付様《つけよう》八体の一つに数えて、「上には付くるやうにも聞こえねども、底に深き心を含みて付くるをいふなり」として例句を掲出する。心敬の説く「疎句」にあたる。「余情付《よせいづけ》」や『連歌諸体秘伝抄』の「埋たる体」も同体か。→余情付・親句疎句（永田）

歌てには《うたてには》 「てには」の一種。『知連抄』の挙げる六種のてにはの一つ。古歌を本歌としてそれを寄り所とする付け方。『知連抄』の「もろくなりゆく花の夕風／憂きを知る袖の涙の日に添へて」等の例によれば、前句の句頭の詞から想起される古歌の句を、付句の句末に詠み込んで付ける、つまり、付句の句末から前句の句頭に続けると本歌の一部になるようにする付け方。宗砌『初心求詠集』ではこれを「韻てには」とする。（山本）

歌連歌《うたれんが》 歌のような連歌を非難して言った言葉で、「連歌歌」に対するもの。今川了俊『落書露顕』に「歌詠む人の連歌をば、連歌道のともがらは歌連歌なりとて大いに嫌ひき。連歌師の歌をば、歌詠む方よりは連歌歌とて笑ひしなり」とある。前句（上句）と付句（下句）の関係の親疎をめぐる批判でもあろうが、言葉遣い、風情など文学的本質に関わる言でもある。ただし、心敬は『ささめごと』で連歌のために和歌を学ぶことの益を述べ、和歌と連歌が一体であることを主張している。（廣木）

打句《うちく》 うち捨てたような句のこと。今川了俊『落書露顕』に「それは作者も下《げ》品《ほん》とは知りながら、打句・捨句と存じてしけるにや」とあり、軽く読み捨てた句のことをいう。『梵灯庵主返答書』には、この頃は「下句、打句なりといひてただ口にまかする間、点ごろのみゆる句なし」という批判が見え、救済が上句よりも下句に合点することがあったのに反して、下句を軽視し、口に任せて詠まれるという傾向のあったことが推測される。（永田）

内曇《うちぐもり》 懐紙・短冊の料紙の一種。「打曇」「雲紙《くもがみ》」とも。上方に青色、下方に紫色の雲形を重ね漉きにした厚手の鳥の子紙。和歌では、通常は青雲を上方に、紫雲を下方にして用いるが、仏事や追善の会では上下逆に用いる。連歌で折紙として用いる時は、表を青雲、裏を紫となるように折って用いる。ただし、仏事や追善では表裏が逆となる。『宗祇執筆次第』には「内曇は紫を表になすことも候ふや。但し貴僧、或いは寺家など、または名号連歌などには紫を上になし

候ふ」とある。→懐紙・懐紙書様（山本）

打越《うちこし》　＊付句から一句置いて前にある句。打越の関係にある句が類似した発想や表現になると＊輪廻となり、連歌ではもっとも嫌われる。これを「打越嫌《うちこしをきらら》ふ」といい、『＊連歌新式』では「＊可嫌打越《うちこしをきらふべき》物」の項に具体的な事柄を列挙している。＊宗長は『＊連歌比況集』で＊連歌の付合を蓮に喩えて、「打越を逃れ前句の心を捨つるは蓮の茎を切るにことならず」、『＊五十七ヶ条』で「三句目離るるとは、打越を捨ててすることなり」などと説明する。（松本）

可嫌打越物《うちこしをきらうべきもの》　＊連歌式目中の規定。＊打越とは一句を挟んで前の句、つまり二句前の句ことで、その句との関わりで詠んではならない語彙の一覧を挙げた項目である。一語一語の関係を挙げる場合もあるが、「岩屋・関戸（略）、以上居所にこれを嫌ふ」「霧に降物」など分類された範疇との関わりを挙げる場合が多い。去嫌《さりきらい》の規定としてもっとも重視されたもので、＊俳諧ではこれに抵触することを「観音開き」（厨子の両開きの扉が開いている状態）と呼んで特に嫌った。→去嫌（廣木）

うちひらめ《うちひらめ》　とりたてて工夫のない平凡な句、さらには劣悪な句をいう。元来、薄く平らに延ばされた物を言った語で、薄まった内容の句を指す。＊兼載は『＊心敬僧都庭訓』で、初心者は「珍しきこと」のない句ばかり詠んでいると、「うちひらめになりて目も覚めぬなり」とし、「うちひらめ」の句には「よき句は付くまじきなり」とする。また、『＊梅薫抄』では「下手の」「＊花の句は、ともすればうちひらめに聞こゆるなり」と、＊景物をうまく扱えない状態を意味させている。（廣木）

雨中吟《うちゅうぎん》　懲りすぎで分かりにくい作品をいう。「ゆめゆめ学ぶべからざる風体」の歌を挙げた藤原＊定家仮託書が、『雨中吟』と名づけられていることから、同様の作品を指すようになった。『＊兼載雑談』には「雨中吟の歌はあまりに案じ過ごしてことわりの裏を詠めり」とあり、連歌では＊宗祇『＊吾妻問答』が＊秀句に傾いた句について批判的にこの語を用いている。丈石『＊俳諧名目抄』には「うれはしく晴れやかならで、何となくむづかしき句をいふなり」とある。→未来記（松本）

宇津山記《うつのやまのき》 日記。*宗長著。永正十四年(一五一七)成。隠棲した駿河国(静岡県)宇津山麓の丸子《まりこ》周辺の地誌から筆を起こし、庇護を受けた今川*氏親をはじめとして越後上杉氏、周防の大内氏など、戦国初期の大名との関わり、師の*宗祇のことなどを、時々に詠んだ発句を挟みながら回想したもの。当時の連歌の広がり、今川・武田氏の和睦工作なども含め、*連歌師の役割などを窺わせる書でもある。古典文庫『宗長作品集〈日記・紀行〉』所収。(廣木)

産衣《うぶぎぬ》 連歌集。「連歌当流新式」とも。混空編。元禄十一年(一六九八)刊。連歌用語をいろは順に掲げ、用語を解説した書。語釈を含むが、いろは順*連歌式目注釈書の性格が強く、*応其《おうご》『*無言抄』を引き継ぐ書といえる。*去嫌《さりぎらい》・分別すべき物などを具体的に語を挙げて注記し、所々に参考とすべき和歌や、*宗祇や*紹巴らの例句を掲載する。近世以降の連歌作者には座右の書とされた。五十音順に並び替えたものが『連歌法式綱要』(山田孝雄、星加宗一・岩波書店)に所収。→いろは式目(松本)

有文無文《うもんむもん》 「文」は元来は衣類の文様のことで、「無文」は身分の低い者の衣服、また平服。転じて有文は特に*趣向をこらした優れた句、無文はさほど特色のない句をいう。連歌の*行様《ゆきよう》の均衡のため、無文の句も重要とされる。『*九州問答』は「堪能《かんのう》は下地無文の連歌をして、四・五句目ごとに有文の句を交ずべきなり」とし、*宗碩『*連歌初心抄』に「*基佐は『有文なる連歌より無文なるが大事なり』と申されしか」とある。→地連歌(山本)

裏移り《うらうつり》 *懐紙の表から裏に移った一句目のこと。「引返し」とも。二の折以下は、「二の裏移り」などと称する。他の句とは違って捉えられていたようで、*梵灯庵『*長短抄』には「引返し・*懐紙移り」の折には「*嫌物」も許されるとあり、*宗長『*永文《ながふみ》』は、「懐紙の引返し、二句目、三句目」にできるだけ*出句するように心がけることが肝心であると述べている。また、江戸末期の俳論『貞享式海印録』には、「裏移りに*景物を出すを〈待ち兼ね〉と言うて嫌ふは近世の弊なり」とある。→懐紙移り(永田)

裏白連歌《うらじろれんが》 室町末期頃から正月三日、北野天満宮*連歌始《はじめ》として行われた連歌をいう。通常*百韻連歌は四枚の折紙の裏表に記録されるが、この連歌では裏を使わず八枚用いる。理由として、*執《しゅ》筆《ひつ》が誤った（『寒川入道記』）、「四」の字を嫌った（『嬉遊笑覧』）などと言われている。呼称は注連飾りの裏白に因んでいる。松梅院《しょうばい》院主ほか時々の有力*連歌師が*連衆として加わって*張行された。事前の談合、酒宴を伴うなど儀式化された面が強かった。→懐紙書様・北野天満宮（廣木）

宇良葉《うらば》　連歌句集。*宗祇最後の自撰句集。明応九年（一五〇〇）七月以前の成立。*春・*夏・*秋・*冬に分類されたものと明応九年一月以降の発句のみを四百二十八句掲げる。これらはすべて『*自然斎発句』に収録された。*詞書が豊富で、詠まれた場所や時期などが明らかになる。また、*宗祇の*独吟*百韻連歌である『春日左《さ》拋《なげ》御前法楽百韻』（文明八年〈一四七六〉正月十一日）、『夢想之連歌』（延徳二年〈一四九〇〉九月）、『*本式連歌』（明応五年正月九日）の三作品が収められており、貴重である。貴重古典籍叢刊『宗祇句集』（角川書店）所収。（松本）

上賦下賦《うわふしたふ》　季吟『増山井』（一六六七年成）に「上《ウハ》賦下賦《フシタフ》」とある。「うわふししたふし」「じょうふかふ」とも。上賦は「何人」のように「何」が上にあるもので、何の所に「里」のような熟語となり得る語を句に詠み入れるもの。下賦は「山何」のようにその逆をいう。ただし、近世の連歌書には上下を逆に定義したものもある。両者を交互に賦す形式は複式と呼ばれ、初期の長連歌において盛行したが、制約が多いこともあり、後には上下どちらかの単式が用いられるようになり、さらには賦物自体も形骸化した。→賦物（山本）

雲玉和歌抄《うんぎょくわかしょう》　私家集。馴窓衲叟《じゅんそうのうそう》著。永正十一年（一五一四）成。馴窓の家集であるが、自身の詠の他にも多くの秀歌を載せ私撰集的な要素を持つ。序文によると、佐倉城主千葉勝胤のために編纂されたとある。馴窓は千葉氏に仕える以前、江戸城近くに居住しており、その際に*太田道灌・*東常縁《とうのつねより》・木戸孝範らの歌人、関東に下向した*心敬・*宗祇ら*連歌師と交流したという。*詞書が詳細で、関東の歌壇や連歌壇を知る上での貴重な資料である。『新編国歌大観8』（角川書店）所収。（松本）

【え】

永運《えいうん》　*連歌師。生没年未詳（南北朝頃生存）。権少僧都。連歌を*救済《きゅうぜい》に学ぶ。『*古今連談集』に、能筆で、上手との評判であったが、救済によって、しっかりした連歌を詠めない、と批判されたことが記されている。救済主催の北野天満宮千句に出座、また、二条良基邸の連歌会にも出ていたことが『和歌集心躰抄抽肝要』など諸書に見え、文和四年(一三五五)五月の『文和千句』にも加わっている。小発句集が伝わる。『菟玖波集』に二十五句入集。(廣木)

永閑《えいかん》　連歌師。「ようかん」とも。生没年未詳。宗閑。能登の人で、宗碩に師事、その異母弟とも。永正十三年(一五一六)三月『月村斎千句』に参加、以後、多くの連歌に出座する。『実隆公記』には京と能登を頻繁に往復し、たびたび三条西実隆邸を訪れたことが記録されており、能登国守護畠山義総との仲介役を担ったらしい。天文十四年(一五四五)、『源氏物語』の注釈書『万水一露』を執筆、後世、貞徳に称賛されている。天文十七年八月十四日「何木百韻」以後、事跡が見えなくなる。(廣木)

詠吟《えいぎん》　執筆《しゅひつ》が詠ずること。また、連衆が感嘆のあまり他の人の句を詠ずること。執筆は句を懐紙に書き留めた後に、その句を詠吟するとされている。『宗祇執筆次第』に「上句は三つ切、下の句の五文字を高きやうに」「確かなるやうに」などとあるように、連衆へ正確に伝える必要があるために、極端な節付けはしない。付句がなかなか出ない時に催促のために、また、百韻終了後に全句もしくは一巡を詠吟することがある。→執筆作法(廣木)

永種《えいしゅ》　連歌師。松永。天文七年(一五三八)?〜慶長三年(一五九八)。六十一歳?。徳庵。摂津国高槻城主入江政重の子だが、幼少時死別、母方の姓を名乗る。貞徳の父。宗養に師事。弘治三年(一五五七)正月七日から九日の千句連歌に義俊《ぎしゅん》・三条西公条《きんえだ》・宗養・紹巴らとともに加わって以後、天正十年(一五八二)正月五日「何船百韻」に紹巴・細川幽斎・昌叱らと一座するまで名が見える。その後、貞徳口述『戴恩記』によれば紹巴と絶縁したとのことで、表舞台から退いたらしい。(廣木)

絵懐紙《えかいし》　連歌の懐紙で、金銀墨泥で山水・草木・鳥・月などを配した四季の下絵のある華麗なものをいう。晴の場においては、紙の上下に青や紫の雲形模様を漉きかけた内曇《うちぐもり》(雲紙)という料紙を用いるのが一般的であったが、特別な場合には絵懐紙を用いた。室町後期頃から多くなった。懐紙に描かれた四季の順序に従って使用したが、*雪月花を愛でるような雅会の場合には、*発句当季の絵懐紙を初折に用いることもあった。（永田）

恵俊《えしゅん》　*連歌師。生没年未詳。一五〇〇年前後に活躍。『*新撰菟玖波集作者部類』に信濃出身で、桂井坊と号したとある。*宗祇に師事、『*新撰菟玖波集』編纂に協力したか。同集に三句入集。『*葉守千句』『*新撰菟玖波祈念百韻』など、宗祇一門の連歌に参加している。また、文明十七年（一四八五）以後永正三年（一五〇六、七十歳弱か）まで、たびたび「*細川千句」に出座、細川家と関わりを持った。明応三年（一四九四）に『*連歌寄合』を編纂。（廣木）

延寿王院鑑寮日記《えんじゅおういんかんりょうにっき》　記録。*太宰府天満宮別当延寿王院の管理日記である。寛政九年（一七九七）から文化十一年（一八一四）までのうち五年分が残されている。延寿王院とは宝暦四年（一七五四）に別当大鳥居信賢が許されて以来の大鳥居家の称号である。この日記には公的行事としての連歌会や私的な連歌会、また連歌屋関係の事柄などが詳細に記されており、太宰府天満宮連歌の実際を知るための貴重な資料である。連歌関係の記事を抄出した翻刻に『太宰府天満宮連歌史1』がある。→一山社用旧格雑記（廣木）

【お】

老のくりごと《おいのくりごと》　連歌書。*心敬著。文明三年（一四七一）成か。応仁の乱を逃れ、伊勢から関東に下り、さらに争乱を避け、相模国（神奈川県）大山山麓の草庵で暮らすようになったことを記した後に、和歌・連歌の歴史、いかに連歌を学ぶべきかを説く。前半は『方丈記』などの「記の文学」に連なるもの。連歌論の部分は、和歌・連歌を同一と見、「哀れ深く沈思」すべきとあるように、連歌に精神的な深さを求めるところに特徴がある。『連歌論集3』（三弥井書店）所収。（廣木）

老のすさみ《おいのすさみ》　連歌書。*宗祇著。文明十一年（一四七九）成。越前国守護代の朝倉孝景（子の氏景とも）に書き贈ったものか。前半は、*救済・*頓阿および*七賢の句を順次挙げて、*付様《つけよう》について解説を加え、上古・中古の作風を批判し、当世を称揚する。後半は、七賢の句の中でも特に手本とすべき百一句を挙げ、次に「位高からぬ」二十句を挙げる。理想的な連歌の姿(正風連歌)を説明する宗祇の代表的な連歌論書である。新編日本古典文学全集『連歌論集他』(小学館)所収。(松本)

老耳《おいのみみ》　連歌句集。宗長著。大永六年(一五二六)頃成。大永二年から成立期までの詠作、発句百四十三、付合千三百九十二、を年次順に収録したもの。宗長の第三句集である。ほぼ中間に「一座、一両句づつ書き置き候ふを、自然愚句の等類のために書き集むるものなるべし」との書き込みがある。『宗長手記』と同時期の作品で、発句六十八句が手記中のものと重なることもあり、発句の詞書は宗長の動向を知る資料となる。古典文庫『老耳』所収。(廣木)

応其《おうご》　僧。天文五年(一五三六)、天文六年とも〜慶長十三(一六〇八)。七十三歳。現滋賀県、近江国の人。興山上人・木食《もくじき》上人とも。天正元年(一五七三)に高野山に登り、後に多くの寺社を造営した。豊臣秀吉の信任を得、文禄三年(一五九四)三月四日の青巌寺で興行された「高野参詣百韻」では、秀吉以下、徳川家康・前田利家・伊達政宗など名だたる武将と一座した。里村紹巴とも親交があり、連歌の会でたびたび同座、数年を費やして記した連歌書『無言抄』には、紹巴の跋文がある。→無言抄(松本)

奥州紀行《おうしゅうきこう》　紀行。宗因著。「陸奥塩竈一見記」「奥州塩竈記」「松島一見記」なども。寛文二年(一六六二)三月大阪を発ち、八月松島に至り、帰路、江戸で越年するまでを記す。途中、塩竈・白河関・遊行柳など多くの歌枕を訪ね、和歌および発句を詠んでいる。中世の連歌師による紀行と相違して、各地の武家などとの交流は記さず、歌枕遊覧を前面に出したものである。また、発句は連歌会でのものではない点にも特色がある。『西山宗因全集4』(八木書店)所収。(廣木)

王沢不渇抄《おうたくふかつしょう》　漢詩文論書。良季著。建治二年(一二七六)成。問答体で記され、上巻では漢詩、下巻では文章を中心に実例を挙げながら、その作法などを示す。上巻末尾に「連句」、その末に「連(聯)句連歌」について記す。五言句であること、執筆《しゅひつ》が発句、亭主か高位の者が入韻(脇)を詠む、発句には当季を詠む、などとされており、連歌と相違するところもあるが、当時の連歌論書が現存しないことから連歌においても貴重な資料となっている。『真福寺善本

叢刊第一期12』（臨川書店）所収。（廣木）

応仁元年心敬独吟百韻《おうにんがんねんしんけいどくぎんひゃくいん》

連歌作品。応仁元年（一四六七）五月成。*心敬の*独吟連歌。*賦物は「山何」。*発句は「ほととぎす聞きしはものか富士の雪」。心敬はこの直前に伊勢から海路、現東京都品川区に来、居を定めた。『*芝草句内発句』中「吾妻下向発句草」に、この発句に関して、「武蔵品川にて」の*詞書がある。発句を含め、前半には旅の句が多いなど、戦乱を避けて関東まで来た感慨が随所に見られる特異な作品である。『心敬の生活と作品』（金子金治郎・桜楓社）所収。（廣木）

応仁二年心敬等何人百韻《おうにんにねんしんけいとうなにひとひゃくいん》

連歌作品。応仁二年（一四六八）冬成。*心敬を関東に招いた鈴*木長敏《ながとし》による興行か。*発句は心敬による「雪の折る萱が末葉は道もなし」、*脇は*宗祇の「夕暮寒み行く袖も見ず」で、他に長敏・*大胡修茂《のりしげ》ら関東在地の者が参加、『*河越千句』中の作者も見える。関東に流浪する心敬・宗祇の個人的感慨も含め、農山村的生活、武蔵野の風物などが詠まれ、特色ある百韻である。『心敬の生活と作品』（金子金治郎・桜楓社）所収。（廣木）

往来物《おうらいもの》

手紙の模範文例集、手紙の形を借りた実用知識書。南北朝・室町期のものには連歌に関する記事が見える。特に『新札往来』（素眼〈*素阿〉著・十四世紀後半成）や『尺素往来《せきそおうらい》』（一条兼良著・十五世紀後半成）には*清水寺地主・*鷲尾《わしのお》などの*花の下連歌が近年廃怠したとの記述が見え、『庭訓往来《ていきんおうらい》』（十五世紀初期成）には連歌会に参加するにあたっての心構えが記され、また、『遊学往来』『異制庭訓往来』（十四世紀後半成）には「花下新式」が引用されており、貴重な資料となっている。（廣木）

大内家の連歌《おおうちけのれんが》

大内家は室町期、毛利元*就に滅ぼされるまで、最盛期には周防国以下西国七カ国の守護であった。応仁の乱以後、その居城のあった山口は、都から難を逃れた公家・僧らの安住の地となり、多くの文化が花開いたが、連歌も教弘・*政弘・義興・*義隆など歴代の当主が好み、*宗祇・*兼載ら多くの*連歌師の来訪もあり、被官家も含めてきわめて盛んであった。特に政弘が『*新撰菟玖波集』編纂を援助したことは重要であるが、『*明翰抄』に「山口連歌師」の項目があるなど、専門連歌師が多くいたことも分かっている。（廣木）

大胡修茂寄合《おおごのりしげよりあい》　連歌書。大胡修茂著。「連歌作法」とも。奥書には文明四年(一四七二)八月一日とあるが、本文中に同年十二月二十一日に興行された『*美濃千句』の*宗祇の句を引くため、それ以後の成立。*春・*夏・*秋・*冬・*雑《ぞう》(*植物《うえもの》・草部・*山類《さんるい》・*水辺《すいへん》)・*名所の八十余の項目ごとに関連する詞を挙げ、『*万葉集』『古今集』『*新古今集』などに見える和歌、*心敬・*宗砌らの例句を引く。『京都大学蔵貴重連歌資料集1』(臨川書店)所収。(松本)

大阪天満宮《おおさかてんまんぐう》　大阪市北区天神橋所在。文亀二年(一五〇二)に*肖柏が*千句連歌を奉納して以来、肖柏の在地、堺の*連歌師が関わった。天正十年(一五八二)に、*由己《ゆうこ》が連歌会所別当職に就任、その後、正保四年(一六四七)西山*宗因が*宗匠となり、以後三代、西山家がその職を継承した。その後*里村家、さらに後には社家によって*月次《つきなみ》連歌などが行われた。神主長松(一七五七～一八三〇)は特に熱心で、多くの連歌書を書写、それは岡延宗(南曲)奉納のものと合わせ、天満宮文庫として残されている。(廣木)

大原三吟《おおはらさんぎん》　連歌書。*宗祇仮託書。文明十四年(一四八二)十月(十一月とも)、*宗祇・*宗長・*桜井基佐《もとすけ》が京都大原の僧十如院を訪ね、問答を交わしたという設定の連歌論書。古人の句を*前句にして三人が付け、互いに批評し合い四十番に及んだという。巻末に三人の*発句十七句がある。慶長三年(一五九八)の年号を持つ伝本があり、これ以前の成立。跋文に三条西*実隆が所望したと記されるが信頼できない。『京都大学蔵貴重連歌資料集5』(臨川書店)所収。(松本)

大原野千句《おおはらのせんく》　連歌作品。細川藤孝(*幽斎)により、元亀二年(一五七一)二月五日から七日、現京都市西京区大原野にある勝持寺で催された。藤孝は足利十五代義昭の上洛を助けるなど京に地盤を築いていた時期であった。聖護院*道澄・三条西実澄(*実枝《さねき》)・飛鳥井雅淳に加え、*紹巴・*昌叱など当時の有力な*連歌師が参加している。勝持寺は花の*名所で、華やかな宴の様子が策彦周良(一五〇一～七九)『大原野千句連歌記』に記録されている。古典文庫『千句連歌集8』所収。(廣木)

大廻し《おおまわし》　*発句において上五の内容が下五にかかる句体、または下五から上五へと連続するように倒置しているものをいう。*梵灯庵『*長短抄』には「廻してにはのこと、たとえば後に云ふべき事を先に云ふなり」とし、「とこそ言へなほ待ちて見む月の頃」また、「大廻し」として「あなたふと春の日みがく玉津島」などの句例を挙げる。ただし、『長短抄』に挙げる「山はただ岩木の雫花の雨」、『*連歌秘袖抄』が挙げる「雪払ふ風の道行く秋の月」など、必ずしも倒置とは言い切れない。（山本）

大山祇神社《おおやまつみじんじゃ》　愛媛県大三島にある神社で、伊予国一宮。古くから海上の神として尊崇を受け、多くの宝物が寄進されたが、*法楽連歌も多く詠まれ、多くの原*懐紙が残されている。現存するもので最古の連歌は文安二年（一四四五）四月十八日「*夢想連歌」で、新しいものは寛文十一年（一六七一）七月の「何木百韻」である。*千句連歌も多い。*連衆は中世期は、この地を支配した河野氏関係者および社家が中心で、中央の*連歌師の名は見えない。なお、法楽連歌の翻刻に『大山祇神社法楽連歌』（大山祇神社社務所）がある。（廣木）

表佐千句《おさせんく》　連歌作品。「後美濃千句」「河瀬千句」「十花千句」とも。文明八年（一四七六）三月六日から八日まで、現岐阜県、美濃国革手（阿弥陀寺とも）で興行された*千句。応仁の乱を避け、美濃の斎藤*妙椿を頼って下向していた*専順を*宗祇が訪ね興行されたもの。*十百韻の*発句すべてに花を詠む十花千句である。専順最晩年の連歌。*連衆は専順・宗祇・甚昭・*紹永《じょうえい》ら十五人。第一何人百韻の発句は「花ぞ雲かけても吹くな天津風（専順）」。*平野追加二十二句を付す。古典文庫『千句連歌集4』所収。（松本）

思句《おもいく》　付け方の一体。「思ひの句」とも。つらい思いなどを詠んだ前句に対して、さらにそのもの思いや悩みが深まるように仕立てた句のこと。*心付の一種といえる。『*知連抄』や『*和歌集心躰抄抽肝要』は、六の句作《くづくり》の一つとし、『*連歌諸体秘伝抄』も一体として挙げて、「憂き心にいよいよ憂きを言ひ付け候ひて思ひ入れたる体」と説明する。『知連抄』は、「何を隔てて訪ひ来ざるらん／花を見る梢の山の朝霞」を例に、「霞は物を隔つる、されども花の色は梢より見ゆる、何を隔てて人は来ぬぞと言ふ心深し」と述べている。（永田）

面白体《おもしろきてい》　*十体の一。気の利いた*趣向がある風体。元来、和歌において使われた用語で、『*定家十体』や定家偽書類に多く挙げられている。*当座の感を重んじる連歌では、より重要視された。*二条良基は『*十問最秘抄』で「連歌も一座の興たる間、ただ当座の面白きを上手とは申すべし」と述べ、『*九州問答』では「華やかに面白き体の表れて、上手の仕業と見えたるを有文と申すべきなり」とする。『*ささめごと』は、興趣を中心とした*付合例を載せる。（山本）

表十句《おもてじっく》

*百韻において*発句から十句目までのこと。*三条西実隆の『*篠目』に「十句心得あるべき事」とあるなど、*発句から十句目までを問題にするのは、初折の表八句が済んでも、しばらくその趣きを保つようにという心掛けの必要性によるのであろう。*紹巴『*連歌教訓』でも表八句、十句までは心得が必要であるとされている。*本式連歌では初折表を十句詠むことになっているが、そのこととの関わりも考え得る。『*連歌天水抄』には具体的に「表十句の内に付けざる言葉」「表十句の内に嫌ふべき物」「用ふべき物」の一覧が掲載されている。→表八句（廣木）

面付《おもてづけ》

付け方の一体。「春」と言えば「霞」、「秋」と言えば「霧」、「千鳥」と言えば「思ひかね」というように、和歌などで形式的に言い古された題材同士の連想によって付ける方法。*俳諧の物付《ものづけ》に近い付けである。一見技巧的な付け方のようだが、型通りの連想のみでは*付合の新鮮な展開が望めず、また情趣も薄い。『*長短抄』に「これを至極と思ふは下手の意地なり。上手も事欠きたる時はかやうにも時々は付くるなり」とあり、上手の者でも*前句に付けあぐねた際に用いることがあった。（永田）

表八句《おもてはっく》

*百韻で用いる*懐紙四枚のうちの初折の表に記された八句のこと。冒頭部分として特別な扱いをされた。二条*良基の『*筑波問答』では百韻を序・破・急に分けるが、特に初折の表は「しとやか」で、軽薄にならないようになどとされている。『*五十七ヶ条』（*宗長か）には貴人や特別な招待客などを尊んで、表八句のうちの一句を詠ませるようにすべきであるとある。→懐紙書様・表十句（廣木）

折紙の呼び名《おりがみのよびな》

*百韻は四枚の折紙（*懐紙）を裏表用い、計八ページに記録される。この八ページには便宜のために呼び名が付けられている。まず、四枚の折紙を一枚目から初折・二の折・三の折・名残と呼び、それぞれ表・裏と称する。つまり、第一ページは初折の表、第二ページは初折の裏と呼ぶ（略して表を「オ」、裏を「ウ」と書くことも多い）。連歌に関しての言及はこの折紙の名を明示してなされることが多く、句の位置も折紙ごとに「二の折表の五句目」

などと呼ばれる。→懐紙書様（廣木）

織部《おりべ》　武家。古田。天文十三年（一五四四）〜慶長二十年（一六一五）。七十二歳。重然。豊臣秀吉の同朋衆、重定（勘阿弥）の子。秀吉に仕え、山城国西岡の領主となる。後、徳川家康に仕えるが豊臣方への内通を疑われ自害した。茶を千利休に学び、織部流茶道の祖となった。連歌を好み、元亀三年（一五七二）九月二十八日「何人百韻」以後、紹巴・昌叱・心前・細川幽斎らとの同座の会が見られ、慶長元年（一五九六）十二月十九日には大阪城での夢想連歌で秀吉らと同座、慶長十九年代には昌琢らを自邸に招いて連歌を興行している。（廣木）

御連歌式《おれんがしき》　神奈川県藤沢市の時宗寺院、清浄《しょうじょう》光《こう》寺（遊行《ゆぎょう》寺）で、歳末別事念仏会の第一日目、十二月十八日（明治以後は十一月）に小書院の熊野権現の前で行われる行事。報土と後灯に分かれ、順に文台の上の連歌十七句ずつを吟ずる。元来はその場で詠作されたと思われるが、現在はすべて定まった句を吟ずるのみである。報土側の発句「石の火の光にいづれ年の暮（他阿）」により、「御光《おひかり》の連歌」とも呼ばれる。時衆と連歌の深い関わりの名残と見なせるものである。（廣木）

温故日録《おんこじつろく》　連歌書。杉村友春著。延宝四年（一六七六）成。十二月題を巻ごとに配し、最終巻に「非季詞」を加え、全十三巻からなる。四季の景物のうち、連歌に用いられるものを挙げたと序文にある。漢籍・故実書・歌論書・連歌論書などを引用しつつ、各景物を詳しく解説、証歌を記した書である。昌琢・昌程の説に準じたとする宗因説を重んじたもので、跋文には宗因自身が賞賛の言葉を記している。鳥居清「『温故日録』―解説と翻刻―」（「親和女子大学研究論叢」1～6）所収。（廣木）

【か】

懐旧《かいきゅう》　昔を懐かしむ心情にかかわることをいう。それを表す詞は、百韻の行様《ゆきよう》の多様性を保証するために連歌式目上からも規定された。一条兼良『連珠合璧集』には「述懐《しゅつかい》」と同項目に一覧され、兼載『梅薫抄』にも「昔」「いにしへ」「老が身」などが挙げられている。『連歌新式』「句数事」には三句まで続けることのできるものとして「述懐〈懐旧・無常、

この内にあり〉」とする。百韻の＊表八句、もしくは十句目まで詠むことが禁止された。→述懐・無常（永田）

改元類記紙背連歌懐紙《かいげんるいきしはいれんがかいし》

連歌懐紙。内閣文庫蔵「押小路文書」中『改元類記』の紙背に残された連歌懐紙十一葉。①応長元年（一三一一）八月二十四日「賦何船連歌」、②正和三年（一三一四）七月十九日「賦山何連歌」、③成立年未詳「賦何船連歌」、④同「賦何物連歌」、⑤詳細未詳断簡の五種で、それぞれ＊百韻の一部と思われる。①は初折＊表八句、他は初折表十句の＊本式連歌らしい。作者はほとんどが一字名で記されている。②には「大宮殿」と＊端《はし》作《づくり》にあり、すべて＊堂上連歌と思われ、鎌倉末期の公家連歌として貴重な資料である。『伊地知鐵男著作集2』（汲古書院）所収。→懐紙（廣木）

廻国雑記《かいこくざっき》

紀行。＊道興著。文明十九年（一四八七）頃成か。都から越後を経由して関東へ抜けて鎌倉に至り、甲斐から北上して奥州路を抜けて松島などの＊名所を巡る、一年に及ぶ旅の記である。各地の描写も詳しく、土地の伝承なども記す。和歌・俳諧歌・漢詩、さらに＊独吟連歌や連歌＊発句も随所に詠まれている。川越や宇都宮では在地の者に請われて連歌に加わるなど、地方文芸の様相も垣間見える。『中世日記紀行文学全評釈集成7』（勉誠出版）所収。（山本）

懐紙《かいし》

連歌を記録する料紙。懐紙は元来、和歌を詠進するためなどに用いられた。縦三十六センチ、横五十二センチほどで、鳥の子や奉書紙などの厚手の紙である。上等なものには上部が青色、下部が赤紫色に漉かれた＊内曇紙、さらに絵が描かれた紙（＊絵懐紙）がある。連歌ではこの紙を横に二つ折にした紙（折紙という）、下に折目がくるようにして、その紙の表・裏（内側は用いない）を用いた。＊百韻ではこの折紙を四枚使用するが、それぞれの面の書き方が定められていた。→折紙の呼び名・懐紙書様（廣木）

懐紙移り《かいしうつり》

初折から二の折、二の折から三の折へなど次の＊懐紙に移る際のことをいう。＊百韻において特別な認識がなされ、『＊初学用捨抄』には「〈懐紙移り〉には、四句五句の内に早く＊分句《わけく》を」とあるように、「懐紙移り」があったら、五句目までに自句を出すのがよいとあり、『＊用心抄』には「〈懐紙移り〉また〈引返し〉などに苦しからぬ在り所ならば、少々＊指合は目にかけずして書くべし」として、懐紙移りでは多少の指合も許容されるとある。→裏移り（永田）

懐紙書様《かいしかきよう》　連歌*百韻は八ページに割り振られて*執筆《しゅひつ》によって記録された。初折の表と名残の裏には八句、他の紙面には十四句ずつである。ただし*歌仙などは別。句はそれぞれ二行に書かれ、作者名は二行目の下に書かれた。*発句は初折の表の右三分の一ほどあけて書かれ、その前に*賦物、右端には*端作《はしづくり》(*張行年月日や場所など)が記された。名残の裏では左三分の一があけられ、そこに*句上が書かれた。なお、墨継ぎなど煩雑な作法もあった。→執筆作法(廣木)

会所《かいしょ》　集会場所の意であるが、特に南北朝期に完成した貴顕の邸内に設けられた客殿をもいう。この客殿としての会所は、観賞用の庭に面した十八畳程度の畳敷きの主室を設け、周辺に茶の間などの小部屋を配する。主室には押板(後の床の間)をしつらえた。*二条良基の邸宅や足利将軍の御所であった室町殿、*足利義政の別邸である東山殿(現銀閣寺)などのものが著名であるが、現存しているものはない。後の書院の原形といえ、ここで詩歌・連歌会や茶会が催された。→連歌所・北野天満宮連歌会所(廣木)

会場《かいじょう》　連歌会を行う場所は当初寝殿造の建物の庇の間など、室町期でも内裏では黒戸や学問所などが用いられた。船上や*花の下連歌での野外などの場合もあった。ただし、理想としては十数名に適切な広さ、居心地のよさなどが求められた。*二条良基『*僻連抄』には眺望の美しい風雅な御殿がよいとあり、このような場所を都の内で実現したのが、「会所」であった。室町期には各地の*天満宮などに専用の建物・部屋も作られるようになった。→会所(廣木)

会席作法《かいせきさほう》　連歌会での立ち居振る舞いの作法。*宗匠・*執筆《しゅひつ》・亭主・*連衆など連歌会での役割ごとに定められた。もっとも煩雑なものは執筆の作法であり、会席作法書のほとんどはこの作法について述べたものである。南北朝頃に和歌会の作法を模範にして形が整えられていったものであるが、和歌とは文芸の形態が相違しており、独自性が強い。*俳諧での作法は*貞徳などによって連歌に準じたものとして定められたが、しだいに煩雑なものになった。→執筆作法(廣木)

会席荘厳《かいせきしょうごん》　連歌会の会場の飾り付けをいう。荘厳とはもともと仏のためのものであったが、「*会所」が成立し、そのような部屋、もしくはそれに準じた部屋で集会を行うことが一般的になると、部屋を飾ること、特に押板(後の床の間)飾りが求められることになった。押板飾りの基本は掛け軸とその前に置かれる三具《みつぐ》足《そく》(香炉・花瓶《けびよう》・燭台)を置くことであるが、連歌においては掛け軸には*天神名号や*天神像などが用いられることが普通で、*文台が飾り置かれることもあった。(廣木)

会席二十五禁《かいせきにじゅうごきん》

連歌書。*宗伊著、*宗祇補訂か。延徳元年(一四八九)成。連歌会席で禁ずべき行為を二十五ヶ条で示したもの。壁書として用いたか。連歌特有のものもあるが、「遅参の事」など会席一般に共通することも多い。当時の連歌会の実態を窺わせるものでもある。後に各項目に注が付けられたもの、増補したものも作られ、広く流布し、また、多くの連歌論・俳論に引用された。『文芸会席作法書集』(廣木一人他・風間書房)所収。→会席作法(廣木)

廻文連歌《かいぶんれんが》

上から読んでも、下から読んでも同じになるように作られた連歌。元来、漢詩・和歌で遊技的に作られたもので、和歌では古く『源順集』(十世紀後半成)などに見え、藤原清輔『奥義抄』(十二世紀中頃成)に「逆さまに読むに同じ歌なり」とある。連歌では源意『*異体千句』の「*平野追加」二十二句が「賦廻文《かいぶんをふす》連歌」として、*発句「なかば咲く萩のその木は草葉かな」以降、すべての句が廻文として作られている。後に*俳諧でも試みられた。(松本)

かかり《かかり》

詞と詞の繋がり、またそれが生み出す風情。*二条良基『*九州問答』に「連歌のかかりと云ふは詞なり」とある。『*梵灯庵主返答書』では良基の言として「常に連歌はかかり第一なり。かかりは吟なり。吟はかかりなり」と、吟じた際の詞の繋がりを重視して説明している。*宗砌『*初心求詠集』は「連歌は詞かかりをもととして、心を求むることなかれ。いかに心面白くとも、詞下賤《げす》しくかかり*幽玄ならずは徒《いたづら》ごとなり」と「心」以上に優先すべきと説く。(山本)

覚祐《かくゆう》

僧。中坊《ちゅうぼう》。生没年未詳。『*明翰抄』奈良連歌師の項に「中坊法眼」とある。中坊家は大和国添上郡の豪族で、天文十六年(一五四七)には南都奉行となった。*奈良の連歌愛好者の一人として、天文十四年七月二十五日の「何人百韻」に*昌休・*紹巴・*宗二らと同座、松永久秀が現奈良市の多聞城を織田信長に明け渡した直後の天正二年(一五七四)正月二十六日には、その城で*明智光秀の*発句による「何人百韻」を主催している。天正十九年五月二十二日「懐旧百韻」への参加まで認められる。(廣木)

懸句《かけく》　付け方の一体。*前句に詠まれている一語を懸詞《かかりことば》とみなし、その語に懸けられている事柄を縁にして、*付句を詠む方法。『*知連抄』や『*和歌集心躰抄抽肝要』で六の句作《くづくり》の一つとする。『知連抄』は、「この奥山に住む甲斐もなし／それまでは下りて汲まれぬ谷の水」を例に挙げ、前句の「住む」を「澄む」に*取りなして、それを*寄合として付ける、と説く。ただし、*梵灯庵『*長短抄』は、「下句に上句付くをば懸句」というとして、「*懸てには」と同意とする。(永田)

懸てには《かけてには》　「*てには」の一種。『*知連抄』の挙げる六種のてにはの一つ。短句(下句)である*前句の句頭の詞を寄り所とし、長句(上句)である*付句の句末にそれに繋がるような詞を詠んで付ける、つまり付句の句末から前句の句頭に続くようにする付け方。例句に「さしつる戸をも遅く開けけり／山風の寒きを思ふ朝日影」などが挙げられている。「*請取《うけとり》てには」とは、長句から短句へ続くことは同様であるが、前句と付句の関係が逆のものである。(山本)

賭物連歌《かけものれんが》　褒賞として金品を賭けて行った連歌のこと。*出句の数や、秀逸句の数を競った。鎌倉初期から南北朝期に流行し、藤原*定家の『*明月記』には賭物として、銭・扇・櫛・紙・唐綾などが用いられたと記録されている。『*後鳥羽院御記』建保三年(一二一五)五月十五日条にあるように、*堂上連歌でも金銭が賭けられていたことがあった。兼好『*徒然草』八十五段には、連歌をした帰りに法師が「猫また」に襲われ、賭物の「扇・小箱」が水につかってしまう話が載る。(松本)

笠着連歌《かさぎれんが》　不特定の者が参加できる連歌会で、笠をかぶり顔が分からないようにして句を詠んだことから名づけられた。立ち寄った者の自由な参加などから*花の下連歌を継承したものとも、笠着がまれびとの訪れを類推させることから、民間宗教的な色彩をもっているとも考えられ、連歌の持つ芸能性を示し、花の下連歌に共通する性格を持つものである。*十仏『*太神宮参詣記』、『続撰清正記』などに記事が見え、また『北野曼荼羅』中には図がある。(廣木)

重てには《かさねてには》　「*てには」の一種。『*知連抄』中の六種のてにはの他に追加されたものの一つ。*前句である短句の句頭の語と同音の語を、*付句である長句の下五の頭に詠み込む付け方。『知連抄』

の例句では「いたづらにこそ身はなりにけり／月影のひま洩る宿の板びさし」、「あまりに憂きは深山路の秋／袖はよも干すひまあらじ雨そそぎ」などが挙げられている。*梵灯庵『*長短抄』、『*連歌諸体秘伝抄』も所説、句例ともにほぼ同様である。（山本）

歌仙《かせん》　一巻三十六句の連歌形式をいう。和歌での三十六歌仙に因む名称。『*実隆公記』文明十三年（一四八一）四月十三日の条に三十六句形式で行われた例、『後法興院記』明応二年（一四九三）八月十四日の条に「歌仙連歌」の名が見える。元来は三十六歌仙奉納に淵源があったと思われる。永正十六年（一五一九）七月二十九日の*肖柏*独吟が歌仙形式の連歌*懐紙として現存最古のもので、二枚の懐紙の表裏に六句、十二句、十二句、六句を記しており、後世の書式と一致している。↓細川高国朝臣六々歌仙（廣木）

片句連歌《かたくれんが》　上句・下句のいずれか一句のみの連歌句。*前句・*付句の*付合の形ではなく、片方だけの句ということに由来する名称。『*菟玖波集』巻十九「*雑体連歌」の中に「片句連歌」として七句が入集。所収句によれば、一句である理由は、*難句であったために人々が付けられなかったものと、神託句・御製・将軍などの詠であったため、付合ではなく単独で伝わったとみられる場合とがある。（山本）

片端《かたはし》　連歌書。編者は*専順か。文明十一年（一四七九）十月十三日の奥書を持つ伝本があるが、成立年は未詳。連歌における*本歌・*本説の取り方、*付合や詞の良し悪し、*百韻の*行様《ゆきよう》などを初心者向けに説いた書で、冒頭に「小児のため」に書いたと記す。*堯孝や梵灯庵の説を記し、『*古今集』『*新古今集』などの和歌を引用し*寄合語を説明している。中世の文学『連歌論集3』（三弥井書店）所収。（松本）

合点《がってん》　すぐれた句の右肩に斜線を引くなどして、印をつける、また、その点（線）のこと。元来和歌で用いられ、点（平点）、よりすぐれたものに付ける長点（一重に引かれる場合がある）があった。数名によるものは「十方点」と言った。点数の多いことが名誉とされ、また賭け事にも使われ、弊害も出た。二条*良基は『*僻連抄』で、合点されても粗雑で下品な句はよくない、と注意しており、逆に、その付け方によって*点者たる者の力量が問われるとしている。（廣木）

合点之句《がってんのく》　連歌句集。荒木田*守武著。天文十年（一五四一）成。守武が天文九年まで

に*合点を得た*付句・*発句を集め、*点者の名を各句に記した書。四季・*恋・*旅・*雑《ぞう》・*聯句連歌・*神祇・賀に部類した*付合五百八十五、四季に部類した発句百七十四句からなる。末尾に、*宗長に二十二度、*宗碩に十三度、*肖柏に十度など、点を依頼した十四名を挙げ、それは計七十二度に及ぶとある。所々に記された*詞書によれば、*百韻・*千句など折に触れてなされたらしい。『荒木田守武集』（神宮司庁）所収。（廣木）

勝元《かつもと》　武家。細川。永享二年（一四三〇）～文明五年（一四七三）。四十四歳。持之の子。摂津国など四カ国の守護で、室町幕府管領となった。応仁の乱の東軍を率いた守護大名であったが、文化的志向も強く、和歌を正徹（一三八一～一四五九）・正広《しょうこう》（一四一二～九三）に学び、幕府の歌会にたびたび出詠、自邸でも*月次《つきなみ》歌会を催した。連歌においても、享徳四年（一四五五）から毎年二月二十五日に*北野天満宮法楽千句（*細川千句）を興行するなど将軍家の公的連歌会を代替した。『*新撰菟玖波集』に二句入集。（廣木）

歌道聞書《かどうききがき》　連歌書。寛永十九年（一六四二）成。北山に住む連歌愛好の僧からの聞き書きの形をとる。作者は不明であるが、*北野天満宮連歌会所に関わる人物であったか。連歌史を*二条良基時代から*昌琢、当代の*俳諧まで辿り、連歌は*紹巴により大衆化し、深みを失ったとする。したがって、*宗祇こそ模範とすべきと強調、その句風をかろうじて保持し得た最後は*宗養であったという。木藤才蔵「歌道聞書」（『日本文学誌要』12）所収。（廣木）

歌道七賊《かどうしちぞく》　「大酒・睡眠・雑談・有財・無数寄・早口・証得」という連歌道においてあってはならない事柄。*心敬『*ささめごと』の末尾に見える教えで、十の徳「堪能・利性・稽古・修行・道心・手跡・明師合へる・閑人・年老・身の程」や「法の徳」「法の賊」と対応してのものである。会席に際しての賊もあるが「有財・無数寄・証得」など人としてのあり方に関わるものもあり、また、仏法に絡んでの言説であるところに心敬の文学観が見える。（廣木）

金沢藩高岡の連歌《かなざわはんたかおかのれんが》　現富山県高岡市の連歌。近世期加賀藩領であった*高岡は藩主前田家の嗜好もあって、商人にも連歌が普及していた。当地に現存する『連歌集』は町役人、服部家関係者の編纂した書で、それには、万治・寛文年間（一六五八～七三）に、*里村（南）家の*昌程・*昌陸父子、昌穏などや、小松天満宮の能順などを迎えて張行された百韻が収められている。また、『昌程発句集』にも記録がある。その中心にいたのは正知(一六二四〜八四)で、後の漢学者南郭の祖父に当たる。(廣木)

兼良《かねよし》　公家。一条。「かねら」とも。応永九年(一四〇二)〜文明十三年(一四八一)。八十歳。経嗣の子、二条良基の孫。従一位関白太政大臣。桃華叟。一字名は「桃」。古典学などに通じた当時随一の学者でもあり、『三代集作者百韻』『源氏国名百韻』などを自邸で興行するなど、公家連歌壇の中心人物でもあった。勅撰連歌集たるべく『新玉集』を撰集したが、応仁の乱のため散逸した。連歌関係書に『連歌初学抄』『筆のすさび』『連珠合璧集』、古典注釈書に『花鳥余情』など多くの著作がある。『新続古今集』に九首、『新撰菟玖波集』に二十三句入集。(山本)

壁草《かべくさ》　連歌句集。永正九年(一五一二)成。宗長の自撰第一句集である。四季・旅・恋上下・雑《ぞう》上下・発句の十巻。句数は諸本に相違があるが、大阪天満宮本では付合千百二十五、発句百八十四である。続群書類従本の跋文によると、文亀元年(一五〇一)、宗長が越後にいた師宗祇を見舞い、指導を仰いで編纂、以後改訂を続け、宗祇の句集『老葉』『下草』になぞらえて完成したという。古典文庫『壁草』所収。加注本(壁草注)の翻刻に『連歌古注釈集』(金子金治郎・角川書店)がある。(廣木)

鎌倉連歌《かまくられんが》　京連歌に対して鎌倉で興行された連歌、また、そのような連歌のこと。鎌倉での連歌は無住『沙石集』(一二八〇年前後成)、『吾妻鏡』などに記事が見え、『菟玖波集』にも一日一万句連歌の句が載る。二条良基は『連歌十様』などで寄合中心の生硬な連歌として否定した。『二条河原落書』にも「京鎌倉をこき混ぜて、一座揃はぬえせ連歌」とあり、都の連歌とは句風が違っており、余情に乏しい「下種しく強《こは》く聞こ」(『僻連抄』)える連歌の典型として捉えられていた。→田舎連歌(松本)

神路山《かみじやま》　連歌句集。荒木田守則の自撰句集。永正四年(一五〇七)成。『続群書類従』の版本目録には、「荒木田守晨《もりとき》句集称神路山」とある。「神路山」とは伊勢神宮内宮にある山で、「霞も広き恵みなるらん/神路山世をほのめかす春立ちて」を集の冒頭に置く。春六十二・夏二十二・秋五十三・冬二十の四季百五十七句、旅三十四句、恋百四、雑《ぞう》二百一句の計四百

九十六句、*発句七十八句から成る。守則は*守武の従兄で、永正二年に内宮長官に就任した。（永田）

上句下句《かみのくしものく》　和歌と同様に、上句とは五七五の句、下句は七七の句をいい、連歌では長句・短句ともいう。連歌はこの二種を交互に付けるもので、*長連歌はこれを繰り返して一巻を構成する。句作にあたっては心構えが異なるとされた。伝*宗祇『*初学用捨抄』は詞の置き所について「〈*和歌の浦舟〉などと、下句にとまるべし」とあり、*宗長『*永文』では、作者は上句を詠んだら次はなるべく下句を詠み、どちらか一方ばかりに偏って詠まないようにすべきと述べている。（山本）

亀戸天満宮《かめいどてんまんぐう》　東京都江東区の神社。亀戸天神社とも。近世、*太宰府天満宮の分祠として創建、その神事を受け継いだ。連歌も同様で、正月二日の*裏白連歌から始まり、毎月二十五日に*月次《つきなみ》連歌、七月七日、八月十五日などの行事に連歌を興行した。これらの連歌会のために境内に、はじめ東西二屋、焼失後の明和元年（一七六四）には六間四間の連歌屋一屋が設けられた。寛文九年（一六六九）に初代別当大鳥居信祐が*柳営連歌に出仕、以後、大鳥居家または社家比良喜家から柳営連歌師を出した。（廣木）

歌林《かりん》　歌書・連歌書。今川*了俊著。応永十八年（一四一一）成。子孫に与えたもの。奥書に「歌・連歌に再々に用ゆべき詞」を一覧したとあるように、歌語を「世俗語」「由緒語」「料簡語」に分けて解説した書で、『*八雲御抄』からの影響、また、自著の『師説自見集』『*言塵《ごんじん》集』との類似も大きい。「聞きにくき詞」を否定し、「初めたる詞」であっても「聞きよき詞は可とする了俊の歌語観を示したものである。『中世歌論と連歌』（水上甲子三・私家版）所収。（廣木）

賀連歌《がれんが》　祝賀を詠んだ連歌句、またそれを収めた部立。和歌では『古今集』「賀歌」の部に始まり、以後の*勅撰集にも欠けることなく踏襲される。連歌でも『*菟玖波集』『*新撰菟玖波集』ともに「賀連歌」の部を設ける。御代を祝賀する場合が圧倒的に多く、連歌も基本的には同様であるが、「弓矢をとるも私ぞなき（*尊氏）」（『菟玖波集』）や「国安くなるは戦の力にて（*専順）」（『新撰菟玖波集』）など武家の存在も意識される点には特徴がある。（山本）

河越千句《かわごえせんく》　連歌作品。文明二年（一四七〇、元年とも）一月十日から十二日まで、現埼玉県、武蔵国河越で興行された千句連歌。扇谷《おうぎがやつ》上杉氏家臣の河越城主太田道真《どうしん》のもとで催された。連衆は、関東下向中の心敬・宗祇、印孝・興俊(兼載)ら連歌師、道真や鈴木長敏《ながとし》ら関東の好士である。第一百韻の発句は「梅園に草木をなせる匂ひかな(心敬)」。心敬の句はこの千句から十四句が『竹林抄』に採録、うち『新撰菟玖波集』に二句入集している。古典文庫『千句連歌集5』所収。(松本)

寛正七年心敬等何人百韻《かんしょうしちねんしんけいとうなにひとひゃくいん》

連歌作品。寛正七年(一四六六)二月四日成。発句は心敬の「頃や時花にあづまの種もがな」、脇は行助。他に専順、宗祇、紹永《じょうえい》ら計十八人が同座している。発句には行助の東国下向への送別の意図があったか。その後、間もなく宗祇・心敬も関東へ下り、その点でも記念碑的作品となった。『蔭涼軒日録』の二日後の記事に、ある人がこれを紹介したところ、「世皆これを美《ほ》」めたとある。新潮日本古典集成『連歌集』(新潮社)所収。(廣木)

漢和法式《かんなほうしき》

式目。徳大寺実淳《さねあつ》著。明応七年(一四九八)成。漢和聯句の式目書であるが、和漢聯句にも援用できるものである。和句・漢句の総句数、一座一句物中の或る語を「和漢各一」とするなど、漢和(和漢)聯句に特殊な事柄の記述も所々に見えるが、全体は『連歌新式』の項目・内容に準じている。『連歌《れんが》新式追加並新式今案等《しんしきついかならびにしんしきこんあんとう》』『和漢篇』などや、三条西実隆・兼載の意見を勘案、さらに自分の見解を「愚加」などとして補って作られている。『群書類従17』所収。

→連歌式目(廣木)

漢和聯句《かんなれんぐ》

一巻の内に和句と漢句が混ざる、連歌と聯句が混合した形態で、発句が漢句のものをいう。必ずしも、和句と漢句が付け合わされてはいず、『王沢不渇抄《おうたくふかつしょう》』に「漢和の時は和も韻」とあるように、和漢聯句の場合は偶数句が漢句の場合のみ韻を踏むのに対して、和句であっても押韻が要求された。第二句が和句であるため漢詩に倣ったのであろう。具体的には末尾の自立語を漢字表記した時の韻をもってする。室町期には和漢聯句に比べ例は少ない。(廣木)

看聞日記《かんもんにっき》

日記。伏見宮貞成《さだふさ》親王(後崇光院)著。「看聞御記」とも。応永二十三年(一四一六)から文安五年(一四四八)にわたり、別記を含めて五十五巻が残されている。当時の朝廷の出来事や足利義教の粛清政治などの幕府の動き、嘉吉の乱(一四四一年)

などを冷静に見つめて記述し、その点でも貴重であるが、多様な関心のもとに記録された文学・芸能などの記事も重要で、和歌会・連歌会の実態の把握には欠くことのできない日記である。続群書類従補遺二『看聞御記』所収。（廣木）

看聞日記紙背文書連歌懐紙《かんもんにっきしはいもんじょれんがかいし》

連歌*懐紙。宮内庁書陵部蔵『看聞日記』四十四巻中の巻二・三・四・六・三十二の紙背として残されたものである。連歌五十八巻分（断簡も含む）の懐紙であるが、連歌最盛期の原懐紙としてだけでなく、『日記』の*張行記事と照合できる点でも貴重な資料である。『日記』の巻二・三・四の末には連歌懐紙の散逸を防ぐために紙背とした旨が記されている。図書寮叢刊『看聞日記紙背文書・別記』（養徳社）所収。→看聞日記（廣木）

【き】

聞句《ききく》

先達によく問い聞かないと真意が分からない句のこと。荒木田守平『*二根集』には三例挙げて「聞句」とするが、その意味は明確ではない。丈石『*俳諧名目抄』では「謎の句にて思惟すればよく聞こゆる」とする。*岩松尚純《ひさずみ》『*連歌会席式』には「〈聞句〉など見せ侍る人」とあり、理解の難しい句の意のようである。ただし、俳論『去来抄』（一七〇四年成）には「句の切りやう、あるいは〈*てには〉のあやをもつて聞こゆる句なり」とあり、意味が変化している。（廣木）

菊池万句発句《きくちまんくほっく》

連歌作品。文明十三年（一四八一）八月に興行された一日一万句の*発句書留。この*万句連歌は肥後国守護、菊池重朝（一四四九～九三）によるもので、直属の家臣、支配地の国人・僧が参加、一族郎等の結束を図る目的が窺われる。全体は「御屋形様御座敷」「城右京亮亭会」など会場を別にした二十座に分かれ、それぞれ五百韻ずつ、さらに追加として重朝の発句で「諸神法楽」連歌を*張行したと思われるが、それらの発句のみが現存している。『熊本県史料　中世編4』所収。（廣木）

義俊《ぎしゅん》

僧。永正元年（一五〇四）～永禄十年（一五六七）。六十四歳。大覚寺門跡。大僧正・准三后。*近衛尚通《ひさみち》の子、*稙家《たねいえ》の弟。一字名は「金」。和歌・古典に関心が深く、天文二十三年（一五五四）には三条

*西公条《きんえだ》の『源氏物語』講釈を聞き、また父尚通より*古今伝授を受けている。連歌を若年より好み、大覚寺では、天文十八年三月二十四日の*寿慶・*宗養・*昌休との「何人百韻」など連歌会をたびたび催している。また、天文二十四年八月には公条・宗養・*紹巴と*『石山千句』を*張行している。（廣木）

喜多院殿千句《きたいんどのせんく》

連歌作品。「紹巴母追善千句」とも。元亀二年（一五七一）三月五日から奈良興福寺竜雲院で興行された*紹巴の母を追善する*千句連歌である。竜雲院には紹巴の門弟、昌佐がいた。喜多院殿は徳大寺*実淳《さねあつ》の子、興福寺別当の空実（一四九五～一五七六）で、紹巴と交流のあった連歌愛好者である。この空実が第一百韻発句を詠み、紹巴が*脇を付けている。他に*昌叱・*祐範・*心前などが加わっている。中村円「狩野文庫蔵紹巴母追善千句」（「大谷女子大国文」19）所収。（廣木）

北野会所連歌始以来発句《きたのかいしょれんがはじめいらいほっく》

連歌句集。文安五年（一四四八）六月二十一日から翌年十月十日までの*宗砌の*発句を集めたもの。三十八句の小句集であるが、*北野天満宮会所奉行就任のこと、将軍家の*月次《つきなみ》連歌が北野天満宮*松梅《しょうばい》院の連歌会所で行われ、奉行（*宗匠）が発句を代作したことなど、各句の*詞書は北野天満宮と連歌の関わりを知るのに貴重な資料となっている。貴重古典籍叢刊『七賢時代連歌句集』（角川書店）所収。→北野天満宮連歌会所（廣木）

北野社一万句発句脇第三并序《きたのしゃいちまんくほっくわきだいさんならびにじょ》

連歌作品。永享五年（一四三三）二月十一日、*北野天満宮で行われた一日一万句連歌の*三つ物・序および各座の*張行場所の一覧である「北野御会所註文」を付した書である。当日、二十座がそれぞれ*百韻五巻を巻いた。足利義教が主催し、その政権を支えた各界（公家・僧・武家）の中心的人々を集めてのもので、連歌の一揆的性格を示している。全作品は残っていない。桂宮本叢書『連歌1』（養徳社）所収。→義教（廣木）

北野社家引付《きたのしゃけひきつけ》

記録。*北野天満宮社家松《しょう》梅《ばい》院の記録文書を集めたもの。松梅院は祠家筆頭で、連歌会所を管理していた。引付にはさまざまな記録が含まれるが、その中に宝徳元年（一四四九）から元和九年（一六二三）までの日次《ひなみ》記があり、連歌に関わる記事が多い。特に前半は*七賢時代から連歌全盛期に当たり、また、連歌を好んだ禅予の手になる記録でもあり、当時の連歌壇を知る重要な資料である。日次記は史料纂集『北野社家日記』(続群書類従完成会)所収。(廣木)

北野社参詣記《きたのしゃさんけいき》　紀行。能慮著。原題不明。*小松天満宮宮司、能慮が享和三年(一八〇三)、菅原道真九百回忌に当たって、*北野天満宮を参詣した折の紀行である。二月半ばに出立、五月十三日に帰郷した。序文に「行く末の*名所をも見めぐりし」と記すように、現、石川県小松市を出て日本海沿岸を進み、北国街道を経て京都へ、参拝を終えると、伊勢・大和・河内へも足を延ばしている。諸所で*発句を書き留め、発句集の趣きさえある。『近世越中和歌・連歌作者とその周辺』(綿抜豊昭・桂書房)所収。(廣木)

北野天神連歌十徳《きたのてんじんれんがじっとく》　北野天満宮蔵、*兼載筆と伝えられる一幅。「不行至仏位(行はずして仏位に至る)　父母もまことになきは仏にて　摂政太政大臣」などと、連歌を嗜むことで得られる徳を十掲げ、その下に摂政太政大臣(二条*良基)・*救済《きゅうぜい》・*周阿の*発句を記す。『*連通抄』に訓読された類似の記述が見え、北野天神信仰と絡めて連歌功徳説が広まっていたことを示す。『連歌の世界』(伊地知鐵男・吉川弘文館)所収。→北野天満宮・連歌二十五徳(廣木)

北野天満宮《きたのてんまんぐう》　京都市上京区馬喰町所在。南北朝以降、祭神菅原道真が*連歌神とみなされ崇敬を受け、*救済《きゅうぜい》によって*千句連歌が興行されるなど、連歌興行の中心となっていった。理由には天満宮社家・*二条良基・天満宮別当*尊胤法親王・足利将軍家らの思惑があったと思われる。『*菟玖波集』が奉納され、松梅《しょうばい》院に連歌会所が設けられ、幕府の公的な立場を得て、その地位は確定した。以後、太宰府・大阪など各地の天満宮がそれぞれの地の連歌の中心を担うことになる。→天満宮(廣木)

北野天満宮連歌会所《きたのてんまんぐうれんがかいしょ》　北野天満宮にあった連歌会所。『*満済准后日記《まんざいじゅごうにっき》』永享三年(一四三一)一月十八日条の足利*義教*連歌始の記事に見えるのが早い。一般に解放されていた外会所(毎日連歌会所)と内会所があった。近世になると外会所は内会所に合併されたが、明治期まで存続した。ここでの連歌会の責任者は会所奉行として幕府から任命され、連歌界の第一人者とされた。また、外会所には山城国東松崎郷に運営のための所領が与えられていた。→北野天満宮(廣木)

北野天満宮連歌会所奉行《きたのてんまんぐうれんがかいしょぶぎょう》　北野奉行の職名は*成阿《じょうあ》にも見られるが臨時のものであった。会所が恒常的なものとなってからの奉行職の最初は*宗砌で、文安五年(一四四八)六月のことである。その後、*能阿、*宗祇、*兼載と引き継がれた。奉行職にあった者は、足利将軍家の連歌会の責任者である*宗匠職を兼ねた。主たる役目に*北野天満宮*月次《つきなみ》連歌会の差配があり、将軍が*頭役《とうやく》となった折はその*発句の代作をした。→北野天満宮連歌会所（廣木）

北野文叢《きたのぶんそう》　類書。久松宗淵《しゅうえん》(一七八六〜一八五九)著。文政十三年(一八三〇)成。菅原道真および*天満宮に関わる文書を収録したもので、遺文・紀行・抄文・雑文の四部、全百巻からなる書。宗淵は*北野天満宮宮仕の出で、文政初年より各地を廻り資料を収集したという。このうち九十巻から九十六巻に道真以外の文学作品が集められており、連歌作品がかなりの部分を占め、貴重な資料も多い。なお、抄録本として『北野藁草』(一八四一年刊)がある。『北野誌』(国学院大学出版部)所収。（廣木）

北山殿行幸記《きたやまどのぎょうこうき》　記録。応永十五年(一四〇八)三月八日から二十八日まで、*後小松天皇が足利*義満の北山殿に行幸した時の記録で、仮名記と真名記がある。仮名記には一条経嗣著とあるが、両書とも著者未詳。行幸次第・管弦や歌会などの諸儀、列席者、役割、贈答品などを克明に記し、行幸の実際を知る貴重な資料である。真名記の末尾に、天皇・義満・義嗣と廷臣による十一日の「何船連歌」、二十一日の「何木連歌」が記録されている。前者は仮名記に「内々御連歌」とある。『群書類従3』所収。（廣木）

祈禱連歌《きとうれんが》　ある願いを神仏に祈願する目的をもって興行する連歌。*法楽連歌との差はほとんどないが、明応四年(一四九五)の『*新撰菟玖波祈念百韻』の撰集完成祈願、*明智光秀主催『*愛宕百韻』の戦勝祈願、また病気平癒、旅中の無事など具体的な目的がある場合を特に指す。*千句連歌である場合も多く、戦勝祈願の例には永正元年(一五〇四)*宗長独吟『*出陣千句(三島千句)』などがある。『*宗祇初心抄』には不吉の句を詠まないようにとの心得が述べられている。（廣木）

季の題《きのだい》　正徹の歌論『正徹物語』(一四五〇年頃成)に見える語で、「四季の詞」との差異はほとんどない。元来、歌題のうちで季節の明確な*景物・行事に関わるものを言ったもので、連歌発句に当季を詠むことが求められ重視されるようになった。ただし、実質は「十二月題」であり、季節はより細分化して認識されていた。平句では行様《ゆきよう》の面から季が意識され、発句に準じて季の題・詞が用いられた。「季題」「季語」は明治末年頃の造語である。(廣木)

吉備津宮法楽一万句連歌発句《きびつのみやほうらくいちまんくれんがほっく》

連歌作品。応永八年(一四〇一)正月十一日奉納。現岡山市の吉備津神社法楽万句連歌の各百韻の発句百句のみを書き留めたものである。それぞれに順に配された十二月題および賦物が示されている。全句ではなくこの形で奉納されたらしい。十座に分かれ千句ずつの張行で、末尾に各座の座主などが記録されている。連衆は土地の武士・僧などと思われる。『島津忠夫著作集2』(和泉書院)所収。(廣木)

客発句脇亭主《きゃくほっくわきていしゅ》

「客」は座に招かれた主賓、「亭主」は招いた主人のことで、招待客が発句《ほっく》を詠み、主人が脇を詠む作法をいう。発句作者については、古くは藤原清輔『袋草紙』に「発句は(略)当座主君、もしくは女房の事を暫くあひ待つべきなり」と見え、順徳院『八雲御抄』にも「当座においてしかるべき人」が詠む、と規定されている。宗牧『当風連歌秘事』には「発句は客人、脇は亭主、第三相伴の心」と、詠む際の心得としてこの用語が用いられている。(永田)

九州下向記《きゅうしゅうげこうき》

紀行。「兼如《けんによ》筑紫道記」とも。慶長三年(一五九八)五月二十九日に出発、七月十五日に帰京するまでの船旅の記で、慶長の役に関わって九州下向した石田三成に随行した際のものである。作者は是斎重鑑とあるが、猪苗代兼如と推察されている。太宰府往復中の歌枕を描き、所々に和歌八首、発句七句を詠み込んでいる。連歌師の紀行文の特徴を持ち、武将に仕える連歌師の一面も見せる。『中世日記紀行文学全評釈集成7』(勉誠出版)所収。(廣木)

九州道の記《きゅうしゅうみちのき》

紀行。「幽斎道の記」などとも。豊臣秀吉の九州出兵に従軍した時の細川幽斎の紀行。天正十五年(一五八七)四月二十一日丹後国田辺城を出、日本海沿岸を進んで博多へ赴き、秀吉の帰陣に合わせて帰路につき、瀬戸内海を通って七月二十三日に難波津に着くまでのものである。軍事行動というより、歌枕を訪ね、各地の有力者との文化

的交流の面が強い。和歌六十一首、連歌二十二句を含む。新編日本古典文学全集『中世日記紀行集』(小学館)所収。(廣木)

九州問答《きゅうしゅうもんどう》　連歌書。二条良基著。永和二年(一三七六)成。九州探題として任地にあった今川了俊の問に良基が答えた問答形式のもので、書名はこれに由来する。内容は、連歌の表現、連歌史観、救済・周阿らの地下《じげ》連歌師の評価などに及び、末尾に近時のものとする発句四十四句を載せる。地方連歌を指導する立場にあり実践を意識した了俊の問に対して、良基の論も高度な内容を示している。廣木一人他『九州問答』注釈Ⅰ・Ⅱ」(「緑岡詞林」27・28)所収。(山本)

救済《きゅうぜい》　連歌師。「ぐさい」とも。弘安七年(一二八四)〜永和四年(一三七八)、九十五歳。侍公、侍従公と呼ばれた。連歌を善阿、和歌を冷泉為相に師事。文保(一三一七〜一九)ころ北野天満宮で毎年千句連歌を興行、貴顕にも知られるようになった。その連歌論は二条良基の『連理秘抄』に取り込まれ、良基を助けて『菟玖波集』を編纂、『連歌(応安)新式』を制定した。門下に良基・周阿・永運・素阿・成阿《じょうあ》などがいる。『紫野千句』を領導、『菟玖波集』に最高句数百二十六句入集。(廣木)

救済周阿心敬連歌合《きゅうぜいしゅうあしんけいれんがあわせ》　連歌作品。応仁二年(一四六八)成。同じ前句(短句)に救済と周阿が付句を詠み、二条良基が点を付けた『侍公周阿百番合』に、さらに心敬が付句を試みたもの。心敬の付合のみを抜き出したものに『心敬百句付』、これに自注を付した『心敬連歌自注』があり、心敬の付合論を見るのに貴重である。また、宗祇はここから『竹林抄』に二十六句を選び入れた。『百番連歌合救済・周阿・心敬評釈』(湯之上早苗・和泉書院)所収。→連歌合(廣木)

救済宗砌百番連歌合《きゅうぜいそうぜいひゃくばんれんがあわせ》　連歌作品。編者・成立年未詳。寛正六年(一四六五)書写本のみが現存する。この本は、救済と宗砌が句を付けた付合(作者不明の前句はそれぞれ相違する)百四十を左右に分けて七十番、発句三十四句を十七番に番《つが》えた合計八十七番のみで百番に足りない。時代不同連歌合の類であるが、句は他に傍証のあるものが含まれており、両者の句として信頼できる。貴重古典籍叢刊『七賢時代連歌句集』(角川書店)所収。(廣木)

救済追善百韻《きゅうぜいついぜんひゃくいん》　連歌作品。永和四年(一三七八)三月八日に没した*救済追善の連歌で、途中が脱落、八十八句のみ現存。作者未詳。*賦物は「春之何」。序文を付し、そこに救済の没年月日・歳、自分が三十年親交を結んだ旨を記す。二条*良基が作者の依頼により二十一句に*合点したとあるが、点は失われ具体的には不明である。また、良基が「この*懐紙古風体に候」と批評したとあるように、『*連歌新式』成立後であるがそれに準拠していない。『中世歌論と連歌』(水上甲子三・私家版)所収。(廣木)

救済付句《きゅうぜいつけく》　連歌句集。編者・成立年未詳。室町末期の連歌関係の書き留め『談《かたり》の聞書』に収録されているもの。全三十三*付合(途中、*付句一句および*前句一句脱落、これを含めば三十四付合)を四季・*恋・*雑《ぞう》に部類している。『*菟玖波集』と共通するものが十三付合(脱落を推定すれば十四付合)、それ以外で『侍公周阿百番合』『*長短抄』に見えるものが各一あるが、現存資料に見出せない付合が半数以上あり貴重である。『連歌史の諸相』(岩下紀之・汲古書院)所収。(廣木)

京　月《きょうげつ》　*連歌師。生没年未詳。「きょうがつ」とも。『勅撰作者部類』に清水寺の僧とある。敬月(『吾妻鏡』)、鏡月(『承久記』)、教月(『文机談』)と同一人物か。そうであれば、承久の乱の折、鎌倉方に捕らえられたが狂歌を詠んで助けられたとある。『*菟玖波集』中に寛元四年(一二四六)三月の花の下での*付句が見え、*道生*発句の*清水寺地主権現での*花の下連歌に参加したと思われる。『続拾遺集』に一首、『菟玖波集』に六句入集。(廣木)

狂言と連歌《きょうげんとれんが》　狂言が盛行した時代と連歌最盛期が重なることもあって、連歌を素材にした狂言は数多い。そのうち「連歌」の名を冠したものには、『*八句連歌』『連歌十徳』『*毘沙門(毘沙門連歌・連歌毘沙門)』『*連歌盗人』などがある。また『千切木《ちぎりき》』『富士松』『箕被《*みかずき》』なども連歌を中心とした狂言である。詠まれている連歌は庶民的な色合いの強い内容で*俳諧風といえる。室町末期の連歌の広まり、*初心講などの連歌会の様子を知るのに貴重な資料となっている。(廣木)

行　二《ぎょうじ》　武家。二階堂。?～文亀三年(一五〇三)。政行。室町幕府評定衆。検非違使。*足利義尚の和歌撰集の奉行を務めた。文事を好み、多くの歌会に参加、連歌では文明十六年(一四八四)三月十日の室町殿での*夢想連歌などに加わっている。*宗祇・*肖柏などとも交流があり、何度かの連歌の同座が認められ、『*新撰菟玖波集』完成時には、中書《なかがき》本や筑波大学蔵本の筆者の一人になっており、また、報賽の『*長門国住吉社法楽百首和歌』にも歌を寄せている。『新撰菟玖波集』に五句入集。(廣木)

行　助《ぎょうじょ》　*連歌師。応永十二年(一四〇五)～応仁三年(一四六九)。六十五歳。惣持院。権大僧都法印。もと山名家の家臣。延暦寺東塔惣持坊に住した。*七賢の一人。連歌を*宗砌に学び、文安元年(一四四四)十月十二日「何船百韻」では宗砌や*智蘊らと同座、以後、応仁二年(一四六八)一月二十八日「山何百韻」まで宗砌・*心敬・*専順らと多くの会に連なった。文安二年『*文安雪千句』では第五百韻の*発句を詠む。句集に『*行助連歌集』『*行助句』『行助句集』などが、連歌書に『連歌口伝抄』がある。『*新撰菟玖波集』に三十四句入集。(松本)

行助句《ぎょうじょく》　連歌句集。*行助の自撰句集。享徳三年(一四五四)十二月二十五日の日付を持つ*宗砌の跋文がある。*付合二百に跋文、その後に*発句二十句、再び跋文(同日)が追加されている。付合は四季・*恋・*雑《ぞう》に部類され、発句も四季順に配列されている。宗砌の付合跋文には行助と三十余年の知己であると記され、七十五の*付句に*合点を付したとある。発句の方の合点は五句である。なお、付合のみで部類もされていない句集に『*行助句集』があるが、本書と七十付合が重なる。両書とも貴重古典籍叢刊『七賢時代連歌句集』(角川書店)所収。(廣木)

行助連歌集《ぎょうじょれんがしゅう》　*行助の自撰句集。文正元年(一四六六)成。奥書に「命に応じ短筆を染め候」とあるが、誰の命であるかは不明。当時行助は関東に下向しており、関東での編纂と思われる。はじめに*発句を*春三十句・*夏二十句・*秋三十句・*冬二十句と整然と配し、続いて*付合五百八十八を、四季・*恋・*雑《ぞう》に部類して収める。行助の句集中、最晩年のものでもっとも整ったものである。なお、他の句集と同様、*詞書の記載はまったくない。貴重古典籍叢刊『七賢時代連歌句集』(角川書店)所収。(廣木)

胸中抄《きょうちゅうしょう》　連歌書。*宗牧著。「連歌極秘之書」「連歌秘書」とも。享禄二年から四年(一五三一)の宗牧の九州下向中に成立したか。肥後国(熊本県)の鹿子木三河守入道寂心の息、親俊に書き贈ったもの。*宗祇・*兼載・*宗長らの二十五句を「*地連歌心得の事」「作骨連歌心得の事」「*景気連歌心得の事」「*取りなし連歌心得の事」「*本歌を取る連歌心得の事」の五項目に分け、*付様《つけよう》の解説をする。『続群書類従17下』所収。（松本）

享徳千句《きょうとくせんく》　連歌作品。「小《お》鴨《がも》千句」とも。享徳二年（一四五三）八月十一日から十三日まで、山名教之の家臣小鴨之基の主催で*張行された。各*百韻の*発句すべてに「月」を詠み込む*十月千句といえる作品である。*宗砌を中心としたもので、宗砌円熟期の作といえ、十句が『*竹林抄』に採録された。他に*忍誓・*心恵（心敬）・*日晟《にちせい》・賢盛《かたもり》（*宗伊）・*専順など宗砌の後を担う*連歌師が名を連ねている。古典文庫『千句連歌集三』所収。（廣木）

玉拾集《ぎょくしゅうしゅう》　連歌書。著者未詳。延宝二年（一六七四）以前、江戸初期成。大部の連歌寄合書。『*連歌寄合』『*連集良材』『*随葉集』『*連歌初心抄』『拾花集』『*竹馬集』など先行する連歌寄合書を集成し、いろは順に改編したもの。特に『連歌寄合』『拾花集』に拠るところが大きい。要所に*証歌や例句を挙げる。上中下三巻で、項目は千百五十二に及ぶ。『京都大学蔵大惣本稀書集成』（臨川書店）所収。→寄合書（松本）

玉集抄《ぎょくしゅうしょう》　歌書・連歌書。著者未詳。室町中期成か。前半は種々の歌集から選んだ和歌に注を施したもので、後半は歌語の語釈である。所々に*宗砌・*心敬・*宗祇の句が引用され、「連歌などには」云々とあるなど、連歌のために編まれたと推定できる。古今集注『秘蔵抄』や『六花集註』などとの類似が見られ、宗砌周辺の*地下《じげ》連歌師流の和歌・歌語理解を示す書であり、後の『*藻塩草』『*匠材集』に繋がるものといえる。『室町の歌学と連歌』（鈴木元・新典社）所収。（廣木）

玉梅集《ぎょくばいしゅう》　連歌撰集。*宗砌『*初心求詠集』に、『*菟玖波集』の後に*二条良基が*救済の協力を得て編纂を企てたが、途中で断念したとある。断念の時期・理由は足利*義詮（一三六七年没）、または*尊氏（一三五八年没）・*尊胤（一三五九年没）の死が想定されているが、救済（一三七八年没）の死によるか。書名から北野信仰が窺える。今昔・高下を問わず、直近の作者の句まで採録しようとしていたらしい。（廣木）

居所《きょしょ》　住居に関することをいう。*百韻の*行《ゆき》様《よう》の多様性を保証するために*連歌式目上からも規定された範疇語である。*体用《たいゆう》の区別があり、『*連歌新式』に「居所の体」として「宿」「軒」「床」「里」

「窓」「門」などが、「居所の用」として「庭」「外面」などが挙げられている。ただし、「栖」「住居」「露の宿り」「筵」などは「非居所物《きよしよにあらざるもの》」に分類されている。『連歌新式』「句数事」では三句まで続けることのできるもの、また、可隔五句物《ごくへだつべきもの》とされている。（永田）

御製《ぎょせい》

天皇や院（太上天皇）が詠んだ句。原義は天子が作ったものの意。時に皇族の作も準じて言う場合もあるが、勅撰集においては天皇・院にのみ用いる。勅撰集の配列では巻頭・巻軸に配されることも多く、通常の配列においても前後の句も相応の人物を配するなどの特別な扱いをされる。連歌懐紙の場合は御製は無記名の空白とされ作者名を記さないが、時に「御」の字を記す場合もある。ただし、上卿が「御」で示される場合も多い。（山本）

清水寺地主権現《きよみずでらじしゅごんげん》

京都市東山区の清水寺鎮守社で、境内奥にある神社。『菟玖波集』には寛元四年（一二四六）三月「地主の花の下にて」と詞書にある発句が見え、『師守《もろもり》記』貞和三年（一三四七）三月四日条に記事、『新札往来』に「地主・鷲尾《わしのお》の花の下、近年廃怠」とあるなど、花の下連歌の中心地であった。古来、地主桜として知られる花の名所で、『康富記《やすとみき》』文安四年（一四四七）四月九日条によれば、芸能の開催地でもあった。（廣木）

清水寺本式連歌《きよみずでらほんしきれんが》

連歌作品。何人百韻。明応二年（一四九三）三月九日、清水寺坂本坊で張行された。連衆は宗祇・兼載・肖柏・宗長ら十三人。発句は宗祇の「水かをり花いさぎよき深山かな」で「花」と「清」「水」を詠み込む。前年に兼載が制定した『連歌本式』に則り、花の下連歌の古式を受け継ぐとして巻かれた百韻で、以後、この本式連歌は「清水連歌」として清水寺の月次《つきなみ》連歌として江戸時代まで行われた。江藤保定「宗祇連歌作品拾遺」（『鶴見女子大学紀要』9）所収。（松本）

嫌詞《きらいことば》

「嫌物《きらいもの》」とも。句に詠むのを嫌われている詞。宗長『永文《ながふみ》』の挙げる「つづく・すさむ・なさけ」など五十七語中、ほとんどが、藤原為家『詠歌一体』（一二七五年頃成）の「不可好詠詞《このんでよむべからざることば》」や、二条良基『近来風体』の「一向不可用詞《いっこうにもちふべからざることば》」と一致する。句中で許される場所、句の続けようによっては斟酌される場合もあり、宗祇も、句によっては連歌では差し支えない詞もあると説く。紹与『巴聞《はぶん》』には「むら消え」などの語が見え、応其《おうご》『無言抄』には四季・恋・

旅などの嫌詞二百語以上を掲出する。→不好詞《このまざることば》（永田）

羇旅《きりょ》　旅や旅情に関することをいう。「旅」「旅行」とも。和歌では*勅撰集の部立とされ、『*菟玖波集』『*新撰菟玖波集』にも継承された。*百韻の*行様《ゆきよう》の多様性を保証するために*連歌式目上からも規定された。一条*兼良『*連珠合璧集』「*引合《ひきあわせ》」には「旅の心」として、「旅衣」「宿」などを挙げる。*紹巴『*連歌至宝抄』には、田舎にあっても心を都人になして、旅路のつらさを思い、故郷を恋い忍びながら旅寝を重ねるさまを詠むべきであると説く。『*連歌新式』「*句数事」では三句まで続けることのできるもの、また、可隔五句物《ごくへだつべきもの》とされている。（永田）

切字《きれじ》　*発句が一句としての独立性を有するために、句中・句末に用いる助詞・助動詞・活用語尾などをいう。「切てには」とも。句中で用いられても、発句が文として終止し、句の独立が保証されるかどうかが問題であった。元来、*短連歌で各句の独立性を問題にしたことから起こったもので、*源俊頼『*俊頼髄脳』にその論がある。*長連歌では*順徳天皇『*八雲御抄』での「発句は必ず言ひ切るべし」を承け、*二条良基は『*僻連抄』で、切れるか切れないかは句末に「かな」が付くかどうかで判断せよと述べている。→切字十八（永田）

切字十八《きれじじゅうはち》　切字として代表的な十八字をいう。伝*救済著『*連歌手爾葉口伝』には「発句の十八の切字の事」として「かな・けり・もがな・はね字(らん)・し・ぞ・か・よ・せ・や・れ・つ・ぬ・ず・に・じ・へ・け」を挙げる。しかし、*二条良基『*僻連抄』では「かな・けり・らんなどの様の字は、なんとしても切るべきなり。物の名風情は切れぬもあるなり」としており、切字を特定していない。後に増加するが、芭蕉は俳論『去来抄』(一七〇四年成)で、切ることの本質的理解から「四十八字みな切字なり」と述べている。→切字（廣木）

公敦《きんあつ》　公家。三条。永享十一年(一四三九)〜永正四年(一五〇七)。六十九歳。祥空・竜翔院。右大臣。三条実量《さねかず》の子。和歌を好み、自邸で歌会を催した。応仁の乱の後、文明十一年(一四七九)、現山口県、周防国に下り、*大内政弘らの和歌を指導、同地で没した。同地では*宗祇・*兼載らとも交流した。また、『*実隆公記』延徳元年(一四八九)十一月十六日条などに、*二条良基が大内義弘に与えた『*十問最秘抄』を書写、それを宗祇が*後土

御門天皇に進上したことが見える。『新撰菟玖波集』に十五句入集。（廣木）

公条《きんえだ》　公家。三条西。文明十九年（一四八七）〜永禄六年（一五六三）。七十七歳。右大臣。称名院。一字名は「蒼」「都」。実隆の子。父から和歌・連歌・古典を学び、古今伝授を受け、公武から地下《じげ》までの文事を指導、三条西家の家学を確立した。連歌は、永正二年（一五〇五）八月十日の「月次和漢聯句」以降、没年まで多くの会に出席、天文二十四年（一五五五）八月の『石山千句』では義俊・宗養・紹巴と同座している。紀行に『吉野詣記』などがあり、古典注釈書も多い。家集に『公条家集（称名院集）』がある。（山本）

禁句《きんく》　連歌会の目的や場所にふさわしくない内容、言葉を含む句。『会席二十五禁』に禁止事項として挙げられ、『宗養より聞書』にはそのような句を執筆《しゅひつ》は却下するようにとの注意が見える。具体的には忌詞を含んだものと考えられ、『連歌天水抄』には「祝言の連歌に嫌物」として、「身を沈む」「紫の雲」などの言葉を列挙している。新築・引っ越し・門出などの祝いの会、追善の会などでは特に注意が必要とされた。（廣木）

禁好詞《きんこうし》　連歌書。宗砌関係の連歌書で、延徳元年（一四八九）以降に成立したとされる『禁好』の後半部に該当する作品。連歌の好詞《このむことば》と禁詞（不好詞《このまざることば》）とを集成して類別した書である。好詞と禁詞をそれぞれ別に四季・恋・旅・述懐《しゅつかい》・雑《ぞう》に類別し、水辺禁詞・惣別禁詞とともに示したもので、所々に証歌や証句を挙げ、注記を加えている。巻末には宗砌の長歌一首を収録する。多くの類書に比して、好詞九百六十八語、禁詞百九十三語とその収録語数も多い。『連歌総論』（金子金治郎・桜楓社）所収。（永田）

公経《きんつね》　公家。西園寺。承安元年（一一七一）〜寛元二年（一二四四）。七十四歳。実宗の子。太政大臣。関東申次として鎌倉幕府と密接な関係を持ち、権勢を誇り、京都北山に、後に足利義満の北山殿として継承された西園寺殿を贅を尽くして造営した。文事を好んで、歌会への出座も多いが、連歌においては藤原定家『明月記』に記録された後鳥羽院連歌壇の一人で、御所での有心無心連歌などで活躍した。『新古今集』以下の勅撰集に百十四首、『菟玖波集』に十三句入集。（廣木）

金葉和歌集《きんようわかしゅう》　和歌撰集。第五勅撰和歌集。全十巻。撰者は源俊頼。大治元年(一二三六)〜二年の間に三度奏上された。二度本は連歌*付合十七を収める。勅撰集に連歌を収めた先例はすでに『*拾遺集』にあるが、雑部下の中に「連歌」を小部門として設定した点に特色がある。所収連歌はすべて*詞書を有する*短連歌で、『*俊頼髄脳』所収のものとおおむね重なる。*秀句や縁語などの詞の興趣を重視した句風で、*付合は詞と詞の技巧的な応酬を中心とする。→俊頼髄脳（山本）

【く】

句上《くあげ》　連歌一巻での作者の名と*句数の一覧で、名残の裏、*挙句の次に記した。*一巡の順に上段、次に下段にと二段に書かれたが、『*連歌執筆之次第』には上段は下段の過半を書くべきであるとある。また『*私用抄』には貴顕は列より上に上げて書けとあり、そのように書かれた例も多い。連歌が*満尾した後、句引《くびき》と呼ばれた、作者ごとの句数の計算がなされ、それが句上として記されるという手順であった。この作者名・句数は実際と合わないこともあり注意を要する。→句引（廣木）

空盛《くうじょう》　社僧。生没年未詳。現大阪府堺市の堺天神（菅原神社）の社僧。『*顕伝明名録』に「堺天神南坊、*宗柳より古今伝授」とあり、宗柳の門下で、慶長二年(一五九七)十月の*千句連歌や慶長五年二月晦日の*百韻、慶長六年閏十一月二日「何船百韻」など宗柳が中心となった連歌に参加が認められる。なお、堺天神は堺の連歌の中心となった*天満宮で、中世末期当時には連歌屋があった。連歌に関わった他の社僧には真盛・宗真などがいる。（廣木）

句返し《くがえし》　*連衆から出された句を採用せずに返すこと。句の採用は、*執筆《しゅひつ》が*懐紙に句を書き留め、それを吟じることによって決定するが、そこに至らずにその句の前の句を執筆が吟ずることによって不採用と定まった。裁定の責任は*宗匠にあるが、*指合などがある場合は執筆の判断による場合が多く、句の冒頭部分に指合があったら、即座に返すようにとされた。ただし、貴顕の場合は即座に返さないこと、内容の悪い句は指合を理由にして返すなどの配慮もあった。（廣木）

句数《くかず》　連歌一巻中での句数。一般に*出勝《でがち》で作られたので、句の数は*連衆ごとに相違した。したがって達者な者の句数が多くなるのが一般であるが、貴顕などに配慮もあった。*今川了俊は『*落書露顕』で、句数の多いのを「高名」とするのは、「銭づく(句数で賞金を得る賭け事)の連歌」の癖であるとたしなめている。句数にこだわることは会席としての楽しみを壊すものであった。ただし、*宗祇『*吾妻問答』では初心者は臆せずに*出句するのがよいと述べている。(廣木)

句数事《くかずのこと》

*連歌式目中の項目。『*連歌新式』において、「*春・*秋・*恋」は五句まで、「*冬・旅行(*羇旅《きりよ》)・*神祇《じんぎ》・*釈教・*述懐《しゆつくわい》(*懐旧・*無常を含む)・*山類・*水辺《すいへん》・*居所」は三句まで連ねてよいとされた。元来、句の内容の連続を限定する規定であるが、*行様《ゆきよう》の面からは、ある程度連続することの利点も認められており、*肖柏が文亀元年(一五〇一)に改訂増補した『*連歌新式追加並《れんがしんしきついかならびに》新式今案等《しんしきこんあんとう》』には、「春・秋」は三句以上、「恋」は二句以上という補足が付された。(廣木)

愚　句《ぐく》

連歌句集。飛鳥井*雅親《まさちか》(栄雅)著。成立年未詳であるが、長禄三年(一四五九)四月二日から文明十一年(一四七九)十二月三日まで、計六十回の連歌会(*百韻に限らない)での自句すべてを*前句とともに、合計五百九十二*付合を抜き出したもので、自撰と思われる。各連歌会ごとに*張行年月日場所などを記し、張行時期順に収録してある。当時の日記類と符合する作品もあり、室町中期公家連歌の具体例として重要な資料である。荒木尚「『愚句』―翻刻と解説」(『法文論叢』15)所収。(廣木)

愚句老葉《ぐくわくらば》

連歌注釈書。*宗祇の句集『*老葉《わくらば》』の注釈書。十巻。宗祇の自注のみであったものに、*宗長が注を付し、その両者を合わせたもので、多くがこの形態で伝わる。用語の説明や*付句の*寄所、*本歌・*本説などを記す。宗長の注には宗祇からの聞書などを含む。宗祇注の奥書には、*大内政弘宛とあり、宗長注の奥書には、三河国水野藤九郎近守の求めとし、永正十七年(一五二〇)の年記がある。『連歌古注釈集』(金子金治郎・角川書店)所収。→老葉(松本)

鎖連歌《くさりれんが》

二句で構成される*短連歌に対して、三句以上の不定数句を連ねた連歌をいう。*百韻などの*長連歌(*定数連歌)に移行する過渡期の形式。また、後代でも*言捨ての形で偶発的に句数を定めずに行われた三句以上の連歌も鎖連歌と形態を同じくする。『今鏡』には一一二〇～三〇年頃に源有仁邸でたびたび行われたとあり、この頃に短連歌から発展したらしい。藤原清輔『*袋草紙』中「連歌骨法」には*出句の心得などが見え、長連歌へ向けて形式が徐々に整備された経過が窺える。（山本）

楠長諳九州下向記《くすのきちょうあんきゅうしゅうげこうき》　紀行。楠長諳著。天正十五年（一五八七）三月、豊臣*秀吉による薩摩国守、島津*義久《よしひさ》誅伐に供奉して、伏見を出、下関まで下向したところで病に倒れ、五月に帰京するまでを記す。長諳（一五二〇～九六）は大饗《おおあえ》氏、楠木正成《まさしげ》の後裔と称し、正虎を名乗った。書家・故実家で、織田信長や秀吉の祐筆を務めた。本紀行には秀吉の歌を含め、多くの自詠歌、連歌*発句が書きとどめられている。「狂句」と注した発句を数句記していることにも特色がある。『中世日記紀行文学全評釈集成7』（勉誠出版）所収。（廣木）

具足《ぐそく》　連歌に詠み込む*景物などの素材。もともとは備えるべき道具や調度の意であるが、それを転用したもの。素材を多く盛り込んだ句は、*付句が付けにくいこともあり、特に初心者は具足の多くなることに注意すべきであるとされた。二条*良基は『*僻連抄』で「初心のほどは、ことに優しく穏やかに具足少なくするするとしたる句を、思ふところなく口軽く付くべし」と述べ、『*九州問答』では「下手の句にてはあれども、具足少なく細々、やさやさとしたる句は付けにくき事なし」とする。（山本）

句遠《くどお》　連歌の*座で、まれにしか*出句できないことをいう。出句のあり方について、*専順『*片端《かたはし》』に「あまりに興あらむとて沈思すれば」、結局「句遠にな」ってしまうとし、そうならないような心がけが大切であることを説き、また、「うかうかと心あれば、*指合をし、*輪廻を忘れ、句遠にな」るとして、いい加減な心持ちで連歌会に臨むことを戒めている。連歌一巻の流れが把握できていないと、たとえ出句したとしても指合になり、句を返されてしまうためである。（永田）

邦高親王《くにたかしんのう》　親王。康正二年（一四五六）～天文元年（一五三二）。第五代伏見宮。式部卿宮。和歌を飛鳥井*雅親《まさちか》・三条西*実隆に学ぶ。自邸で*宗祇の『伊勢物語』の講釈会を催すなど、宗祇とも縁があった。第三代*貞成《さだふさ》親王（後崇光院）以来連歌愛好の伏見宮家の後継者で、*後土御門・*後柏原天皇家*月次《つきなみ》連歌会の主要なメンバーでもあって、室町中期の宮廷連歌盛行を担

った。家集に『邦高親王集』がある。『*新撰菟玖波集』に十九句入集。（廣木）

句引《くびき》 連歌の*張行終了後、作者別の*句数を計算し、それを記録すること。「*句《く》上《あげ》」と同義に使われることもある。*心敬『*私用抄』によれば、正式な会席では会の終了後、*執筆《しゅひつ》が人知れず行うものとされている。句引を別紙に書き留めた後、「句上」として*懐紙に正式に記された。連歌懐紙は句引の紙に包んで*文台《ぶんだい》に置かれる。句合《くあわせ》の場合は作者名とその勝・負を記す。*俳諧撰集においては、巻末に入集者の名や住所、句数などを挙げることを指してもいう。↓句上（永田）

首切連歌《くびきれれんが》 一句中の初句と次の句の繋がりが切れている連歌。歌論『悦目抄』（南北朝期成）にもっとも悪い歌として「首切歌」の例が記されている。連歌ではこれを受けて、『*肖柏伝書』に「衣打つ浅茅が原に里古りて」の例を挙げ、「衣打つ里は浅茅に」とすべきであるとする。ただし、「首切連歌（略）ことによりて苦しからざることも候か」ともある。*紹巴『*連歌教訓』では「*発句、または相《あひ》の句にももつぱら嫌ふことなり」とする。（廣木）

杭全神社《くまたじんじゃ》 現大阪市平野区の神社。平野は古来から開拓の進んでいた土地で、中世末期には裕福な商人が出、自治都市の性格を持った。特に七名家と呼ばれた人たちは主要な宮座衆となり、種々の神事を支え、連歌興行をその一環として行った。特に重要であったのは、天正十三年（一五八五）に*名号連歌を催し、*連歌田を寄進した等怡《とうい》の忌日六月十八日に行われた*千句連歌で、元禄八年（一六九五）から寛政八年（一七九六）までの*三つ物が残されている。*連歌所の現存も重要である。また、七名家の一人土橋友直《つちはしともなお》らが創立した郷学、含翠堂（現在、大阪大学蔵）には連歌書が多く収集された。（廣木）

熊野千句《くまのせんく》 連歌作品。寛正五年（一四六四）春成。安富盛長《やすとみもりなが》が主君*細川勝元を招いて興行した*千句。細川家一族・被官に、*心敬・*専順・*行助・*宗祇ら当時の主要連歌師を加えてのもので、河内・和泉・紀伊の安定を願っての熊野三社*法楽連歌である。興行場所は京都の盛長の邸と思われる。盛長は*宗砌の『*北野会所連歌始以来発句』にも名が見える連歌愛好の武将であった。心敬の関東下向前の作品として重要で、句集『*心玉集』に四句採択されている。古典文庫『千句連歌集5』

所収。（廣木）

【け】

景感道《けいかんどう》　連歌書。*兼載著。成立年未詳。*宗祇を古人としていることから成立は宗祇没後（一五〇二年）以後。「本間某」の仲介により古河公方足利政氏に贈られたか。はじめに初・中・後の段階について概説し、次にそれぞれの段階ごとに二十句を挙げ解説する。引用句は*心敬が二十四句でもっとも多く、他は*宗砌以下の*七賢と宗祇の句からなる。同じ句について兼載『竹聞《ちくぶん》』と異なる内容が記されている箇所もあり、後人増補の可能性がある。『連歌論集4』（三弥井書店）所収。（松本）

景　気《けいき》　興趣を感じさせる風景・景色をいう。情趣・興趣の意として用いられることもあるが、歌論において自然の風物から感じ取れる心象を言ったことから、連歌においては歌論での「景曲」に近い言葉として、情趣深い景色そのものを言うようにもなった。特に*付合論の中で使われ、*二条良基は『*僻連抄』の中で、「景気、これ、眺望など面白き体を付くべし」、「かやうの物をちとも働かさで、景気・眺望を見るやうに興ありて付くるも子細なし」と述べている。→景気付（廣木）

景気付《けいきづけ》　付け方の一体。眺望・風景などの叙景句（景気の句）を付ける手法をいう。*二条良基『*僻連抄』に、「眺望などの面白き体を付くべし」と説かれる。*兼載『*連歌延徳抄』には、「心のこもる」景気と、「心はなくしてただ墨絵のごとくなる」景気の二種類があるとし、『*雨夜の記』とともに、「心くだけたる句」に「景気を付けたる句」「景気に景気を付けたる句」など、景気の句の付け方が解説されている。*宗牧『*胸中抄』にも「景気連歌心得の事」が見える。→景気（永田）

慶　純《けいじゅん》　*連歌師。中村。生没年未詳。『*顕伝明名録』によれば、橘屋を称し、連歌を*紹巴に師事、*茶を小堀遠州に学んだ。天正十五年（一五八七）四月二十二日「懐旧百韻」に紹巴・*昌叱・*心前らと同座、以後、当時の代表的連歌師との同座が多く見られる。慶長九年（一六〇四）七月二十日からの昌叱一周忌*追善*千句連歌では第四百韻*発句を詠むなど、京都の町衆中の代表的な存在であった。*漢和聯句《かんなれんぐ》にも加わっている。寛永八年(一六三一)六月二十日「山何百韻」参加までその生存が確認できる。(廣木)

景物《けいぶつ》 四季折々の情趣ある自然の風物。*兼載『*連歌本式』に「*雪・月・花・郭公《ほととぎす》・寝覚を景物といふ」、丈石『*俳諧名目抄』に「四季折々に賞翫あるものをいふ。花・郭公・月・雪を四箇の景物といひ、紅葉を加へて五箇の景物といへり」とあるように、限定して捉えられることも多かった。これらを詠み込むことは大事にすべきこととされ、*二条良基は『*僻連抄』で「景物かまへて上手に与へ」安易に詠むな、「*幽玄の景物を」「荒蕪《くわうぶ》の詞にてけが」してはならぬと述べている。(廣木)

撃蒙抄《げきもうしょう》 連歌書。*二条良基著。延文三年(一三五八)成。別本に『撃蒙句法』がある。良基が当時二十歳の*後光厳天皇の要請に応じて著作したもの。内容は「初学」「秀逸」「*発句」等の十四項目。各項目ごとに簡潔に所説を述べ、*付合の作例を豊富に挙げ、所々に解説を記す。実例に即した付合論に特徴がある。所収句は計百七十句、うち約五十句は『*菟玖波集』入集、それらはほとんど*救済の句である。廣木一人他『撃蒙抄』注釈I〜III」(「緑岡詞林」30〜32)所収。(山本)

下知のてには《げちのてには》 *てにはの一種。命令表現を含む句に対する付け方、また命令表現を含む句で付ける付け方。『*連歌秘伝抄』は、「*て留り、*らん留りにては付けがたし」としつつ、上手の者はそれも可能であるとする。例句として「人は買ふとも身をな売りそよ/別れにし親の形見の太刀かたな」、「恨むることは人も聞くらん/つらき名の立たぬばかりに契り置け」等を挙げる。(山本)

月村斎千句《げっそんさいせんく》 連歌作品。「十花千句」とも。永正十三年(一五一六)三月十一日から十四日成。近江守護六角氏被官、中江員継《かずつぐ》の主催で*宗碩(月村斎)の草庵で行われた。員継は*宗長と親交があった。*三条西実隆・*肖柏・宗長・宗碩・*玄清・宗仲・*宗哲など当時の有力*連歌師のほか、次世代の*宗牧の参加も注目される。第一「朝花」から第十「暮春花」まで花の結題《むすびだい》を*発句で詠み込んでいる。古注も多い。『大方家所蔵連歌資料集』(小林健二・清文堂)所収。(廣木)

けり留《けりどめ》 句末を「けり」と留めること。『*連歌秘伝抄』に見える「*てには付」の一種である。「言ひ放ちて付くる〈てにをは〉なり」と説明され、*前句の内容を受けて、*付句でその結果・結末をはっきり言い放つ形で詠む。例として、「半天《なかぞら》になる秋の夜の月／人も来ず我が身も行かず更けにけり」、「草木を見れば冬枯れの比《ころ》／身は更に春をも待たず老けにけり」などを掲出する。また、*俳諧で*第三の句末を「けり」で結ぶことをいう。↓けれ留・てには留（永田）

けれ留《けれどめ》　句末を「けれ」と留めること。『*連歌秘伝抄』に見える「*てには付」の一種である。「言ひ放ちて付く様の〈てには〉なり」と説明されているように、*前句の内容に対する感想を言い放つような形で付ける手法である。例として「雨にもいとど故郷《ふるさと》の軒／世の中は暇ある身こそ哀しけれ」、さらに「なれ」で留める「山人や数へぬ年の積もるらん／深き谷こそ春を余所《よそ》なれ」を挙げる。「こそ」を受けた係り結びの形で強調されることにより、けり留と比べて主観的な感想を打ち出した付けになっている。↓けり留・てには留（永田）

玄阿《げんあ》　*連歌師。生没年未詳。文安五年（一四四八）六月の*北野天満宮連歌会所での連歌で*脇を詠んでおり、この頃まで生存。*宗砌『*古今連談集』に「昔の*三賢の座にまみえ」とあるのを信ずれば、かなりの高齢であったと思われ、同書では「古風いまに残せり。確かなる方を本としてはなやかなる方はなし」と評されている。ただし、足利*義教の*月次《つきなみ》連歌会の座衆となり、永享五年（一四三三）二月の『*北野社一万句』に参加するなど、その活躍が目につくようになるのは義教時代である。（廣木）

玄以《げんい》　武家。前田。天文八年（一五三九）～慶長七年（一六〇二）、六十四歳。基勝・徳善院。信長・*秀吉に仕え、京都奉行の職を経て、秀吉晩年以後、五奉行の一人として公家・寺社を管轄した。関ヶ原の戦の後も家康から所領を安堵された。*昌叱・*紹巴らとの交流は三十余年に及び、天正十六年（一五八八）十二月二十三日『心前追悼百韻』など、とりわけ天正十四年頃以降の連歌に多数出座し、また*出句数も多いことから、当時の連歌壇で重要な位置を占めていたと思われる。（永田）

兼郁《けんいく》　*連歌師。猪苗代。明暦元年（一六五五）～享保二十年（一七三五）。八十一歳。神戸宇右衛門勝之・花隠軒。法眼。*兼寿の門弟で、後に嗣子となり猪苗代家を継いだ。兼寿の吉野の旅に同行し、紀行『吉野記』を著す。仙台藩主伊達綱村・吉村にお抱え連歌師として仕え、和歌・連歌の指導にあたった。歴代の猪苗代家当主たちと同様、京の公家とも交流し、宝永五年(一七〇八)近衛基熙から古今伝授を受けている。→猪苗代家(松本)

元応二年春鎌倉花の下一日一万句連歌《げんおうにねんはるかまくらはなのもといちにちいちまんくれんが》

連歌作品。『菟玖波集』収録の性遵《しょうじゅん》の発句の詞書に、この連歌のことが記録されている。元応二年(一三二〇)春成。主催者、座の数など一切不明であるが、一日一万句連歌の記録として最古のもので、記念碑的作品のために『菟玖波集』に採録されたと思われる。場所は永福寺(二階堂)との推定がある。おそらく鎌倉幕府関係者が中心となった連歌で、その規模を含め、鎌倉連歌実態把握のために重要なものである。(廣木)

玄佐《げんさ》　武家。樺山。永正十年(一五一三)～文禄四年(一五九五)。八十三歳。善久。安芸入道。薩摩国島津家家臣。連歌を清誉に師事し、宗祇の『吾妻問答』『長六文《ちょうろくぶみ》』を与えられている。また近衛稙家《たねいえ》から古今伝授を受けた。天文二十年(一五五一)上京の際の連歌会に宗養を招き、薩摩下向を要請したことが、宗養の書簡から知られるが、実現せずに終わったらしい。天正十年(一五八二)九月二十二日「何木百韻」には主君義久とともに参加している。(廣木)

兼載《けんさい》　連歌師。猪苗代。享徳元年(一四五二)～永正七年(一五一〇)。五十九歳。宗春・興俊・耕閑軒。会津守護蘆名《あしな》支流、猪苗代盛実の子。はじめ心敬、没後、宗祇に師事。延徳元年(一四八九)、北野天満宮連歌会所奉行に就任。和歌は飛鳥井雅親《まさちか》らに学び、堯恵から古今伝授を受けた。宗祇と『新撰菟玖波集』の編纂にあたるが、入集句をめぐって対立。自身の句は五十三句入集する。古河で没した。句集に『園塵』(第一～四)、連歌書に『心敬僧都庭訓』『連歌延徳抄』など、家集に『閑塵集』、他に古典注釈書も多い。→猪苗代家(松本)

玄哉《げんさい》　連歌師。辻。?～天正四年(一五七六)?。『顕伝明名録』に連歌を昌叱に師事、紹巴の座の一員で、京都の新在家居住などとある。ただし、天文二十年(一五五一)六月の三好長慶主催の千句連歌に昌休と参加、はじめは昌休に師事したか。以後、多くの連歌に出座、当時の代表的連歌師となった。ただし、山上宗二『茶器名物集』(一五八八年成)には紹鷗の一番弟子とあり、茶道が本分であったか。和歌会にも参加、永禄十

年(一五六七)二月には紹巴から『源氏物語』秘伝を授けられている。(廣木)

兼載雑談《けんざいぞうだん》　歌書・連歌書。「雑談聞書」とも。*兼載の談話を養子*兼純が筆録したもの。兼載の関東帰住後、没年の永正七年(一五一〇)までの成立か。和歌・連歌に関する詞の説明、歌人や*連歌師の言行や逸話、藤原俊成・*定家、正徹、二条家の説など、幅広い内容を雑談形式で載せる。特に『*竹林抄』や『*新撰菟玖波集』編集の際の内情が記され注目される。*梵灯庵関係の書と共通する内容も含まれ、連歌師の間に伝承された説も見られる。『歌論歌学集成12』(三弥井書店)所収。(松本)

兼載独吟千句《けんざいどくぎんせんく》　連歌作品。「聖廟法楽千句」とも。*兼載の*独吟千句。明応三年(一四九四)二月十日から十二日に行われた。『*新撰菟玖波集』の成就を祈念し*北野天満宮に奉納された連歌で、『新撰菟玖波集』には三句入集している。第一百韻*発句は「梅が香にそれもあやなし朝霞」。仙台藩伊達家に伝わり*兼純注と見なされてきた古注を含め、四種類の注が存在する。兼純の注は*本歌・*本説を挙げ、*付合を詳説する。『連歌古注釈書の研究』(金子金治郎・角川書店)所収。(松本)

兼載俳諧百韻《けんざいはいかいひゃくいん》　俳諧連歌作品。『*宗祇畳字連歌(俳諧宗祇独吟百韻)』と合綴されている*兼載の独吟*俳諧連歌。*発句は「花よりも実こそ欲しけれ桜鯛」。「綻びがちに見ゆる裃《かみしも》／主殿《とのもり》と狂言ながらむしりあひ」(第四、五句目)などのように世俗的な語、表現で詠まれている。なお、「震ひわななき火にもあたらず／あれを見よ唐物好きの雪の暮」(第七十、七十一句目)は『*誹諧連歌抄(犬筑波集)』に収録された。『伊地知鐵男著作集2』(汲古書院)所収。(松本)

兼載百句連歌《けんざいひゃっくれんが》　連歌句集。「応召禁裏進献百句連歌」とも。*兼載自撰。文明十九年(一四八七)六月以前の成立。*後土御門天皇の命により自身の作品から百*付合、*発句十八句を選び献上したもの。これより前、宗春の名での献じられた百句が現存し、三分の一が重複する。数年のうちに二種の百句を作成した理由は不明。兼載の第一句集『*園塵』には、本句集から三句を除きすべてが採録され、『*新撰菟玖波集』にも付句五句、発句二句が入集する。『伊地知鐵男著作集2』(汲古書院)所収。(松本)

源氏伊勢詞百韻《げんじいせことばひゃくいん》　連歌作品。康正二年(一四五六)成。源意*独吟。『*異体千句』の第十百韻。現存最古の*詞連歌。長句に『源氏物語』、短句に『伊勢物語』中の和歌の印象的な詞・言い回しをそれぞれ詠み込んだもの。発句「行く秋やをくらす露の下紅葉」は『源氏物語』総角「かき曇り日影も見えぬ奥山に心をくらす頃にもあるかな」、*付句「匂ふが上の霧の初霜」は『伊勢物語』十八段「紅に匂ふが上の白露は折りける人の袖かとも見ゆ」の語句を詠み込んでいる。(山本)

建治弘安頃賦何草連歌《けんじこうあんごろふすなにくされんが》　連歌懐紙断簡。聖什が*発句を詠んだもので、聖什は建治三年(一二七七)から弘安五年(一二八二)まで造東大寺大勧進であった。他に東大寺関係の僧と思われる者が順に詠み、再び聖什の句があり、次の弥熊丸まで初折の表の七句が残されている。弥熊丸は*稚児で*執筆《しゅひつ》を勧めたか。折紙の形で、後代と同様、各句二行に書かれている。すべてに*賦物を取っており、該当する語には印が付けられている。『百人の書蹟』(永島福太郎・淡交社)所収。→懐紙(廣木)

玄旨公御連歌《げんしこうおれんが》　連歌句集。成立年未詳。細川行孝編か。細川*幽斎(玄旨)の連歌作品を集めた書。保存されていた連歌関係書を合冊したらしく、大きくは*日次《ひなみ》の*発句集(ただし年月に乱れがある)、*四季・*恋・*雑に部類された*付合集、十四巻の*百韻集(ただし、間に「付句抜句」と出された付合集その他、さらに二十首ほどの和歌を挟む)に分けられる。二番目の付合集は幽斎自身の編纂の可能性がある。はじめの発句集は多様な*詞書が付せられ、幽斎の連歌活動を知る貴重な資料である。中村幸彦「翻刻玄旨御連歌」(「文学研究」60)所収。(廣木)

源氏小鏡《げんじこかがみ》　連歌書。著者未詳。原形は十四世紀中頃成か。異本には『源概抄』『源氏聞書』など別名のものが多くある。『源氏物語』の各巻ごとの梗概を記す途中に肝要の語を挙げ、「これらは〈野の宮〉〈伊勢〉などに付くべし」などと連歌の*寄合を指摘をするところに特色がある。『源氏物語』が連歌の*本説として重要視され、そこから寄合語が生まれた事情に符合する書といえる。『『源氏小鏡』諸本集成』(岩坪健・和泉書院)所収。(廣木)

源氏国名連歌《げんじこくめいれんが》　*物名《もののな》連歌の一種で、長句に『源氏物語』の巻名を、短句に日本諸国の国名を詠み込む連歌をいう。「国名源氏」はそれを逆の順に行うもの。源家長が*後鳥羽院に奉った「いつも緑の露ぞ乱るる／蓬生の軒端争ふ故郷に」(『*菟玖波集』所収)が早期の例で、『*明月記』建保三年(一二一五)十一月二十八日条にも「国名源氏」百句を行った記事が見える。現存作品には『*一条殿御会源氏国名百韻』や、源意*独吟『*異体千句』第一百韻、*兼載の独吟百韻などがある。(山本)

源氏詞百韻《げんじことばひゃくいん》　『源氏物語』の作中の詞を各句に詠み込む*百韻をいう。源意*独吟の『*異体千句』の中に第十百韻「*源氏伊勢詞百韻」として『源氏物語』『伊勢物語』の作中和歌の詞を交互に詠み込んだ例があり、『源氏物語』単独の詞百韻としては、文明十四年(一四八二)六月二十二日の*後土御門天皇*独吟(発句「時めきぬさも夕顔の花の紐」)、大永元年(一五二一)九月十三日*後柏原天皇主催の百韻(発句「照り添ふや紅葉こきまぜ秋の月」)などが伝わる。(山本)

兼日《けんじつ》　「当座」の対。会以前に句をあらかじめ用意しておくことをいう。和歌では一般的であるが、連歌においても腹案を用意し、会の場で一部手直しして*出句することが行われた。特に*発句は重視され、発句作者は会の場に適う句を用意しておくべきとされた。このことは早く『*井蛙《せいあ》抄』中の*為家の教えにも見える。また、*平句においても『*肖柏伝書』は会以前に相応の句を百句二百句は用意することが優れた句を詠む秘訣であるとしている。(山本)

兼寿《けんじゅ》　*連歌師。猪苗代。寛永六年(一六二九)～元禄七年(一六九四)。六十六歳。隣松軒・嘯斎。兼也もしくは兼説の子で、兼説の跡を継いだ。法眼。*里村家で連歌を学び、仙台藩伊達家にお抱え*連歌師として仕えた。近衛家にも出入りし、近衛尚嗣の連歌会にたびたび*執筆《しゅひつ》として参加、近衛基熙からは*古今伝授を受けた。仙洞御所に昇殿し、*後水尾院の連歌壇にも加わる。後水尾院の弟、道晃法親王とは特に親しく、両吟『*白河千句』を巻いた。注釈書に『狭衣物語抄』などがある。→猪苗代家(松本)

賢俊《けんしゅん》　僧。永仁七年(一二九九)～延文二年(一三五七)。五十九歳。日野俊光の子。大僧正・醍醐寺三宝院門跡。仏教界の重鎮で*足利尊氏にも信任された。北朝主催の多くの法楽和歌や『延文百首』

にも出詠し、清閑寺坊にてたびたび歌会を主催した。同じく清閑寺坊にて*月次《つきなみ》連歌も主催し、これには二条*良基、*導誉、*救済らも参加している。日記に『賢俊日記』がある。『風雅集』以下の勅撰集に十首、『*菟玖波集』に十三句入集。（山本）

兼純《けんじゅん》　*連歌師。猪苗代。長享元年（一四八七）頃～天文八年（一五三九）以後。月喬斎。*広《こう》幢《どう》の子、*兼載の嗣子、*長珊《ちょうさん》の兄。兼載に師事し古典の講義を受け、『*古今私秘抄』や『万葉集聞書』を著す。また、兼載からの聞書を記したものに『*兼載雑談』がある。兼載没後は*冷泉為広に学ぶ。猪苗代家を継ぎ、伊達稙宗《たねむね》（一四八八～一五六五）の和歌の師範となり、以後その子孫は伊達氏に仕えた。たびたび上洛し、三条西*実隆邸や*宗碩の庵での連歌会などに参加した。→猪苗代家（松本）

玄俊《げんしゅん》　*連歌師。里村（北）。元和元年（一六一五）～寛文四年（一六六四）。五十歳。機翁。*玄陳の子。京都出身で、泉州堺に住した。連歌作品では、寛永九年（一六三二）八月の「何路百韻」に名が見えるのが最初か。親子で*発句・*脇を詠んだ寛永十六年四月二十一日『玄仍《げんじょう》三十三回忌追善百韻』など、一座した作品数も多い。万治二年（一六五九）から四年まで、*昌程や*玄祥などとともに*柳営連歌に列している。寛文二年（一六六二）三月二日「山何百韻」は、法眼に叙せられてからの作品である。（永田）

玄祥《げんしょう》　*連歌師。里村（北）。？～延宝元年（一六七三）。玄尚。*玄仲の子で、*紹巴の孫。子に紹兆（紹甫）。父の後を承け、慶安五年（一六五二）より寛文十三年（一六七三）まで、二十余年の長きにわたって*柳営連歌の*第三を勤仕し、法眼に叙せられた。父の代より、現東京都墨田区本所緑町に屋敷を拝領して住した。現存の連歌作品では、寛永十一年（一六三四）四月十二日『紹巴三十三回忌追善*百韻』から、最晩年の寛文十三年二月十三日に行われた百韻まで名が見える。（永田）

玄仍《げんじょう》　*連歌師。里村（北）。元亀二年（一五七一）頃～慶長十二年（一六〇七）?。三十七歳?。索雪斎・何羨堂。*紹巴《じょうは》の長男で、里村北家の祖。妻は*昌叱の娘。子に*玄陳・*玄的。玄仍の名で確認できる作品は、天正九年（一五八一）四月一日「何木百韻」から、最晩年の三月十九日「何人百韻」まで見られる。慶長七年（一六〇二）に父から*古今伝授を受け、*柳営連歌に出座した。同年に詠まれた『*玄仍七百韻』は亡父追善*独吟であり、『*大発句帳』には関東・東海・山陽諸国における吟が収録されて

いる。→里村家（永田）

顕証院会千句《けんしょういんかいせんく》

連歌作品。「広柏千句」「西洞院千句」「宝徳千句」とも。宝徳元年（一四四九）八月十九日から二十一日まで、筒井四郎左衛門尉時術の主催で、*忍誓の坊、京都二条西洞院の顕証院で行われた。忍誓、時術のほか、*宗砌・*専順などが参加。宗砌の句数がもっとも多く、円熟期の作品といえ、ここから自句集に多数選び入れた。また、『*竹林抄』に十五句（専順も二句）、『*新撰菟玖波集』に五句採択されている。古典文庫『千句連歌集2』所収。→宝徳四年千句（廣木）

玄仍七百韻《げんじょうしちひゃくいん》

連歌作品。*玄仍《げんじょう》*独吟。慶長七年（一六〇二）四月成。玄仍が父、*紹巴（四月十二日没）の初七日（七々日とも）に追善供養のために詠んだものである。七百韻という変形はそのためのものであろう。第一百韻*発句「郭公《ほととぎす》むなしき空を名残かな」、第七百韻発句「親なしにふす床夏のたもとかな」など、全体に悲哀の感の色濃い作品である。*昌叱によって合点がなされた。寛文九年（一六六九）に刊行されるなど広く流布した。今井文男「玄仍七百韻」（「金城国文」8−2）所収。（廣木）

玄心《げんしん》

*連歌師。里村（北）。？～元禄九年（一六九六）。随庵。*玄俊の弟。詳しい出自、伝記などは不明。連歌作品では、「随庵」の名で寛永八年（一六三一）十一月十日「和漢連句（御夢想百韻）」に初めて見え、「玄心」名では正保二年（一六四五）一月二十五日「初何百韻」をはじめ、正保五年二月五日『昌琢十三回忌追善百韻』や、承応二年（一六五三）七月十八日『昌倪《しょうけん》三回忌追善百韻』、最後は貞享元年（一六八四）八月五日「昌琢五十回忌追善百韻」まで出詠が確認できる。（永田）

玄清《げんせい》

*連歌師。肥田（河田とも）。嘉吉三年（一四四三）～大永元年（一五二一）。七十九歳。春仲・帰牧庵。禅僧。もと細川家家臣か。*宗祇の門弟で、宗祇の旅中の留守番役を務めた。三条西*実隆に古典を学び、実隆邸を頻繁に訪問した（『*実隆公記』）。文明十四年（一四八二）三月七日「薄何百韻」に宗祇・*宗長らと出座、以後没年まで多くの会に連なった。『宣胤《のぶたね》卿記』には「当時第一連歌上手」とある。永正十四年（一五一七）、*後柏原天皇の連歌に合点。『*新撰菟玖波集』に七句入集。（松本）

玄碩《げんせき》

*連歌師。里村（北）・渡辺。宝暦十二年（一七六二）～文政四年（一八二一）。六十歳。治郎兵衛綱峰・子謙・染習園・急雨亭。豊前小倉（宇佐

郡四日市とも)の渡辺家出身で、上京して和歌を日野資《すけ》枝《き》(一七三七〜一八〇一)、連歌を昌逸に学んだ。寛政十二年(一八〇〇)に玄川の養子として里村北家を継ぎ、翌年から文政四年(一八二一)まで柳営連歌に列し、享和元年(一八〇一)には幕府の連歌師範となり、晩年、法橋に叙せられた。二十人扶持を賜っている。著作に『大発句帳後集』や『染習園発句帳』などがある。(永田)

兼説　けんせつ　連歌師。猪苗代。慶長(一五九六〜一六一五)中頃〜正保四年(一六四七)。早世したと伝わる。嵐行斎。兼与の叔父正益の子で、後に兼与の養子となる。寛永元年(一六二四)三月二十一日「何船百韻」に出座したのが、初見の資料である。伊達政宗の子、忠宗にお抱え連歌師として仕えた。近衛尚嗣と親交があり、寛永十五年(一六三八)には尚嗣に『伊勢物語』『源氏物語』の講釈を行っている。→猪苗代家(松本)

玄川　げんせん　連歌師。里村(北)。元文二年(一七三七)〜文政元年(一八一八)。八十二歳。豊洲乗敬秀之・種心斎。昌逸門。父は豊前国宇佐の修験者。醍醐三宝院門跡に仕えていたが、天明八年(一七八八)頃に玄台の養子となり、里村北家を継いだ。同年より柳営連歌に列し、文化六年(一八〇九)まで勤めた。豊前から、佐渡などの各地へ連歌指導のために足を運んでいる。天明八年に『老《おい》の玖理言《くりごと》』を上梓。没年までの発句集『里村玄川句集』がある。(永田)

玄宣　げんせん　武家。明智。生没年未詳。頼連。細川政元家臣。文明十七年(一四八五)の「細川千句」に連なり、第八百韻の発句を詠む。以後、「細川千句」に連衆として名が見える。延徳元年(一四八九)十二月二十六日の千句に兼載らと同座、宗伊・宗祇・肖柏・宗長らとの連歌にも出座した。『北野社家引付』によれば、延徳元年(一四八九)十二月、宗祇が連歌宗匠の後任に推薦するも辞退した。明応四年(一四九五)一月六日の『新撰菟玖波祈念百韻』に出座。『新撰菟玖波集』に九句入集。(松本)

玄台　げんだい　連歌師。里村(北)。?〜明和二年(一七六五)年没。春岳斎。玄佐の孫。玄立の代に至って跡継ぎが途絶えたため、他家より養子に入り、その跡を継いだ。幕府より現東京都墨田区本所石原町に屋敷を賜り、寛保三年(一七四三)から明和二年(一七六五)の二十余年間にわたって柳営連歌に列し、そのうち宝暦十二年(一七六二)から最後の年まで第三を勤仕した。後に、養子として玄川を迎えている。(永田)

元知《げんち》　*連歌師。中沼。生没年未詳。奈良興福寺一乗院尊政に仕えた。左京亮。慶長二年(一五九七)六月二十四日「何船百韻」では尊政およびその父、*近衛前久《さきひさ》、*細川幽斎らと同座、元和八年(一六二二)五月三日、尊政七回忌には*追悼千句を*独吟している。奈良の連歌壇で活躍、文禄五年(一五九六)正月十六日からの千句連歌などで中臣《なかとみ》*祐範《すけのり》と、また、慶長三年二月晦日「初何百韻」で*紹巴・*玄仍《げんじょう》らと同座するなど奈良関係者と同座することが多かった。尊政追悼千句では*玄仲が*合点、跋文を書いている。(廣木)

玄仲《げんちゅう》　*連歌師。里村(北)。天正六年(一五七八)～寛永十五年(一六三八)。六十一歳。小梅・玄尚・直衆庵・臨江斎。*紹巴の次男で、兄は*玄仍《げんじょう》。現存作品では、天正十七年(一五八九)一月四日「白何百韻」以降、*発句を詠んだ寛永十四年(一六三七)二月五日『昌琢一周忌追善百韻』まで出座が確認でき、連歌師としての活躍期も長い。寛永二年(一六二五)から同十四年まで*柳営連歌に列している。*大阪天満宮に、『玄仲発句』が現存する。(永田)

玄陳《げんちん》　*連歌師。里村(北)。天正十九年(一五九一)～寛文五年(一六六五)。七十五歳。一翁・徳臨庵。*玄仍《げんじょう》の長男。子は*玄俊。弟は*玄的。泉州堺に住したとされ、『競馬図巻』を著すなど、絵を能くしたという。現存の連歌作品では、慶長八年(一六〇三)三月十二日に行われた*千句の第七百韻から、寛文二年(一六六二)三月二日『法皇御会百韻』まで多くの作品に出座が確認されるが、とりわけ元和・寛永年間(一六一五～四四)の作が多い。後に法橋、法眼に叙せられた。(永田)

玄的《げんてき》　*連歌師。里村(北)。文禄二年(一五九三)～慶安三年(一六五〇)。五十八歳。伝翁。*玄仍《げんじょう》の次男。兄は*玄陳。兄が里村北家を継いだため、玄的は別に仍春、*仍民と続く流派を立てた。慶長末年頃から連歌師としての活動を始め、慶長十九年(一六一四)一月三日の「北野裏白連歌百韻」に名が初めて見える。*昌琢の連歌会に*昌俔《しょうけん》などと一座することが多く、昌琢没後は『桜御所千句』にも一座した。*宗因との両吟や、*風庵の追善*独吟*百韻なども行った。後に法橋に叙せられた。(永田)

顕伝明名録《けんでんめいめいろく》　人名辞典。藤本箕山《きざん》(一六二六～一七〇四)編。寛文四年(一六六四)成。いろは順のものと人名の頭字ごとに分類したものがある。大部分は名の下に氏などを簡単に記したものであるが、時代、職などを注記した箇所もあり、他に知見を得られない*連歌師についての貴重な資料となり得る。また、十五巻本には一字名(*連歌字)の一覧がある。日本古典全集『顕伝明名録』所収。なお、一字名一覧は『連歌概説』(山田孝雄・岩波書店)に翻刻がある。(廣木)

賢桃《けんとう》 *連歌師。岡田。明応三年(一四九四)～永禄八年(一五六五)以後没。重季。尾張の中心的連歌師で、*三条西実隆の知己を得ている。また*宗長との交流が荒木田守平『*二根集』に見え、宗鑑『*誹諧連歌抄(犬筑波集)』には両者の*付合が載せられている。『*東国紀行』の旅の途中の*宗牧を迎えるなど、宗牧とも長い交流があった。永禄三年(一五六〇)の『熱田千句』(第一百韻を欠く)では最多の百四十二句を詠んでいる。『源氏物語』の校合、『源氏系図』書写も知られる。永禄八年以後、武田信玄の御伽衆となったらしい。(廣木)

兼如《けんにょ》 *連歌師。猪苗代。?～慶長十四年(一六〇九)。是斎・意伯。法橋。宗悦の子。*紹巴に師事、細川*幽斎から*古今伝授を受ける。連歌は天正三年(一五七五)八月十六日「何人百韻」が初見。天正十年五月二十四日の『*愛宕百韻』に紹巴と同座。慶長頃から伊達*政宗に仕え、十三年(一六〇八)には政宗の命により『鎌倉千句』を相模国(神奈川県)鎌倉の荏柄《えがら》天神に奉納した。句集に『兼如発句帳』、慶長三年(一五九八)石田三成に同行した時の紀行に『*九州下向記』がある。→猪苗代家(松本)

建武式目《けんむしきもく》 *足利尊氏が制定した十七ヶ条の幕府法令である。建武三年(一三三六)成。家訓に近い内容を持つ。この第二条「群飲佚遊《ぐんいんいつゆう》を制せらるべき事」の中に、「或いは*茶寄合と号し、或いは連歌会と称して、莫大の賭けに及ぶ。その費勝計しがたきものか」などとある。類似の禁制は貞観八年(八六六)の太政官符などにもあるが、茶寄合・連歌会という例を挙げている点に時代性が見て取れる。日本思想大系『中世政治社会思想上』(岩波書店)所収。→二条河原落書(廣木)

兼与《けんよ》 *連歌師。猪苗代。天正十二年(一五八四)～寛永九年(一六三二)。四十九歳。看松斎。法橋。*兼如《けんにょ》の子。連歌は慶長十二年(一六〇七)十月二十六日「朝何百韻」に父、兼如とともに出座したのが初見。慶長十六年には、近衛信尹《のぶただ》から*古今伝授を受けた。京都を中心に活動したが、仙台にも下り伊達*政宗に仕え、和歌や連歌を指導した。『集外三十六歌仙』に入集、歌人としても認められていた。兼与と弟子兼也の聞書をまとめた連歌書に『兼与法橋直唯聞書《ただのききがき》』がある。→猪苗代家

（松本）

玄与日記《げんよにっき》　紀行。玄与が慶長元年（一五九六）七月に近衛信輔に供奉して上京、その後近畿を歴遊、翌年に帰国するまでの記録。玄与は黒斎と号した薩摩藩の歌人か。公家・武家での和歌会・連歌会の記事が多く、それらの折などに詠まれた和歌・連歌*発句や*付合が所々に採録されている。*細川幽斎（玄旨）・*兼如《けんにょ》・*紹巴《じょうは》・*昌叱《しょうしつ》などとの交流も見え、中世最末期の文芸のあり様を知るための貴重な資料でもある。『群書類従18』所収。（廣木）

元理《げんり》　僧。武田。生没年未詳。永禄九年（一五六六）までは生存、九十歳前後の没か。連歌作者としては天文六年（一五三七）に*周桂が主催した『*伊予千句』に*道澄・*義俊・*近衛稙家・*細川幽斎らと同座しているのが初見であるが、第七百韻の*発句をつとめ、合計七十四句を*出句しており、連歌を始めたのはそれよりかなり前とみられる。この後も没年近くまで多数の連歌会に出座。『寒川入道筆記』（近世初期）では、*俳諧の上手とも評され、『天水抄』では*宗鑑、*守武と並び称されている。（山本）

【こ】

其阿《ごあ》　僧。「其阿」は時衆の由緒ある阿弥号で、連歌を詠んだ者も多数おり、個人の特定は難しい。そのうち、『*其阿宗砌に御尋有ける返報抜書』に関わる者、*宗祇と同座した者（『*新撰菟玖波集』二句入集）、文明十六年（一四八四）七月七日に『一万句発句』を勧進した円福寺十三代などが注目される。京都の四条道場・七条道場、地方の道場にも名が見える。また、徳川家康の父、松平広忠に関わる*夢想連歌を詠んだ大浜称名寺の其阿は、その名跡を浅草日輪寺住職に継がせ、*柳営連歌と深く関わった。↓時衆と連歌（廣木）

其阿宗砌に御尋有ける返報抜書《ごあそうぜいにおたずねありけるへんぽうぬきがき》　連歌書。成立年未詳。*其阿が連歌を作るうえで疑問をもった言葉の使い方について*宗砌に尋ね、宗砌がそれに答えたものである。語義について、連歌の*行様《ゆきよう》のうえでの使用の制限について、*連歌式目上での判断などを思いつくままに記した書で、*袖下の類といえる。なお、宗砌自身が分からない点を「存知せず」「覚悟せず」など正直に答え、質疑に生気が感じられる。『連歌論の研究』(金子金治郎・桜楓社)所収。(廣木)

小宛《こあて》　*前句の内容の意味や情趣の核心部・肝要で、*付句を詠む時に必ず押さえておかなければならない勘どころのこと。*二条良基は、小宛を心得ることを*付合のあり方の基本として重視し、『*僻連抄』において、連歌は心を第一とすべきであり、*寄合にばかり頼った付け方を批判している。『*知連抄』や*梵灯庵『*長短抄』では、小宛を「*心の小宛」「*詞の小宛」「*寄合の小宛」に分類し、『*連歌十様』においては、〈*てには〉の使い方を小宛の重要な要素の一つとしている。(永田)

恋《こい》　男女の恋愛に関することをいう。和歌では*勅撰集の部立とされ、『*菟玖波集』『*新撰菟玖波集』にも継承された。*百韻では、『*連歌新式追加並新式今案等《れんがしんしきついかならびにしんしきこんあんとう》』で二句以上五句までとされ、三句程度で転じるのがよしとされた。*表八句と裏二句目までに詠むことが禁じられたが、人情句の至上のものとして重視され、*俳諧では恋や*述懐《しゅっかい》のない*懐紙の面を「素面」と嫌った。『*宗祇初心抄』に「訪はれぬを恨み、別るるを慕ひ、待つ暮れに遅きを悲しみ、名に立つを厭ひ」心を尽くすのが*本意とある。なお、『*連歌新式』で可隔五句物《ごくへだつべきもの》とする。→平秋《ひらあき》(永田)

五韻相通《ごいんそうつう》　各句末の子音と次の句頭の子音が同一であることをいう。『*知連抄』は「詞さほど続かねども、五七五の切目に五韻の響きの字を置くを相通とは云ふなり」とし、母音に関する説のようであるが不明確である。*梵灯庵『*長短抄』は「山遠き霞に浮かふ《ぶ》日のさして」の例を挙げ、「〈山遠き〉の〈き〉と〈霞〉の〈か〉」がkの子音、「〈浮かふ〉の〈ふ〉と〈日のさして〉の〈ひ〉」がh(f)の子音となっていることを指摘する。→五韻連声(山本)

五韻連声《ごいんれんじょう》　各句末の母音と次の句頭の母音が同一であることをいう。『*知連抄』は「詞のたよりを五七に置きて、その声のするすると下るやう続くる」とするが、それが「韻」の問題であるか不明確である。*梵灯庵『*長短抄』は「空になき日影の山やあめのうち」の例を挙げて、「〈空になき〉の〈き〉と日影の〈ひ〉」がiの母音、「〈山〉の〈や〉、〈雨〉の〈あ〉」がaの母音となっていることを指摘する。→五韻相通(山

本）

香《こう》

香と連歌との関わりは、『*建武式目』に見られるような寄合・賭け事としての共通性にもあるが、*会席荘厳のためにも必要であった。室町中期の連歌論書『*五十七ヶ条』（*宗長か）には「花を立て、香を焚き」とある。十種香なども含め、連歌と香は同時代性を持ち、香道の祖には三条西*実隆が目されており、*宗祇も造詣が深かった。香の連続した移りを賞美する炷継香（炷合香）が連歌と関わりがあるとされたことも含め、香道の形成には連歌論が影響を与えた。（廣木）

好士《こうし》

「こうじ」とも。一般に風流人を指すが、特に歌や連歌に優れた*地下《じげ》の愛好者をいう。*藤原定家の日記『*明月記』寛喜三年（一二三一）八月十日の条に「連歌禅尼早世の後、好士憐愍《れんびん》の志あるにより」とある。*二条良基『*僻連抄』で連歌は「この道の好士ばかり集会して、心を澄まし体を同じくして」行うのがよいとするなど、単に連歌を好む者というより熟達者の意が強く、『僻連抄』が続けて「会者、ことに堪能《かんのう》を選ぶべし」とするように、「堪能」とほぼ同意である。（廣木）

後宇多天皇《ごうだてんのう》

天皇。文永四年（一二六七）〜元亨四年（一三二四）。五十八歳。亀山天皇第二皇子。在位一二七四年〜八七年。文事の興隆に努め、在位中の弘安年間（一二七八〜八八）の頃から内裏にて*聯句連歌の会を主催し、譲位後も亀山殿、六条有房邸での連歌会に参加したことが、*飛鳥井雅有『*春の深山路』などに見える。後二条・*後醍醐天皇の代に院政を行い、二条*為世に『新後撰集』『新千載集』の勅撰集撰集を下命した。『新後撰集』以下の勅撰集に百四十五首、『*菟玖波集』に十七句入集。（山本）

広幢《こうどう》

*連歌師。生没年未詳。関東の人。*兼載の叔父（伯父）とされる。*兼純・*長《ちょう》珊《さん》の父。和歌を正徹に学ぶ。応仁元年（一四六七）十二月五日「何路百韻」に関東に下向した*心敬と同座。心敬『*所々返答』第二状を与えられたか。同年三月七日、自身の句集に*行助の*合点、文明十年（一四七八）十一月には*宗祇にも合点を請う。別に兼載が加点したものもあり、これら句集三巻はまとめて『広幢付句集』として伝わる。また、子の兼純の編纂した家集『広幢集』がある。（松本）

高野参詣百韻《こうやさんけいひゃくいん》

連歌作品。文禄三年（一五九四）三月四日成。賦*

物は「何衣」。*豊臣秀吉が高野山に参詣した折、母の追善のために建立した青巌寺で興行した連歌。秀吉が*発句、*応其《おうご》が*脇を詠む。秀吉は多くの家臣らを従えて二月二十五日京都を出立、三月二日に高野山へ着いた。*連衆には武家の織田信雄・徳川家康・前田利家・*伊達政宗・*細川幽斎・蒲生氏郷、僧の*道澄や公家、連歌師の*紹巴・*昌叱・*由己らがいる。秀吉絶頂期の連歌で、その勢力が窺われる。『封建社会と近代』(同朋舎出版)所収。(廣木)

高野千句《こうやせんく》

連歌作品。元和元年(一六一五)九月九日から同月末にかけて詠まれた。興山寺・宝性院などの各子院において応昌・深覚ら僧侶を交えて巻いた*百韻九巻に、下山後、東山の応昌の元で*玄仲・紹由らと巻いた百韻を合わせて*千句にしたもの。第一百韻の*発句「今日にあひて咲くや菊の名高野山」以下、発句はすべて昌琢の挨拶吟(秋季)である。本来は一巻ずつ独立した百韻であったと考えられる。古典文庫『千句連歌集8』所収。(永田)

※高野山滞在中の*昌琢・*昌俔《しょうけん》・*玄陳ら一行が、興山寺・宝性院などの各子院において応昌・深覚ら僧侶を交えて巻いた

強力体《ごうりきてい》

風体の一つ。表現が直接的で力強さの感じられる風体。元来、和歌において使われた用語で、『三五記』では*拉鬼体《らつき》とともに挙げられて、「歌の無上とやらむ」「骨を存して余情を忘れたる類なり」とするが、未熟な者が詠めば俗体となる詠み難いものとする。*『ささめごと』はさまざまな風体を学んだ後に強力体と拉鬼体を最後に学ぶべきである、という伝定家論を載せる。*宗長*『連歌比況集』は、強力体を学ぶには*宗砌の風骨を心にかけるべきであるとしている。(山本)

後柏原天皇《ごかしわばらてんのう》

天皇。寛正五年(一四六四)~大永六年(一五二六)。六十三歳。在位一五〇〇年~二六年。諱は勝仁。*後土御門天皇第一皇子。朝儀の復興に尽力し、和歌・連歌を愛好した。文明十一年(一四七九)十一月二十二日「何船百韻」以降、父の主催する連歌会に連なり、在位中も月次《つきなみ》の歌会や、連歌会・*和漢聯句会をたびたび主催した。*『源氏物語』などの*詞連歌も行っている。主催した連歌の*原懐紙の一部が宮内庁書陵部に現存。家集に『柏玉集』がある。*『新撰菟玖波集』に五十七句入集。(山本)

五ヶ賦物《ごかふしもの》

「ごかのふしもの」とも。賦物の中でも特に多用される、「山何」「何路」「何木」「何人」「何舟」の五つの総称。一条*兼良*『連歌初学抄』中の*「賦物篇」ではこれを最初に列挙し、

「以上五ヶの内、最もこれを用ゆべし」とする。実際にもこれらを賦物とした*百韻は多い。千句連歌の賦物も多くはこれを含んで構成されている。賦物が形骸化した後もこれらは形式的に多用された。→賦物（山本）

古今伝授《こきんでんじゅ》 『古今集』の解釈を中心とする歌学の諸説を、師弟関係の契約のもと、口伝・切紙・抄物によって相承する伝授形式。*連歌師が大きく関与した。*宗祇・堯恵の頃に様式化され、宗祇は東常縁《とうのつねより》より伝授を受け、それを*実隆に伝授し、古今伝授の権威を確固たるものとした。以後、その流れは*実枝《さねき》・*幽斎・*智仁《としひと》親王へ伝わる御所伝授、宗祇・*肖柏と伝わる堺伝授、宗祇・肖柏から*宗二へと伝わる奈良伝授、幽斎から*貞徳へと伝わる*地下《じげ》伝授として近世歌学へと続いた。（山本）

古今連談集《こきんれんだんしゅう》 連歌書。*宗砌著。文安元年から五年（一四四四～四八）の間の成立か。伊勢国司北畠*教具《のりとも》に三度にわたり書き贈った書である。師の*梵灯庵の説を踏まえ、上巻では、*善阿《ぜんな》・*救済・*順覚・*信昭・*良阿・*十仏ら宗砌以前の*連歌師について、下巻は、*周阿・利阿・梵灯庵・*満広・*親当《ちかまさ》（*智蘊）など近来の連歌師の風体について述べる。中巻は永享十一年（一四三九）五月に*張行された『北野神社法楽千句』から抄出した句を解説する。古典文庫『宗砌連歌論集』所収。（松本）

小倉千句《こくらせんく》 連歌作品。寛文五年（一六六五）二月十七日から二十一日にかけて行われた*宗因《そういん》*独吟*千句である。現福岡県、豊前国小倉城において、宗因が庇護者である城主小笠原忠真七十歳の祝賀のために、*述懐《しゅっかい》・*哀傷の句を除き、*禁詞《このまざることば》（不好詞）を交えずに詠んだもの。巻頭に忠真の*発句「年ごとの若菜ぞためし千世の春」を置き、*脇の「子の日の松を言の葉の種」以下、宗因独吟による*百韻十巻と、玄周・以元・親元・重将・吉俊・重親と詠んだ追加八句よりなる。『西山宗因全集1』（八木書店）（永田）

苔筵下付句《こけむしろげつけく》 連歌句集。*心敬の*付句百七十一句を*有心体・*幽玄体・*面白体に分類して収録した書。*『心玉集』*『心敬僧都百句』などと重なるものが多く、その他は五十四句である。元来、十体あったものの一部か。神宮文庫には『苔筵』と題され、上巻に*『老のくりごと』『十体和歌』、下巻に*『ささめごと』を収め、さらに心敬の連歌論・作品を合冊した書があり、その末尾が当該書と一致する。それが

独立した書か。貴重古典籍叢刊『心敬作品集』（角川書店）所収。（廣木）

後光厳天皇《ごこうごんてんのう》 天皇。暦応元年（一三三八）〜応安七年（一三七四）。三十七歳。光厳天皇第二皇子。在位一三五三年〜七一年。文和三年（一三五四）七月に内裏連歌会を催すなど連歌を愛好した。延文二年（一三五七）には『*菟玖波集』を*勅撰集に准ずる院宣を出し、翌三年には*良基に『*撃蒙抄』を献上させている。和歌は良基の勧めにより二条流を学び、足利将軍家の執奏により『新千載集』『新拾遺集』を撰進させた。『新千載集』以下の勅撰集に四十六首、『菟玖波集』に十一句が入集。（山本）

後小松天皇《ごこまつてんのう》 天皇。永和三年（一三七七）〜永享五年（一四三三）。五十七歳。後円融天皇第一皇子。在位一三八二年〜一四一二年。応永元年（一三九四）十二月十二日の*独吟*和漢聯句以降、在位中に内裏にて歌会・連歌会を催し、同十五年三月には北山殿に行幸し連歌会に同座した（『*北山殿行幸記』）。譲位後も仙洞御所にてたびたび連歌会を主催し、同二十二年には『梵灯庵連歌十五番』に*合点した。応永から永享初頭にかけての連歌の庇護者であった。『新続古今集』に二十六首、『*新撰菟玖波集』に四句入集。（山本）

心付《こころづけ》 付け方の一体。詞の縁や*寄合を捨て、*前句の意想を受けて付ける方法で、二条*良基『*僻連抄』では「詞・寄合を捨てて、心ばかりにて付く」としている。元来、「心」は意味内容の意で、*宗砌『*初心求詠集』中の「踏み替へて行く道遥かなり／潮満ちて干潟や波になりぬらん」の例や、『*連歌秘伝抄』で風情・余情もない付けとすることからも、理屈に絡んだ付け方であるが、*心敬は『*老のくりごと』で「心付ならぬ句あるべからず」と述べ、「心」を広く取り重視した。（永田）

心てには《こころてには》 「*てには」の一種。『*知連抄』の挙げる六種のてにはの一つ。詞の縁や*寄合によらずに、内容で付ける付け方。二条*良基『*僻連抄』に「*心付《こころづけ》、詞・*寄合を捨てて、心ばかりにて付くべし」とある「心付」に同じ。『知連抄』は「さては心にかなふ山里／憂きはただ都に遠きことばかり」などの例句を挙げ、*梵灯庵『*長短抄』は「罪の報ひはさもあらばあれ／月残る狩場の雪の朝ぼらけ（*救済）」を挙げる。（山本）

心の小宛《こころのこあて》　*前句で詠まれた事象のもっともそれらしいあり方、つまり*本意をつかんで、それに相応する句を付けるために思いをめぐらす心の働きを指す。「*寄合の小宛」「*詞の小宛」とともに三種の小宛の一つ。『*知連抄』に説かれた後、*梵灯庵『*長短抄』などに見える。*兼載『*梅薫抄』では、「深《み》山《やま》」に「鳥」を付けるならば「独り鳴く心」を、「市」に「鳥」ならば「騒ぐ心」、「森」に「鳥」ならば「とまる心」を付けるべきであるとする。→小宛（永田）

古今著聞集《ここんちょもんじゅう》　説話集。橘成季《なりすえ》著。建長六年(一二五四)成。連歌説話十五話を伝える。それらは二条天皇中宮育子と藤原家通(第一六〇話)、源義家と安倍貞任(第三三六話)、源頼朝と北条時政(第二一五話)などの*短連歌の説話が中心である。本書が直接の典拠ではないものの、これらの句は『*菟玖波集』にも採録されている。第一六二話の「*いろは連歌の事」は永万頃(一一六五〜六六)のもので、初期の*定数連歌の資料として重要である。新潮日本古典集成『古今著聞集』(新潮社)所収。（松本）

後西天皇《ごさいてんのう》　天皇。寛永十四年(一六三七)〜貞享二年(一六八五)。四十九歳。在位一六五六年〜六三年。*後水尾天皇第八皇子。父の影響のもと和歌・連歌を愛好した。連歌は即位翌年の明暦三年(一六五七)十二月一日の宮中連歌会をはじめ、後水尾院の指導のもと、宮中連歌会をたびたび主催し、徐々に主導的役割を果たした。退位後も後水尾院の連歌会に参加しつつ、自らも会を頻繁に主催した。家集に『後西院御集(水日集)』がある。（山本）

後嵯峨天皇《ごさがてんのう》　天皇。承久二年(一二二〇)〜文永九年(一二七二)。五十三歳。土御門天皇第二皇子。在位一二四二年〜四六年。譲位後に院政を行い、文事を活性化させ、承久の乱の後に停滞していた宮廷連歌も盛んに行った。*二条良基『*筑波問答』に「後嵯峨院の御代にことさら興行ありて」とある。『*菟玖波集』に二十二句が入集し、*為家・*為氏らの参加した内裏連歌会の句も所収する。和歌にも優れ、『続後撰集』・『続古今集』の撰集を下命し、『続後撰集』以下に二百八首入集。（山本）

五十七ヶ条《ごじゅうしちかじょう》　連歌書。室町中頃成。*宗長の著作か。*心敬・*宗祇の教えを伝える箇所があり、*兼載・柴屋(宗長)・静喜(岩*松尚純《ひさずみ》)らの名も見える。「両神・聖廟毎朝祈念の事」から「礼儀の事」まで、五十七ヶ条に分けて連歌に関する心構えを記した書で、発句・脇・第三や一巡の詠み方、句作に詰まったら無理をするなとの教え、また、貴人への配慮、連歌会席での作法についてなど実践的な教えが多い。『連歌論集4』(三弥井書店)所収。(廣木)

後撰和歌集《ごせんわかしゅう》　和歌撰集。第二勅撰和歌集。全二十巻。天暦五年(九五一)に村上天皇が清原元輔・源順ら五名に撰集を下命した。公家の日常生活での贈答歌を多く収める。所収の「秋の頃ほひ、ある所に女どものあまた簾の内に侍りけるに、男の、歌の元を言ひ入れて侍りければ、末は内より／白露のをくにあまたの声すれば花の色々有と知らなん」は、『俊頼髄脳』で「後撰の連歌なり」とされている。当時流行しはじめていた短連歌の様相を窺うことができる。新日本古典文学大系『後撰和歌集』(岩波書店)所収。↓短連歌(山本)

後醍醐天皇《ごだいごてんのう》　天皇。正応元年(一二八八)～延元四年(一三三九)。五十二歳。在位一三一八年～三九年。後宇多天皇第二皇子。建武の新政を行うが、足利尊氏の叛に遭い吉野に逃れ、南朝として北朝に対峙した。『菟玖波集』には十句が入集するが、いずれも建武以前の句である。同集詞書によって在位中の元亨二年(一三二二)、嘉暦二年(一三二七)、同四年に宮中で連歌・和漢聯句の会を興行したことが知られる。『新後撰集』以下の勅撰集に八十四首が入集。(山本)

古代連歌抄《こだいれんがしょう》　注釈付き連歌句集。文政十二年(一八二九)成。高橋知周(一七五四～一八五二)編。知周は現三重県、伊勢国津藩の家臣で国学者。香川景樹門。無住『沙石集』中の句を例外として、七賢から宗牧までの六十五名(他に無名あり)の付句を四季・恋・雑《ぞう》に部立して採録する。それぞれの付合に出典を挙げ、いかにして付いているかの付心《つけごころ》を解説することを主とした注を付す。化政期の連歌研究の一端を示す書である。『連歌―研究と資料』(浜千代清・桜楓社)所収。(廣木)

孤竹《こちく》　注釈付き連歌句集。宗牧の天文九年(一五四〇)正月から十年閏三月までの自作の発句と付句を収め、宗牧の門弟が師説に基づき注を付す。孤竹の名は宗牧の号、孤竹斎による。本歌などを指摘しつつ句意を説き、また、いかに付いているかの付《つけ》心《ごころ》を解説する。宗牧の円熟期の作品および連歌観が見える。また発句には詞書が付され、宗牧の足跡の資料とし

て貴重であり、注には宗長・宗碩に関連する話も見える。『連歌古注釈集』（金子金治郎・角川書店）所収。（廣木）

御鎮座次第記紙背連歌懐紙《ごちんざしだいきしはいれんがかいし》

連歌懐紙。神宮文庫所蔵『御鎮座次第』の紙背に残された連歌懐紙三種である。表文書は度会《わたらい》実相（一三〇五〜?）による。第一は正平七年（一三五二）六月二十一日の「賦何船連歌」で、ほぼ百韻が現存、第二は初折の表を欠き年代等不明、第三は十六句のみの断簡である。ほぼ同年代のものと推察できる。連衆は一字名が多いが、実相を含め共通する名が見え、伊勢神宮外宮神官らのようである。小西甚一「正平七年の伊勢連歌」（『連歌俳諧研究』1-1）所収。

→懐紙（廣木）

後土御門天皇《ごつちみかどてんのう》

天皇。嘉吉二年（一四四二）〜明応九年（一五〇〇）。五十九歳。後花園天皇第一皇子。在位一四六四年〜一五〇〇年。戦乱の中を過ごしたが、文事を好み宮廷の文芸を守った。文明十年（一四七八）六月から没年まで内裏で月次《つきなみ》連歌会を催し、その原懐紙の一部は宮内庁書陵部に現存する。連歌会の記録は『お湯殿上の日記』『実隆公記』などに見える。宗祇・肖柏などとの交流もあった。『新撰菟玖波集』勅撰の綸旨を下し、同集に百八句入集。家集に『後土御門御詠草（紅塵灰集）』がある。（廣木）

後土御門後柏原両院御百韻《ごつちみかどごかしわばらりょういんごひゃくいん》

連歌作品。延徳三年（一四九一）六月二十二日成。後土御門天皇と勝仁親王（後柏原天皇）父子による「御法楽夢想之連歌」である。夢想で得た「うち解くる氷のひまの朝霞」を発句とするものであるが、第十二句を再び夢想としており、夢想連歌として異例である。発句の季も当日に合わない。天皇が五十八句、親王が四十句で、親王が執筆《しゅひつ》を勤めた。『実隆公記』には三条西実隆が傍聴したとある。『続群書類従17上』所収。（廣木）

古典の素養《こてんのそよう》

連歌の言葉・風情、また付合は古典によるものが多く、本歌・本説を取ることも多い。したがって、連歌作者は古典を学ぶ必要があった。二条良基は、三代集・『万葉集』『源氏物語』『伊勢物語』『狭衣物語』『和漢朗詠集』『詩経』などを、宗祇はさらに『大和物語』『宇津保物語』『竹取物語』なども学ぶべきものとして挙げ、『新古今集』を重視した。しかし、良基は才学に頼る欠点を、心敬は古典の精神を学ぶことの重要性を指摘している。（廣木）

事可然体《ことしかるべきてい》　*十体の一つ。詠まれた内容が、いかにももっともだと感じさせる風体。元来、和歌において使われた用語で、『定家十体』に「事可然様」とあり、他の定家系偽書類にも見える。連歌においては、*前句が提示した状況を、*付句の適切な設定によって明らかにしつつ、なるほどもっともだと思わせる構成となるものをいう。『*ささめごと』は「事可然体の句」として「人に訪はれん道だにもなし／花の後木の下深き春の草(*良阿)」などの例を挙げる。(山本)

詞書《ことばがき》　句の前に置かれた作句事情などを記した言葉。十七世紀後半以降の*俳諧では「前書」と呼ばれることが多い。元来、和歌において用いられたものである。連歌においては句集中の*発句にある場合が多く、場所・時節・詠歌事情を簡明に記すのが一般で、単に心覚えのごときものもあるが、貞室の俳論『氷室守《ひむろもり》』(一六四六年刊)に「詞書を書かずしては聞こえぬも侍るべし」とあるように、句の理解を助けるものもあった。また、*連歌懐紙の冒頭に記されたものもある。(廣木)

詞字留《ことばじどめ》　句末を用言留にすること。「詞字」とは「*物名《もののな》(体言)」「*てには(付属語)」に対する語で用言をいう。一条*兼良『*連珠合璧集』に「詞類」として「引く」「打つ」「細し」「長し」など具体的な語が挙げられている。『*連歌新式』「*韻字事」によれば、*打越《うちこし》との句末に「物名」と「詞字」が、また、「詞字」「つつ」「けり」「かな」「らん」「して」同士が用いられることが禁止されている。(永田)

詞付《ことばづけ》　付け方の一体。*前句の詞の縁を手がかりに句を付ける方法。二条*良基『*連理秘抄』に、「*寄合・心を捨てて、言葉の頼りにて付くるなり」とある。『*連歌秘伝抄』は*付様《つけよう》八体に挙げ、「長き」に「縄」、「よる」に「糸」を付けるとある。『*連歌秘伝抄』に挙げる「暮るる片岨《かたそ》の行方《ゆくへ》知られず／縒《よ》る糸のむすぼほれたる中絶えて」の例によれば、前句の一語を掛詞(暮るる→繰るる)と見なし、それに縁のある語(縒る糸)を想起して*付句を詠むということである。(永田)

後鳥羽天皇《ごとばてんのう》　天皇。治承四年(一一八〇)〜延応元年(一二三九)。六十歳。高倉天皇第四皇子。在位一一八四年〜九八年。建仁元年(一二〇一)

に*『新古今集』の撰進を下命した。藤原*定家『明*月記』などによると、承久三年(一二二一)の乱で隠岐に配流されるまで、*有心無心連歌などの遊技的なものを含め頻繁に連歌会を主催、*定家・*家隆らに*独吟百韻も詠進させた。それらは*百韻連歌の定着化という点で連歌史上重要視される。家集に『後鳥羽院御集』がある。『新古今集』以下の勅撰集に二百五十五首、*『菟玖波集』に十九句入集。(山本)

詞の小宛《ことばのこあて》　*付句に詠み込む肝心な詞に関連する該当語が*前句に適切にある、という状況、それを意識する心の働きを指す。*「心の小宛」*「寄合の小宛」とともに三種の小宛の一つ。*『知連抄』は、付句に「老の波」などと「波」の語を詠み込むのなら、前句に「返る」「立つ」など「波」を想起させる語がなければ「小宛」に背くと説く。また、*梵灯庵*『長短抄』では、前句に「けり」「らん」が使われていれば、それに応じる*「てには」を用いなければならないとする。

→小宛(永田)

詞連歌《ことばれんが》　著名な古典作品中の詞を*賦物《ふしもの》として各句に詠み込む遊技的連歌。康正二年(一四五六)に源意が*独吟した*『異体千句』中の*「源氏伊勢詞百韻」が早い例で、文明十四年(一四八二)には*後土御門天皇が独吟で「源氏詞百韻」を行っている。*後柏原天皇はこれを愛好し、大永元年(一五二一)九月十三日に「源氏詞」、十月六日に「伊勢詞」、翌二年五月十八日に「万葉詞」、翌三年三月十八日に「新古今詞」の連歌などの詞連歌を頻繁に行った。(山本)

後奈良天皇《ごならてんのう》　天皇。明応五年(一四九六)~弘治三年(一五五七)。六十二歳。在位一五二六年~五七年。*後柏原天皇第二皇子。父の文事愛好を継いで、若年から漢学・歌学・連歌などを好んだ。和歌を三条西*実隆・飛鳥井雅俊に学ぶ。連歌は永正十一年(一五一四)二月二十五日の後柏原天皇内裏での会など父の会に参加、後に自分でも内裏連歌会を催すようになった。*和漢聯句の会も多く、また、天文五年(一五三六)閏十月には『日吉社法楽千句』を主催するなど、室町期代々の天皇家の連歌をよく継承した。(廣木)

不好詞《このまざることば》　連歌に使用することを禁じられた詞のこと。「不可好詞《このむべからざることば》」「嫌詞」「禁詞」とも。「鳥辺山」のように*哀傷の意を持つ語や、「空情《そらなさけ》」のように短く詰まった語、和歌にはない造語で耳障りの悪い語、用い方によって悪くなる語などが該当する。大田垣*忠説《ただとき》『*砌塵抄』は、「小田守」などの語を挙げ、解説も加えている。『*一紙品定之灌頂』の「連歌にすまじき詞」や「当世せぬ詞」に、『*和歌集心躰抄抽肝要』の「悪詞不為事《なさざる》」の項にも掲出されている。→嫌詞・禁好詞（永田）

好　詞《このむことば》　連歌に詠み込むのに好ましい詞のこと。大体は歌語の域を出るものではなく、「年立ち帰る」「問はず成り行く」など、長くなだらかな言い回しや、和歌で詠み慣れた言葉遣いの語が多い。『*一紙品定之灌頂』『*和歌集心躰抄抽肝要』『*連通抄』などに一覧されている。*不好詞《このまざることば》との相異点は、連歌の短縮表現と、流暢な和歌的表現の二つの兼ね合いの部分にあったと考えられる。→禁好詞（永田）

後花園天皇《ごはなぞのてんのう》　天皇。応永二十六年（一四一九）～文明二年（一四七〇）。五十二歳。伏見宮*貞成《さだふさ》親王の子。在位一四二八年～六四年。文芸を愛好し、寛正二年（一四六一）四月九日「内裏千句連歌」、同年十一月二十二日「内裏何船百韻」をはじめ、*百韻・*千句の連歌会をたびたび主催した。譲位後も、『*法眼専順連歌』に勅点を付し、応仁二年（一四六八）十二月には『法皇独吟百韻』も行っている。『新続古今集』の撰進を下命、同集に十二首入集。『*新撰菟玖波集』に十三句入集。（山本）

後深草院少将内侍《ごふかくさいんしょうしょうのないし》　女房。生没年未詳。藤原*信実の子、*後深草院弁内侍の妹。文永元年（一二六四）頃、父や姉に先だって没した。姉とともに後深草院に仕え、和歌・連歌の巧者として知られた。多数の歌会・歌合に出詠し、連歌も宝治元年（一二四七）八月十五夜の「後嵯峨院仙洞連歌」に*出句し、宮中連歌にも加わった。『*弁内侍日記』にはそれらの記録、連歌が記されている。『続後撰集』以下の勅撰集に四十四首、『*菟玖波集』に十五句入集。（山本）

後深草院弁内侍《ごふかくさいんべんのないし》　女房。安貞元年（一二二七）から寛喜元年（一二二九）～建治三年（一二七七）以後。藤原*信実の子、*後深草院少将内侍の姉。後深草院に仕え、多数の歌会・歌合に出詠した。連歌も宝治元年（一二四七）八月十五夜の「後嵯峨院仙洞連歌」などに出座、『*弁内侍日記』には、院御所や宮中での連歌も見える。『*筑波問答』は「女房には弁内侍・少将内侍、上下を争ひたる堪能にてぞありし」と評する。『続後撰集』以下の勅撰集に四十五首、『*菟玖波集』に十三句入集。（山本）

小松天満宮《こまつてんまんぐう》　石川県小松市にある神社。加賀藩主第三代、前田利常が明暦三年(一六五七)に創建し、*北野天満宮上乗房の社僧、*能順を別当職とした。同年九月二十日には利常の*発句により、前田家関係者、能順らが同座して造営の祈念*百韻が行われた。能順はこの地と京都を行き来したが、最後はここに骨を埋めた。以後、歴代宮仕《みやじ》が連歌を嗜んだこともあり、幕末まで当社は加賀藩の藩士・町人らの連歌壇の中心となった。それらの連歌事情は能順の『*聯玉集』などに見える。→能順(廣木)

小松原独吟百韻《こまつばらどくぎんひゃくいん》　連歌作品。賦物は「何路」。延徳四年(一四九二)六月一日*張行の*宗祇の*独吟。現和歌山県、紀伊国日高郡小松原城主湯河安房守政春の所望により詠じられた。「戦場祈禱」とある伝本もあり戦勝祈願のためのものか。政春は宗祇と親交があり、『*新撰菟玖波集』にも五句入集する。*発句は「陰涼しなほ木高かれ小松原」。陽明文庫本蔵『連歌記』本は本百韻に*宗牧の注を付す。『宗祇名作百韻注釈』(金子金治郎・桜楓社)所収。(松本)

後水尾天皇《ごみずのおてんのう》　天皇。慶長元年(一五九六)～延宝八年(一六八〇)。八十五歳。*後陽成天皇第三皇子。在位一六一一年～二九年。文事を愛好し、近世初期の公家文化を主導した。多くの歌会を主催、作品も多く、*智仁《としひと》親王から*古今伝授も受けている。連歌は親王時代の慶長十四年(一六〇九)の近衛信尹らとの会をはじめ、宮中で多くの連歌・聯句会を主催。退位後はより自由な立場で連歌を興行し、宮廷文芸の一つとして*後西院や延臣たちにも連歌を指導した。家集に『鷗巣集』があり、歌書も多く著した。(山本)

後陽成天皇《ごようぜいてんのう》　天皇。元亀二年(一五七一)～元和三年(一六一七)。四十七歳。誠仁親王の子。在位一五八六年～一六一一年。朝廷が長年の衰微状態から回復、安定化する時期にあって、朝儀と文事の復興に努めた。*古今伝授の断絶を危惧し、勅命により*細川幽斎を救ったこと、木製活字による和漢の古典を刊行した慶長勅版の刊行なども有名である。連歌・*和漢聯句の会もたびたび催し、慶長九年(一六〇四)九月三日には「千句連歌」を興行した。著作には『伊勢物語』注釈などがある。(山本)

言塵集《ごんじんしゅう》　歌書・連歌書。応永十三年(一四〇六)成。その後増補。*今川了俊著。序で和歌史を踏まえて歌論を説く。本論の前半は和歌・連歌の言葉を*証歌を挙げつつ解説したもので、*異名辞書の趣きも持つ。後半では和歌・連歌会の故実などを説く。『*八雲御抄』『夫木抄』に依拠した箇所があり、啓蒙的で、和歌と連歌に関する論を混ぜ合わせて言及するところに了俊の特徴が見える。『言塵集』―本文と研究―』(荒木尚・汲古書院)所収。(廣木)

【さ】

座《ざ》　人々の会合やその場所を言い、会席と同意として用いられる。二条*良基『*僻連抄』で「上手多からむ座」、*心敬『*ささめごと』で「連歌は座になき時こそ連歌にて侍れ」などと使われている。良基『*筑波問答』に「会衆、座定まりて」などとあるように座席のこともいう。さらに、連歌一巻を指すこともあり、*連歌式目での「一座一句物」などはその使われ方である。連歌は人々が寄り合うことを前提とした文芸であり、「座の文芸」などと称されるが、この語には中世的な色合いがあるといえる。(廣木)

西順《さいじゅん》　*連歌師。元和二年(一六一六)～元禄六、七年(一六九四)頃。七十八、九歳。如是庵。大阪堂島の僧。*玄仲の門弟で、*昌琢・*昌俔《しょうけん》ら*里村家の人々と交流した。連歌作品に寛文八年(一六六八)十一月の*独吟『西順千句』などの他、*専順・*宗祇の「百句付」に注を施し、自作を加えた『西順百句付』がある。連歌詠吟のための古歌の抄出にも尽力し、『歌林名所考』『九代抄』『夫木和歌集抜書』などを編纂した。連歌書に『連歌破邪顕正』がある。(松本)

再昌草《さいしょうそう》　私家集。三条西*実隆著。「再昌」とも。明応九年(一五〇〇)の大火で、これまでの詠草のほとんどを焼失した実隆が、翌文亀元年から没する前年の天文五年(一五三六)までの自作の和歌・連歌・漢詩・狂歌を日次順にまとめたもの。作品は総計八千三十、和歌は七千四百四十七首、連歌は*発句約五百六十句、*付句約九十句を収める。書名は序文の「もし我が道の再昌なる日にもあへらば」による。実隆の生涯と当時の文学活動を伝える作品集である。『私家集大成7』(明治書院)所収。(山本)

歳旦吟《さいたんぎん》

元日に祝賀の意を込めて詠む連歌のこと。漢詩での例が早いようで、連歌では*発句だけの場合もあるが、後代には*三つ物が多くなる。*紹巴が*北野天満宮に奉納した例が早いか。*俳諧に継承され、*貞徳・日源・以重は元和元年(一六一五)に歳旦三つ物を詠んでいる。しだいに、*宗匠《そうしょう》が門人・知友とともに歳旦の句を披露するようになり、一門の宣伝を兼ね、歳旦開《びらき》として正月吉日に歳旦帳(帖)を版行する習慣が定着するようになった。(永田)

座懐紙《ざかいし》

連歌会席で*連衆それぞれが進行中の句を書き留めるための小型の*懐紙をいう。「中書《なかがき》」「小《こ》懐紙」「袖懐紙」とも。俳諧関係の白山『二条家御執筆秘伝』(一八四五年成)に「連歌にて中書といふ」、丈石『*俳諧名目抄』に「小懐紙といふ」とある。*昌坪『道の枝折』(一六八一年成)には、*座で中書をするのは近代になってからのことで、「執心薄き人の業」であり、本来すべて記憶すべきものであるとあり、*昌周『連歌弁義』(一七〇年成)には「今も晴の会」では用いないとある。(廣木)

酒折宮問答《さかおりのみやもんどう》

酒折宮は甲斐国(現甲府市)酒折にあったとされる宮である。『古事記』『日本書紀』に見える、ここで行われた日本武尊《やまとたけるのみこと》の「新治《にひばり》筑波を過ぎて幾夜か寝つる」と秉燭《ひともせる》者《もの》(御《み》火《ひ》焼《たき》の老人《おきな》)の「日々《かが》並《な》べて夜には九夜《ここのよ》日には十日を」の問答をいう。この片歌問答を連歌としたのは卜部《うらべ》兼賢《かねかた》『釈日本紀』(鎌倉中期成)で、二条*良基はそれを受けて『*菟玖波集』に採録、左注でこれを連歌とし、その両序(漢文序は近衛道嗣、仮名序は良基)で、この問答により連歌を「筑波の道」と呼んだ。(廣木)

嵯峨の通ひ路《さがのかよいじ》

日記。「嵯峨の通ひ」とも。飛鳥井雅有著。文永六年(一二六九)九月三日から十一月二十七日の日記。嵯峨小倉山の山荘に籠居中の雅有が、近隣の藤原*為家邸を頻繁に訪問し、為家・阿仏尼より『源氏物語』の講釈を受ける日々を中心に記す。歌会・連歌会などの様子も詳しい。一日の源氏講釈を終えた後の酒席での連歌の様子や、為家邸の*月次《つきなみ》連歌、それへの藤原*為氏・二条*為世らの参加など、当時の連歌活動が垣間見える。『中世日記紀行文学評釈集成3』(勉誠出版)所収。(山本)

相良為続連歌草子《さがらためつぐれんがそうし》

連歌句集。明応四年(一四九五)成。相良*為続自撰。*発句五十三句、*付合三百二一。発句は四季、

付合は加えて旅・*雑《ぞう》に分類され、*宗祇・*宗伊・*専順の*合点がある。この書の成立以前に依頼し合点のあった句を選出した句集と考えられる。『*新撰菟玖波集』撰集資料として、大内*政弘・相良*正任《まさとう》を介して宗祇と*兼載に贈られたものであることは本書奥書、現存する宗祇書状、為続の正任宛書状などから判明する。大日本古文書『家わけ相良家文書2』(東京大学出版会)所収。(廣木)

前久《さきひさ》

公家。近衛。天文五年(一五三六)~慶長十七年(一六一二)。七十七歳。*稙家《たねいえ》の子。一字名は「春」。関白太政大臣・准三宮。父より*古今伝授を受け、和歌・連歌、また諸芸にも造詣が深かった。連歌は天文二十一年(一五五二)春以前成立の「何人百韻」が初見で、以後も自邸や諸所の連歌会に出座し、天文二十四年(一五五五)一月七日『梅千句』にも参加、永禄五年(一五六二)八月十一日には*宗養との両吟百韻も行った。越後、摂津、薩摩などにも在住し、当地での連歌にも出席した。(山本)

ささめごと《ささめごと》

連歌書。上巻は寛正四年(一四六三)、下巻は寛正五年成。*心敬著。下巻は上巻の補遺で、重複した事項も多く、後に改編本が作られた。問答体による書で、内容は多岐にわたる。一部に*地下《じげ》連歌師流の説を含むが、主として和歌以来の文芸性の追求、「心の艶」を主張したものである。芭蕉を含め、後代に大きな影響を与えた。下巻には和歌連歌*陀羅尼観が示され、喩えとして仏典・漢籍を引くことが多い。『歌論歌学集成11』(三弥井書店)所収。(廣木)

指合《さしあい》

「差合」とも。同じ言葉、同じ範疇に入る言葉、また類似の事柄が規定以上に近づいて出現することを言い、あってはならないこととされた。その規定は*連歌式目の*可隔何句物《なんくへだつべきもの》という去《さり》嫌《ぎらい》によって示され、その具体的事例を指す嫌物《きらいもの》と同義といえる。もともとは「さし合ふ」(二条*良基『*僻連抄』)、つまり事物が重複する意として用いられた動詞の名詞化と考えられる。良基・今川*了俊共著『*了俊下草』には「さし合ひがち」の用語も見える。→去嫌(廣木)

指合を繰る《さしあいをくる》

指合のあることを指摘すること。「繰る」はたぐり寄せるという意で使われたか。『*会席二十五禁』の禁止事項には「人の指合繰りて、我が句を求《と》むる事」「*執筆《しゅひつ》を越して、指合繰る事」とある。永長『*連歌執筆之次第』に「執筆は指合を繰る役なり」とあるように、指合を指摘するのは執筆の役目とされていた。ただし、貴人などの

場合は配慮も必要で、『*用心抄』には、直せるものは「繰るべし」、そうでないものは「繰らず」とある。↓指合（廣木）

貞敦親王《さだあつしんのう》　親王。長享二年（一四八八）～元亀三年（一五七二）。八十五歳。第六代伏見宮。中務卿宮・式部卿宮・澄空。*邦高《くにたか》親王の子。和歌・漢詩を好んだ。和歌を三条西*実隆・*公条《きんえだ》に学ぶ。*後柏原天皇の猶子となり、永正六年（一五〇九）正月二十五日、内裏月次《つきなみ》*和漢聯句会などの会衆として常に同座、大永元年（一五二一）九月十三日後柏原天皇主催の『*源氏詞百韻』に参加するなど連歌会にも出たが、和漢聯句への出座が目につく。家集に『貞敦親王御詠草』など、詩集に『鳳鳴集』がある。（廣木）

定家《さだいえ》　公家。藤原。「ていか」とも。応保二年（一一六二）～仁治二年（一二四一）。八十歳。藤原俊成の子。『*新古今集』『新勅撰集』の撰者。連歌も嗜み、文治二年（一一八六）七月九日に九条兼実主催の連歌会以後、九条良経邸での連歌会に出席、建永元年（一二〇六）からは*後鳥羽院主催の*有心無心連歌に参加、院の命により*独吟百韻連歌を詠進する。承久の乱後も自邸で会を催すなど晩年に至るまで連歌を行った。日記『*明月記』には、当時の連歌会の記事が詳しい。歌論・歌学・故実類の著作を多数残した。『千載集』以下の勅撰集に四百六十三首、『*菟玖波集』に二十六句入集。（山本）

貞常親王《さだつねしんのう》　親王。応永三十二年（一四二五）～文明六年（一四七四）。五十歳。第四代伏見宮。式部卿宮。*貞成《さだふさ》親王の子。一条*兼良・飛鳥井雅世らに和歌を学ぶ。連歌は寛正二年（一四六一）十一月二十二日、兄、*後花園天皇の「何船百韻」など内裏連歌への出座が見られる。貞成親王・後花園天皇から*後土御門天皇へという皇族の連歌愛好を繋ぐ位置にいる。文明五年二月一日には*肖柏*発句の「何人百韻」に*合点している。家集に『貞常親王御詠草』などがある。『*新撰菟玖波集』に八句入集。（廣木）

貞成親王《さだふさしんのう》　親王。応安五年（一三七二）～康正二（一四五六）。八十五歳。第三代伏見宮。後崇光院。和歌を四辻善成・冷泉為尹《ためまさ》・飛鳥井雅縁《まさより》に学ぶ。文筆・音楽に優れ、多彩な生涯を送った。梵阿・相阿などの*連歌師とも交流があった。日記『看聞日記』には連歌記事が多く、その愛好の様子を知らしめるが、特に応永二十六年（一四一九）四月一日から見える*月次《つきなみ》連歌会の記事はその実態を示す貴重な資料である。家集に『沙

玉集』がある。『新撰菟玖波集』に六句入集。→看聞日記（廣木）

雑体連歌《ざっていれんが》

一般の連歌とは形態・内容が異なる連歌、またそれを収めた部立。和歌では『古今集』巻十九に「雑体」の部がある。『菟玖波集』はこれを踏襲して巻十九を「雑体連歌」とし、その中を俳諧・聯句連歌・雑句・片句連歌に小分類して一巻を構成する。連歌の起源とされる日本武尊《やまとたけるのみこと》の片歌問答をはじめ古代の句も多く収録し、連歌の史的展開を感じさせる構成となっている。『新撰菟玖波集』はこの部を設けず、聯句連歌のみ「雑連歌」の末に収録する。（山本）

佐渡の連歌《さどのれんが》

佐渡島では室町中期頃から時衆寺院、大願寺を中心に連歌が行われており、一五〇〇年前後には宗忍が佐渡で千句連歌を張行したと伝えられる。さらに大永二年（一五二二）から一年間ほど宗長門の宗札が滞在、各地で連歌を張行した。近世になると相川に天満宮が創建され、金銀山繁栄などのために奉行所役人を中心として月次《つきなみ》連歌が行われた。また、民間でも上京して京文化に触れた者などによって、各地で連歌が盛んになり、里村玄川なども訪れた。そのようななかで、土屋家のような佐渡宗匠家なども生まれた。（廣木）

里村家《さとむらけ》

連歌の名門家。徳川幕府から家禄が与えられ、幕府宗匠家（花の下《もと》宗匠）として幕末まで、正月の幕府御連歌始《はじめ》（柳営連歌）で第一の連衆を勤めた。祖は里村昌休。昌休の死後、一子昌叱の養育と里村家再興を託された紹巴は、一時期里村家を引き継ぎ、その後昌叱と昌琢の家系である南家と、紹巴と玄仍《げんじょう》の家系である北家とに分かれることとなる。寛永二年（一六二五）に御連歌始で玄仲が第三を、同五年に昌琢が発句を勤めてより、しばらくは両家で発句・第三を隔年交互に詠んだ。（永田）

実淳《さねあつ》

公家。徳大寺。文安二年（一四四五）～天文二年（一五三三）。八十九歳。公有の子。太政大臣。和歌を好み、自邸でも歌会を主催し、多くの和歌会に出席、三条西実隆に『古今集』に関する質問などもしている。文明十五年（一四八三）八月七日の和漢聯句をはじめ、長享元年（一四八七）六月二十五日に「北野社法楽独吟百韻」を詠むなど、連歌会や和漢聯句にも参加し、明応七年（一四九八）には和漢聯句の式目である『漢和法式』を著した。『新撰菟玖波集』に十六句入集。（山本）

実氏《さねうじ》　公家。西園寺。建久五年(一一九四)〜文永六年(一二六九)。七十六歳。公経の子。太政大臣。皇室の外戚で、関東申次として権勢を握った。多くの和歌会に出詠している。連歌は、建暦二年(一二一二)十二月二十五日の*後鳥羽院の*有心無心連歌以来、院主催の会に出席し、承久の乱以後も自邸で会を主催、*後嵯峨院時代の連歌会にもたびたび出座した。『新勅撰集』以下の勅撰集に二百三十六首、『*菟玖波集』に十五句入集。(山本)

実方《さねかた》　公家。藤原。?〜長徳四年(九九八)。左近中将に至るが、長徳元年(九九五)に陸奥守となり、陸奥で没した。家集『実方集』は贈答歌が多く、*短連歌十三*付合も所収されている。これらの付合は、和歌の合作に近かったこれまでの短連歌に比して、各句の独自性が幾分見えはじめるもので、短連歌史上重要な位置を占める。家集以外に『*続詞花集《しょくしか》』『*俊頼髄脳』などにも句が採録されている。『*拾遺集』以下の勅撰集に六十七首、『*菟玖波集』に五句入集。(山本)

実枝《さねき》　公家。三条西。永正八年(一五一一)〜天正七年(一五七九)。六十九歳。実世・実澄・三光院。内大臣。一字名は「竜」。*公条《きんえだ》の子。三条西家の家学を継承し、和歌・連歌に長じた。天文六年(一五三七)五月十日に*和漢聯句御会に出席し、以後は宮中御会でたびたび*執筆《しゅひつ》も務めた。壮年期より大半を駿河に在国して、当地の和歌・連歌会にも出席し、*今川氏真・*紹巴らとも連歌を行っている。晩年に帰洛し、*幽斎に*古今伝授を行った。家集に『三光院集』、著作に『清見潟の記』がある。(山本)

実隆《さねたか》　公家。三条西。康正元年(一四五五)〜天文六年(一五三七)。八十三歳。*逍遙院・聴雪。内大臣。一字名は「雪」。*公保《きんやす》の子。*宗祇・*肖柏らと交流し、連歌の興隆、『*新撰菟玖波集』の成立に多大な貢献をした。同集には公家最多の三十三句が入集している。宗祇から*古今伝授を受け、三条西家の古典学の基を築き、当代一流の文化人として活躍、*後柏原天皇の時代には和歌奨励を助け、後世に三玉集時代と賞される盛時をもたらした。日記に『*実隆公記』、家集に『*再昌草』『雪玉集』、他に古典注釈書も多い。(山本)

実隆公記《さねたかこうき》　日記。三条西*実隆著。現存百五十八巻。文明六年(一四七四)正月から天文五年(一五三六)二月までの六十三年間を記す(一部を欠く)。*後土御門・*後柏原両朝の文芸復興期の中心人物であった実隆の視点から、歌会・連歌会、古典の書写・講釈、*宗祇からの*古今伝授、『*新撰菟玖波集』成立に至るまでの様相など、さまざまな文学活動が詳しく記されている。当時の政治・経済・文化を含めた社会状況を知るうえでも一級の資料である。『実隆公記』(続群書類従完成会)所収。(山本)

実遠《さねとお》　公家。西園寺。永享六年(一四三四)～明応四年(一四九五)。六十二歳。後竹林院。左大臣。公名《きんな》の子。*後土御門天皇の宮中歌会にたびたび出席した。寛正四年(一四六三)三月二日「和漢百韻」をはじめ、文明十五年(一四八三)八月七日「和漢聯句」、長享元年(一四八七)「内裏月次《つきなみ》和漢聯句」、明応二年(一四九三)四月十四日「和漢聯句」など、和漢聯句の作品が多く現存する。日記に『実遠公記』がある。『*新撰菟玖波集』に三十句入集。(山本)

佐野のわたり《さののわたり》　紀行。大永二年(一五二二)七月下旬から八月下旬までの*伊勢神宮への旅の記録。*宗碩著。管領細川*高国の依頼による奉納連歌(『*伊勢千句』)を*宗長と巻くための旅であった。歌枕のこと、旅程における各地の武士との関わり、連歌の催しなどが記され、所々に*発句が挿入された典型的な*連歌師の紀行である。戦国期における連歌師の旅、武士の文芸さらには伊勢御師の実際を知る資料としても有用である。新日本古典文学大系『中世日記紀行集』(岩波書店)所収。(廣木)

捌き《さばき》　連歌興行において、*宗匠が句を吟味裁定し、連歌が滞りなく進行していくように差配すること。実際には、句の受け取り、*指合の確認、*出句の催促、貴顕の句の取り扱いなど執筆《しゅひつ》の役割も大きい。執筆に関わっては『*千金莫伝抄』で「管領」「代官」などと呼ばれている例が見られるものの、「捌き」という言い方は連歌論では見られない。『滑稽太平記』(一六八〇年頃)に「連歌は*昌琢、*俳諧は愚捌きなり」などとあり、俳諧で使われるようになったらしい。→執筆(廣木)

去嫌《さりぎらい》　「嫌物《きらいもの》」とも。連歌一巻における素材や用語の使用制限の規定をいう。*連歌式目の規定での*可隔何句物《なんくへだつべきもの》を「何句去る」、*可嫌打越《うちこしをきらうべき》物《もの》を「打越を嫌ふ」などと言い、また、別に「花の雪、木に嫌ふべし」などとも言うが、「去る」と「嫌ふ」には厳密な差はない。丈石『*俳諧名目抄』では「去るといふは重し。嫌ふといふは軽き心あり」とするが、これも疑わしい。連歌では*紹巴『*連歌至宝抄』に見えるのが早い

例か。なお「嫌物」の語は*二条良基『*僻連抄』に見える。（廣木）

猿の草子《さるのそうし》　奈良絵本。永禄年間（一五五八～七〇）後半成か。猿に仮託された日吉大社神職の娘の嫁入りから、自邸に婿を迎えるまでを描く。婿を迎えた時の祝儀の連歌会の様子が絵と詞書で書かれている。*宗匠の依頼など連歌会準備のことから始まり、奥に茶の間のついた会場の用意、その座敷飾りのこと、当座の様子、*茶や茶菓子の接待のことなどが描かれ、中世末期の連歌会の実際を知るための貴重な資料である。新日本古典文学大系『室町物語集上』（岩波書店）所収。（廣木）

三阿弥《さんあみ》　足利*義教から義稙（一五〇八～二一）まで仕えた室町幕府の*同朋衆、*能阿弥（真能）・芸阿弥（真芸、一四三一～八五）・相阿弥（真相、?～一五二五）の三代をいう。将軍家の書画・調度・茶道具・文具などの鑑定、管理を職掌とし、座敷飾りなどを含め公的な接客を差配した。相阿弥編とされる『君台観左右帳記《くんだいかんそうちょうき》』はこの家職の集大成である。三者ともに画技にたけ、後に阿弥派と呼ばれた。連歌・*茶・*香などにも造詣が深く、足利家の連歌を取り仕切った。（廣木）

三義五体《さんぎごてい》　『*知連抄』『*和歌集心躰抄抽肝要』に見える説で、和歌の*六義《りくぎ》十体に対し、連歌は上下の句に分けることから三義五体を挙げるというもの。三義とは、*てには・句作・*寄合のことで、五体は、「秋の月の山の端に望むが如し」「舟の遠嶋に浮き沈むが如し」「隣にささめごとするが如し」「秋の風万葉を靡《なび》かする如し」「絵に書ける女の人を悩ますが如し」とされた五つの句体を言う。『*連歌諸体秘伝抄』に「摂政家秘伝五躰之事」とあり、一部では*二条良基の説として享受されたらしい。（山本）

三　賢《さんけん》　*救済・*周阿・*二条良基という南北朝期の連歌興隆をもたらした三人のすぐれた連歌作者を指す。三賢とは元来仏教上で使われた言葉であるが、他の分野にも流用され、連歌史上でも使われた。この三人をこう呼んだのは*梵灯庵『*梵灯庵主返答書』もしくは『*和歌集心躰抄抽肝要』が最初で、その後、梵灯庵門の*宗砌著『*初心求詠集』で「中興、摂政家（良基）・救済・周阿、この三賢の時分を道の本意とすべきなり」と述べられ一般化した。（廣木）

三字切《さんじぎれ》　*発句に*切字が三つあり、三箇所で切れるものをいう。『*連歌秘袖抄』では、「〈花もがな嵐やとはん夏の庭〉（略）右発句、〈もがな〉と〈や〉と〈はね字〉と三つ切字あるの故、三字の切字と申すなり」と説明する。『連歌奥儀明鏡秘抄』では「〈花かとよ払はじ積もれ松の雪〉（略）〈かとよ〉〈払はじ〉〈積もれ〉三つづつ切字ある故に三字切と申すなり」とあり、宗養に関わる書に詳しく記されている。→二字切・三段切（松本）

三字中略《さんじちゅうりゃく》　賦物の一種。三音から成る語の中央の一音を略し、上下の二音で別の詞になる語を、句に詠み込む方式。「かすみ（霞）→かみ（紙）」、「あやめ（菖蒲）→あめ（雨）」、「かつら（桂）→から（唐）」などの語である。面倒な賦物の規定は時代が経つにつれ敬遠されていったが、一条兼良『連歌初学抄』に「二字反音以下の賦物は、千句連歌の発句ばかり賦物に常にこれを取る」とあり、後世まで千句連歌の発句のみに適応されていたことがわかる。→賦物（永田）

三　春《さんしゅん》　春を初春・仲春・晩春に分けた場合のすべてをいう。このような季に該当する言葉は「三春にわたる」といった。三秋など他の季節もこれに準じる。発句は季の枠だけでなく、月ごとに適応する事物を詠むべきとされたが、月を限定しない事物もあり、そのための概念である。梵灯庵『長短抄』には「春三月　柳桜に藤の花鶯雉《きぎす》雲雀《ひばり》鳴くなり」、宗祇に仮託された『初学用捨抄』には「霞・柳・長閑なる・鶯・雲雀・これらは春三月ともにあるべき詞なり」とある。→春・十二月題（廣木）

三代集作者百韻《さんだいしゅうさくしゃひゃくいん》　連歌作品。宝徳三年（一四五一）三月二十九日に一条兼良邸で興行された。「春は今日夏のとなりの千里かな」など、『古今集』『後撰集』『拾遺集』の三代集所収和歌の作者名を賦物として各句に詠み込んだ遊技的な百韻連歌である。御（兼良）・方（一条教房）・宗砌・賢盛《かたもり》（宗伊）・源意・経清らによる。同形式の連歌は『明月記』に記事が見えるが、その実態は未詳で、現存するものとしてはこの作品が最古である。『続群書類従17上』所収。（山本）

三段切《さんだんぎれ》　初句・第二句・第三句が分かれている発句をいう。『雨夜の記』では例句に「時は春春は曙花ざかり」を挙げる他に、「いづれ宿桜がもとの夕月夜」などを挙げており、単なる区切れの問題ではないらしい。『連歌秘袖抄』には、「三段切のこと、三名切《みなぎれ》とも言ふなり。〈花はひも柳はかみを時つ風〉（略）この発句、〈花〉と〈柳〉と〈時つ風〉と、正しき物三つ入るにより、三段切と言ふなり」として重要語を三つ入れることと説明する。『*連歌奥儀明鏡秘抄』では「三名物」として、「花はひも」云々の例句を挙げている。（松本）

散木奇歌集《さんぼくきかしゅう》　私家集。全十巻。源*俊頼著。大治三年(一一二八)前後に成立。*勅撰集に準ずる分類配列を行い、雑部下に「連歌」として*短連歌五十五*付合を収録する。その句の大半は、他者の*前句に俊頼が付けたもので、なかには他者から勧められたり、譲られて詠んだ句もあり、連歌作者としての俊頼の立場が窺える。作品は、用語・発想ともに*俳諧的な句も少なくはないが、機知の応酬から、*付句一句としての巧みさを重視する傾向も見出せる。短連歌完成期の作品集としても重要である。（山本）

山類《さんるい》　山に関する事柄をいう。*百韻の*行様《ゆきよう》の多様性を保証するために*連歌式目上から規定された範疇語である。*体《たい》・用《ゆう》の区別があり、『*連歌新式』に「山の体」として「岡」「峯」「洞《ほら》」「尾上」「麓」「坂」などが、「山の用」として「梯《かけはし》」「滝」「杣木《そまぎ》」「炭竈《すみがま》」が挙がる。ただし、「岩橋」「薪」「妻木」「猿」「滝つ瀬」などは「山類にあらず」とされる。「*句数事」では三句まで続けてよいとされ、また、可隔五句物《ごくへだつべきもの》とされている。一条*兼良『*連珠合璧集』にも「山類」の項がある。（永田）

【し】

字余り《じあまり》　五文字句が六文字以上、七文字句が八文字以上になり、定型をはみ出すこと。和歌では比較的許容され、*勅撰集でも所収歌の約一～二割を占める。連歌では、詩型の短さや他者との関係などのために、より戒められ、実作例は少ない。『*宗養より聞書』には「ことさら若衆、貴人などの御会に、吟じ難き文字余りなど、ゆめゆめいたすべからず」と、特に晴儀での*出句を戒めている。*宗祇『*吾妻問答』では和歌に前例の多い字余り表現を例示し、それらは許容するとしている。（山本）

四季恋雑句躰次第長歌《しきこいぞうくていしだいちょうか》　*宗長著。享禄三年(一五三〇)成。百九十五句(諸本により相違)の長歌一首と俳諧歌二十一首(題には「誹諧歌二十首」とある)、および跋文からなる書。長歌は連歌に用いるべき四季・*恋・*雑《ぞう》・*羇旅・賀に属する歌語を羅列したもの、俳諧歌は同様に歌語を詠み込むが、どのように用いるべきかの教えを含む。寅王(今川氏の一族、瀬名氏か)に献じたと奥書にあり、連歌初心者のための実用書である。古典文庫『宗長作品集〈連歌学書編〉』所収。(廣木)

式目歌《しきもくか》　*連歌式目の内容を和歌に詠んだもの。*宗砌作と伝えられる十二首の『式目和歌』が早い。その後、その増補版が多数作られ、さらに、*肖柏の式目改訂に準拠したものとして、*三条西公条《きんえだ》・*周桂《しゅうけい》著『*式目和歌』、注釈的要素を加味した*紹巴著『歌新式』(一五六九年成)なども作られた。*俳諧でも*貞徳によるものなどがある。いずれにせよ、歌だけで式目を理解することは困難で、一応の知識のある者が記憶を呼び起こすために用いたと考えられる。(廣木)

式目秘抄《しきもくひしょう》　連歌書。*連歌式目の注釈書。永禄十二年(一五六九)成。著者未詳。連歌の起源、式目の発展を述べた後、*肖柏の改訂増補した*連歌新式を項目ごとに掲げ解説する。古歌や*連歌付合を多く引き、式目の具体的運用を示す。慣習的に用いられている新式外の規則も取り上げ、単なる式目の注解としてだけでなく、初学の入門書的性格を持つ。なお、異本に一条*兼良『*連歌初学抄』の「*賦物篇」などを付す『攢花集《さんかしゅう》』がある。古典文庫『連歌新式古注集』所収。(廣木)

式目和歌《しきもくわか》　連歌書。*連歌式目の内容を五百八十八首の和歌に詠んだもの。式目の項目に準じて分けられている。天文十年(一五四一)成。*三条西公条《きんえだ》・*周桂著。『*連歌《れんが》新式追加並新式今案等《しんしきついかならびにしんしきこんあんとう》』の内容を基盤にしつつ、それ以後の連歌界の趨勢に応じて、*袖下類に見える語を増補し、後の*応其《おうご》『*無言抄』の先駆をなす面を持つ。難語の解説に該当する歌もある。複雑な式目を整理し、その点でも記憶の便宜を図っている。『連歌新式の研究』(木藤才蔵・三弥井書店)所収。→式目歌(廣木)

私玉抄《しぎょくしょう》　連歌書。十七世紀後半の成か。著者未詳。序に、序文は『*裹玉抄《かぎょくしょう》』(逸書)と同じもので、全体は『*随葉集《ずいようしゅう》』『*拾花集《しゅうかしゅう》』を一綴りにした書とあるが、十巻ある現存『随葉集』『拾花集』の後半の部を欠いており、成立事情には不審がある。語ごとに関連語、*寄合語を挙げる。出典・作者を示した多くの例歌を引き、類題集の趣きがある。連歌は所々に

＊七賢および＊救済・＊宗祇・＊兼載の句を挙げるが、宗祇の句が他を圧倒している。『日本歌学大系別巻8』所収。（廣木）

成種《しげかず》　公家。大江。生没年未詳。「成量」と同一人物か。『＊梵灯庵主返答書』によれば、民部少輔で、＊執筆《しゅひつ》も務めた連歌の上手で、四十歳未満で没したという。＊二条良基の側近だったらしい。良基邸での文和四年(一三五五)五月『＊文和千句』、延文五年(一三六〇)十月十三日「何船百韻」に同座している。＊宗砌『＊初心求詠集』に、良基邸の連歌で周阿と成種が同時に＊出句した際、成種は辞退したが、周阿と同じ＊本歌で付けた見事なものであったという逸話が見える。『＊菟玖波集』に十三句入集。（山本）

重治《しげはる》　公家。田向《たむけ》。享徳元年(一四五二)～天文四年(一五三五)。八十四歳。権中納言・兵部卿。文明十一年(一四七九)六月二十五日などの＊後土御門天皇内裏での会、永正十一年(一五一四)二月二十五日などの＊後柏原天皇内裏での会など二代の連歌会に名を連ね、＊月《つき》次《なみ》連歌の会衆でもあった。若年時には＊執筆《しゅひつ》も勤めた。室町中期連歌興隆期の公家連歌を体現した人物の一人である。『＊新撰菟玖波集』に七句入集。（廣木）

成之《しげゆき》　武家。細川。永享六年(一四三四)～永正八年(一五一一)。七十八歳。道空。阿波・三河国守護。文明十四年(一四八二)三月二十日「何人百韻」に足利＊義政・＊宗祇らとの同座、将軍家の連歌に加わることが多かったと思われる。明応元年(一四九二)に＊兼載より『＊薄花桜』を贈られるなど、兼載との交流が深く、『＊新撰菟玖波集』への入集に際して、成之の句を多く推す兼載と＊宗祇とに確執が生じたという。『新撰菟玖波集』に武家中では大内＊政弘・足利義政に次ぎ、十五句入集。（廣木）

重頼《しげより》　＊連歌師・俳諧師。松江。慶長七年(一六〇二)～延宝八年(一六八〇)。七十九歳。維舟・江翁。京都の豪商の出身。元和五年(一六一九)頃より連歌を＊昌琢に学び、同門の＊宗因らと交友を結んだ。寛永二十年(一六四三)正月三日、＊北野天満宮裏白連歌「＊何路百韻」で＊昌俔らと同座のほか、延宝三年(一六七五)九月十日の昌穏らとのものまでその履歴が知られる。また、正保二年(一六四五)正月二十五日『昌琢十三回忌連歌』にも名が見える。（廣木）

地下連歌《じげれんが》　元来、「地下」は宮中昇殿者を意味する「堂上」に対しての謂いで、堂上連歌に対する言葉である。ただし、ここでは公家以外の連歌の意としてよい。二条良基『筑波問答』に、「後嵯峨院の御代にことさら興行ありて」とした後、「地下にも」とし、鎌倉初期には公家以外にも連歌は広まっていたことを明らかにしている。良基はそのような地下の連歌を重視した。連歌式目・句風・付合の方法などその後の連歌盛行は地下連歌の影響によるところが多い。→堂上連歌（廣木）

地下連歌師《じげれんがし》

地下の者とは、ここでは広く公家などの貴顕に該当しない者をいう。二条良基『僻連抄』で「堪能の地下の者ども、救済・順覚・信昭」と名を挙げ、今はそれらの「地下の中に達者はあるなり」とする。また、同『連理秘抄』には「地下にも花の下・月の前の遊客上手多く聞こゆ」とあり、花の下連歌師と呼ばれた者もいた。鎌倉中期頃から彼らこそが連歌界を支えたと言ってよく、宗祇・宗長などいわゆる専門連歌師は地下連歌師であった。→地下連歌・花の下連歌（廣木）

時衆と連歌《じしゅうとれんが》

時衆は一遍を宗祖とする仏教宗派。下層の民衆、芸能者に浸透し、地下《じげ》連歌師の中から時衆に帰依する者が多く出、「阿（阿弥）」号を称した。早い例は善阿で、以後、周阿・成阿《じょうあ》・頓阿などが登場し、連歌師と言えば時衆と言われるまでになった。京の四条道場・七条道場などに関わる連歌師も多く、また、時衆上人の中にも連歌を好む者もいたが、偽称する者も出たので、「阿」号者でも時衆とは言えない者がいる。→御連歌式・徳川家の連歌（廣木）

時春《じしゅん》

連歌師。瀬川。？〜元禄十三（一七〇〇）。桂林庵。瀬川家初代、時能の孫、昌佐の子。昌坢の父。現東京都台東区五条町の自邸に、連歌神として上野の五条天神社を移築し別当職を担った（大正十四年に再び上野に移転）。父の後を承けて承応二年（一六五三）、柳営連歌に列座した。他に寛文七年（一六六七）正月二十五日、酒井忠清興行の連歌会など江戸の武家屋敷で、昌程を発句作者としての会にたびたび出座している。寛文十年二月七日の『白毫院追善百韻』もその一端で、この時には子の昌坢（時伯）が執筆《しゅひつ》を勤めた。（永田）

慈照院殿御吟百韻《じしょういんどのごぎんひゃくいん》

連歌作品。応仁元年（一四六七）十月十七日成。賦物は「何人」。足利義政（慈照院）の独吟とされるが、異本では飛鳥井雅親《まさちか》としており、断定できない。第九十九句「剣こそ国を治むる宝なれ」は、応仁の乱勃発直後の義政の心情と重なるか。義政作とするものには*後花園院、雅親作とするものには、加えて一条*兼良の*合点がある。雅親は義政の歌会に深く関与したことから、合点の仲介役を果たし、作者に混乱が生じたとも考え得る。『続群書類従17上』所収。（廣木）

下草《したくさ》　連歌句集。*宗祇著。『*萱草《わすれぐさ》』『*老葉《わくらば》』に続く宗祇第三の自撰句集。草案・初編・中間・再編本の四種類があり、草案本は延徳二、三年（一四九一）頃、再編本は明応五年（一四九六）十月の成立とされる。『老葉』に収録しなかった句およびそれ以後の句を集めたものである。句数は諸本により相違し、再編本は四季・旅・*恋上下・*雑《ぞう》上下の*付句五百七十二、*発句二百八句で、草案本はこれより約百句ほど少ない。貴重古典籍叢刊『宗祇句集』（角川書店）所収。→下草注（松本）

下草注《したくさちゅう》　連歌注釈書。*宗祇自撰句集『下草』に*宗長が注を付けた書。永正十二年（一五一五）春成。ほぼ初編本の『下草』から*付合百一、*発句十句を抜き出し、注を施すが、その後に「発句脇第三の事」「*発句切字の事」「用捨の事」「*うちひらめの事」「風情結構過ぎたる句の事」「*歌連歌・連歌歌の事」についての論を載せ、さらに、「制詞」を例歌とともに記す。句注は座の作法に言及しているところに特色がある。『連歌古注釈集』（金子金治郎・角川書店）所収。→下草（廣木）

七賢《しちけん》　*宗砌・*賢盛《かたもり》（*宗伊）・*心敬・*行助・*専順・*智蘊・*能阿の連歌師七人をいう。*宗祇編『*竹林抄』の序で、一条*兼良が「七人の連歌を集めて、十巻となして竹林集と名付けけり」とあるように、宗祇が先輩格に当たる連歌師七人の句集を編纂したことによるが、「七賢」の語は近代の研究史で使われるようになったらしい。永享元年（一四二九）から『竹林抄』成立の文明八年（一四七六）の間の宗祇が範とした時代を、かれらに因み七賢時代などとも呼ぶ。（廣木）

七十一番職人歌合《しちじゅういちばんしょくにんうたあわせ》　歌合。明応九年（一五〇〇）か翌年成。百四十二種の職人の絵、左右に番《つが》えられた職に因む二首ずつの歌、*判詞を載せる。その第六十六番目が*連歌師と*早歌謡となっている。絵には*宗匠、*文台と*硯箱を前にして座す*執筆《しゅひつ》が描かれ、「この折には」花がまだない、という*詞書がある。*花の句の出現を問題とする点、芸能者と番えられている点、宗匠と執筆が連歌の職人とされている点などが注目される。新日本古典文学大系『七十一番職人歌合他』（岩波書店）所収。（廣木）

七人付句判《しちにんつけくはん》　連歌句集。「七人前句付」「連歌七人付句判詞」なども。延徳二年（一四九〇）から明応二年（一四九三）ごろ成。*判詞はその後か。*日与・*肖柏・*宗祇・*基佐・*宗作・*宗長・*玄清の七人が、「奥山住みの契りたがふな」など十六種類の*前句にそれぞれが句を付け、判詞を加えた書。前句は一例を除いてすべて短句である。跋文によれば、本能寺で衆議判のように批判しあったものを、本能寺上人日与の要請により宗祇が五十三句に*合点したという。『連歌論集2』（三弥井書店）所収。（松本）

十体《じってい》　作品を十種類の風体に分類したもの。元来、和歌において使われた用語で、『定家十体』は「*幽玄様・*長高《たけたかき》様・*有心様・*事可然《ことしかるべき》様・麗《うるわしき（*れい）》様・見様・*面白様・*濃様・*有一節《ひとふしある》様・*拉鬼《らっき》様」を挙げ、『愚秘抄』『三五記』などはこれをさらに細分化した。連歌論も、これらの影響を受けて、『*梵灯庵主返答書』は十五体、*宗砌『*初心求詠集』は十一体、*心敬『*ささめごと』は十体、『*連歌諸体秘伝抄』は「新儀八十体」を挙げる。連歌論の場合は、一句だけでなく、*付合上での風体論を含む点に特質がある。（山本）

耳底記《じていき》　歌書。慶長三年（一五九八）八月四日から同七年晦日まで行われた細川*幽斎の口述を、烏丸光広が筆記したもの。大半は光広の問に幽斎が答える問答形式である。歌論・歌学を内容の中心とし、和歌を重視する態度であるが、連歌関連の記事も多く、*宗祇・*宗長・*宗牧・*宗養・*紹巴ら連歌師の作風や人物評なども載せ、幽斎自身や紹巴らの連歌句も多く採録する。その他、*俳諧・能・包丁までさまざまな話題にも及ぶ。『日本歌学大系6』（風間書房）所収。（山本）

四道九品《しどうくほん》　連歌書。「しどうくぼん」とも。*宗牧著か。成立年未詳。はじめに総論を置き、続いて、*恋・*花・*月の句の詠み方に関して、初中後の三段階、さらにそれらを三分割にして九品（九段階）に分けて説き、旅の句についてを加える。後半は、四道として「逆《さかふ》・放《ひきはなつ》・随《したがふ》・添《そふ》」の四通りの*付様《つけよう》を説く。「四道」は仏法の悟りに至る四つの段階に因んだもので、結局は、*百韻の*行様《ゆきよう》、句の付け方、*合点などすべて四道に引き合わせてすべきであるとする。『連歌論集4』（三弥井書店）所収。（松本）

し留《しどめ》　句末を「し」と留めること。『*連歌秘伝抄』に見える「*てには付」の一種である。「言ひ放ちて付くる〈てには〉なり」と説明され、*前句の問を受けて、その結果を「〜なし」とはっきり否定する形で付ける。例として、「誰が家々も春や来ぬらん／老いらくの身に改まる年はなし」、「誰が偽りぞ残る言の葉／月見れば秋とて長き夜半もなし」などが挙げられており、いずれも「誰が(の)〜するだろうか」という疑問を提示した前句に対する付けである。→てには留(永田)

自然斎発句《じねんさいほっく》

連歌句集。「宗祇句集」「宗祇発句帳」とも。永正三年(一五〇六)秋、*肖柏が*宗祇の*発句を編纂した書。文亀二年(一五〇二)四月二十五日、伊香保での発句まで含んだ、宗祇の生涯にわたる発句を集大成したものである。諸本間で句数など異同が多いが、およそ千五百八十句から千六百五十句ほどを収める。全体を四季に部類し、その中をさらに細かく*十二月題によって配列しており、類題句集の趣きもある。ただし、*詞書は少ない。岩波文庫『宗祇発句集』所収。(廣木)

篠目《しののめ》

歌書・連歌書。三条西*実隆著。文亀二年(一五〇二)六月成。前半は連歌、後半は和歌について箇条書で記す。連歌の方は*執筆《しゅひつ》の心得、連歌会における作法や参加者の心構え、作句の心得、当世風の連歌などを述べる。近代の連歌として*紹芳《じょうほう》・*宗祇の句を挙げ、当世風の連歌とされるものは*救済・*頓阿らの昔から存在するとする*心敬の言を載せる点などに特徴がある。和歌については初学のすべきこと、*懐紙・短冊の扱いなどの作法を記す。『連歌論集4』(三弥井書店)所収。(山本)

芝草句内岩橋《しばくさくないいわばし》

連歌句集。文明二年(一四七〇)成。*心敬著。奥書に奥州に同道した興俊《こうしゅん》(*兼載)に注を加えて与えたとある。上巻に*発句と*付句、下巻に和歌を載せ、序文と連歌論風の跋文を付す。自注は心敬の創作の方法を示す貴重な資料である。『芝草』は心敬の手元の句集を集めたものであったようで、現在は『*芝草句内発句』など、それぞれ別に伝えられている。『心敬の研究校文篇』(湯浅清・風間書房)所収。→吾妻辺云捨(廣木)

芝草句内発句《しばくさくないほっく》

連歌句集。成立年未詳。*心敬著。文明四年(一四七二)以後成。前半は応仁元年(一四六七)関東下向前の*発句を四季に部類して収める。後半は冒頭に「吾妻下向発句草」とあり、初めに応仁元年五月の伊勢神宮*法楽の発句を置き、それ以後、文明四年秋までの発句を年次順に記す。元は『芝草』として合わせられていたらしい。『*芝草句内岩橋』より発句数が多く、関東下向の前後を区分、後半は年次もほぼ判明し貴重である。貴重古典籍叢刊『心敬作品集』（角川書店）所収。（廣木）

芝草内連歌合《しばくさないれんがあわせ》　連歌作品。文明五年（一四七三）成。天理図書館蔵本には白河の住人旬阿《しゅんあ》の求めにより、*心敬が句集『芝草』から句を選び*連歌合としたものとある。前半は五十番の*発句合、後半は百番の*付句合となっている。発句合は四季、付句合は四季および*雑《ぞう》に分類する。「勝」「持」「吉持」の判を句頭に付けるが*判詞はない。なお、松平文庫蔵本は異同がかなりあり、別の機会に編纂されたらしい。貴重古典籍叢刊『心敬作品集』（角川書店）所収。（廣木）

下句起こし《しものくおこし》　*短連歌で下句（短句）から詠みかけること。*順徳院『*八雲御抄』に「上句にても下句にても言ひかけつれば」とあり、平安期に『*拾遺集』や種々の家集などに多く見えるが、和歌の共作の観が強い。各句が独立した連歌的な*付合は、十一世紀後半の『為仲集』などに見られるようになる。このような下句から上句へという付合は、*鎖連歌の発生をうながしたと考えられる。なお、後の*前句付けや*川柳も形は類似するが、それらは*付句の技量を争うものと言えるものである。（廣木）

寂意《じゃくい》　武家。伴。生没年未詳。文和元年（一三五二）までは生存。門真左衛門入道。弾正忠経清の父か。建武元年（一三三四）八月、雑訴決断所寄人、後に足利幕府の引付衆、奉行となる。『*和歌集心躰抄抽肝要』に*救済の門弟と記される。『*古今連談抄』に載る「もんしんちやくそう」はこの寂意と思われ、*宗砌に「その頃の上手」「*前句にさしたることなきをも、おもしろく付くる人なり」と評価された。『*菟玖波集』に二十五句入集。（松本）

寂忍《じゃくにん》　*連歌師。生没年未詳。寛元四年（一二四六）三月、宝治元年（一二四七）三月の*法勝寺*花の下連歌や、翌二年三月の「花の下」での連歌記録が残る。*二条良基の『*筑波問答』には、「*道生・寂忍・*無生などいひし者の、*毘沙門・法勝寺の花の本にて、よろづの者多く集めて春ごとに連歌し侍りし」とあり、花の下連歌の指導者一人とされる。鎌倉中後期の*地下《じげ》連歌師を代表する人物である。『*菟玖波集』に十八句入集。

→花の下連歌(松本)

写古体《しゃこてい》 風体の一つ。古風な表現や内容を詠み、実直で情感の深い風体。元来、和歌において使われた用語で、『愚秘抄』は「存直体」の一つに分類し、詞の用い方が古風であるが、内容が確かで余情の深いものであると説明する。『三五記』は「*事可然体《ことしかるべきてい》」に分類する。*心敬『*ささめごと』は*十体の一つに分類し、「雪を集めて山とこそ見れ／富士の嶺は人の語るもゆかしくて(*順覚)」など、永続性や尚古主義を感じさせる例句を挙げている。(山本)

車言抄及追加《しゃごんしょうおよびついか》 連歌書。森脇三久(一六五三〜一七三七)・惟右(一七〇〇〜七八)著。三久の正編は享保二年(一七一七)成。惟右の追加は享保十五年成。著者は現山口県、周防国岩国藩家臣。京都で*宗匠家から聞き知ったことを記したとする三久の序があり、*昌築による跋がある。正編は「一座之体の事」から「学者修業の事」まで二十五項目、追加は「*発句の事」から「連歌道の事」まで六項目からなり、連歌会席の実際に臨んで必要な心構えを初心者に分かるように説く。『和歌連歌秘伝叢書』(朝枝裕・私家版)所収。(廣木)

沙石集《しゃせきしゅう》 説話集。無住著。弘安二年(一二七九)に五巻として一応完成、増補され同六年八月に十巻として成立。徳治三年(一三〇八)にも加筆されたという。巻第五末には「*連歌事」として、*素暹(東胤行《とうのたねゆき》)の連歌や、藤原*隆祐が*花の下連歌に参加した話など、十三話のまとまった連歌説話が収められ、鎌倉初期連歌の実際を窺う貴重な資料となっている。また、*心敬の『*ささめごと』下巻の連歌*陀羅尼観に影響を与えた。新編日本古典文学全集『沙石集』(小学館)所収。(松本)

釈教《しゃっきょう》 仏教に関わる事柄をいう。和歌では『*千載集』以降、一巻の独立した部立とされ、連歌では、『*菟玖波集』で一巻、『*新撰菟玖波集』で「*神祇」と合わせて一巻とする。一条*兼良『*連珠合璧集』「釈教」の項には「仏」「達磨の弓」「数珠」「罪」など多くの詞を挙げる。*兼載『*梅薫抄』にも「釈教の詞」として一覧する。*表八句および*裏移り二句までは詠むことを禁じられた。『*連歌新式』「*句数事」では三句まで続けることができるとされ、また、可隔五句物《ごくへだつべきもの》とされた。(永田)

周阿《しゅうあ》 *連歌師。生没年未詳。永和二〜三年(一三七七)頃没か。坂の小二郎。*救済の門弟。機知的で詞の取り合わせが巧みな句風で連歌界を席巻したが、心敬『老のくりごと』に「面影・品・あはれ遅れて見え侍る」とあるなど、心敬・宗祇らには批判された。文和四年(一三五五)五月、二条良基邸での『文和千句』では第五百韻の発句を、『紫野千句』では救済百八十句に対し、百六十七句を詠む。現存する作品は少なく、応安五年(一三七二)二月の独吟百韻、『侍公周阿百番連歌合』などが確実な作品である。『菟玖波集』に二十二句入集。(松本)

重阿《じゅうあ》

連歌師。生没年未詳。十四世紀後半頃の人。四条道場金蓮寺の時衆。梵灯庵に師事したか。宗砌『初心求詠集』には梵灯庵の一周忌に「名号連歌之発句」を詠んだとある。応仁二年(一四六八)に成立した心敬の『ひとりごと』には「近き世までの好士」として名が挙がる。足利義教の月次《つきなみ》連歌会の会衆であり、永享五年(一四三三)二月十一日『北野社一万句』に名が見える「重阿」が同一人物かは未詳。四条道場浄阿周辺で応永年間(一三九四～一四二八)頃に成立した連歌論書『硯下《すずりのもと》』に句が残る。(松本)

秀逸六体《しゅういつろくてい》

二条良基が『九州問答』の中で、『毛詩』の六義《りくぎ》になぞらえて唱えた連歌の六つの優れた風体のこと。同書に「一は、幽玄に面影添ひたる句の、いたく心の細かにもなき句。二は、同様なる句柄にて、心を作り入れたる句。三は、花々とさはとある句の、さして心はなき。四は、同じ句の風体にて意地を廻したる。五は、寄合を捨て、詞ばかりの面白き体。六は、寄合を捨て、心ばかりにて面白き体なり」とある。(山本)

拾遺和歌集《しゅういわかしゅう》

和歌撰集。第三勅撰和歌集。全二十巻。寛弘二年(一〇〇五)～同四年の間の成、花山院とその側近による撰か。巻十八「雑賀」部の中に短連歌を六付合まとめて収録する。『後撰集』には和歌とも短連歌とも見なしうる例が一つあるが、独立性のある句の応酬としての短連歌を複数収める勅撰集はこれがもっとも早い例といえる。二条良基『筑波問答』も、これを勅撰集に連歌が採録された先例と位置づけている。(山本)

拾花集《しゅうかしゅう》

連歌書。昌琢の門弟、枝隼人編か。明暦二年(一六五六)九月刊。四季・恋・述懐《しゅっかい》など十の部立に分類し、句作のための詞と寄合語を挙げたもので、四百三十五の項目から成る。如睡著『随葉集』の構成を利用しながら増補また一部削除してまとめられた書か。本書を増補改編したとされる『*竹馬集』とは違い*証歌を引かない。写本『拾花集』は本書を増補したもの。『近世初期刊行連歌寄合書三種集成』（深沢眞二・清文堂）、写本『拾花集』は『日本歌学大系別巻8』所収。（松本）

重吟《じゅうぎん》 *連歌師。生没年未詳。『*顕伝明名録』に「牡丹花弟子堺連歌師」とあり、堺の人で*肖柏に師事した。永正十二年（一五一五）十一月十日、肖柏*発句の「何路百韻」に参加、以後、肖柏が中心となった連歌にたびたび同座、肖柏と行動を共にしていた。*周桂とともに肖柏『*春夢草』をまとめたらしく、『*実隆公記』によれば、肖柏没後の享禄二年（一五二九）三月十七日、二人で三条西*実隆邸を訪れ、その序文執筆を依頼している。また、三月二十日の肖柏追善和歌披講をも推進した。（廣木）

秀句《しゅうく》 「すく」とも。本来は詩文の中の優れた句のこと。和歌では、優れた句の意味でも用いるが、特に掛詞を巧みに用いた語句を指すようになり、連歌では後者の意で用いることが多い。*心敬『*ささめごと』は「およそ秀句なくては歌・連歌作りがたかるべくや。されば命と申し侍り」と重視しつつも、技巧に走ると凡俗な作となるので、そこを分別すべきだとする。*宗祇『*吾妻問答』は稚拙な秀句はたいてい不自然な風体となる、と乱用を戒めている。（山本）

周桂《しゅうけい》 *連歌師。文明二年（一四七〇）～天文十三年（一五四四）。七十五歳。肥前国の人。桑宿斎。*宗碩に師事し、永正十三、四年（一五一七）の九州旅行などに同行した。永正六年（一五〇九）二月『石清水初卯千句』に宗碩とともに出座。三条西*実隆とも親交があり、実隆の住吉社等巡拝にも随行、また*宗長にも兄事し駿河に下向している。宗碩没後は*宗牧とともに連歌界の第一人者として活躍した。*紹巴は晩年の弟子である。著作に三条西*公条《きんえだ》と共著の『*式目和歌』、句集に『周桂発句帖』がある。（松本）

十二月題《じゅうにがつだい》 月ごとの題材。二条*良基『*僻連抄』では「*発句に折節の*景物」を詠むべきと説かれ、「十二月題」が挙げられている。以後、この十二月題は増補されていき、多くの一覧、解説が書かれるようになった。これは発句に詠むべき当季とは単に四季の合致ではなく、月ごと、時には日も限定された折節の事物であったことを示している。近世*俳諧での「季寄せ」「歳時記」の類でも同じで、これらも四

季の枠を保ちつつも実際は事物を十二月に分類している。(廣木)

集百句之連歌《しゅうひゃっくのれんが》 連歌句集。「能阿百句付」とも。能阿の自撰句集。文明元年(一四六九)仲秋成。四季・恋・雑《ぞう》に分け、四季の部のみ巻頭に発句一句を置き、付合九十六で構成していたはずであるが、現存本は恋の付合十を欠く。文安三年(一四四六)十一月、北野天満宮松梅院《しょうばいいん》での法楽のことなど、僅かであるが詞書を有する句がある。本書から発句二、付合四十三が『竹林抄』に、付合二十一が『新撰菟玖波集』に入集した。貴重古典籍叢刊『七賢時代連歌句集』(角川書店)所収。(松本)

十仏《じゅうぶつ》 連歌師。坂《さか》。康永元年(一三四二)に六十余歳。延元二年(一三三七)民部卿法印に任じられたか。善阿門。『古今連談抄』に「名誉の上手」「日本一和漢の才学」「諸道の稽古の上手」とある。『幻雲文集』(十六世紀成)中「上池院宗精法印肖像」によれば、足利尊氏に重んじられ『万葉集』を講じたという。子の士仏は医者として名をなした。紀行に『太神宮参詣記』、家集に『拾塵抄』(逸書)がある。『新後拾遺集』に一首、『菟玖波集』に十八句入集。(廣木)

十問最秘抄《じゅうもんさいひしょう》 連歌書。二条良基著。永徳三年(一三八三)に良基が大内義弘のために書き与えたもの。序文で、諸々の道において一派を立てるほどの者は師の作風を単に模倣はしない、との心得を説き、十の問に答える形式で本文を構成する。内容は、連歌の詠み方、俗を去ること、花も実もある句を良しとすること、連歌師評、当世の風体などを述べる。理想の風体は時とともに変遷するという論に特徴がある。日本古典文学大系『連歌論集他』(岩波書店)所収。(山本)

寿官《じゅかん》 公家。小槻《おづき》。応永十九年(一四一二)～明応八年(一四九九)。八十八歳。長興《ながおき》。小槻家は代々、左大史(官務)を勤めた家で、寿官もそれを継いだ。連歌を好み、文安五年(一四四八)七月二十三日、細川勝元による十万句勧進連歌に参加以後、近衛家月次《つきなみ》連歌など多くの連歌会に出座している。長享二年(一四八八)四月五日には北野天満宮連歌会所での宗祇宗匠始の会に参加、その他、宗砌・宗伊・行助らとも同座している。日記に『長興宿禰記』などがある。『新撰菟玖波集』に七句入集。(廣木)

種玉庵《しゅぎょくあん》 *宗祇の草庵。現京都市上京区、西《にしの》洞院《とういん》正親町《おおぎまち》の入江御所(三時知恩院)の隣にあった。文明八年(一四七六)四月二十三日、前管領畠山政長(一四四二〜九三)を招いて草庵始めの連歌を行っている。庵の名は石を植えて玉となる、という中国の『捜《そう》神記《しんき》』の説話による。宗祇はこの庵で『*竹林抄』『*新撰菟玖波集』を編纂し、たびたび連歌会・歌会・古典講釈を行った。門弟も同宿しており、文学活動の拠点であった。何度か焼失したが、後、*宗碩に継承された。（廣木）

寿慶《じゅけい》 *連歌師。?〜天文二十二年(一五五三)。八十歳位。伊勢国出身。乗音軒。遺稿句集『揚波《あげは》集』(一五六一年成)の*三条西公条《きんえだ》の跋文に、能筆で*宗祇に愛され、常にその会で*執筆《しゅひつ》を勤めたとあり、明応五年(一四九六)頃から執筆としての名が見える。四十歳頃から連歌師として名をなしはじめ、*三条西実隆や*大内義隆《よしたか》・*三好長慶《ながよし》ら武家の会でも重んじられた。能登の畠山義総《よしふさ》(一四九一〜一五四五)のもとにも訪れている。句集に前掲の他、『寿慶発句』がある。（廣木）

趣向《しゅこう》 文芸において、一興あるようになされた発想・構想など、創作上の工夫をいう。ただし、*二条良基『*九州問答』では「*定家・*家隆の趣向もとどめず」などと風体に近い意で使われ、*心敬『*所々返答』では「いささか結構の趣向にて、*前句に心寄らず」とあり、*付合上の構想の意として、否定的に使われている。それに対しこれを重視したのは、三条西*実枝《さねき》『初学一葉』(十六世紀中頃成)からであり、俳論における趣向論もこの影響下にあると考えられる。（廣木）

珠全《しゅぜん》 武家。高城。生没年未詳。日向国飫《お》肥《び》(現宮崎県日南市)の人。幽月斎。島津忠朝の家臣。何度か上京、明応七年(一四九八)正月二十七日には*宗祇・*宗長らと一座、その頃、三条西*実隆邸を訪問。*宗碩と親交を結び、永正八年(一五一一)二月には実隆邸を宗碩とともに再度訪れている。永正十一年には*肖柏から『源氏物語』秘説を伝授された。永正十四年、宗碩の種子島下向の折の連歌に加わり、弘治三年(一五五七)十一月には島津*義久主催の*千句連歌に参加するなど、薩摩国の連歌を支えた。（廣木）

珠長《しゅちょう》 *連歌師。高城。生没年未詳。*珠全の一族か。薩摩国島津家に仕えた。永禄四年(一五六一)頃から十年頃まで在京、*紹巴に師事、三条西*公条《きんえだ》邸に出入りし、連歌・古典学などを学ぶ。永禄七年五月十二日には『*石山千句』に参加、その後帰郷、元亀二年(一五七一)八月十六日には主君*島津義久主催の*名号連歌に加わり、薩摩において連歌師の地位を確立していった。後も何度か上京、天正十五年(一五八七)十月十五日には京都で義久主催の連歌に紹巴・*昌叱などとともに参加している。(廣木)

述懐《しゅっかい》　世に生き長らえることのつらさ、昔を思い悲しむ心情などを述べることをいう。*百韻の*行様《ゆきよう》のために*連歌式目上からも規定された。一条兼良『*連珠合璧集』「*引合《ひきあわせ》」の「述懐の心」に「命」「世を捨つる」「憂き世」などを掲出する。*心敬『*ささめごと』は「ことに胸の底より出づべき」ように詠むべきであると説く。『*連歌新式』「*句数事」では懐旧・無常と合わせて三句まで続けてよいとする。可隔五句物《ごくへだつべきもの》であり、百韻の*表八句、もしくは十句目まで詠むことが禁じられた。→懐旧・無常(永田)

出句《しゅっく》　連歌会で句を出すこと。口頭でなされた。出句者は扇を手に取り、*執筆《しゅひつ》の方に体を向け、その意志を伝え、長句であれば初五、短句であれば初七を吟ずる。執筆がそれを繰り返した後、残りの七・五句または七句を吟じて句すべてを伝えた。他人とかち合わないように、初五もしくは初七を出してから残りを考えないように、はっきりと吟ずるように、などが注意された。十七世紀末頃から*俳諧では小《こ》短冊に句を記して執筆に渡す方法が生まれた。→執筆作法(廣木)

出陣千句《しゅつじんせんく》　連歌作品。「三島千句」「新三島千句」とも。永正元年(一五〇四)九月十二日、*今川氏親《うじちか》が関東に進発した戦いの戦勝祈願のために、*宗長が二十五日から二十七日の三日間で詠んで、現静岡県三島大社に奉納した*独吟*千句連歌である。第一百韻*発句「たなびくや千里もここの春霞」のみ氏親による。奉納に際して添えられた願文に「発句の中に四季をこめて」とあるように、*春三・*夏二・*秋三・*冬二の割合で発句に季を詠み込んでいる。『続群書類従17上』所収。(廣木)

出陣連歌《しゅつじんれんが》　武将の出陣の際の戦勝祈願、もしくは戦勝後の報賽のために神仏に奉納する連歌をいう。永正元年(一五〇四)『*出陣千句』は*今川氏親の関東出陣祝勝のため、氏親の発句に*脇以下を*宗長が*独吟したものである。天正六年(一五七八)には、*豊臣秀吉の毛利攻めの戦勝祈願として『*羽柴千句』が*張行された。天正十年の*明智光秀らの『*愛宕百韻』も同目的

のためとされている。また、*宗長『*宇津山記』や*宗牧*『東国紀行』の中には出陣連歌が行われた記事が見える。（山本）

執筆《しゅひつ》

連歌会で句を書き留める役。元来、政務・公的行事などでの記録係を言ったものであるが、文芸では歌合で左右の難陳や判者の*判詞を書き留める役として見られるようになる。ただし、一般の歌会ではその必要はなかった。それに対し連歌での執筆は会の進行そのものに関わり、欠くことのできない存在で、藤原*定家『*明月記』の連歌記事など*長連歌発生当初から認められる。その役割は記録にとどまらず、*指合の指摘などもあり、連歌に精通している能筆の若者が理想とされた。→執筆作法（廣木）

執筆作法《しゅひつさほう》

連歌会での執筆の行為に関する決まり。執筆は記録係であったが、それに付随する役割も担わされた。筆録のための道具である*文台・墨硯筆、*懐紙や紙縒《こより》などの用意、*連衆の句の受け取り・拒否、句の読み上げ、*出句の催促、懐紙の始末、道具の片付け、等々である。そのそれぞれには定まった所作・心構えが要求された。文台捌きと呼ばれた作法など、その煩雑な作法はもっとも目立つものであり重視され、その作法書も多く書かれた。→執筆・文台捌き（廣木）

執筆十ヶ条《しゅひつじっかじょう》

*執筆の心得を十ヶ条にまとめたもの。*応其《おうご》『*無言抄』中「執筆之事」などに見える。一は思いやりの必要、二は平等な扱い、三は争いのないようにとの配慮、四は*指合指摘を誤らないこと、五は*雪月花の句の*出句の配慮、六は*宗匠などを重んじること、七は句の受け取り、*披露の注意、八は能書たるべきこと、九は儒教の教え三綱五常を守るべきこと、十は規則作法の遵守、である。連歌に直接関わること以上に、会席の運営への心配りが多い。→会席二十五禁（廣木）

執筆十徳《しゅひつじっとく》

*執筆の役目を果たすことで得られる十の徳。「高位昵近《じっこん》・善人値遇《ちぐ》・座上為レ主・愛敬《あいぎやう》為レ媒・万能第一・不レ耕足レ禄・交レ朋在レ語・無レ友有レ慰・必通二神慮一・自得二仏性一」で、*応其《おうご》『*無言抄』中「執筆之事」に見える。第一・第三の身分を越えた関係を持てること、第六の農に代わる職になり得ること、また神慮・仏性を得られるなどの項目が興味深い。「*執筆十ヶ条」などにある心構えと裏腹のもので、人間関係のことが多いのが執筆の役割の特質を

示している。（廣木）

順覚《じゅんかく》　*連歌師。生没年未詳。文和四年（一三五五）頃まで生存。現神奈川県、相模国金沢称名寺の順覚房玄誉と同人か。連歌を*善阿に学び、同門の*救済・*信昭と並び称された。後に*今川了俊の連歌の師となる。正和元年（一三一二）三月の『法輪寺千句』に出座。*二条良基は『*十問最秘抄』で「かかりは*幽玄なりき。それもただ付けたるを本意として、一句をもむことはなし」とし、*宗砌『*古今連談集』、*心敬『*所々返答』では句風を称賛している。『*菟玖波集』に十九句入集。（松本）

春霞集《しゅんかしゅう》　和歌・連歌句集。元亀三年（一五七二）成。「大江元就《もとなり》詠草」とも。前半は毛利元就の和歌七十三首に三条西実澄《さねずみ》（*実枝《さねき》）が歌ごとの評と跋文を付し、後半は連歌*付句五十・*発句三十に*紹巴が句ごとの評と跋文を付す。元就の死の翌年の成立で、紹巴の跋文に*三好長慶《ながよし》が撰集を志したが成らなかったとある。その意志を継いで家臣もしくは紹巴が歌集・句集ともに編纂したらしい。戦国武将の文芸の一端を知らしめるものである。『続群書類従16上』所収。↓元就（廣木）

順徳天皇《じゅんとくてんのう》　天皇。建久八年（一一九七）～仁治三年（一二四二）。四十六歳。*後鳥羽天皇第三皇子。在位一二一〇年～二一年。十四歳で即位し、後鳥羽院の影響のもと、宮廷において歌合・歌会などを主催した。連歌も好み、建保三年（一二一五）八月二十一日、同十一月二十八日に内裏連歌を主催したことが知られるが、作品は現在に伝わっていない。承久の乱により、佐渡に遷された。家集に『紫禁集』があり、歌書に『*八雲御抄』がある。『続後撰集』以下の勅撰集に百五十九首入集。（山本）

春夢草《しゅんむそう》　私家集・連歌句集。*肖柏著。和歌集と連歌集の二種類が同名で伝わる。和歌集は肖柏没後の編纂で二千百九十余首を収める。連歌集は三種あり、一は永正十二年（一五一五）～十三年頃成の自撰*発句集で、四百余句を四季に部類して収める。二は成立年未詳の*付合集で約五百付合を四季・*恋・*雑《ぞう》に部類している。三は発句付合合集本である。それぞれ付注本がある。和歌集は『私家集大成6』（明治書院）、発句付合集付注本は桂宮本叢書『連歌2』（養徳社）、付合付注本・発句付注本は『連歌古注釈集』（金子金治郎・角川書店）に所収。（山本）

成阿《じょうあ》　*連歌師。生没年未詳。*救済の門弟。今川*了俊『*落書露顕』などに「北野千句奉行」とあり、後の*北野天満宮連歌会所奉行の先駆となる。『*紫野千句』では第四百韻の*発句を詠み、*総出句数は救済・*周阿に次ぐ。永徳二年(一三八二)の『*和歌集心躰抄抽肝要』は二条*良基が成阿に伝えた書とする。同年、等持院(足利*尊氏)忌の*和漢聯句会に、将軍*義満らと同座。至徳二年(一三八五)十月十八日『*石山百韻』には良基、*梵灯庵らと一座している。『*菟玖波集』に三句入集。(松本)

昌以《しょうい》　*連歌師。里村(南)。?〜文政四年(一八二一)没。*昌逸の子。文化四年(一八〇七)から文政四年まで父とともに*柳営連歌に列し、文化六年から二年間、*第三を勤仕している。文化十四年には病身の父に代わって*発句(「千世の例君に始めん松の春」)を詠み、*宗匠となった。なお、同名の連歌師に元和(一六一五〜二四)頃、*昌琢らの*座に加わり活躍した者がいる。(永田)

昌逸《しょういつ》　*連歌師。里村(南)。明和二年(一七六五)〜天保九年(一八三八)。七十四歳。景美・有隣亭。*昌桂の子。*昌以の父。後嗣に昌同(?〜一八七七頃)。天明二年(一七八二)に父に代わり*柳営連歌の*発句を勤め、また法眼に叙せられた。安永六年(一七七七)から天保七年まで、五十余年にわたって*宗匠を務め、天明二年以降、文化十四年(一八一七)以外は毎年発句を勤仕している。寛政二年(一七九〇)に幕府より三百坪の土地を京都室町に拝領し、その後*同朋格となるが、晩年は隠居した。『賦物抄』などの著作がある。(永田)

紹印《じょういん》　*連歌師。木山。天正末(一五九二)頃?〜元和五年(一六一九)?。信連。*紹宅の子。*太宰府天満宮連歌屋元祖。居城、肥後国木山城落城の時、自殺と偽って逃れたという。慶長六年(一六〇一)、黒田*如水によって天満宮連歌屋が再興されるとその初住とされ、家禄三十石が与えられた。しかし子をなさずに早世、弟を嗣子とするが若年のため、二代は浦之坊昌林が就任。弟は昌三の名で三代となった。文禄四年(一五九五)七月二十一日、*紹巴宅での「何舟百韻」に名が見えるが不審がある。(廣木)

紹因《じょういん》　*連歌師。里村(北)。生没年未詳。紹《じょう》尹《いん》。*玄俊の子。*玄心の弟。詳しい伝記は不明。天和二年(一六八二)より元禄十六年(一七〇三)まで二十年余りも*柳営連歌に列座している。その間、ほとんど*発句は*昌陸か*昌億、*第三は*昌純(元禄二年は*昌坢)が勤めることが多かったが、元禄十二年には第三を勤めている。

法橋に叙せられ、幕府から宇田川町に屋敷を拝領した。連歌作品では他に、延宝二年（一六七四）二月二十五日「夢想百韻」に名が見える。（永田）

紹永《じょうえい》 *連歌師。生没年未詳。十五世紀後半に活躍。法眼。『*新撰菟玖波集作者部類』には田島氏、美濃国の人とあり、『*諸家月次聯歌抄』には、六角能登入道の弟とある。*専順の弟子と思われ、専順が美濃下向時にも何度か同座している。『*美濃千句』『*因幡千句』などや、貴顕との同座もあり、*宗祇時代の代表的連歌師であった。『*二根集』に十四、五歳の*宗碩に教示した記事が載る。*一条兼良『*花鳥余情』初度本を書写したと伝えられる。『*新撰菟玖波集』に十句入集。（廣木）

紹鷗《じょうおう》 *連歌師・茶人 文亀二年（一五〇二）～弘治元年（一五五五）。五十四歳。武野新五郎、大黒庵、一閑。堺の富家の出で、*三条西実隆に歌道、また連歌を*宗碩なども含め実隆周辺で学んだ。『*明翰抄』には堺の連歌師、『山上宗二記』には三十歳まで連歌師であったとある。*宗長とも親交があった。茶においては村田珠光（一四二三～一五〇二）の孫弟子にあたるが、侘び茶完成を志向するなかで歌道・連歌道から多くを学び、それを弟子の千利休に受け渡した。→茶（廣木）

昌億《しょうおく》 *連歌師。里村（南）。万治三年（一六六〇）～享保十一年（一七二六）。六十七歳。昌頓・昌敦。*昌陸の長男。元禄八年（一六九五）に家を継ぎ、同十年に法眼に叙せられた。早くから連歌を嗜み、寛文十一年（一六七一）から享保八年まで五十年近く*柳営連歌に列している。享保七年には、「一日百韻法」という五箇条を定めた。南家の祖、*昌休や父の追善興行を催し、また南禅寺・建仁寺などの禅僧らと*漢和聯句・*和漢聯句の会を開くなど、活発な連歌活動を行った。（永田）

昌穏《しょうおん》 *連歌師。里村（南）。慶長五年（一六〇〇）～慶安三年（一六五〇）。五十歳。昌隠とも。*昌通（祖白）の子。*紹巴の玄孫。現存の連歌作品では、元和六年（一六二〇）一月二十四日の「何舟百韻」が初出。以後、*昌琢の会席に一座し、江戸や出雲で巻かれた*百韻が残っている。寛永十六年（一六三九）から慶安二年まで、*昌程・*昌佐らと*柳営連歌に列している。寛永末頃から荒木田氏《うじ》富《とみ》をはじめとする*伊勢神宮神官と交流があり、晩年は伊勢国松阪に住んだ。慶安元年六月に詠んだ*独吟『西行谷法楽千句』がある。（永田）

正花《しょうか》

*連歌式目上、「花」として認められる語のこと。桜に限らず、華やかで賞美すべき対象を表す抽象概念を「花」として捉える。混空『*産衣《うぶぎぬ》』では「心の花」「花皿」「花かたみ」「花の雲」「花の衣」「花の波」「花の都」などを正花とする。*紹巴『*連歌至宝抄』によれば、ただ「花」と言った場合は桜のことを指すが、「桜花」という語では正花にならず、また*花の句に桜を付けることもあるとする。*俳諧では、「花火」「花婿」など*雑《ぞう》の正花も用いられた。（永田）

証歌《しょうか》

連歌に用いられた表現が、伝統的なものであることを示す和歌をいう。

本歌が創作の基盤となった歌を指すのに対し、表現の不可思議さを指摘された時の論証のためという性格を持つもので、多くは歌合での評価に取りざたされたものであった。本歌と違って、『*連歌新式』では「近代作者たりといへども、証歌にはこれを用ふべし」とある。ただし、両者の相違には判断しにくい点があり、後の『*式目秘抄』などでは、「本歌と証歌との分別の事。本歌と云ふは*前句の*付合なり。証歌と云ふは、詞遣ひ・一句のしたてなり」と区別している。→本歌（廣木）

昌休《しょうきゅう》

*連歌師。里村（南）。永正七年（一五一〇）〜天文二十一年（一五五二）。四十三歳。里村南家の祖。弥次（二）郎堯景《たかかげ》・指雪斎。子に*昌叱。近江国里村出身。*飛鳥井家の歌会などに出席、連歌ははじめ*宗碩、のち*周桂・*宗牧に師事した。宗牧没後、連歌界の第一人者となるが、年少の昌叱を残して没する。後、昌叱を託された*紹巴が*里村家を確立、その後継を北家と呼ぶのに対し、南家の祖とされた。句集に『指雪斎（昌休）発句集』があるが、その*詞書により、関東・大和・越前・因幡などを遊歴したことが分かる。『*源氏物語』注釈書に『休聞抄《きゅうもんしょう》』、仮託の連歌書に『*連歌天水抄』がある。→里村家（永田）

定句《じょうく》

決まりきった紋切り型の表現、内容の句。*同類（等類）が特定の既成の句との類似を指すのに対して平凡な句をいう。『*五十七ヶ条』（*宗長か）に「草の枕の旅のもの憂き」は定句であるが、「草を枕の旅のもの憂き」とすれば少し珍しく聞こえる、とあるように元来一句の仕立ての問題であるが、*心敬は「*前句の取り寄りにて、いかなる定句も玄妙のものになり、いかばかりの秀逸も無下のことになる」（『*老のくりごと』）と*付合論の中で取り上げている。（廣木）

承空本私家集紙背連歌懐紙《しょうくうぼんしかしゅうしはいれんがかいし》

連歌懐紙。冷泉家時雨亭文庫所蔵の承空書写の私家集に使用された懐紙。永仁五年(一二九七)正月十日「賦何木連歌」、年次未詳「賦何木連歌」「賦何船連歌」「賦何人連歌」の四種。年次分明のものだけ*百韻が残るが、初折表十・裏十四、二折表十四・裏十六、三折表十六・裏十四、名残表十四・裏二という句の書き方で、後世のものと相違する。すべての作品が*賦物を全句に取っており、それには印が付けられている。冷泉家時雨亭叢書『冷泉家歌書紙背文書　下』(朝日新聞社)所収。→懐紙(廣木)

昌桂《しょうけい》

*連歌師。里村(南)。享保十七年(一七三二)〜天明八年(一七八八)。五十六歳。景修・隠意軒。*昌迪《しょうてき》の子。*昌逸の父。弟に北家を継いだ昌伯、*阪《ばん》家を興した*昌周がいる。宝暦八年(一七五八)に家督を継いだ。延享二年(一七四五)から安永十年(一七八一)に至るまで、*柳営連歌に列している。宝暦八年までは昌迪が*発句を勤めていたが、その翌年からは二十三年間にわたって発句を勤仕した。(永田)

昌俔《しょうけん》

*連歌師。里村(南)。天正十六年(一五八八)〜慶安四年(一六五一)。六十四歳。景次・宝珠坊。*昌叱の子で、兄に*昌琢、子に昌通(*祖白)。小珍(丸)として*執筆《しゅひつ》を務めた慶長四年(一五九九)二月八日「何人百韻」が初見。元和年間(一六一五〜二四)頃から活躍し、その作品数も多い。慶長後半から寛永末にかけて、*智仁《としひと》親王と*漢和聯句に興ずるなど、貴顕との交流も多い。里村南家嫡流ではないが、子の昌通、*昌穏《しょうおん》らへ続く流を築いた。のちに法眼に叙せられた。(永田)

昌功《しょうこう》

*連歌師。阪《ばん》。生没年未詳。乙丸・貞利・吟阿。*昌成の子。昌元の父。文化七年(一八一〇)から安政六年(一八五九)まで、安政三年を除いて五十年近く*柳営連歌に列し、文化十年から二年間は*第三を勤仕した。*昌逸・昌成・昌同(?〜一八〇七頃)などと一座することが多かった。著作に一中節浄瑠璃『品川八景』、父昌成の所説を記した連歌学書『*菟玖波廼《つくばの》山口』などがある。(永田)

上古・中古・当世《しょうこ・ちゅうこ・とうせい》

連歌史の区分。*二条良基は『*筑波問答』で日本武尊《やまとたけるのみこと》や*大伴家持の句を「上古体」、*短連歌時代の句を「中古体」、*長連歌完成期から*善阿までの句を「近来体」と分けた。時代、人によってその認識は相違するが、*宗祇は『*吾妻問答』で*救済・良基・*周阿までを上古とし、*梵灯庵など南北朝末期から応永(一三九四〜一四二八)末までを中古の衰退期とした。その認識は『*新撰菟玖波集』入集句を、永享(一四二九〜)以後のものとしたことに通じる。(廣木)

昌佐《しょうさ》　*連歌師。瀬川。生没年未詳。昌左とも。『*顕伝明名録』によれば父、時《じ》能《のう》は三井寺僧で*紹巴門弟である。*時春《じしゅん》は子。京都の人で、青蓮院尊純法親王に従って江戸に出、徳川家光の命で幕府連歌師となったという。寛永十六年(一六三九)から慶安二年(一六四九)まで、ほぼ毎年*柳営連歌に出仕し、幕府連歌師としての*瀬川家の祖となり、現東京都台東区五条町に屋敷を幕府から拝領した。なお、*宗養に学び、紹巴らと連歌を共にした興福寺竜雲院昌佐(?〜一五七八)は別人である。(永田)

定座《じょうざ》　*月・*花の句を詠むべき定まった箇所をいう。*百韻では初折表七句目に月、裏十句目に月、十三句目に花、二の折表十三句目に月、裏十句目に月、十三句目に花、三の折も同じ、名残の折表十三句目に月、裏の七句目に花で「四花七月」、歌仙では初折表五句目に月、裏八句目に月、十一句目に花、名残の折表十一句目に月、裏五句目に花で、「二花三月」と呼ばれた。貞門俳諧頃から幾分かの揺れを経て定まったらしく、近世俳諧では重視されたが、連歌ではこの規則は用いられなかった。(廣木)

匠材集《しょうざいしゅう》　連歌書。編者未詳。*紹巴跋。慶長二年(一五九七)三月上旬以前の成立。和歌や連歌に用いる詞をいろは順に掲げ説明したもので、約四千語を収める。簡単な用語の説明のみで、例句や*証歌は引用していないが、*連歌式目にも触れる。用語の典拠として『秘蔵抄』『源氏物語千鳥抄』『*八雲御抄』『詞林三知抄』『*言塵集《ごんじん》』などが指摘されている。また、まれに「巴説なり」などと紹巴説であることの記述がある。岡山大学国文学資料叢書『匠材集』(福武書店)所収。(松本)

昌察《しょうさつ》　*連歌師。西山。寛文十年(一六七〇)〜享保十五年(一七三〇)。六十一歳。*宗因の孫。*宗春の子。百之助・宗叔・昌札・宗純。*昌陸に師事、*大阪天満宮の連歌師として、享保九年に初めて*月次連歌に*宗匠として出座、恒例の*千句の宗匠も務め、平野*法楽連歌にも参加している。貞享五年(一六八八)四月二十日「何人百韻」など、昌陸と同座の会も散見される。*発句は*昌林『*西山三籟《さんらい》集』に収録されている。父祖の資料を後世に残し、顕彰しようと宗因自筆資料などの整備に努めた。

（永田）

紹三問答《じょうさんもんどう》　連歌書。三甫《さんぽ》著。天正七年(一五七九)年六月下旬、三甫が上京して行った、*紹巴との問答をまとめた書。三甫は生没年未詳。この書によれば関東の人で、細川藤孝(*幽斎)と交流があり、*和漢聯句に同座している。『*顕伝明名録』には奥州の三浦氏とある。紹巴・*昌叱および自作を取り上げ、前二者を批判し、自作を称揚している。「紹巴は*宗祇・*宗長の連歌をそしり」とあるように、当世連歌批判の書である。古典文庫『連歌論新集3』所収。（廣木）

昌叱《しょうしつ》　*連歌師。里村(南)。天文八年(一五三九)〜慶長八年(一六〇三)。六十五歳。仍景《なおかげ》・策庵。里村南家の祖。*昌休の子。*昌琢・*昌俔《しょうけん》の父。妻は*紹巴の娘。父の死後紹巴に学ぶが、確執もあった。連歌作品は天文二十四年一月の『梅千句』参加が初見で、以後、多くの座に加わっている。和歌・古典にも造詣があり、紹巴から*古今伝授を受け、*豊臣秀次には『*源氏物語』を講釈した。武将とも接し、文禄三年(一五九四)には毛利*輝元の依頼で紹巴との両吟『*毛利千句』を詠み、自注を付している。→里村家（永田）

昌周《しょうしゅう》　*連歌師。阪《ばん》。?〜天明四年(一七八四)。六十歳前後没。有躬・楊柳園。*昌迪《しょうてき》の子。父は*里村(南)家であるが、*阪家を創始して一流を立て、幕府連歌師となった。宝暦九年(一七五九)から安永十年(一七八一)まで*柳営連歌に出仕し、現東京都中央区八丁堀坂本町に町屋敷を拝領した。明和三年(一七六六)から四年間にわたって*第三を勤めている。明和七年に父の十三回忌追善千句『柳営老人独吟連歌』を張行、連歌句集『摘葉集』を残した。連歌書に『*連歌弁義』『連歌秘要』などがある。（永田）

聖衆来迎寺蔵古今和歌集紙背連歌懐紙《しょうじゅらいごうじぞうこきんわかしゅうしはいれんがかいし》　連歌懐紙。聖衆来迎寺は近江国の坂本の寺。そこに蔵する『古今集』の現存断簡五十六葉すべてに連歌懐紙が用いられている。初折のもの九種の内の一葉に徳治三年(一三〇八)九月二十二日の*端作《はしづくり》があり、その秋か冬の*張行と思われる。他に名残が四種あるが、五十六葉がもともと何種類のものであったかは不明である。また、*合点のあるものがある。懐紙の用い方、書様など後世の形式と同じである。『伊地知鐵男著作集2』(汲古書院)に一部所収。

→懐紙（廣木）

昌純《しょうじゅん》　*連歌師。里村（南）。慶安二年（一六四九）〜享保七年（一七二二）。七十四歳。昌勃・安々庵・㗊《か》（蝦）斎。*昌程の子。*昌築の父。寛文五年（一六六五）から享保四年（一七一九）まで、五十年以上にわたり*柳営連歌に出仕、延宝八年（一六八〇）から*第三として勤仕しつづけた。『老の周諄《くりごと》』（一七〇四年成）は「思ひ出づるは昔なりけり」の*前句に百句の*付句を試みて注を施したもので、付句の規範を示した書である。連歌再興に尽力し、享保四年に退隠した。*式目注釈『拾蛍抄』、編著『里村家連集』などがある。（永田）

性遵《しょうじゅん》　武家。？〜応安四年（一三七一）。八十余歳か。安《あ》威《い》左衛門入道。鎌倉幕府奉行衆の家柄か。建武新政府でも重用され、のち室町幕府の奉行人、政所執事代となる。元応二年（一三二〇）鎌倉花下《はなのもと》一日一万句の*発句を詠む。*救済発句の*百韻や北野*千句、*尊胤・佐々木*導誉・細川頼之家の連歌会に参加、奉行衆中の代表的連歌愛好者といえる。『*了俊下草』に二条*良基が「はなばなとおもしろく候ひし」と誉めたとある。『新千載集』に一首、『*菟玖波集』に二十八句入集。（廣木）

私用抄《しようしょう》　連歌論書。*心敬著。文明三年（一四七一）成。「初心抄」「竹馬抄」とも。太田*道真《どうしん》の求めによるが、改編して他にも贈ったらしい。序文の後、*連歌式目に関することを述べ、*異名の一覧を示す。次に*執筆《しゅひつ》作法、会席での注意、最後に連歌道のあり方を記す。心敬には珍しく実用書の趣きがあるものの、執筆作法では心のあり方を述べることも多い。最後に、今は歌道が廃れ「一天世人、連歌にのみ入り侍り」と記している。『連歌論集3』（三弥井書店）所収。（廣木）

畳字連歌《じょうじれんが》　畳字は漢熟語をいう。和語のみを使用するのが原則である連歌に反し、各句に漢語を詠み込んだもの。古くは『*拾遺集』中の*短連歌に見えるが、*百韻では『*良基独吟畳字連歌』が古い。以後、室町期を通して見られるが、初期のものでは日常的な訓読表現も畳字とされていたらしいことや、『*竹馬狂吟集』『*誹諧連歌抄（犬筑波集）』に多く採択されていることからも、正統なものではなく俳諧的とされた。その発生には*和漢聯句の影響も考えられる。→俳諧（廣木）

浄信《じょうしん》　武家。杉原。？〜宝徳三年（一四五一）。満盛。伊賀守。賢盛《かたもり》（*宗伊）の養父。室町幕府の奉公衆で、足利*義教の永享五年（一四三三）の『*北野社一万句』では義教の座に加わるなど、義教と同座することが多かった。自邸で歌会を開くなど武家の文芸の担い手のひとりであった。正徹とも親交があったことが『草根集』(一四七三年成)に見え、東常縁《とうのつねより》書写の『伊勢物語』が正徹から贈られている。心敬『ひとりごと』には「近き世までの好士」として名が挙げられている。(廣木)

昌成《しょうせい》　連歌師。阪《ばん》。?〜天保十三年(一八四二)。言阿。和田為信の子で、昌文の養子となり、阪家を継いだ。寛政三年(一七九一)から天保十三年まで、五十年以上柳営連歌に出仕、寛政六年より四年間、第三を勤仕し、天保四年に再勤している。文化三年(一八〇六)『昌成独吟千句』を詠む。『兼載法橋伝』『後楽園記』、また、注釈書なども執筆、昌文と二代にわたって『菟玖波集』の書写・校勘も行った(永田)

昌琢《しょうたく》　連歌師。里村(南)。天正二年(一五七四)?〜寛永十三年(一六三六)。六十三歳?。弥次郎景敏《かげとし》・懐恵庵・拝北庵・什斎・竹庵。里村南家初代。昌叱の子。母は紹巴の娘。子は昌程。紹巴をはじめ主要連歌師たちが没した慶長(一五九六〜一六一五)頃から、連歌界の第一人者となった。寛永三年(一六二六)、智仁《としひと》親王より古今伝授を受け、同五年に柳営連歌に勤仕した。紹巴・昌叱の庇護のもと、長年にわたり活躍し、現存作もきわめて多い。宗因・重頼とも交流し、俳諧にも大きな影響を与えた。連歌句集に『昌琢発句帳』『昌琢連歌付合集』、編著に『類字名所和歌集』などがある。(永田)

紹宅《じょうたく》　武家。木山。?〜慶長二年(一五九七)。肥後国木山城城主であったが、後、黒田如水に仕えた。連歌に長じ、一時上京して紹巴に師事、北野天満宮での笠《かさ》着《ぎ》連歌で称賛され、その付句に因んで「岩田帯紹宅」と称されたという。天正十八年(一五九〇)三月二十七日には自宅で『心前追善百韻』を独吟している。慶長の役の際、船が沈み没する。如水はそれを悼み、天満宮連歌屋を再興した折、長子紹印を元祖とし、紹宅を開祖と称させたという。(廣木)

昌琢発句帳《しょうたくほっくちょう》　連歌句集。昌琢著。成立年未詳。「昌琢発句集」「昌琢発句」とも。昌琢の発句を収録した書で、四季に部類され、諸本で相違があるが、およそ七百四十句を収める。詞書などからは貴顕僧俗にわたる交友圏の広さが窺え、豊国社会所をはじめとする多数の寺社や、智仁《としひと》親王御所などにおける連歌張行が確認できる。亡父、紹巴、玄仍

らへの追善句も収録されている。安藤武彦「翻刻・宗因筆『昌琢発句帳』」(「園田学園女子大学論文集」21)所収。(永田)

昌築《しょうちく》　＊連歌師。里村(南)。延宝六年(一六七八)～享保十八年(一七三三)。五十五歳。＊昌純の子。元禄九年(一六九六)から享保十一年(一七二六)までほぼ毎年＊柳営連歌に出仕し、享保五年からの三年間、享保九年からの三年間は＊第三を勤めた。現存する連歌作品では、元禄七年(一六九四)十月十九日＊月次《つきなみ》連歌「何船百韻」に初めて名が見え、享保十年には『撰集詞連歌』を詠んでいる。後に法橋に叙せられた。なお、次男である慶滋は、仙台藩の連歌師の家系である＊石井家を継いだ。著書に『＊無分別之談』がある。(永田)

昌程《しょうてい》　＊連歌師。里村(南)。慶長十七年(一六一二)～元禄元年(一六八八)。七十七歳。景益《かげます》・非有庵。＊昌琢の子、母は＊玄仍《げんじょう》の娘。妻は＊玄陳の娘である。寛永十三年(一六三六)に家督を継ぎ、その翌年から＊柳営連歌で＊発句を詠み、同年に法橋に叙せられる。また幕府から、道中人馬御朱印を受けた。その後、寛文十年(一六七〇)まで三十七年もの間、柳営連歌で＊宗匠を勤めた。連歌句集に『＊昌程発句集』、連歌書に『連歌秘極抄』がある。(永田)

昌程発句集《しょうていほっくしゅう》　連歌句集。成立年未詳。＊昌程の生涯にわたる＊発句を集めた書で、末尾の発句に、この発句で一折を＊張行した後、昌程が没したので残された者で＊百韻を＊満尾したとの注がある。子か門人かがまとめたものか。全七百十九句を四季に部類するが、同じ題の句は制作年順に並べているようである。句には＊十二月題を明示することが多いが、場所、興行の事情を記してあるものもあり、昌程の履歴の手がかりとなるものでもある。『越中の連歌』(綿抜豊昭・桂書房)所収。(廣木)

昌迪《しょうてき》　＊連歌師。里村(南)。宝永元年(一七〇四)～宝暦八年(一七五八)。五十五歳。景命《かげひさ》・昌頔《しょうてき》・懐山。＊昌億の子。正徳六年(一七一六)から晩年の宝暦八年まで四十年余りもの間、＊柳営連歌に列した。享保五年(一七二〇)に＊発句を勤めた後、同九年から晩年に至るまで毎年発句を勤仕している。享保十一年に家を継ぎ、同年法眼に叙せられた。寛保三年(一七四三)には、『御賀千句《おんがせんく》』を＊張行している。また、弟の昌悦(のち昌建)は、尾張の山本家を継いだ。(永田)

紹滴《じょうてき》　＊連歌師・茶人。生没年未詳。一時斎。堺の町人で竹倉屋を称した。『＊顕伝明名録』には「堺連歌師」とあり、『数寄者名匠集』によれば村田珠光（一四二三～一五〇二）の門弟で、茶道に名が高かった。連歌の師承関係は不明であるが、天文四年（一五三五）正月二十七日の*宗訊*発句の「山何百韻」に出座している。また、発句を*宗牧、脇を*三好長慶が詠んだ天文十一年六月十一日の連歌に*周桂・宗訊らと同座しており、天文年間の堺連歌壇で主要な位置を占めていたらしい。（廣木）

紹巴《じょうは》　*連歌師。大永四年（一五二四）～慶長七年（一六〇二）。興福寺一乗院の小者、松井昌祐の子。*周桂・*昌休に師事。昌休没後、その息の*昌叱の後見となり、里村家を継承した。有力公家・武家と接触し、*三条西公条《きんえだ》らから古典学を学ぶ。*宗養没後の四十歳頃には連歌界の第一人者となる。明智光秀興行の『*愛宕百韻』に同座し、謀反に荷担したと疑われた。*豊臣秀吉との関係も深く、百石の知行を得た。『*連歌教訓』『*連歌至宝抄』などの連歌論書、『源氏物語紹巴抄』などの古典注釈書、紀行『*紹巴富士見道記』などその著作は数多い。→里村家（廣木）

紹巴教書《じょうはきょうしょ》　連歌書。*紹巴著。慶長二年（一五九七）成か。序文として古代から*宗牧までの連歌のあり方を述べる。その後、問答体の形で、前半は「初心の体」など五十体について、後半は「こそ」など三十五種の「*てには」について、それぞれ例句を引きつつ説く。序文の内容・問答体の体裁などに*心敬『*ささめごと』の影響が見られ、風体五十体は『*連歌諸体秘伝抄』中の八十体と四十六体が一致する。『連歌―研究と資料』（浜千代清・桜楓社）所収。（廣木）

肖柏《しょうはく》　公家・*連歌師。嘉吉三年（一四四三）～大永七年（一五二七）。八十五歳。夢庵・牡丹花・弄花軒。中院通淳《なかのいんみちあつ》の子。早くに出家し、*宗祇に師事。古典の講釈・*古今伝授も受けた。摂津池田、続いて堺に居住、公家の出自を活かして内裏と*地下《じげ》の連歌を結び、それぞれの土地の連歌壇を指導した。*宗祇の高弟として、*宗長とともに『水無瀬三吟百韻』『*湯山三吟百韻』に出座、『*新撰菟玖波集』撰集も助けた。また『*連歌新式』を増補改訂し、『*連歌新式追加並新式今案等《れんがしんしきついかならびにしんしきこんあんとう》』を制定した。著作に『三愛記』『六家集』他、家集・句集に『*春夢草』がある。（山本）

肖柏伝書《しょうはくでんしょ》　連歌書。*肖柏著か。明応二年（一四九三）成立か。*宗長・*宗碩作の説もあるが、両名は諸本の伝来に関与したものと考えられる。内容は、連歌の稽古に読むべき書として*宗祇

『*老のすさみ』などを挙げ、好ましい句として宗祇・*兼載の作例を挙げる。また、会席で先達に質問をよくすべきこと、会興行の準備、*発句や秀逸の句を書き写しておくこと、など実践的な会席心得を説く。後半は「てにをは」についての十四項目を述べる。『連歌論集4』(三弥井書店)所収。(山本)

肖柏独吟歌仙《しょうはくどくぎんかせん》

連歌作品。*肖柏が三十六句を*独吟したもの。永正十六年(一五一九)七月二十九日成。*賦物は「山何」。当日は*宗祇の十八回忌日であり、全体に*懐旧の情趣がある。*歌仙連歌は、文明(一四六九〜八七)頃から作られるようになるが、現存作品は稀少であり、本作品は歌仙形式の原*懐紙(現状はもとの折紙を二枚に切り、横長に一続きに表装)の様相を知るうえでも貴重な資料である。『新撰菟玖波集の研究』(金子金治郎・風間書房)所収。→歌仙(山本)

肖柏独吟観世音名号百韻《しょうはくどくぎんかんぜおんみょうごうひゃくいん》

連歌作品。*肖柏*独吟。成立年未詳。*発句は「鳴かば人帰る世もがな時鳥」で、季は*夏。発句から十句目までの句頭に「なもくわむぜおむぼさ」(南無観世音菩薩)を冠字として詠み込んだ名号連歌である。発句の内容からも誰かの追善とみられるが、詳細は未詳。自然な*付合で展開するものの、「憂し」「哀し」「惜し」等の表現が多く詠み込まれるなど、静かな悲調が漂う。『続群書類従17上』所収。→名号連歌(山本)

紹巴富士見道記《じょうはふじみちのき》

紀行。*紹巴著。永禄十年(一五六七)一月に決意、二月十日に出立、門弟の*心前を伴い各地の歌枕、歌人・*連歌師の旧跡を訪ねつつ駿河に赴き、八月二十七日に帰京するまでを綴る。各地での連歌会のこと、その*発句を載せる。兵乱の中で身の危険を感じながら、武将らと親交を結びつつ旅する様子を記す。当時の地方武士の文芸、かつての連歌師の事跡を知るのに格好の資料でもある。『紹巴富士見道記の世界』(内藤佐登子・続群書類従完成会)所収。(廣木)

紹巴発句帳《じょうはほっくちょう》

連歌句集。成立年未詳。草稿本から過渡期のもの、定稿本・版本など成立段階によって句数・配列など異同が多いが、*十二月題別に部類していることは共通する。*詞書を付さず、*類題句集の趣きがある。草稿本は紹巴生前の成立で紹巴自身による草稿があったと思われるが、最終的には子の*玄仍《げんじょう》がまとめたらしい。定稿本は*春六百九・

夏四百四十七・秋四百十七・冬三百十六の計千七百八十九句を収める。『連歌師紹巴―伝記と発句帳』(両角倉一・新典社)所収。(廣木)

昌坢《しょうばん》

連歌師。瀬川。?～宝永五年(一七〇八)。時伯・朽樗軒。時春の子。父の後を承けて延宝二年(一六七四)より出仕し、元禄二年(一六八九)に第三を勤仕、同十一年まで柳営連歌に列し、また法橋に叙せられるなど、瀬川家のなかでも傑出した人物であった。初心者が指合に必要以上に関わるのを避けるため、寄合書に頼ることを戒め、「美しくやはらかに、よく付くに如くことなし」と昌琢以来の作風を庶幾した。連歌書に『道の枝折』『連歌式』などがある。(永田)

正風連歌《しょうふうれんが》

規範とすべき連歌。「正風」の語は、歌道の二条派において自派の和歌こそ伝統を継ぐ正しき風体であるとの主張として用いられた。二条良基は『十問最秘抄』で「連歌も心を正しく強くすべきなり。ゆがみたるを変風と申す。正しきをば正風と申す」と人道と結びつけて説いたが、宗祇は『老のすさみ』で、文学上の問題として、「連歌の正風は、前に寄る心、俳諧になく、一句のさま、常の事をも詞の上下をくさりて、いかにもやすらかに言ひ流す」風体とした。(廣木)

昌文《しょうぶん》

連歌師。阪《ばん》。?～寛政二年(一七九〇)。阪家の祖、昌周の子。子に周永(のち昌永)。姉は村田春海の妻。父から阪家二代目を継ぎ、幕府連歌師として活躍した。安永五年(一七七六)から晩年の天明九年(一七八九)まで柳営連歌に列し、そのうち天明元年と二年は、第三を勤めている。連歌作品には、天明四年正月十二日『本式目百韻』、天明五年『名所独吟花何百韻』、『昌文万句三物』などがあり、『犬の図犬名所』(天明七年)の著作も残す。(永田)

紹芳《じょうほう》

連歌師。生没年未詳。もと伝芳。東福寺の禅僧か。文安四年(一四四七)五月二十九日、七賢が多く参加した「何船百韻」で執筆《しゆひつ》を勤めた。『顕伝明名録』に正徹門とある。康正三年(一四五七)九月七日『武家歌合』に正徹・心敬らと参加。宗長とともに延徳三年(一四九一)七月六日大徳寺真珠庵落成式に百文、永正七年(一五一〇)一休三十三回忌に五百文を寄進、それに関する『出銭帳』には連歌師とある。三条西実隆『篠目』に「今の世には紹芳・宗祇」として句を載せる。句集に『紹芳連歌』がある。(廣木)

紹芳連歌《じょうほうれんが》　連歌句集。寛正三年(一四六二)成。紹芳が自選した四季と*雑に部類した百句に*専順および*心敬が*合点、心敬が*付合ごとに評を記し、跋文を加えた書。跋文で現今、連歌道が廃れているなかで秀逸の句だと誉める。心敬の評には、*救済の句風を尊重し、*取りなし付けを称揚し、遥遠で感情深い句をよしとする点、また*和歌十体に当てはめる点など、『*ささめごと』執筆前、心敬初期の連歌観が垣間見られる。『島津忠夫著作集5』(和泉書院)所収。↓紹芳(廣木)

称名院追善千句《しょうみょういんついぜんせんく》　連歌作品。*紹巴独吟。永禄六年(一五六三)十二月十四日から十八日にかけて詠まれた、師、三条西*公条(称名院)の二七日《にしちにち》追善のための*独吟*千句である。第一百韻*発句は「年ごとの花ならぬ世のうらみかな」で、*賦物は何木・何船・何人・初何・山何・何田・一字露顕・何路・白何・何垣。自注と聞書注があり、自注は天正六年(一五七八)成立で成田泰親に紹巴自らが書き与えたものである。『京都大学蔵貴重連歌資料集6』(臨川書店)所収。(山本)

称名寺蔵連歌懐紙《しょうみょうじぞうれんがかいし》　連歌懐紙。現神奈川県横浜市の称名寺で*張行されたもので、紙背文書として金沢文庫に残る。*百韻完備のものの*端作《はしづくり》に、正慶元年(一三三二)九月十三夜・阿弥陀堂とあり、冷泉殿(冷泉為秀か)の点のある一巻、同一内容で河渓の点のある一巻、元弘三年(一三三三)十月二十三夜・称名寺とあり、素安大徳の点のある一巻、八月十五夜とあるだけの一巻がある。他に二巻分の断簡がある。*連衆は称名寺の僧か。四枚の*折紙が用いられ書様は後のものと同一である。『頴原退蔵著作集2』所収。↓懐紙(廣木)

仍民《じょうみん》　*連歌師。里村(北)。寛文九年(一六六九)〜享保十三年(一七二八)。五十九歳。紹山・皞《こう》斎。子は仍隣。里村南家の*昌陸の次男。里村北家の仍春の養子となり北家を継いだ。元禄九年(一六九六)から晩年の享保十三年までほぼ毎年*柳営連歌に列し、同八、十二、十三年には*第三を勤仕している。十人扶持を賜り、現東京都墨田区本所石原町に住した。古歌の詞を取り入れた句作を目指し、*昌築とともに歴代勅撰集の歌句を採集した『撰集詞連歌』を約二十一年にわたって編纂した。(永田)

抄物《しょうもつ》　いろいろな書物から抄出したものを編集した、詠作のための手引き書、または詩論・歌論・連歌論書なども含め参考書類を幅広くいう。『*了俊下草』には「長明が抄物にも見及び侍り候」と見え、*宗祇『*吾妻問答』では「稽古にはいづれの抄物を見てよく侍るべく候ふや」として、「三代集、『千載』『*新古今』、*名所の抄」を挙げる。『*初学用捨抄』には「定家卿のしるし給へる『詠歌大概』『秀歌大体』『近代秀歌』などとて、様々の抄物ども」とある。（松本）

承祐《じょうゆう》　*連歌師。生没年未詳。賢聖房・元浄房。『*満済准后日記《まんざいじゆごうにつき》』永享二年(一四三〇)二月十日の条に、足利*義教の*月次《つきなみ》連歌会の*宗匠を勤めたとある。以後、永享五年の『*北野社一万句』の第六座を主催するなど、宗匠職として将軍家の連歌会に重きをなした。『康富記』康正元年(一四五五)十一月六日の条に前宗匠と見え、その時までは存命。*宗砌『*古今連談集』に「近頃の上手は承祐法師なり」とあり、義教が*前句の退《の》け所を心得た句風を誉めたとある。（廣木）

紹与《じょうよ》　*連歌師。生没年未詳。帰舟斎。元亀三年(一五七二)一月十七日の*百韻で*紹巴の*発句の*脇を詠んでいるのが初見である。著作『*巴聞《はぶん》』奥書に「予、紹巴老に同宿の間」とあり、紹巴門の連歌師であった。*心前・*昌叱の弟弟子、*兼如《けんによ》の同輩にあたると思われる。天正十年(一五八二)七月十五日の織田信長追善連歌に加わるなど、紹巴一門として活躍、慶長七年(一六〇二)七月十二日には紹巴追善*独吟連歌を詠んでいる。慶長十年十月一日の会に名が見えるのが最後である。（廣木）

昌陸《しょうりく》　*連歌師。里村(南)。寛永十六年(一六三九)~宝永四年(一七〇七)。六十九歳。三宜斎。*昌程の子。*昌億の父。慶安五年(一六五二)から元禄八年(一六九五)まで、ほぼ毎年四十年以上にわたり*柳営連歌に列した。明暦三年(一六五七)と、寛文十年(一六七〇)に家督を継いだ翌年から、*発句を勤仕している。延宝元年(一六七三)に法橋から法眼に叙せられた。貞享二年(一六八五)の*後西院《ごさい》の崩御に際しては、父子で奉悼の*百韻を賦しており、宝永二年成『漢和千句独吟評』などの著作もある。（永田）

昌林《しょうりん》　*連歌師。西山。宝永四年(一七〇七)~宝暦二年(一七五二)。四十六歳。宗珍・*実斎。*昌察の子、*宗春の孫。*昌億に師事。*大阪天満宮の連歌所*宗匠として、*月次《つきなみ》連歌や恒例の*千句を興行した。物語作者、荒木田麗女《れいじょ》(一七三二~一八〇六)に連歌を教えた。享保十九年(一七三四)、*宗因以下父祖三代の*発句二千九百余句を集めた『*西山三籟集《さんらい》』を刊行し、寛延三年(一七五〇)には自筆本を*伊勢神宮に奉納した。その折の紀行に『神路山路

次記』がある。また、連歌句集に『昌林発句帳』がある。（永田）

初学用捨抄《しょがくようしゃしょう》 連歌書。「宗祇初学抄」「発句指南記」とも。宗祇著とされるが未詳。永正十五年（一五一八）の写本があり、この頃までに成立。前半は十二月題を挙げた後、参考となる和歌を引きつつ、時節の本意、景物の本意を説く。後半は連歌の会席における心得、初心の時に学ぶべき姿や句の詠み様など、救済・心敬らの例句を挙げて説明する。永禄六年（一五六三）の奥書を持つ『白髪集』の前半部は本書を元に作られたらしい。『連歌論集2』（三弥井書店）所収。（松本）

諸家月次聯歌抄《しょかつきなみれんがしょう》 連歌句集。賢盛《かたもり》（宗伊）著。文明十一年（一四七九）一月の文殊院での月次《つきなみ》連歌会から十三年十一月までの自撰句集である。発句十二、付合四百九十五（和漢の句を含む）を年月日順に収める。ほとんどの前句に作者名が記され、発句から自身の句まで数句を詠作事情を含め記録するなど、将軍家・一条兼良・近衛政家・畠山政長（一四四二～九三）などが主催した連歌会の様子を伝える資料としても貴重である。貴重古典籍叢刊『七賢時代連歌句集』（角川書店）所収。（松本）

続詞花和歌集《しょくしかわかしゅう》 私撰歌集。藤原清輔撰。永万元年（一一六五）頃成。勅撰集とする二条天皇の内意を得ていたが、天皇崩御により私撰集に留まった。『後撰集』時代から当代までの歌、約千首を四季・賀・神祇などの部立に分け二十巻に収める。後の『千載集』『新古今集』に四分の一ほどが再録された。巻十九「物名《もののな》」の部の三十首の内、十七が短連歌の付合である点に特色がある。その短連歌には詳しい詞書を付す。他に見えない作品を含み貴重である。『新編国歌大観2』（角川書店）所収。（廣木）

続草庵集《しょくそうあんしゅう》 私家集。頓阿著。貞治七年（一三六八）頃成。『草庵集』（一三六〇年成）に続くもので、後代、この二書は二条派和歌の聖典のごとくに見なされた。本書は四季・恋・雑・雑《ぞう》体・連歌に分けた五巻からなり、第五巻に連歌百付合を載せる。詞書から短連歌と推測できるものが含まれるが、多くは百韻から抜き出したものらしい。「正・続」ともに、和歌に付された詞書には連歌関係者の名が多く見え、その点でも貴重な資料である。『新編国歌大観4』所収。（廣木）

初心求詠集《しょしんきゅうえいしゅう》

連歌書。*宗砌著。十五世紀初め頃成。序文に*梵灯庵の教えによるとある。序の後、連歌のあり方から始まり初心の時の注意など、連歌に関して多岐にわたる教えを記す。途中、他に見られない*七賢時代以前の句を多く載せ、重要な連歌資料となっている。さらに、*執筆《しゅひつ》の作法、*てには論、*付合の種類などを説く。*救済ら南北朝期の*連歌師の事跡などを、直接接した得た梵灯庵の口を通して語られている点も貴重である。『連歌論集3』(三弥井書店)所収。(廣木)

初心講《しょしんこう》

「講」は元来寺院での経論講説の会であったが、後世意味がさまざまに広がり、中世後期には庶民の定期的な集会をも言うようになり、庶民の連歌会もこう称された。「初心」とは「一般庶民」と実質はほぼ同義で、会のあり方としては上層の*月次《つきなみ》連歌会と同様のものである。*宗牧『*当風連歌秘事』に見えるのが早く、そこでは初心講でも*宗祇・*兼載の会に出席する心構えで臨めとする。天正狂言本『*連歌盗人』など狂言での連歌会は多く初心講とあり、その庶民性を示している。(廣木)

如水《じょすい》

武家。黒田。天文十五年(一五四六)〜慶長九年(一六〇四)。孝高《よしたか》。現福岡県、筑前国福岡藩の基盤を築いた。中年の頃より文事を好み、天正十八年(一五九〇)八月には息、長政や*紹宅《じょうたく》らと「何路百韻」を*張行している。慶長年間になると細川*幽斎・*紹巴・*昌叱らとの一座が頻繁に見える。慶長六年には所領内の*太宰府天満宮の傍らに一時寓居し、天満宮別当、大鳥居信岩と交流を深め、紹宅の子、*紹印《じょういん》を祖として連歌屋を設立、天満宮連歌を再興するとともに、後の*福城松《ふくじょうまつ》連歌の基盤を作った。(廣木)

女性連歌作者《じょせいれんがさくしゃ》

女性の連歌作者。『*筑波問答』に*連歌禅尼や女房連歌師として*後深草院弁内侍などの名が見える。『*菟玖波集』には和泉式部・清少納言など二十名の女房らの句があるが、それらの多くは*短連歌と思われる。また、『*とはずがたり』『*嵯峨の通ひ路』などにも見える。『*新撰菟玖波集』入集者は日野富子・*西園寺実遠女・勾当内侍のみで、これは連歌会出座に障害があったためとも思われる。『*看聞《かんもん》日記』永享三年(一四三一)十一月五日には、連歌の達者の女房が河内から上洛、将軍*足利義教の会に参加した記録がある。→連歌師(松本)

初中後《しょちゅうご》　連歌学習の過程を三段階に分けたもの。初心・堪能を区別しての論は二*条良基に見えるが、それを*心敬は『*所々返答』で「初心の頃・中つ頃・老後」に分け、句の深淵さの相違を指摘し、*宗祇は『*吾妻問答』で「稽古」と「心づかひ」に初中後があるとし、各段階で必要な具体的な学習および心構えを説く。その後、*兼載は『*景感道』で初を景、中を感、後を道に当て、それぞれ模範となるべき句を挙げ、その初中後たる理由を注している。(廣木)

序破急《じょはきゅう》　雅楽の楽曲構成上の三区分を、連歌の一巻の進行にあてはめたもの。二条*良基『*筑波問答』では「連歌にも一の*懐紙は序、二の懐紙は破、三・四の懐紙は急にてあるべし」とし、初折は「しとやかの連歌」、二の折は浮き浮きとした「さめき句」、三の折・名残の折は「逸興あるやう」に詠むべきだと説く。*宗牧『*当風連歌秘事』では、さらに細かな*行様《ゆきよう》を序破急で説明、また句の*付様《つけよう》に関しても「序々と二句来たらば、三句目は破と付くるなり」などと記す。(松本)

諸礼停止《しょれいちょうじ》　*平句一直・*出《で》合遠近《あいえんきん》とともに、「千句之法度」に定められたもので、後、俳席の掟三箇条の一つにもなった。連歌の会席では、煩わしい礼式などを省略することをいう。『*会席二十五禁』にも「礼の事」が禁止事項として挙げられ、*宗長の『*五十七ヶ条』には、「礼儀ことごとしく高声なれば、満座騒がしく、終日まで心落ち着かざるやうにて悪しきなり。心ある人、何より嫌ふことなり」と説かれる。→千句之法度(永田)

白河紀行《しらかわきこう》　紀行。*宗祇著。関東に下向していた宗祇が応仁二年(一四六八)十月、現栃木県、下野国塩屋から白河の関を訪れた折の紀行。白河の関跡では、平兼盛や能因を思い和歌を詠じている。書中にはないが、この旅での*発句三句が自撰発句集『*宇《う》良《ら》葉《ば》』に見え、詞書によれば白河城主結城《ゆうき》直朝《なおとも》邸で連歌会が行われたという。その後、白河の関を越える時、別れを惜しんで興行された『白河百韻』が巻末に付されている。那須野を越える場面など芭蕉『奥の細道』に影響を与えたか。『中世日記紀行文学全評釈集成6』(勉誠出版)所収。(松本)

白河千句《しらかわせんく》　連歌作品。「照高院宮千句」「延宝千句」とも。延宝六年(一六七八)九月十一日成。京都白河の照高院で巻かれた道晃法親王

（一六二二〜七九）と猪苗代*兼寿の両吟*千句連歌である。第一百韻の*発句は「立つ春の霞は千重の初め哉」で、作者は道晃法親王。玄心、周盛、紹因などが追加の八句を詠む。二年後の延宝八年には兼寿の自注が付された。『近世前期猪苗代家の研究』（綿抜豊昭・新典社）所収。（松本）

白峰寺《しらみねでら》　香川県坂出市白峰山にある寺。保元の乱で流された崇徳上皇（一一一九〜六四）が没後山頂に葬られ、菩提を弔うために寺域に頓証寺が建立されると、上皇を慰めるために多くの法楽和歌などが奉納された。*肖柏らの『十花千句』など連歌の奉納も多かったが、在地の人々によってもたびたび*法楽連歌が催され、そのうち永正九年（一五一二）から元禄二年（一六八九）までの四十七巻が「頓証寺崇徳院法楽」として現存している。これらは讃岐国の地方連歌としても貴重である。『新編香川叢書文芸編』に翻刻がある。（廣木）

地連歌《じれんが》　特別な*趣向をこらさない句のこと。和歌の百首歌などの「地歌」を連歌に援用したもの。技巧や趣向の目立つ「有文」の対義語で、「無文」とほぼ同義。*行様《ゆきよう》のうえで基調となるものとして重視された。『*僻連抄』に「常の地連歌に詞の*幽玄は表るるなり」とあり、『*筑波問答』は「大方連歌は、見苦しからぬ句の心あるやうなるを地連歌にして、一座のうち、耳に立つやうに秀逸を二、三句もし侍らんをこそ、上手のしるしにてもあるべけれ」とする。→有文無文《うもんむもん》（山本）

信永《しんえい》　武家。蜷川。生没年未詳。周防守。『*看聞日記』応永三十一年（一四二四）七月十七日の条に、当時は七十歳ほどで、二条*良基時代に千若丸の名で連歌達者であったとあり、『*石山百韻』にその名が見えるが、年齢から疑問が残る。蜷川氏は幕府の政所代を勤めた家であるが、その主家との関係も不明である。足利義持・*義教の近習か。その関係の連歌会に加わることが多く、晩年、永享五年（一四三三）の『*北野社一万句』の義教の座に参加、翌年の*連歌始《はじめ》に名が見えるのが最後である。（廣木）

神祇《じんぎ》　神社や神に関連する事柄をいう。和歌では『*千載集』以降、一巻の独立した部立とされ、連歌では、『*菟玖波集』で一巻、『*新撰菟玖波集』で「*釈教」と合わせて一巻とする。一条*兼良『*連珠合璧集』「釈教」の項には「神」「社」など多くの詞を挙げる。*兼載『*梅薫抄』でも「神祇の詞」として一覧する。兼載『*心敬僧都庭訓』では、神祇の句は無用の時に詠むべきではないと説いている。*『連歌新式』「*句数《ごく》事」では三句まで続けることができるとされ、また、可隔五句物《へだつべきもの》とされた。（永田）

新儀八十体《しんぎはちじってい》　*『連歌諸体秘伝抄』が挙げる八十種類の連歌の風体のこと。和歌における『定家十体』や他の定家偽書類に見られる風体論を取り入れつつ、*二条良基や*梵灯庵の連歌論、さらに*『知連抄』などの風体論を参考にしつつ増補したもの。陰陽の体、*有文・無文の体に始まり、なかには「邪路の体」などという慎むべき風体も収める。観念的な色合いが強いが、具体的な作例を挙げて、さまざまな句の風体を網羅的に集成している。→十体（山本）

真行草《しんぎょうそう》　「真草行」とも。もともと書道において楷・行・草書をいう語であったが、中世、能楽論などの芸術論にも援用された。連歌では室町中期成*『連歌諸体秘伝抄』に「連歌真行草の三体の事」とあるのが早い。ここでは、*前句に切り組むように細かに付けるのを「真」、前句の心・内容を受けて付けるのを「行」、前句の趣きを受け、「*てには」によって付けるのを「草」としている。室町末期成*『連歌秘袖抄』では例句を挙げ簡略な説明を付す。（廣木）

心玉集《しんぎょくしゅう》　連歌句集。文正元年（一四六六）成。四季に部類した*発句二百八十七句、*四季・*恋・雑《ぞう》に部類した*付句三百六十一句の*心敬自選句集である。*細川勝元の求めに応じたものか。在京中の総決算というべき句集で、後に*『竹林抄』にも多く採択された。発句は*『芝草句内発句』とほとんど重なり、付句も*『芝草句内岩橋』など、他の心敬句集と重なるものがある。拾遺は関東下向後の発句のみ百三十七句を収める。貴重古典籍叢刊『心敬作品集』（角川書店）所収。（廣木）

新玉集《しんぎょくしゅう》　連歌撰集。*一条兼良の*『竹林抄』序文に、*『菟玖波集』の跡を追い、新たな勅撰連歌集として、「一万句を選びて二十巻となして新玉集」と名づけ、勅撰の綸旨を得るまで完成、自邸の文庫、桃華坊に納めておいたが、応仁の乱により焼失したとある。また、*宗砌の*『連歌愚句』はこの撰集に応ずるために宝徳二年（一四五〇）に兼良に注進したものという。後に『竹林抄』さらに*『新撰菟玖波集』がこの喪失を補うものとして*宗祇によって編纂された。（廣木）

親句疎句《しんくそく》　元来『愚秘抄』『三五記』などの歌論において、和歌の各句の結びつきの親疎を言い、疎句こそ優れているとされた。*梵灯庵は『*長短抄』でこれを受け、一句内の繋がりに関して言及したが、*心敬は『*ささめごと』上巻で、疎句は「*前句の詞・姿を捨てて、ひとへに心にて付け」る体であると付合論として展開、下巻では表出された付合の姿にも、心にも親句・疎句があるとし、仏教用語を引いて、親は論理的表面的、疎は論理を越えた深淵なものとした。→付合（廣木）

心　敬《しんけい》

*連歌師。「しんぎょう」とも。応永十三年（一四〇六）〜文明七年（一四七五）。七十歳。もと心恵《しんえ》。連海。十住心院住職・権大僧都。和歌を正徹に学ぶ。四十歳頃から連歌界で重きをなす。応仁の乱を避け、関東に下向、関東各地で連歌を指導、*宗祇・*兼載にも教示、現神奈川県、相模国大山の麓で没する。技巧を廃し、「心の艶・冷え・さび」などを説き、また自身の句でそれを実現した。その連歌論・作品は中世文学論の到達点として後世も重んじられた。連歌論は『*ささめごと』など、句集は『*心玉集』など多数。『*新撰菟玖波集』に最多の百二十四句入集。（廣木）

心敬専順点宗祇付句《しんけいせんじゅんてんそうぎつけく》

連歌句集。文明二年（一四七〇）頃成。*宗祇自撰の*付句二百四十一に*心敬・*専順が点を付けたもの。*大阪天満宮長松本での加点は心敬百二十三句、専順百句で、共通の加点句は六十一である。この評価は宗祇が『*萱草《わすれぐさ》』を自撰する時に大きく作用し、心敬の加点句から八十四、専順のものから六十二を選んでいる。当時、宗祇と心敬に句風の共通理解のあったことも窺わせる。斎藤義光「『心敬専順両師点宗祇付句』翻刻と解説」（「大妻女子大学文学部紀要」18）所収。（廣木）

心敬僧都庭訓《しんけいそうずていきん》

連歌書。*兼載著。長享二（三とも）年（一四八八）成。「心敬法印庭訓」などとも。兼載が*心敬の教えを書き記し、大和国の豪族、古市澄胤に贈ったもの。学習の段階に合わせた具体的な教えが主であるが、言葉を飾らずに「*幽玄に心をとめる」ことを重視するなど、心敬連歌論の根幹も説く。『*ささめごと』の所説を引くなどを含め、心敬の生の声を伝えたものとして貴重である。『連歌論集3』（三弥井書店）所収。→心敬僧都庭訓聞書（廣木）

心敬僧都庭訓聞書《しんけいそうずていきんききがき》

連歌書。文明十六年（一四八四）成。宗春（*兼載）が中御門《なかみかど》*宣胤《のぶたね》のために*心敬の諸説を書き記したもの。『*心敬僧都庭訓』に比べ規模が小さく、両者類似している内容もあるが、本書独自のものも多い。特に会席における注意、連歌陀羅尼観などが注目され、両書を照らし合わせることで心敬・兼載の考えがより明らかになる。兼載の手元の控えから、要望により人に与えた書の一つと思われる。『心敬の研究』(湯浅清・風間書房)所収。(廣木)

心敬僧都百句《しんけいそうずひゃっく》　連歌句集。成立年未詳。心敬自選か。春の発句一、付合十五、夏の発句一、付合十、秋の発句一、付合十五、冬の発句一、付合十、恋の付合十五、雑《ぞう》の付合三十五に部類されている。発句は各季の冒頭に置かれているが、それは百韻風に体裁を調えようとしたためか。後人が『竹林抄』入集の有無を注記し、それとの異同も示している。『心玉集』『芝草内連歌合』と重なる句も見える。貴重古典籍叢刊『心敬作品集』(角川書店)所収。(廣木)

心敬有伯への返事《しんけいゆうはくへのへんじ》　連歌書。応仁二年(一四六八)成か。有伯(未詳)の昨今の連歌界に対する嘆きに同感の意を伝えたもので、前半は幽玄体を称揚し、その実現のための工夫修行のあり方を説く。『ささめごと』に類似する所説も多い。後半は模範とすべき連歌として、『侍公周阿百番合』から救済の付句五、周阿の付句五を挙げ、救済の句が「大様に哀れ深く」及びがたいものであるとする。『連歌論集3』(三弥井書店)所収。(廣木)

心敬連歌自注《しんけいれんがじちゅう》　連歌作品。心敬著。成立年未詳。「連歌百句付」とも。『救済周阿心敬連歌合』中の心敬の付句のみを抜き出した『心敬百句付』に自注を付けた書で、心敬が『救済周阿心敬連歌合』の自作をいかに重んじたかを窺わせるものである。必要に応じて本歌・本説・証歌などを引きつつ丁寧に解説しており、心敬の付合の方法を知るのに有用である。本書から『新撰菟玖波集』に十付合が採録された。『心敬の研究校文篇』(湯浅清・風間書房)所収。(廣木)

新古今集詞百韻《しんこきんしゅうことばひゃくいん》　連歌作品。大永三年(一五二三)三月十八日成。『新古今集』入集歌の詞を賦物とする百韻。大永初年より内裏で行われた源氏詞・伊勢詞・万葉詞などに続いて行われた詞連歌の一つである。発句は鷲尾隆康の「花に明けて峰に別るる雲もなし」で、連衆は他に、御製(後柏原天皇)、親王御方(後奈良天皇)、甘露寺元長、三条西公条など。小山順子・竹島一希「『新古今集詞連歌』翻刻と紹介」(「京都大学国文学論叢」18)所収。→詞連歌

（山本）

新古今和歌集《しんこきんわかしゅう》　和歌撰集。第八勅撰和歌集。全二十巻。*後鳥羽院が撰集を下命、撰者は*藤原定家・*家隆など。元久二年（一二〇五）に一応の完成を見る。同時期に後鳥羽院は連歌会を頻繁に催しており、古典主義を基調とした仮構世界の構築と、三句切や体言止めを活かした印象喚起に長けた新古今歌人たちが連歌に興じたことは、*長連歌の形式整備とともに、表現内容の発展にも多大な影響を及ぼした。*心敬『*所々返答』は「まことにその頃、この道の奇特不思議の時代なるか」と評し、その風情を学ぶ要を説くなど、後世の*連歌師はこの集を重んじた。新日本古典文学大系『新古今和歌集』（岩波書店）所収。（山本）

新在家文字《しんざいけもじ》　連歌に用いられた国字。田宮仲宣『東牖子《とうゆうし》（橘庵漫筆）』（一八〇三年刊）に「鵆《ちどり》・雫《しづく》・凩《こがらし》・栬《もみぢ》・杜《もり》・俤《おもかげ》、この類の文字許多《そこばく》あり。連歌に使ふ」とある。新在家は現京都御所の敷地内、蛤御門の付近の土地で、新在家衆と呼ばれた*連歌師・能役者・医師などが居住していた。*紹巴も門弟とともに住んでいたらしい。元禄二年（一六八九）に蛤御門設置のため替地に移動するが、『京羽二重』（一六八五年刊）には里村南家の*昌陸・*昌穏が居住していたとある。↓連歌文字（廣木）

新式心前聞書《しんしきしんぜんききがき》　『*連歌《れんが》新式追加並新式《しんしきついかならびにしんしき》今案等《こんあんとう》』の注釈書。*心前著。天正十四年（一五八六）成。冒頭に連歌および*連歌式目の歴史、*宗祇の出自に関することを記す。以後、『*連歌新式』の記述を挙げ、分かりにくい項目について注を施す。末尾に*一条兼良『*連歌初学抄』の「賦物篇」・「*和漢篇」を挙げ、これにも注を付ける。*紹巴からの聞書と伝わるが、紹巴『*連歌式目抄』より懇切であり、内容も相違、また紹巴説以外に他説を並記する箇所もある。古典文庫『連歌新式古注集』所収。（廣木）

信昭《しんしょう》　*連歌師。「信照」とも。生没年未詳。康永四年（一三四五）には生存。*善阿門。*宗砌『*古今連談抄』には「多年花の下の管領」で、二条*道平・*良基父子との交流も深く、『源氏物語』にも精通していたとある。句風は『古今連談抄』では上臈《じょうろう》しく古風、『*十問最秘抄』では下種《げす》しく仕立て強く、『*和歌集心躰抄抽肝要』では*幽玄、*心敬『*所々返答』では寒く痩せたる、などとあり、幽玄さがあるが*付合は緊密であったということらしい。句風も含めて最末期の*花の下連歌師

の一人といえる。『*菟玖波集』に二十句入集。(廣木)

心前《しんぜん》 *連歌師。芦中。?～天正十七年(一五八九)か。五十歳代没か。芦箏《ろそう》斎。『*顕伝明名録』によれば、南都の連歌師で、高坊《たかんぼう》の宗貞の子という。ただし、『善寿宮寿父連歌書抄』には異説が載る。*紹巴に師事し、上京後紹巴宅に同宿、後、隣に居を構えた。策彦《さくげん》(一五〇一～七九)は『策彦和尚詩集』で*昌叱《しょうしつ》と並び賞している。紹巴の『*紹巴富士見道記』『*天橋立紀行』の旅では紹巴に随行した。『*石山千句』『*大原野千句』に参加、*独吟に『心前千句』、著作に『*新式心前聞書』がある。(廣木)

新撰菟玖波祈念百韻《しんせんつくばきねんひゃくいん》 連歌作品。明応四年(一四九五)成。『*新撰菟玖波集』の完成を祈念してのものである。『*実隆公記』同年正月六日の条に、本日、*宗祇の*種玉庵で興行されるに際し、一昨日、宗祇の*発句「朝霞おほふや恵み筑波山」の*脇二句を宗祇に提示し、「新《にひ》桑まゆを開く青柳」が採択されたとある。発句・*脇ともに祝賀の意が強く、この*百韻の性格を示している。以下、*兼載・*宗長・葦田*友興《ともおき》・*玄宣・長泰など宗祇門下および近しい武家作者が参加している。新潮日本古典集成『連歌集』(新潮社)所収。(廣木)

新撰菟玖波集《しんせんつくばしゅう》 准勅撰連歌集。明応四年(一四九五)成。*宗祇撰。*兼載・三条西*実隆が編纂に協力、さらに、*行二《ぎょうじ》や宗祇門下の*肖柏・*宗長・*玄清らが関わった。序文は*一条冬良。*大内政弘の多大な支援により完成。*春二、*夏一、*秋二、*冬一、雅・*哀傷一、*恋三、*羇旅二、*雑《ぞう》・*聯句連歌五、*神祇・*釈教一、*発句二の二十巻、*付合千八百二、*発句二百五十一句を収める。収録作品は撰進直前までの六十年余のもので、作者は皇族から*地下《じげ》連歌師までを網羅し、地域も全国に及ぶ。『*竹林抄』入集の*七賢の句が中心をなし、それによって宗祇流*正風連歌の理想を示したといえる。『新撰菟玖波集全釈1～9』(三弥井書店)所収。(廣木)

新撰菟玖波集作者部類《しんせんつくばしゅうさくしゃぶるい》 『*新撰菟玖波集』入集作者二百五十五名を天皇・親王・大臣・納言・*地下《じげ》・女房・僧・読人不知《よみびとしらず》に分け、略系・句数・読人不知《よみびとしらず》の実名などを記す。『*実隆公記』などによれば、明応四年(一四九五)六月、*後土御門天皇の要請により*宗祇が作成、翌年正月四日に進上された。作者の注記には不審点もあるが、作者を知るための重要な手がかりを与えてくれる。貴重

古典籍叢刊『新撰菟玖波集実隆本』(角川書店)所収。(松本)

真存《しんぞん》　武家。隈江《くまえ》。生没年未詳。日向国飫《お》肥《び》(現宮崎県日南市)の人。筑後入道。島津忠朝の家臣。明応五年(一四九六)八月十五日「山何百韻」に、*宗祇・*兼載・*宗長らと同座しており、これ以前上京、永正四年(一五〇七)頃まで、帰郷することがあったかは不明であるが在京することが多かったらしい。その間に*宗碩とともに*三条西実隆邸を訪問、また*肖柏の草庵に身を寄せ、『古今集』の講義を受けている。永正十四年六月、種子島で宗碩を迎えて行われた「何船百韻」に同座している。(廣木)

人倫《じんりん》　人間に関係する事柄をいう。*百韻の*行様《ゆきよう》の多様性を保証するために*連歌式目上からも規定された範疇語である。『*連歌新式』では「*体用事《たいゆうのこと》」の中に「かくの如き類人倫なり」として「人」「我」「身」「友」「関守」などの語を挙げ、「人倫にあらず」として「月を主《あるじ》」「花を主」「案山子《そうず》」「山姫」「木霊」を挙げている。また、人倫と人倫は*打越《うちこし》を嫌うものとされている。「*句数事」には掲出されていないが、『*宗祇袖下』には「二句までする物」とある。(永田)

【す】

素秋《すあき》　*長連歌中の三句から五句続く*秋の句群に月が詠まれない状態をいい、嫌われた。『*連歌百談』に「月のなき秋は素秋と申してせぬ事なり」とある。月の*定座《じょうざ》の箇所は秋の句群になり、素秋の箇所があれば一巻の中に秋の句群が多くなってしまうための注意とも考えられるが、秋には月を愛でるべき、という観念を示すものでもあろう。混空『*産衣《うぶぎぬ》』には「月ならぬ時、ただ秋をし出だす事好まず」とある。ただし、丈石『*俳諧名目抄』では この考えは「寄り所なし。近来の俗説」とする。なお、花を詠み込まない春の句を素春というが、こちらは問題にされない。(廣木)

水辺《すいへん》　水に関係する事柄をいう。*百韻の*行《ゆき》様《よう》の多様性を保証するために*連歌式目上からも規定された範疇語である。*体《たい》・用《ゆう》の区別があり、『*連歌新式』に「水辺の体」として「海」「湊」「堤」「島」などが、「水辺の用」として「波」「水」「氷」「塩」「氷室《ひむろ》」「船」などが挙がる。ただし、「苫屋」「霞網」

「難波」「涙川」などは「非水辺物《すいへんにあらざるもの》」とされる。「*句数事」では三句まで続けてよいとされ、また、可隔五句物《ごくへだつべきもの》とされている。*一条兼良『*連珠合璧集』にも「水辺」の項がある。（永田）

随葉集《ずいようしゅう》　連歌書。如睡著。慶長八年（一六〇三）以前成。四季・*恋・*名所・*神祇など詞を十の部立に分類し*寄合語を挙げたもので、五百二十一の項目から成る。特に名所の項が多い。項目ごとに複数の*証歌を引用する。*紹巴『*連歌至宝抄』、*応其《おうご》『*無言抄』と内容が類似するところがある。古活字本を含め、何度も刊行され近世、広く流布し、後の『*拾花集』『*竹馬集』などにも影響を与えた。『近世初期刊行連歌寄合書三種集成』（深沢眞二・清文堂）所収。（松本）

数度可用物《すうどもちふべきもの》　『*連理秘抄』中の*連歌式目の項目。『*僻連抄』では「何度可用物」とある。*百韻の中で何度でも用いてよい、という規定であるが、続けての使用は禁止されるのが原則であるから、これらも「月　去ル二七句ヲ一」「日　去ル二五句ヲ一」などと注記されており、実質は*可隔何句物《なにくへだつべきもの》の規定と同じである。そのために『*連歌新式（応安新式）』ではこの項目は削除され、「同字」として一括して示されたものも含め、それぞれの語は「可隔五句物」「可隔七句物」に入れ込まれた。（廣木）

祐範《すけのり》　社家。東地井《とじい》（中臣《なかとみ》）。天文十一年（一五四二）〜元和九年（一六二三）。八十二歳。奈良春日社正預。連歌を*紹巴に師事、興福寺喜多院空実（一四九五〜一五七六）から*古今伝授を受けた。日本紀伝授の始祖とも。永禄七年（一五六四）三月十五日「何人百韻」以後、元亀二年（一五七一）三月の『*喜多院殿千句』など、*紹巴・*昌叱らも加わった春日社・興福寺を中心とした連歌会に多く出座した。天正十八年（一五九〇）四月には『祐範千句』を詠んでいる。日記に『春日社司祐範記』があり、春日社*月《つき》次《なみ》連歌会など連歌記事も多い。（廣木）

硯箱《すずりばこ》　連歌会において*執筆《しゅひつ》が用いたもの。*文台と合わせて蒔絵などで装飾されたものが高級とされた。一般には縦二十四センチ・横二十二センチほどの大きさで、中に硯・墨・水滴《すいてき》（水注）・筆二本・小刀（笄刺《はずさし》）・錐・耳搔《みみかき》などを収めた。会のはじめは文台飾りとして文台の上に置かれているが、執筆による*文台捌きの所作によって、文台の右下に下ろされ、蓋が開かれて使用された。十七世紀後半以後の*俳諧では*連衆全員に重硯《かさねすずり》の一箇ずつが配られた。（廣木）

捨てには《すててには》　「てには」の一種。『知連抄』の挙げる六種のてにはの一つ。前句の句頭の詞から本歌を想起して、その歌の詞を付句の句末に詠み込み、付句の句末から前句の句頭にかけて本歌が続くようにする付け方。「歌てには」に類似するが、付句の句末表現が言い切る形を「捨てには」とする。『知連抄』は「稲葉の上に風渡るなり／月に馴る夕べの雲の立ち別れ」などを例示する。ただし、梵灯庵『長短抄』は「捨てにはと云ふは切らさで(略)続くるを云ふなり」とし、言い切るか否かについては揺れがある。(山本)

墨付《すみつき》　連歌の座において執筆が懐紙に句を書き付けること。句が受け入れられたことを意味し、返却や訂正の希望が認められなくなった状態をいう。丈石『俳諧名目抄』に「執筆、句を受取りて懐紙に筆を立つれば案じ変へたきとてももはや句を戻さぬなり。これを墨付といふ」とある。『用心抄』には「まづ一字二字も書きて後、見出だしたるやうにて指合をいふこともあり。これはわざと墨付なれば、必ず直させんがためなり」とある。(廣木)

住吉千句《すみよしせんく》　連歌作品。三条西実隆と宗碩の両吟による住吉社法楽千句で、大永元年(一五二一)十一月一日から四日にかけて、宗碩が継いだ種玉庵で興行された。『実隆公記』によれば、執筆《しゅひつ》は周桂・永閑・等運らが勤め、後柏原天皇に懐紙が進上されたという。賦物は、何船・初何・山何・何田・一字露顕・白何・何木・何路・花之何・何人。追加として、執筆たちや宗牧を交え、それぞれが一句ずつ詠んだ計八句の連歌を載せる。『京都大学蔵貴重連歌資料集3』(臨川書店)所収。(山本)

【せ】

世阿弥《ぜあみ》　能役者・能作者。観世。貞治二年(一三六三)?～嘉吉三年(一四四三)?。元清・藤若。十二歳の時、父観阿弥のもと、洛東の今熊野での演能により足利義満に認められ、以後、貴顕との交流が生まれた。二条良基も賞翫し、藤若の名を与え、自邸などでの連歌会に加えた。良基の「自二条殿被遣尊勝院御消息」には「鞠・連歌などさへ堪能」とあり、『崇光院宸記(不知記)』永和四年(一三七八)四月二十五日条には世阿弥の付句が引かれ、良基が称賛したことが記されている。

（廣木）

井蛙抄《せいあしょう》　歌書。*頓阿著。延文五年（一三六〇）以降、貞治三年（一三六四）以前の成とされる。風体・*本歌取・禁制の詞・*名所・*同類・雑談の全六巻構成。雑談部は、歌人たちの逸話を豊富に載せ、歌壇史や歌人伝を知るうえでも貴重である。連歌に関しても、*後鳥羽院・*後嵯峨院・亀山院らの時代の連歌会や歌人たちの連歌活動の逸話が収録されていて、資料が乏しい南北朝期以前の連歌の様相を伝えている。『日本歌学大系5』（風間書房）所収。（山本）

砌塵抄《ぜいじんしょう》　連歌書。成立年未詳。*宗砌没（一四五五年）後間もなくの成立か。太田*垣忠説《ただとき》が師宗砌の所説を聞き書きしたもの。三十二項目にわたり、*付合・*てには・連歌に用いる言葉のことなどを逸話を交え、宗砌自身や*祖阿・*良阿などの句例を引きつつ分かりやすく説く。「連歌は心より取り寄るを第一とし、*寄合にて付くるを第二とす」、「*秀句」を好むべきではないとするなど、宗砌晩年の考えが垣間見られる。『連歌論集3』（三弥井書店）所収。（廣木）

醒睡笑《せいすいしょう》　咄本。元和九年（一六二三）成。安楽庵策伝（一五五四〜一六四二）編。千三十余の笑話・奇談を収めたもので、書承によるものもあるが、編者が年少期から聞き知った口承によるものが多い。*宗祇・*肖柏・*宗長・*宗鑑・*宗養などの*連歌師の逸話や、その他連歌に関わるものがきわめて多く、連歌説話の宝庫である。元来説法のための収集で、それに連歌説話を利用したとすれば、庶民の連歌への関心の強さも見て取れ、また、理想像として宗祇への敬愛の念も窺われる。岩波文庫『醒睡笑（上）（下）』（岩波書店）所収。（廣木）

制の詞《せいのことば》　「禁制詞」とも。元来、歌論での用語で、禁制の理由は二条*良基『近来風体抄』（一三八七年成）に、悪しき言葉であること、最初の使用者を重んじてのこと（主ある詞）、などとされている。連歌では良基『*九州問答』に「歌に制の詞と言ふこと」とあるが、連歌では憚る必要がないとする。『*梵灯庵主返答書』では同様の記述の後、理由として連歌は言葉だけでは*同類にならないからとされており、「主ある詞」に重きをおいた論となっている。→嫌詞（廣木）

砌花発句《ぜいはなほっく》　連歌句集。冒頭に「春部」とあり、*宗砌の*春の*発句百八句を集めたものである。冒頭二句など「花」を詠み込まない句を含むが、ほとんどは「花」「桜」「梅」「藤」などが詠み込まれている。大部の句集から「花」を詠んだ発句のみを集めた可能性があり、句集名もそれを示している。一部に『*宗砌句』と類似の注記を持つが、宗砌の没地但馬の名を含んだ注があるのは注目される。貴重古典籍叢刊『七賢時代連歌句集』(角川書店)所収。(廣木)

清誉《せいよ》　僧。生没年未詳。十六世紀後半に活躍。芳渓。浄土宗の僧。薩摩国出身。『*顕伝明名録』では「誓願寺不断光院」と注する。不断光院は近衛家桜御所内にあったとされ、上京してこの子院の住持となり、近衛家と薩摩島津家、その他公家との間を取り持ち、また近衛家の文事に携わった。鹿児島下向の折にはその連歌壇を指導した。*宗牧・*宗養・*昌休・*紹巴らとの交流も深く、天正九年(一五八一)まで一座した連歌が認められ、「*細川千句」にも加わっている。(廣木)

瀬川家《せがわけ》　江戸幕府*柳営連歌師の家系。二代昌佐(桂林庵)が寛永十六年(一六三九)に初めて柳営連歌に出仕し、承応年間(一六五二〜五五)に江戸に屋敷を拝領、五条天神社別当にもなった。昌佐は『*顕伝明名録』によれば、*三井寺の僧、*紹巴門の時能の子で、元来京都在住、連歌を*昌琢に学んだ。以後、幕末の第十代昌澄まで、柳営連歌において*里村家に次ぐ第二位の*宗匠家としてしばしば*第三を詠んだ。第四代*昌坢《しょうばん》(朽樗軒、?〜一七〇八)は『道の枝折《しおり》』(一六八一年成)を著すなど特に活躍した。(廣木)

席次《せきじ》　連歌会では*宗匠は座敷の奥、正面に押板(床の間)があればその前、*執筆《しゆひつ》はその右隣、他の*連衆は正面の宗匠から見て、左、右、左、右と上位の者から、二列に座した。ただし、宗匠と執筆の左右は逆のことも多い。南北朝期の作法書には貴顕の会では執筆は座敷の中央に正面を向いて座すとあるが、これは特殊であった。主催者たる亭主は本来は末席であるべきであるが、貴顕が主催する場合も多く、その折は上座に座したと思われる。その他、種々の諸役がいれば末席に座した。(廣木)

雪月花《せつげつか》　興趣ある*景物を三つ並べたもので、四季の自然美の象徴。「ゆきつきはな」とも。白居易の詩句「雪月花の時最も君を憶《おも》ふ」に由来する。*二条良基は『*避連抄』で「雪・月の前、花木の砌《みぎり》」では心が動き言葉が表出する、と述べている。*兼載は『*連歌本式』で「雪・月・花・郭公《ほととぎす》・寝覚を景物といふ」とする。*俳諧でも重視され、丈石『*俳諧名目抄』では「花・郭公・月・雪・紅葉」を五箇の景物というと

ある。後に「月の句」「花の句」は定座《じょうざ》が定められ、俳諧においてさらに重要視された。（永田）

摂州千句発句脇第三《せっしゅうせんくほっくわきだいさん》　連歌作品。長享二年（一四八八）成。摂津の国人、能勢頼則主催による千句連歌の三つ物である。主家の細川政元に第一百韻の発句を請い、同輩らを交え、宗祇・肖柏・宗長らを招いてのもので、一族の結束を目論んだものと思われる。連衆に宗鑑の名も見える。頼則は三年前に、同様に政元の発句以下同輩との法楽『住吉千句』も主催している。『戦国の権力と寄合の文芸』（鶴崎裕雄・和泉書院）所収。（廣木）

善阿《ぜんあ》　連歌師。生没年未詳。正和二年（一三一三）頃没、八十余歳か。鷲尾《わしのお》や法輪寺で活躍した。中年後、『白髪集』に「七条善阿」とあることから時衆となったか。鷲尾での花の下連歌で院に狼藉を働いことが宗砌『古今連談抄』に見える。連歌式目改訂に関わった。『密伝抄』には救済・順覚・信昭・良阿・十仏らの師であったとある。二条良基『十問最秘抄』などでは風体古風としており、救済ら南北朝期の連歌隆盛を準備した地下《じげ》連歌師であったといえる。『菟玖波集』に三十二句入集。（廣木）

千金莫伝抄《せんきんばくでんしょう》　連歌書。梵灯庵著か。明徳三年（一三九二）以前成。諸説の次に「連歌新式目（応安新式）」を載せる。現存本には錯簡があるらしい。かかり論、寄合論、景物の詠み方など二条良基の論に近いものあるが、第三に月を詠むこと、「季移り」「回り連歌」「水漏り連歌」「抜き連歌」「文字移り」などのこれまでにない用語の使用、執筆《しゅひつ》の対応に関すること、執筆作法の掲載など特殊な記述も見える。『島津忠夫著作集5』（和泉書院）所収。（廣木）

千句《せんく》　百韻を十巻まとめて張行した作品。追加として一折《ひとおり》（二十二句）程度付属させることが多い。建治（一二七五〜七八）頃には存在したらしい。応永末（一四二八）以前に三百韻、四百韻、三百韻および追加の形で三日で行うのが普通になった。法楽など公的な性格をもって行われることが多い。宗祇『長六文』などには百韻とは相違した心構えが説かれている。古くはすべての発句に当季を詠むが、後に春三・夏二・秋三・冬二とすることが多くなり、また、すべての発句に「花」「月」を詠むなど特殊なものも生まれた。（廣木）

千句の規則《せんくのきそく》　千句連歌に特別な規則としては、『和歌集心躰抄抽肝要』

に「千句に一句の物」として「北野の神・伊勢の使・桜狩・鬼」などを挙げている例、飛鳥井雅教聞書『和歌懐紙短冊認様《したためよう》同会席次第』中「千句連歌出題之事」に「当季十、または四季十」などとある例、昌琢『連歌会席之法度』中の「千句之法度」、俳諧書であるが、貞徳『天水抄』(一六四四年成)中「千句之発句題之次第」に「第一巻、梅か霞か鶯か」などとある例、季吟『誹諧会法』(一六七四年成)に「千句は兼日に題をくばり」云々とある例などが知られるのみで、基本的には『連歌新式』に準じたものであった。→千句(廣木)

千句之法度《せんくのはっと》

千句連歌での作法で、「平句一直　付雪月花」「出合遠近《であいえんきん》」「諸礼停止《しょれいちょうじ》」の三ヶ条からなる。北野天満宮蔵「橘蒔絵文台」の天板裏に慶長六年(一六〇一)二月昌叱によって記されたもの、昌琢『連歌会席之法度』中のものなどがあり、季吟『誹諧会法』(一六七四年成)中にも見える。いつごろに定められたかは不明であるが、『会席二十五禁』のような会席作法の一環として唱えられるようになったと思われる。後世、俳諧では千句に限らず掟三箇条として、会席に懸けられるなどして用いられるようになった。(廣木)

専芸《せんげい》

連歌師。長享二年(一四八八)〜永正六年(一五〇九)。二十二歳。慶千代。専順の孫、専存の子。明応九年(一五〇〇)四月九日「山何百韻」で慶千代の名で発句を詠む。この連歌には宗祇・玄清・宗碩ら当時の代表的な連歌師が多数同座、祖父専順以来の家業を引き継ぐひろめの意味があったか。間もなく出家、美濃に関係の深いこともあってか、宗碩に引き立てられ、永正四年二月二十五日の「細川千句」には両者で参加、早世した折には宗碩が三条西実隆らに追善和歌を依頼している。(廣木)

専順《せんじゅん》

連歌師。応永十八年(一四一一)〜文明八年(一四七六)。六十六歳。柳本坊・春楊坊。法眼。七賢の一人。宗砌に師事し、嘉吉三年(一四四三)以後、足利義政の連歌会に出座するなど広く活躍した。文安二年(一四四五)の『文安月千句』では第三百韻の発句を詠む。晩年は美濃に下向し、斎藤妙椿の庇護を受けるも不慮の死をとげたとされる。宗祇の師。句集に『法眼専順連歌』『連歌五百句』『専順独吟』など、連歌書に『片端』『専順法眼之詞秘之事』などがある。『新撰菟玖波集』に百十一句入集。(松本)

専順宗祇百句付及西順百句付宗臨百句付《せんじゅんそうぎひゃっくづけおよびさいじゅんひゃっくづけそうりんひゃっくづけ》

「百句付」は「百一連珠」ともされ、編者未詳句集『専順独吟』にも含まれる。『宝徳四年千句』第四百韻第六十句目の「人の心の変はる世の中」に、専順(応仁二年〈一四六八〉頃)、宗祇(文明三年〈一四七一〉頃まで)が百句付け、後、西順《さいじゅん》・宗臨も同様に百句付けて、西順が注を付した前句付集である。宗祇はここから『萱草《わすれぐさ》』に六句収録した。専順・宗祇の付句とその注の翻刻は、湯之上早苗「専順・宗祇百句付西順注」(「広島文教女子大学研究紀要」8)所収。(松本)

専順法眼之詞秘之事《せんじゅんほうげんのことばひのこと》

連歌書。著者・成立年未詳。稽古のこと、会席での心構え、年始・祈禱の連歌のこと、発句切字十八、四の病などについて述べ、宗砌・忍誓・専順・宗祇の発句百二句を切字に着目しながら一覧し、再び会席での心構えについて述べる。切字十八の前までは『宗祇初心抄』と重なる。切字十八も含めて内容は諸書に見える事柄がほとんどで、当時の連歌伝書を集めたものといえる。『国語学大系14』(国書刊行会)所収。

(松本)

仙台藩の連歌《せんだいはんのれんが》

近世、仙台藩藩主の伊達家では歴代、七種《ななくさ》連歌を正月七日に催しているが、早い例として天正五年(一五七七)、輝宗興行のものがあり、子の政宗もそれを受け継いだ。それら伊達家の連歌関係書は『仙台県史第十四巻』に目録として整理されている。仙台藩で特筆されるのは猪苗代家・石井家の二家を宗匠として三百石前後の高禄で迎えたことで、その役目には公家との仲介役などがあったらしく、そこには中世以来の連歌師の性格が見受けられる。→七種連歌(廣木)

【そ】

祖阿《そあ》

連歌師。生没年未詳。十五世紀中頃まで活躍。正長二年(一四二九)三月二日、妙法院坊での連歌に満済らと同座。足利義教の連歌会にたびたび出座、永享五年(一四三三)二月十一日『北野社一日一万句』では第一百韻の脇句を詠む。宗砌『古今連談集』に「珍しきかたに心を寄せ」「はなやか」な句風とある。

享徳三年(一四五四)頃、宗砌の後を受けて連歌*宗匠に任ぜられた。*心敬『*ひとりごと』にも「近き世までの好士」の一人とされるが、『*新撰菟玖波集』には入集を果たさなかった。(松本)

素阿《そあ》

*連歌師。生没年未詳。南北朝頃の人。康暦二年(一三八〇)まで生存。素眼・寿福庵。四条道場金蓮寺の時衆。*心敬の『*ひとりごと』に*救済の門弟として名が挙がる。文和四年(一三五五)五月、二*条良基邸での『*文和千句』では第三百韻の*発句を詠む。能筆で知られ、『*梵灯庵主返答書』には*執筆《しゅひつ》としてすぐれていたとある。書道素眼流の祖で、「素眼法師真蹟」とされる『*菟玖波集』の写本が伝わる。著作に『新札往来』がある。『菟玖波集』に二十四句入集。(松本)

雑《ぞう》

無季の句とも。一句の中に季節を表す語をもたない句をいう。*百韻連歌では*発句・*脇・*挙句《あげく》以外の句は雑で構わないとされた。*紹巴は『*連歌至宝抄』で「四季の外、雑の発句と申す事は御座なく候。*俳諧も同前」と述べている。人事にまつわる事象を自由に詠むことができ、四季の句に混ざり、詩情に富んだ世界を彩った。なお、和歌では季の詞があっても主題がそこになければ雑とされ、撰集の「雑」部は多様な歌を集めている。『*菟玖波集』『*新撰菟玖波集』での分類もそれに準じており、後者では「*聯句連歌」も収める。(永田)

相阿《あそう》

*連歌師。生没年未詳。南北朝期に活躍。延文五年(一三六〇)二*条良基邸での連歌に名が見え、『*紫野千句』では第九百韻の*発句を詠んでいる。*救済門か。『*梵灯庵主返答書』に*執筆《しゅひつ》としてすぐれていたとある。『*菟玖波集』に六句入集。なお、『*看聞日記紙背文書』に残る応永三十二年(一四二五)の連歌に加点をしている相阿は年齢から別人と思われる。こちらは*心敬『*所々返答』に「四条の道場」の時衆で、応永の頃の連歌師の中では「艶に言葉よろしく」「*幽玄」とある。(廣木)

宗伊《そうい》

*連歌師。杉原。応永二十五(一四一八)〜文明十七(一四八五)。六十八歳。賢盛《かたもり》。*満盛(浄信)の養子。もと幕府近衆。*七賢の一人で、北野天満宮連歌会所奉行・*連歌宗匠となる。宝徳三年(一四五一)三月二十九日、一*条兼良邸での会以後、多くの連歌会に出座、宝徳四年二月十三日『*宝徳四年千句』では第三*百*韻発句を詠む。文明十四年二月五日、*宗祇と『*湯山両吟百韻』を巻く。和歌にも秀で、正徹と親交を結び、足利

*義尚による和歌撰集の寄人となった。句集に『*諸家月次聯歌抄』がある。『*新撰菟玖波集』に四十六句入集。（松本）

宗因《そういん》　*連歌師・俳諧師。西山。慶長十年(一六〇五)～天和二年(一六八二)。七十八歳。豊一・西翁・西山翁・梅翁・長松軒など。西山次郎左衛門の子。加藤正方(風庵)に仕えて、*昌琢に連歌を学んだが、寛永十年(一六三三)に上京して連歌師として独立した。*昌俔《しょうけん》・*玄仲・*玄的らにも引き立てられ、正保四年(一六四七)に*大阪天満宮の連歌所*宗匠《そうしょう》となり、*月次《つきなみ》連歌を再興した。*俳諧宗匠としても活躍、多くの門弟を擁し、談林派の中心人物となった。連歌句集に『*宗因発句帳』、紀行に『奥州紀行』などがある。（永田）

宗因発句帳《そういんほっくちょう》　連歌句集。*宗因著。成立年未詳。*発句千三百四十五句を、「元日」以下、四季の季題別に配列した自撰発句集。*昌林が『*西山三籟《さんらい》集』編纂の際に参考とした句集だが、収録句は選別され、*詞書にも異同がある。豊富な詞書により、豊前・筑前・肥前・加賀・播磨・讃岐・伊勢・近江・陸奥など全国にわたる宗因の活動範囲の広さが窺え、また父母・友・妻追善の句なども収録され、宗因の伝記的資料としても貴重な句集である。『西山宗因全集1』(八木書店)所収。（永田）

宗因連歌《そういんれんが》　連歌作品。編者未詳。*宗因が寛文九年(一六六九)十月に佐賀を訪れた際の、宗因の*発句で巻かれた*百韻三巻、当石先生宛宗因申状、*詞書のある宗因発句(これのみ別筆)と奥書の四部より成る。中川文庫蔵本は、寛文十年鍋島直世の写。百韻は、佐賀藩の家臣と一座した、実相院・藩の重臣多久公別邸・願正寺でのもので、当時の肥前連歌壇の実態を伝える。田中道雄「鹿島家鍋島家蔵『宗因連哥』」(「佐賀大学文学論集」3)所収。（永田）

宗鑑《そうかん》　*連歌師。生没年未詳。天文八～十年(一五三九～四一)頃、七十七～八十六歳没。伝記は不明で、本名、支那弥三郎範重(範永とも)、近江出身とも。「*山崎」姓は洛西山崎に隠棲したことによる称である。連歌活動は長享二年(一四八八)の能勢*頼則主催『*摂州千句発句脇第三』と延徳四年(一四九二)『*賦初何連歌』以外に確認できないが、*宗長と交流があり、*宗祇・*肖柏とも一座している。山崎離宮八幡宮の霊泉連歌講などで活躍したか。俳諧撰集『*誹諧連歌抄(犬筑波集)』を編み、*俳諧の祖と仰がれた。（永田）

宗祇《そうぎ》 *連歌師。応永二十八年(一四二一)〜文亀二年(一五〇二)。八十二歳。自然斎・*種玉庵。古典を一条*兼良、和歌を飛鳥井*雅親《まさちか》、連歌を*宗砌、*専順、*心敬に学ぶ。康正三年(一四五七)八月十三日「何路百韻」が初出。寛正(一四六〇〜六六)頃から活躍が目立つようになる。文明三年(一四七一)、東常縁《とうのつねより》より*古今伝授を受け、長享二年(一四八八)、*北野天満宮連歌会所奉行および*宗匠職に就く。明応四年(一四九五)、『*新撰菟玖波集』を撰進、自身の句は六十二句入集。生涯各地を旅し、『*筑紫道記』などの紀行も著した。句集に『*萱草《わすれぐさ》』など、連歌論書に『*吾妻問答』などがある。家集に『宗祇法師集』。古典注釈書も多い。(松本)

宗祇仮託書《そうぎかたくしょ》 *宗祇の著作として後世に伝わるもの。宗祇偽書。『*宗祇初心抄』『宗祇秘中抄』『*大原三吟』『*名所方角抄』などが該当する。奥書に宗祇の名を記す場合が多く、宗祇作として権威づけられ*地下《じげ》連歌師の間に伝承された。『*宗祇諸国物語』などのように内容と無関係に宗祇の名を冠された作品もある。『*連歌秘伝抄』『宗祇日発句』『*初学用捨抄』など宗祇作かどうか判然としないものも多い。また、宗祇説話群といえる宗祇をめぐる伝承も多い。いずれも連歌史上の圧倒的尊崇を示すものである。(松本)

宗祇終焉記《そうぎしゅうえんき》 紀行。*宗長著。「宗祇臨終記」とも。現静岡県、駿河国に居住していた宗長が、文亀元年(一五〇一)秋、越後滞在の*宗祇を訪ね、翌年三月、宗祇を伴って旅立ち、七月三十日、現神奈川県、相模国箱根湯本で宗祇の死をみとり、桃園定輪寺に埋葬。その後駿河国へ戻り、宗祇の句を*発句にして*追善連歌を詠んだことなどを記し、さらに素純・*兼載・*三条西実隆らの宗祇への追悼の思いを添える。奥書には、宗祇従者水本与五郎に宗祇最期の様子を都の人々へ伝えることを託したものとある。新日本古典文学大系『中世日記紀行集』(岩波書店)所収。(松本)

宗祇執筆次第《そうぎしゅひつしだい》 連歌書。著者未詳。長享二年(一四八八)成。後に明暦三年(一六五七)刊の夢庵編『仮《か》名仕《なづかい》近道之事』に収録された。*宗祇の名で伝えられているが、仮託書と思われる。*執筆の出座から*文台捌き、*発句以後の出句の受け取りの作法、*懐紙の用い方、*詠吟方法、*貴人・*稚児などへの配慮、*会の途中での食事の作法、懐紙綴様、*句上(*句引)の仕方など、多岐にわたっての*執筆作法を記した、実用性の高い書である。『文芸会席作法書集』(廣木一人他・風間書房)所収。

収。（廣木）

宗祇畳字連歌《そうぎじょうじれんが》　連歌作品。畳字は漢字二字の熟語で、それを各句に詠み込んだ連歌。成立年未詳。*宗祇*独吟の*百韻で、外題に「誹諧」として、*兼載俳諧百韻と合わせられて現存する。*兼載のものは畳字も一部含むが、全体として俗に傾いた*俳諧の連歌である。宗祇のものが俳諧とされたのは、当時の日記・書簡に使用された語が多く、日常的実感が詠まれていること、漢語が歌語でないことなどによると思われる。『和語と漢語の間』（尾崎雄二郎他・筑摩書房）所収。→畳字連歌（廣木）

宗祇諸国物語《そうぎしょこくものがたり》　仮名草子。西村未達著。貞享二年（一六八五）一月上旬刊。*宗祇が諸国を遍歴し見聞きした話をまとめたとされる宗祇仮託の書で、五巻からなる。和歌・連歌・狂歌などをめぐる歌徳説話風のものもあるが、怪奇談にも重きがおかれ、『西鶴諸国ばなし』（一六八五年刊）に対抗する色合いの強い書である。宗祇が語っているかに偽装しているのは、西行に仮託した『撰集抄』（十三世紀後半成）を模したと思われ、当時の旅をした文学者としての宗祇の知名度を示している。『西村本小説全集上巻』（勉誠社）所収。（松本）

宗祇初心抄《そうぎしょしんしょう》　連歌書。「連歌故実抄」「初心抄」「宗祇一札」とも。寛正三年（一四六二）の年号を奥書に持つ伝本があり、*心敬や*宗祇を作者とする本が伝わるが未詳。跋文には若年の連歌好士に与えたものとあり、書簡体の伝書である。前半は初心者の心得を九項目に示し、後半は*前句と同意の*付句の例、作者の身分や年齢により詠んではならない句など、句を付ける際に注意すべき事柄十項目を例句を挙げて説明している。『連歌論集2』（三弥井書店）所収。（松本）

宗祇像《そうぎぞう》　*宗祇の画像。宗祇の画像は*連歌師らの尊崇の対象として多く描かれた。その姿は、法衣坐像・騎馬像・脇息坐像の三種が一般的で、ほかに薫香像などがある。このうち法衣坐像が早く、現、国立民俗博物館蔵、*三条西実隆讃の画像は南部信義の要望で描かれたとされる宗祇生前のものである。室町末期頃には騎馬像が蘇軾像、脇息坐像が維摩《ゆいま》型人麿像を模して描かれるようになった。『*宗祇諸国物語』などに伝えられるように「髭」を蓄えていることも特徴で、この姿は近世には「髭宗祇」などと呼ばれた。（廣木）

宗祇袖下《そうぎそでした》　連歌書。著者・成立年未詳。「袖下」「宗祇袖之下」「連歌三百七ヶ条」「宗祇聞書写」など、さまざまな書名で伝わり増補・抄出など内容も違いが多い。原態は*宗祇が*足利義尚に進上した袖下で、延徳元年(一四八九)前の成立か。前半は、*千句・*百韻の*行様《ゆきよう》、*十二月題・*連歌式目、*植物《うえもの》・鳥類などに関する用語を掲げ、*寄合語を記す。後半は、『伊勢物語』『源氏物語』『*万葉集』などから四百数十の詞を抽出し説明している。『連歌論集2』(三弥井書店)所収。(松本)

宗祇独吟何人百韻《そうぎどくぎんなにひとひゃくいん》　連歌作品。*宗祇の*独吟連歌。明応八年(一四九九)七月二十日成。「遺戒独吟百韻」とも。『春日末社左《さ》抛《なげ》法楽百韻』との合写本の自跋には、三月二十日頃に*言捨てを詠んだが、捨てることができず、最終的に七月末に完成したとある。長い期間に気の向くままに詠んだ異例の作品で、破格のところがあるかわりに、晩年の宗祇の心が見て取れる。*宗牧・*周桂・*西順《さいじゅん》の三種の古注がある。新編日本古典文学全集『連歌集俳諧集』(小学館)所収。(松本)

宗祇独吟名所百韻《そうぎどくぎんめいしょひゃくいん》　連歌作品。*宗祇の*独吟。賦物は「山何」。文明二年(一四七〇、文正二年とも)正月一日成。現東京都、武蔵国品川鈴木*長敏《ながとし》邸での作品。*発句は「富士の根も年は越えける霞かな」で、宗祇句集『*萱草《わすれぐさ》』に採録、*詞書に「同毎年独吟に」とあり、元日の独吟が恒例であったらしい。この年は関東での越年したので、発句の内容はそのことにかかわり、*名所を賦したのもそのためであろう。なお、名所の説明や*付様《つけよう》を解説した文明十六年(一四八四)の奥書のある宗祇自注本が伝わる。『宗祇の研究』(江藤保定・風間書房)所収。(松本)

宗祇百句《そうぎひゃっく》　連歌句集。*宗祇自選の*付句集。文明二、三年(一四七一)頃成。百の*付合が*春二十、*夏十、*秋二十、*冬十、*恋十、*雑《ぞう》三十に分類して収録されている。そのいくつかに、*本歌、もしくは*付様《つけよう》を記した簡単な注が付されている。宗祇自撰句集『*萱草《わすれぐさ》』の句が多く、文明六年(一四七四)成の『萱草』の資料となったらしい。なお、*能阿の*合点を付した句集に『能阿点宗祇連歌百句』があり、五十八句中、本句集から四十三句が採録されている。『島津忠夫著作集5』(和泉書院)所収。(松本)

宗祇発句判詞《そうぎほっくはんじ》　連歌書。*宗祇著。文明十三年(一四八一)春成。「発句判詞」「宗祇発句註」とも。自身の*発句百二十八句を四季に分類し、各句についての特徴を述べた書。解釈も含まれるが、長《たけ》・位《くらい》、また*同類があるかなど、句の価値判断に言及することが多い。跋文に、他の人の作品は分からないので、自身の句について記すとある。周防国山口滞在中の宗祇が大内*政弘被官の相楽小次郎(*為続または息の長毎)に贈ったものとされる。『連歌論集2』(三弥井書店)所収。(松本)

宗祇山口下着抜句《そうぎやまぐちげちゃくぬきく》　連歌句集。長享三年(一四八九)五月、山口に下向した*宗祇が参加した大内*政弘の会(殿中御会)や大内家家臣邸で興行された会十八回のうち、宗祇の句のみを抽出したもの。二百九十八句のうち、『*新撰菟玖波集』には五句入集している。興行場所や*執筆《しゅひつ》の名が記され、宗祇の下向中の連歌会の様相が窺え、貴重である。尾崎千佳「宗祇の再度山口下向―『(宗祇山口下着抜句)』をめぐって」(「やまぐち学の構築」4)所収。→筑紫道記(松本)

宗久《そうきゅう》　茶人。今井。永正十七年(一五二〇)～文禄二年(一五九三)。近江国高島郡の人で、青年時に堺に出て納屋業を営みつつ、武野*紹鷗の女婿となり*茶を学ぶ。連歌も紹鷗に学んだか。戦国期の武将と接近した政商として巨富を集積し、*宗及・利休とともに織田信長・豊臣*秀吉の茶頭ともなった。社交上の素養として茶だけでなく連歌にも造詣があり、堺の連歌壇の一員であった。天正四年(一五七六)九月二十五日の*夢想連歌には*等恵《とうけい》・*宗柳ら堺の*連歌師と同座している。(廣木)

宗及《そうぎゅう》　茶人。津田。?～天正十九年(一五九一)。宗達の子。堺の豪商で天王寺屋を称した。政商として多くの武将に接近したが、*宗久・利休とともに織田信長・豊臣*秀吉の茶頭ともなった。祖父、*宗珀は*肖柏から*古今伝授を受けた*連歌師であり、戦国末期の堺の連歌壇の中心的な人物である。永禄六年(一五六三)に*宗養と同座しているのが早い。以後、多くの連歌に*紹巴・*昌叱・*心前らと同座、細川*幽斎主催の『*大原野千句』にも加わっている。著書に『天王寺屋会記』がある。(廣木)

宗勲《そうくん》　武家。武田。嘉吉二年(一四四二)～延徳二年(一四九〇)。四十九歳。国信。若狭国・安芸分郡守護。武田信繁の子。*宗祇『*老葉《わくらば》』には現福井県、若狭国小浜、また京都北白川の自邸に宗祇を迎えて*千句連歌を、*兼載『*園塵』には北白河の自邸で*月次《つきなみ》連歌会を催した記事がある。文明十二年(一四八〇)以前成「和漢百韻」では*宗伊と同座した。和歌を飛鳥井*雅親《まさちか》に師事、文明十年(一四七八)二月十六日主催「夢想法楽百首」には、*雅親や冷泉*為広らが参加している。『新撰菟玖波集』に十一句入集。(松本)

宗二《そうじ》　和学者・漢学者。林《りん》(塩瀬)。明応七年(一四九八)～天正九年(一五八一)。祖は中国の宋の人。奈良で饅頭屋を営む。学問を清原宣賢・三条西*実隆らに学び、注釈書『*毛詩抄』『左伝抄』『源氏物語林逸抄』などを書く。*肖柏からは連歌を学び、*古今伝授を受けて奈良伝授の祖となった。『*顕伝明名録』には「奈良*連歌師」と注記する。連歌作品は天文十四年(一五四五)七月二十五日、*紹巴らと同座のものが知られるくらいであるが、紹巴とはその後も交流があった。(廣木)

宗春《そうしゅん》　*連歌師。西山。寛永十九年(一六四二)～享保八年(一七二三)。八十二歳。伊之助・含雪軒・嘯林斎・吾楽堂・実庵。*宗因の子。*昌程門。寛文十年(一六七〇)、宗因出家後に*大阪天満宮*宗匠の職を継ぎ、翌年四月五日、天満宮恒例の*千句を再興する。平野社・生玉《いくたま》社などでも宗匠を務め、また筑紫・江戸・伊勢・紀伊・大和などを遊歴した。『*西山三籟《さんらい》集』に*発句が収められている。編著に『*連歌仙三十八人』『連歌文字撰』がある。(永田)

宗匠《そうしょう》　師の意であるが、文学では『*江談抄《ごうだんしょう》』で「文道の宗匠」と使われ、後、*頓阿『*井蛙抄《せいあしょう》』で二条*為世を指すなど歌道家をも意味した。連歌では*梵灯庵『*長短抄』で使われているのが早く、そこでは座を差配する*連歌師を指している。文安五年(一四四八)、*宗砌が*北野天満宮連歌会所奉行と兼任した職名としては将軍家連歌の責任者を指した。ただし、座の宗匠・所の宗匠など、その折々での第一人者または差配者の意でも用いられた。連歌会席ではこの宗匠が必須であった。(廣木)

宗匠抜き《そうしょうびらき》　*宗匠としての資格を得たことを*披露すること。ただし『*紹三問答』に「*紹巴宗匠抜きの*発句」と見えるのは正月最初の連歌興行を指すか。宗匠が文安五年(一四四八)以来、*北野天満宮連歌会所奉行を兼ねた職であった時は、就任最初の会所開きが宗匠職披露を兼ねたと思われる。また、所の宗匠のごときも類似した儀式をした可能性がある。*俳諧での文台抜きも同様で、元来は年初の興行を指したが、

後、宗匠の名を得た披露をいうようになった。（廣木）

宗訊《そうじん》　連歌師。小村。文明十五年（一四八三）〜天文二十年（一五五一）以後没。友弘・潮信斎。子に宗周。堺の町人で河内屋を称し、禅宗に帰依。肖柏に師事、永正三年（一五〇六）に古今伝授を受ける。肖柏没後の堺連歌壇を領導、天文十九年六月十七日には寿慶・三好長慶《ながよし》との三吟「何人百韻」がある。句集に『堺宗訊付句発句』『宗訊句集』『潮信句集』が、連歌撰集に自身の句と宗祇・兼載・肖柏・宗長・宗碩の句を集めた『六家連歌抄』、歌学書に『千種抄《ちぐさ》』がある。（松本）

宗砌《そうぜい》　連歌師。高山。応安頃〜康正元年（一四五五）。時重。もと但馬《たじま》国（現兵庫県）山名家家臣。北野天満宮連歌会所奉行・宗匠。連歌七賢の一人。和歌を正徹に、連歌を梵灯庵に学ぶ。永享五年（一四三三）の『北野社一日一万句』に出座、文安二年（一四四五）の『文安月千句』では第一百韻、『文安雪千句』では第十百韻の発句を詠む。連歌中興の祖とも言えるが、心敬が『所々返答』で「手練のみにて、面影・余情」に欠けるとするなど、前時代の地下連歌師風を残していた。句集に『連歌愚句』など、連歌論書に『初心求詠集』などがある。『新撰菟玖波集』に第二位の百二十二句入集。（松本）

宗砌田舎への状《そうぜいいなかへのじょう》　連歌書。「宗砌返礼」とも。文安六年（一四四九）から享徳三年（一四五四）十一月以前の成立。宗砌が「田舎」の人の質問に答えた書で、「らん留」「や」「重ね詞」などについての論を中心に置き、その中で「切れる」「切れない」とは何かなど例句を挙げ説明、また「いりほが」「不思議なる狂句」を宗砌の風体としてまねをする風潮を批判する。宗匠職にあった宗砌の、その役目を果たそうとする意志を感じさせる書である。『連歌論集3』（三弥井書店）所収。（廣木）

宗砌句《そうぜいく》　連歌句集。次項の書とは別。享徳三年（一四五四）成。宗砌が信濃国伊那郡の豪族、知久頼矯に贈った最晩年の自撰句集である。前半は発句を月ごとに三句ずつ配したもので、詞書および自注が施されていて宗砌の伝記・作句法を知る貴重な資料ともなっている。後半は付句集（七十九付合）で「春秋不調之《これをととのへず》」と注記されており、おおよそ題材ごとに配されているが厳密ではない。これにもまれに注記が施されている。貴重古典籍叢刊『七賢時代連歌句集』（角川書店）所収。（廣木）

宗砌句《そうぜいく》　連歌句集。前項の書とは別。享徳四年(一四五五)成。他撰の宗砌句集から自作ではない句を削除したが、意に満たない句も混ざっているという宗砌の奥書がある。さらに現存本は宗祇によって後に見出した句を加えたとの追記がある。すべての句が『宗砌発句並付句抜書』と重なり、成立事情には不審もあるが、宗砌には生前から他撰句集のあったことを示すものではある。秋の発句八句と種々の内容の付句六十九句からなる。貴重古典籍叢刊『七賢時代連歌句集』(角川書店)所収。(廣木)

宗砌句集《そうぜいくしゅう》　連歌句集。宗砌の句を集めたものであるが、一付合は『行助句集』にもあり、混乱があるか。はじめに「発句」と記されているものの秋の発句が二句あるだけで、続けて二十付合があり、次に「宝徳正五」(宝徳二年正月五日のことか)と注記して花の発句が一句、その後付合二百十六が続く。付句は四季・雑《ぞう》などが入り混ざっている。手控えなどから書き抜かれて未整理のままにおかれた感が強い。貴重古典籍叢刊『七賢時代連歌句集』(角川書店)所収。(廣木)

宗砌袖内《そうぜいそでのうち》　連歌書。宗砌による付合論で、寄合を捨てて、「詞」「てには」「心」によって付けるのが上手な者であると説く。「てには」に関しては具体的に「八字の大事」として、「さへ・なに・まで・なほ・さて・も・ぞ・たれ」を挙げ、また、その他種々の方法のあることを例句で示している。さらに歌と連歌との相違を説くなど宗砌の連歌論として重要な書である。金子金治郎蔵の孤本は原爆により焼失し、その写しが現存している。古典文庫『宗砌連歌論集』所収。(廣木)

宗砌判五十番連歌合《そうぜいはんごじゅうばんれんがあわせ》　連歌作品。永享九年(一四三七)成。山名熙利《ひろとし》が自句百句を五十番に合わせたものに宗砌が判詞を添えた連歌合。発句を三番、以下付合を合わせる。熙利自身の序文があり、二十歳の頃から今三十五歳まで連歌を嗜み、「高覧にそなふ」とする。熙利は宗砌が仕えていた山名家の関係者らしく、連歌に同座することもあり、『宗砌句集』中の詞書にもその名が見える。宗砌の判詞は詳細で貴重である。金子金治郎「古連歌合」(「中世文芸」2・3)所収。(廣木)

宗砌法師付句《そうぜいほうしつけく》 連歌句集。*宗砌の『連歌百句』に五十七*付合（一付合重複）を接続させた句集。そのために、「*付句」と名づけられているものの、*発句を四句含む。ただし、『連歌百句』に対し三付合不足し、二付合を加える。また、後半の付合には『*菟玖波集』*俳諧の部の*良阿の句が一句混ざっている。他者の手元にあった『連歌百句』および宗砌の句と思われるものを合わせたものか。貴重古典籍叢刊『七賢時代連歌句集』（角川書店）所収。→連歌百句（廣木）

宗砌発句並付句抜書《そうぜいほっくならびにつけくぬきがき》 連歌句集。*発句百二十句、*付合四百五十六で*宗砌の句集の中で最大のもの。ただし、発句中には『*行助句』に含まれるものが二句ある。また、発句の部には追記された句、また、もとの句を消して入れ換えたものもある。すべての句が他の句集に見え、『*連歌愚句』『*宗砌句』とは特に関係が深く、最晩年の句を含むことからも門弟の編纂したもので、『*竹林抄』の撰集資料となったらしい。貴重古典籍叢刊『七賢時代連歌句集』（角川書店）所収。（廣木）

宗碩《そうせき》 *連歌師。文明六年（一四七四）～天文二年（一五三三）。六十歳。月村斎。現愛知県、尾張国茨江《うばえ》の人か。*宗祇に師事し、明応五年（一四九六）に再編本『*下草』を与えられ、『*古今集』の講釈を受けた。宗祇没後は*肖柏・*宗長に兄事し、三条西*実隆とも頻繁に交流した。永正七年（一五一〇）、*種玉庵を継承、翌年、*北野天満宮連歌会所奉行・*宗匠になる。九州、能登などを旅し、美濃や摂津にはたびたび下向した。句集に『月村抜句』、著作に『勅撰名所和歌抄出』『源氏男女装束抄』など、また、自著かとされる書に連歌用語集『*藻塩草』、連歌書『*連歌初心抄』がある。（松本）

宗碩回章《そうせきかいしょう》 連歌句集。*宗碩の自撰句集。永正七年（一五一〇）成。京都大学本は*付合六十二、*発句十句収録。付句は*四季・*雑《ぞう》の順に配列されている。『*池田千句』と付句五句（京大本）、発句一句が共通する。ただし、一句は*宗坡の句が混入。*宗長の*合点と*判詞、末尾に宗長の回章（返書）として、十二項の批評・忠告が付されている。宗長の評は*宗祇の*種玉庵を継いだ宗碩への助言としての厳しさを感じさせるものである。『中世文学　資料と論考』（伊地知鐵男・笠間書院）所収。→宗碩付句（松本）

宗碩五百箇条《そうせきごひゃっかじょう》 連歌書。享禄二年（一五二九）十月以前成。「聞書」

「連歌不審詞聞書」「宗碩聞書」とも。ただし、項目数・内容ともに違いがある。宗牧が宗碩から聞き書きしたものを、歌詞・式目・和歌の三項目に分類し箇条書きにした書で、袖下の類である。歌詞の項目は語の意味や該当する季を挙げ、和歌の項目は藤原定家・西行・『新古今集』所収和歌など、約三十首の注釈を記す。「岩瀬文庫本『聞書(宗碩五百箇條)』上・下」(小川幸三「文教国文学」17・18)所収。(松本)

宗碩付句《そうせきつけく》

連歌句集。宗碩の句集。集中に永正七年(一五一〇)十月二十日の「何人百韻」の句があり、成立はこの年以後と考えられる。付合百二十一、発句三十五句で、合点が付されている。配列には規則性が見られない。「夢庵老(肖柏)在判」の識語を持つ本があり合点は肖柏か。『源氏物語』を寄合とした句が目立つ。発句のほとんどが『大発句帳』所収句と共通する。伝本によっては後半に『宗碩回章』を合わせる。『宗碩と地方連歌—資料と研究—』(余語敏男・笠間書院)所収。(松本)

宗仲《そうちゅう》

連歌師。生没年未詳。半雲斎。『新撰菟玖波集作者部類』には現石川県、能登国の出身、「宗祇同宿」などとあり、宗祇に近侍したらしく、明応五年(一四九六)六月七日「何人百韻」など宗祇関係の連歌に兼載・宗長らと同座しての連歌が多い。永正十三年(一五一六)三月には『月村斎千句』に参加、第七百韻の発句を詠んでいる。『実隆公記』などによれば越前・越後に下向することが多く、朝倉孝景家の連歌を支えた一人であったらしい。『新撰菟玖波集』に一句入集。(松本)

宗長《そうちょう》

連歌師。文安五年(一四四八)～享禄五年(一五三二)。八十五歳。初号宗歓、長阿・柴屋軒《さいおくけん》。駿河国島田の鍛冶職の子。若年より今川家に仕える。文正元年(一四六六)東国下向途中の宗祇に面会、以後、何度かの旅に同行、『新撰菟玖波集』編纂を手伝うなど終生親炙した。文明十二年(一四八〇)以後多くの連歌に名が見られる。京・駿河を頻繁に往復、東西への旅など生涯を多くの旅に費やした。句集『壁草』、連歌論書『連歌比況集』、紀行『宗長手記』、日記『宗長日記』などがある。『新撰菟玖波集』に三十九句入集。(廣木)

宗長手記《そうちょうしゅき》

紀行・日記。上下巻から成る大永二年(一五二二)から大永七年までの宗長の日記。その間に四度上洛、下向を繰り返し、その途中で各地を訪れているので紀行文の要素も強い。幅の広い交流、それに絡んだ内容はきわめて多彩で、折々に*俳諧風のものも含んだ連歌・和歌が挿入され、宗長の日々が洒脱な筆致で描かれている。また、大永三年歳暮の山城国薪《たきぎ》の酬恩庵《しゅうおんあん》での俳諧は*宗鑑の名が出てくることも含め俳諧史上重要なものである。岩波文庫『宗長日記』（岩波書店）所収。（廣木）

宗長追善千句《そうちょうついぜんせんく》　連歌作品。享禄五年（一五三二）成。荒木田*守武が、師事した*宗長の訃報（三月四日没、『*実隆公記』には六日）に接し、同月二十五日に手向けた*独吟千句。追加八句を加える。第一百韻*発句に「春の夜の夢の朝の心かな」と驚きを詠み、第十百韻発句に「富士の嶺や形見の煙かすみかな」と荼毘の煙を詠む。なお、この両発句は守武自身の句集『*合点之句』に採録している。それには*宗牧の*合点およびわずかながら宗牧の訂正、評語が付されている。『荒木田守武集』（神宮文庫）所収。（廣木）

宗長独吟名号百韻《そうちょうどくぎんみょうごうひゃくいん》　連歌作品。大永八年（一五二八）四月十二日成。奥書によれば、四月七日に没した懇意であった藤原盛綱（覚阿）追善のための連歌である。基本的には阿弥陀*名号連歌で、各句の頭に「なむあみたふ」の各音を十回繰り返して詠み込むが、その後の四十句には「願以此功徳平等施一切同発菩提心往生安楽国覚阿」の字音の頭の仮名を句頭に詠み込んでいる。全体として性格上、悲哀を感じさせる句が多い。『群書類従17上』所収。（廣木）

宗長日記《そうちょうにっき》　日記。享禄三年（一五三〇）一年間の出来事に、同四年十月八日の*独吟「何人百韻」中の五十句、*宗祇年忌のこと、八月十五夜・九月十三夜のことなどを加えたもの。宇津の山麓、丸子《まりこ》柴屋庵《さいおくあん》での*宗長最晩年の悠々とした老境を、二回の宗祇忌での感慨を挟みつつ、洒脱な文章で描く。先の五十句のほかは連歌作品は少なく、長歌を含め和歌の方が多い。和歌は自由闊達な詠みぶりで、伝統から抜け出た注目すべきものである。岩波文庫『宗長日記』（岩波書店）所収。（廣木）

宗長之書《そうちょうのしょ》　連歌書。成立年未詳。*宗長から「越前守」へ教示した書との宛名書きがあるが、「古人の句少々」に宗長自身の句が含まれており、仮託書もしくは後人が手を加えた可能性もある。*本歌*本説の取り方、*有心*幽玄の句が肝要であることなどを説き、「古人の句」としてよろしき句を長句十

五、短句十二、つたなき句として「愚句」を含む長句十九、短句十二を挙げる。この例示は*前句を省いた一句ごとのもので珍しい。古典文庫『宗長作品集〈連歌学書編〉』所収。（廣木）

宗長百番連歌合《そうちょうひゃくばんれんがあわせ》　連歌作品。永正五年（一五〇八）成。*宗長が自作の*付句百八十句（*付合の形で掲出）および*発句二十句を左右に分けて合わせたもので、*三条西実隆と*肖柏に判と*判詞を依頼しそれを付した書である。両者の判詞にそれぞれの個性が垣間見える。付句は四季と旅・*恋・*雑《ぞう》、発句は四季に分類し、四季はほぼ時節順に配列、句の合わせ方も付句では長短を左右で合わせるなど整然とした構成をとっている。桂宮本叢書『連歌1』（養徳社）所収。（廣木）

宗長発句《そうちょうほっく》　連歌句集。*宗長の*発句を二百三十五句集めた句集。冒頭四十句と末尾六句を除くと初期形態の『*壁草』の発句部と百七十句が重なる。冒頭句群は『壁草』の発句部と同様に日《ひ》次《なみ》の形をとるが、順序がずれている。末尾は日次とは無関係な句群である。この追加部分は大永八年（一五二八）以降、別人の手で付加された可能性がある。『壁草』と重なる部分の成立は永正四年（一五〇七）以降六年までの成立か。『中世文学資料と論考』（笠間書院）所収。（廣木）

宗長連歌自注興津宛《そうちょうれんがじちゅうおきつあて》　連歌句集。*宗長が自作の*付合二百、*発句二十九句に注を施し、興津正信に贈った書で、大永八年（一五二八）頃成。四季および*雑《ぞう》（発句は四季）に分け、多くの*証歌・故事などを挙げつつ、懇切に付け筋を説明している。冒頭の付合注では*幽玄・余情を重んじるべきことを述べるなど、宗長の連歌観をよく示したものといえる。なお、宗長の自注には他に壬生宛、近衛宛があり、それぞれ内容が相違する。桂宮本叢書『連歌1』（養徳社）所収。→連歌付様《つけよう》（廣木）

宗長連歌集《そうちょうれんがしゅう》　連歌句集。長享末（一四八九）頃成。*宗長が自作の*付句百句を選び、*宗祇に*合点を依頼したもの。宗祇の奥書によると六十四句に合点したとあるが、現存本には五十九句にしか認められない。ほぼ四季・*恋・旅・*述懐《しゅつかい》に分けられているが、厳密でないところもある。*花の句、および四季以外の句が多いところに特徴が認められる。『*壁草』と二十七句、『*新撰菟玖波集』と四句が重なる。『中世文学資料と論考』（笠間書院）所収。（廣木）

宗椿《そうちん》　歌人・*連歌師。生没年未詳。永正十四年(一五一七)以前没か。坂東屋。『*顕伝明名録』には堺の連歌師で*肖柏の弟子とある。肖柏の歌集『*春夢草』に追悼歌が載せられ、肖柏の堺移住前からの知己であった。この追悼歌の*詞書には「和歌道に深く心を入れた」者で、『源氏物語』を二十部写したとある。正広《しょうこう》(一四一二〜九三)とも交流があり、その家集『松下集』には互いの家での歌会への参加が見える。なお、天文六年(一五三七)の『*伊予千句』に見える宗椿は別人であろう。(廣木)

宗哲《そうてつ》　*連歌師。?〜大永三(一五二三)。初名は宗益で、明応五年(一四九六)に改名した。『*新撰菟玖波集作者部類』には*宗祇と「同宿」とあり、宗祇に近侍した。また、『*顕伝明名録』には「堺の住人」とあり、堺と関係があったか。延徳二年(一四九〇)九月二十日「山何百韻」に、宗祇・*肖柏らと同座、以後、宗祇一門の連歌会に多く連なる。永正十三年(一五一六)三月『*月村斎千句』に参加、第六百韻の*発句を詠む。『*新撰菟玖波集』に一句入集。(松本)

宗忍《そうにん》　*連歌師。門司。生没年未詳。与(余)三興俊。大内家家臣。*能秀の孫、能《よし》員《かず》の子。上杉被官とする伝承は誤りか。*宗祇に師事、長享三年(一四八九)五月二十三日の会では*執筆《しゅひつ》を勤め、明応三年(一四九四)十月晦日「何路百韻」では宗祇・*肖柏らと同座、『*新撰菟玖波祈念百韻』にも参加している。『*老葉《わくらば》』の宗祇自注(『*愚句老葉』)は宗忍の手を経て*大内政弘に贈られた。佐渡国本間家での独吟『宗忍千句』は同一人のものか。『*新撰菟玖波集』に三句入集。(廣木)

宗坡《そうは》　*連歌師。生没年未詳。永正十三年(一五一六)春以前に没か。*宗祇に近侍し、『*宗祇終焉記』の旅にも同行した。『*新撰菟玖波集』の編集作業を手伝い、明応四年(一四九五)一月六日の『*新撰菟玖波祈念百韻』にも参加し二句*出句しているが、若年のためか入集は果たしていない。その後、翌年六月七日「何人百韻」に宗祇らと同座するなど、宗祇一門として活躍、文亀二年(一五〇二)四月二十五日、宗祇・*宗碩との三吟『*伊香保三吟百韻』に参加、宗祇没後の『*池田千句』では第八百韻の*発句を詠んでいる。(松本)

宗珀《そうはく》　*連歌師。津田。?〜天文四年(一五三五)二月二十一日以前。堺の豪商、宗達の父、*宗及の祖父。連歌参加は永正十二年(一五一五)十一月十日に*肖柏・*宗訊らと同座したのが早い。『*顕伝明名録』

に堺の連歌師、肖柏の弟子で*古今伝授を受けたとあり、肖柏同座の連歌会への参加が多いが、*三条西実隆の大永四年(一五二四)四月の『*高野参詣日記』の旅の道案内となり、同年六月には*宗長・*周桂と富士山見物に出かけるなど、当時の連歌界でそれなりの位置を占めた。(廣木)

宗般《そうはん》　*連歌師。?〜明応四年(一四九五)九月以後。『*新撰菟玖波集作者部類』によれば加賀国(石川県)の人。*宗祇に師事。文明十三年(一四八一)八月二十一日興行の浦上則宗邸での連歌会に*宗伊・宗祇・*肖柏らと参加、以後、宗祇らとたびたび同座した記録が見える。長享元年(一四八七)十月、*種玉庵で*張行された『*葉守千句』では、第五百韻の*発句を詠む。畠山政長(一四四二〜九三)の依頼により、宗祇に質疑し、その返答をまとめた*連歌式目に関する著『連秘抄』がある。『*新撰菟玖波集』に十二句入集。(松本)

宗文《そうぶん》　武家。明智。生没年未詳。政宣。*玄宣の子。幕府奉公衆。父および*宗祇に師事したか。宗祇*発句の一座に多く同座、永正五年(一五〇八)の『宗祇七回忌品経和歌』には二首を寄せている。文明八年(一四七六)正月二十八日の将軍家連歌に参加、以後、「*細川千句」などにもたびたび加わっている。大永六年(一五二六)九月尾張の*連歌師*賢桃の連歌に参加、後、東国へ赴く。東国での*独吟*百韻中五十九句が*宗仲著『連歌書』に残る。『*新撰菟玖波集』に七句入集。(廣木)

宗牧《そうぼく》　*連歌師。谷。?〜天文十四年(一五四五)。孤竹斎・月林斎。*宗碩に師事、*宗長からも指導を受けた。明応元年(一四九二)一月二十三日「何路百韻」をはじめ、*三条西実隆邸や近衛家・細川家の連歌に出座、宗長・宗碩没後は第一人者となり、連歌*宗匠に任ぜられた。『*耳底記《じていき》』に「ものの細やかになりたるは宗牧からなり」とあり、その細美な句風は後世にも影響を与えたという。諸国を旅し、下野国佐野で没した。紀行に『*東国紀行』、連歌書に『*当風連歌秘事』、句集に『*孤竹』などがある。(山本)

宗牧月並千二百韻《そうぼくつきなみせんにひゃくいん》　連歌作品。*宗牧の*独吟。大永四年(一五二四)成。『*宗牧独吟千三百韻』の翌年の作である。*宗長による*合点を付す。各百韻の*端作《はしづくり》に年月日が記してあり、同年の一月から十二月までの毎月二十三日に、百韻ずつを詠んだ月次《つきなみ》の独吟であることが分かる。第一百韻*発句は「梅の花空に咲出る匂ひかな」で、以下も各百韻の*発句に各月の*十二月題を詠み込んでいる。第一と第

十二百韻のみ斎藤義光「宗牧の独吟千句」(「大妻国文」18)所収。(山本)

宗牧独吟千三百韻《そうぼくどくぎんせんさんびゃくいん》　連歌作品。*宗牧の独*吟。大永三年(一五二三)正月二十三日から毎月詠んだ*月次《つきなみ》連歌で、閏三月があるため千三百韻となっている。第一百韻*発句は「春と吹く風の名高き柳かな」、閏三月となる第四百韻発句は「春はただ名残加はる今年かな」と詠むなど、発句に*十二月題を詠み込む。第十までは、上野さち子「宗牧独吟千句」(「山口女子短期大学研究報告」13)、それ以後は、同「宗牧独吟連歌集」(「山口女子短期大学研究報告」22)所収。(山本)

宗牧独吟連歌集《そうぼくどくぎんれんがしゅう》　連歌作品。宗牧著。宗牧*独吟の計二十一の*百韻を収録する連歌集。大永三年(一五二三)正月二十三日の『*宗牧独吟千三百韻』第一百韻以後、天文十四年(一五四五)四月十六日の「何舟百韻」まで、二十三年間のもので、他に見られない宗牧の作品を複数収録しており、宗牧の作品集として貴重なものである。上野さち子「宗牧独吟連歌集」(「山口女子短期大学研究報告」22)所収。(山本)

雑物体用事《ぞうもつたいゆうのこと》　*連歌式目中の規定。*体用は元来「*山類」「*水辺」「*居所」に関しての分類として認識された概念であるが、それを敷衍して他の事物にも準用した。「雑物」はその他さまざま、の意である。例として「弓」が挙げられ、これを体とすれば、「春(張る)」「引く」は用であるとし、「春」を詠み込んだ句に「弓」を付けたなら、次に「引く」を付けると、用・体・用と*輪廻になるのでそうしてはならないとする。→体用・水辺(廣木)

宗　友《そうゆう》　*連歌師。石井。?〜明応九年(一五〇〇)七月以前。行本。『*新撰菟玖波集作者部類』には「堺住人」とある。*宗祇の最初期、四十歳頃からの門弟。連歌作品には宗祇と同座の文明十八年(一四八六)二月六日「何人百韻」、翌年、*種玉庵での『*葉守千句』などに参加したものがある。その頃に宗祇より*古今伝授を受け、『鈷訓《こきん》和歌集聞書』を書いた。句集に『*新撰菟玖波集』の撰集資料となった『下葉』がある。『新撰菟玖波集』にはすべて「よみ人しらず」として七句入集。(松本)

宗　養《そうよう》　*連歌師。谷。大永六年(一五二六)〜永禄六年(一五六三)。三十八歳。無為《むい》・半松《はんしょう》斎《さい》。宗牧の子。天文十年(一五四一)三月の独吟以後、多くの連歌会に参加している。宗牧の『東国紀行』に同行、最期を看取った後、近衛稙家《たねいえ》・寿慶らの後ろ盾を得て、父の連歌道を継承、天文二十二年頃から連歌界の第一人者として、三条西公条《きんえだ》らの公家、尼子晴久《はるひさ》・三好長慶《ながよし》ら各地の大名と交流を結ぶ。作風は細川幽斎『耳底記《じていき》』に「こまやか」とあり、荒木田守平《もりひら》『二根集』には紹巴が「宗長化身」と賞賛したとある。編著に『宗養書留』など、また仮託書が多くある。(廣木)

宗養書留《そうようかきとめ》　連歌書。永禄六年(一五六三)以前成。宗養による、父、宗牧の教えや伝書からの覚え書きか。大きく三つに分けられ、第一は「発句切字の事」と題されたもの。第二は、上手の発句を学ぶべきことから始まり、「てには」論および付合論に論を費やす。第三は兼載『連歌延徳抄』の三分の二ほどをほぼそのまま書き写したもの。第一、二部の箇所でも兼載の句の引用が多く、全体的に兼載門流の伝書をもとにした可能性が強い。古典文庫『宗養連歌伝書集』所収。(廣木)

宗養三巻集《そうようさんかんしゅう》　連歌書。「連歌三部書」とも。諸本は内容が異なるが、原初本は文禄三年(一五九四)以前成か。宗養による、父、宗牧から伝えられた伝書からの抜き書きを後人がまとめたものか。宮内庁書陵部本は、六義《りくぎ》の事、『連歌秘袖抄』の抜き書き、詩の心を取る事など、『暗夜一灯』の前半、『白髪集』の後半、『胸中抄』を合わせたものである。それぞれ宗牧が関与した書と考えられ、谷家の庭訓とでもいうべき書である。古典文庫『宗養連歌伝書集』所収。(廣木)

宗養紹巴永原百韻《そうようじょうはながはらひゃくいん》　連歌作品。弘治二年(一五五六)三月二十四日張行。賦物は「何路」。近江国永原、現滋賀県野洲《やす》市の国人、永原重興《しげおき》の新築祝いの連歌で、宗養と紹巴による両吟である。ただし、脇のみ重興の句。永原家は永原天満宮に連歌を奉納するなど代々連歌を愛好し、明応五年(一四九六)には宗祇・兼載を招き『永原千句』を興行している。宗養・紹巴の壮年期の作で、対抗心もあってか充実した作品となっている。新編日本古典文学全集『連歌集俳諧集』(小学館)所収。(廣木)

宗養より聞書《そうようよりききがき》　連歌書。成立年未詳。問答体の書で、或る者が宗養に質問し、その答えを記した体裁をとるが、宗養の自問自答であるかどうかなどは不明。内容は天文十一年(一五四二)に父、*宗牧から与えられた『*当風連歌秘事』の前三分の二ほどとほぼ重なる。ただし、*字余り論、*発句論、風体論などは詳しく、発句論で父および*宗長に不賛同のことのあること、風体論に*宗砌・*心敬・*専順のことを加えているなど独自性も垣間見える。古典文庫『連歌論新集3』所収。(廣木)

宗柳《そうりゅう》 *連歌師。生没年未詳。下田屋。『*顕伝明名録』に堺の連歌師、*等恵《とうけい》の弟子、『*明翰抄』に等恵から*古今伝授を受けたとある。天正四年(一五七六)九月二十五日、等恵主導の連歌に参加、天正十年代から等恵に代わり堺の連歌壇の中心となり、慶長六年(一六〇一)までの活躍が確認できる。文禄二年(一五九三)には*独吟千句を詠み、細川*幽斎に*合点・*判詞を得ている。天正四年八月十九日の連歌を主催した肥後国甲斐左京入道宗柳は別人か。連歌書に『*宗柳雑談聞書』がある。(廣木)

宗柳雑談聞書《そうりゅうぞうたんききがき》 連歌書。成立年未詳。著者未詳。*宗柳の連歌に関する雑談を堺の連歌愛好者が書き留めたもの。はじめに「他妻」の詠み方について注意を喚起し、続いて、*等恵と安宅による両吟による句への批判、*宗砌・*専順・*宗祇・*頓阿・*心敬・*宗訊などの付合の解説、*本歌の取り方、「もこそ」という「*てには」の処理の仕方などを思いのままに語り、最後に「思ひ草」を「龍胆《りんだう》」の事とし、これは「連歌秘事」と述べて終わる。古典文庫『六家連歌抄』所収。(廣木)

宗臨《そうりん》 *連歌師。谷。天文元年(一五三二)〜慶長六年(一六〇一)。七十歳。善三郎守之・呼雲斎。『*顕伝明名録』に堺の連歌師、*等恵《とうけい》の弟子、『*明翰抄』に等恵から宗柳と同時に*古今伝授を受けたとある。堺の豪商で、*茶を千利休に学び、大林宗套に参禅したという。また、山科言継《ときつぐ》から有職に関する教えを受けている。連歌は天正七年(一五七九)四月四日の等恵主導の会、文禄三年(一五九四)十一月二十三日の宗柳主導の*千句連歌などへの参加が見える。作品に『呼雲斎宗臨独吟千句』『宗臨百句付』がある。(廣木)

素俊《そしゅん》 僧。橘。生没年未詳。家季《いえすえ》・花下《はなのもと》十念房。奈良に住した。隆円『文机談』(十三世紀後半成)には*聯句や琵琶をよくし、「聯句の大夫」とも称され「すべてをかしき人」であったという。無住『*沙石集』には春になると上洛し、*花の下連歌に参加、また、*毘沙門堂での花の下連歌で*素暹《そせん》の秀句を*素俊が誉めたという話が載る。嘉禎三年(一二三七)に南都の歌人たちを中心にした私撰和歌集『楢葉集《ならのは》』を撰ぶ。『新勅撰集』以下の勅撰集に三首、『*菟玖波集』に一句入集。(松本)

素暹《そせん》　武家。東。承安三年(一一七三)?〜弘長三年(一二六三)八月六日以前。九十一歳?。胤行《たねゆき》。重胤の子。藤原*為家の女婿。関東の武士で、宝治二年(一二四八)九月右筆に任ぜられ、鎌倉将軍源実朝・*頼経に近侍した。後に出家、上洛し京都の連歌会に参加、*毘沙門堂の花の下連歌で、*難句に名誉の*付句をした話が無住『*沙石集』に記される。和歌は藤原為家に師事し、宗《むね》尊《たか》親王や藤原*隆祐《たかすけ》との贈答歌が残る。『続後撰集』以下の勅撰集に二十二首、『*菟玖波集』に五句入集。(松本)

素丹発句《そたんほっく》　連歌句集。桜井素丹著。成立年未詳。自撰発句集。素丹は現熊本県八代の人で、加藤清正家臣。慶長十四年(一六〇九)までは生存。八十歳ほどであったらしい。本書は四季に分けられ、最晩年までの句を収める。各季の冒頭に、*春百七十一句、*夏百七十一句、*秋百九十六句、*冬百六十二句とあるが、実数は出入りがある。所々に*詞書が記され、肥後国および加藤清正はじめ加藤家の連歌事情を窺わせて貴重である。棚町知弥「翻刻『素丹発句』」(『有明工業高等専門学校紀要』4)所収。(廣木)

袖下《そでした》　便覧に便利なように、連歌に用いる語を一覧し、それぞれの語に語義、*連歌式目関係の注記、用いるのに注意すべき事柄などを記した書の総称。もともと袖の下に目立たぬよう隠し持って連歌の座で利用するための書ということから、こう呼ばれたらしい。この名称を持った主だったものに『*梵灯庵袖下集』『*宗祇袖下』などがあるが、これらが実際に連歌の座中で用いられたかは疑問で、当初の目的はともかく一般に連歌用語集を指したと思われる。(松本)

園塵《そのちり》　連歌句集。*兼載自撰。年代順に第一から第四に分類され、兼載生涯の連歌作品が収められている。第一の成立は宗春と号した時代から長享二年(一四八八)頃まで、第二は明応三年(一四九四)頃までの『*新撰菟玖波集』の時代のもの、第三は文亀元年(一五〇一)の関東帰住まで、第四は、兼載が関東帰住以後の作品で、永正六年(一五〇九)頃に編纂された。総数は*付合三千、*発句六百五十句ほどに及ぶ。第一〜第三は『続群書類従17下』、第四は『伊地知鐵男著作集2』(汲古書院)所

収。（松本）

祖白《そはく》　*連歌師。里村（南）。元和元年（一六一五）～延宝七年（一六七九）。六十五歳。はじめ昌通。士林庵。*昌俔《しょうけん》の子、*昌穏《しょうおん》の父。摂津国住吉、天王寺に住み、堺・平野の町人を指導、後、京都に在住した。承応二年（一六五三）七月十八日『昌俔法橋三回忌追善百韻』などのほか、特に寛文期（一六六一～七三）に活躍、寛文十三年刊『百人一種』には「連歌は祖白、俳諧は西山*宗因」とある。*発句集に『祖白発句帳』、また*玄俊*発句の「何木百韻」について霊元天皇に答えた『祖白勅批問答』がある。（廣木）

聳物《そびきもの》　空にたなびくものをいう。*百韻の*行《ゆき》様《よう》の多様性を保証するために*連歌式目上から規定された範疇語である。『*連歌新式』「可隔三《さんくへだつ》句物《べきもの》」に「霞」「霧」「雲」「煙」の語が挙げられている。一条*兼良『*連珠合璧集』にはさらに「紫の雲」「霧のまがき」などが加えられている。『*連歌《れんが》新式追加並新式今《しんしきついかならびにしんしきこん》案等《あんとう》』では「かすむる」とすれば聳物とされないことがあると述べ、「水の煙」「雲上人」「思ひの煙」など「煙」とある詞とは*打越《うちこし》を嫌う、とする。（永田）

染田天神縁起《そめだてんじんえんぎ》　記録。染田天神社の縁起および連歌記録などの総称。はじめの「天神縁起」には貞治年中（一三六二～六八）に講田（*連歌田）を得て毎年*千句連歌を興行するようになったとの記録がある。「講田注文」は天神講のための講田の石高の記録である。「天神講評定」は連歌興行の定めで、一般の連歌興行を知るためにも重要な資料である。「連歌記録」は応永二十四年（一四一七）から長禄三年（一四五九）までの年預《*とうやく》（頭役）、*連衆の一覧である。『染田天神連歌　研究と資料』（山内洋一郎・和泉書院）所収。→染田天神連歌（廣木）

染田天神連歌《そめだてんじんれんが》　連歌作品。現、奈良県宇陀市室生区の染田天神社に奉納された*千句連歌。応永十六年（一四〇九）以降永禄七年（一五六四）までの*発句・*脇など七十二種余が現存する。大和国東山内の豪族による天神講の一環として行われ、地域の結束を図る目的があった。恒例連歌と立願連歌の二種があるが、前者は有力者が交代で年預《*とうやく》（頭役）を勤め、費用は講田（*連歌田）から捻出した。後者は私的な発願によるものである。『染田天神連歌　研究と資料』（山内洋一郎・和泉書院）所収。→染田天神縁起（廣木）

尊胤《そんいん》　法親王。徳治元年(一三〇六)～延文四年(一三五九)。梶井宮・二品法親王。後伏見天皇の子。天台座主。南北朝前期の文雅の中心人物で、連歌愛好者でもあった。*二条良基・*佐々木導誉、また*救済・*周阿らの*連歌師と交流があり、自邸でも*月次《つきなみ》連歌など頻繁に連歌会を開いた。*北野社千句を催し、元来、曼殊院門跡が管領した*北野天満宮別当職を押領するなどにより、北野天満宮と連歌、さらに『*菟玖波集』との結びつきに関与した。『風雅集』以下の勅撰集に十七首、『菟玖波集』に第二位の九十句入集。（廣木）

【た】

戴恩記《たいおんき》　歌書。二巻二冊。『歌林雑話集』とも。天和二年(一六八二)刊。成立は正保元年(一六四四)前後頃か。*貞徳の口述を筆録した書。七十半ばになった貞徳が、師恩を回顧しつつ和歌などに対する持論を述べたものである。師伝の重要性を説き、和歌の本道を示そうとした。上巻は九条稙通《たねみち》と細川*幽斎、下巻前半は中院通勝《なかのいんみちかつ》(一五五六～一六一〇)と*紹巴を中心的に取り上げ、下巻後半は歌道論をまとめている。貞徳の和歌観のみならず、歌人・*連歌師などの伝記資料としても貴重である。日本古典文学大系『戴恩記他』(岩波書店)所収。（永田）

太閤周阿百番連歌合《たいこうしゅうあひゃくばんれんがあわせ》　連歌作品。「二条殿周阿百番連歌合」とも。成立年未詳。左を*二条良基、右を*周阿として*発句二句、*付合九十八を合わせた連歌合であるが、必ずしも真作とは限らないようで、後代に編纂されたものである。*判・判詞ともに付けられていない。類似の内容の付合を選んで合わせており、*付句の内容によって、四季・*恋・旅・*述懐《しゅっかい》の順に分類されている。奥田勲「資料翻刻周阿作品集」(『宇都宮大学学芸学部研究論集』15)所収。→連歌合(廣木)

大黒連歌《だいこくれんが》　狂言。天正狂言本では「大黒」。比叡山延暦寺の三面出世大黒天に二人で連れ立って詣で、興に駆られて*俳諧の連歌(*発句と*脇)を詠み始めると大黒天が姿を現し、喜びのあまり大黒舞を舞い、二人に宝の袋と打出の小槌を授けるという話である。連歌を媒介とした『*毘沙門』などの福神物と同工異曲の作品であるが、神仏が天神ではなく大黒である点に広範な連歌流行が窺える。日本古典文学全集

『狂言集』(小学館)所収。→狂言と連歌(廣木)

醍醐寺蔵諸尊法紙背連歌懐紙《だいごじぞうしょそんぽうしはいれんがかいし》

連歌懐紙。醍醐寺三宝院所蔵『諸尊法』の紙背に残された連歌懐紙。建武四年(一三三七)六月二十三日「賦手何連歌」八葉、同年同月二十九日「賦旧何連歌」八葉、同年十一月二十五日「賦何目連歌」八葉、年次不明「北野法楽」連歌の四種が認められる。前三者は百韻を完備、後の*懐紙書様に準拠しているが、各懐紙を切断し、順が乱れているために復元が困難である。なお、この三種には合点が付されている。奥田勲「醍醐寺蔵連歌資料について」(「醍醐寺文化財研究所研究紀要」1)所収。→懐紙(廣木)

第三《だいさん》

*発句・*脇に次ぐ第三句目をいう。*宗牧『*当風連歌秘事』には「発句は客人、脇は亭主、第三相伴《しやうばん》の心」とある。転ずるのを本意とし、*長高《たけたか》く詠むのがよいとされた。*梵灯庵『*長短抄』は、発句に近い時節にすべきだとするが、*宗祇は必ずしもその必要はないとする。*紹巴『*連歌至宝抄』には、普通は「*て留」とし、*はね字(「ん」)や「もなし」以外の留めは好まないとある。「*らん留」や「*に留」も多い。発句が*宗匠(貴人)の場合は貴人(宗匠)が詠むべきとされた。(廣木)

(永田)

大乗院寺社雑事記《だいじょういんじしゃぞうじき》

日記。興福寺大乗院門跡尋尊《じんそん》(一四三〇～一五〇八)による宝徳二年(一四五〇)～永正五年(一五〇八)の日記。尋尊は碩学で連歌愛好者でもあった一条*兼良《かねよし》の子。応仁の乱を挟んだ時期のもので、奈良を中心に政治・経済などの社会の動きに詳しいだけでなく、文芸・芸能記事また連歌に関する記事も多い。奈良は京に次ぐ連歌の拠点であり、貴顕や*連歌師の来訪の記録や、奈良の連歌愛好者の情勢を知るためにも貴重な資料である。『大乗院寺社雑事記』(臨川書店)所収。(廣木)

大食大酒《たいしょくたいしゅ》

連歌会席において禁止されたこと。『*会席二十五禁』には「大食大酒の事／ことに老体、似合はざるか」とある。この注意は、連歌会席では飲食物が供されることが一般で、しかも度を超す者がいたことを示している。同書には亭主側の心構えとして、「会最中、無用の食物たびたび出す事」も禁じられている。岩松*尚純《ひさずみ》『*連歌会席式』にも「あくまで食し、面《おもて》、紅《くれなゐ》に酔《ゑ》ひなし、堅き物噛み鳴らし、飲むことを竜のごとくすること、いとあさまし」とある。(廣木)

太神宮参詣記《だいじんぐうさんけいき》

紀行。十仏著。康永元年（一三四二）十月十余日からの伊勢神宮参詣記。連歌に関しては法楽連歌が帰路に三宝院で行われたことが重要である。これは伊勢神宮法楽連歌の最初で、「着座十余人、笠着《かさぎ》群集」しての、いわゆる笠着《かさぎ》連歌であったとする。ここには、「夜」と名乗る垂髪《すいはつ》の稚児が、難句に句を付け、賞賛のなかで行方知れずになったとの記述があり、これは笠着連歌の宗教性を示す例として貴重である。太神宮叢書『神宮参詣記大成』（臨川書店）所収。（廣木）

大山万句三物《だいせんまんくみつもの》

連歌作品。「出陣万句三物」とも。豊臣秀吉の朝鮮出兵（文禄の役）の戦勝祈願のために吉川《きっかわ》広家（一五六一～一六二五）が領地、現鳥取県、伯耆国大山寺で張行した十万句の内の第一万句の三つ物。文禄元年（一五九二）五月四日から六月二十日に張行。第一から第三までの千句には春の季題を時節順に十、同様に次からの二千句は夏、三千句は秋、二千句は冬と整然と季題を配している。最初の発句は広家の「日の本の光や四方《よも》の今日の春」で、秀吉を寿ぐ。『続群書類従36』所収。（廣木）

体付《たいづけ》

物の用（作用・属性）を詠んだ句に、その体（本体）を付けることをいう。たとえば、「靡く・立つ」に「霧・霞」、「本・末・張る」に「弓」を付けるなどである。宗牧『四道九品』は、前句の用言、「てには」などに関わる体をもって付けるのを体付というと述べ、さらに前句が体ばかりであっても、その中の用的要素である「虚の字」、つまり肝要ではない事柄を用とみなして、体を付けるべきとする。これにより、前句の主題からの転換をはかるということであろう。→体用《たいゆう》・用付《ゆうづけ》（永田）

大発句帳《だいほっくちょう》

連歌撰集。「発句帳」とも。編者未詳。慶長十九年（一六一四）までに成。七賢、宗祇・兼載・宗長・肖柏から紹巴・昌叱・玄《げん》仍《じょう》まで、名が明記してある者二十一名に加え、『菟玖波集』『新撰菟玖波集』から無記名の発句を四季ごとの類題に分類、収録した発句集である。百四十二題・七千四百七句（異本により僅かに差異がある）に及ぶ。題は網羅的なもので、後世の作者への模範例としての性格を持つ。『発句帳資料と研究』（湯之上早苗・桜楓社）所収。（永田）

体用《たいゆう》

仏語に由来し、ものの本体とその作用をいう。水辺・山類・居所などの事物を表す語のうち、本体を体、その属性・作用を用として分類した。三句類似の題材が続く際の輪廻を避け、変化をもたらすための方法で、体・用・体、用・体・用と付けるのは輪廻になるとされた。『連歌新式』では水辺などの体用の語を具体的に挙げるほか、さらに「雑物《ぞうもつ》体用事《たいゆうのこと》」の項目を立て、あらゆるものに体用の差があり、それを認識して付合をすべきであることを示唆している。
→体付・用付（永田）

対揚付《たいようづけ》　付け方の一体。「体様付」とも。相対する語を付け合わせる手法のこと。二条良基は『僻連抄』で「春に秋、朝に夕、山に野などの類なり」とし、『撃蒙抄』では濫用を戒めている。宗砌も『初心求詠集』で取り上げている。良基が『連理秘抄』でこれを「相対《あいたい》」と名づけたため、「相対付」と同意であるとみなされることも多い。ただし、『連歌秘伝抄』では「相対付」を「田と言ふに畑と付け、松と言ふに竹、と対して付く」と説き、類似の語を対応させる手法とする。（永田）

尊氏《たかうじ》　武家。足利。嘉元三年（一三〇五）〜延文三年（一三五八）。等持院。室町幕府初代将軍。若年から和歌・連歌を好み、二条為定（一二九三〜一三六〇）・頓阿・二条良基らとも交流があった。自邸や弟の直《ただ》義《よし》邸での連歌など、将軍家と連歌の密接な関係は尊氏に因があったといえる。良基『筑波問答』には「等持院殿ことに御数寄にて」、『菟玖波集』を勅撰にと執奏したとある。ただし、同時代の救済とは縁がなく新傾向の連歌には疎かったか。『続後拾遺集』以下の勅撰集に八十五首、『菟玖波集』に六十八句入集。（廣木）

高国《たかくに》　武家。細川。文明十六年（一四八四）〜享禄四年（一五三一）。道永・常桓《じょうかん》。管領。文事に造詣が深く、三条西実隆・徳大寺実淳《さねあつ》・宗長・宗碩らと交流があった。宗碩は高国の一周忌に『細川高国追善懐旧百韻』を詠んでいる。細川管領家の公的な連歌である二月二十五日張行の聖廟千句（細川千句）を継承、文明十七年（一四八五）から永正四年（一五〇七）の細川政元時代のものを『細川千句三物』として纏めた。自身の作品には『細川高国朝臣六々歌仙』『高国自歌合』などがある。（廣木）

鷹詞連歌《たかことばれんが》　鷹・鷹狩に関連する詞を各句に詠み込む連歌をいう。「鷹狩」は早くから公家に愛好され、和歌では堀河百首題の一つであり、鷹詞百首も多く詠まれている。伝二条良基独吟

『後普光院殿鷹百韻連歌』は「何路」を*賦物としつつ、各句に「白鷹」「狩場」などを、『梵灯庵鷹詞百韻連歌』は、「何木」を賦物としつつ、各句に「箸鷹」「新鷹《あらたか》」などを詠み込む。両作ともに、鷹詞を直接的に詠むもので、物名《もののな》のような技法は特に用いていない。（山本）

隆祐《たかすけ》　公家。藤原。?～建長三年(一二五一)以後。*家隆の子。二十歳頃から多くの歌会などで活躍し、連歌では『*明月記』寛喜元年(一二二九)四月二十一日の条に、一条頼氏邸の連歌会に*連歌禅尼と同座したことなどが見える。無住『*沙石集』には地下の*花の下連歌に参加、*難句に*秀句を付けた逸話がある。『*私所持和歌草子目録』には、隆祐の名による*連歌式目が記載されている。家集に『隆祐朝臣集』がある。『新勅撰集』以下の勅撰集に四十一首、『*菟玖波集』に五句入集。（松本）

高雑談《たかぞうだん》　声高に雑談すること。書陵部本『*会席二十五禁』の一項目に「高雑談の事」があり、連歌会席において禁じられていたことである。*宗牧『*当風連歌秘事』にも「*難句・大酒・居眠り・高雑談・そば笑ひなどゆめゆめこれを嫌ふべし」とあり、同様のことは早く二条*良基『*僻連抄』に「稠人《ちうじん》・広座・大飲・荒言の席、ゆめゆめ*張行すべからず」とある。*岩松尚純《ひさずみ》『*連歌会席式』に「隙あきぬとて、雑談し」とあるように、連歌の性格上からも起こりやすいことであった。（廣木）

択善集《たくぜんしゅう》　連歌書。「堀河百首題発句」とも。尼子晴久《はるひさ》の求めで*宗牧が編纂したもの。天文十三年(一五四四)成。『堀河百首』(一一〇五か六年成)の四季の題を基盤にそれに該当する*発句を挙げた書である。四季ごとに概説を述べており、単なる撰集ではない。例句は*宗祇のものが四割余を占める。また、『堀河百首』の題とは出入りがあり、そこにない季題は主として「雑春」「雑夏」などの枠を設けて載せる。小川幸三「宮内庁書陵部蔵堀河百首題発句〈翻刻〉」(「中世文芸」47・「国語の研究」5)所収。（廣木）

長高体《たけたかきてい》　「ちょうこうてい」とも。*十体の一つ。壮美で格調高く、時間あるいは空間的な広がりを感じさせる風体。元来、和歌において使われた用語で、『定家十体』や定家偽書類に多く挙げられている。『毎月抄』は十体を三段階で学ぶうちの第二段階としている。*心敬『*ささめごと』は、『毎月抄』と同様の記述を載せ、「あまりに遠き山は知られず

／別れ憂き鷲の高嶺や二千年《ふたちとせ》（＊周阿）」などの句例を挙げている。（山本）

太宰府天満宮《だざいふてんまんぐう》　福岡県太宰府市にある神社。菅原道真の廟として延喜五年（九〇五）に創建。後に建立された安楽寺と一体のものとして、太宰府官人らの文事の場となった。連歌と天満宮との結びつきが強くなるにつれ、＊救済・＊周阿、九州探題の今川＊了俊らがここで＊法楽連歌を張行したが、近世には連歌愛好者であった領主黒田＊如水と別当大鳥居信岩の交流によって、連歌は公的なものとしても盛んになり、連歌屋が再興され、また、種々の行事の一環にも取り入れられた。↓延寿王院鑑寮日記（廣木）

太宰府天満宮御神忌記録《だざいふてんまんぐうごしんききろく》　＊太宰府天満宮で行われた菅原道真の年忌の記録で、元禄十五年（一七〇二）二月二十五日八百年祭から嘉永五年（一八五二）まで、二十五年ごとのものである。神忌では連歌の奉納が重視された事実が確認できるとともに、その折の手順、参加者、座の図などの記録、連歌作品の一部が残されており、連歌屋＊宗匠の役割、座での作法など他の連歌会とは相違した様子も窺われる。『太宰府天満宮連歌史Ⅰ』所収。（廣木）

忠時《ただとき》　武家。種子島。応仁二年（一四六八）～天文五年（一五三六）。六十九歳。現鹿児島県種子島の領主。文事を好み、弓馬・和歌・鞠の伝授を受けるために、明応六年（一四九七）夏から同八年夏まで在京、その折には＊宗祇らとも交流した。宗祇『＊宇良葉《うらば》』には「種子島右兵衛尉京に上り侍りし時」と記した発句が見える。＊宗碩とも縁を結んだらしく、永正十四年（一五一七）六月、宗碩が鹿児島に下向の機会に種子島に迎え、＊千句や＊百韻を興行、種子島連歌壇を支えた。（廣木）

忠説《ただとき》　武家。日下《くさか》（大田垣）。応永三十年（一四二三）～？。能登守。聖説。山名家家臣。十七歳の折に上京、連歌を同じ山名家家臣であった＊宗砌に師事。『連歌の覚悟』の著者である息、朝定も宗砌に師事した。また別の息、為清のために『独吟何人百韻自注』（一四七六年）を書いた。古典学を一条＊兼良に学び『源氏物語尋流抄』を著し、謡曲「朝顔」の作者にも見なされている。また忠説が宗砌の教えを書き留めたものに『＊砌塵抄』がある。『＊新撰菟玖波集』に一句入集。（廣木）

忠元《ただもと》　武家。新納《にいろ》。享禄四年（一五三一）～慶長十八年（一六一三）。八十三歳。拙斎為舟。薩摩国島津家家臣。弘治三年（一五五七）十一月の島津＊義久主

催の*千句連歌に参加するなど、若年から連歌に親しみ、文禄四年(一五九五)二月十日には京都で義久とともに*紹巴・*昌叱らと一座している。また、細川*幽斎に歌学を学んだ。連歌句集に『忠元連歌』『幽斎点削連歌百韻』、家集に『玄旨訂正詠歌』などがあり、『*無言抄』中「いろは詞」の旧稿とみなされる『連歌式目聞書』を書写している。紀行に『新納忠元上洛日記』がある。（廣木）

直義《ただよし》　武家。足利。徳治元年(一三〇六)～正平七年(一三五二)。*尊氏の弟。兄を助けて幕府の諸政を担ったが失脚、鎌倉で没する。文事に関心が深く、足利将軍家の文芸の一端を担った。貞和(一三四五～五〇)年間には自邸で連歌会などをたびたび催した。特に*和漢聯句に関心が高かった。歌人の*二条為定(一二九三～一三六〇)・*頓阿、禅僧の*夢窓疎石らとの交流が認められるが、*地下《じげ》連歌師とは相容れなかったらしい。『風雅集』以下の勅撰集に二十六首、『*菟玖波集』に九句入集。（廣木）

立花《たてばな》　花を花瓶に生けること。元来、仏前に供えるためのものであったが、室町期頃から座敷飾りとしても用いられるようになった。連歌会席でも押板(床の間)飾りの一つとして必要とされ、『*五十七ヶ条』(*宗長か)に「座の様執《と》るべしとは、花を立て、*香をたき、綺麗にせよとの事」、『応仁以後殿中規式』に「御連歌の御会などの時、御座敷に花など立てられ候ふ事」、さらに『仙伝抄』(室町中期成)には「連歌の花は、発句を聞かばその体《てい》にたがはざる体《てい》に立つべし」などとある。（廣木）

稙家《たねいえ》　公家。近衛。文亀二年(一五〇二)～永禄九年(一五六六)。六十五歳。関白・太政大臣・准三宮。一字名は「梅」。*尚通《ひさみち》の子。父から*古今伝授を受け、*宗碩から『源氏物語』の講釈を受ける。連歌を*宗牧に学び、自邸でたびたび連歌会を行った。また、毎年正月二十日の近衛殿和歌御会始《はじめ》には*宗養・*紹巴ら連歌師も参加している。天文六年(一五三七)五月『*伊予千句』、永禄七年(一五六四)五月『*石山千句』では第一百韻の*発句を詠む。天文九年四月二十五日には*宗牧と*両吟「梅宗牧両吟朝何百韻」を詠んだ。（松本）

為家《ためいえ》　公家。藤原。建久九年(一一九八)～建治元年(一二七五)。七十八歳。融覚。権大納言。*定家の子。『続後撰集』『続古今集』撰者。父とともに諸家の連歌会に参加し、*後嵯峨院時代には*堂上連歌の中心人物となった。*頓阿『*井蛙《せいあ》抄』や飛鳥井雅有『*嵯峨の通ひ路』には、連歌をめぐる逸話、連歌を愛好していた様子が記されている。『*私所持和歌草子目録』によると、*連歌式目も制定した。家集に『為家集』がある。『新勅撰集』以下の勅撰集に三百三十二首、『*菟玖波集』に三十七句入集。（山本）

為氏《ためうじ》　公家。藤原。貞応元年（一二二二）～弘安九年（一二八六）。六十五歳。覚阿。権大納言。*為家の子。『続拾遺集』撰者。宝治元年（一二四七）八月十五夜の発句をはじめ、多くの連歌会に出席した。連歌数寄の名手として知られた。*頓阿『*井蛙抄《せいあしょう》』や飛鳥井雅有『*嵯峨の通ひ路』には、連歌をめぐる逸話、*地下《じげ》連歌師との交流が記されている。『*兼載雑談』には「唐へ能ある者とて渡さんに、我、連歌にて渡るべき」と語ったとある。家集に『為氏集』がある。『続後撰集』以下の勅撰集に二百十七首、『*菟玖波集』に二十五句入集。（山本）

為相《ためすけ》　公家。冷泉（藤原）。弘長三年（一二六三）～嘉暦三年（一三二八）。六十六歳。権中納言。*為家と阿仏尼の子。父母から和歌・連歌を学んだ。為家没後は嫡流の*為氏と対立し、冷泉家の祖となる。多くを関東で過ごし、鎌倉歌壇・連歌壇の有力な指導者となった。*二条良基は『*僻連抄』で近頃の連歌達者の一人とし、『*筑波問答』には鎌倉で『藤谷《ふじがやつ》式目』を制定したとある。家集に『藤谷集』がある。『新後撰集』以下の勅撰集に六十四首、『*菟玖波集』に八句入集。（山本）

為続《ためつぐ》　武家。相良《さがら》。文安四年（一四四七）～明応九年（一五〇〇）。肥後国、現熊本県人吉市の大名。応仁の乱の折には*細川勝元に属した。文明十二年（一四八〇）の*宗祇の『*筑紫道記』の旅の頃は絶頂期で、*大内政弘との関係も緊密であったらしい。句集『*相良為続連歌草子』はそのような関係の中で、『*新撰菟玖波集』撰集資料として、政弘やその臣の*相良正任《まさとう》の周旋で宗祇に送られ、結果として五句の入集をみた。その折の事情を記した宗祇の手紙も残されている。他に句集『詞林摘要』がある。（廣木）

為教《ためのり》　公家。藤原。嘉禄三年（一二二七）～弘安二年（一二七九）。五十三歳。*為家の子で、*為氏の同母弟。従二位左兵衛督。『河合社歌合』など多くの歌合に出席し、『弘安百首』の作者ともなった。兄為氏とは不仲であったらしく、*頓阿『*井蛙抄《せいあしょう》』には、父から詠みかけられた連歌に付けることができず、為氏ならば付けたであろうと戒められた逸話がある。*西園寺実

氏が有馬温泉で行った連歌にも出座している。『続後撰集』以下の勅撰集に三十六首、『*菟玖波集』に五句入集。（山本）

為春《ためはる》　武家。三浦。天正元年（一五七三）～慶安五年（一六五二）。八十歳。定環。現神奈川県、相模国三浦の領主、三浦義同の末裔。正木頼忠の子で、妹のお万は徳川家康室。慶長三年（一五九八）、家康に召し出されて長門守を称す。同八年、徳川頼宣付きとなり、元和五年（一六一九）には頼宣の紀伊転封で和歌山に移り、紀州徳川家家老を務めた。和歌・連歌・*俳諧を能くし、*昌琢・*貞徳らに学んだ。連歌句集『汚塵《おじん》集』『七十句付《しちじゅうくつづけ》』、俳諧句集『犬俤』、仮名草子『あだ物語』、紀行『太笑記』などがある。（永田）

為広《ためひろ》　公家。上冷泉（藤原）。宝徳二年（一四五〇）～大永六年（一五二六）。七十七歳。宗清。権大納言。歌道宗匠となり、*後柏原院・*一条冬良・*三条西実隆らの『*三十六番歌合』の判者も務めた。能登国・越前国などに下向し、能登国で没した。連歌は応仁二年（一四六八）正月二十八日の室町殿*連歌始《はじめ》をはじめ、文明十四年（一四八二）二月二十三日の内裏*聖廟法楽千句や、「*細川千句」など宮中・将軍家などの会にたびたび出座している。家集に『為広卿集（清玉集）』がある。『*新撰菟玖波集』に七句入集。（山本）

為藤《ためふじ》　公家。二条（藤原）。建治元年（一二七五）～元亨四年（一三二四）。五十歳。権中納言。*為世の子。『続後撰集』の撰集を下命されるが、未完成のうちに没した。『*菟玖波集』に元亨元年（一三二一）十二月十一日、神今食《じんこんじき》行幸の際の連歌や、元亨四年四月の亀山殿での後宇多院・三条公明らの四句続きの連歌に復元できる作が見える。『*筑波問答』によれば*連歌式目を制定したという。『新後撰集』以下の勅撰集に百十六首、『菟玖波集』に八句（ただし一句重複）入集。（山本）

為道《ためみち》　公家。二条（藤原）。文永八年（一二七一）～正安元年（一二九九）。左権中将。*為世の嫡男として将来を嘱望されていたが、二十九歳で早世した。弟に*為藤、子に*為定がいる。『*僻連抄』は近頃の達者の一人に挙げている。『*菟玖波集』には一句が入集。これは為道が五歳の時に、遊んでいて文机を越えてしまった際に女房から「御はやわざの夕暮の空」と詠みかけられ、「山の端を越えてや月の出ぬらむ」と付けたという、*俳諧の*短連歌である。『新後撰集』以下の勅撰集に七十首が入集。（山本）

為世《ためよ》　公家。二条（藤原）。建長二年（一二五〇）～暦応元年（一三三八）。八十九歳。明釈。権大納言。*為氏の子。『新後撰集』『続千載集』撰者。歌壇の第一人者であったが連歌も愛好し、その著『和歌用意条々』では、和歌と連歌の相違について触れている。『*筑波問答』には、「当時用ゐたる新式」（『建治新式』か）を制定したという。『*菟玖波集』に七句が入集。その中に、法勝寺での*花《はな》の下《もと》連歌とも見られる句がある。『続拾遺集』以下の勅撰集に百七十七首入集。（山本）

陀羅尼観《だらにかん》　連歌が仏教の教えに合致するという考え方。「陀羅尼」は梵語による仏教の真言をいう。文学は狂言綺語《きょうげんきぎょ》であるとするのに対する観念として、漢詩や和歌で称えられるようになった。中世においては無住『*沙石集』が大きな影響を与えた。連歌論書では『*連通抄』に「和歌の道」は「天竺の陀羅尼」、「連歌は*無尽経」と見え、*宗砌『*古今連談集』でも再説された。*心敬『*ささめごと』下巻では文学性・修行も含めて仏教との関わりの中で連歌道が説かれている。（廣木）

単式賦物《たんしきふしもの》　賦物の方式である「上賦《うわふ》」もしくは「下賦《したふ》」のこと。「上賦」は、たとえば「何山」のように、熟語の下の文字が課題として出され、その上の詞を各句に詠み込んでいく方式で、「下賦」はその逆である。「賦何山連歌（*百韻）」「賦山何連歌（百韻）」などと表記された。古くは複式賦物（上賦下賦）が用いられたが、十三世紀後半にそれが簡略化されて単式賦物が生まれた。広く用いられ、後世、賦物が形骸化されても、便宜上、「賦山何連歌」などと連歌*懐紙の初めに記されつづけた。→賦物・上賦下賦・五ヶ賦物（永田）

短連歌《たんれんが》　二句一連の連歌。五・七・五の長句に対して、七・七の短句を付ける、または短句に長句を付けた連歌。*順徳天皇『*八雲御抄』では「一句連歌」と呼ばれている。「短連歌」の用語は*長連歌に対して近代連歌研究の中で使われるようになった。*鎖連歌成立以前の連歌はこの形態しかなく、和歌の合作と判別し難い場合も多かったが、『*俊頼髄脳』の中で理論的裏付けがなされた。機知的で言葉遊びを用いた*諧謔性を持ち、*言捨てであることが一般であるが、*源俊頼時代になると、このための会を催すこともあったらしい。説話集・日記など多くの古典作品に収載されている。（松本）

【ち】

智蘊《ちうん》　*連歌師。蜷川。?〜文安五年(一四四八)。親当《ちかまさ》。足利*義教近習で幕府政所公役。親俊の子。*七賢の一人。永享五年(一四三三)二月十一日の『*北野社一日一万句』に出詠、以後多くの会に出座、永享十二年十月十五日には*宗砌・*忍誓との三吟「山何百韻」を詠んだ。*心敬『*所々返答』には「永享のころ」の好士として宗砌とともに名が挙げられる。和歌を正徹に学び、『清巌茶話』を聞き書きするなど、多くの歌書を書写したことでも知られる。句集に『*親当句集』がある。『*新撰菟玖波集』に六十六句入集。(松本)

違付《ちがいづけ》　付け方の一体。相対する語を付け合わせて、対照的な*付合に仕立てる手法をいう。『*連歌秘伝抄』は*付様《つけよう》八体の一つに数え、「春と言ふに秋と付け、山と言ふに里と付け、昔と言ふに今と付く」と説く。*宗砌『*密伝抄』は、「違へ連歌の事」として「山にてもただ憂きは夕暮／浦人は何と聞くらん秋の風」の例を挙げる。二条*良基『*僻連抄』の説く「*対揚付」、また、「*違てには」とは同義であるが、「*引違付」と混同されることも多い。*紹巴『*連歌教訓』は、*脇五体の一つとした。(永田)

違てには《ちがいてには》　「たがいてには」とも。「*てには」の一種。『*知連抄』の挙げる六種に追加された三種のてにはの一つ。*前句と対立するような場所・時節を付け、状況を対応させるような付け方をいう。*梵灯庵『*長短抄』には「人の好み侍れども、初心にては付けがたき〈てには〉なり」として、「舟の内こそもの憂かりけれ／旅人の花有る山を越え過ぎて」などを挙げている。二条*良基『*僻連抄』の言う「対揚」や『*連理秘抄』の「相対」、さらには「*違付」とも同義。(山本)

親長《ちかなが》　公家。甘露寺。応永三十一年(一四二四)〜明応九年(一五〇〇)。七十七歳。権大納言。*後花園天皇・*後土御門天皇や武家の歌会に多く参加、自邸でも月次《つきなみ》歌会を催し、また、足利*義尚の勅撰和歌集編纂計画にも参画するなど、公家歌人の中心的存在であった。連歌においては後土御門天皇内裏の*月次《つきなみ》連歌会の会衆で、その立場は子の元長にも受け継がれた。日記『親長卿記』はその月次連歌会の貴重な記録を多く含む。家集に『親長卿詠』がある。『*新撰菟玖波集』に九

句入集。（廣木）

親当句集《ちかまさくしゅう》　連歌句集。親当（*智蘊）自撰か。所収句の下限は、文安四年（一四四七）八月十九日の「何人百韻」中の句である。*発句六十二句を四季に、次に*付句三百六十八句を四季に加え、*恋・*雑《ぞう》に分類し、計四百三十句を収める。*詞書が多く、それが一般と相違して*付合にも及んでおり、公武邸・寺院での連歌会の様相が知られる。『*竹林抄』には発句十五、付句百二十三句が入集、智蘊の句の多くはこの集から採録された。貴重古典籍叢刊『七賢時代連歌句集』（角川書店）所収。（松本）

竹馬狂吟集《ちくばきょうぎんしゅう》　俳諧撰集。編者未詳。明応八年（一四九九）序。これまで*言捨てにされてきた*俳諧の最初の撰集として画期的な書。書名は「清狂佯狂《やうきやう》の類《たぐひ》として、詩狂酒狂の趣を題し」たことによる。巻一～四は*発句の部で、四季の句計二十句を収める。巻五～十は*付合の部で、四季五十八句・*恋十六句・*雑《ぞう》百四十三句に分類した計二百十七組の*付句を収録。縁語や掛詞を用いた滑稽な作風は、室町期の大らかな哄笑《こうしょう》性を物語る。新潮日本古典集成『竹馬狂吟集他』（新潮社）所収。（永田）

竹馬集《ちくばしゅう》　連歌書。編者未詳。明暦二年（一六五六）から寛文十年（一六七〇）頃までの刊行か。四季・*恋・*名所・*述懐《しゅつかい》などの詞を十の部立に分類し、連歌に用いる詞とその*寄合語を挙げたもので、六百二十二の項目から成る。明暦二年刊の『*拾花集』をもとに名所の部などを増補し、改編したものである。*証歌を多く引用しており、一部は如睡著『*随葉集』と一致する。『近世初期刊行連歌寄合書三種集成』（深沢眞二・清文堂）所収。（松本）

竹林抄《ちくりんしょう》　連歌撰集。*宗祇編。一条*兼良序。文明八年（一四七六）五月以前に成立。*宗砌・*賢盛《かたもり》（*宗伊）・*心敬・*行助・*専順・*智蘊・*能阿の*七賢の句集。心敬の句が四百一句でもっとも多い。*付合を四季、*恋・旅・*雑《ぞう》に分類、続いて*発句を全十巻に配し、計千八百三十七句（発句二百八十八句）を収める。『*新撰菟玖波集』の撰集資料となり、七賢の句はほぼ本書から取られた。『新撰菟玖波集』以上に重視され、多くの古注が書かれた。新日本古典文学大系『竹林抄』（岩波書店）所収。→竹林抄古注（松本）

竹林抄古注《ちくりんしょうこちゅう》　*宗祇の編纂した*七賢の句集『*竹林抄』の古注の総称。

宗祇編とされる『竹林抄之注』、文亀三年（一五〇三）七月に*兼載が講釈した際の聞書で、古注のうちもっとも注の量が多い『竹聞《ちくぶん》』、編者未詳の『雪の烟』・『竹林集聞書』などがある。注の内容は主に、句の意味や*付合の解説、*寄所となった*本歌・*証歌、*本説などである。『竹聞』は『竹林抄』編纂時の逸話や、句の評価などが記されている。貴重古典籍叢刊『竹林抄古注』（角川書店）所収。（松本）

稚児《ちご》　寺院や公家・武家などに召し使われていた少年。髪を長く下げ、化粧をしており、衆道の対象ともなった。何々丸と名乗り、学問・文芸などを身につける機会を持った。連歌会席に加わることもよくあり、一、二句を詠んだ例が多く残る。その性格上、貴人や女房と同格に扱われ、『*千金莫伝抄』では「貴人・稚児、また女なんどの連歌を、*指合ありと言ひて返すことなかれ」などと特別扱いされている。また、*宗長『*東路のつと』などには*執筆《しゆひつ》を勤める例が見える。（廣木）

遅参《ちさん》　連歌会に遅れて来ること。連歌会は日時など参加者に予告されており、余裕をもって会場に出向くべきであった。*兼載『*若草山』には「一座の刻限かねて定まりなば、その折を過ぐさず、進み寄りて、座列すべし」とある。『*会席二十五禁』にも禁止事項として「遅参の事」がある。しかし、種々の事情で遅れる場合もあったようで、その時には、静かに席に着くことが求められ、*執筆《しゆひつ》は*発句から*第三までや*打《うち》越《こし》・*前句を遅刻者のために詠み上げるなどの配慮をした。（廣木）

茶《ちゃ》　連歌が盛行した室町期には喫茶が一般化し、賭け事である闘茶も*流行したことは『*建武式目』での禁制でも分かる。幕府同朋衆で連歌に精通した*三阿弥らは書院茶に深く関わった。連歌会でも茶が供され、『宗祇*執筆次第』には「茶・膳・盃などいずれも右より据うること」などと亭主の心得が記されており、『*猿の*草子』の連歌会席図には茶が供される様子が描かれている。寄合としての性格が共通し、わび茶成立にも*連歌師の存在、その芸術論などが影響を与えた。茶人で連歌を嗜んだ者も多い。（廣木）

張行《ちょうぎょう》　催しを行うこと。興行。会の運営を含む場合もある。連歌に関しては二条*良基『*僻連抄』に「一座を張行せむと思はば」などと見える。「*興行」も同じ使われ方をしており、良基『*筑波問答』には「*後嵯峨院の御時（略）ことさら興行ありて、

(略)御腹取りの尼(略)常に張行する由」とある。ただし、「一折《ひとおり》張行」など連歌そのものに焦点を当てた場合は「張行」を使うことが多い。また、*俳諧では「興行」の使用が圧倒的に多くなる。（廣木）

長珊《ちょうさん》　*連歌師。猪苗代。生没年未詳。天文〜永禄(一五三二〜七〇)頃の人。伴鷗斎。陸奥国岩城の人。*兼純の弟で、兼純から*古今伝授を受けた。また、和歌を*三条西実隆・*公条《きんえだ》にも学ぶ。猪苗代家三代目の連歌師として、伊達稙宗《たねむね》(一四八八〜一五六五)に仕え和歌・連歌を指導した。『長珊聞書』は中院通勝《なかのいんみちかつ》(一五五六〜一六一〇)がまとめた『源氏物語』の注釈書『岷江入楚《みんごうにっそ》』の基本資料となった。また、*兼載の注を集成した『新古今和歌集抄出聞書』がある。→猪苗代家（松本）

聴雪宗牧両吟住吉法楽百韻《ちょうせつそうぼくりょうぎんすみよしほうらくひゃくいん》　連歌作品。「雪牧両吟住吉百韻」とも。*三条西実隆(聴雪)と*宗牧の両吟で、宗牧の発願による。*賦物は「何船」。*端《はし》作《づくり》に「享禄五年正月十八日」とあるが、『*実隆公記』に、享禄五年(一五三二)正月十四日以前から二十二日までかけたとある。和漢の*本歌・*本説が駆使されつつも、全体に均衡のとれた作品である。後年に宗牧が注を加えた本も伝来する。新編日本古典文学全集『連歌集俳諧集』(小学館)所収。（山本）

長短抄《ちょうたんしょう》　連歌書。*梵灯庵著。上中下の三巻構成。上巻奥書に、書名の「長短」は和歌と連歌、長稽古と短慮等を指すとあり、*二条良基からの聞書を清書して、康応二年(一三九〇)に成った旨を記す。下巻末には応永二十三年(一四一六)の識語がある。上巻は「同語之句」以下二十二ヶ条、中巻は「*意地」以下二十ヶ条、下巻は「*分句《わけく》」以下十七ヶ条より成る。内容は句病・句体・作句法・*てには・*執筆《しゅひつ》作法・*懐紙書様など多岐にわたり、当時の連歌界の様相も記す。『竹園抄』や『*知連抄』の影響が見られる。岩波文庫『連歌論集上』(岩波書店)所収。（山本）

長連歌《ちょうれんが》　二句の唱和である*短連歌(一句連歌)に対して、三句以上の連歌をいう。樋口功『連俳史』(昭和三年四月・麻田書店)あたりから用いられるようになった。「短連歌」の語は、「長連歌」に対応する形で、福井久蔵『連歌の史的研究・前編』(昭和五年六月・成美堂書店)に見えるのが早いか。いずれにせよ近代以降の連歌史論上の用語であり、*百韻など定まった句数を連ねる連歌は、「長連歌」とせずに、*鎖連歌と区分

して、「定数連歌」と呼ぶ方が性格が明確になる。→定数連歌（廣木）

長六文《ちょうろくぶみ》　連歌書。*宗祇著。文正元年（一四六六）成。関東に下向中の宗祇が、現埼玉県本庄市、武蔵国五十子《いかっこ》の陣所において長尾孫六（長尾景忠または忠景または景棟）に書き与えた書で、書簡形式をとる。「*てにをはの事」以下、*本歌取や『源氏物語』の*寄合、異なる語義を持つ詞の説明、*百韻の*行様《ゆきよう》などの連歌に関する基本的な事柄を解説する。他の著作『*分葉《ぶんよう》』と共通する内容が見られ、同時期成の『*吾妻問答』とも重複する箇所がある。『連歌論集２』（三弥井書店）所収。（松本）

勅撰集《ちょくせんしゅう》　天皇の勅命または上皇の院宣によって選ばれた詩歌集。日本文学の伝統と権威の象徴的存在とされた。勅撰和歌集は二十一集が作られたが、第十八代以後は武家（将軍）による執奏によった。連歌では、*二条良基撰の『*菟玖波集』が延文二年（一三五七）閏七月十一日に武家の奏聞により勅撰に准じられ、*一条冬良・*宗祇らの撰である『*新撰菟玖波集』は、*大内政弘の発企と後援により、明応四年（一四九五）六月二十日に准勅撰の綸旨を受けた。この二集により連歌は和歌に比肩する文芸と認められることとなった。（山本）

知連抄《ちれんしょう》　連歌書。上下巻。*二条良基著とする説もあったが、一部に良基の所説を入れつつ*連歌師の間に伝来した書とみられる。*梵灯庵『*長短抄』中に引用があり、成立はそれ以前の室町前期頃と推定される。内容は、上巻は「*てには」「句作」「*寄合」の*三義の論や五体などについて、下巻は近代の*連歌の上手のこと、連歌の上中下の品、寄合、さらに*連歌の病、*五韻連声・*五韻相通など、他書に珍しい記述を多く含んでいる。古典文庫『良基連歌論集２』所収。（山本）

【つ】

追善連歌《ついぜんれんが》　故人の菩提を弔うための連歌で、没後間もなくや年忌などに行うことが多い。追悼連歌、懐旧連歌と称することもある。また、*名号連歌の形を取ることも多い。*内曇懐紙を用いる場合は普通とは逆に紫雲の色のついた方を表にする、薄墨を使う、などとされた。例に文明十四年（一四八二）五月十日、*後土御門院の妹の初七日に院の*発句で*張行された

『追悼十三仏名号五十韻』など、*千句の例には*三条西公《きん》条《えだ》追善の永禄六年(一五六三)『*称名院追善千句』などがある。(廣木)

継歌《つぎうた》　連歌の別称。*一条兼良『伊勢物語愚見抄』(一四六〇年成)に*短連歌の例を挙げ、「これは継歌の上句を言ひ出せるなり」とある。丈石『*俳諧名目抄』では「連歌の和訓をかくいふ」とするが、寛正二年(一四六一)正月一日*宗祇*独吟「何人百韻」中の句に見える「連歌」の和訓は「つらねうた」と読んだと思われる。*二条良基『*僻連抄』には「中頃もつづけ歌と言ひて、(略)扇・畳紙《たたうがみ》に二、三句など書きつづけたり」とあり、「つづけ歌」の称もあった。「つぎ歌」は短連歌、「つづけ歌」「つらね歌」が*鎖連歌・*長連歌の称であったか。(廣木)

月次連歌《つきなみれんが》　毎月定例として行う連歌。室町期、天皇家・将軍家はじめ多くの公家・僧家・武家で行われていたことが、『*看聞日記』『*実隆公記』などの記録によって分かる。また、*狂言では庶民の会の様子が描かれている。日にちは不定期の場合が多く、事情によって抜けることもあったが、あらかじめ*連衆および会ごとの*頭役《とうやく》が定められていること、その頭役は会の費用をまかない、発句を詠むことなどが要件であった。連歌会としてもっとも基本的なものである。(廣木)

月の句《つきのく》　月を詠んだ句をいう。月・花は賞翫の対象として特に重んじられた。月は四季にわたるが、ただ「月」と詠む場合は秋季となる。後世、*俳諧では*定座《じょうざ》が定められたが、二条良基『*僻連抄』の連歌*式目では「何度可用之物《なんどもちふべき》」に「月、七句去り」とあるのみであり、*兼載『*梅薫抄』でも「月は一面に一つ宛て、以上八句なり。名残の裏にはなくてもありても苦しからず」と、各折に一句、名残の裏は省いてもよいとあるのみである。↓花の句(永田)

筑紫道記《つくしみちのき》　紀行。*宗祇著。*大内政弘に招かれて山口に滞在していた宗祇が、文明十二年(一四八〇)九月六日、*宗長・宗作を伴って同所を出立、*太宰府天満宮など筑紫(福岡県)を廻って山口に帰着するまでの一カ月余の旅を記録したもの。序文に「国々の名ある所見まほしく」とあるように、途中、多くの*名所を訪れ、各地の武士らと交流した旅であり、『源氏物語』などの古典が随所に踏まえられている。芭蕉『奥の細道』にも影響を与えたか。旅中で詠まれた和歌二十首

(うち一首は宗作の返歌)、発句二十句が収められている。新日本古典文学大系『中世日記紀行集』(岩波書店)所収。（松本）

菟玖波集《つくばしゅう》　連歌撰集。足利尊氏の奏聞による最初の准勅撰連歌集。撰者は二条良基で、救済が協力した。成立は序文によれば文和五年(一三五六)、実際は延文二年(一三五七)。二十巻に付合二千余、発句百十九句を四季・神祇・釈教・恋・雑《ぞう》・羇旅・賀・雑体(俳諧・雑句・聯句・片句)・発句に部類している。真名序・仮名序を初めに置く。収録作品は古代から当代まで幅広く、短連歌や長連歌の一部を付合の形で載せる。本書にしか見られない作品が多く、連歌史研究のためには欠くことのできない撰集である。→勅撰集（廣木）

筑波の道《つくばのみち》　連歌の道をいう。和歌道を「敷島の道」というのに対する語で、酒折宮問答での日本武尊《やまとたけるのみこと》の句「新治《にひばり》筑波を過ぎて幾夜か寝つる」を連歌のはじめとしたことによる。『菟玖波集』の名称に使われ、その真名序・仮名序には「筑波の道を尋ね」とある。二条良基の連歌論書の一つが『筑波問答』と名づけられるなど、「筑波」「菟玖波」を冠した連歌関係書も多く、後世、連歌道をいう一般的な用語となった。（廣木）

菟玖波廼山口《つくばのやまぐち》　連歌書。天保四年(一八三三)成。阪《ばん》昌功《しょうこう》著。父、昌成の庭訓を記したとする。序・跋文に古代から昌琢までの連歌史を叙述する。本編には、まず発句から第十一句までの詠み方、賦物、去嫌《さりぎらい》に関すること、体用《たいゆう》、一座何句の語の一覧、切字など、連歌を詠むうえで必要な事項を記し、その後に連歌形式、句集、論書、百韻・千句・寄合書の一覧を挙げ、次いで簡単な会席作法を記し、さらに『会席二十五禁』を付す。『連歌法式綱要』(山田孝雄・岩波書店)所収。（廣木）

筑波問答《つくばもんどう》　連歌書。二条良基著。応安五年(一三七二)成か。連歌の歴史、連歌を詠む心構え、連歌会での最適な人数、稽古のあり方、合点・賦物・百韻の名称など連歌に関する故実、執筆《しゅひつ》作法などを網羅的に書き表した書である。長い序・跋を付し、翁への質疑の形をとる。若年期の『僻連抄(連理秘抄)』に対し良基の充実期の作で、『菟玖波集』編纂を経て、『連歌(応安)新式』制定に結実する良基の連歌観を支える論といえる。日本古典文学大系『連歌論集他』(岩波書店)所収。（廣木）

作句《つくりく》　連歌会の前になど、あらかじめ作っておく句。*発句の場合は必須のことであったが、*平句の場合に問題にされた。*二条良基『*九州問答』には*周阿がよく行い、「*てには」を直してうまく付けたとあり、「当座の胸中より出」たものに比べ劣るが、「数寄の所以《ゆゑん》」であるとする。『*肖柏伝書』では「百も二百も」用意しておけば、秀逸な句を詠むことができるとし、*宗牧も『*当風連歌秘事』で「平句は兼ねて作り置き、*前句に随ひて付け行くもの」であると述べる。→孕句（廣木）

作連歌《つくりれんが》　技巧的な連歌(句)のこと。真情に欠けるものとして否定的に捉えられる。『*梵灯庵返答書』では「作句」と共通する性格を持つものと考えられ、*周阿の句は「言葉くだけて長高《たけたか》き句なし。或るは作連歌、或るはこまかなる連歌」、『*連通抄』では周阿は「よく連歌を作りて一句に心をくだきて」するので、*救済が「作連歌と号して嫌」ったある。また『*千金莫伝抄』では「利根なる作連歌」と形容している。→作句（廣木）

付合《つけあい》　*前句に*付句を詠み連ねること。*付様《つけよう》とも。また、その二句によって形成された作品のことをいう。*二条良基は『*十問最秘抄』で、付合はさまざまな角度からなされるべきものであるとしている。連歌の基本的原理は*打越《うちこし》を離れながら、前句に付句が付くところにある。つまり、連歌は付合単位で創作・享受され、その繰り返しによって総体が形成される文芸で、連歌の基盤は付合にある。したがって、具体的な付合法に限らず、連歌論の主たる論点は付合論にあると言ってよい。なお狭義には、*寄合と同義に用いられることもある。（永田）

付句《つけく》　*前句を受けて付けられた句のこと。また、*発句に対して*平句のこともいう。連歌では、発句以外は前句に何らかの形で付句をし、*付合を形成する。心敬『*ささめごと』が、「前の句の心、〈*てにをは〉の一字をも捨てず、*打越《うちこし》・*遠輪廻、また我が句の後ろの人の付け侍らんまで、覚悟深く*百韻をつかねて、前後を思」うことを説いているように、付句に際しては、前句に対する工夫、打越からの転じ、一巻の展開を考慮しなければならない。また、一句としての風体も重視された。（永田）

付様《つけよう》　*前句に対する*付句の付け方をいう。「*付合」とほぼ同義だが、前句の付所や二句間の様相に、より力点を置いた言い方である。二条*良基『*僻連抄』の付け方十五体、『*連歌秘伝抄』の*付様八体など、連歌論書はそれぞれに付合の諸体を体系づけている。また、*宗祇『*長六文』のように、「句の付様の事、これは作者の心まちまちにして定め難き事候」として、個別に付合を示して解説するものもある。*宗牧『*当風連歌秘事』は、「句作・付様の事は紙を接《つ》ぐがごとし」とする。（永田）

付様八体《つけようはってい》 *前句に対する句の付け方を八種に分類したもので、『*連歌秘伝抄』の「*平付・*四手付・風情付・*詞付・*違付・*心付・相対付・*埋付《うずみづけ》」をいう。二条*良基『*連理秘抄』の付け方十五体のうちのものと比較すると、『連理秘抄』での「相対（『*僻連抄』で*対揚）」を「違付」とし、『*知連抄』で「風情句」とあるものを「風情付」としており、「相対付」以外はすべて良基関係書にある概念である。「相対付」は良基関係の理論と相違し「田といふに畑」「松といふに竹」と説明している。（永田）

土屋家《つちやけ》 佐渡国（現新潟県佐渡市）の*宗匠家。佐渡では金山のあった相川に幕府奉行所が置かれ、*天満宮が創建され、金銀山繁栄のために*月次《つきなみ》連歌など連歌が奉納された。幼少より連歌修行に勤しんだ土屋永甫《えいほ》は江戸に出て*阪《ばん》昌文に学び、帰国後、寛政四年（一七九二）奉行所付き*連歌師となった。さらに里村*昌逸につき、*柳営連歌に出座を許され、土屋家は佐渡一国宗匠家としての地位を確立、その家督は永川・昌仙と継がれ明治を迎える。その命脈は昭和初め頃まで続いた。→佐渡の連歌（廣木）

【て】

出合遠近《であいえんきん》 「千句之法度」に定められ、後、*諸礼停止《しょれいちょうじ》・*平句一直とともに俳席の掟三箇条の一つになったもの。席上で同時に*付句が出た場合、*懐紙の句並びにおいて遠い方の作者の句を優先することをいう。『*用心抄』には、然るべき人の句を優先させる手段ともある。「声先《こわさき》」（声の早かった人を優先する）という但し書きがあるが、俳論書、支考『十論為弁抄《じゅうろんいべんしょう》』（一七二五年刊）はそれは判定し難いため不要と説く。→千句之法度（永田）

定家卿色紙開百韻《ていかきょうしきしびらきひゃくいん》

連歌作品。天正七年(一五七九)一月十六日成。*賦物は「何人」。*昌叱・*細川幽斎(藤孝)・*紹巴・*心前の四吟。幽斎が*定家の「来ぬ人を松帆の浦の夕なぎに焼くや藻塩の身もこがれつつ」の和歌を記した色紙を入手したことを祝して、紹巴宅で*張行された。*発句は「藻塩草かく跡絶えぬ霞かな(昌叱)」、*脇は「真砂路遠き春の夕暮(藤孝)」である。同時代の有力作者の会した佳作である。土田将雄「翻刻『細川幽斎百韻連歌』その四」(上智大学「国文論叢」20)所収。(山本)

定数連歌《ていすうれんが》

*短連歌(一句連歌)・*鎖連歌に対して、あらかじめ句数を定めて作られた連歌をいう。一般に長連歌と呼ぶことが多い。代表的な形式に*百韻(句)・五十韻(句)・*世吉(四十四句)・*歌仙(三十六句)などがある。『*古今著聞集』中の永万元年(一一六五)の「*いろは連歌」などもこれに入れてよく、早期の例といえる。*定家の『*明月記』の承久以前(一二一九)の記事には、百・五十・百十・三十句などの例が見られ、一定していないものの定数を詠む意識があったことが分かる。→長連歌(廣木)

貞徳《ていとく》

*連歌師・俳諧師。松永。元亀二年(一五七一)~承応二年(一六五三)。八十三歳。勝熊・逍遊軒・長頭丸。父は*宗養門の連歌師の*永種《えいしゅ》。九条稙通《たねみち》・*細川幽斎・*紹巴らから和歌・連歌などを学んだ。その交流は『*戴恩記』に詳しい。和歌・連歌・*俳諧・狂歌など多分野で活躍した。連歌には天正十年(一五八二)の『源氏竟宴連歌』などがある。俳言の有無によって俳諧と連歌の違いを規定し、俳諧の式目を定め、貞門俳諧の祖としてその流派を全国的に普及させた。俳論書『天水抄』、俳諧式目書『俳諧御傘《ごさん》』や古典注釈書など多くの著作がある。(永田)

貞徳翁之記《ていとくおうのき》

歌書。*貞徳著。慶長十年(一六〇五)頃成。*細川幽斎の和歌をめぐっての述懐を聞き書きしたもの。慶長八年から十年までを日時を追って記した箇条書き三十九条の書である。細川幽斎を訪ね、和歌を乞い、自作を見せるところから始まり、慶長九年五月の百人一首講釈や六月の『詠歌大概』講釈などが中心で、歌学関係を中心に、読み癖など雑多な内容を含む。この中に、*紹巴と*昌叱の訃についての話がある。『続群書類従33上』所収。(永田)

手鑑《てかがみ》 著名な古人の筆跡愛好、またそれに伴う古筆鑑定のために経典・歌書・書状などの一部を切り出して帖としたもの。室町末期頃から作られるようになった。収められた筆跡は皇族・公家・僧・武家など各層にわたるが、*地下《じげ》歌人や*連歌師のものも多く、また、筆跡として*連歌切《ぎれ》を採録したものも目につき、文化史上での連歌重視を示している。収録筆跡の模範として作られた『手鑑行列』では連歌の項目を立て、*宗砌・*心敬・*専順・*宗祇ら多くの名を挙げている。
→梅庵古筆伝(廣木)

出勝《でがち》 句を先に提示した者が他に先んじて採用される権利を持つという連歌の詠み方。*一巡・再篇などあらかじめ定まった順に句を出すのに対していい、これが一般的な*付句の方法であった。ただし、用語としては中世の連歌作法書の中には見えず、*俳諧の立圃《りゅうほ》『はなひ草』(一六三六年成)などでは、特定の語の出現について使われている。芭蕉らの貞享四年(一六八七)十二月四日「箱根越す」*歌仙中の注記には付句に関して「これよりは(略)出勝に物せん」と見える。(廣木)

て留《てどめ》 句末を「て」と留めること。「て留り」とも。*第三は長高《たけたか》い「て留」が通例とされ、『*連通抄』は、第三が「て留」なら五句目を体言留にすべきだとする。『*連歌秘伝抄』は「*てには付」の一つとして挙げ、「〈て留り〉には、皆言ひかけて付くる」と説明している。たとえば、「このままここに身をも捨てばや／山陰を秋の誘ふに訪ね来て」は、*前句の「このままここに」に「〜て」が連接している。*俳諧の逆付《ぎゃくづけ》に近いか。*宗碩『*連歌初心抄』は、*発句の「て留」には注意が必要だと説く。→てには留(永田)

てには《てには》 「てにをは」とも。助詞・助動詞が主であるが、用言の活用語尾・接尾語・副詞なども含む。さらに「*歌てには」「*心てには」などと称して*付合のあり方についても言う。この「てには」により、一句や付合の仕立てが大きく変わるので重要視された。*二条良基は『*僻連抄』で「〈てにをは〉は大事の物なり。(略)いかに良き句も〈てにをは〉違ひぬれば惣じて付かぬなり」とし、『*筑波問答』では「一字の〈てには〉をも僻事《ひがごと》をいはず、正理《しやうり》にあてて案ずるを、連歌の上手と申すなり」としている。(山本)

てには付《てにはづけ》 「てには」の意義・役割を重視して句を付けることをいう。「てには」は表現を決定するものであり、そこに着目することで、*付合が的確なものになるとされた。早く『*知連抄』にもこれに相当する理論が見えるが、そこでは付合の方法全体に関わらせている。厳密に「てには」を問題とした付合論は*兼載『*梅薫抄』や『*連歌秘伝抄』に見え、それらでは多くの「てには」を挙げて、それぞれの「てには」を生かした付合の方法を例句を挙げて説明している。

→てには(廣木)

てには留《てにはどめ》　「てをは留」とも。句末を「*てには」(助詞・助動詞など)で終わらせること。一句の独立性を保ちつつ、*前句と*付句を関連づけるうえで、その用法が重視された。『*連歌秘伝抄』は「*て留」の例に「このままここに身をも捨てばや／山陰を秋の誘ふに尋ね来て(*救済)」などを挙げ、「言ひ掛けて付けられたる」「てには」であるとし、また、「*に留」には*平付と*違付があるなどとする。他に「*らん留」「*し留」「*けり留」「*けれ留」「*なれや留」「*ものを留」などを句例を挙げて詳述している。(山本)

輝資《てるすけ》　公家。日野。弘治元年(一五五五)～元和九年(一六二三)。六十九歳。唯心。一字名は「生」。権大納言。日野晴光の養子。詩歌・茶道・有職故実に造詣が深く、利休とも親交があり、徳川家康に招かれ、諮問に与った。連歌を好み、*紹巴に師事、天正八年(一五八〇)閏三月十九日、紹巴宅での「何路百韻」に参加するなど、紹巴との会を主として、連歌会への出座は多い。文禄三年(一五九四)三月三日、豊臣*秀吉の高野山参詣の折の「*高野参詣百韻」では家康・前田利家・伊達*政宗らと同座している。(廣木)

輝元《てるもと》　武家。毛利。天文二十二年(一五五三)～寛永二年(一六二五)。七十三歳。隆元の子。安芸・周防など中国地方七カ国の領主。関ヶ原の戦の後、防府・長門二国に減封された。隆元が*厳島神社に*天満宮を創建、*月次《つきなみ》連歌を興行したのを継承、元亀二年(一五七一)閏正月十三日に*千句、文禄元年(一五九二)十二月、*万句*三つ物を奉納するなど、千句・万句連歌をしばしば興行した。文禄三年五月には*紹巴・*昌叱に奉納千句を詠ませ、下句には両人の自注を依頼している。(廣木)

添削《てんさく》　提示された作品の字句を手直しすること。和歌の詠草の場合と相違し、連歌はその制作の場で*宗匠に直されることがあった。さらに、*心敬『*私用抄』に「以前の句を直すことも」あると述べられているように、採用した*付句に対し*指合がある*前句、*打越《うちこし》などの方を訂正することもあった。そのために*執筆《しゅひつ》は*硯箱に小刀の類を用意していた。また、終了後に全面的に見直されて添削されることもあったらしい。これらの添削のため*懐紙には削り直しの跡がかなり残っているものが多い。（廣木）

点者《てんじゃ》　作品に合点を施す者。連歌完成後に依頼される場合もあるが、特に点数を争う勝負連歌などで優劣をつける者を言った。二条*良基の『*僻連抄』などでは点者に好まれる句作をすること の弊害が記され、逆に点者方については「才覚は殊にありたし」（『*十問最秘抄』）とされている。*宗匠とほぼ同意義であり、これが専門*連歌師のあり方でもあったと思われる。『*二条河原落書』の「在々所々の歌連歌、点者にならぬ人ぞなき」はそのことを示している。→合点（廣木）

天神像《てんじんぞう》　菅原道真の絵像。束帯姿のものと道服で梅の枝を手に持った中国隠士風の*唐渡天神《ととうてんじん》と呼ばれる絵像とがある。道真が*連歌神とされたことから、連歌会の折に押板（床の間）などに掛けられた。和歌での人麿影供などの影響下にあるが、連歌会席では*天神名号を掛ける方が一般的であった。*宗牧『*当風連歌秘事』には「御会によりて名号・絵像、あひ替ふべし」とあるが、阪《ばん》*昌功《しょうこう》*『菟玖波廼山口《つくばのやまぐち》』では「名号を重く崇敬し、画像をその次とし、渡唐の像を又その次とす」とする。（廣木）

天神託宣連歌《てんじんたくせんれんが》　連歌作品。北野天神の*独吟連歌と伝えられる二種の*百韻連歌。奥書によると一種は応安六年（一三七三）二月二十五日に天神の使いの童子が二条*良基と*救済（周*阿とも）に*合点を請うために持ち来たったものという。*発句は「紅の雪こそまじれ梅の花」。もう一種は良基に点を依頼した年次未詳のもので、発句は「風や吹く異木も花の一盛り」である。いずれも北野天神と連歌の結びつきを示すものといえる。『北野志　北野文叢上地』（国学院大学出版部）所収。（廣木）

天神名号《てんじんみょうごう》　*連歌神とされた菅原道真の神号に「南無」を冠したもの。「南無天満大自在天神」がほとんどであるが、まれに「南無大政威徳天《なむだいじょういとくてん》」などもある。元来は*天満宮での*法楽連歌などに掛けられたものであろうが、室町中期には一般の*月次《つきなみ》連歌会などでも押板などに掛けられるようになったことが、『*看聞日記』の記事などで分かる。名号の替わりに絵像が用いられることもあったが、名号の方が重んじられた。→天神像（廣木）

天満宮《てんまんぐう》　菅原道真を主祭神とする神社。天神社・菅原神社などと称する所もある。道真が*連歌神とされたことから、連歌と密接な関係を持ち、各地の天満宮で連歌会が催され、連歌が奉納された。現存する資料も多い。注目すべき天満宮には、*北野天満宮・*太宰府天満宮・*大阪天満宮・防府天満宮（山口県防府市）・*厳島神社天神社（広島県廿日市市）・*小松天満宮・長岡天満宮（京都府長岡京市）・佐太天神宮（大阪府守口市）・染田天神社・*亀戸天満宮などがある。（廣木）

【と】

等運《とううん》　*連歌師。生没年未詳。桑名の人。*宗碩門。永正十二年（一五一五）、三条西*実隆邸での連歌会に*宗長・宗碩らと出座、翌年の『*月村斎千句』では追加の*発句を詠み、以後、宗碩と多くの会に同座している。永正十三、四年の宗碩の九州下向、享禄四年（一五三一）七月から天文二年（一五三三）までの宗碩最期の旅、中国下向に随行、その後上京、天文五年八月一日には*近衛尚通《ひさみち》邸を訪問している。また、大永七年（一五二七）に桑名で宗長を迎え、自庵で連歌を興行したことが『*宗長手記』に見える。（廣木）

道灌《どうかん》　武家。太田。永享四年（一四三二）～文明十八年（一四八六）。五十五歳。資長《すけなが》。*道真《どうしん》の子。江戸城を築城し、和歌を好んだ武将として知られる。扇谷《おうぎがやつ》上杉氏の家臣。『*河越千句』を主催した父の文芸愛好を継ぎ、関東に下向した*心敬・*宗祇・万里集九らと交流した。文明六年（一四七四）には江戸城で心敬を判者として招き、木戸孝範ら在地の歌人らによる『武州江戸歌合』を主催するなど、関東の文芸を領導した。家集として『慕景集』『異本慕景集』などが伝わるが、疑義が持たれている。（松本）

等恵《とうけい》　*連歌師。生没年未詳。堺の人。『*顕伝明名録』には*肖柏門で、阿弥陀堂・靖斎と号したこと、「源氏読みなり。歌道の達者」とある。『*明翰抄』には*宗伯（宗珀か）から*古今伝授を受けたとあり、肖柏没後は宗珀に師事したか。天文四年（一五三五）正月、*宗訊らと同座の連歌が早く、天正九年（一五八一）十月の*独吟「何舟百韻」まで、堺の連歌界の指導的立場にあった。天文二十年九月二十二日の『宗牧七回忌追善懐旧百韻』に*三好長慶・*昌休・*紹巴と同座、*宗養とも縁があ

った。（廣木）

道興《どうこう》　僧。永享二年（一四三〇）～文亀元年（一五〇一）。七十二歳。大僧正・聖護院門跡・准三后。一字名は「言」。近衛房嗣の子。文明四年（一四七二）に美濃国へ下向し、十月二十六日に革手正法寺で、*専順・*宗祇・*紹永《じょうえい》らと「何路百韻」を*張行している。また、明応九年（一五〇〇）五月七日に近衛邸での*法楽連歌にも出座、この他にも、宮廷や将軍家の歌会・*連歌会にたびたび参加した。紀行に『*廻国雑記』がある。『*新撰菟玖波集』に八句入集。（山本）

東国紀行《とうごくきこう》　紀行。*宗牧著。天文十三年（一五四四）九月、子の無為（*宗養）を伴い京都を出発、翌年三月江戸に着き、浅草の観音堂に参詣するまでを記す。宗牧は同年九月下野国で客死、これが最後の旅となった。冒頭で、師、*宗長に伴い富士一見の旅に出た時から「東国歴覧の望み」があったと記す。尾張では織田信秀に女房奉書を渡すなど、街道筋の武将との交流や連歌会の記録を記し、折々の*発句を収める。戦国時代の東海・関東地方の様相を知るためにも貴重な資料である。『群書類従18』所収。（松本）

倒語句《とうごのく》　二つの名詞を助詞「の」で結ぶ語句で、一般的な組み合わせと逆のもの。もともと和歌表現において新奇さをねらったものと思われ、『毎月抄』（一二一九年成か）で「春の曙」を「曙の春」、「秋の夕暮」を「夕暮の秋」などと倒語句にすることに対し、「詞を置きかへ」ても、「新しくもめでたくも」ならないとたしなめている。*二条良基もこれを受けて『*撃蒙抄』で、「当世、倒語句常に好む人」がいるとし、正しいこと、好ましいことではないと批判している。（廣木）

当座の感《とうざのかん》　連歌の句が出された瞬間に同座の人々が感じる感興。連歌が当座の文芸であることを重視した考えによる。古く*短連歌などでも*難句がうまく付けられたことで喝采を浴びたことに通ずる。*二条良基は諸論書でその重要性を指摘するが、『*僻連抄』では「*小宛」をわきまえること、「言はれぬ事をも面白く*幽玄に、聞き所あるやうに」付けることによって「当座の感」が生まれると述べている。また、連歌会席全体が感を催すような場であるべきことをも主張する。（廣木）

同字《どうじ》　*連歌式目上で同一の文字が近接していることをいう。変化を重んじる連歌では、和歌の「同字病」と同様に、同じ文字の近接を禁じた。『*連歌新式』には可隔五句物《ごくへだつべきもの》としている。『*連歌《れんが》新式追加並新式今案等《しんしきついかならびにしんしきこんあんとう》』では特に「船字」「衣字」は可《しち》隔七句物《くへだつべきもの》とする。*梵灯庵『*長短抄』に「月を見てなほ恋しさに人待ちて」の例を挙げ、「て」に関して「同字の病逃がれ難し」とあり、一句についていう場合もある。また*発句中の字と同じ字は、*表八句には避けるべきだとされた。→異名（廣木）

道助《どうじょ》　*連歌師。平井。生没年未詳。備前守入道。大内義弘の家臣で明徳の乱（一三九一年）などで活躍した。*宗砌『*古今連談集』に「七十までは此の道を稽古すべしと承り」とあるように、晩年二条*良基に師事し、その連歌会を取り仕切ったらしい。*了俊『*落書露顕』には良基が*梵灯庵と道助を今後の先達とすべきと述べたとし、現在この両人に勝る者はいないとする。宗砌『*初心求詠集』には、道助の*付句はいやしき者の返事のようであるが、所々には適切な言葉が含まれているとの評がある。（廣木）

道生《どうしょう》　*連歌師。生没年未詳。二条*良基『*筑波問答』には「道生・*寂忍・*無生などいひし者の、*毘沙門堂・*法勝寺の花の下にて、よろづの者を集めて、春ごとに連歌し侍りし」とあり、『*菟玖波集』には寛元三年（一二四五）から宝治二年（一二四八）の間の花《はな》の下《もと》での*発句が確認できる。『*私所持和歌草子目録』に「花下道生等」と注記された*連歌式目が挙げられていることからも、*花の下連歌師として名をなした最初期の人であった。『続拾遺集』に一首、『菟玖波集』に十六句入集。（廣木）

堂上連歌《とうしょうれんが》　「とうじょう」「どうじょう」とも。狭義には室町期、清涼殿への昇殿を許された人をいうが、*心敬『*ささめごと』での「内裏・仙洞・殿中」「寺社・公家・武家・諸家・地下《じげ》の家々」という区分では、内裏・仙洞（院）および公家が中心となった連歌をいう。特に地下と対比され、二条*良基『*僻連抄』では「堂上にも少々名誉の人々侍れどもいかにも当時は地下の中に達者はあるなり」とある。中世を通して連歌の社会的地位を高め、記録も多い。→地下連歌（廣木）

道真《どうしん》　武家。太田。応永十八年（一四一一）～延徳四年（一四九二）。八十二歳。資清《すけきよ》。資房の子、*道灌の父。上杉持朝家臣。河越城主。関東の連歌壇の中心的存在で、家臣鈴木*長敏が招いた*心敬や関東遊歴中の*宗祇らを自邸に招き、文明二年（一四七〇、元年とも）一月十日から十二日、『*河越千句』を興行し、第十百韻の*発句を詠んだ。翌年三月には*心敬から『*私用抄』を贈られている。また、文明十八年には*万里集九を自庵、自得庵に招き詩会を催している。『*新撰菟玖波集』に二句入集。（廣木）

東大寺要録紙背連歌懐紙《とうだいじようろくしはいれんがかいし》　連歌懐紙。醍醐寺三宝院所蔵『東大寺要録』巻一の紙背に残された一葉である。表文書は仁治二年（一二四一）九月のものであることから、それ以前のものと推定される。初折表の書きさしで、「何屋何水連哥」という*賦物の記載の後、九句のみ記すが、四句分ほどの余白を残しており、後世の*懐紙書様とは相違している。また、上部が一文字分ほど切断されている。現存最古の原懐紙として貴重なものである。『伊地知鐵男著作集2』（汲古書院）所収。→懐紙（廣木）

道澄《どうちょう》　僧。近衛。天文十三年（一五四四）～慶長十三年（一六〇八）。六十五歳。一字名は「白」「聖」。*稙家《たねいえ》の子、兄に*前久《さきひさ》。聖護院門跡・准三后。和歌・連歌を好み、近衛家の歌会などに頻繁に参加、元亀元年（一五七〇）六月十二日の*和漢聯句、同二年正月十八日「何人百韻」など和漢聯句・連歌会への出座はきわめて多い。*紹巴・*細川幽斎などとの同座が多く、また*豊臣秀吉の信任を得て、天正六年（一五七八）五月の『*羽柴千句』では第一百韻*発句を詠んでいる。家集に『道澄百首』がある。（廣木）

当風連歌秘事《とうふうれんがひじ》　連歌書。*宗牧著。天文十一年（一五四二）成。宗牧が十七歳の息、*宗養に与えた問答体の書。*一巡の詠み方、*序破急のこと、*付合の方法、会席での心構えなど、*連歌師として必要な五十四の事柄について記す。特に、*一巡箱のこと、*執筆《しゅひつ》のあり方から*天神名号のことまで、*会席作法に類することに詳しい。奥書に*宗砌、*心敬、*宗祇、*兼載、*宗長、*宗碩と伝わった説であるとする。なお、『*宗養より聞書』は本書の前半部と類似している。『連歌論集4』（三弥井書店）所収。（松本）

同朋衆《どうぼうしゅう》　室町時代またその後、将軍家など上層武家に近侍し、身辺の雑務・接待・芸能などを司どった人々。多く阿弥号を名乗った。歴代将軍に唐物奉行として仕えた*三阿弥は特に諸芸に優れ、将軍家の賓客接待を任された。連歌も接待に欠かすことのできないものとされ、『等伯画説』（十六世紀末成）

「*能阿弥事」に「慈照院殿同朋也。名人也(画の事は元より也。*香の上手。連歌士)」とあるように、能阿弥などは*七賢の一人にも挙げられた連歌の名手であった。(廣木)

頭役《とうやく》　連歌会で頭(頭人・当番)がなす役目のこと。頭は種々の会合、行事での責任者のことであるが、連歌では特に*月次《つきなみ》連歌会のような定例の会において輪番で定められた世話役で、当番といえる。その役目は『*看聞日記』応永二十六年(一四一九)四月一日の条に「頭人の役、*発句、一献等なり」とあることなどから、一献料《いっこんりょう》(宴会などを含む会の運営費)を負担するのが主たる役柄で、名誉として*発句を詠む権利が与えられた。負担軽減などのために相頭《あいとう》として二人で勤めることもあった。(廣木)

導誉《どうよ》　武家。佐々木・京極。永仁四年(一二九六)〜応安六年(一三七三)。七十八歳。高氏。足利*尊氏に仕え、婆娑羅《ばさら》大名としての逸話も多い。自邸で階層を越えた人々を招いて*月次《つきなみ》連歌や*千句連歌を催すなど、当時の連歌界の中心にいた。『*梵灯庵返主答書』は梶井宮(*尊胤)の連歌会に常に参加し、昼夜に連歌を行ったと伝える。二条*良基『*十問最秘抄』には、一時導誉風が好まれ、一世を風靡したとある。『*菟玖波集』が勅撰に准ずることを強力に推進した。同集には八十一句入集。(山本)

同類《どうるい》　「等類」とも。先行の作品に内容や表現や*趣向が類似していること。和歌では、当代に近い作者との類似が特に問題とされた。二条*良基『*九州問答』に「歌にも連歌にも同類を嫌ふ事は同じ事なり」とあり、*心敬『*ささめごと』でも戒められたが、良基『*筑波問答』では「よき*発句みな同類を逃れず」としている。また、*付合として新味があればよしとするなど、連歌においては和歌と違う面があった。(山本)

遠輪廻《とおりんね》　*連歌式目上の規制。『*連歌新式』では一たび、「花」に「風」を付けたなら同じ*付合を再びしてはならない、とすることで、*打《うち》越《こし》に*同類の語が出現するを規制する輪廻に対して、このような付合を問題にすることをいう。丈石『*俳諧名目抄』には「前に出でたる付合にまたそのやうなる付け心の句を付くるをいふなり。恋に多きものなり」とある。二条*良基『*僻連抄』には*救済や自分に比べ、*信昭・*順覚などはこのことにきわめて厳しい、とあり、*心敬『*ささめごと』には「打越・遠輪廻」に気をつけるように、とある。
→輪廻（廣木）

咎てには《とがめてには》　「*てには」の一種。『*知連抄』の挙げる六種のてにはの一つ。*前句の中からとがめ立てする心情を読み取って、それに応じるように*付句を付ける方法。『知連抄』は「心のままによしや疎かれ／近づけば遠ざかるとぞ聞くものを」などの*付合例を挙げる。*梵灯庵『*長短抄』は「恋せぬ人よ何思ふらん／待ちてこそ憂き夕暮となりにけれ」の例を挙げて「恋せぬ人は何を思ふぞ、我は待つこそ憂けれと咎めたる〈てには〉なり」と説明している。（山本）

言継《ときつぐ》　公家。山科。永正四年（一五〇七）～天正七年（一五七九）。七十三歳。権大納言。月岑・照言。言綱の子。和歌を*三条西公条《きんえだ》に学ぶ。享禄三年（一五三〇）二月二十五日の『北野社法楽初何百韻』以後、宮中の連歌会・*和漢聯句会に出座した。日記『言継卿記』には和歌・連歌・和漢聯句関連の記事が多く、自邸で*月《つき》次《なみ》連歌会を催していたことも記されている。天文九年（一五四〇）から天正二年（一五七四）までの*発句・*付句を書き留めた自筆本『発句』が龍門文庫に伝存する。家集に『言継卿集』がある。（山本）

時熙《ときひろ》　武将。山名。貞治六年（一三六七）～永享七年（一四三五）。六十九歳。常熙《じょうき》。但馬・備後の守護。自邸で月次《つきなみ》歌会を催すなど文芸を愛好、連歌については『山科家礼記《やましなけらいき》』応永十九年（一四一二）八月五日の条に自邸での連歌会の記事が見え、永享二年（一四三〇）に開始した*義教の*月次《つきなみ》連歌会の会衆となり、永享五年『*北野社一万句』では第二座の座主として参加している。*宗砌の主家にあたり、宗砌は『*初心求詠集』に*発句を三句採録している。『*新続古今集』に一首入集。（廣木）

時慶《ときよし》　公家。西洞院《にしのとういん》。天文二十一年（一五五二）～寛永十六年（一六三九）。八十八歳。松庵・円空。一字名は「木」。従三位・参議。飛鳥井雅綱の子の安居院《あぐい》僧正覚澄の子で和歌に造詣が深く、『天正内裏歌合』（一五八〇～八一年成）や飛鳥井家・近衛家などの歌会に多く参加した。連歌・*和漢聯句も好み、慶長から元和（一五九六～一六二四）頃、多くの会に出座、*昌琢らと同座している。日記に『時慶卿記』があり、歌会・連歌会の記事が多い。家集に『時慶詠草』などがある。（廣木）

徳川家の連歌《とくがわけのれんが》　徳川家創成の伝承では、徳阿弥と名乗った親氏が流浪の果てに、三河国の豪族、松平・酒井家と縁を結ぶことで世に出るが、それには大浜称名寺での連歌が関係したとする。また、家康の誕生にあたって父、広忠が*夢想連歌を得た、長篠合戦勝利前に連歌による予言があったなど、徳川家の草創期には連歌に関わる伝承が多く残されている。それらは後の*柳営連歌の理由づけにもされた。徳川将軍家の連歌重視は足利時代の継承でもあったが、徳川家草創期の種々の思惑も反映しているらしい。（廣木）

独吟《どくぎん》 *百韻などの連歌を一人で詠むこと、またその作品のこと。「独《ひとり》連歌」とも。*発句のみ他が詠んだものもこれに準じる。稽古や祈願など、特別な目的のために行われた特殊な形態であるが、*宗祇の『*三島千句』など残された作品も多い。句に多様さが欠けがちであるため、宗祇は『*実隆公記』文明十八年(一四八六)九月十六日の条で、「一人して沙汰したるやうに見せず。七、八人してもしたるやうに風情を変へて沙汰する故実なり」と述べている。なお、二人でのものを「両吟」、三人でのものを「三吟」という。（廣木）

徳元《とくげん》 俳諧師。斎藤。永禄二年(一五五九)〜正保四年(一六四七)。八十九歳。元信・帆亭。斎藤道三の曾孫。父は斎藤元忠。*豊臣秀次、織田秀信に仕えた後、慶長五年(一六〇〇)関ヶ原の戦に敗れて若狭国に亡命、京極忠高に仕えた。寛永三年(一六二六)に上京、*昌琢に連歌を学び、*貞徳らと交流、八条宮家へも出入りした。後に江戸へ下り、馬喰町二丁目に定住、初期江戸俳壇の中心人物となる。俳論『誹諧初学抄』には連歌への言及が多くなされ、*俳諧の基盤が連歌にあったことをよく示している。（永田）

所々返答《ところどころへんとう》 連歌書。「心敬作」とも。相手を異にする三通の*心敬の返書の総称。第一状は文正元年(一四六六)の宛先不明、第二状は年代・宛先不明、第三状は文明二年(一四七〇)の*宗祇に宛てたもの。第一状は主として*善阿以後の連歌作者の句を挙げ批評したもので、*宗砌風を批判する。第二状は『*新古今集』を範とすべきとし、*二条良基・*救済・*周阿の句を評する。第三状は送付されてきた宗祇の句の批評、善阿以後の主要な作者の句を鑑賞する。『連歌論集3』(三弥井書店)所収。（廣木）

智仁親王《としひとしんのう》 親王。天正七年(一五七九)〜寛永六年(一六二九)。五十一歳。八条宮初代。式部卿宮・桂宮・桂光院。誠仁親王の子、*後陽成天皇の弟。年少期、*豊臣秀吉の猶子。一字名は「色」。文事にすぐれ、*細川幽斎から受けた*古今伝授を*後水尾天皇に授け、御所伝授の基盤を作った。また、桂離宮を造営した。連歌を*里村家に学び、慶長元年(一五九六)十月三日の「智仁親王之昌両吟」以後、多くの連歌作品が残されている。特に*昌琢との同座した作品が多い。日記に『智仁親王御記』、著作に『名所名寄』など、また、定数和歌などの詠草も多い。(廣木)

俊頼《としより》　公家。源。天喜三年(一〇五五)?〜大治四年(一一二九)?。七十五歳?。従四位木工頭。経信の子。『*金葉集』撰者。*短連歌の名手で、歌論『俊頼髄脳』に「連歌こそ、世の末にも昔に劣らず見ゆるものなれ。昔もありけるを、書き置かざりけるにや」とあるように、これまで言捨てられてきた短連歌を自覚的に記録し、文芸として確立させた。この他、自作・他作の連歌を家集『*散木奇歌集』にも多く収録し、また『金葉集』にも入集させた。『金葉集』以下の勅撰集に二百十首、『*菟玖波集』に十句入集。→俊頼髄脳(山本)

俊頼髄脳《としよりずいのう》　歌書。源*俊頼著。「俊頼口伝」「無名抄」とも。天永二年(一一一一)〜永久二年(一一一四)の間の成立。歌体・歌病・秀歌・題詠・歌枕・故実などや和歌にまつわる故事・伝説等を載せ、歌体の一つとして*短連歌を取り上げる。この論は最古の連歌論であり、*付合(本末《もとすえ》)の関係のあり方を論じ、短連歌の理論を確立させたものとして重要である。また、実例として『古今集』時代以来の短連歌四十五*付合を詳しい*詞書とともに収録しており、これも貴重なものである。新編日本古典文学全集『歌論集』(小学館)所収。(山本)

渡唐天神図《ととうてんじんず》　中国の道服を着、頭巾を被り頭陀袋を掛け、多くは叉手《さしゅ》した手に梅の枝を持ち、正面を向く。応永(一三九四〜一四二八)頃、天神(菅原道真)が渡唐し、法衣を授けられたと禅僧の間で語られたことと符合する図である。五山僧での*聯句流行に伴って、連歌会、特に*和漢聯句会で掛けられるようになった。ただし、*宗牧『*当風連歌秘事』に「御会によりて名号・絵像あひ替ふべし。…渡唐天神などは月次《つきなみ》には用ゆべし」とあるように、連歌会ではあまり重んじられなかった。→天神名号(廣木)

富子《とみこ》　将軍室。日野。永享十二年(一四四〇)〜明応五年(一四九六)。五十七歳。妙善院。足利*義政の妻。*義尚《よしひさ》の母。義尚を将軍にとの暗躍が応仁の乱の一因となった。将軍家を政治・経済両面で支えた。『*新撰菟玖波集』撰進は義政・義尚没後のこともあり、将軍家を無視する形で進められ、彼らの句の入集が危うかったが、それを知り、一応の撰句が終了した明応四年五月十三日の翌日(数日後とも)、禁裏に義政や自身の句集を提出、宗祇への下賜を懇願した。『新撰菟玖波集』に十四句入集。(廣木)

留字《とめじ》

句末の語や文字を総称していう。「韻字」、「てには(詞の字)」とに大別される。二条良基は『僻連抄』において、「に」「て」の留字は上句ならばよいが、下句には悪い、などとその子細を説いているが、結局は「事により、様によるべし。兼ねて定むべきにあらず(略)作者の風骨にあるべし」としている。同じく『撃蒙抄』における「てにをは」の論も、すべて留字を扱ったものである。『連歌秘伝抄』も句末の「てには」について詳しく述べている。(永田)

友興《ともおき》

武家。葦田《あしだ》。生没年未詳。木工助。播磨国赤松家家臣。『新撰菟玖波集』撰集を援助したらしく、『新撰菟玖波祈念百韻』に十一句出句、明応六年(一四九七)九月には宗祇の斡旋により三条西実隆に書写を依頼している。宗祇と親密で、その著『浅茅《あさじ》』を越智久通に贈る際、友興が奥書を記している。明応四年四月十四日には勧修寺《かじゅうじ》経茂《つねしげ》の仲介で飛鳥井雅康加点の家集を叡覧に供している。また、実隆から『詠歌大概』を譲られてもいる。『新撰菟玖波集』に十二句入集。(廣木)

富山連歌師系図《とやまれんがしけいず》

連歌書。著者・成立年未詳。富山藩『前田家文書』所収の書で、序文に佐脇良房に話し、書き付けてもらったものとある。赤尾清範(一七〇七年没)より百年ほどの富山藩宗匠・宗匠代の名と簡単な経歴、発句を書き記したものに、彼らの著作の目録を付す。宗匠・宗匠代は主に家老・御馬廻組頭などを勤めた藩士であること、連歌書の著作もあることなど、富山藩の武家連歌の様相を示す資料である。『近世越中和歌・連歌作者とその周辺』(綿抜豊昭・桂書房)所収。(廣木)

取りなし《とりなし》

付け方の一体。前句の言葉や意味を、もとの意味と違ったものに取りなして転じる手法をいう。二条良基『撃蒙抄』にも見える同音異義(「恨み」を「浦見」など)に転換する詞の取りなしと、前句の場面や動作主体を転化する心の取りなしとがある。宗牧『当風連歌秘事』によれば、宗砌はこれも大事であるとしたが、宗祇は『長六文』で好ましくない例を挙げて批判した。宗長『連歌比況集』では前句のもとの内容を無視することのないように注意すべき

と説く。(永田)

とはずがたり《とわずがたり》　日記・紀行。後深草院二条著。嘉元四年(一三〇六)以後成。全五巻で、後深草院に仕えた作者が、かつての宮中生活を赤裸々に回顧する巻一～三と、出家を遂げて諸国を旅する巻四・五より成る。連歌については、弘安八年(一二八五)に西園寺邸連歌に参加、鎌倉では平頼綱の子、飯沼資宗邸でのものにたびたび加わり、*伊勢神宮でも神官たちと連歌に興じたことなどが記録され、鎌倉中期以後の地方連歌活動が描かれている。新日本古典文学大系『とはずがたり』(岩波書店)所収。(山本)

頓阿《とんあ》　歌人。二階堂。正応二年(一二八九)～応安五年(一三七二)。八十四歳。貞宗。時衆僧。和歌を二条*為世に学び、門下の和歌四天王と称され、『新千載集』『新拾遺集』の撰集を助けた。連歌への関心も高く、二条*良基邸の会や足利*尊氏家*千句に参加、家集『*続草庵集』には多くの連歌を収録しており、歌書『*井蛙抄《せいあ》』にも連歌の逸話を載せる。家集に『草庵集』、歌論書に良基の問いに答えた『愚問賢注』などがある。『続千載集』以下の勅撰集に四十四首、『*菟玖波集』に十九句入集。(山本)

【な】

長敏《ながとし》　武家。鈴木(橘)。生没年未詳。武蔵国(東京都)品川の人。太田家家臣。応仁元年(一四六七)、応仁の乱を避け関東に下向した*心敬を品川に迎えた。心敬『*ひとりごと』には「東の方にあひ知れる長敏といへる人、便船を送りて、ねんごろに富士などこのついでに」と誘われたとあり、*宗祇もその邸で連歌を*張行している。文明二年(一四七〇)正月、太田*道真《どうしん》興行の『*河越千句』に参加し第六百韻の発句を詠じた。『*新撰菟玖波集』にはすべて「よみ人しらず」として五句入集する。(松本)

長門国住吉社法楽百首和歌《ながとのくにすみよししゃほうらくひゃくしゅわか》　和歌作品。明応五年(一四九六)成。『*新撰菟玖波集』完成報賽のための百首で、それを後援した*大内政弘の領国にある、現山口県、長門国一宮住吉社に、閏二月二十七日執筆の*三条西実隆の奥書を添え、三月二十三日に奉納された。前年十二月十五日の『*実隆公記』に*宗祇が発願し歌題を関係者に配る旨が記されている。*後土御門天皇、勝*仁親王(後柏原天皇)以下、公家・僧家および宗祇とその一門、計三十人が歌を寄せている。『続群書類従14下』所収。(廣木)

永原千句《ながはらせんく》

連歌作品。明応五年(一四九六)春、二月二十五日満了か。近江国、現野《や》州《す》市の国人、永原重泰主催の*千句で、永原一族のほか*宗祇・*兼載・*印孝らが参加、現地の*永原天満宮(菅原神社)に奉納されたものと考えられる。永原家は佐々木六角氏被官で、先代吉重も連歌に長じていたと伝えられる。吉重による奉納千句は文明年間(一四六九～八七)から興行されていたらしい。また、永原天満宮には近世の千句連歌*懐紙が伝えられ、長く伝統が保持された。古典文庫『千句連歌集7』所収。(廣木)

永原天満宮《ながはらてんまんぐう》

現滋賀県野《や》洲《す》市永原の菅原神社。永原の地は交通の要衝でもあり、中世の領主永原氏が文事に造詣が深かったこともあって、現地の*天満宮は連歌に大きく関与した。古くは明応五年(一四九六)の『*永原千句』が認められるが、永正期(一五〇四～二一)頃から明治十年(一八七七)まで年始に*千句、毎月二十五日には*月次《つきなみ》連歌が*張行された。また、そのための千句連歌料が永禄元年(一五五八)には今川義元から、後には徳川家康から寄せられるなど、手厚く保護されていた。(廣木)

永文《ながふみ》

連歌書。*宗長著。延徳二年(一四九〇)成。*宗祇が*足利義政のために記した小双紙をもとに、広芝与左衛門尉に宛てた書と奥書にある。はじめに藤原俊成・*定家らが歌合に嫌った詞五十七語を一覧したうえで、連歌と歌とは相違するところもあるとした後、*本説の詠み方、*懐紙の引返し(*裏移り)での注意、*上句下句の一方ばかりを詠んではならないことなど、多岐にわたる実際面での注意を十八ヶ条に分けて記す。『連歌論集3』(三弥井書店)所収。(廣木)

長慶《ながよし》

武家。三好。大永二年(一五二二)～永禄七年(一五六四)。四十三歳。範長。筑前守・修理大夫。畿内を中心に九カ国を領した。文化的素養が高く文学上の営為も多い。連歌も愛好し、天文十一年(一五四二)、*宗牧*発句の「何木百韻」以後の連歌が多く現存している。*寿慶・*紹巴とも親交があり、晩年の居城、河内の飯盛城にはたびたび*宗養を招き、『*飯盛千句』などを*興行した。実弟討死を連歌会の最中に聞き、*付句を付けてから弔い合戦に出たという逸話(神沢《かんざわ》杜口《とこう》著『翁草』)

も残る。（廣木）

流木《ながれぎ》　連歌書。宗養編か。成立年未詳。「宗養言塵《ごんじん》伝集」「簀子《すこ》」とも。宗養が福井県若狭へ下向の折、「武田伊豆守」に贈ったとある。連歌用語約四百余語を掲げ、語の説明とそれに関する例句や和歌を記したもの。例句は宗祇の句を中心に、七賢や兼載などの句を載せる。大永七年（一五二七）一月十八日の宗長・宗牧両吟「何木百韻」が出典中でもっとも年代が新しい。『匠材集』に影響を与えたか。後世、いろは順に整理されたものもある。『和歌連歌用語辞書　流木集廣注』（浜千代清・臨川書店）所収。（松本）

渚藻屑《なぎさのもくず》　連歌句集。宗淵編。成立年未詳。能桂の作品を子の宗淵が編纂したもの。能桂は北野天満宮宮仕で、松月院・光乗坊法橋（または法印）と称し、和歌・連歌・俳諧を好んだ。成立は没後（一八〇〇年）間もなくか。本書は上巻に四季に部類した発句を四百八十四句、下巻に和漢を含む付合百五十九句および和歌三十四首を分類せずに収め、末尾に宗淵が跋文を記す。詞書も豊富で、近世中期の北野天満宮の連歌壇の様子も知り得、貴重である。『北野文叢』（国学院大学出版部）所収。（廣木）

那智籠《なちごもり》　連歌句集。宗長による自撰第二句集。永正十二年（一五一五）から十四年までの自作の発句百五十八、付句千七百六十を収録したもの。上巻に永正十二年分、下巻に十三年・十四年分を収め、各年ごとのはじめに発句を置き、次に付合を年代順に配列する。ほぼ千句・百韻から抜き出したままであるが、一部内容でまとめようとした跡が見られる。発句には詞書があり、宗長の伝記、交流関係を知る資料としても貴重である。古典文庫『那智籠〈北野天満宮本〉』所収。（廣木）

夏《なつ》　夏の季節に関わる事柄をいう。「夏」は和歌で勅撰集の部立とされ、『菟玖波集』『新撰菟玖波集』にも継承された。四季の中ではそれほど重んじられず、『連歌新式』「句数事」では三句まで続けることが許されるが、一句で捨ててもよいとされた。兼載『梅薫抄』には月別に夏季の本意を解説し、紹巴『連歌至宝抄』には夜の短さ、地上を海になすような五月雨、時鳥の声を待ち望む心などを詠むべきであるとし、後半部に初夏・中夏・末夏の詞を掲出する。（永田）

七種連歌《ななくされんが》　「若菜連歌」とも。毎年正月七日に現宮城県の仙台城で伊達家によりとり行われた連歌。天正五年(一五七七)・九年・十二年の伊達輝宗によるものも残されているが、子、政宗が当主となった天正十三年以後に形式が整ったか。当主が発句、脇を竜宝寺法印、第三を嗣子が詠み、発句には「若菜」「芹」「薺《なずな》」などを、脇には「梅」、第三には「鶯」を詠み込むのが慣例であった。なお、この連歌特有の規則を記した書に『昔ノ式七種御連歌式』がある。(廣木)

七のや《ななつのや》

助詞「や」の分類法。『連歌手爾葉口伝』や『白髪集』などの挙げる、「口合ひのや」(「月や花や」という口拍子)・「切るや」(疑問・詠嘆)・「中のや」(並列)・「はのや」(「はや」の副詞語尾で推量)・「疑ひのや」(疑問・感動)・「角《すみ》のや」(「やと」として疑問)・「捨つるや」(反語)の七つをいう。「切るや」はらん留で五文字目など、各字ごとに詠む位置、留字の規定もあった。諸書により「や」の数や定義(二種の「はのや」がある)は異なるが、『宗養三巻集』などにも見え、もっとも流布したものである。(永田)

名物《なのもの》

ある範疇の中で重要視され、個有の名称で呼ばれる物のことをいう。たとえば名の虫は「蛍」や「蟋蟀《きりぎりす》」、名の月は「十五夜」や「十三夜」である。単に「虫」「月」と詠む場合は「只の物」(只の虫・只の月)とする。両者は去嫌《さりぎらい》において区別され、宗祇『連歌心付之事』は、「〈萩〉に〈菊〉など名物付け候、苦しからず」とし、『宗養書留』は「名木《なのき》に名木」を付ける時は、各々の特質を重視するようにとし、また、「無名の〈鳥〉に名の〈鳥〉を付くる事」などを説明する。→無名物(永田)

奈良の連歌《ならのれんが》

古くは春日神社と興福寺関係者が中心で、『菟玖波集』には大中臣経員《おおなかとみつねかず》・中臣延朝《のぶとも》などが入集している。その後も応仁の乱を避け一条兼良が疎開、宗祇・兼載らの下向などで栄えた。奈良出身の紹巴の頃に最盛期を迎え、紹巴・昌叱・心前らの一座した千句や百韻が興行された。その頃に活躍した連歌師に元知がおり、以後、その子孫を中心に江戸末期まで紹巴改訂の連歌式目を用いた連歌が行われもした。『明翰抄』には中臣祐範《すけのり》など四十七名の奈良連歌師が挙げられている。(松本)

なりの句《なりのく》

「なり」は形態の意で、叙景句のこと。主観性のある風情のこもりがちな景気の句に対し、客観的に情景を描写した句をいう。肖柏『春夢草』の付合「細かに注ぐ桐の葉の雨／影薄き山は蜩鳴く声に」の古注には「初秋の〈なりの句〉なり」とある。特に、『*兼載独吟千句』の注や『*竹林抄』の注『竹聞《ちくぶん》』など、*兼載関係の注釈書で多用された語で、兼載『*連歌延徳抄』には、心情を複雑に表現した句には、「景気か(略)体《なり》ばかりにて付」けるべきだと説かれている。(永田)

なれや留《なれやどめ》

句末を「なれや」と留めること。『*連歌秘伝抄』に「*てには付」の一つとして、「〈なれや留り〉の付け様、これは組み合はせ定まらず。言ひかけて付くるにも付かざるにも、作者の了簡《りょうけん》によって組み合はする〈てには〉なり」と説明される。作者の判断で*前句に対してどのようにも関係づけられる留め方だが、命令の意だけはないとする。同書で例示された「澄むも濁るも水の心か／味はひを作り籠めたる酒なれや」は、前句を酒のことに*取りなして素直に付けたものである。→てには留(永田)

難句《なんく》

付けるのに困難な句。もともと『*古今著聞集』に「ゆゆしき難句にて人々案じわづらひたりけるに」などとあるように、*短連歌で使われた用語で、これにうまく付けた者は称賛された。文芸化した*長連歌では、『*会席二十五禁』で禁じられているように、特異な素材・表現の句で、付けにくく良くない句とされた。ただし、*二条良基は『*僻連抄』で、取り立てて何もない句に風情ある句を付けることが難しく、そのような*前句こそ本当の難句であるとし、*宗祇も『*老のすさみ』で同様に述べている。(廣木)

可隔何句物《なんくへだつべきもの》

*連歌式目中の規定。*去嫌《さりぎらい》の規定の根幹をなすもので、「一座何句物」と合わせて連歌式目の主たる規定である。『*連歌新式』では「*可嫌打越物《うちこしをきらふべきもの》」「可隔三句物《さんくへだつべきもの》」「可隔五句物」「可隔七句物」に分類されて一覧されている。単語というよりある範疇の語の出現の規定であり、たとえば、「可嫌打越物」では「霧に*降物」、「可隔三句物」では「月・日・星、かくの如き*光物」、「可隔五句物」では「虫と虫」などが挙げられているが、「虫」は虫類の意である。→一座何句物(廣木)

【に】

匂の花《においのはな》

名残の折裏で詠まれた*花の句をいう。「名残の花」とも。土芳『三冊子』(一七〇二年成)に、*宗長の時にそれまで花の句は三句であったのを一句加えて「匂の花」と称したとある。名称の理由としては馬琴『燕石雑志』(一八〇九年成)に、一巻の花の最後で名残として匂うの意ということから、とある。近世中期以後の*俳諧では花の*定座が挙句の直前の句と定まったことによって、特別な儀礼をもって*披露され、*香が焚かれた。そのために「匂の花」と呼ばれたとの説も見えるようになる。(廣木)

二月二十五日一日千句《にがつにじゅうごにちいちにちせんく》　連歌作品。文明十七年(一四八五)から永正四年(一五〇七)まで二十三年間のうち、十三年間の「細川千句」の*三つ物集である。ただし、終わりの四年分は一部のみ現存。この時代は細川*政元政権下(一四九三〜一五〇七)にほぼ重なる。五座に分け、第一座は細川管領の座で、この座の*連衆のみ名簿を記す。また、この*発句のみ将軍の句とするが、政元政権樹立以後は代作となった。『戦国の権力と寄合の文芸』(鶴崎裕雄・和泉書院)所収。→細川千句(廣木)

逃句《にげく》　付け方の一体。*前句の世界とは別の方面へと逃げて付ける手法をいう。『*連歌諸体秘伝抄』は、「逃《にげ》てには」として「別体なるものにて逃げさせて付けたるなり」と説き、「言はぬ心ぞ奥に残れる／山陰に今日は真柴をかりほして」を、恋の心を遁世者の心情に*取りなして逃げた付けとする。「恋の逃句なんどには、かやうに類せぬ方へ言ひ遣り候」ともあり、難解な前句を軽くいなして転ずる手法として、恋離れにも用いられた。*俳諧で言う逃句は、*遣句《やりく》に近い。(永田)

二五三四の句《にごさんしのく》　短句の下七音が、二音と五音に分かれずに、三音と四音になるのがよいということをいう。『*肖柏伝書』には「二五」の句として「山の遠きやまづ暮れぬらん」を挙げ、「まづ」と「暮れぬらん」と切れるので、「ことのほか句がら切れ切れにて聞きにくきや」とし、「山の遠きや夕べなるらん」とすれば、「夕べ」と「なるらん」となり、「これはのびのびとしてしかるべく候ふ」と述べる。*宗牧『*四道九品』では、「下句の習い」として、「二五三四はよきなり」、「五二四三は悪きなり」としている。(松本)

二根集《にこんしゅう》　連歌書。荒木田守平編。文禄四年(一五九五)成。*伊勢神宮内宮神官、守平の連歌に関する聞書である。第一巻は三条西実澄(*実枝《さねき》)・細川*幽斎・*紹巴らから、第二巻は荒木田守兼・荒木田守*

武らから、第三巻は守武・度会《わたらい》常信から、第四巻は宗牧・宗養・紹巴から、第五巻は紹巴らからのものである。なかには、肖柏・宗長らの言説を神宮神官から聞き書きして採録したものもある。句例が多い点、また、室町末期の伊勢神宮の連歌享受史を示している点でも貴重な資料である。古典文庫『二根集』所収。（永田）

二字切《にじぎれ》　発句に切字が二つあり、二箇所で切れるものをいう。『連歌秘袖抄』には、「〈折る人は花に恨みん風もなし〉〈花や引きかへる袖見ぬ木陰かな〉、右の発句、〈恨む〉と〈もなし〉とこれ二字切なり。また〈や〉と〈かな〉とこれ二つ、右同前なり」と説明する。『連歌奥儀明鏡秘集』でも「二字切」として同じ発句を挙げており、宗牧・宗養関係の伝書に見えるものである。なお、三字切に対して三段切はあるが、二段切は記述がなく、これは問題にされなかったと思われる。（松本）

二字反音《にじへんおん》　賦物の一種。二音から成る語で、下から読んでも意味をもつような語を、各句に詠み込む賦物。たとえば、「はな（花）↓なは（縄）」「なつ（夏）↓つな（綱）」などの語である。二条良基『筑波問答』に、「昔は二字反音、三字の中略、物の名など、後鳥羽院御時はことさら賦物を御好みありき」とあるが、一条兼良『連歌初学抄』によれば、「二字反音以下の賦物は、千句連歌の発句ばかり賦物に常にこれを取る」と形骸化され、ほとんど用いられなくなった。→賦物（永田）

西山家《にしやまけ》　大阪天満宮連歌所宗匠を勤めた家系。三十年余中絶していた月次《つきなみ》連歌を再興すべく、正保四年（一六四七）に宗因が宗匠職に任じられ、以後、宗因の子孫が大阪天満宮の連歌を司った。第二代は宗春で寛文十年（一六七〇）、第三代は昌察で享保九年（一七二四）、第四代は昌林で享保十五年に、第五代は宝暦二年（一七五二）に宗森（昌森）が、それぞれ宗匠となっている。ただし、宗森、その弟、宗珎あたりから軽視されはじめ、十九世紀に入るとその系譜は絶えた。なお、宗因から三代の発句は『西山三籟《さんらい》集』にまとめられている。（廣木）

西山三籟集《にしやまさんらいしゅう》　連歌撰集。昌休編。享保十九年（一七三四）成。西山家第四代の昌林が曾祖父、宗因、祖父、宗春、父、昌察の発句集を合わせ解体したうえで、再編纂した書である。「三籟」とは天地人の音響のことで、それを三人に当てはめての書名。全体を四季に分け、さらにそれぞれの部を十二月題に分類し、題ごとに宗因・宗春・昌察の順で配列している。*詞書も多く記されており、各*発句の詠句事情が窺える。平範篤の序、*昌迪《しょうてき》の跋を付す。『西山宗因全集1』(八木書店)所収。(廣木)

二条河原落書《にじょうがわらのらくしょ》 建武三年(一三三六)成の『建武年間記』に「口《くち》遊《ずさみ》」として付載された落書。建武二年八月に書かれた。鎌倉幕府崩壊後の建武の中興期の混乱した世相を風刺したもので、この中に、「京・鎌倉をこきまぜて、一座揃はぬ似非《えせ》連歌。在々所々の歌連歌、*点者にならぬ人ぞなき」という連歌に関わる記述がある。これによって、京と鎌倉では連歌のあり方が相違していたこと、点者となって報酬を得ていた者がいたことなどが分かる。『群書類従25』所収。(廣木)

二条殿《にじょうどの》 二条*良基の邸宅。京都、二条押小路烏丸にあった。その様子は『*筑波問答』序文に描写されている。*後鳥羽院の時代から泉水が湧く庭園として著名で、良基はここに十堺と総称された殿舎などを設け、貴顕・地下《じげ》にとらわれず多くの人を招き、学芸・文学活動の拠点とした。『*菟玖波集』には*詞書によって、この十堺のひとつの蔵春閣での連歌と分かるものが二句、『*九州問答』には一句認められる。さらに、『菟玖波集』には泉殿と目される建物でのものが二句ある。(廣木)

似物《にせもの》 その語の本来の意味とは別に、比喩的に用いられている語で、「波の花」や「花の滝」のような語のこと。元来、歌論で用いられ、源*俊頼『*俊頼髄脳』には「歌には似物といふことあり」とある。『*連歌新式』には「一座三句物」に、「似物の花この外一」とあり、「*可分別物《ふんべつすべき》」では例を多く載せたうえで、「似物の嫌様《きらひやう》」は一様ではなく、*去嫌《さりぎらい》に関してはそれぞれであると注記している。また、丈石『*俳諧名目抄』の「似物」の項にも多くの例が挙げられている。(永田)

日晟《にちせい》 武家。生没年未詳。『*新撰菟玖波集作者部類』に「垂水、伊勢国司内」とあり、伊勢国司北畠*教具《のりとも》家臣で、現三重県、津市の垂水氏の出か。教具は連歌を愛好し、*宗砌ら*七賢と交流があったが、その家臣として宗砌に師事し、北畠家の連歌を担った。文安二年(一四四五)の『*文安月千句』で第一百韻で宗砌の*発句の*脇を詠んで以後、『*宝徳四年千句』など多くの連歌に参加、長禄元年(一四五七)*専順発句の『何路百韻』では*宗祇より多くの句を詠んでいる。『*新撰菟玖波

集』に四句入集。（廣木）

日与《にちよ》　僧。日誉とも。生没年未詳。日蓮宗本能寺の僧で、権大僧都。『新撰菟玖波集作者部類』に「故」とされていることから、明応四年(一四九五)以前に没したと考えられる。文明九年(一四七七)閏一月、大内政弘家臣、杉重道の陣所で、宗祇発句の「何船百韻」に参加、十一句詠んでいる。文明十五年三月には自坊で宗伊・基佐らと「何路百韻」を主催するなど、たびたび本能寺で連歌会を催していたらしい。また『七人付句判』にも参加している。『新撰菟玖波集』に十二句入集。（廣木）

日輪寺《にちりんじ》　現、東京都台東区西浅草にある時衆寺院。慶長八年(一六〇三)に当地に移転する前の地名に因み、芝崎道場と称された。日輪寺住職である其阿《ごあ》は寛永五年(一六二八)から柳営連歌に参加、以後、里村宗匠家とともに歴代其阿が参加するのが通例となった。其阿の法名は元来、現、愛知県碧南市大浜にある称名寺住職のもので、称名寺は松平家(後の徳川将軍家)の領内の寺として、また連歌においても徳川家と深い関わりがあった。その縁での柳営連歌参加と思われる。（廣木）

新田神社蔵連歌懐紙《にったじんじゃぞうれんがかいし》　連歌懐紙。鹿児島県川内市新田神社所蔵の中世文書に添付されているもので、元応二年(一三二〇)六月十一日と元亨三年(一三二三)正月五日張行の百韻二巻分計八枚の懐紙である。ただし、懐紙を広げ、多い場合は上下の半分以上を切断してあり、句の上下を欠くものも多い。連衆は神社関係者らしい。懐紙書様は後のものと一致し、現存する数少ない鎌倉期の原懐紙として貴重である。大内初夫「薩摩新田神社所蔵の鎌倉末期連歌懐紙」(「語文研究」19)所収。→懐紙（廣木）

に留《にどめ》　句末を「に」と留めること。「に留り」とも。『連歌秘伝抄』の「てにはは付」の一つで、「前の心を受けて言ひかけて付くるなり」と説明される。「平付」(順接の〈に〉)と「違付」(逆接の〈に〉)の区別があり、それぞれ例句を挙げる。たとえば、「思ふ甲斐なく宿やつれなき／我に憂き人の命も知らぬ世に」は平付、「峰の遠《をち》より雪ぞ降り来る／月影のしばし残りて見えつるに」は違付とする。宗碩『連歌初心抄』は発句の「に留」は注意が必要だと説く。→てには留（永田）

蜷川親当自連歌合《にながわちかまさじれんがあわせ》　連歌作品。*親当(*智蘊)の自連歌合。成立年は不明だが、嘉吉二年(一四四二)九月十八日に親当は「智蘊」と称していることなどから、嘉吉二年以前の成立か。はじめに、*春・*秋・*冬の*発句六句を三番に、続いて春・*夏・秋・冬・旅・*述懐《しゅっかい》・*神祇の*付合十六を八番に合わせたもので、計十一番から成る。*宗砌による*判詞と*合点が付されている。なお、三番左の発句は『*竹林抄』に収録されている。『連歌史の諸相』(岩下紀之・汲古書院)所収。→連歌合(松本)

忍誓《にんぜい》　*連歌師。生没年未詳。京都二条西洞院の顕証院の僧で得業《とくごう》。永享五年(一四三三)二月十一日の『*北野社一日一万句』に出座、以後多くの連歌会に参加する。永享十二年十月十五日、*宗砌・親当《ちかまさ》(*智蘊)との三吟「山何百韻」を詠み、宝徳元年(一四四九)八月には自坊で『*顕証院会千句』を催す。和歌を正徹に学び、『草根集』に名が見える。康正元年(一四五五)東国に下向、この後、消息不明になり東国で没したか。*七賢と同時代の連歌師で同等の連歌師で能力を持つが、七賢には数えられなかった。『*新撰菟玖波集』に十四句入集。(松本)

【ぬ】

主に不似合句《ぬしににあわざるく》　一句の内容がその作者の身分や年齢などにふさわしくない句のこと。『*会席二十五禁』に見える言葉。これに*昌坪は「下人として〈我が国〉などやうのこと」であると注記している。また、『*宗祇初心抄』には、「人に似合はざる連歌の事」として、出家には「浮かれ女を一夜の宿の契りにて」などが、若き人には「古《いにしへ》の名を偲ばるる身の古りて」などが挙げられ、*兼載『*梅薫抄』にも少年に*哀傷の句は似合わず、*春*秋の句などがよいとある。(永田)

【ね】

年中日発句《ねんじゅうひほっく》　連歌撰集。編者・成立年未詳。「一年中日発句」「日発句」とも。*日発句の一種で、*発句を一月から十二月まで日ごとに配列したもので、三百六十六句ある。作者は連歌七賢中から宗伊を除き、忍誓・祖阿を加える。宗砌と専順の合計が八割ほどで、巻頭に宗砌の句を置くことから、宗砌周辺、もしくは宗伊の作か。異本には作者名や句数にかなりの相違が見られる。湯之上早苗「翻刻『年中日発句』―金子本―」(「中世文芸」47)所収。(永田)

【の】

能阿《のうあ》　同朋衆・連歌師。応永四年(一三九七)～文明三年(一四七一)。七十五歳。能阿弥・真能。七賢の一人。父は毎阿弥。将軍家の同朋衆として、唐物管理・会所の飾り付けなど賓客接待を司り、画家としても優れていた。永享五年(一四三三)の『北野社一万句』に参加、康正三年(一四五七)、北野天満宮連歌会所奉行就任以後、将軍家の連歌会を中心に活躍、心敬・専順・行助などとも頻繁に同座した。句集に『集百句之連歌』があり、『竹林抄』に百七十一句、『新撰菟玖波集』に四十二句入集。→同朋衆・三阿弥(廣木)

能順《のうじゅん》　社僧。寛永五年(一六二八)～宝永三年(一七〇六)。七十九歳。北野天満宮仕《みやじ》。能舜の子。天和三年(一六八三)、連歌所および神学等の学問所として北野学堂が創建されるとその連歌宗匠となり、北野天満宮の連歌を担った。明暦三年(一六五七)、加賀国前田利常に招かれ、小松天満宮別当となり、両地を行き来、前田領、特に富山藩内に連歌を広めた。晩年小松に移住し、そこで没する。芭蕉は『奥の細道』の途次、能順を訪ねたと伝えられる。句集に『聯玉集』『発句書留』がある。→小松天満宮(廣木)

濃体《のうてい》　十体の一。「こまやかなるてい」とも。手の込んだ工夫による繊細な美を感じさせる風体。元来、和歌において使われた用語で、『定家十体』や他の定家偽書類に見える。『毎月抄』では基本として学ぶべき体とし、心敬『ささめごと』は『毎月抄』に類似した説明を載せ、「水や昇りて露となるらん／玉垂れの小瓶に差せる花の枝(信照)」などの句例を挙げている。宗長『連歌比況集』は濃体を学ぶには、専順の句を味わうべきである、としている。(山本)

退く《のく》　前句と付句が意味や詞の繋がりにおいて緊密に付いておらず、離れていること。*二条良基は『*連歌十様』で「下手の句は、いかにも付きたるやうなれども、心が退くなり」と述べるが、『*撃蒙抄』では例句を示して、たとえば、*恋を*旅に取りなして転じているのを、「退け所も興あり」とその面白みを認めている。『*了俊下草』では「*寄合のまた退く事は候ふまじく候。退きて候ふかと覚え候へども、よく付き候」とし、一見、退いているようでも、結局はよく付いていることが肝心である、と注意している。(永田)

除句《のけく》　付け方の一体。退句《のけ》とも。*前句からの展開に詰まったり、違う内容に転じる際に用いる方法。『*知連抄』の「六の句作」の一つで、「詰まりたる所を付くる」場合と、「詰まらねどもよき方へ付く」場合の二つがあるとし、「日は見えながら時雨ゆくなり／ふり過ぐる身は人数にまだ入らで」の例を挙げ、「日は見えながら」に「入らで」、「時雨」に「ふり過ぐる」と付けて、別の内容に転じているとする。『*連歌諸体秘伝抄』の「離句《はなれく》」と同じで、*遣句《やりく》に類する面もある。(永田)

野坂本賦物集《のさかぼんふしものしゅう》　連歌書。編者未詳。鎌倉末期成。「うたづゑ」とも。賦物に適応する語を集成した現存最古の賦物集。前後に落丁があり完全ではないが、賦物が「何色」・「初何」以下二十九類挙げられ、それに適応する語を三千八百五十四語挙げる。一賦物当たりの語数はほとんどが百を超え、賦物が*百韻全句に取られていた当時の連歌の実情を伝える好資料である。また、熟語の出典注記がきわめて多いのも特徴。中世文芸叢書『鎌倉末期連歌学書』に写真と索引がある。→賦物・賦物篇(永田)

能登畠山家の連歌《のとはたけやまけのれんが》　初代満慶《みつのり》(一三七二～一四三二)は管領、基国の次男で、現石川県、能登国守護となった。以後、義《よし》統《むね》(?～一四九七)の頃から居城七尾城は北陸における文芸の中心地となっていった。特に義総《よしふさ》(一四九一～一五四五)は文事を好み、*三条西実隆・*公条《きんえだ》父子らとの交流のなかで、『源氏物語』などの古典の収集・研究にも取り組み、実隆から*古今伝授も受けている。歌人、*宗碩・*永閑・*寿慶ら連歌師も頻繁に来訪し、被官を交えて、七尾城では盛んに連歌が興行された。(廣木)

信実《のぶざね》　公家。藤原。治承元年(一一七七)～文永二年(一二六五)。八十九歳。寂西。隆信の子。多くの歌会に出席した。『*明月記』によれば、連歌は建保五年(一二一七)四月十四日の*後鳥羽院の庚申連歌会に参加したのをはじめ、諸家の連歌会に頻繁に参加し、連歌の上手と認められていたらしい。『*私所持和歌草子目録』によると、*連歌式目も制定している。絵の名手で『北野天神縁起絵巻』を描いた。家集に『信実集』がある。『新勅撰集』以下の勅撰集に百三十二首、『*菟玖波集』に十一句入集。（山本）

宣胤《のぶたね》　公家。中御門。嘉吉二年（一四四二）～大永五年（一五二五）。八十四歳。権大納言。明豊の子。*後花園天皇・*後土御門天皇・*後柏原天皇に仕え、宮中や幕府の歌会などに出席した。連歌は文明十四年（一四八二）八月二十五日内裏での「*一字露顕連歌」以降、内裏*月次《つきなみ》連歌など多数の連歌・*和漢聯句の会に出席している。日記『宣胤卿記』は、永正十六年（一五一九）二月十六日に自邸で「春日社法楽連歌百韻」を行ったことなど、当時の歌会・連歌会などの文事に詳しい。『*新撰菟玖波集』に十句入集。（山本）

教具《のりとも》　公家。北畠。応永三十年（一四二三）～文明三年（一四七一）。四十九歳。伊勢国司・権大納言。子に*政郷、孫に材親。武将としても活躍、足利*義教に信任され、嘉吉の乱（一四四一年）で義教を弑した赤松*満祐を滅ぼす。連歌を*宗砌に師事、一四五〇年頃、宗砌より『*古今連談集』を贈られている。享徳元年（一四五二）頃、宗砌・*専順らを招き、長谷寺で『*初瀬千句』を主催、文明元年（一四六九）には一条*兼良《かねよし》の判を得た『北畠家連歌合』を興行している。『*新撰菟玖波集』に六句入集。（廣木）

【は】

梅庵古筆伝《ばいあんこひつでん》　伝記。*由己著。天正十九年（一五九一）成。*豊臣秀吉に献上した屏風に貼られた古筆切の筆者の略伝についてまとめたもの。宸翰・親王准后・公卿諸臣・地下《じげ》に大別し百三十二名の小伝を記す。公家諸臣は西行・*定家・*肖柏らを含む七十七名、地下は二十五名で、親当《ちかまさ》（*智蘊）・*宗砌・*行助・*心敬・*専順・*宗祇・*兼載・*宗長・*宗碩・*周桂・*宗牧など*連歌師が大半を占める。『続群書類従31下』所収。
→手鑑（永田）

俳諧《はいかい》　「誹諧」とも。元来、滑稽、戯れの意。古く『古今集』の「雑体」部に「誹諧歌」（「ひかいか」と読むとも）とされた歌群がある。連歌においては*二条良基『*筑波問答』に諸体の一つとして「誹諧」の語が見え、『菟玖波集』では「雑体《ざってい》連歌」中に「誹諧」の部を置いている。俳諧性は短連歌に顕著であり、長連歌成立当初は「無心連歌」として現れていたが、文芸化とともに連歌の本道から外れ、『新撰菟玖波集』ではその部立は削除され、別種の文芸と認識されていき、後世の俳諧へと繋がっていった。→守武千句（廣木）

俳諧名目抄《はいかいみょうもくしょう》　俳諧辞書。丈石（一六九五～一七七九）著。宝暦九年（一七五九）刊。丈石は宗順とも。俳諧作法に関する語（名目）を初心者のために解説した辞書で、「一云捨」から「墨を付る」まで三百五十余りの語を検索しやすいようにいろは順に並べる。語によって簡略なもの、説明を省くものもあるが、他に類例を見ない説明がなされるものも多く、また連歌との相違を挙げる箇所もあり、連歌においても貴重な書である。校註俳文学大系『作法篇第一』（大鳳閣書房）所収。（廣木）

誹諧連歌抄《はいかいれんがしょう》　俳諧連歌句集。宗鑑編。「誹諧連歌」「犬筑波集」とも。享禄末から天文初（一五三二）にかけて成立したか。宗鑑が見聞した俳諧を書き留めて編纂した発句・付句集で、なかには宗祇・宗長・兼載・宗碩・守武・宗鑑の作も見える。伝本の異同が甚だしいが、後に『新撰菟玖波集』に対して『新撰犬筑波集』という卑称を冠して刊行された。『竹馬狂吟集』に次ぐ第二の俳諧撰集で、雅を卑俗化した自由放埒な作風である。新潮日本古典集成『竹馬狂吟集他』（新潮社）所収。（永田）

梅薫抄《ばいくんしょう》　連歌論書。「梅薫集」「梅春抄」「色葉梅薫集」とも。兼載著。兼載が宗春と称していた文明十八年（一四八六）以前成。後、増補されたらしい。末尾に北野天満宮梅松院梅寿丸宛とある。会席に出る際の留意点、十二ヶ月ごとの発句に詠むべき景物の本意、忌詞、述懐《しゅっかい》・懐旧・神祇・釈教の詞、山類と水辺の体用の詞、切字、てには付、心の小宛、花などの詠み方、などについて初心者向けに説いた書である。『連歌論集4』（三弥井書店）所収。（松本）

梅宗牧両吟朝何百韻《ばいそうぼくりょうぎんあさなにひゃくいん》　連歌作品。「稙家《たねいえ》宗牧両吟朝何百韻」とも。天文九年（一五四〇）四月二十五日に張行された、近衛稙家《たねいえ》と宗牧の両吟百韻である。「梅」は稙家の一字名。発句は稙家の「待たで聞く声や人づて時鳥」で、当時、宗牧の宗匠職就任のことがあり、それを祝ったものか。下野国(栃木県)の佐野藤九郎の求めによるとする宗牧の注がある本が伝わる。*行様《ゆきよう》に言及し、稙家の句を称揚することに特質がある。桂宮本叢書『連歌1』(養徳社)所収。(松本)

白砂人集《はくさじんしゅう》　連歌書。著者未詳。安永年間(一七七二～八一)刊。成立年未詳。前編と後編に分かれ、前編はほぼ*紹巴『*連歌教訓』による。後編は「秘書要訣」と題され、三分の二ほどが伝*宗養『*連歌秘袖抄』と一致し、さらに「*てには」「*てには留」説を付け加える。後編は『連歌秘袖抄』が踏まえたものと共通する伝書類から作られた可能性がある。前編には*貞徳、後編には芭蕉・許六・雲鈴の奥書があり、前編のみの書に後編が合わせられて芭蕉らに伝えられたらしい。古典文庫『芭蕉伝書集2』所収。(廣木)

白山万句《はくさんまんく》　連歌作品。慶長十一年(一六〇六)十月十二日から十二年十一月二十五日の間に*張行された*百韻を百巻にまとめた*万句連歌で、現石川県、加賀国一宮白山神社に奉納されたもの。八十三百韻および断簡四巻が現存する。領主、前田利家の意向により白山神社再興を願って計画されたもので、各百韻に奉納者名が記されているが、一族・家臣・僧などすべて加賀藩関係者と思われる。なお、『宗甫・明宗両吟千句』などが付加されている。『白山万句　資料と研究』(白山比咩神社)所収。(廣木)

白髪集《はくはつしゅう》　連歌書。*紹巴著か。奥書には、永禄六年(一五六三)四月上旬に、*仍景《なおかげ》(*昌叱)に書写させ、津田経次に与えたとある。前半は*宗祇仮託の『*初学用捨抄』とほぼ同じ内容で、はじめに十二月題を挙げ、続いて注意すべき景物の*本意を説き、次に連歌を学ぶための心得などについて述べる。後半は切字・*有文無文《うもんむもん》・*てには論・*付合論などで、『*連歌手爾葉《てには》口伝』などからの転載と推測される。『続群書類従17下』所収。(松本)

幕末期連歌人名録《ばくまつきれんがじんめいろく》　渡辺綱条著か。天保十五年(一八四四)頃成。大分県宇佐市渡辺家(里村*玄碩出身家)所蔵の文書で、はじめに「名前并所書」として渡辺家関係者の住所・名を一覧し、次いで「連歌」として、連歌愛好者・*連歌師の名・役名・在所などを記す。前者には「*里村家屋敷」が見え、後者には寛政期(一七八九～一八〇一)あたりからの公家・大名・武士・寺社関係者・町人など六百四十余名を挙げる。石川八朗「翻刻・『幕末期連歌人名録』」

（「九州工業大学研究報告」30）所収。（廣木）

端作《はしづくり》　もともと文書のはじめにその内容を示す題目などを記したものを言った。和歌の懐紙書様においては「秋日遊法輪寺同詠秋山日暮和歌」などと、和歌を記す右に時節・歌会の場所・歌題などを記した。連歌でもそれを踏襲し、*懐紙初折表の右端に「文和四年四月廿五日於二条殿」などと*張行年月日・場所を記した。また*賦物を含めていうこともある。これらを記す必要もあって*発句は初折表の右三分の一を空けて書くことが書様とされた。→懐紙書様（廣木）

馬上集《ばじょうしゅう》　連歌書。作者・成立年代未詳。上巻の跋文には、*心敬が石山寺参詣の道すがら、九条殿の若君に馬上で伝えたことを記したとするが、心敬作は疑われる。上巻は*救済・*周阿・*宗祇などの*連歌師の逸話や*付句の批評、*てには論・*切字・連歌会席のことなど十九項目を記すが、冒頭部分には欠脱があるらしい。下巻は連歌の*十体・十好・*連歌二十五徳・*執筆作法などの二十項目からなり、最後に*陀羅尼観を述べる。一部は*宗砌からの聞書によるとある。『続群書類従17下』所収。（松本）

八句連歌《はっくれんが》　狂言。借金をした者と貸主が、貸主の家で返済をめぐってやり取りをするうちに、借手が床の間の連歌*懐紙を見つけ、連歌の*表八句を楽しむことになり、返済を免れるという話である。各句に借金返済に関する事柄を詠み込み、笑いを誘う。この*発句・*脇は『*竹馬狂吟集』に見え、室町末期に著名であった*俳諧連歌をもとに作られたらしい。当時の庶民階層における俳諧連歌の流行、連歌会の実態などを知るうえでも貴重な作品である。日本古典文学大系『狂言集下』（岩波書店）所収。（廣木）

初瀬千句《はつせせんく》　連歌作品。享徳元年（一四五二）か二年四月頃成。伊勢国司北畠*教具《のりとも》が長谷寺で興行した*千句連歌。『*竹林抄』に第五百韻発句が収録され、その*詞書に「北畠大納言、于時《ときに》宰相、長谷寺にて余花十を題にて侍りし千句に」とある。すべての発句に「余花」を詠み込んだもので、余花千句というべきものである。*宗匠として*宗砌、また*専順を招き、*日晟《にちせい》らの家臣を加えてのもので、教具の連歌愛好、伊勢連歌壇の実際を示す作品である。古典文庫『千句連歌集1』所収。（廣木）

花千句《はなせんく》　連歌作品。永禄元年(一五五八)三月二十三日から二十五日成。近江守護六角氏被官、後藤高俊が*宗養を迎えての興行である。高俊は*宗長・*宗牧と親交があった。*連衆には*紹巴ほか、紹巴門にいた二十歳の*昌叱が仍景《なおかげ》の名で加わっている。他に昌益・昌恩など*里村家の関係者らしき者がおり、紹巴一門が中心的な役割を果たしたらしい。十の*発句すべてに「花」を詠み込む十花千句に該当する作品である。『京都大学蔵貴重連歌資料集5』(臨川書店)所収。(廣木)

花園天皇《はなぞのてんのう》　天皇。永仁五年(一二九七)～貞和四年(一三四八)。五十二歳。*伏見天皇第二皇子。在位一三〇八年～一八年。京極派和歌を学び、在位中に『玉葉集』が撰進され、後には京極派の指導者として光厳院の『風雅集』親撰を助けた。著作に『花園院宸記』があり、正和三年(一三一四)六月十六日の連歌など、連歌会・*聯句会を頻繁に興行したことを記している。『玉葉集』以下の勅撰集に百十八首入集、『*菟玖波集』に六句入集。(山本)

花の句《はなのく》　*正花《しょうか》を詠んだ句をいう。二条良*基『*僻連抄』に、「花の句は最も大事の物なり。*百韻になほ一句を得難し」とあるように、月とともに賞翫の対象として尊重された。後世、*俳諧では*定座《じょうざ》が定められたが、『*連歌新式』では「一座三句物」中に一枚の*懐紙に一回で計三、この他に、「*似物《にせもの》の花」が一回とあり、後に単に四句とされたのみである。*紹巴『*連歌至宝抄』に「貴人功者ならでは、平人は斟酌《しんしゃく》ある事なり」とあり、これが通念であったが、*心敬『*ささめごと』では「句」の質によるべきであると否定している。→月の句(永田)

花のまがき《はなのまがき》　連歌書。*宗砌著。享徳元年(一四五二)成。序として連歌が諸神に納受され、人々に長く愛好されてきたと述べた後、*救済二十二句・*良阿十四句・*周阿六句・*梵灯庵三句、および宗砌自身の二句の*付句を挙げて、それぞれの*付合を*十体論を引きつつ解説した書。挙げられた*連歌師によって宗砌が南北朝期の連歌を庶幾していたことが分かる。奥書に大和国の少年の求めに応じて書いたとあるが、誰かは不明である。『連歌論集3』(三弥井書店)所収。(廣木)

花の下宗匠《はなのもとそうしょう》　連歌・*俳諧の第一人者に与えられた称号。*花の下連歌師の系譜を引く*地下《じげ》連歌師が、連歌界を領導する者とみなされたことによって生まれた称である。近世末成の阪

*昌成《しょうせい》『花下《はなのもと》称号事』には室町時代に「花下宗匠」号が勅許され、幕府から「花下領」が与えられたとあり、*宗砌・*宗祇の名が挙げられているが信じがたい。同書には一時中絶、豊臣*秀吉が再興し、里村*昌叱《しょうしつ》が就任したともある。その頃から*里村家当主が代々名乗ることになったと思われる。→宗匠（廣木）

花の下の式目《はなのもとのしきもく》

*花の下連歌師が用いていた*連歌式目。冷泉家に伝わる鎌倉後期書写とされる『*私所持和歌草子目録』には「花下《はなのもと》様」「同式(花下道生等)」「花下新式目」という書名が挙げられ、二条*良基『*僻連抄』所載式目「*賦物」の項には「ただし、花の下の説にいふ」という注記が見える。『*連歌(応安)新式』完成前には各集団、各地でさまざまな式目が用いられ、花の下様もその重要なものの一つであったらしいが、実態は不明である。（廣木）

花の下連歌《はなのもとれんが》

鎌倉時代に寺社の桜の花の下で興行された連歌。貴賤を問わず参集し、*出勝《でがち》に句を付けたとされる。元来宗教的色彩を持ち、それに関わる*地下《じげ》連歌師が主催したらしい。二条*良基『*筑波問答』には「*毘沙門堂・*法勝寺などの花の下にて、よろづの者多く集め」とあり、無住『*沙石集』巻五「連歌事」にはそれらしき実態が描かれている。また、鎌倉後期書写とされる『*私所持和歌草子目録』には「花下《はなのもと》」を付した*連歌式目などが幾つか見られる。南北朝初期には衰退したが、*笠着《かさぎ》連歌がその性格を受け継いだ。（廣木）

花の下連歌師《はなのもとれんがし》

*花の下連歌を主催した*連歌師。『*太平記』巻第七には「花の下の連歌師」とある。二条*良基『*筑波問答』には「花の下の好士」として*道生・*寂忍・*無生の名が挙げられており、『*菟玖波集』には彼らのほか、京月・是性らの句が「花の下」のものとして収録されている。また、『*一遍聖絵』巻第十には「花の下の教願」という名が見える。彼らの次世代の*善阿あたりから花の下連歌から抜け出、より広く活躍する*地下《じげ》連歌師へと移行していったと考えられる。（廣木）

巴聞《はぶん》

連歌書。慶長七年(一六〇二)成。*紹与による師*紹巴の説の聞き書き。*昌叱・*心前の説も記す。慶長三年成の『従紹巴《じょうはより》聞書』の定稿である。現存本には*兼与の書き入れがある。前半はいろは順の*連歌式目に関わる注意で、後半は「四季之詞」「*述《しゅっ》懐《かい》*釈教詞」「付句嫌(又不苦物《くるしからざるもの》)」「*嫌詞」を挙げた後、言葉・*付合をめぐるさまざまな注意事項を記す。*袖下の類であるが、当時の連歌常識を知るのによい資料である。『島津忠夫著作集5』(和泉書院)所収。(廣木)

浜宮千句《はまのみやせんく》 連歌作品。*宗因*独吟の*千句。延宝六年(一六七八)正月二十一日から二十五日までの五日間で詠まれた。現福岡県、小倉初代藩主小笠原忠真の継室、永貞院が二子の将来繁栄を祈願し、自ら願主となって宗因に豊前国浜宮(綱敷天満宮)に奉納させた*法楽連歌である。*発句は永貞院、*脇は藩主忠雄、*第三は長高、以下当社の総代、宗因の順になっているが、いずれも宗因の代作とみられる。第一百韻の発句は「東風《こち》吹かば幾千世愛でん庭の梅」。『西山宗因全集1』(八木書店)所収。(永田)

葉守千句《はもりせんく》 連歌作品。「種玉庵千句」「草庵千句」とも。長享元年(一四八七)十月九日から十一日、*宗祇の*種玉庵で興行された千句。*平野追加二十二句を添える。*連衆は*宗祇・*肖柏・*宗般・*宗長・*恵俊《えしゅん》・*玄清ら宗祇の門弟十三人で、一門のみのくつろいだ趣きがある。第一百韻*発句は宗祇の「我もとて散るか葉守の神無月」。なお、宗長は宗歓から名を改めた最初の会であった。『*新撰菟玖波集』に宗祇二句、*宗友一句入集。宗祇句集『*下草』には十七句収録されている。古典文庫『千句連歌集6』所収。(松本)

孕句《はらみく》 あらかじめ用意しておいた*付句。*二条良基『*九州問答』では同様の事柄を「*作句《つくりく》」として述べている。孕句の語自体は*徳元の誹論『誹諧初学抄』(一六四一年成)に「孕句よりも当意即妙の句をこひねがふべし」とあるのが早いが、室町末期には使われていたと思われる。一般的には否定的に捉えられており、*心敬『*老のくりごと』にも「かねてより*付くるさまを定めおきて、前句の*心・*てにはの沙汰なく」付けるのはよくないとしている。→作句(廣木)

春《はる》 春の季節に関わる事柄をいう。「春」は和歌で*勅撰集の部立とされ、『*菟玖波集』『*新撰菟玖波集』にも継承された。四季の中でもとくに珍重され、『*連歌新式《れんがしんしき》』「*句数事」では五句まで続けることが許され、『連歌新式追加並新式今案等《れんがしんしきついかならびにしんしきこんあんとう》』では三句以上でなければならないとされた。*紹巴『*連歌至宝抄』は花を慕う心を中心に春季の*本意を解説し、後半部に初春・中春・末春の詞を掲出する。なお、「*平秋《ひらあき》」に対して、*恋の意を含まない春の句を「平春《ひらはる》」と言う。(永田)

春の深山路《はるのみやまじ》 日記・紀行。飛鳥井雅有著。弘安三年(一二八〇)元旦から十二月晦日までの仮名日記で、一月から十一月中旬までは、東宮(*伏見天皇)に仕える都での日々を、十一月中旬からは京から鎌倉への旅を記す。東宮・内裏・院での和歌・蹴鞠・連歌などの催しに詳しい。四月十八日の左右に分かれての連歌の早付け、五月十六日の連歌・連句の勝負、*発句への意識の高まり等々、当時の連歌の様相を知るうえで貴重である。新編日本古典文学全集『中世日記紀行集』(小学館)所収。(山本)

阪家《ばんけ》 「坂家」とも。里村(南)*昌迪《しょうてき》の子、*昌周が*里村家から分かれ、延享二年(一七四五)に創始した江戸幕府*連歌師の一流である。初代昌周は、宝暦九年(一七五九)に初めて*柳営連歌に出座、現東京都中央区八丁堀坂本町に町屋敷を拝領した。二代目*昌文、その子昌永はともに柳営連歌の*第三を勤仕したが、昌永は短命で、三代は昌文の養子*昌成が継いだ。その後も*昌功、昌元と五代にわたり幕府連歌師を勤め、幕末までその系統を伝えた。(永田)

判詞《はんし》 「はんじ」とも。元来、歌合などで左右に番えられた歌に対して、作品の優劣を判定する根拠や論を述べた文のこと。判定を行う者を判者といい、単独または複数で、当座または後日に、などの場合があった。歌合が遊技的なものから芸術的な競技へと展開するとともに、文芸批評の要素が強まり、各時代の文学観が論じられている。連歌においても、十四世紀後半頃から*連歌合が行われ、判詞も書かれた。『梵灯連歌合十五番』などの例があり、これは単独で後日判の形である。(山本)

半臂の句《はんぴのく》 半臂は束帯で着る袖が臂までの下着のこと。*心敬が『*ささめごと』で一句の中に「曲」になるような要の語句を二つ詠み込んではならないとして、句中に一見不必要にみえるものを詠み込むのがよく、それを「半臂の句」というと述べる。もともと、歌論に見える言葉で、鴨長明『無名抄』(一二一一年以後成)では「品となりて姿を飾るもの」であるとする。心敬『*芝草』所収「郭公《ほととぎす》蘆の忍びに鳴き過ぎて」の自注に「〈蘆〉は中の枕詞なり。半臂の句」とある。(廣木)

【ひ】

東山千句《ひがしやませんく》

連歌作品。「安養寺千句」「円山千句」とも。永正十五年（一五一八）八月十日から十二日にかけて、*宗長が、因幡前司能勢頼豊の三回忌追善のために京都東山円山安養寺で興行した*千句。頼豊は、細川氏の被官で、宗長の有力な後援者の一人であった。事情は『*宗長手記』に記されている。*連衆は宗長の他、三条西*実隆・*肖柏・*玄清・*宗碩らで、畿内の公家・武家・僧侶・*連歌師ら多様な面々が揃っている。古典文庫『千句連歌集6』所収。（山本）

光物《ひかりもの》

天体として光るものをいう。*百韻の*行様《ゆきよう》の多様性を保証するために*連歌式目上からも規定された範疇語である。『*連歌新式』「可隔三句物《さんくへだつべきもの》」に「月」「日」「星」の語が挙げられている。一条*兼良『*連珠合璧集』にはさらに「虹」「月の桂」「七夕」「稲妻」などが加えられている。なお、暦日の「日」「月」と紛れるために『連歌新式』では、暦日のものを「日次《ひなみ》の日」「月次《つきなみ》の月」と呼び、これらと光物の「日」「月」とはそれぞれ「*可嫌打越物《うちこしをきらうべきもの》」としている。（永田）

光源氏一部連歌寄合《ひかるげんじいちぶれんがよりあい》

連歌書。二条*良基著。貞治四年（一三六五）成。『源氏物語』から主要な詞や和歌を抜き出し、まれに簡単な注記を付したもの。巻ごとにその*本説を表すような語を掲出するだけで、どの語とどの語が*寄合かは明記せず、*寄合書としては原初的なものである。類書に同じく良基作とされる『光源氏一部連歌寄合之事』があり、より梗概書の傾向を持つ。また、『*和歌集心躰抄抽肝要』所収の「源氏寄合」は本書に類似する。古典文庫『良基連歌論書』所収。（松本）

引合《ひきあわせ》

一条*兼良著の『*連珠合璧集』に付載された項目。「引合」は照合の意。「*春の始の心」「暮春の心」「春の心」以下、四季それぞれを三分割し、さらに「*恋の心」「*述懐《しゅつかい》の心」「旅の心」「*山類」「水類」「海類」（この三種は*体用《たいゆう》の注記を含む）「*水辺の除《の》き所」「夜分」「夜分の除き所」の項を挙げ、それに該当する語句を記す。これらの項目は『*連歌新式』の「*句数事」にほぼ一致し、*去嫌《さりぎらい》の規則も含めて、その運用のための具体的な一覧といえる。（廣木）

引違付《ひきちがいづけ》 付け方の一体。本意とは逆の趣向を詠むことで付ける手法をいう。二条良基『僻連抄』に「月の夜に雨を乞ひ、花の句に風を忍ぶ類なり。これは殊に上手の興ありて取りなすなり」と説かれ、同『撃蒙抄』や『連歌諸体秘伝抄』は「面影やその夜の夢となりぬらん／花見し月に雲ぞ恋しき」の例を挙げる。ただし、『一紙品定之灌頂』では、「引違といふ句あり」として、「海に山、朝に夕、人に我、春に秋、夏に冬、夜に昼を付くる」手法とし、対揚付と同意と見なしている。（永田）

肥後道記《ひごみちのき》 紀行。宗因著。主家の加藤家廃絶の翌年、寛永十年（一六三三）九月に旧主正方（風庵）が隠棲していた京都に翌月に着くまでの旅を記す。途中、『平家物語』『源氏物語』などを想起しつつ、加藤家隆盛の往時を偲びながら歩を進めるさまは悲哀の趣きに満ちている。要所要所に和歌および連歌発句を挿入して、みずからの感慨を表出している。宗因の紀行としてはもっとも長い書で、内容面でも特色のあるものである。『西山宗因全集４』（八木書店）所収。（廣木）

尚純《ひさずみ》 武家。岩松（新田）。寛正二年（一四六一）〜永正八年（一五一一）か。五十一歳か。静喜。現群馬県、上野国新田郡の国人。関東の連歌界に重きをなし、永正六年、宗長の『東路のつと』の旅では宗長を迎え、連歌会を催している。兼載とともに編纂した連歌撰集『新編抄』（散逸）の三条西実隆による序文では、風雅に志したことが述べられ、自著『連歌会席式』では自分の周辺の連歌会の猥雑さを批判しており、そのことで文事への執心を示している。『新撰菟玖波集』に九句入集。（廣木）

尚通《ひさみち》 公家。近衛。文明四年（一四七二）〜天文十三年（一五四四）。七十三歳。関白太政大臣・准三宮。政家の子。公家以外に武家・連歌師らとも広く交流し、和歌・連歌・和漢聯句の会を自邸でしばしば催すなど、文化圏の中心を形成した。宗祇から古今伝授を受け、肖柏の『源氏物語』、宗碩の『伊勢物語』の講釈も聴聞した。日記に『尚通公記（後法成寺関白記）』があり、和歌会・連歌会の記事が多く、連歌師らとの交流も詳しい。『新撰菟玖波集』に二十二句入集。（山本）

毘沙門《びしゃもん》 狂言。類曲に「毘沙門連歌」「連歌毘沙門」がある。二人の男が鞍馬の毘沙門天に参詣して授かった「福ありの実」を取り合い、連歌をして決着を図ろうとする話で、発句・脇を作ったところで毘沙門天が感応して現れ、褒美として土産を与える話である(「毘沙門連歌」などでは、毘沙門天が実を二つに割り、鉾と兜を与える)。詠まれた句は俳諧連歌と言えるもので、室町末期の連歌流行と毘沙門信仰の関わりも示している。日本古典文学大系『狂言集上』(岩波書店)所収。(廣木)

毘沙門堂《びしゃもんどう》 花の下連歌の興行地。現京都市北区出雲路、相国寺東にあった寺で出雲路毘沙門堂と呼ばれた。出雲路は堺の地で、古来花の名所であった。二条良基『筑波問答』には「道生・寂忍・無生などいひし者の、毘沙門堂・法勝寺の花の下にて、よろづの者多く集めて、春ごとに連歌し侍りし」とあり、『菟玖波集』には花の下連歌の最古にあたる寛元三年(一二四五)から宝治二年(一二四八)までの、この地で興行された花の下連歌の発句が採録されている。→花の下連歌(廣木)

秀次《ひでつぐ》 武家。豊臣。永禄十一年(一五六八)〜文禄四年(一五九五)。二十八歳。関白・左大臣。秀吉の甥で継嗣となるが、後に謀反の疑いをかけられ自害した。文事を好み、文禄元年(一五九二)には昌叱から『源氏物語』の講釈を受け、同じ頃、紹巴を側近として召し抱え、文事関係の仲介役を果たさせた。紹巴はそのために秀次失脚とともに蟄居させられることになる。紹巴の発句による、天正十三年(一五八五)二月二十五日「何木百韻」や文禄二年(一五九三)三月九日聚楽第での連歌を主催している。(廣木)

秀吉《ひでよし》 武家。豊臣。天文六年(一五三七)〜慶長三年(一五九八)。六十二歳。木下・羽柴・藤吉郎。一字名は「松」。関白太政大臣・太閤。紹巴を庇護し、天正六年(一五七八)五月十八日紹巴宅で張行させた毛利戦勝祈願『羽柴千句』には、第一と第十に一句ずつ句を寄せた。その頃から連歌に関心を寄せるようになったらしく、天正十二年十月四日には細川幽斎・紹巴と同座、その折、紹巴に百石の知行を与えた。また、翌年には『連歌至宝抄』が紹巴から献じられている。(永田)

一節体《ひとふしてい》 十体の一。「有一節体《ひとふしあるてい》」とも。一句の中において、部分的に注目すべき工夫がなされている風体。元来、和歌において使われた用語で、『定家十体』や定家偽書類に多く挙げられている。『毎月抄』では基本の風体を修得した後に学ぶ体とする。心敬『ささめごと』は、定家の記した書には二、三年間柔らかな女房歌を学んだ後に学ぶべき基本的な体

とあると述べて、「涙の色は袖の紅／何故にかかる憂き名の竜田川（*信照）」などの句例を挙げている。（山本）

ひとりごと《ひとりごと》

連歌書。*心敬著。応仁二年（一四六八）成。関東に下向後その地の人の求めにより執筆された書。はじめに応仁の乱に及ぶ内乱の様子を描き、武蔵野の草庵に居を定めた経過を語り、近時の連歌界を回顧し、続いて連歌論に及ぶ。次いで*救済・*周阿の句を比較し、和歌を学ぶ必要を説く。さらに近時の*連歌師の名を師承関係を指摘しつつ多く挙げる。心敬連歌論だけでなく、室町中期の連歌壇を知るうえで貴重な資料でもある。『連歌論集3』（三弥井書店）所収。（廣木）

皮肉骨《ひにくこつ》

もともと書道で使われた言葉で、歌論『愚秘抄』はそれを援用して「強きは骨、優しきは皮、愛あるは肉」とした。さらにこれを引いた*心敬『*ささめごと』では骨の重要性を主張している。その後『*連歌諸体秘伝抄』で「骨の心を主として句作をばするものなり。思ふ心をあらはすを肉と言ひ」と述べられ、主体の心を骨、作品の内の心を肉、表現を皮、と考えられたようである。また、『*連歌秘袖抄』にはそれぞれの句例が挙げられている。（廣木）

日発句《ひほっく》

「日次《ひなみ》発句」「日々発句」「年中発句」とも。正月から十二月まで、一日一*発句を配した計三百六十句前後からなる発句集をいう。既成の句を編纂したものが一般的である。一年を通じた発句の規範句集として編纂されたと考えられる。『*二条殿日発句』『*梵灯庵日発句』のように個人名を冠した個人発句集と、『玉連集』『*年中日発句』のような多数の作者の発句を集めたものとがある。ただし、書名に冠された作者名と句の作者は、かならずしも一致していない。（永田）

百韻《ひゃくいん》

連歌様式の一つで長句（五七五）と短句（七七）を繰り返し、合計百句続ける形。連歌形式の中でもっとも一般的で、とくに注記がなければ連歌と言えばこの形をいう。現存資料上、もっとも早い記録は『*明月記』正治二年（一二〇〇）九月二十日条に「連歌、賦五色、百句了」とあるものである。百の数は定数歌との関係が考えられる。句を韻とするのは漢詩での*聯句《れんぐ》の習慣による。聯句の百韻の記録は早く『水左記』承暦三年（一〇七九）五月十五日条に見える。連歌では『*八雲御抄』に「昔は五十韻百韻と続くることはなし」とある。（廣木）

百番連歌《ひゃくばんれんが》　連歌合。救済と宗砌の付句を七十番、計百四十付合、発句を十七番合わせたもので、百番に足りないが現存本には落丁がある可能性がある。『救済周阿心敬連歌合』のように一前句に他が付け合う形態と相違して、それぞれ別の付合を合わせている。宗砌の句は他の句集に見えるものであるが、救済のものは『菟玖波集』中のものが付句二十三、発句九句あるものの他に見えないものが多い。貴重古典籍叢刊『七賢時代連歌句集』(角川書店)所収。(廣木)

百句付句並付句《ひゃっくつけくならびにつけく》　連歌句集。宗長の「百句付句」と題された句集と無題の句集が合綴されたもの。成立は前者は明応七年(一四九八)〜永正四年(一五〇七)、後者はそれ以降永正五年までか。前者は四季・恋・旅・雑《ぞう》に分類された百付合に発句十一句を加えたもので、後者は初めに発句一句を置き、以下六十一付合を分類せずに並べる。前者は天満宮文庫本『壁草』と三十八句、後者は連歌合集本『壁草』と十六句が重なる。『中世文学資料と論考』(笠間書院)所収。(廣木)

拍子《ひょうし》　付けにくい句などが出た場合に、即吟でさっと付け流す呼吸のことをいう。宗牧『当風連歌秘事』に、「付けにくき連歌をやすやすと軽く付くるを拍子と申すなり。(略)取りあへず早々に付くべき事肝要に候。それ拍子なり」として、進行の停滞を避けるため、速やかに句の展開を促した。『宗養より聞書』には、「程」(よい程合いを置いて句を付ける呼吸)と併せて、「百韻の行様《ゆきよう》は程拍子にある事なり」と説かれている。談林俳諧では拍子が好まれた。(永田)

平秋《ひらあき》　恋の意のない秋の句のこと。「恋の秋」に対する用語。二条良基『僻連抄』には「秋の句に恋の添ひたる句出で来て、ただの秋を付けて、また恋の秋の句、これを憚るべし」、また、その逆もよくないとしており、『連歌新式』にも類似の記述がある。ちなみに春の場合は「平春」と言い、丈石『俳諧名目抄』に立項されている。ただし、この語は古くには見えない。和歌・連歌において恋の心が含まれるのは秋が多いことによると思われる。→秋(永田)

平句《ひらく》　丈石『俳諧名目抄』には「発句・脇・第三・挙句《あげく》・四本の花の句、これ以外はみな平句といふ」とある。ただし、連歌論においては発句に対して用いられることが多い。心敬『所々返答』には発句の悪例に続いて「平句にも」として悪い句例を挙げる。*紹巴『*連歌至宝抄』では「*切字なく候へば平句にあひ聞こえて悪しく候」とする。『*初学用捨抄』には、発句も平句も「うち向きたるままに正直に」「ありのままなる所」を詠むのが「至極」であると説く。（永田）

平句一直《ひらくいっちょく》 *諸礼停止《しょれいちょうじ》・*出合遠近《であいえんきん》とともに、「千句之法度」に定められたもので、後、俳席の掟三箇条の一つにもなった。出した*付句に*指合がある場合、その作者は一度だけ直して出すことができるが、再案の句にも指合があった時はその句を捨て、他の*連衆に代わらなければならないという規則。一人の作者によって、座が停滞することを避けるための法式である。季吟『*誹諧会法』中の「千句之法度」には「一句一直」とあり、俳諧ではこの形を用いた。→千句之法度（永田）

平付《ひらづけ》 付け方の一体。特に*趣向を凝らすこともなく、*前句の表現に沿って付ける付け方のこと。*二条良基『*僻連抄』には「様《やう》もなく、見る所をありのままに付けたり」とあり、『*連歌秘伝抄』では*付様《つけよう》八体の一つとして、「〈山〉に〈峰〉、〈浦〉に〈舟〉、〈賤〉と云ふに〈いやしき〉、形《なり》をそのまま働かさず付くる」と解説し、「月にも見ばや遠《をち》の山の端《は》／時雨《しぐ》るるを色なる峰の四方《よも》の空」を例句に挙げている。このような地味な付け方の中に、秀逸の体を交ぜるのが上手とされた。（永田）

平野追加《ひらのついか》 *千句連歌*満尾の後に追加として作られた連歌。*北野天満宮*法楽連歌『*紫野千句』に「平野法楽」が添えられ慣例となった。平野神社の第一神が連歌の祖とされた日本武尊《やまとたけるのみこと》と見なされたこと、社が北野天満宮の近くにあったことで敬意が払われたのが理由らしい。単に「追加」とのみ記される場合も多く、すべての千句連歌にあるわけでもない。句数は定まっていないが、表《おもて》八句もしくは一折《ひとおり》の二十二句であることが多く、後には主要*連衆以外の者によることが多くなった。（廣木）

披露《ひろう》 連歌会において*執筆《しゅひつ》が句を詠み上げること。和歌会で披講と呼ばれた行為にあたる。ただし、連歌の場合は単なる作品の紹介ではなく、これによって*連衆が付けるべき句を明確に知り得たのであり、運座上最重要なことであった。したがって、句を正確に伝えることが肝心で、『*千金莫伝抄』には「ちと高声《かうしやう》に末座までもよく聞き分くるほどに披露すべき」とあり、*梵灯庵『*長短抄』では「指声《さしごゑ》」つまりあ

まり節をつけずに「読み上げ」るべきとされている。（廣木）

【ふ】

風庵《ふうあん》　武家。加藤。天正八年(一五八〇)〜慶安元年(一六四八)。六十九歳。正方・清左衛門。加藤清正の家臣、加藤可重の子。現熊本県、肥後国八代《やつしろ》城主。宗因を小姓として取り立て、連歌を指導した。寛永八年(一六三一)三月『正方宗因両吟千句』を京都で張行、昌琢に点を求めた。同九年主家改易のため浪人となり京都で出家、その後、広島の浅野家に預けられた。宗因・玄仲・玄的・昌琢らと一座した連歌作品などが見える。茶や俳諧も嗜んだ。連歌句集に『風庵発句』がある。（永田）

風庵発句《ふうあんほっく》　連歌句集。正保五年(一六四八)成。風庵が正保二年九月下旬にそれまでの発句をまとめ、さらに正保三年から五年までの作品を加えた自撰発句集。題の下に「剃髪後芸州広島へ下る」とあり、最晩年に広島で編纂したもの。正篇は四季に部類して二百九句を収め、追加は十七句である。玄俊・玄的・玄陳・玄仲・昌琢の脇・第三を記載するものがいくつかある。詞書から風庵自身や当時の連歌壇の情報を知り得る。『談林叢談』(野間光辰・岩波書店)所収。（廣木）

福城松連歌《ふくじょうまつれんが》　現福岡県、筑前国福岡城で城主黒田家の連歌始《はじめ》として張行された連歌。柳営連歌に倣って行われたもので、正保元年(一六四四)の記録がもっとも古いが、それ以前から行われていたと思われる。当初は正月二十五日、少しの揺れの後、寛政(一七八九)以後は十三日に固定し、幕末まで続いた。太宰府天満宮別当家の大鳥居家が主体となり、他の社家、連歌屋宗匠木山家などが加わっている。記録として『福岡御城松御会連歌集』『福城松連歌』『松之連歌控』が残されている。（廣木）

袋草紙《ふくろぞうし》　歌書。藤原清輔著。上・下巻。成立は上巻は保元二年(一一五七)からその翌年、下巻は上巻に引き続いての執筆とされる。上巻は、和歌の故実と、歌人の逸話である「雑談」などで、下巻は歌合の作法故実や判詞などを記す。連歌に関しては、上巻の和歌故実の一部として「和歌もしくは連歌を云ひ出だす事」「連歌骨法」があり、短連歌・鎖連歌の作法・

故実の資料として貴重である。ただし、「連歌骨法」は後に補記されたものが、本文に挿入されたものとみる説がある。新日本古典文学大系『袋草紙』(岩波書店)所収。(山本)

伏見天皇《ふしみてんのう》　天皇。文永二年(一二六五)〜文保元年(一三一七)。五十三歳。後深草天皇第二皇子。在位一二八七年〜九八年。和漢の学を好み、能筆としても名高い。京極為兼を支持し、『玉葉集』を撰進させた。春宮時代から連歌も嗜み、飛鳥井雅有*『春の深山路』に弘安三年(一二八〇)五月三十日に連歌一折《ひとおり》を行ったこと、後深草院二条*『とはずがたり』に弘安八年三月二日に西園寺邸での連歌に参加したことなどが見える。正和四年(一三一五)五月と六月に伏見殿で*百韻連歌も催している。家集に『伏見院御集』がある。『新後撰集』以下の勅撰集に二百九十四首、*『菟玖波集』に十句入集。(山本)

賦物《ふしもの》　指定された語や字を句ごとに詠み込む規則。*聯句《れんぐ》の押韻《おういん》に準じて*百韻全体を統制するために考案されたが、困難な課題として遊技的な面を担った。上賦《うわふ》・下賦《したふ》・上賦下賦(複式)・*一字露顕・*二字反音・*三字中略・*四字上下略・*物名《もののな》などの種類がある。*連歌式目の制定後は軽視され、十三世紀半ばには*表八句か十句までの課題となり、後には*発句のみとなった。*二条良基*『筑波問答』は表八句でさえも賦物を取らない風潮を、*心敬*『ひとりごと』は*発句出句後に賦物を決める行為を批判している。→上賦下賦・五ヶ賦物・単式賦物(永田)

賦物篇《ふしものへん》　連歌書。*一条兼良著。十五世紀半ば頃成。*『連歌初学抄』中の一編として伝えられた*賦物の手引書である。はじめに「山何・何路・何木・何人・何船」を最重要とし、以下上賦・下賦のもの、さらに*一字露顕・*二字反音・*三字中略・*四字上下略まで賦物を並べ、次いで、それぞれに適応する用語を一覧する。末尾には賦物軽視の風潮などへの覚書を記す。なお、後に*三条西実隆・*肖柏によって各賦物に適応する用語が少し追加され、流布した。古典文庫『良基連歌論集1』所収(廣木)

風情句《ふぜいく》　付け方の一体。「風情付」とも。*付句を付けることによって*前句が珍しい風情に感じられるようにする手法。*『知連抄』は六の句作の一つとして、「野中の松に雨かかりけり/草よりも上に乱るる露ならし」の*付合を挙げ、「松は草より高ければ草よりも上といふ詞にて、雨と野中の風情あり」と説く。ただし、『*連歌秘伝抄』には、「花の面白きに月の風情を付け、紅葉の句には草花などの面白きを付くるなり」とあり、前句の風情ある*景物に相応する景物を付けることとする。（永田）

筆のすさみ《ふでのすさみ》　連歌書。「筆のすさび」とも。一条*兼良著。文明元年（一四六九）成。冒頭に、応仁の乱を避けて南都に下向し、自撰の『*新玉集』焼失を嘆き、日々の無為をまぎらわそうと初学者たちのために本書を記した、と執筆事情を述べる。内容は、*救済・二条*良基・*良阿・*周阿らの合計四十一句を取り上げて、批評と鑑賞を行い、各*前句に対して兼良自身が試みた*付句を載せる。末尾に、この著を叡覧した*後花園天皇の長歌・短歌を載せる。『連歌論集3』（三弥井書店）所収。（山本）

冬《ふゆ》　冬の季節に関わる事柄をいう。「冬」は和歌で*勅撰集の部立とされ、『*菟玖波集』『*新撰菟玖波集』にも継承された。四季の中ではそれほど重んじられず、『*連歌新式』「*句数事」では三句まで続けることが許されるが、一句で捨ててもよいとされた。ただし、冬季の語のうちで「雪」は特別に重んじられた。*兼載『*梅薫抄』では月別に冬季の*本意を解説し、*紹巴『*連歌至宝抄』には定めなく降る時雨や、奥山里では人の訪れが絶える降雪も、都には初雪を珍しく愛でる心を詠むべきであると解説する。→雪月花（永田）

冬康《ふゆやす》　武家。安宅《あたぎ》。大永六年（一五二六）〜永禄七年（一五六四）。三十九歳。三好*長慶の弟で、三好家の同輩であった淡路の安宅家を継いだ。兄と同様、連歌を愛好し、弘治三年（一五五七）五月三日の長慶・*宗養らとの連歌など、飯盛城で誘殺される最晩年まで連歌を嗜んだ。*紹巴・*宗訊《そうじん》・*等恵《とうけい》らとの親交もあった。細川*幽斎『*耳底記《じていき》』には長慶と比較し「ぐっとあちらへ突き通すやうな」連歌であったとある。永禄五年十一月十日の「独吟連歌」や、連歌句集『*冬康連歌集』がある。（廣木）

冬康連歌集《ふゆやすれんがしゅう》　連歌句集。安宅*冬康の自撰連歌句集。奥書に二十歳から二十九歳までの句を記したとあり、天文二十三年（一五五四）頃成か。*付合四百六十二、*発句二百二十句を収める。付句は初めのあたりには幾分、四季順にするなどの編纂意識が見えるが、全体は整っていない。発句部は制作年代順であろうか。発句には少ないながら*詞書があり、交流*連歌師や*張行事情が幾分か判明する。なお、*合点が付されているが、誰によるものか不明である。『続群書類従36』所収。（廣木）

冬良《ふゆよし》　公家。一条。「ふゆら」とも。寛正五年（一四六四）～永正十一年（一五一四）。五十一歳。関白太政大臣。後妙華寺殿。*兼良の子。父の有職故実・古典学を受け継ぐ。多くの歌会に出席、連歌では明応元年（一四九二）五月二日の近衛邸*月次《つきなみ》*和漢聯句会などに参加、明応三年七月七日には*近衛政家・*尚通《ひさみち》・*玄清らを招いて自邸で連歌会を催している。『*新撰菟玖波集』の撰集に関わり、明応四年にその仮名序を執筆した。同集に二十六句入集。家集に『後妙華寺殿御詠草（流霞集）』がある。（山本）

降物《ふりもの》　空から降るものをいう。*百韻の*行様《ゆきよう》の多様性を保証するために*連歌式目上から規定された範疇語である。『*連歌新式』「可隔三句《さんくへだつべき》物《もの》」には「雨」「露」「霜」「雪」「霰」の語が挙げられている。また、「木の葉の雨」「水音の雨」「月の雪」「月の霜」などは降物と同等に扱われたが、「涙の雨」「花の雪」などは降物と見なされていない。一条*兼良『*連珠合璧集』には「春雨」「五月雨」「夕立」「時雨」「村雨」などの雨の類が挙げられている。（永田）

文安月千句《ぶんあんつきせんく》　連歌作品。文安二年（一四四五）八月十五日*張行。*日晟《にちせい》邸で堀河具世《ともよ》が主催したものか。具世は伊勢国司北畠家の一族で、日晟は北畠家の被官であり、その連歌壇を主導した者である。すべての*発句に月を詠み込む十月千句の一つである。*連衆には*宗砌・*専順が加わっている。同年冬に『*文安雪千句』が張行されており、不明であるが十花千句もあった可能性がある。なお、第十百韻の末尾四十七句を欠いている。古典文庫『千句連歌集2』所収。（廣木）

文安雪千句《ぶんあんゆきせんく》　連歌作品。文安二年（一四四五）冬、三日間の*張行か。*日晟《にちせい》が主催したものか。追加二十二句を添える。すべての*発句に雪を詠み込んだ十雪千句の一つ。*連衆として*七賢である*宗砌・*能阿・*行助・*智蘊《ちうん》が加わるが、すべての*百韻に名を連ねているわけではなく、発句一句のみの出句も見えることから、主体は北畠家関係者で、宗砌らはその援助的な役割であり、日によって出座しなかったことがあったらしい。古典文庫『千句連歌集2』所収。→文安月千句（廣木）

文永本新古今和歌集紙背文書連歌懐紙《ぶんえいぼんしんこきんわかしゅうしはいもんじょれんがかいし》

連歌懐紙。冷泉家時雨亭文庫蔵、文永十二年(一二七五)書写の『*新古今集』に使用された懐紙。「賦何人連歌」「賦何物連歌」「賦何目連歌」「賦何物連歌」「賦何船連歌」「賦何人連歌」「賦山何連歌」および*賦物不明の八種。「賦何目連歌」以外は断簡である。また、後半五種は全句の賦物に印を付す。ただし、他もすべての句に賦物を取っていると思われる。懐紙の使用法は後世のものと相違するものがあり、これも注目に値する。冷泉家時雨亭叢書『冷泉家歌書紙背文書上』(朝日新聞社)所収。→懐紙(廣木)

文台《ぶんだい》

*執筆《しゅひつ》が用いる四脚の文机で、大きさは縦三十三センチ前後・横五十八センチ前後・高さ十センチ前後で、天板はほぼ*懐紙の大きさに該当する。天板左右隅に筆返しという桟が付く。漢学などで用いられたものよりはるかに低く小さいが、それは主として懐紙を置くためだけに用い、*硯箱などを載せて用いることがないためである。豪華なものは漆や蒔絵が施され、硯箱と一対に作られている。*俳諧ではこの文台を引き継ぐことが*宗匠継承の象徴となり、その時の儀礼を文台開きと言った。(廣木)

文台捌き《ぶんだいさばき》

連歌会での*執筆《しゅひつ》の*文台の取り扱いをいうが、永長『*連歌執筆之次第』(一八三五年成)に「文台捌き終はりて*発句出吟を待つ」とあるように、執筆が末席から*硯箱・*懐紙・紙縒《こより》などを載せた文台を抱えて正面へ進み座し、硯箱を畳に下ろし墨を磨り、懐紙を折って手に持ち、筆を取り左膝を立て、*発句を待つまでの動作である。時代・流儀により差異があるが、南北朝期にはほぼ整えられた。ただしこの言い方自体は近世になってからか。なお、*満尾《まんび》して元に戻す作法は文台返しと言った。(廣木)

文和千句《ぶんなせんく》

連歌作品。文和四年(一三五五)五月二十五日成か。『*菟玖波集』入集の*付合に「文和四年五月関白家千句連歌に」などとあり、*二条良基邸でのものと分かる。*千句連歌として現存最古の作品であるが、後半五百韻を欠く。各*発句は*張行の時節を詠み込む。良基の近臣に*救済・*周阿・*素阿・*永運ら*地下《じげ》連歌師を加えてのもので、連歌興隆を目論む良基の意図、その水準を示したものといえる。『菟玖波集』に八付合入集。古典文庫『千句連歌集1』所収。(廣木)

文和四年秋賦何船連歌《ぶんなよねんあきふすなにふねれんが》　連歌作品。文和四年(一三五五)秋成。二の折裏十四句を欠く。侍(救済)・素(素阿)・文(永運)・雄(性遵)・導(導誉)の五人が順を替えずに詠む。端作《はしづくり》の次行に二条良基が合点し、長点を一句に付けたと注記があり、現存のものには「長」字のみ付されている。文和年間の連歌は『菟玖波集』に多く採録されているが、百韻・千句の形で残るものは他に『文和千句』のみで貴重である。『連歌―研究と資料』(浜千代清・桜楓社)所収。(廣木)

可分別物《ふんべつすべきもの》　連歌式目中の項目の一つで、式目遵守のために曖昧な語句について解説したものである。古く『僻連抄』『連理秘抄』中の式目では体用の説明なども含んで、式目上判然としない事柄を雑多に注記したものであったが、『連歌新式』ではその一部を「水辺体用事」に取り込み、「花の波」が「水辺」か、など似物に関する注記に限定している。ただし、『新式今案』ではその他四季の区分なども加え、再び枠を幾分広げた形となっている。(廣木)

分葉《ぶんよう》　連歌書。「分葉集」とも。宗祇著。長享二年(一四八八)成。蒲生貞秀(智閑)に宛てて書いたものか。「すさむ」「なむ」「かごと」などの用語二十八語を挙げ、使い方により語義が変わることを証歌や例句を挙げて説明したもの、これに本歌や『源氏物語』の取り方などの項目を付加したもの、さらに用語数を九十五語と大幅に増補したもの、の三種類がある。二番目のものは長享二年十月に相良為続の子、長毎に送られたとある。『連歌論集2』(三弥井書店)所収。(松本)

【へ】

僻連抄《へきれんしょう》　連歌書。二条良基著。康永四年(一三四五)成。総合的な連歌論書として現存最古のもの。簡単な連歌史、稽古の仕方、連歌を詠むのに重視すべきこと、会席のあり方、てには・賦物・風体・合点について、付合の種類、発句・脇の詠み方など、連歌に必要な事柄をほぼ網羅し、終わりに連歌式目、その末尾に十二月題を付す。地下《じげ》連歌師の説を含め、当時の連歌論の集大成といえる。異本に『僻連秘抄』がある。日本古典文学全集『連歌論集他』(小学館)所収。→連

理秘抄（廣木）

篇序題曲流《へんじょだいきょくりゅう》　歌論『三五記』（鎌倉末期成）で説かれたもので、和歌一首の五句をこれに当てはめて、篇（辺）は片端、序は濫觴、題は主題、などとする。心敬はこれを受けて『ささめごと』で篇序題と曲流を付合二句に分け、曲が主眼・理であるとして、前句が篇序題であれば、付句で曲の心を述べ、前句が曲流であれば、付句は篇序題として「言ひ流す」べきであるとする。付合というものは両句で述べたい眼目を主張してはならないという教えである。（廣木）

弁内侍日記《べんのないしにっき》　日記。後深草院弁内侍著。寛元四年（一二四六）四歳の後深草天皇の即位から建長四年（一二五二）までの七年間を記す。幼帝を支える宮廷生活を明朗闊達な筆致で描く。連歌に関しては、寛元四年（一二四六）五月二十日の直廬や、建長元年（一二四九）年八月十五夜の院御所での連歌、建長二年八月十五夜に後嵯峨院と後深草院少将内侍との三人での阿弥陀仏連歌を行ったことなどを記す。後嵯峨院時代の女性連歌作者の記録としても貴重である。新編日本古典文学全集『中世日記紀行集』（小学館）所収。（山本）

【ほ】

法眼専順連歌《ほうげんせんじゅんれんが》　連歌句集。専順自撰。寛正五年（一四六四）七月から文明二年（一四七〇）頃成か。付句百句を春二十・夏十・秋二十・冬十・恋十・雑《ぞう》三十に分けて編纂した前半と、四季に分けるものの句数を揃えていない発句七十三句を収める後半とからなる。前半には後花園院と推測される合点が付されている。前半が先に成立したか。『竹林抄』に付句四十二、発句八句が入集。なお、専順の句集『連歌五百句』と重複する句はない。貴重古典籍叢刊『七賢時代連歌句集』（角川書店）所収。（松本）

芳純《ほうじゅん》　連歌師。生没年未詳。岩松尚純《ひさずみ》・兼載編纂の連歌撰集『新編抄』（散逸）を大永元年（一五二一）完成させ、三条西実隆にその序文を依頼している。『実隆公記』同年八月九月の条には共に連歌を巻いたこと、謝礼を持参したことなどの記録がある。尚純の縁者で、兼載に師事したらしく、荒木田守平『二根集』には上野国人で鹿沼《かぬま》におり、宗牧と論争したとあ

る。上野の連歌壇において兼載の遺風を伝える者として重きをなしていたらしい。（廣木）

傍題《ぼうだい》　和歌では題詠の際に題の肝心のところを外し、その他のことを中心として詠んでしまうことをいい、連歌では、*前句中の付けるべき肝心の詞を軽く扱い、他の詞を中心にして付けてしまうことをいう。*梵灯庵『*長短抄』は「幾代になりぬ住吉の松／呉竹の青葉も雪に埋もれて」の*付合を挙げ「〈住吉〉をば傍《かたはら》になして、〈代〉と〈松〉に付くこと、傍題の句なり」としている。ただし、連歌の場合は、あくまで歌学用語を連歌に置換した形式的な説とみられる。（山本）

宝徳四年千句《ほうとくよねんせんく》　連歌作品。宝徳四年（一四五二）二月十三日から十五日に*張行。「十花千句」とも。各*発句に花を詠み込む。*宗砌・*忍誓・賢盛《かたもり》（*宗伊）・*専順・*日晟《にちせい》らが中心であるが、他にあまり活躍が知られない原春・超心・竜忠が、宝徳元年の忍誓邸での『*顕証院会千句』とともに発句を詠んでいることから、両*千句の関係が窺われる。また、北畠家関係の千句であり、発句に月・雪・花を通して詠む『*文安月千句』『*文安雪千句』『*初瀬千句』との共通性も見られる。古典文庫『千句連歌集3』所収。（廣木）

法楽連歌《ほうらくれんが》　神仏に奉納する連歌。「奉納連歌」とも。「法楽」は神仏に対する尊崇の念の表れとして、法会などの後に神仏を楽しませるために、管弦・芸能などを行ったり、詩歌を捧げることをいう。結果として芸力の向上、また、さまざまな祈願を伴うことが一般である。古来から種々の形で行われてきたが、連歌もその一つとなり、各地の社寺で行われた。連歌の場合は特に*連歌神である菅原道真を祀った*天満宮へ奉納した場合が多かった。*千句・*万句連歌の多くは法楽連歌と見なせるものである。（廣木）

法輪寺《ほうりんじ》　京都市右京区嵯峨、嵐山山腹にある寺。『枕草子』にも名が挙げられている。日本三虚空蔵の一つで旧暦三月十三日に行われる十三詣りで知られている。『*菟玖波集』によれば正和元年（一三一二）三月に*善阿の発句による*千句、翌々年三月に南仏の発句による千句が行われている。『菟玖波集』には年月の記載のない*付合もあり、その頃毎年*張行されていた可能性がある。*花の下連歌から次の段階への移行期のものと考えられる。（廣木）

卜純句集《ぼくじゅんくしゅう》

連歌句集。成立年未詳。巻頭に「連歌拾取四季を分かたず雑袋となす　卜純」とあり、自撰句集と見なせる。はじめに*付合四百四十七、次に*発句二百十九句を分類せずに収め、別紙として十句を追加する。卜純は伝未詳であるが、*発句詞書から*宗祇十三回忌*千句の第七百韻、*細川高国主催の千句で発句を詠み、*肖柏・*宗碩との交流もあったこと、また、北海道を含め、各地を訪れて活躍していることなどが知られる。『島津忠夫著作集5』（和泉書院）所収。（廣木）

細川千句《ほそかわせんく》

文安五年（一四四八）から永禄元年（一五五八）まで、途中中断しつつも例年の行事として二月二十五日に管領細川家が主催し、*北野天満宮法楽のために行われた*千句連歌。『後鑑《のちかがみ》』など諸記録にその興行記録が見え、*三つ物の一部が『*二月二十五日一日千句』として残る。五座に分かれ一日で行われたもので、第一座第一百韻*発句は将軍の発句（文明期以後は代作）とした。足利将軍家の政治的衰えに代わって武家を代表する公的連歌と見なせるものである。（廣木）

細川高国朝臣六々歌仙《ほそかわたかくにあそんろくろくかせん》

連歌作品。細川*高国著。享禄三年（一五三〇）頃成。三十六歌仙の名を物名として各句に詠み込んだ三十六句形式の連歌。現存本には*阪《ばん》昌成の歌仙起源説が前後に付されている。それには三十六歌仙を詠み込んだゆえに歌仙の名が付いたこと、最初の作者は*宗長・*宗碩・高国説のあること、『日本書紀』の伊弉諾尊《いざなぎのみこと》と伊弉冉尊《いざなみのみこと》の「あなうれしゑや」の問答による説もあることなどが記されている。『続群書類従36』所収。→歌仙（廣木）

牡丹花宗碩両吟何人百韻《ぼたんかそうせきりょうぎんなにひとひゃくいん》

連歌作品。*肖柏と*宗碩の両吟。永正十年（一五一三）二月十六日成。*発句は肖柏の「あひにあひぬ訪ふは鶯花の宿」、*脇は宗碩の「押し明け方の霞む槙の戸」で、肖柏が五十二句、宗碩が四十八句を詠む。当時肖柏は現大阪府堺市の夢庵と名づけた草庵に住んでおり、そこに宗碩が訪れて行われたらしい。所々に肖柏と見られる注を付し、句意と付け所を説明している。桂宮本叢書『連歌1』（養徳社）所収。（山本）

発句《ほっく》 連歌の第一句目をいう。「ほく」とも。元来、漢詩での用語である。連歌では*順徳天皇『*八雲御抄』に「発句は(略)しかるべきの人これを得る」と見える。*二条良基『*僻連抄』では「発句は最も大事のものなり」、「発句に折節の*景物背きたるは返す返す口惜しき事なり」などとされ、巻頭句として格調の高さや屹立性、さらに当座性が要求された。*切字や当季(*十二月題)が問題にされたのもそのためである。その重視、独立性により、単独で詠まれることも多く、発句集も編まれるようになった。→挨拶句・客発句脇亭主(永田)

発句聞書《ほっくききがき》 連歌撰集。仙澄著。永正十八年(一五二一)六月以後成。当時の*連歌師の*発句・*付合・*百韻五種・*千句*三つ物を集めた書で、永正十二年十二月から自分が目にした作品を順に、連歌*懐紙の裏に書き留めていったものである。*宗長・*印孝・*宗碩・*宗哲・*玄清らの作品が多く、百韻は堂上のもの、*三条西実隆発句のものなどを含む。仙澄は近江の坂本・大津辺りの連歌師らしく、上記の連歌を知り得た立場にいたらしい。金子金治郎「菅原神社蔵発句聞書永正十二年乙亥十二月日翻刻解題」(『連歌と中世文芸』角川書店)所収。(廣木)

法勝寺《ほっしょうじ》 *花の下連歌の興行地。京都市左京区岡崎のあった寺。承暦元年(一〇七七)白河天皇の勅願によって創建。康永元年(一三四二)火災によりほぼ全焼した。中古末から中世前期、花の*名所として知られ、寂然『唯心房集』などの多くの歌集にここでの花見の折の歌が見える。*二条良基『*筑波問答』には「*道生・*寂忍・*無生などいひし者の毘沙門堂・法勝寺の花の下にて、よろづの者多く集めて春ごとに連歌し侍りし」とあり、『*菟玖波集』中で法勝寺でのものとされる十の*付合・*発句はすべて花の時期のものである。(廣木)

梵阿《ぼんあ》 *連歌師。生没年未詳。四条道場の時衆。*宗砌『*初心求詠集』に「四条道場梵阿」として句が載せられている。応永三十年(一四二三)五月二十七日、*貞成《さだふさ》親王邸での左右勝負連歌「何人百韻」の*点者を勤めていることから、当時ひとかどの連歌師として認められていたらしい。また応仁二年(一四六八)成、*心敬『*ひとりごと』には「近き世までの好士」として同じ四条道場の*相阿・*重阿らとともに名が挙げられている。*七賢時代直前の有力連歌師の一人といえる。(廣木)

本意《ほんい》　詩歌伝統において形成された対象把握の方法で、題材とする対象のもっともそれらしい性質・情趣・あり方をいう。もともと歌論で用いられた用語で、連歌では*宗祇の頃から強調されるようになり、『*初学用捨抄』や、*宗牧『*四道九品』などで詳しく説かれた。とりわけ、*紹巴『*連歌至宝抄』では、「野山の色も変はり物淋しく哀れなる体、*秋の本意なり」などとして、時節の本意、四季・*恋・旅の素材の本意が規範的にまとめられ、後の*俳諧へと継承されていった。(永田)

本歌《ほんか》　本歌取りの技法に関わって、新作の中に取り込まれた古歌をいう。元来、和歌において使われた用語で、連歌では、一句のみが本歌を踏まえる場合と、本歌によって*付合がなされる場合とがある。『*連歌新式』では本歌は『堀河百首』の歌人の歌までとし、『*新古今集』以降の歌は用いてはならないとするが、『*連歌新式追加並新式今案等《れんがしんしきついかならびにしんしきこんあんとう》』では『続後撰集』までを許容するとしている。また、*連歌式目には三句にわたって一首の本歌が関わってはならないとの規定もある。(山本)

本歌連歌《ほんかれんが》　連歌作品。享徳二年(一四五三)三月十五日*張行の「賦何路連歌」。*発句を*宗砌、*脇を*忍誓、他に*行助・*専順・心恵(*心敬)が参加、*執筆の光長が一句詠む。伝本のいくつかは各句に*本歌を注記し、「本歌連歌」と題している。ただし、出典未詳の本歌も多い。本歌を取ることがはじめからの目論みであったのか、後人が推察したものであるかは不明であるが、五人に限定された著名な*連歌師が集ったという点も加味すると*賦物の一種として行った可能性がある。新潮日本古典集成『連歌集』(新潮社)所収。(廣木)

本句《ほんく》　本句取りの技法に関わって、新作の中に取り込まれた古句をいい、本歌(取り)を準用したものである。*梵灯庵『*長短抄』に「本句を取るには連歌には二様《やう》あり。一には詞を変へて心を取る体、二には心を変へて詞を取る体」とある。本歌(取り)は『*連歌新式』にも項目が立てられ、一般的な方法として認知されていたが、本句(取り)に言及した書は珍しく、*同類の問題や*付合の方法としては用いにくいことなどから方法として確立しにくかったと思われる。↓

本歌(廣木)

本式連歌《ほんしきれんが》 一般に用いられた『*連歌新式』ではなく、*連歌本式を用いて行う連歌。連歌本式の実態は不明であるが、*兼載が古式に則ったとして、明応元年(一四九二)に『連歌本式』を制定、翌二年、京都東山清水寺坂本坊にて『*清水寺本式連歌』を*張行、*宗祇・*兼載・*肖柏らも同座した。明応五年一月九日には宗祇*独吟の『本式連歌』も清水寺で張行された。連歌本式の式目は清水寺に保管され、後世、これによる*月《つき》次《なみ》連歌が興行された。(松本)

本説《ほんぜつ》 本説を踏まえるという技法に関わって、新作の中に取り込まれた物語・漢詩文・古事などをいう。元来、和歌において使われた用語。特に『源氏物語』や『白氏文集』などが多用された。*連歌式目上では『*連歌新式』「*本歌事」の項に「三句に渡るべからず。本説・物語これに同じ」と見えるように、原則的には本歌と同様の扱いを受ける。『*九州問答』には連歌の稽古において学ぶべきものとして『源氏物語』『伊勢物語』『大和物語』が挙げられ、『*源氏小鏡』のような梗概書も編まれた。→古典の素養(山本)

梵灯庵《ぼんとうあん》 *連歌師。朝山(勝部)。貞和五年(一三四九)〜永享五年(一四三三)以前。小次郎師綱。和歌を冷泉為秀に、連歌を*二条良基に学び、*足利義満に側近として仕えた。連歌は永和二年(一三七六)以前から良基邸の連歌会に出席し、以後も『*石山百韻』などの多くの連歌会に出座する。四十代で出家遁世をし、約二十年間の諸国遊歴を経て、応永十五年(一四〇八)五月以前に帰洛した。*宗砌『*初心求詠集』は、良基が*救済・*周阿以来の上手と評したとし、*心敬『*ささめごと』は「応永の頃より(略)この道の灯火」と評価する。著作に『*長短抄』などがある。『新後拾遺集』以下の勅撰集に二首が入集。(山本)

梵灯庵主返答書《ぼんとうあんじゅへんとうしょ》 連歌書。上・下巻。「浜名問答」とも。*梵灯庵著。応永二十四年(一四一七)成。浜名持政の質問に答えたもの。計五十数項目で、上巻は、連歌の史的展開、*二条良基・*救済らの句体を中心とした連歌論、奥州漂泊の回想を、下巻は、連歌の諸体や稽古に用意すべきこと、諸体とその例などを述べる。具体的な論述に特徴がある。良基の論を継承しつつ、数寄の境地へと筆を及ぼす点や、漂泊時代の回想の記述などへの評価が高い。『続群書類従17下』所収。(山本)

梵灯庵袖下集《ぼんとうあんそでしたしゅう》　連歌書。*梵灯庵著か。天理本奥書によると、至徳元年(一三八四)三月上旬成だが不審が残る。「花の兄と申すは、梅の異名なり。初春なり」等、和歌・連歌における特殊語を約百五十ヶ条に取り上げて、その意味・用法・*寄合などを説明する。解説は『*万葉集』『源氏物語』を典拠とするものや、俗説、地方伝承もあり、*地下《じげ》連歌師相伝の知識を集成したものとみられる。連歌語句の解説書としては現存最古のものである。『島津忠夫著作集5』(和泉書院)所収。(山本)

梵灯庵日発句《ぼんとうあんひほっく》　連歌作品。*梵灯庵による*日発句。梵灯庵作とされるものは二種類が伝わり、一つは巻頭句が「若水にうつして汲まむ千代の松」で、*端作《はしづくり》に応永十九年(一四一二)九月二十五日とあり、六十四歳の作とされる。単独作者による日発句としては早期の例である。もう一つは巻頭句が「諸人の若水祝ふ朝《あした》かな」とあるものだが、これは*宗長や*宗砌作とする異本もあり一定しない。前者は湯之上早苗「翻刻年中日発句(吉川家本)」(「中世文芸」44)所収。(山本)

【ま】

前句《まえく》　句を付ける対象となる直前の句のこと。連歌では、前句との関わりにおいて*付句が発想、生成され、連歌の基盤たる*付合が成立する。*心敬はその関係性について『*ささめごと』で「前句を我が句になして、心・詞を吟じ合はすべし」と説いている。また、*梵灯庵は『*長短抄』で「連歌の前の句は歌の題の如し」として、和歌と歌題との関係に見立て、「題を悪しく心得つれば僻事《ひがごと》多くして歌にあらず、連歌も前の句を付くべき様、不分別《ふんべつせず》しては連歌にあらず」と述べている。(永田)

前句付《まえくづけ》　課題とされた*前句に*付句を付けること、またその結果としての長短二句から成る連歌形式をいう。『古今六帖』に見える*下句起こし(和歌の下句に上句を付ける)の例は、その原型といえる。*付合の稽古の方便として前句付連歌が行われ、*梵灯庵『*長短抄』には、「求題連歌とて、当座の仕手皆々思ひ思ひも十人も付けて作者を隠して、当座の仕手皆々思ひ思ひに点を合ふ」とある。『*大原三吟』『*七人付句判』など、前句付の形をもった句集も生まれた。近世には*点取俳諧と結びついて大衆化し、雑俳化した。（永田）

前句付並発句《まえくづけならびにほっく》 連歌句集。*専順と*行助の*付句と*発句集であるが、行助のものは『*行助句』と同じである。専順のものは*付合百三十に、五十三句に*合点したとの享徳二年（一四五三）九月十五日付の*宗砌の跋文を付し、その後に発句二十句と「後日披見」し九句に合点したとする再度の跋文を追加する。付合は四季・*恋・*雑《ぞう》に部類され、発句も四季順に配列されている。行助のものと同結構であり、宗砌の合点を請うために示し合って編纂されたと思われる。岸田依子「専順句集『前句付並発句』」（「学苑」727）所収。
→行助句（廣木）

政家《まさいえ》 公家。近衛。文安元年（一四四四）〜永正二年（一五〇五）。六十二歳。一字名は「霧」。関白太政大臣・准三宮。房嗣の子。和歌・連歌・蹴鞠などに通じ、文明三年（一四七一）八月十一日の『崇徳院奉納千句』など公武のさまざまな連歌会にも出席している。和歌・連歌の会、また*宗祇による*古今伝授や『源氏物語』『伊勢物語』の講義を自邸で行い、文化圏の一つを形成した。日記に『後法興院記』があり、和歌・連歌の会の記事も豊富で、当時の*連歌師の動向なども詳しい。『*新撰菟玖波集』に二十六句入集。（山本）

正種《まさたね》 武家。池田。生没年未詳。九十余歳没か。若狭守。細川家家臣。現大阪府、摂津国池田の国人領主。*正盛は子か。*宗祇『*老葉《わくらば》』初編本（一四八一年頃成）に正種邸での*千句*張行の記事が見える。文明十四年（一四八二）二月二日「何人百韻」では*発句を詠み、*宗伊・*宗祇・*肖柏らが加わっている。以後、たびたび千句を含め、宗祇らと同座しており、また、正広《しょうこう》（一四一二〜九三）との歌合の記録も残っている。十五世紀池田の連歌壇・歌壇の中心的人物であった。『*新撰菟玖波集』に二句入集。（廣木）

雅親《まさちか》 公家。飛鳥井。応永二十四年（一四一七）〜延徳二年（一四九〇）。七十四歳。栄雅。一字名は「旅」。権大納言。雅世の子。歌道家を継ぎ、足利*義政・*三条西実隆・*宗祇らを指導、当時の歌壇の中心人物であった。連歌も好み、長禄二年（一四五八）二月五日には「山何百韻」を*独吟、義政の*連歌始《はじめ》や花見の連歌会などにも出座した。家集に『亜槐集』など、連歌付句集に『*愚句』があり、『筆のまよひ』などの歌学書、また

古典注釈書も多い。『新続古今集』に五首、『*新撰菟玖波集』に十四句入集。（廣木）

正任《まさとう》　武家。相良《さがら》。永享二年（一四三〇）〜永正三年（一五〇六）以後。肥後国相良氏の一族で、大内*政弘に仕えた。*宗祇『*筑紫道記』に、宗祇の旅の便宜をはかったとある。文明九年（一四七七）正月二十二日「何船百韻」に宗祇や政弘と同座、宗祇の山口滞在中の連歌会にも出座している。政弘の信任が厚く、明応五年（一四九六）三月、『*長門国住吉社法楽百首和歌』を住吉社に奉納し、六月、『*新撰菟玖波集』を書写し、相良*為続に贈っている。日記に『正任記』がある。『新撰菟玖波集』に三句入集。（廣木）

政宣《まさのぶ》　武家。明智（土岐）。生没年未詳。宗文。*玄宣の子。幕府奉公衆。文明十四年（一四八二）二月二日、池田正種主催の「何人百韻」に*宗伊・*宗祇・*肖柏らと加わる。以後、宗祇や父らと多くの連歌会に出座、「*細川千句」にも七度加わっている。大永六年（一五二六）六月四日には*宗長らの「何路百韻」に参加、同年九月、故*宗祇の句を発句として、尾張賢桃庵で*賢桃《けんとう》・孝汶《こうぶん》と三吟を巻いた。その後、東国へ赴いたことが、*宗仲『連歌集』中の*独吟百韻発句によって知られる。（廣木）

政春《まさはる》　武家。湯川。生没年未詳。現和歌山県、紀伊国日高郡小松原（現和歌山県御坊市）の国人。長享元年（一四八七）、足利*義政の護衛に当たるなど足利幕府、また*北野天満宮と深い関係を持ち、松梅院《しょうばいん》での連歌会にも加わった。*宗祇とも親交があり、長享二年四月五日、宗祇が*北野天満宮連歌会所奉行になって初めての会では*脇を詠んでいる。延徳四年（一四九二）六月一日の*宗祇独吟「何路百韻」は*発句に「小松原」を詠み込み、政春に贈られたものである。また「*細川千句」への参加も認められる。（廣木）

政弘《まさひろ》　武家。大内（多々良）。文安三年（一四四六）〜明応四年（一四九五）。五十歳。周防国など四カ国の守護。応仁の乱では西軍の将として重きをなした。種々の文化に造詣が深く、戦乱を避けた公卿・僧など多くを領地の山口で庇護した。連歌にも関心が深く、*宗祇・*兼載を山口に招き、その連歌の座に加わった。『*新撰菟玖波集』は政弘の後援によったもので、兼載はその中書《なかがき》本を病床の政弘に届けて助力に報いた。歌人としてもすぐれ、家集に『*拾塵集』がある。『新撰菟玖波集』に武家中最多の七十五句入集。（廣木）

政宗《まさむね》　武家。伊達。永禄十年(一五六七)〜寛永十三年(一六三六)。仙台藩主。文事を好み、連歌にも造型が深かった。天正五年(一五七七)正月七日、家の連歌に出座、その後、当主となるとこの嘉例を*七種《ななくさ》連歌《れんが》として恒例化し、毎年*発句を詠んでいる。文禄三年(一五九四)三月三日には豊臣*秀吉に随行し、高野山で徳川家康・前田利家などとともに「*高野参詣百韻」に列座するなど、多くの連歌に参加した。また、*宗匠として*兼如《けんにょ》を仙台に招き、仙台藩の連歌の基盤を固めた。(廣木)

政元《まさもと》　武家。細川。文正元年(一四六六)〜永正四年(一五〇七)。四十二歳。*勝元の子。摂津国など四カ国の守護で室町幕府管領となり、義材《よしき》を廃し義澄を将軍に擁立するなど政権を掌握したが、細川家の分裂により殺害された。勝元の文化的事業を引き継ぎ、連歌においても文明十年(一四七八)頃から「細川千句」を継承したらしい(『蜷川親元日記』)。その最盛期の*三つ物は『*二月二十五日一日千句』として残されている。『*新撰菟玖波集』に三句入集。→細川千句(廣木)

正盛《まさもり》　武家。池田。生没年未詳。七十余歳没か。兵庫助・性繁。細川家家臣。現大阪府、摂津国池田の国人領主。*正種の子か。池田に移住した*肖柏を庇護した。肖柏『*春夢草』に多くの記事が見え、正広《しょうこう》(一四一二〜九三)の家集『松下集』長享二年(一四八八)の記事にも名が見える。連歌では*宗祇*発句、池田正種*脇の明応三年(一四九四)十月晦日「何路連歌」への参加が早い例で、肖柏・*宗碩との三吟、永正七年(一五一〇)七月五日「何人百韻」などがある。永正五年の『*池田千句』の主催者か。『*新撰菟玖波集』に四句入集。(廣木)

雅康《まさやす》　公家。飛鳥井。永享八年(一四三六)〜永正六年(一五〇九)。七十四歳。宋世・二楽軒。権中納言。雅世の子、兄*雅親《まさちか》の猶子。家学である蹴鞠と和歌を修めた。書道二楽流の祖であり、尺八の上手でもあった。連歌も文明三年(一四七一)以前の『公方家御会何木百韻』などに参加した。明応五年(一四九六)三月二十三日の『*新撰菟玖波集』報賽のための法楽百首和歌にも出詠している。家集に『雅康詠草』、著作に『歌道抄』『富士歴覧記』『蹴鞠条々大概』などがある。『新撰菟玖波集』に十一句入集。(山本)

廻文《まわしぶみ》　二人以上の人に用件を伝えるのに、その用件を一通にしたため回覧する方法をとった時のその書状。廻状《かいじょう》。連歌会の案内は*一巡箱を伴うことが往々にあることもあって、これによってなされることが多かったと思われる。心敬仮託書『馬上集』には二条良基の千句興行の折のこととして「七日以前より廻文あり。殊に救済、宗匠なれば一番に触れらる」とある。幕末の俳諧書『会席正儀伝』(一八〇九年成)には廻文の自分の名の所に参加の時は、「参」と書く、とある。(廣木)

万句《まんく》 まとまりのある百組の百韻連歌をいう。多くは権勢の誇示を伴った法楽・祈願のために行われた。日数や座の数などは不定である。『菟玖波集』中の「元応二年(一三二〇)春鎌倉花の下一日一万句連歌」が判明する最古の例で、『太平記』には元弘三年(一三三三)の花の下連歌師らによる例が記録されている。以後、明徳二年(一三九一)足利義満主催のもの、義教による永享五年(一四三三)『北野社一万句』以後計八回の北野社法楽万句の例、『白山万句』など散見されるようになった。(廣木)

満済准后日記《まんさいじゅごうにっき》 日記。満済著。応永十八年(一四一一)から永享七年(一四三五)まで、二十四年間(応永十九年分を欠く)の満済による日記である。満済(一三七八~一四三五)は足利義持・義教の信任を得て、三宝院門跡・醍醐寺座主となり、幕府の枢機に関わった。その立場から日記には幕政の中枢にもたらされる情報が多く記録されている。文芸の記事も多く、義教が連歌を好んだこともあり、将軍を中心とした連歌会の記事もきわめて豊富で、当時の連歌を知るうえで欠くことのできない資料となっている。続群書類従補遺一『満済准后日記』所収。(廣木)

満尾《まんび》 連歌の完成、つまり百韻連歌なら百韻がすべて付け終わったことをいう。「満座」とも。この両語とも近世になって使われるようになったか。「満尾」は俳諧撰集『金竜山』(一七一二年成)に「興行満尾の旦《あした》」とあり、「満座」は『会席二十五禁』瀬川昌坢注(一六八一年成)に「近代、夕飯前に連歌満座するやうになれり」とある。また、「満座」は連歌会席にいる連衆全員のこともいい、この意では一条兼良『連歌執筆作法』に「高声をもつて満座に披露し」とある。(廣木)

万葉集《まんようしゅう》 和歌撰集。上代から奈良時代末までの長歌・短歌等、約四千五百首を収める現存最古の歌集。二十巻。連歌の稽古のうえでも学ぶべき古典の一つとされた。二条良基は『筑波問答』で「この頃は万葉はやりて侍り。誠に歌の根源にてあればよくよく御覧ずべきにや」とし、『九州問答』では

「*寄合を知る事、『万葉』にはしかず」としつつ、「常に好み用ゐれば、連歌の姿も粗くなるなり。殊に用捨して簡要の時出だざるべし」と『古今集』以下の勅撰集とは区別し、濫用を戒めてもいる。（山本）

【み】

箕被《みかずき》　狂言。連歌三昧の男が連歌会の*頭役《とうやく》に当たり、その準備のために家に戻ったところ妻と言い争いになる。妻が唯一の財産である箕を被って実家に帰ろうとすると、男がその様子を見て「いまだ見ぬ二十日の宵の三日月(実被)は」と*発句を詠む。すると妻が「今宵ぞ出づる実(箕)こそつらけれ」と*脇を付け、仲直りするという話。財産を傾けるほどの連歌に対する執心、*初心講と称した庶民階層の連歌会の流行、頭の役割などを窺わせるものである。日本古典文学大系『狂言集下』(岩波書店)所収。（廣木）

三河下り《みかわくだり》　連歌書。*宗長著。「宗長歌話」「宗長秘書」とも。延徳二年(一四九〇)成。宗長が三河に下向する途中で現三重県、伊勢国山田に逗留、初心者に与えた連歌*寄合書である。四季・*恋・旅・*述懐《しゅっかい》・*釈教に分けて連歌用語を挙げ、『古今集』『*新古今集』などの著名な*証歌六十六首を引きつつ、*寄合を説明する。一条*兼良『*連珠合璧集』、『*連歌付合の事』と共通する語句が多い。なお、類似した内容を持つ作品に宗長『*幼童抄』がある。未刊国文資料『連歌寄合集と研究下』所収。（松本）

三島千句《みしませんく》　連歌作品。*宗祇*独吟。文明三年(一四七一)二月二十四日から二十六日(三月二十一日から、とも)に*張行。東常縁《とうのつねより》の子、竹一丸の風邪平癒のため*発句を三島明神に捧げたところ、快方に向かった。この立願報賽のためと奥書に記す。古河公方と対峙する常縁の戦勝祈願の意もあるか。現存唯一の宗祇独吟*千句である。第一百韻の*発句は「なべて世の風をおさめよ神の春」。追加二十二句を付す。三条西*実隆注かとされる古注が残る。古典文庫『千句連歌集5』、付注本は『連歌古注釈の研究』(金子金治郎・角川書店)所収。（松本）

水海月《みずくらげ》　連歌句集。宗也著。寛永十二年(一六三五)頃成か。*昌琢門の宗也(生没年未詳)が主君、現香川県、讃岐国高松藩主、生駒高俊に献上した自選句集である。序文・発句百余句・付合およそ三百五十から成る。発句は四季に部類して収めるが、一部、付合らしきもの、第五句までを連ねるものなど不完全な箇所がある。付合の方の配列は調えられていない。和漢の漢句の例も多い。発句には詞書が多く付され、近世初期の連歌の様子を知る資料として貴重である。『俳諧攷』(俳諧攷刊行会)所収。(廣木)

乱てには《みだれてには》 「てには」の一種。『知連抄』の挙げる六種に追加された三種のてにはの一つ。前句の内容からさまざまに思いを巡らして、一般的ではないような方に付ける方法を言うか。『知連抄』(真如蔵本)は「連歌の道理をあまた方へ心得て付くるを申すなり」とし、『雨夜の記』は「いかなる雲の山隠すらむ/千里をも隔てぬものは心にて」などの付合を例示する。ただし、『長短抄』は掛詞を用いた一句の仕立てとし、『連歌諸体秘伝抄』は「さぞ」「いかなれば」など、「らん」と呼応する語で一句を仕立てることとするなど、一定しない。(山本)

通郷《みちさと》 武家。波多野。生没年未詳。元喜《げんき》。室町幕府評定衆。至徳二年(一三八五)十月十八日の『石山百韻』、応永十五年(一四〇八)三月二十一日の後小松天皇北山殿(足利義満邸)行幸の際の「何木百韻」に参加、心敬『ひとりごと』に「応永年中の頃より世に聞こえ侍る人々」にも挙げられ、応永期の代表的連歌作者であった。宗砌『初心求詠集』には「先代の時のしつけ物」の着物で、「刀差し」て座しているような古風で無骨な句風であったと述べられている。(廣木)

通秀《みちひで》 公家。中院。正長元年(一四二八)〜明応三年(一四九四)。六十七歳。内大臣。十輪院済川。妙益。通淳の子、肖柏の異母兄。公武の歌会に参加し、漢詩も巧みであった。後土御門天皇連歌壇の主な連衆の一人として、文明十一年(一四七九)六月二十五日の「法楽山何百韻」などをはじめ、内裏連歌にたびたび出座している。文明十五年より足利義尚の和歌撰集の企てにも参加し、『打聞記』も記した。家集に『十輪院御詠』が、日記に『十輪院内府記』がある。『新撰菟玖波集』に十一句入集。(山本)

道平《みちひら》 公家。二条。弘安十年(一二八七)〜建武二年(一三三五)。四十九歳。後光明照院。関白・左大臣。良基の父。連歌を愛好し、良基『筑波問答』によれば毎年、鷲尾《わしのお》の花《はな》の下《もと》連歌に出向いたとある。また『菟玖波集』中の詞書によれば、自邸で連歌会を主催してもいた。『筑波問答』には*発句一句を取り上げ、「昔の秀逸」であるが、現在の心を砕いた句からすると「大様《おほやう》」であるとしている。『新後撰集』以下の勅撰集に三十三首、『菟玖波集』に十九句入集。（廣木）

満祐《みつすけ》　武家。赤松。応安六年（一三七三）～嘉吉元年（一四四一）。六十九歳。性具《しょうぐ》。播磨国など三カ国の守護。嘉吉元年足利*義教を謀殺、嘉吉の乱を起こし自刃した。自邸で月次《つきなみ》歌会を催すなど文芸を愛好、連歌についても永享二年（一四三〇）に開始した義教の*月次《つきなみ》連歌会の会衆で、永享五年『北野社一万句』では第十六座の座主として参加している。*心敬『*ひとりごと』には応永末年頃の「大家」として名が見える。『頓証寺法楽百首』の作者。『新続古今集』に二首入集。（廣木）

密伝抄《みつでんしょう》　連歌書。応永（一三九四～一四二八）中期頃成か。*宗砌が相伝したと奥書にあり、*周阿（二代目の常松か）から*梵灯庵を経て伝えられたものとも。*てには論と例句を挙げての作者論が混在して述べられた後に、*発句*切字論が付されている。現存本は後代の錯簡本らしい。一部に『*初心求詠集』『*和歌集心躰抄抽肝要』と類似する箇所がある。作者論は*善阿・*救済およびその門下を師弟関係を示しつつ取り上げて貴重である。『連歌論集3』（三弥井書店）所収。（廣木）

光秀《みつひで》　武家。明智。享禄元年（一五二八）～天正十年（一五八二）。五十五歳。惟任。永禄十二年（一五六九）頃から織田信長に仕え、現滋賀県、近江国坂本城城主、丹波一国領主となった。連歌を好み、永禄十一年十一月十五日「何路百韻」で、*道澄・*紹巴・*昌叱らと同座、以後、天正元年六月二十八日に坂本城で*歌仙連歌、翌年正月二十四日に現奈良県、大和国多聞城で「何人百韻」を興行するなど多くの連歌会を催した。紹巴と同席することも多く、最後の連歌となった『*愛宕百韻』でも紹巴に*脇を詠ませている。（廣木）

満広《みつひろ》　武家。真下《ました》。生没年未詳。慶阿・啓阿。*梵灯庵に師事。*宗砌『*初心求詠集』には梵灯庵に「上手の位にいたりぬ」と賞賛されたとあり、梵灯庵追善の連歌を宗砌と*張行したとある。宗砌と親しく、宗砌『*古今連談集』によれば出家後高野山に隠棲中、宗砌と「時々の慰めに二人連歌」を詠んだという。また、*心敬『*所々返答』には、足利*義教が東山青蓮院にいた頃、「その代の好士」として義教と同座、没した際には正徹が「天が下の連歌こそ死にたれ」と慨嘆したことが記されている。（松本）

三つ物《みつもの》 *百韻の巻頭にあたる*発句・*脇・*第三だけをいう。*千句・*万句の連歌*張行では作品が長大なため、この三句のみを百韻ごとに抄出して奉納することがあり、これを三つ物と称した。永享五年(一四三三)二月十一日『*北野社一万句発句脇第三』、長享二年(一四八八)『*摂州千句発句脇第三』などや「*細川千句」の例など、千句・万句で三つ物として現存した例は多い。後に三つ物だけを詠むことも行われ、*俳諧では正月の歳旦三つ物が習慣化した。→歳旦吟(永田)

水無瀬三吟百韻《みなせさんぎんひゃくいん》 連歌作品。長享二年(一四八八)正月二十二日成。*宗祇・*肖柏・*宗長による三吟。*賦物は「何人」。*後鳥羽院の没後二百五十年の忌日に際し、院を偲んで巻いた*百韻で、百韻連歌の模範たるべく巻かれたと思われる。宗祇の*発句「雪ながら山もと霞む夕べかな」は、後鳥羽院の「見渡せば山もと霞む水無瀬川夕べは秋となに思ひけん」を*本歌とした句で、水無瀬の後鳥羽院御影堂に奉納された。室町中期の古注がある。新潮日本古典集成『連歌集』(新潮社)所収。(松本)

美濃千句《みのせんく》 連歌作品。「前美濃千句」とも。文明四年(一四七二)十二月十六日から二十一日、現岐阜県、美濃国革手城で興行された*千句。*平野追加二十二句を付す。応仁の乱を避け美濃に下向した*専順と*宗祇および美濃在住の*紹永《じょうえい》の三人が中心で、この三者の句が八割を超える。第一百韻*発句は専順の「人やいつ春の訪ひ来る宿の梅」で、発句には春夏秋冬の四季が詠まれている。『*竹林抄』に専順の句が三十二句、『*新撰菟玖波集』に専順の句が十二句、紹永の句が一句採択された。古典文庫『千句連歌集4』所収。→表佐《おさ》千句(松本)

美作道日記《みまさかみちにっき》 紀行。*宗因著。「津山紀行」とも。承応二年(一六五三)七月二十三日に大阪を出発、瀬戸内海を船で、片上の津からは川舟や馬で行き、現岡山県、美作国津山の寂証寺に至るまでを記す。二十七日までの五日間の旅であった。和歌・連歌の師であった寂証寺の豪信の後住、快映に宛てたものらしい。途中、須磨・明石・室の津などの歌枕で、和歌・*発句を詠んでいる。発句は「*俳諧」と注しているものもあり、連歌と俳諧の境目の風体の句が多い。『西山宗因全集4』(八木書店)所収。(廣木)

名号連歌《みょうごうれんが》 各句の頭に「なむ(も)あみだぶつ(南無阿弥陀仏)」「なむ(も)

かんぜおんぼさつ(南無観世音菩薩)」などの音を詠み込む連歌で、冠字《かむりじ》連歌の一種。明応四年(一四九五)九月十八日の大内*政弘追善の*兼載*独吟連歌のように、十三仏の名を詠み込んだ例もある。追善供養に行われることが多く、経文の一部を詠み込む法文《ほうもん》連歌も類似のものである。*百韻とは限らず、*『弁内侍日記』中の「阿弥陀仏連歌」は名号を一度読み込んだだけであったと思われる。(廣木)

妙椿《みょうちん》 武家。斎藤。応永十八年(一四一一)〜文明十二年(一四八〇)。七十歳。美濃国守護代。権大僧都。文事を好み、*専順を庇護、応仁の乱時には一条*兼良・*道興《どうこう》・*宗祇・正広《しょうこう》(一四一二〜九三)らを自国に迎え交流した。応仁二年(一四六八)には東常縁《とうのつねより》の郡上を攻略したが、和歌を贈答、それに感銘して撤兵している。文明五年(一四七三)五月十日には居城革手城で*百韻連歌を催していることが、兼良『藤河の記』に記録されている。*『新撰菟玖波集』に二句入集。(廣木)

三好長慶宛書状《みよしながよしあてしょじょう》 連歌書。弘治元年(一五五五)に*長慶の求めに応じて*宗養が書き送ったもの。はじめに送り状が付されている。内容は連歌会席に関わっての心構え、*篇序題曲流・序正流通《じょしょうるづう》・*六義《りくぎ》、*親句《しんく》への注意、*独吟の方法などで、*心敬*『ささめごと』や*『会席二十五禁』によるところもあるが、貴顕がいる場合、逆に町人のいる場合の心がけ、*法楽連歌への臨み方など長慶の必要に応じての具体的な助言となっている。古典文庫『連歌論新集3』所収。(廣木)

未来記《みらいき》 表現や*趣向などが凝りすぎている風体をいう。そのような歌を藤原*定家に仮託された歌論『未来記』が例を挙げ戒めたことから生じた語である。*心敬*『所々返答』では「*いりほが」と同様のものとし、*宗祇*『吾妻問答』では「心の未来記」と「詞の未来記」に分け、後者は「*秀句の悪しきなり」とする。「心の未来記」とは、趣向の面からの言及であろう。ただし、*兼載は*『兼載雑談』でまったくこのような句を排除すると「ねぶり目」になることもある、と述べている。(廣木)

【む】

無言抄《むごんしょう》 連歌書。*応其《おうご》著。慶長八年(一六〇三)頃刊。天正七年(一五七九)起筆の後、数度、紹巴の校閲を得て改訂、慶長二年に清書、自序・跋を記す。上・中巻は、いろは順に連歌に用いる詞を挙げ、意義と去嫌《さりきらい》の注意を載せる。下巻は、四季・非四季・神祇・釈教などに分類した詞を一覧、また、連歌式目・切字・会席作法など連歌に必要な二十五の項目を説く。古活字や整版で幾度か刊行され、貞徳『俳諧御傘《ごさん》』(一六五一年刊)に引用されるなど、俳諧でも利用された。岡山大学国文学資料叢書『無言抄』所収。(松本)

無生《むしょう》　連歌師。生没年未詳。二条良基『筑波問答』に「道生・寂忍・無生などいひし者の、毘沙門堂・法勝寺の花の下《もと》にて、よろづの者を多く集めて、春ごとに連歌し侍りし」とあり、『菟玖波集』にも毘沙門堂・鷲尾《わしのお》における花の下連歌での句が見える。また頓阿『井蛙《せいあ》抄』には、深草の寺で二条為氏が無生に作らせた発句のすばらしさに皆が感嘆したとあり、『庭訓往来』には連歌の名匠として名が挙げられている。『菟玖波集』に五句入集。(廣木)

無常《むじょう》　死や葬送に関する心情にかかわることをいう。「無常」の項は一条兼良『連珠合璧集』や応其《おうご》『無言抄』などに見えず、多く「哀傷の詞」と一致し、『無言抄』や混空『産衣《うぶぎぬ》』などで挙げる「帰らぬ道・霞の谷・鳥辺野・古塚・玉祭」などが無常の語にあたる。『連歌新式』「句数事」には三句まで続けることのできるものとして「述懐《しゅっかい》〈懐旧・無常、この内にあり〉」とする。百韻の表八句、もしくは十句目まで詠むことが禁止された。→述懐・懐旧(永田)

夢窓疎石《むそうそせき》　僧。建治元年(一二七五)〜観応二年(一三五一)。七十七歳。相国寺・天竜寺などの開山。後醍醐天皇以下歴代天皇、足利尊氏らが師とした。文芸にも造詣が深く、『筑波問答』には連歌を「昼夜もてあそばれ」たとある。暦応二年(一三三九)に疎石が寺号を改め、十境などを整えた西芳寺は、邸宅・庭園の模範となり、多くの貴顕の来遊をみた。『菟玖波集』にもそこでの連歌が収録されている。家集に『夢窓国師集』がある。『風雅集』以下の勅撰集に十一首、『菟玖波集』に十四句入集。(廣木)

夢想連歌《むそうれんが》　夢中で神仏に示された句を発句もしくは発句と脇として作られた連歌。その張行を「夢想披き」と言い、「夢想之連歌」と懐紙に記した。宗牧『当風連歌秘事』には夢想の句が字数不足の時は補ってよいこと、短句の場合は一句多く作ること、無季の時は脇に当季を詠み込むこと、さらに披露の作法などが述べられている。『親長卿記』文明十二年(一四八〇)九月四日条に「夢想に就きて連歌一座張行」とあり、早い例に延徳二年(一四九〇)四月九日の宗祇独吟などがある。(廣木)

無分別之談《むふんべつのだん》 連歌書。昌築著。享保十三年(一七二八)成。里村家歴代の社会的立場を顧みつつ、猪苗代家・石井家と比較し、自家繁栄の願いを綴った書。元来、連歌師には子孫がいなかったが、兼載以後、猪苗代家は仙台藩に三百石で召し抱えられ、わが祖、里村家も代々知行所拝領することになったと述べ、しかし、自分の父は不遇であったことに言い及び、家禄が保証されなければ家が保てないと慨嘆する。近世連歌師の生活・心情を窺わせるものとして貴重である。『近世前期猪苗代家の研究』(綿抜豊昭・新典社)所収。(廣木)

無名物《むめいのもの》 連歌の素材としてあまり詠まれず、名の知られていないものを総称していう。たとえば、虫では蛍や松虫などは「名の虫」として、連歌式目上「名物《なのもの》」の扱いであるが、しかるべき名で呼ばれることのない虫は、「無名の虫」として扱われる。二条良基『僻連抄』の式目の「一座一句物」に「無名の虫」が掲出、『宗養書留』や宗長『雨夜の記』には、「無名の鳥に名の鳥」を付け、「無名の花」に「名木《なのき》・名草《なのくさ》」や「花の名」を付ける場合について説明されている。→名物(永田)

紫野千句《むらさきのせんく》 連歌作品。延文二年(一三五七)以後応安三年(一三七〇)間の五月成。末尾に「平野法楽」二十句が追加されている。発句はすべて夏季の句である。現滋賀県、近江国守護佐々木氏頼(崇永)の主催か。救済・周阿・成阿《じょうあ》・相阿ら当時の主要な地下《じげ》連歌師が中心となった作品で、俳諧風の句の存在、また『和歌集心躰抄抽肝要』所収の「千句に一句之物」との関わり、「月」の句の多いことなど、南北朝期の連歌傾向を知るのに貴重なものである。古典文庫『千句連歌集1』所収。(廣木)

室町殿御発句《むろまちどのごほっく》 連歌句集。文安五年(一四四八)から寛正元年(一四六〇)までの足利義政の発句を百十八句収めた句集で、『後鑑《のちかがみ》』に収録された「御連歌集」の原形を窺わせるものである。一部に細川幽斎による訂正・注記がある。『後鑑』所収本とは互いに出入り誤記があり、補い合うものといえる。内容は毎月二十五日の北野天満宮月次《つきなみ》連歌会での句が多

く、義政および将軍家の連歌活動を知るのに重要なものである。『伊地知鐵男著作集2』(汲古書院)所収。(廣木)

【め】

明翰抄《めいかんしょう》　人名辞書。十七世紀中頃成。著者未詳。連歌関係者の作とも。鎌倉時代から近世初期までの人名を集め、簡単な注記を施した書。皇族・門跡・僧侶などに関しても貴重であるが、連歌関係の名を多く含み、『顕伝明名録』とともに連歌師の素性を知るのに欠くことのできないものである。特に「堺連歌師」「奈良連歌師」「山口連歌師」、里村南北家の「連歌師系図」、「新撰菟玖波集作者」、連歌師を含む「雑号名寄」など、他書に見えないものを含む。『続群書類従31下』所収。(廣木)

明月記《めいげつき》　日記。藤原定家の漢文日記。治承四年(一一八〇)十九歳から仁治二年(一二四一)の没年まで書き継いだもので、治承四年から嘉禎元年(一二三五)までが現存する。鎌倉幕府成立前後の激動期の公家・武家等の動向を記しつつ、自己の心情、文芸などの文化現象を巧みな筆致で描く。連歌においては長連歌完成時期に合致し、この記録でのみ判明する連歌史上の事象が多い。後世の『菟玖波集』の句と付合することも貴重である。『訓注明月記』(稲村栄一・松江今井書店)所収。(廣木)

名所《めいしょ》　詩歌に詠まれた著名な場所をいう。歌枕。二条良基『筑波問答』には「名所の名寄《なよせ》」を見るべきとし、宗祇『吾妻問答』には「大かた名所の事は『八雲御抄』にも詮とすべき所を載せられ」ているとある。名所を詠んだ句は重んじられ、良基は『僻連抄』で「名所などはゆめゆめ無用の時出だすべからず」と述べている。しかしまた、連歌には必須のものであり、宗祇は『浅茅』中にその一覧を証歌とともに載せ、宗碩は名所和歌の集成として『勅撰名所和歌抄出』を編纂するなど、連歌師と名所は切り離せないものであった。(松本)

名所句集《めいしょくしゅう》　連歌撰集。編者・成立年未詳。宗砌・専順・心敬・賢盛《かたもり》(宗伊)・智蘊・能阿・行助・宗祇・兼載・肖柏・宗長・宗碩十二人の名所を詠み込んだ句を選び編集したもの。四季・旅・恋・雑《ぞう》に部類した千二百三十七の付合と時節の推移順に配列した発句二百二十六句を十巻に収める。発句には詞書が多く記載されている。宗長の句がもっとも多く、宗長・宗碩の出典未詳の句が百六十句あり、編者は宗長に近い者と考えられる。古典文庫『名所句集』所収。（松本）

名所千句《めいしょせんく》　連歌作品。永正元年（一五〇四）成か。「*宗麟名所千句」とも。宗麟（生没年未詳）もしくは*宗祇の*独吟*千句か。第一百韻に山城、第二に大和、第三に河内・和泉・摂津、以下第十の対馬まで、六十八カ国を各*百韻に分け、それぞれの国の*名所を各句に詠み込んだもの。各国名所を*賦物としたと見なせ、その名所を賦した形態を持つ。類似の百韻には『*梵灯庵独吟名所百韻』『宗祇独吟名所百韻』などがあるが、千句では現存唯一の作品である。古典文庫『千句連歌集6』所収。（松本）

名所付《めいしょづけ》　*前句の詞を*寄所として、*名所を*付句に詠み込む付け方。*二条良基『*僻連抄』に*付合の方法として「名所」の項を設け、「名所ならで付くまじきことのあらむ」時のみ名所を付けるべきで、「ゆめゆめ無用の時出だすべからず」とし、また「ただ〈花〉といはむに〈吉野〉、〈紅葉〉といはむに〈竜田〉、すべてすべて詮なし」と述べる。また、一般には『*初学用捨抄』にあるように「耳慣れ知れる名所」がよいとするが、『僻連抄』では「肝要の時は、耳遠き名所をもすべし」とある。（松本）

名所方角抄《めいしょほうがくしょう》　連歌書。*宗祇に仮託した書。寛文六年（一六六六）刊。慶長十三年（一六〇八）写の残欠本がありそれ以前の成立。山城から佐渡までの六十七カ国の国別に*名所を挙げ、都からの方角や距離などの説明、名所の異名、それぞれの名所に関する和歌を載せる。引用歌は勅撰集や『*万葉集』に載るものだが、多くは澄月『歌枕名寄』（十四世紀前半成）中の歌と重複している。なお、増補本も近世に刊行された。野中春水「対校『名所方角抄』上下」（『武庫川国文』29・30）所収。（松本）

名所連歌《めいしょれんが》　すべての句に*名所を*賦物として詠み込んだ連歌のことで、*百韻と*千句の形態がある。現存の作品はいずれも*独吟（*発句のみ別の作者が詠む場合がある）で、連歌の稽古のために行われたか。*宗祇には寛正五年（一四六四）正月一日のものと、文明二年（一四七〇、文正二年とも）正月一日の二つの名所百韻が伝わる。千句は、永正元年（一五〇四）頃の成立で、宗麟（または宗祇）により興行されたとされる『*名所千句』

がある。→宗祇独吟名所百韻・名所千句（松本）

【も】

毛利千句《もうりせんく》　連歌作品。「厳島千句」とも。文禄三年（一五九四）五月十二日から十六日成。*紹巴と*昌叱の両吟で、両人が毛利*輝元主催の『厳島万句（毛利万句）』奉納供養のために依頼された*千句である。奥書によれば完成後すぐに注を施すよう命じられ、両人の自注付きの千句として伝わっている。紹巴の注には「隠れなし」、また*難句を軽くはずしたためか、「*遣句《やりく》」と注したものが多く、紹巴の句風を垣間見ることができる。『連歌古注釈の研究』（金子金治郎・角川書店）所収。（廣木）

藻塩草《もしおぐさ》　連歌辞書。伝*宗碩著。成立年未詳。用語を天象・時節・地儀・山類など全二十巻に分類し、いろは順に並べ説明した連歌用語辞書である。『*八雲御抄』『袖中抄』などの歌論書、『*万葉集』『蔵玉集』『夫木抄』などの歌集から膨大な和歌を引用する。『源氏物語』からの引用も多い。*貞徳『俳諧御《ご》傘《さん》』（一六五九年刊）などでは宗碩著とするが、本文中に宗碩法師が語ったとする箇所があり疑問がある。三条西*実隆の周辺で成立したか。『藻塩草』（大阪俳文学研究会・和泉書院）所収。（松本）

持政《もちまさ》　武家。浜名。生没年未詳。兵庫助・浜名備中入道・法育。応永二十四年（一四一七）、*梵灯庵から『*梵灯庵主返答書』を与えられており、同書には「天性器用」の人として世に知られている、とある。永享五年（一四三三）『北野社一万句』の足利*義教の座に加わり、第五百韻の*発句を詠み、文安元年（一四四四）三月六日、内裏での老若勝負連歌に*合点するなど、連歌、また和歌会での活躍が見える。*心敬『*ひとりごと』、*宗祇『*吾妻問答』には*梵灯庵時代の堪能として名が見える。（廣木）

基佐《もとすけ》　*連歌師。桜井。?～永正六年（一五〇九）頃。弥次郎・永仙（遷）。伝記などは不明な点が多い。和歌を正徹に学び、康正三年（一四五七）九月七日『武家歌合』に出詠。連歌は*心敬に師事し、文明～文亀期（一四六九～一五〇四）に心敬、*宗祇らとの連歌に頻繁に出座している。ただし、宗祇または*兼載との確執があったためか、『*新撰菟玖波集』には一句も入集していない。

連歌句集に『基佐句集(永仙句集)』、家集に俳諧歌の傾向が強い『基佐集』がある。(永田)

基佐句集《もとすけくしゅう》

連歌句集。成立年未詳。「基佐集」「永仙句集」「永仙付句発句集」とも。桜井基佐の付句・発句を収録したもので自撰か。大きく分けて三種現存し、入集句、句数に違いがある。現続群書類従本は、四季・恋・雑《ぞう》に部類した付合六百二十六、四季に部類した発句六十九句から成る。発句・付合ともにまったく詞書が記されていない。なお、続群書類従原本には「永仙句集」とあるのみで本文を欠いていた。また、「基佐集」の名で和歌の家集も伝わる。『続群書類従36』所収。(廣木)

基綱《もとつな》

公家。姉小路。嘉吉元年(一四四一)～永正元年(一五〇四)。六十四歳。香林院華岳常心。権中納言。連歌は、文明十二年(一四八〇)八月二十五日の「青何百韻」などの後土御門天皇の内裏連歌会に、また近衛政家邸の連歌会にもたびたび参加した。『新撰菟玖波集』奏覧本の清書役を拝命したが、自邸の火災により焼失したため一度は辞退をするものの、実隆の説得により再度奏覧本を清書した。歌人としての評価も高い。家集に『卑懐集《ひかいしゅう》』、著作に『春日社参記』がある。『新撰菟玖波集』に十六句入集。(山本)

元長《もとなが》

公家。甘露寺。長禄元年(一四五七)～大永七年(一五二七)。七十一歳。親長の子。権大納言。父や従兄三条西実隆に和歌・連歌を学び、有職に通じ、能書であり、笛を好んだ。公武の歌会に頻繁に参加した。連歌は、文明十二年(一四八〇)八月二十五日の「青何百韻」など、後土御門天皇・後柏原天皇の連歌会や和漢聯句の会に出座した。自邸でも連歌会を催し、宗碩・周桂らも参加している。日記に『元長卿記』があり、歌会・連歌会の記事、発句なども散見する。『新撰菟玖波集』に二句入集。(山本)

元就《もとなり》

武家。毛利。明応六(一四九七)～元亀二(一五七一)。安芸国など五カ国の守護。同地域を支配していた大内氏・尼子氏の文事を継承した。永禄元年(一五五八)七月十八日には大内義隆《よしたか》の事跡を継ぎ、厳島神社に万句連歌を奉納、これは孫の輝元にも継承されることになる。また、この厳島神社に天神社を寄進、以後、ここは月次《つきなみ》連歌の場となった。没後編まれた和歌・連歌の家集『春霞集』の連歌部に付された紹巴による跋文には、元就が戦場にても文芸を捨てなかったと述べられている。(廣木)

物知連歌《ものしりれんが》 ひたすらに古典・故事などの知識に頼った連歌。「故事句」とも。丈石『俳諧名目抄』*には「学文《がくもん》連歌」として、「故事古語などを好みて多くするをいふ」とある。今川了俊*『言塵集《ごんじん》』*には「物知連歌ばかりをいくらしたりとも我が物にはならぬなり」とあり、宗長*は『永文《ながふみ》』*で、「物知連歌とて事掘り求め」、漢籍を「引き出だす事、嫌ふ事なり」、「源氏・伊勢物語・狭衣なども」不必要な所で「取り出だす事下手のものなり」としている。→古典の素養（廣木）

物名留《もののなどめ》 「文字留」とも。句末を体言で止めることをいう。脇*は物名留が理想とされ、『宗養三巻集』*には「末の七文字の下を強くする故に、物の名を置くこととしかるべし」とあり、紹巴*『連歌教訓』では「発句*にうち添へて句柄を気高く、物の名が字にて押さへて留め候ふなり」とされている。ただし、『連歌天水抄』*に「脇の韻に名留りのなき句候はば、第*三の付けやうあるべし」とあるように、必須の条件ではなかった。なお、俳諧*では「韻字留」とも言った。（永田）

物名連歌《もののなれんが》 「物名《ぶつめい》連歌」とも。課題とされた言葉を賦物*としてすべての句に詠み込む連歌。和歌における物名（隠題）を連歌に適用したもの。源氏国名*・古今集作者・魚鳥名・草木名などがこの様式で行われた。『菟玖波集』*は「時しあれば関守するゐぬ関屋かな／君にあふみの逢坂の山（家長）」という後鳥羽院*時代の源氏国名連歌の作を収める。この後も遊技的連歌として行われ、『新撰菟玖波集』*にも「吹き暮れぬなりひらの山風／すみのぼる小比叡の鐘に月出て（基綱）」の三代集作者の物名連歌を収録している。→異体千句（山本）

ものを留《ものをどめ》 句末を「ものを」と留めること。「ものを留り」とも。『連歌秘伝抄』*は「てには付」*の一つとして挙げ、「ものを留」には、同心付と問答付の二種類があるとする。同心付は「そのまま付けたる」もので、「罪をも知らで勇む武士《もののふ》／後の世につるぎの山のあるものを」の例を挙げ、問答付は違付とも言い、問答仕立ての「何に障りて訪はずなるらん／雨の夜の更けぬる後も憂きものを」の例を挙げ、他の留め方と違い、付様《つけよう》*が大事であると説く。→てには留（永田）

守武《もりたけ》

社家。荒木田(薗田)。文明五年(一四七三)～天文十八年(一五四九)。七十七歳。*伊勢神宮内宮禰宜。守秀の子。*守晨《もりとき》の弟。年少期から連歌に関心が深く、十九歳時には日発句『*合点之句』を詠んでいる。多くの*連歌師、特に*宗長との交流が深く、享禄五年(一五三二)三月には『*宗長追善千句』を*独吟した。また、天文九年十二月成の*俳諧連歌『*守武千句』、天文十五年八月成の『*秋津洲千句』の独吟があり、伊勢神宮神官連歌壇の中心的な存在となるとともに、俳諧興隆の素地をも築いた。連歌句集に『*法楽発句集』などがある。『*新撰菟玖波集』に一句入集。(永田)

守武千句《もりたけせんく》

俳諧連歌作品。「飛梅千句」「誹諧之連歌独吟千句」とも。天文五年(一五三六)起筆、四年後に成るか。*守武による*独吟*千句形式で*俳諧連歌を実践することにより、連歌と対等であらんとした作品である。縁語・掛詞・地口などの技巧を駆使、俗語を介して、謎解き・物付・*詞付・*取りなしなどによる付けを多用した。また、空言《そらごと》の世界に巧まれた笑いは、近世俳諧に多大な影響を与えた。古典俳文学大系『貞門俳諧集一』(集英社)所収。(永田)

守武独吟俳諧百韻《もりたけどくぎんはいかいひゃくいん》

連歌作品。享禄三年(一五三〇)正月九日成。『*守武千句』より六年前に詠まれた荒木田*守武*独吟*俳諧連歌で、守武のまとまった俳諧としては最初の作品である。跋文に「尾籠《びろう》ながら*百韻なれば、*指合も侍らんか」と卑下するが、俳諧への意気込みの看取できる作品となっている。「松脂《まつやに》はただ膏薬の子《ね》の日《ひ》かな／風邪はひくとも梅匂ふ頃」以下、俗語・漢語を駆使し、自在に俗事を詠んでいる。日本古典文学全集『連歌俳諧集』(小学館)所収。(廣木)

守晨《もりとき》

社家。荒木田(薗田)。文正元年(一四六六)～永正十三年(一五一六)。五十一歳。経晨。*伊勢神宮内宮禰宜。守秀の子。*守武《もりたけ》の兄。神道に関するすぐれた考証を残した。連歌も愛好し、伊勢を訪れた*宗長・*宗碩・*宗牧らとの交流・同座も多く、宗長から直接指導を受けており、守平『*二根集』には守晨による宗長談話の聞き書きが残されている。また、守武『法楽発句集』の*詞書には守晨邸での千句*興行の記事が載る。連歌句集『*神路山』は守晨のものである可能性がある。『*新撰菟玖波集』に一句入集。→神路山(永田)

【や】

八雲御抄《やくもみしょう》　歌書。順徳院著。承久の乱（一二二一年）以前にほぼ成立、完成は嘉禎元年（一二三五）～仁治三年（一二四二）の間。正義・作法・枝葉・言語・名所・用意の六巻から成る。総合的な歌学書として、後代に多大な影響を与えた。正義部の歌体の中に「連歌」の項目があり、連歌の変遷・賦物・発句・去《さり》嫌《ぎらい》・会の作法などの十五ヶ条を記す。特に賦物に関する記述が多くを占めている。鎌倉初期の連歌を知る資料として貴重である。『日本歌学大系別巻3』（風間書房）所収。（山本）

遣句《やりく》　付け方の一体。前句が難句であったり、同じ趣向の句が続いて流れが停滞した際に、軽く前句を受けてあっさりと付け渡す手法をいう。紹巴の頃には頻用され、『称名院追善千句』『毛利千句』注にも多く指摘されているが、紹巴は『連歌教訓』でその現状を戒めてもいる。『知連抄』ではこれを除《のけ》句《く》（退句）と呼び、想像して「思ひ遣」る風情、遠見の体の句を遣句とし、六の句作の一つとして挙げる。『連歌諸体秘伝抄』では「行く物をなほ行く様に付」けると説明し、一般に言う遣句は後の俳諧と同様に「逃句」と呼んでいる。（永田）

【ゆ】

遊学往来《ゆうがくおうらい》　往来物。玄恵著か。十四世紀後半成か。月ごとの手紙のやり取りの形を借りて、社会生活に必要な事柄を羅列した書である。その正月復状に、「花下《はなのもと》」の「新式」を示すとして連歌式目を引用している。不完全な引用であるが、『連歌新式』との相違、『僻連抄』中式目との類似など、『連歌新式』前の花の下の式目を窺わせる点もあり、貴重なものである。なお、『異制庭訓往来』では九月復状に簡略化されているが、ほぼ同様のものを挙げている。

→往来物（廣木）

幽玄体《ゆうげんてい》　十体の一。深遠にして容易には解し難い優美さの漂う風体。元来、和歌において使われた用語で、『定家十体』の筆頭に挙げられ、『毎月抄』は十体の中でも基本に学ぶ一体とし、他の定家偽書類にも見える。鎌倉時代中後期以降には、文学における最高美とされ、『九州問答』『十問最秘抄』などの二条良基連歌論では、根本にして最重視すべき境地とされた。心敬『ささめごと』では「いづれの句にも渡るべき姿」であるとしている。（山本）

由己《ゆうこ》　文筆家。大村。天文五年(一五三六)?～文禄五年(一五九六)。六十一歳?。梅庵・藻虫斎。播磨国三木の人。はじめ僧であったが、還俗して由己と称し、天正八年(一五八〇)より前、豊臣秀吉の右筆、同十年に大阪天満宮別当、文禄元年(一五九二)法眼となる。連歌は、天正四年十一月十八日「何墻《かき》百韻」に紹巴・永《えい》種《しゅ》・昌叱らと同座、天正十年頃より秀吉を含め、貴顕との会にたびたび加わっている。和漢聯句で漢句も詠じ、俳諧・狂歌も詠んだ。著作に『梅庵古筆伝』『小田原軍記』などがある。（永田）

幽斎《ゆうさい》　武家。細川。天文三年(一五三四)～慶長十五年(一六一〇)。七十七歳。藤孝・玄旨。近衛稙家《たねいえ》に文事を学び、三条西実枝《さねき》より古今伝授を受け、智仁《としひと》親王・三条西実条《さねえだ》らに授けた。連歌は宗養に学び、弘治二年(一五五六)九月十日に細川晴元が興行した百韻連歌をはじめ、元亀二年(一五七一)二月五日の『大原野千句』、同四年の『大覚寺千句(嵯峨千句)』など、多くの会に参加、紹巴・昌叱ら連歌師や、多くの公家・武家・僧侶らと一座を共にした。家集に『衆妙集』が、連歌句集に『玄旨公御連歌』、紀行に『九州道の記』、その他多くの注釈書類がある。（山本）

幽斎連歌《ゆうさいれんが》　連歌句集。「幽斎尊翁御発句連歌付相《つけあい》」とも。成立年未詳。幽斎の句を整理せずに集めたもので、本人による書き留めか。全体は発句十八句と付合九十七(ただし三つ物が四種)が雑然と配された前半と、発句のみ九十六句配する後半とに分かれる。発句は半数ほど、付合はかなりの句が『玄旨公御連歌』と重なる。なお、発句および付合を抜き出したと判明する百韻が三種ある。詞書は少ないが貴重なものもある。大島富朗「『幽斎連歌』」(「上智大学国文学論集」26)所収。（廣木）

用付《ゆうづけ》　物の体(本体)を詠んだ句に、その用(作用・属性)を付けることをいう。たとえば「弓」に「本・末・張る」、「煙・霞・雲」に「立つ・靡《なび》く」を付けるなどである。宗長『永文《ながふみ》』にこのような付け方は悪くすると「用付」となるという記述があるが、これは、*前句の素材の副次的なことを付け、変化がないことへの批判のようで、「用付」にはこのような含意が付加されるようになった。*宗牧『*四道九品』では「これ悪しき道なり。昔より、上手の連歌に一句もこれなし」、*紹巴『*連歌至宝抄』でも「当世嫌ひ申す用付の事」とある。→体付・体用（永田）

行家《ゆきいえ》　公家。九条。貞応二年（一二二三）～建治元年（一二七五）。五十三歳。六条藤家の子孫、知家の子。多数の歌会に出席し、歌人として評価を高め、『続古今集』の撰者の一人となった。連歌も愛好し、*後嵯峨院の仙洞連歌に参加した。『*私所持和歌草子目録』によれば、行家作の*連歌式目と*聯句連歌式目があったという。父、知家も『*明月記』の連歌記事にたびたび名が見え、自邸で柿本影供連歌を興行している。『続後撰集』以下の勅撰集に八十一首、『*菟玖波集』に八句入集。（山本）

行様《ゆきよう》　「遣様《やりよう》」とも。三句以上の*付句の移りや、*百韻一巻における*進行・*展開を指していう。*二条良基『*筑波問答』は、「一の*懐紙の面《おもて》のほどは、しとやかの連歌をすべし。（略）二の懐紙よりさめき句をして、三・四の懐紙をことに逸興あるやうにし侍ることなり」とする。この*序破急と懐紙の対応関係は、*宗牧の頃には若干の相違が見られるが、大きな枠組みとされた。*兼載『*若草山』は行様について、「薄く濃く*地文（有文無文）あるべきとぞ」と説く。また、*句数事・*去嫌《さりぎらい》など*連歌式目に関わることも行様と結びつくことと見なせる。（永田）

湯山三吟百韻《ゆのやまさんぎんひゃくいん》　連歌作品。*肖柏・*宗長・*宗祇による三吟。*賦物は「何人」。延徳三年（一四九一）十月二十日、摂津国湯山、現兵庫県有馬温泉で詠まれた。摂津国池田にいた肖柏が宗祇と宗長を招き*張行したという。*発句は肖柏の「うす雪に木の葉色こき山路かな」。『*水無瀬三吟百韻』と並び*百韻の傑作と評価されてきた作品であるが、『水無瀬三吟百韻』と違い、くつろいだ中でのものである。*宗牧によるものなど、幾つかの古注がある。新潮日本古典集成『連歌集』（新潮社）所収。（松本）

湯山両吟百韻《ゆのやまりょうぎんひゃくいん》　連歌作品。「有馬両吟百韻」とも。*宗伊・*宗祇の両吟。文明十四年（一四八二）二月五日成。*賦物は「*何路」。摂津国湯山、現兵庫県有馬温泉で詠まれた。*発句は「鶯は霧にむせびて山もなし（宗伊）」。宗祇の自注が付された伝本がある。また、宗祇の自注に*西順が注を補ったものに『連歌破邪顕正《はじやけんしょう》』がある。新潮日本古典集成『連歌集』(新潮社)所収。(松本)

【よ】

用心抄《ようじんしょう》　連歌書。編者・成立年未詳。明応九年(一五〇〇)頃成。連歌会の*執筆《しゅひつ》のための作法書。冒頭に「執筆のこと、その法まちまち」であるが、「当世の一流」である「師の伝」を記すとある。類書の『*宗祇執筆次第』などよりも詳細で、会における執筆の立ち居振る舞いから、心構え、句の*披露の仕方、*懐紙の扱い方などを詳しく記す。連歌最盛期の執筆作法の典型を示すと見なせる書である。『文芸会席作法書集』(廣木一人他・風間書房)所収。→会席作法・執筆作法(松本)

幼童抄《ようどうしょう》　連歌書。*宗長著。十六世紀前期成。宗長宛書簡の紙背に記されたもので、跋文が二種あり、後のものには、石巻勘九郎左衛門の懇望によって書いたが後に鈴木寿左衛門にも与えたとして、「老の添ふ忘れ形見」とあり、宗長晩年の作らしい。内容は四季および*恋・*旅・*述懐《しゅっかい》・*釈教に分けて、それぞれの*本意を説き、*証歌たる和歌を五首(夏のみ三首)ずつ引いたものである。『*三河下り』に類似する。西日本国語国文学会翻刻双書『幼童抄他』所収。(廣木)

陽の体《ようのてい》　付け方の一体。*前句に対して自分の内々持っている考えを反映させて句を付けること。『*連歌諸体秘伝抄』に、「憂き世と知れば立ちも帰らず/捨てしよりなき名の数に身はなりて」の*付合例を挙げ、「我が内証より物をとり出だして、十方へ打ち広げていふ儀なり。*恋・*述懐《しゅっかい》の句は、皆々陽より起こり候はでは、句の心違ひ候。よくよく思案あるべきなり」とある。恋や述懐の句は、みな陽の体(自分の心情)で詠むのがよいとする。→陰の体(永田)

義光《よしあき》　武家。最上。天文十五年(一五四六)〜慶長十九年(一六一四)。六十九歳。*伊達政宗、上杉景勝と対峙した山形の戦国大名で、徳川幕府下で五十七万石を領した。連歌に関心が深く、文禄二年(一五九三)二月十二日、*紹巴・*昌叱・*玄仍《げんじょう》らを自邸に招き「何人百韻」の*発句を詠んでいる。以後、在京の折にしばしば連歌を楽しんだ。文禄五年には『*連歌《れんが》新式《しんしき》追《つい》加並新式今案等《かならびにしんしきこんあんとう》』に自らが不審を書き記していたもの

を紹巴に見せ、加筆訂正を求めている。（廣木）

義詮《よしあきら》　武家。足利。元徳二年（一三三〇）～貞治六年（一三六七）。三十八歳。宝篋院《ほうきょういん》。足利幕府第二代将軍。*尊氏の子。父の文芸愛好を受け継ぎ、自邸で歌会を催し、貞治二年、第十九代勅撰和歌集『新拾遺集』を執奏、貞治六年には『新玉津島歌合』を主催した。文和五年（一三五六）正月頃「北野法楽千句」を催したが、これは足利家としての北野法楽千句の最初と思われ、以後、足利歴代の先駆となる。『風雅集』以下の勅撰集に五十四首、『*菟玖波集』に二十一句入集。（廣木）

四字上下略《よじじょうげりゃく》　賦物《ふしもの》の一種。四音から成る語のうち、上下（第一・第四）の二音を除いた、中の二音だけで、別の詞になる語を句に詠み込む方式。「うぐひす（鶯）→くひ（橛）」「たまづさ（玉章）→まつ（松）」「なはしろ（苗代）→はし（橋）」などの語である。面倒な賦物の規定は時代が経つにつれ敬遠されていったが、*一条兼良『*連歌初学抄』に「二字反音以下の賦物は、*千句連歌の*発句ばかり賦物に常にこれを取る」とあり、後世まで千句連歌の発句のみに適応された。→賦物（永田）

義隆《よしたか》　武家。大内（多々良）。永正四年（一五〇七）～天文二十年（一五五一）。四十五歳。義興の子、*政弘の孫。周防国など六カ国の守護。祖父・父の後、大内家の文芸、*連歌師団を引き継いだ。二度の*厳島神社奉納万句連歌を催したらしいが、天文二十年五月、*三条西公条《きんえだ》・*寿慶・*宗養・*昌休らを加えての『宮島千句』のみが現存している。*宗碩・*宗牧らも山口を訪れたことが『*月村抜句』などで知られる。また、天文四年には筑前守として太宰府天満宮*月次《つきなみ》連歌結番を定めている。（廣木）

吉野詣記《よしのもうでき》　紀行。*三条西公条《きんえだ》著。天文二十二年（一五五三）二月二十三日から三月十四日にかけての旅の記。妻に先立たれ、仏道修行への思いが募っていた頃、*紹巴から吉野の花見に誘われて京都を出発、各所の寺社や*名所旧跡も訪ねつつ、奈良を経て吉野山の花を眺め、住吉など巡って帰京するまでを記す。多くの和歌・漢詩を記すほか、紹巴との*両吟など連歌*張行の記事を含み、またその折の*付合が書き留められている。新編日本古典文学全集『中世日記紀行集』（小学館）所収。（山本）

義教《よしのり》 武家。足利。応永元年(一三九四)～嘉吉元年(一四四一)。四十八歳。普広院。足利幕府第六代将軍。*義満の子。文事を愛好、連歌会も頻繁に催したことは『*満済准后日記《まんさいじゅごうにっき》』などに多く記録され、永享二年(一四三〇)二月以降*月次《つきなみ》連歌会を主催したことも判明する。また、永享五年二月十一日には『北野社一万句』を主催、以後七年から没年まで毎年一万句連歌を奉納した。和歌の詠作も多く、永享五年には『新続古今集』を執奏している。『新続古今集』に十八首、『*新撰菟玖波集』に二句入集。(廣木)

義久《よしひさ》 武家。島津。天文二年(一五三三)～慶長十六年(一六一一)。七十九歳。竜伯。薩摩国守護。貴久の子。文事を好み、和歌を*近衛前久《さきひさ》に師事、*細川幽斎から*古今伝授を受けた。弘治二年(一五五六)正月十六日「*何船百韻」以後、しばしば連歌会に参加、正月十六日には*連歌始《はじめ》、毎月二十五日には*月次《つきなみ》連歌を催した。元亀二年(一五七一)八月十六日には*名号連歌を主催、天正十五年(一五八七)十月十五日や文禄四年(一五九五)二月十日には京都において*紹巴・*昌叱らと一座している。(廣木)

義尚《よしひさ》 武家。足利。寛正六年(一四六五)～長享三年(一四八九)。二十五歳。常徳院。足利幕府第九代将軍。*義政の子。文事を愛好、幕府月次《つきなみ》歌会など多くの歌会を催し、和歌撰集『撰藻集』を企画したが、死没により中絶、これを引き継ごうとした*大内政弘により、その意志は連歌撰集『*新撰菟玖波集』として遂げられた。*宗祇から『*宗祇袖下』が贈られ、現滋賀県、近江国鈎《まがり》の陣中では『伊勢物語』の講釈を受けている。『新撰菟玖波集』に*夢想とされる一句を含め、四句入集。(廣木)

能秀《よしひで》 武家。門司。生没年未詳。*大内政弘の家臣。能重の子。*宗忍の祖父。武《たけ》員《かず》の父。『*新撰菟玖波集作者部類』に「門司下総守」などとあり、子の武員は「門司藤右衛門尉」とある。現山口県下関の国人で、文明十二年(一四八〇)の*宗祇『*筑紫道記』には、山口を出発して間もなくの宗祇に追いつき言葉を交わしたこと、下関の自邸に宗祇を迎えて、連歌会を催したことが記録されている。なお、武員は山口での連歌会で*執筆を勤めた。『*新撰菟玖波集』に五句、武員は二句入集。(廣木)

慶広《よしひろ》 武家。松前。天文十七年(一五四八)～元和二年(一六一六)。六十九歳。初め蠣崎《かきざき》。北海道松前藩初代藩主。*豊臣秀吉に従い、文禄の役には肥前国名護屋城に出陣した。連歌を好み、紹巴に師事、天正十九年(一五九一)正月十七日、紹巴発句の「何人百韻」に昌叱・応其《おうご》らと同座、同年十月には紹巴から『宗祇初学抄(初学用捨抄)』を贈られている。また、慶長五年(一六〇〇)四月三日「何山百韻」で紹巴の発句に脇を詠んだことなどが知られる。(廣木)

吉深《よしふか》　武家。石出。元和元年(一六一五)～元禄二年(一六八九)。七十五歳。初め本多。常軒・帯刀《たてわき》。現愛知県、三河国の譜代本多氏の出。江戸小伝馬町の牢屋奉行、石出義長の養子となり、寛永十五年(一六三八)に義父の死後、牢屋奉行を継いだ。広瀬坦斎に朱子学と神道を学び、和歌・連歌に造詣が深かった。連歌作品に明暦二年(一六五六)の自作独吟に自注を加えた『吉深独吟千句註』、連歌句集に『昨木《さくぼく》集』、『源氏物語』注釈書に『窺源抄』などがある。(永田)

義政《よしまさ》　武家。永享八年(一四三六)～延徳二年(一四九〇)。五十五歳。慈照院。足利幕府第八代将軍。義教の子。寛正五年(一四六四)四月二十八日「何路百韻」など多くの連歌会に参加、月次《つきなみ》連歌会での発句や同座した百韻などは『後鑑《のちかがみ》』付載「御連歌集」や『室町殿御発句』に残されている。応仁元年(一四六七)には『慈照院殿御吟百韻』を詠んだ。没後、『新撰菟玖波集』編纂に際して、その句集が未亡人、日野富子によって禁裏に差し出され、二十八句入集した。家集に『義政集』がある。(廣木)

義満《よしみつ》　武家。延文三年(一三五八)～応永十五年(一四〇八)。五十一歳。鹿苑《ろくおん》院。足利幕府第三代将軍。義詮の子。明徳二年(一三九一)二月十一日北野社万句を興行、その後、北野法楽千句をたびたび主催、応永十五年三月十一日、十二日には北山殿に後小松天皇を招き連歌を張行(『北山殿行幸記』)している。また、二条良基から『連歌十様』を贈られ、『十問最秘抄』では「きはめてかかり美しく、風情常のものの珍しきをせらるる」と称賛されている。第二十代勅撰集『新後拾遺集』を執奏した。『新後拾遺集』以下の勅撰集に十九首入集。(廣木)

良基《よしもと》　公家。二条。元応二年(一三二〇)～嘉慶二年(一三八八)。六十九歳。後普光園《ごふこうおん》院。摂政・関白・太政大臣。道平の子。和歌は二条為定・頓阿、連歌は救済に師事。南北朝期の文化全般を担ったが、連歌も好み、延文二年(一三五七)に『菟玖波集』を撰進、応安五年(一三七二)に『連歌新式』を制定するなど、その文芸的興隆を導き、自邸*二条殿はその中心地となった。連歌論に『*僻連抄（*連理秘抄）』『*撃蒙抄』『*九州問答』『*連歌十様』『*十問最秘抄』など、歌論に『*近来風体』がある。『風雅集』以下の勅撰集に六十首、『菟玖波集』に八十七句入集。（廣木）

良基救済出座何路百韻《よしもときゅうぜいしゅつざなにみちひゃくいん》　連歌作品。京都女子大学蔵、素眼（*素阿）法師書として伝えられる「賦何路連歌」。『*文和千句』より前の*二条良基・*救済現存最古の作品か。*発句作者名は無記であるが句上に「御」とあり、良基と考えられる。*脇は救済。他には良基側近の公家・武家・僧らで計十四名。中に「侍子」と注記のある英救の名が見え、侍公と呼ばれた救済の養子と思われる。中前正志他「京都女子大学図書館所蔵連歌関係資料翻刻と解題Ⅰ」（「女子大国文」138）所収。（廣木）

良基独吟畳字連歌《よしもとどくぎんじょうじれんが》　連歌作品。成立年未詳。はじめに「賦畳字連歌」とあり、末尾に「二条摂政殿御作」とある。*発句に「慶賀」、*脇に「自他」などを詠み込んだ*畳字連歌であるが、「抑《そもそも》」「聊《いささか》」などの漢文訓読語しか詠み込んでいない句や「言語道断」などの四字熟語を入れたもの、さらに挙句の「寿命長遠天下太平」など、後世の二字熟語を詠み込むという規範から逸脱していて、古体を示している。『伊地知鐵男著作集2』（汲古書院）所収。（廣木）

余情付《よせいづけ》　付け方の一体。「余情付《よじょう》」とも。意味・詞・*寄合などでは、*前句とは一見付いていないように見えるが、言外に情趣が漂っていて感興のある付け方をいう。*二条良基『*僻連抄』に、「いささか言はれぬ様なるに、余情のありて面白きなり」と説かれている。疎句による付けで、「*埋付《うずみづけ》」と近似し、*蕉風俳諧の到達した「匂付《においづけ》」の句境にも通ずる手法である。なお、*心敬は句のあり方として余情を重視し、『*ささめごと』では「面影・余情に心をかけよ」と述べている。→親句疎句（永田）

四手付《よつでづけ》　付け方の一体。*前句と*付句とが、*寄合や縁語などで緊密に切り組んだように細かく付ける手法。*二条良基『*僻連抄』で「余情などはなくて、確かに切り組みたる様」、*梵灯庵『*長短抄』で「前句の付け所の二つも三つもある」に付けると説く。『*連歌秘伝抄』は*付様《つけよう》八体の一つとして、「前の句の詞数《あま》多《た》あるに、その詞ごとに数多《あまた》を取り合せて付くる」とす

る。*救済以前の*地下《じげ》連歌などで好まれたが、後に嫌われた。（永田）

淀渡《よどのわたり》　連歌書。著者・成立年未詳。*発句から*挙句までを想定しつつ*付合を解説した書で、*行様《ゆきよう》を考慮しているところに一般の付合解説書との相違点がある。本書の内容と対応する*百韻に『淀渡百韻』があり、明応四年(一四九五)三月の奥書を持つ伝本には、著者として*宗祇の名が見える。真偽は未詳であるが、このような実際の百韻を踏まえて書かれたものか。終わりに連歌の功徳を述べる。末尾に「淀渡」とは出発点の意であるとする。『連歌論集2』(三弥井書店)所収。（松本）

世吉《よよし》　初折表裏の二十二句と名残表裏の二十二句のみ、計四十四句の形式の連歌をいう。これを「よよし」と読むことは、*昌功『*菟玖《つく》波廼山口《ばのやまぐち》』に「始終世久《しじゆうよく》と言ひ、また世吉と唱ふ」とある。四十四句の連歌のことは鷲尾隆康『二水記』永正十七年(一五二〇)正月三日に「聖廟法楽連歌四十四句*独吟」の記事に見えるが、現存例では天文十八年(一五四九)四月吉日「*賦夢想連歌」(大山祇神社蔵)が古い。また、同神社蔵の弘治三年(一五五七)二月十日「賦夢想連歌」は*端作《はしづくり》に「始終世久」と記す。（廣木）

寄合《よりあい》　和漢の文学作品・文化的事柄によって関連あるとされた語と語の関係、また関係づけられている語をいう。「*付合」と通用されたことからも、元来は*前句と*付句の関係を指す言葉であったが、*二条良基『*僻連抄』で「*心付。詞・寄合を捨て、心ばかり付く」などと区別され、特定の関連語を指すようになり、*寄合書などの一覧も作られ固定化されていった。ただし、その安易な使用は『僻連抄』で、「ただ寄合ばかりを多く覚えて」詠むのは「古材木を差し合はせ」るようなものであると批判されている。（廣木）

寄合書《よりあいしょ》　*寄合を一覧した書をいう。現存最古の書は鎌倉末期成『*連証集』で、『*私所持和歌草子目録』にも見える。『連証集』に挙げられている寄合はすべて和歌によるもので、寄合の発生事情を窺わせる。南北朝期に入ると二条良*基が関与したらしい『*光源氏一部連歌寄合』などが現れ、採録項目が広がっていった。室町中期成の一条*兼良『*連珠合璧集』は集大成といえる書で、同時期には*恵俊《えしゆん》『*連歌寄合』などがある。以後、連歌の普及とともに多くの寄合書が作られ、連歌の大衆化を支えた。（廣木）

寄合の小宛《よりあいのこあて》　＊前句に詠まれた語の＊寄合を＊付句に詠み込む際に適切であるという状況、それを意識する心の働きを指す。「＊心の小宛」「＊詞の小宛」とともに三種の小宛の一つ。『＊知連抄』は、前句にただ「杖」とある場合、「梨」(梨の蔕《へた》を「梨の杖」というため)を寄合として付けるのは問題ないが、「親の子を打つ杖」に「梨」を付けるのは、「寄合の小宛」に背くとする。また、＊梵灯庵『＊長短抄』には、秋の「雁」には「数」を、春の「雁」には「故郷」を付けるべきであると説かれている。→小宛(永田)

寄所《よりどころ》　＊前句に対しての付け方、的確な付けどころ、またそれが叶っている様相をいう。＊二条良基の連歌論で使われた用語で、『＊僻連抄』には「たびたび返されぬれば、風情を失ひてさらに寄所なし」とあるが、『＊撃蒙抄』では「〈鶴〉に〈夜鳴く〉詞、寄所あり」「〈猿〉の〈水月を取る〉風情、寄所あり」など＊寄合に関わるような具体性を持った付けようを言うことが多い。『＊九州問答』では「＊前句に名所寄所なからんずるに」などと使われている。(廣木)

頼則《よりのり》　武家。能勢。?～永正十三年(一五一六)。摂津国守護。管領細川＊政元家臣。現大阪府高槻市の芥川城城主。政元を招き、文明十七年(一四八五)三月に『新住吉社御千句』、長享二年(一四八八)三月には『＊摂州千句』を主催している。後者には＊宗祇・＊肖柏・＊宗長・＊宗鑑らが参加している。宗祇・宗長と親しく、宗祇句集『＊宇良葉《うらば》』や宗長手記『＊宇津山記』などにその名が見え、宗長は三回忌に『＊東山千句』を＊張行してもいる。『＊新撰菟玖波集』に二句入集。(廣木)

【ら】

落書露顕《らくしょろけん》　歌書・連歌書。＊今川了俊著。応永十九年(一四一二)頃成か。自分が属した歌道冷泉流の当主の為尹《ためまさ》の擁護や、自作の和歌が＊後小松天皇に認められ、＊二条良基から連歌道の後継者と見なされたことから、和歌・連歌の正道を伝える意図で著された。内容は、和歌・連歌を一体とする観念のもと、理想の風体、歌学、逸話、作法などを幅広く述べる。連歌事情にも詳しく、当時の連歌界の様子を知るうえでも貴重な書である。『歌論歌学集成11』(三弥井書店)所収。(山本)

洛陽花下里村昌逸法眼門人帳《らくようはなのもとさとむらしょういつほうげんもんじんちょう》

連歌書。文政三年(一八二〇)頃成。*昌逸と*玄碩の門人一覧。昌逸の門人の在地・職・入門年月・名を一覧し、続いて玄碩関係のものとして、次に挙げる相伝の立場ごとの起請文を一通ずつ載せた後、入門者・*執筆相伝者・異体留相伝者・十ヶ条相伝者・*賦物相伝者の順で年月・在所・名を記す。収録されている門人は、在地も身分も幅広く、当時の連歌界を知る貴重な資料である。石川八朗「翻刻・『洛陽花下里村昌逸法眼門人帳』」(『今井源衛教授退官記念文学論叢』九州大学国語学国文学研究室)所収。(廣木)

拉鬼体《らっきてい》

「おにひしぐてい」とも。*十体の一つ。鬼を取り押さえるような超人的な力を感じさせる風体。元来、和歌において使われた用語で、『定家十体』や*定家偽書類に多く挙げられている。*心敬は『*ささめごと』で『毎月抄』や定家偽書などを引いて、「*強力体《ごうりき》」と並べて、「歌の中道」「無上」なものであるが、稽古の最終段階で学ぶものである、と述べている。なお、『ささめごと』では強力体は十体に入れるが、拉鬼体はそれに含めていない。(廣木)

らん留《らんどめ》

句末を「らん」と留めること。「らん留り」とも。『*連歌秘伝抄』の「*てには付」の一つとして、「らんは疑ひの心なり。心をあらあら取りては付け難し。先づ〈らん〉と付く、前の句の詞をするすると言ひ下したる句によくよく付くなり」と説明される。「らん」には疑いの心があるので、すらすらと言い下すような*前句に付けるとよく、下知(命令)の句など、ある一方向を目指すような句には向かないとする。また、*第三は「らん」で留めることが多い。→てには留(永田)

【り】

六義《りくぎ》

『毛詩』大序が挙げる「風・賦・比・興・雅・頌」の総称。和歌においても『古今集』両序に挙げられるなど歌学に大きな影響を与えた。連歌では『*知連抄』は和歌の六義に対して三義とするが、*梵灯庵『*長短抄』では秘説としつつ、六義を「風と云ふは、添句なり」などと、『古今集』両序を準用して句例を挙げる。*心敬『*ささめごと』も同様で、「風・

そへ歌／名は高く声は上なし郭公」などと例を挙げて説明している。→三義五体（山本）

柳営連歌《りゅうえいれんが》

徳川幕府の連歌始《はじめ》をいう。「御《ご》城《じょう》連歌」とも。始まりは諸説あるが、寛永五年（一六二八）に形が整った。はじめ正月二十日、家光没後（一六五三年）、その忌日を避けて十一日に江戸城内で行われた。里村家が発句、将軍が脇（ただし代作）であったが、当日はあらかじめ作っておいたものを詠み上げるだけであり、準備段階からもろもろの儀礼が定められていた。その作品は全国の愛好者に伝えられ、『松《まつ》廼《の》春《はる》』『柳の糸』の名で纏められている。なお、文化三年（一八〇六）から天保四年（一八三三）分の翻刻は堀場三子他「柳営連歌」（「金城国文」29・30・31）所収。（廣木）

柳営連歌師《りゅうえいれんがし》

柳営連歌に参加した連歌師のこと。里村南家・北家が中心で、他に阪《ばん》家や瀬川家などの連歌宗匠家、日輪寺住職・鎌倉八幡宮少別当大庭氏・亀戸天満宮司務大鳥居氏・太宰府天満宮司務大鳥居氏・烏森稲荷社司山田氏・芝神明社司西東氏・上野東照宮社家渡辺氏・鳥越明神社鏑木氏などが何代か継続して勤仕した。また、地方の連歌師が呼ばれることもあり、参加は最高の名誉とされた。『柳営御連衆次第』『有《う》米《め》廼《の》記《き》』に一覧されている。（廣木）

良阿《りょうあ》

連歌師。?〜応安六年（一三七三）から永徳三年（一三八三）間。「河内良阿」と同一人か。善阿門。二条良基邸・尊胤邸の連歌会に出、また、良基から「古今秘説」を伝授されるなど、貴顕に認められた連歌師であった。句風は良基『十問最秘抄』に「一句に心を作り入れてせしなり。されば連歌ちと遅かりしなり」、宗砌『花のまがき』に「いとをかしく思ひ寄れり」とあるなど、付句に巧みな工夫があるとされたが、秀句などの技巧重視、俳諧的な面があった。『菟玖波集』に二十句入集。（廣木）

了俊《りょうしゅん》

武家。今川。嘉暦元年（一三二六）〜応永十九年（一四一二）から同二十五年。貞世。範国の子。足利義詮《よしあきら》・義満に仕え、九州探題として多大な功績をあげた。和歌を冷泉為秀に学ぶ。連歌は三十余歳から始め、順覚、救済、周阿に学び、後に二条良基の教えを受けた。九州在任中に同地の連歌壇の指導も行い、都の良基と問答を交わし、それは『九州問答』『了俊下草』などに結実した。晩年は歌道冷泉流の権威向上に努めるとともに、良基連歌論を継承、『落書露顕』などを

著した。『風雅集』以下の勅撰集に五首入集。（山本）

了俊下草《りょうしゅんしたくさ》　連歌書。「下草」とも。康暦二年（一三八〇）成。九州在国の今川*了俊からの質問に二条*良基が答えたもので、序文は了俊、跋文は良基による。同形式の『*九州問答』より四年後の成立である。了俊の問が多くを占め、より高次の問題意識に立ち入りつつも、九州の連歌壇を指導する了俊の実情と理想との相克が看取される。奥書によると良基に*合点を求めた了俊句集も添えられていた模様であるが、伝わっていない。古典文庫『良基連歌論集3』所収。（山本）

了俊弁要抄《りょうしゅんべんようしょう》　歌書。「弁要抄」「了俊一子伝」とも。今川*了俊著。応永十六年（一四〇九）成。老境の了俊が子の彦五郎のために著した書。自身の歌道修行の日々を振り返りつつ、歌道の相続の要を説き、初学の稽古、読むべき書物、庶幾すべき歌風などを述べる。連歌についても言及し、連歌稽古においても和歌と同様に段階に応じた稽古が重要であるとして、初心の心得を具体的に述べている。当時の*梵灯庵の評判なども見える。『日本歌学大系5』（風間書房）所収。（山本）

琳阿《りんあ》　*連歌師。生没年未詳。玉林。室町幕府*同朋衆。『*菟玖波集』の作者「林阿」と同一人物とすれば、同書に二句入集。*救済門。今川*了俊『*落書露顕』には*通郷《みちさと》・*梵灯庵・*成阿《じょうあ》・*道助らより下位の者として、「得失あるなり」とある。ただし、*心敬『*所々返答』には前者と並べて、*良阿・*周阿の後に喧伝された者としている。『申楽談儀』に曲舞「東国下り」「西国下り」の詞章の作者であり、足利*義満に召し出されたとある。また、『熱田本日本書紀紙背和歌』の作者の一人でもあった。（廣木）

輪廻《りんね》　連歌作品中の三句の連なりを見た時に、中央の句を挟んで、第一句と第三句が関連するようになっている状態、つまり第二句を軸にして回転している様相をいい、もっとも嫌われたものである。『*知連抄』下には「今時の連歌はあまりに輪廻して、句の体珍しからず」とある。*俳諧論での「観音開き」と類似するが、幾分意が広く、連歌*行様《ゆきよう》の根底の概念であり、*連歌式目形成の基盤となった。『*連歌新式』「輪廻事」には「薫物《たきもの》」に「こがる」と付けた句に「紅葉」と付ける例が挙げられている。→遠輪廻（廣木）

【る】

類字名所和歌集《るいじめいしょわかしゅう》 和歌撰集。*昌琢著。元和三年(一六一七)刊。二十一の勅撰和歌集の中から、*名所歌を抄出し、いろは順・国名順に並べたもの。本文七巻、目録一巻から成る。八百八十七カ所、八千八百二十一首を収録。南北朝時代の『勅撰名所和歌要抄』や*宗碩編の『勅撰名所和歌抄出』などを典拠として編纂している。『*八雲御抄』『*藻塩草』にも言及する。「大名寄《おおなよせ》」と称され、元和三年の古活字版以後も版を重ね広く流布した。*連歌師と名所名寄の関係を示す一例である。『類字名所和歌集本文篇』(村田秋男・笠間書院)所収。(松本)

【れ】

麗体《れいてい》 「うるわしきてい」とも。*十体の一つ。なだらかな調和のとれた言葉続きで、端正な美を感じさせる風体。元来、和歌において使われた用語で、『*定家十体』や*定家偽書類にも見える。*宗砌『*花のまがき』は*梵灯庵の「またもあはずは後いかがせん／法《のり》を聞く人とは今も生まれきて」を「麗体なり」と評し、*心敬『*ささめごと』は「麗体の句」として「月こそ室《むろ》の氷なりけれ／三熊野の山の木枯吹き冴えて(*良阿)」などの句例を挙げている。(山本)

連歌《れんが》 *短連歌(一句連歌)・*鎖連歌・*長連歌の総称。「連歌」の名称は、短連歌を多く収録する寛弘四年(一〇〇七)成『*拾遺集』には見えず、『左経記』治安二年(一〇二二)八月二十三日条にあるのが早い。その後、*源俊頼『*俊頼髄脳』(一一一一〜一四年間成)に見え、その家集『*散木奇歌集』や、俊頼が撰者となった『*金葉集』にも使われている。また、同時代の大江匡房の家集『匡房集』にも見える。その名称の普及は短連歌が盛んになった時期、特に俊頼が大きな役割を果たしたと思われる。→継歌(廣木)

連歌合《れんがあわせ》 歌合に倣って、連歌の*発句や*付合を左右に合わせ優劣を競うもの。ただし、歌合とは相違し、ほとんどは既成の自他の作品、もしくは自作のみを合わせるものである。*梵灯庵『*長短抄』

には歌合と比較して、「*前句一句に五人も十人も付けて」点を競う方法が述べられている。これは後世の*前句付と同じであるが、『*救済周阿心敬連歌合』も同様のものである。*心敬『*ささめごと』には「近頃はじめて連歌を歌合のごとく」とあり、あまり活発に行われたものではなかったらしい。（廣木）

連歌延徳抄《れんがえんとくしょう》　連歌書。*兼載著。延徳二、三年（一四九一）頃成。奥書に兼載が周防国（山口県）に下向中、*心敬から伝授されたことを大内政弘のために書いて贈ったものとする。明応五年（一四九六）には、この初撰本に手を入れて安富匠作へ、さらに永正三年（一五〇六）には、改訂した三撰本を平頼重へ贈っている。はじめに*行様《ゆきよう》の重要性を述べ、連歌の*付様《つけよう》を*景気付、*心付、*本歌などに留意し、例句を挙げ説明する。例句は心敬の句が多い。『連歌論集4』（三弥井書店）所収。（松本）

連歌奥儀明鏡秘集《れんがおうぎめいきょうひしゅう》　連歌書。巻末に天文二十四年（一五五五）、*宗牧・*宗養から*三好長慶宛とあるが、宗牧没後十年を経ており信じがたい。相伝されたものを整理したものか。内容は序文以下、*五音相通・*切字・*付様《つけよう》八体・*てには・*用付《ゆうづけ》・*皮肉骨・*真草行・*本説連歌・*本歌連歌・上手下手・一句二心、などの各論を六十一、追加一の箇条にして解説したもので、切字に関わることが多い。古典文庫『宗養連歌伝書集』所収。→連歌秘袖集（廣木）

連歌会席式《れんがかいせきしき》　連歌書。岩松*尚純《ひさずみ》著。成立年未詳。元禄七年（一六九四）刊『世々之指南』に収録されて伝わる。二十一箇条に分けて連歌会席をめぐる注意を記し、跋文を付す。跋文には「*宗砌・*心敬・*兼載など記し侍るところ」を書いたとあるが、直接に関係する書は見あたらない。ここに指摘されている猥雑さは作者が卑下するように東国のことのみとは思われず、当時広く行われるようになった連歌会の実態を示していると思われる。『文芸会席作法書集』（廣木一人他・風間書房）所収。（廣木）

連歌会席図《れんがかいせきず》　連歌会の様子を描いた図。古い例は室町中期成の当麻寺蔵『十界図屏風』で、これは花の下での会で特殊なものである。室内の会では永禄四年（一五六一）頃を描いた奈良絵本『*猿の草子』中「連歌会席図」が古く、以下近世初期には島原角屋蔵『邸内遊楽図』、東京国立博物館蔵『邸内遊楽図屏風』、十七世紀前半成の長円寺蔵『北野社遊楽図屏風』、寛永三年(一六二六)刊『竹斎』中「北野天満宮連歌会図」などがあり、これらにより連歌会の実際を目で確認することができる。(廣木)

連歌会の所要時間　れんがかいのしょようじかん

*百韻連歌*張行の時間は十二時間程度かけるのがよいとされた。*心敬『*ささめごと』には*二条良基の会は「朝より深更に及」んだとし、せめて朝から夕暮まではかけるべきであるとあり、*岩松尚純《ひさずみ》『*連歌会席式』でも同様である。ただし、『*実隆公記』などの記事から判断すれば*後土御門天皇の*月次《つきなみ》連歌会は平均六、七時間であった。途中休憩の取り方にもよったと思われる。*千句連歌の場合は四百韻を一日に行う場合もあり、三、四時間程度であったであろう。(廣木)

連歌教訓　れんがきょうくん

連歌書。*紹巴著。三部の書状風連歌教訓書を合わせたものらしい。諸本に異同が多く、写本系本文第二部の末尾には、天正十年(一五八二)に*玄仍《げんじょう》に宛てたとの記述がある。第一部は*発句・*脇・*第三・*てには留、第二部は種々の会席に臨んでの心構え、第三部は*付合の方法・俗言・*恋の連歌・作意・句の表裏・*とりなし・*てには・*名所の連歌などの後に、すぐれた発句・付合の実例を多く載せ、幾分かの解説を記す。岩波文庫『連歌論集下』(岩波書店)所収。(廣木)

連歌切　れんがぎれ

「切」は巻子や冊子などから切り取られた古人の筆跡のことで、「古筆切」ともいう。大きさはまちまちである。室町後期以降、貴重な書籍が手に入れにくくなった反面、茶掛の需要、手鑑などによる名筆愛好者の広がりなどのために多く出回った。内容は経文(経切)、和歌(歌切)などさまざまであるが、そのうちで*連歌懐紙の断簡を連歌切と呼ぶ。連歌および*連歌師の文芸上の地位の向上もあり、連歌関係の切は歌切などに準じて重視された。→手鑑(廣木)

連歌愚句　れんがぐく

連歌句集。宝徳二年(一四五〇)成。*宗砌自撰句集で*一条兼良編『*新玉集』の撰集資料。*発句二十一句、以下四季・賀・羇旅・*神祇・*釈教・*恋・*雑《ぞう》の部に分けた付合百五十五から成る。この部立は『新玉集』に合わせた可能性がある。発句には*詞書があり、それによれば永享二年(一四三〇)四月から冒頭に置かれた宝徳二年正月五日の「*北野会所連歌始《はじめ》」までの作を集めたものである。貴重古典籍叢刊『七賢時代連歌句集』(角川書店)所収。(廣木)

連歌源氏伊勢物語其外漢聞書《れんがげんじいせものがたりそのほかかんききがき》　連歌書。永運著。永正年間(一五〇四〜二一)成。永運は『*菟玖波集』入集の*永運とは別人。『*顕伝明名録』に「江州永原住人」「*兼載門弟」などとある。本書は*宗祇を主として*専順・兼載・*印孝の句を例にして、*付合を成り立たせている『源氏物語』『伊勢物語』、勅撰和歌・漢籍・仏典を挙げ解説したもので、*本歌・*本説手引書といえる書である。鍛治光雄「東海大学桃園文庫蔵『連歌源氏伊勢物語其外漢聞書』」(「文教国文学」24)所収。(廣木)

連歌心付之事《れんがこころづけのこと》　連歌書。「心付事少々」「宗祇心付の事」とも。*宗祇著。文明六年(一四七四)成か。付け方の基本を示すため、「年こゆる」から「鳥のこゑ」に至る四季・*恋・*雑《ぞう》の代表的な語を順に挙げ、付けるべき事柄を解説した書。宗祇が「*付合にすがり候へば落ち度候はねども、連歌上がるべき事もなく候」と断るように、付け方を形式化するためではなく、素材把握の方法の基礎を学んで独創的な付合を目指す、連歌上達のための指導書である。『連歌論集2』(三弥井書店)所収。(永田)

連歌故実抄《れんがこじつしょう》　連歌書。著者未詳。文明初年(一四六九)頃成か。二編から成り、どちらにも「北野僧宗寄」の名、また前編に寛正六年(一四六五)、後編に文明二年の年号が記されている。さらに、前編「祈禱連歌之事」の次に奥書風の記述があり、ここまでは『*宗祇初心抄』と同じものである。後編の「*六《りく》義《ぎ》」の次に二階堂殿に所望されて云々の記述があることからも、幾つかの伝書を合わせたものと見なせる。内容は多岐にわたるが、*忍誓《にんぜい》重視が窺われ貴重である。湯之上早苗「広島大学本連歌故実抄」(「国文学攷」70・71)所収。(廣木)

連歌詞《れんがことば》　連歌書。*心敬著か。成立年未詳。「当世連歌に用ゆる詞の事」として、*好詞《このむことば》を三百七十六語列挙した連歌用語集である。それぞれの語には典拠となる和歌・連歌*付合を挙げ、作者の判明するものには作者名を、語義の分かりにくいものには語釈を加えている。引用歌は『*古今集』をはじめ、人丸・*藤原定家・西行・*藤原為家らのもの、また連歌は、*救済・*行助・*智蘊・*良阿・*宗砌らの句を挙げ広範にわたる。さらに「愚句」として自身の句も挙げる。『心敬の研究』(湯浅清・風間書房)所収。(永田)

連歌五百句《れんがごひゃっく》　連歌句集。「専順五百句」とも。専順著。応仁元年(一四六七)成。計五百二十五の付合を春百・夏五十一・秋百・冬五十・恋四十九・雑《ぞう》百七十五の部立に分けて収録する。整然と編集したと思われるが夏・恋の句数が不自然な理由は不明。発句は含まれず、句には詞書も記されていない。九十句が『竹林抄』に、三十三句が『新撰菟玖波集』に採録されている。自注を付したものに『専順五百句注』があり、本句集に含まれていない句も収める。貴重古典籍叢刊『七賢時代連歌句集』(角川書店)所収。(松本)

連歌茶談《れんがさだん》　連歌書。無相(白雲堂)著。前編(文政四年〈一八二一〉刊)・後編(同五年刊)・続編(同六年刊)・残編(同七年刊)・別集(同八年刊)から成る。連歌論書・連歌集・紀行・物語・説話集・雑書など多岐にわたる書から連歌論・連歌作品・連歌師などに関わることを抜き出したもので、分類はされていないものの連歌一般の常識を知るうえでの便宜性は高い。また、近世連歌に関するものを含む点も貴重である。各編の末尾に引用書一覧を付す。『続豊山全書20』所収。→連歌百談(廣木)

連歌師《れんがし》　連歌を職業とする人。「連歌士」とも。二条良基『筑波問答』に「弁内侍・少将内侍などいふ女房連歌師」とあるように、元来は連歌巧者・愛好者の意であったが、『知連抄』での使用例、『教言卿記《のりときききょうき》』応永十四年(一四〇七)八月十七日条に「地下《じげ》之連歌師」とあるなど、しだいに職業連歌師を指すようになった。『七十一番職人歌合』(一五〇〇年頃成)に「早歌謡《さうかうたひ》」と番《つが》えられている例はその端的な表れである。ただし、遁世者などでは職業連歌師であるかどうかの境目が難しく、連歌をもって世に名のある者と捉えるべきか。(廣木)

連歌字《れんがじ》　「連歌名」「一字名」とも。連歌懐紙に一文字の漢字で示された作者の名のこと、また、その文字。「字」はあざな、の意で、元来、一字名は種々の文書で貴顕が用いたもので、連歌においてもそれが準用された。『満済准后日記《まんざいじゅごうにっき》』永享二年(一四三〇)六月二十九日条には「御連歌字、〈桐〉字今日初めてこれを遊ばす。摂政〈藤〉字なり」とある。時代が違うと同一文字が用いられることも多い。また、地下《じげ》の作者も一巡後は自分の名の一字を用いるのが慣例であったが、これは本来の連歌字とは相違する。(廣木)

連歌式目《れんがしきもく》

守るべき規則の条目、また、それを記した書。「式目」は『御《ご》成敗《せいばい》式目』(一二三二年成)など武家の法規を示すものとして用いられた語である。連歌でも*長連歌発展とともに整備された詠作上の規則を言うようになった。藤原清輔『*袋草紙』では「連歌骨法」とあるが、『*私所持和歌草子目録』では*藤原定家らや*花の下連歌師のものが「式目」「式」と名付けられている。その後、「家々の式」『弘安新式』『建治新式』などが作られ、応安五年(一三七二)『*連歌新式』により一応の統一をみた。(廣木)

連歌式目抄《れんがしきもくしょう》

天正十五年(一五八七)成。*紹巴著。『*連歌新式追加並《れんがしんしきついかならびに》新式今案等《しんしきこんあんとう》』の注釈書。網羅的ではなく、問題のある箇所について私見を述べる。口伝による、としたり、*宗祇説を挙げるなど、一通りの連歌知識のある者に向けた書であるが、*後陽成天皇へ進上するなど、当時の第一人者の注として重要な意味を持つ。なお、紹巴説の聞書として、*心前の『*新式心前聞書』(一五八六年成)があり、こちらの方が詳細である。古典文庫『連歌新式古注集』所収。(廣木)

連歌十体《れんがじってい》

連歌書。著者・成立年未詳。奥書に「従一位藤原良基」とあり、*二条良基に仮託される秘伝書群の一つ。成立は良基・*周阿の時代からさほど下らない頃で、*地下《じげ》連歌師の間に伝わったものか。内容は、「したひながら」「とめながら」「*請てには」「重ね言葉の事」「*引違付事」「埋句付事」「*体付事」「*心付事」「*風情付事」「詩の心を付くる事」の十項目を設け、特に解説などは記さずに、それぞれに例句を二*付合ずつ載せる。古典文庫『連歌論新集』所収。(山本)

連歌師の紀行《れんがしのきこう》

*連歌師の多くは旅を常とし、その行動範囲は北海道から九州種子島にまで及び、その時々で多くの紀行文を書き残した。代表的作品には*梵灯庵『*梵灯庵主返答書』中「梵灯庵道の記」(仮称)、*宗祇『*筑紫道記《つくしみちのき》』、*宗長『*宗長手記』『*東路《あずまじ》のつと』、*宗碩《そうせき》『*佐野のわたり』、*宗牧『*東国紀行』、*紹巴『*紹巴富士見道記《じょうはふじみみちのき》』などがあり、漂泊の思い、歌枕探訪など文学的所為を内包しつつ、連歌を通じて地方の武家などとの交流を描くことに特色があり、当時の社会・文芸の広がりなどを知る貴重な資料ともなっている。(廣木)

連歌師の旅《れんがしのたび》　連歌が隆盛であった中世、政治・経済に力を持った地方武士は、高度な文化をも渇望した。その時代の文芸・文化の担い手であり、しかも自由に国々を旅し、貴顕とも接することのできる立場にいたのが*連歌師であった。特に連歌は*座を共にすることが必要であり、地方武士たちは一流の連歌師の来訪を心待ちにした。また、公家は地方武士の政治・経済力を頼りにしており、連歌師はそのような公家と武家との斡旋役をも果たした。連歌師と旅は文学的希求による以外にも、当時の社会状況の中で必然的に結びつくものであったといえる。（廣木）

連歌至宝抄《れんがしほうしょう》　連歌書。*紹巴著。天正十四年（一五八六）成。関白に就任した*豊臣秀吉に贈った書。作意・詞・和歌との相違・*付合の方法などを簡単に記した後に、「連歌に本意と申す事候」として四季および*恋の*本意を具体的に説く。続いて*発句・*切字・*用付《ゆうづけ》、また付合などを例に即して解説し、後半に連歌の詞を四季（*十二月題）・恋・*雑《ぞう》に分類一覧する。全体的に実用的な面が強いが、本意論は的確で有用である。岩波文庫『連歌論集下』（岩波書店）所収。（廣木）

連歌集《れんがしゅう》　連歌句集。*宗長の句などを雑然と書き留めたもの。*付合四十二、*発句五、付合四十四、発句二十、「*四季恋雑句躰次第長歌」と題された俳諧歌二十一首、その奥書、発句八、付合四十、の順で記されている。それぞれの付合などは分類整理されていない。冒頭部に「永禄元年閏六月二十一日経久花押」とあることから、一五五八年以後に宗長関係の残欠本を合わせて書写したものか。なお、『*連歌付様《つけよう》』と四十句が重なる。『中世文学資料と論考』（笠間書院）所収。（廣木）

連歌十様《れんがじゅうよう》　連歌書。*二条良基著。康暦元年（一三七九）五月成。良基が*足利義満のために著作した書。内容は、「連歌はかかり・姿を第一とすべし」以下、庶幾すべき風体、心（句作の着想）の重視、*寄合、句作の心構え、連歌の*小宛、*合点についてなどの十箇条をまとめたもの。比較的簡潔で、初学者への啓蒙的性格が強い。また、*鎌倉連歌や、*救済・*周阿没後の当世風連歌への批判も記す。廣木一人他「『連歌十様』注釈」（「緑岡詞林」29）所収。（山本）

連歌執筆作法《れんがしゅひつさほう》　連歌書。*一条兼良著。寛正三年（一四六二）成。漢文で

執筆作法を記した書である。短いが、執筆が呼び出されるところから始め、*文台捌き、*賦物決定の作法、*発句以下の受取り、*披露、*端作《はしづくり》、*懐紙を綴じること、さらに遅刻者への対応など、一通りの作法が記されている。簡略であるのは、事細かに定められていた作法が前提にあって、心覚えとして示されたためであろう。『文芸会席作法書集』(廣木一人他・風間書房)所収。→執筆作法(廣木)

連歌執筆次第《れんがしゅひつしだい》　連歌書。著者未詳。室町末期頃成か。「連歌十三条」とも。*執筆作法の一々を順を追って記したものではなく、*執筆が注意すべき事柄を未整理のまま箇条書きにした書である。一般の執筆作法書を補う細かな注意で、秘伝風の趣きを持つ。内容は貴人・亭主などに対する礼儀、食事の作法、*句上《くあげ》(*句引《くびき》)の書法、*端作《はしづくり》の書法、*満尾の後の*懐紙や*硯箱などの扱い方、句の文字の書き方などである。『群書類従17下』所収。(廣木)

連歌執筆之次第《れんがしゅひつのしだい》　連歌書。永長著。天保六年(一八三五)成。*執筆の作法を連歌会の開始から説明した書である。*文台を持ち運ぶ所作から始め、*懐紙の折り方・扱い、*硯箱の置き方、*賦物の「賦」の字の書き方、*発句および*平句の受け取り方、懐紙の持ち方、句の書きよう、*裏移り・*懐紙移りの時の処理、*端作《はしづくり》や*句上《くあげ》の書き方など、こと細かに手順を追って記し、最後には執筆の心構えまで説く。『文芸会席作法書集』(廣木一人他・風間書房)所収。(廣木)

連歌所《れんがしょ》　連歌を*張行する建物で、主室に控室を伴ったもの。連歌会所・連歌堂・連歌屋とも。中世城郭にも作られたらしいが、その結構などが判明するのは各地の*天満宮などのものである。拝殿などが流用されることも多く、現存する*染田天神社神殿や*厳島神社拝殿などはその例である。専用の建物は*北野天満宮では連歌会所、*大阪天満宮では連歌所と呼ばれ、それらは近世期の指図が残されている。宝永五年(一七〇八)再建の*杭全《くまた》神社連歌所は現存し貴重である。→会所(廣木)

連歌初学抄《れんがしょがくしょう》　連歌書。一条*兼良著。*賦物篇・式目篇・*和漢篇の三篇で構成されている。式目篇の末尾に享徳元年(一四五二)十一月とあり、奥書に後崇光院(*貞成《さだふさ》親王)に進上した旨を記す。賦物篇は計三十九種の賦物を挙げ、それぞれに用いる語を列挙し、当代における扱いを説明する。式目篇は『*連歌新式(応安新式)』を挙げ、次に*宗砌の意見を取り入れて定めた「新式今案」十一ヶ条を載せる。和漢篇は

*和漢聯句のための七ヶ条の式目を記す。岩波文庫『連歌論集下』(岩波書店)所収。(山本)

連歌初心抄《れんがしょしんしょう》　連歌書。著者未詳。大永八年(一五二八)成。次項の書とは別。はじめに*発句および*付句の当世・中古の相違を述べ、続いて*本歌・*本説の取り様、*輪廻への注意、*てには留について、*宗祇・*兼載・*桜井基佐《もとすけ》・*宗長の教え、連歌会席での心得、*執筆作法など内容は多岐にわたっている。冒頭に記されているように初心者に向けてのものと見なせるもので、特に連歌会に臨んでの実際上の態度・句の詠み方を細かく説く点に特色がある。『連歌論集4』(三弥井書店)所収。(松本)

連歌初心抄《れんがしょしんしょう》　連歌書。了意著。天正七年(一五七九)以前成。前項の書とは別。前半は連歌の詞を十二月に分け、その*寄合を一覧し、多くの*付合例を挙げる。後半は*発句詠む際の心持ち・願いの「かな」の発句・*挨拶の発句に分けての発句の詠み方、続いて*脇・*第三の詠み方を述べ、次に*用付《ゆうづけ》・*嫌詞・隠題《かくしだい》に付くる事、その他特殊な付合法などについて説き、最後に*雑《ぞう》の詞を挙げ、その寄合を挙げる。全体として*寄合書と呼んでよいような書である。西日本国語国文学会翻刻双書『幼童抄他』所収。(廣木)

連歌諸体秘伝抄《れんがしょたいひでんしょう》　連歌書。成立年未詳。*宗祇仮託書の一つである。序文の後、「新儀八十体」、続いて「摂政家秘伝五体の事」として前者に五体加え、例句を挙げて説明するが、前者は二条*良基の『*撃蒙抄』などによる所が見られ、後者は良基作とされる『*知連抄』と類似する。次に「*てには」を中心とした四十九の*付様《つけよう》、「てには」の置き所について解説する。例句は『*菟玖波集』中のものが多い。*地下《じげ》連歌師の間に伝承された秘伝書の集成本であろう。『連歌論集2』(三弥井書店)所収。(松本)

連歌神《れんがしん》　一般に北野天神すなわち菅原道真を指す。『*五十七ヶ条』(*宗長か)には「住吉・玉津島並びに北野を信ずべき事」、森脇三久等『*車言抄及追加』に「昔は日本武尊《やまとたけるのみこと》(略)、今は*天神」などとあるように、他神も崇められたが、足利尊氏以来の将軍家の崇敬もあって、南北朝期より天神を主たる神とするようになった。ただし、理由に関して、随流『*貞徳永代記』では「〈応安の新式〉の句法を天神の御納受ありてこそ、(略)これより天神を連歌の神と崇め奉りけり」とする。→北野天満宮(廣木)

連歌新式《れんがしんしき》 「新式」は新式目の意で、本式に対する語であるが、一般には応安五年(一三七二)に制定されたものをいう。鎌倉時代にも多くの式目があったが、『*筑波問答』によれば文永・弘安(一二六四〜八八)の頃に本式・新式と呼ばれる式目が作られたという。*二条良基は康永四年(一三四五)、『*僻連抄』中に『弘安新式』(『*連理秘抄』では『建治新式』)を基盤にした式目を掲げ、次いで応安五年に*救済の助言を経て『連歌新式』を制定する。以後、これを増補・訂正したものが基準となる式目となった。古典文庫『良基連歌論集』所収。→連歌式目・連歌本式(廣木)

連歌新式追加並新式今案等《れんがしんしきついかならびにしんしきこんあんとう》 『*連歌新式』は間もなく「追加・又追加」が加えられ、享徳元年(一四五二)には*宗砌の意見(北野会所連歌新法)を取り込んだ一条*兼良による「新式今案」が追加され、それらが原態の後ろに付された。本書は、さらに文亀元年(一五〇一)、*宗伊・*宗祇の『連歌嫌様事』や*心敬による追加訂正などを加味し、*肖柏がさらに増補・注釈加え、原態に入れ込んだものである。『連歌新式の研究』(木藤才蔵・三弥井書店)所収。(廣木)

連歌新式天文十七年注《れんがしんしきてんぶんじゅうしちねんちゅう》 『*連歌《れんが》新式追《しんしきつい》加並《かならびに》新式今案等《しんしきこんあんとう》』の注釈書。天文十七年(一五四八)成。著者未詳。*連歌式目の注釈書として早いものの一つである。冒頭に連歌新式・新式今案・追加の成立事情について記し、注の中でその区分をしばしば指摘するが、誤りも多い。*韻字事から始まり最後に「和漢」に及ぶ。式目全体にわたるが、解説書風で初心者にも分かりやすいものである。『連歌新式の研究』(木藤才蔵・三弥井書店)所収。(廣木)

連歌仙三十六人《れんがせんさんじゅうろくにん》 連歌撰集。*宗春編。成立年未詳。和歌における三十六歌仙に倣って編まれたもので、*頓阿・*宗祇・*善阿・*宗砌・*救済・*心敬・*肖柏・*順覚・*兼載・*寂意・*行助・*周桂・*紹巴・*玄清・*十仏・*宗牧・*能阿・*宗般・*良阿・*智蘊・*信昭・*昌叱・*宗養・*素阿・*周阿・*玄仍・*宗伊・*忍誓・*専順・*昌琢・*日与・*紹永・*宗碩・*永仙(基佐)・*宗長・*昌休を挙げて、その付句(付合)をそれぞれ三句ずつ、左右に分けて収録した書である。『島津忠夫著作集6』(和泉書院)所収。(廣木)

連歌禅尼《れんがぜんに》 文治三年(一一八七)〜寛喜二年(一二三〇)。四十四歳。藤原*定家『*明月記』には「好士之老女」「好士膳尼」「連歌禅尼」などとある。藤原隆信の娘、*信実の妹（姉とも）、藤原定家の姪の春華門院弁か。嘉禄元年（一二二五）以降、藤原定家・*為家らの連歌会にたびたび参加。没年の寛喜二年八月十五日には、定家により*毘沙門堂で経供養が行われた。二条*良基『*筑波問答』には「御腹取の尼」と呼ばれた連歌好士がいたとするが同一人物か不明。→女性連歌作者（松本）

連歌田《れんがだん》　社寺での*法楽連歌興行の費用をまかなうための田をいう。毎年の連歌講・天神講などの宗教行事に伴って行われる連歌は*千句連歌である場合が多く、多大な経費が掛かった。その費用捻出のために田が用意されていたことが種々の史料に見える。たとえば、堺市の開口《あぐち》神社文書には「公方より御寄進の連歌田」との記述が見え、大阪市平野区の*杭全《くまた》神社の文書にも天正（一五七三〜九二）の頃、等怡《とうい》という者が「当社十百韻の連歌料の田地を寄付」したとある。（廣木）

連歌付合の事《れんがつけあいのこと》　連歌書。著者・成立年未詳。本書は『心敬僧都庭*訓』に付載された京都大学蔵本の一本のみ伝わる。*春・*夏・*秋・*冬・*名所・*恋・*述懐《しゅっかい》・*旅・*雑《ぞう》に百三十一語の用語を分類し、*寄合を掲出した書。特に名所部の詞に特色があり、量も全体の四分の一を占める。寄合語のみを示し*証歌などは記載されていない。一条*兼良『*連珠合璧集』と比較すると、共通した寄合語は少なく、本書はより一般的な語を挙げている。『連歌論集1』（三弥井書店）所収。（松本）

連歌付様《れんがつけよう》　連歌注釈書。*宗長が近衛*稙家《たねいえ》のために自作に注を施したものである。奥書によれば大永六年（一五二六）の『寺町千句』以降、大永八年の*月次《つきなみ》連歌までの句を選び、三条西*実隆に*合点を請い精選したという。*付句は百八十三句で四季および*雑《ぞう》、*発句は十八句で四季に分類されている。壬生宛『宗長連歌自注』所収の句の多くはここに採られており、注も類似するが、類似の興津宛『*宗長連歌自注』に比べると簡略である。『中世文学資料と論考』（笠間書院）所収。→宗長連歌自注（廣木）

連歌手爾葉口伝《れんがてにはくでん》　連歌書。著者・成立年未詳。奥書に、*救済の作で、散佚したが*道助が記憶によって記し、足利*義満に進上したと記す。救済に仮託された秘伝書で、救済の時代をさほど下らない頃に成立し、*地下《じげ》連歌師の間に伝わったものか。内容は、主として*切字などを含む「*てには」

の論で、「やの七次第」「ぞ・か・よの三字」「にてと止むる字五の次第」「*発句の十八の切字事」の四項目について適宜例句を挙げて、簡潔な解説を付す。後に『*白髪集』に取りこまれた。古典文庫『連歌論新集』所収。（山本）

連歌てにをはの口伝《れんがてにをはのくでん》　連歌書。編者・成立年未詳。「*てには」論などの書、四書を合わせたもの。第一は寛永八年（一六三一）の了純、第二・三は天正六年（一五七八）の*玄仍《げんじょう》、第四は慶長十六年（一六一一）の*昌琢の奥書がある。第一は雑多な「てには」に関わる説に、*会席作法などを付け加えた書、第二も規模は小さいが種々の「てには」論を説き、*切字論を加える。第三は*発句・*脇の詠み方などを説く。第四は『*白髪集』中の*切字十八説と同じものである。永津陽子「翻刻『連歌てにをはの口伝』」（『国文目白』22）所収。（廣木）

連歌天水抄《れんがてんすいしょう》　連歌書。著者未詳。慶長（一五九六〜一六一五）頃成か。*昌休・*宗養に仮託された書。序文の後、『*水無瀬三吟百韻』の十句目までを注解、引き続いて、*表《おもて》十句、次に連歌全体でどのような詞を用いるべきかを分類、解説し、さらに*去嫌《さりぎらい》に関わる注意、*好詞《このむことば》・*不好詞《このまざることば》の一覧を示し、最後に*十二月題を載せる。全体に連歌辞書の傾向が強い。また、一部に*紹巴『*連歌至宝抄』に類似の箇所があり、典拠の同一性が窺える。古典文庫『宗養連歌伝書集』所収。（廣木）

連歌難陳判《れんがなんちんはん》　連歌書。*兼寿・由純《ゆうじゅん》・風見実種《さねたね》著。兼寿による延宝四年（一六七六）四月八日成の聖護院道寛法親王追善*独吟連歌への由純の批判に、兼寿が反論・同意を述べ、さらに実種が評を加えたものである。表現・*本意・*付合などの不都合、*輪廻や*遠輪廻《とおりんね》に関することなどが問題視されている。兼寿が教えを望んだものであろうが、*猪苗代家の兼寿、*里村家門下の由純、公家の実種、という立場の違いも興味深い。『連歌文学の研究』（福井久蔵・喜久屋書店）所収。（廣木）

連歌二十五徳《れんがにじゅうごとく》　連歌書。著者・成立年未詳。「不行到仏位（行はずして仏位に到る）」以下、漢字五文字で二十五の連歌の徳を記したもの。青蓮院尊朝法親王（一五五二〜九七）筆とされる掛軸が残されている。この内の十ヶ条は『*北野天神連歌十徳』とほぼ重なる。『*馬上集』には「連歌に二十五徳あり。これは九州安楽寺の別当善心」の夢想によるとあり、その一部を引く。類似する箇条もあるが、こちらは和文でもあり、本書と同じものではない。『連歌の世界』(伊地知鐵男・吉川弘文館)所収。(廣木)

連歌盗人《れんがぬすびと》

狂言。「盗人連歌」とも。連歌の*初心講の*頭役《とうやく》に当たった二人が、その費用を捻出しかね、金持ちの家へ盗みに入ると、そこには連歌を*張行した名残があり、二人は興に乗って連歌を始める。その後主人に見つかるが、連歌愛好ということで許されるという話である。連歌会で準備すべき物のこと、その費用負担が頭役にかかり、それを二人(相頭《あいとう》)で行うこともあったということなど、庶民階層に流行した連歌の実態を窺わせる作品である。岩波文庫『能狂言下』(岩波書店)所収。(廣木)

連歌の十徳《れんがのじっとく》

狂言。魚売りと米売りが*北野天満宮への途次で出くわして、*俳諧風の連歌の*付合を詠み、通夜をする。すると天神が現れ、連歌の十の徳を説いて、*内曇の*懐紙の中に内曇るように姿を隠す、という話である。十徳は『*北野天神連歌十徳』と重なるもので、このような信仰が庶民の中に浸透していたことが分かる。また商人を描くことは、北野天満宮が酒麹座を掌握していたことなどと関わることであろう。『天正狂言本全釈』(金井清光・風間書房)所収。(廣木)

連歌之十無益《れんがのじゅうむやく》

連歌書。*宗長著か。成立年末詳。連歌詠作・会席での態度において弊害となることなどを、「内々の稽古もなくて*連歌師のにはか悶えは無益なりけり」などと末七字に「無益なりけり」を用いて、十首の和歌に詠んだ教訓歌である。『*会席二十五禁』や*岩松尚純《ひさずみ》『*連歌会席式』などと共通する事柄が多いが、一致するものばかりではない。宗長もしくは*近衛前久《さきひさ》筆とされる掛軸が残されている。『連歌総論』(金子金治郎・桜楓社)所収。(廣木)

連歌の病《れんがのやまい》

句作上の欠陥をいう。『竹園抄』などが挙げる歌病を連歌に援用したもの。『*知連抄』は、句末の「*てには」が重複する「連歌の病」、同語(同音)が重複する「同詞の病」、*前句の付けどころの一方だけに焦点を当てる「片句の病」、素材の一方をないものとして詠む「落句の病」の四病を挙げる。*梵灯庵『*長短抄』は他に、表現は異なっても内容が重複する「同心の病」、内容がまとまりを欠く「乱思の病」を挙げる。→傍題(山本)

連歌始《れんがはじめ》 正月に行うその年の最初の連歌会をいう。当初は天皇家・将軍家などでも日にちは一定せず、取り立てて行わない正月もあった。「連歌始」と記された記録は『*満済准后日記《まんさいじゅごうにっき》』永享六年(一四三四)二十五日条の足利*義教邸、『*看聞日記』翌年七年二十六日*貞成《さだふさ》親王邸でのものなどに見える。室町将軍家では十九日、二十五日、二十八日などに行われていたが、徳川将軍家はそれを受け継ぎ、行事化して初め二十日、後に十一日に行った。→柳営連歌(廣木)

連歌法度《れんがはっと》 連歌書。*紹巴著。天正二十年(一五九二)成。「聴書 御不審条々」とも。現福井県、越前の大名、蜂屋頼隆のもとめによって書かれたもの。奥書に「此の一巻は新式の内に候や」とあるように、*連歌式目全般に関わることの注記・補訂といえるものである。したがって『連歌新式紹巴注』と重なるところも多い。また、*応其《おうご》『*無言抄』の一部とも類似し、本書が参考にされた可能性がある。『島津忠夫著作集5』(和泉書院)所収。(廣木)

連歌比況集《れんがひきょうしゅう》 連歌書。*宗長著。永正五年(一五〇八)から六年の間成。「比況」とは比喩の意である。序文に師の*宗祇から「比喩をもつて」教えられた「会席の心持ち・内々の稽古・*前句の寄りやう・一句の仕立て」などについて記したものと述べる。「蓮の茎」以下四十三項目を挙げて、それぞれの見出しに示された喩えを用いて種々の問題について説明する。興味深く分かりやすく述べられており、後世広く読まれた。新編日本古典文学全集『連歌論集他』(小学館)所収。(廣木)

連歌秘袖抄《れんがひしゅうしょう》 連歌書。巻末に天文二十四年(一五五五)、*宗牧・*宗養から*三好長慶に宛たものとあるが、宗牧没後十年を経ており信じがたい。宗養没後(一五六三)の仮託書の可能性がある。内容は*切字・*てには留・*皮肉骨・*真行草・*本説連歌・*本歌連歌などであるが、『*連歌奥儀明鏡秘集』に類似した内容・文章が多い。また、『*宗養三巻集』との類似も指摘でき、宗牧・宗養を介して相伝された伝書がさまざまな形にまとめられたらしい。古典文庫『宗養連歌伝書集』所収。(廣木)

連歌秘伝抄《れんがひでんしょう》 連歌書。成立年未詳。*宗祇仮託書の一つである。前半は連歌の*付様《つけよう》を「八体」として*平付・*四手付など八種に分類し説明する。後半は「*てには付」として、「て留り」

以下四十余種のさまざまな「てには」をめぐっての付様について言及する。項目ごとに、*救済・*頓阿・*良阿などの南北朝期の作家と七賢の*宗砌・*専順の句を例句として引用する。*心敬の句は一句のみで、本書を宗祇の著と見なすならば、心敬に師事する以前の成立と考えられる。『連歌論集2』(三弥井書店)所収。(松本)

連歌秘伝風聞体《れんがひでんふうぶんてい》　連歌書。日意(一四四四～一五一九)著か。成立年未詳。初めに、*てには・文字の響き・*皮肉骨・*本歌・*有文無文《うもんむもん》・*真行草・*点者・*執筆《しゅひつ》などの事柄を十項に分けて説き、続いて、それとの項目を合わせて補足、さらに問答を記す。一部に*宗砌『*初心求詠集』の抜き書きが見られるなど、諸伝書に私説を加えて成った書である。日意は日蓮宗身延山十二世で、寺院の連歌受容を窺わせる。井本農一他「「連歌秘伝風聞躰」翻刻と解説」(「俳文芸」21)所収。(廣木)

連歌百談《れんがひゃくだん》　連歌書。無相(白雲堂)著。文政三年(一八二〇)刊。塙保己一の序の後、まず百項目に分け、「連歌濫觴の事」から始め、*付合の方法・*連歌式目に関わること・句体・連歌形式・会席・*執筆《しゅひつ》のことなど、多岐にわたって説き、追加として、*心敬・*宗祇・*宗長の言説を引き、「連俳歌仙行」の一例を引くなどした書。これまでの連歌論書を援用した初心者向けの概説書であるが、*俳諧に言及する箇所が目につくところに特色がある。『豊山全書20』所収。→連歌茶談(廣木)

連歌百句《れんがひゃっく》　連歌句集。宝徳元年(一四四九)八月十九日以降成。*宗砌が北畠*教具《のりとも》の所望によって自撰した句集。*春二十句、*夏十句、*秋二十句、*冬十句、*恋十句・*雑《ぞう》三十句の計百句の宗砌の句を収載したものであるが、四季の部では各部の初めにのみ*発句を一句載せ、一見*百韻連歌に見えるように編纂されている。『*連歌愚句』と六十句が共通する。貴重古典籍叢刊『七賢時代連歌句集』(角川書店)所収。(廣木)

連歌本式《れんがほんしき》　「新式」に対する語で、二条*良基『*筑波問答』に「文永・弘安のころより本式・新式などいふ物いでき侍り」とあり、同様のことが『*菟玖波集』二〇四四番句の詞書にも見られる。*心敬『*私用抄』では「本式を*善阿法師定」めたとする。ただし、実態は不明で、明応元年(一四九二)、*兼載は「面《おもて》十句」「面《おもて》に*名所をすべし」など十三条を示して、他は『*連歌新式』に準じるとした本式と称する式目を作り、翌年三月九日には*宗祇らと『*本式何人百韻』を*張行

している。ただし、兼載が何に拠ったのかは不明である。兼載の本式は、『群書類従17』所収。→連歌本式（廣木）

連歌文字《れんがもじ》　連歌に用いる特殊な異体字や熟語表記。*指合に関わる語は三条西*実隆『*篠目』に記されているように、漢字で書くと認知しやすくなるが、そうすると、たとえば「山鳥」は「山」と認識されがちになる。それを避けるために異体字を用いたらしく、*心敬『*私用抄』の一覧にも文字遣いと*去嫌《さりぎらい》の関わりが多く注記されている。後、指合に関係なく特殊な文字遣いが広がった。一覧は*宗春『連歌文字撰』、山岡俊明『類聚名物考』文史部などに見える。→新在家文字（廣木）

連歌寄合《れんがよりあい》　連歌書。*恵俊《えしゅん》著。明応三年（一四九四）成。「連歌寄合指南」「専順付合」「連歌手引きの糸」「水蛙抄」とも。四百余の項目ごとに*寄合語を挙げ、その寄合を用いて詠まれた例句を引く*寄合書である。例句の多くは*七賢と*宗祇・*兼載のもので、特に宗祇の句はその過半数を占める。『*万葉集』『古今集』『*新古今集』などの和歌、『和漢朗詠集』を中心とした漢詩句や故事、『伊勢物語』『源氏物語』などから寄合の典拠を挙げる。未刊国文資料『連歌寄合集と研究下』所収。（松本）

聯玉集《れんぎょくしゅう》　連歌句集。歓生編。宝永四年（一七〇七）成。「梅のしづく」とも。歓生が、師、*能順の二十年余にわたる*発句を辞世に至るまで収録したものである。*春二百九十五句、*夏二百十六句、*秋三百二十一句、*冬百六十一句に分けられている。句題ごとにまとめられた部分もある。句題にまとめられていない句には、詠句事情が*詞書として示され、能順の連歌活動を窺わせる。歓生による序、松原維忠による跋を付す。棚町知弥「翻刻・聯玉集（乾・坤）」（『国文学研究資料館紀要』12）所収。（廣木）

連　句《れんく》　「*俳諧の連歌（俳諧）」をいう。一句のみの*発句（俳句）に対しての語で、「ホトトギス」明治三十七年（一九〇四）九月号に高浜虚子が「新連句論」を書いて一般化した。「連句」は元来漢詩句によるものを指し、近世俳諧論でもその意で使われることがほとんどであるが、白雄《しらお》『誹諧寂栞《はいかいさびしおり》』（一八一二年成）では「連句他季移りの事」として『猿蓑』の俳諧を引き、「俳諧の聯（連）句は一巻のやすらかになるやうにすべし」などとも言っている。（廣木）

聯句　れんぐ

多人数で漢詩句を連ねる文芸形式をいう。漢の武帝らの『柏梁台聯句《はくりようだいれんぐ》』を嚆矢とするが疑わしい。中国でのものは全体で一主題を詠むなど連歌との相違点も多い。唐代の白居易などが好み、平安時代には日本でも盛んに作られたが、現存する古いものは*短連歌と同様に二句の*言捨てである。後、連歌と影響し合いつつ、五山の僧らに特に好まれ連歌に匹敵する隆盛をみ、万里集九著の聯句集『梅花無尽蔵《ばいかむじんぞう》』なども作られた。また、*和漢聯句を『*菟玖波集』『*新撰菟玖波集』では「*聯句連歌」としている。（廣木）

聯句連歌　れんぐれんが

「*和漢聯句」および「*漢和聯句《かんなれんぐ》」と同じ。『*菟玖波集』巻第十九「雑体連歌」、『*新撰菟玖波集』巻第十七「雑連歌」中の小部立としても使われているが、それらではすべて漢句に和句を付けた*付合のみである。また、それぞれの付合の*詞書には「和漢連句」としたものも多い。『*王沢不渇抄《おうたくふかつしょう》』には「近来、連句連歌、優客・好人これを翫《もてあそ》ぶ。（略）*連句に連歌を付け、連歌に連句を付く」とあり、建治二年（一二七六）頃に流行しはじめたことが窺われる。（廣木）

連衆　れんじゅ

「れんじゅう」とも。連歌会の席に連なる参加者をいい、「連中」「会衆」などとも呼ばれた。*心敬『*芝草句内岩橋』に「耳のある連衆」、岩松*尚純《ひさずみ》『*連歌会席式』に「連衆の心持ち」などとある。連歌に限らず、一般に、文芸の会の参加者にも使われたようで、『*文明本節用集』には「詩・*聯句・歌《ウタ》・連歌の連衆《ジュ》」と見える。また、永長『*連歌執筆之次第』では「連衆より早く出席して」とあり、*宗匠・*執筆《しゅひつ》等の役職者以外の参加者を呼んでいる。（廣木）

連集良材　れんじゅうりょうざい

連歌書。著者未詳。寛永八年（一六三一）刊。連歌の*本説となる中国の故事・仏典を、一部を除き、「十八公」以下、見出しを付けて解説したもので、ほとんどの項目に例句を挙げる。*一条兼良『*歌林良材集』（十六世紀初頭成）の「第五由緒有る歌」に倣ったらしいが、同書が日本の故事のみ挙げるのとは相違しており、同書を補う役割を果たすと同時に連歌の特色を示す。引用句は*七賢のものがほとんどであるが、*宗砌・*宗祇の句が多い。『続々群書類従15』所収。（廣木）

連珠合璧集　れんじゅがっぺきしゅう

連歌書。一条*兼良著。文明八年（一四七六）春以前成。室町時代を代表する*寄合書である。連歌に用いられる詞八百八十六語を天象以下の四十一項目に分類し、寄合語を掲げたもの。巻末には「引合《ひきあわせ》」として「春の始めの心」以下の四季や恋・述懐《しゅっかい》・旅などに関連する用語をまとめる。寄合語に典拠を記すものも多く、『源氏物語』に拠る寄合が目立つ。証歌は『古今集』『新古今集』『万葉集』『新撰六帖題和歌』などから多く引用される。『連歌論集1』(三弥井書店)所収。(松本)

連衆の人数《れんじゅのにんずう》　百韻連歌の参加人数は定まりがなく、独吟・両吟・三吟のような特殊な例もあるが、一般の連歌会では十数名の場合が多い。二条良基は『筑波問答』で「会衆七・八人こそ」、三条西実隆は『篠目』で「十人ばかりしかるべきか」とし、『連歌天水抄』では「連衆は八・九人、十一・二人なり」と述べている。鎌倉前期、藤原定家『明月記』に見える記事では平均九人程度であるが、現存する室町期の実際の連歌懐紙で確認すると、もう少し多いのが普通である。(廣木)

連証集《れんしょうしゅう》　連歌書。編者未詳。鎌倉末期頃成。現存最古の寄合書。いろは別に寄合を掲げ、そのもとになった和歌と例句を記す。ただし、「い」から「こ」までの百六十八項のみ現存。引用された歌は『古今集』以下の勅撰集、『万葉集』『伊勢物語』などが多いが、「今は新古今の作者の歌は、連歌の本歌にはとるべきよし、花の下に申し侍る間」とあり、『新古今集』以後の勅撰集の歌も採決している。序文には北野信仰と連歌の結びつきが見られる。中世文芸叢書4『鎌倉末期連歌学書』所収。(松本)

連通抄《れんつうしょう》　連歌書。応永二十年(一四一三)以前成。二条良基に仮託された書。梵灯庵著か。それぞれ序を持つ上下に分かれ、現存本は紹巴からの聞書「御不審条々(連歌法度)」を付載する。上巻は切字・月ごとの発句、花・月・雪・述懐《しゅっかい》・恋の例句、「当世言葉」一覧などを収め、下巻は六義《りくぎ》、月の名、和歌連歌陀羅尼観、色紙書様、仮名遣い、五音のことなど特殊な内容を持つが、これは『長短抄』と類似したものである。『島津忠夫著作集5』(和泉書院)所収。→長短抄(廣木)

連俳文字鎖《れんぱいもじぐさり》　連歌書。細川幽斎著か。成立年未詳。「細川幽斎伝受連歌伝書」「文字銅糸連《ぐさり》」とも。奥書によれば、幽斎から見翁・良徳・長徳丸(長頭丸)へ伝授され、さらに長頭丸(貞徳)から貞室へ伝えられたとするが、人名など不審がある。内容は三義五体、六義・親句疎句・連声相通・

本歌本説・付合・風体・表八句・てには留・切字・病などきわめて多様で、中世期の秘伝を寄せ集めたものといえる。島本昌一「細川幽斎伝受連歌伝書全」（「近世初期文芸」14）所収。（廣木）

連理秘抄《れんりひしょう》　連歌書。二条良基著。貞和五年（一三四九）成。『僻連抄』に良基の希望で救済が手を加えた書。『僻連抄』とほぼ同じであるが、救済・順覚らに関する記述の削除や問題箇所の訂正など、幾分記述が穏健になっている。末尾の連歌式目は、土台となった式目を「弘安の新式」から「建治の新式」と替え、「新式」「式の心」の注記、十二月題を削除するなど、『連歌新式』成立までの式目変遷史研究上重要な資料となっている。日本古典文学大系『連歌論集他』（岩波書店）所収。→僻連抄（廣木）

【ろ】

六家連歌抄《ろっかれんがしょう》　連歌撰集。宗訊著か。成立年未詳。永正十七年（一五二〇）の『宗碩連歌合』中の句と二十八句重なり、これ以後の成立。四季・恋・雑《ぞう》に部類し、宗祇・兼載・夢庵（肖柏）・宗長・宗碩・宗訊の付句をそれぞれ五十三句・五十五句・二百五十句・三百四十三句・百四十四句・三百八十四句収める。宗長以下の句数の多いのは著者の交流範囲を、宗訊の句が第一であるのは本人の誇示か、その関係者の編であることを示している。古典文庫『六家連歌抄』所収。（廣木）

【わ】

若草山《わかくさやま》　連歌書。兼載著。「若草記」とも。跋文によれば、明応六年（一四九七）三月、姉小路基綱を介して後土御門天皇の叡覧を賜ったとあるため、それ以前の成立。兼載が奈良に下向中、興福寺妙憧院の稚児、松山駿河守家秀の息、藤賀丸の質問に答えたとある。学ぶべき連歌の体・句数のこと・心の持ちよう・百韻の行様《ゆきよう》・会席のあり方など、初心者向けの十五の項目に答えた問答形式の書である。『心敬僧都庭訓』と類似した心敬の説を記す。『連歌論集4』（三弥井書店）所収。（松本）

和歌集心躰抄抽肝要《わかしゅうしんていしょうちゅうかんよう》　連歌書。奥書には二条良基が永徳三年(一三八三)三月に成阿《じょうあ》に伝えたとあるが、不審も多い。内容は、古・中代の発句・三義五体・賦物・名匠風体・式目関連・異名・作者名乗字・作句の心得・本歌・証歌・名所のことなどきわめて多岐にわたる。良基『僻連抄』『光源氏一部連歌寄合』、また『知連抄』と関連する箇所も多く、地下《じげ》連歌師に伝わる所説に良基関係のものを合わせて編纂されたらしい。原本には特殊な異体字が多く使われ、それも秘伝性を示している。南北朝期の連歌学書として貴重である。影印に『和歌集心躰抄抽肝要』(大学堂書店)がある。(廣木)

和漢篇《わかんへん》　連歌書。一条兼良著。和漢聯句のための式目で、『連歌初学抄』の「式目篇」の次に添えられている。全七ヶ条で、大概は『連歌新式』を準用するとしたうえで、和句・漢句一方を連ねるのは五句までとすることや、漢語の季節・部類の一覧など特有の事項の提示もある。特に、「可隔何句物《なんくへだつべきもの》」の規定を七句を五句に、五句を三句に、また「山類」「水辺《すいへん》」「居所」の体用《たいゆう》の無視など、連歌式目を緩めているのが注目される。後の俳諧の式目はこれに準ずるとされた。岩波文庫『連歌論集下』(岩波書店)所収。(廣木)

和漢聯句《わかんれんぐ》　百韻の内に和句と漢句が混ざったもので、連歌と聯句が混合した形態のもの。かならずしも、和句と漢句が付け合わされてはいない。「和漢連歌」「聯句連歌」とも。『王沢《おうたく》不渇抄《ふかつしょう》』に近頃「連句連歌」が愛好されるようになったとあるが、この用語としては二条良基の連歌論や『菟玖波集』に見える。特に室町期の五山僧と公家・連歌師間で好まれた。狭義には和句を発句としたものをいい、漢句を発句としたものを「漢和聯句」という。→和漢篇(廣木)

脇《わき》　「脇句」「脇の句」とも。発句に付ける短句、第二句目のこと。「客発句脇亭主」とされ、発句に対する応対の心で、発句の余意・余情を受け、寄り添うように詠むべきとされた。二条良基『僻連抄』は、発句に「ただ思ひ合ひたるやうにすべし。離れ離れなるは悪きなり」「発句・脇の句より次第にするすると付けよきやうにしなすべし」、紹巴『連歌教訓』は「発句の言ひ残したる詞をもて歌の末を継ぎたるやうになすなり」とする。発句と同季とし、韻字留を習いとした。→脇五体(永田)

脇起し《わきおこし》

「脇起り」とも。主に*懐旧・*追善連歌などの折に、古人の句や夢想の句を*発句として、*脇の句から作りはじめること。談林の俳論書、松意『功用群鑑』（一六八〇か八一年刊）に「夢想開き」の語が見えるが、「脇起し」の語の初見は近世中期頃か。几董《きとう》の*俳諧作法書『付合てびき蔓』（一七八六年成）には、脇起しの句には発句の文字を用いるのが体であること、ただし現在と古人の「分かち」を心得て脇を付けるべきであることなど、その作法について説かれている。→夢想連歌（永田）

脇五体《わきごてい》

*脇の基本的な付け方として立てられた五体をいう。*紹巴『*連歌教訓』には、「相対《あいたい》付」（「梅」に「松」などと付ける）・「打添《うちそえ》付」（*発句に打ち添えて付ける）・「*違《ちがい》付」・「*心付」・「頃留り」（時節を違えず、句末を「〜頃」と付ける）」の五つが挙げられている。*紹巴が良基以来の脇の心得について整理したものとみられ、*俳諧でも季吟の『埋木《うもれぎ》』などに引き継がれ、広く江戸期を通じて重んじられた。脇の付け方については、他に「四道」や「三体」などの説もある。（永田）

老葉《わくらば》

連歌句集。*宗祇著。初編本は文明十三年（一四八一）夏頃成、再編本は文明十七年八月以前成。*『萱草《わすれぐさ》』に続く宗祇第二の自撰句集。初編本は大内*政弘の求めに応じたものらしく、四季・旅・*恋・*雑《ぞう》・*発句の部立に部類して、*付句千九百七十二、発句二百十五句を収録するが、宗春（*兼載）の付句百四、発句十二句を含む。再編本は宗春の句を削除し、初編以後の句を追加したもので、句数は縮小している。自注や*宗長による注がある。貴重古典籍叢刊『宗祇句集』（角川書店）所収。→愚句老葉（松本）

分句《わけく》

*付合の方法の一つ。『*知連抄』に六の句作《くづくり》の一つとしたもので、「荒るる宿には海士《あま》や住むらん／繋ぐべき心なきかは数の駒」の*付合を示し、「荒るる」に「駒」、「海士の住む」に「心なき」と応じるように、*前句の事柄を分割して、それぞれに対応する事柄を付ける方法として解説する。*梵灯庵『*長短抄』でも同様に説明し、「かやうに付け分くるなり、これを分句を言ふなり」とする。「*四手《よつで》付《づけ》」と類似した付け方である。なお、次項とは別の意の用語である。（廣木）

分句《わけく》　*百韻の内で各自に分け与えられた句数もしくは句。立場によって、あらかじめ何句ほど詠むのが適切かが了解されていた。*宗養『*三好長慶宛書状』には「御*連衆を御つもり候ひて、分句を遊ばさるべく候。三、四の紙になりて二、三句づつも遊ばさるるしかるべく候」とある。*懐紙それぞれにもこのことがあったようで、*兼載『*梅薫抄』には「懐紙の移りの所、五句の内に急ぎて分句を仕るべし」とある。自分の分を早めに果たさずにいると次第に苦しくなるというのである。なお、前項とは別の意の用語である。（廣木）

鷲尾《わしのお》　地名。京都市東山区、八坂神社（祇園社）と清水寺の間あたりの地域。中世に花の*名所として知られていた。*善阿の連歌活動の本拠地で、『*菟玖波集』には「新式本式あひ分かれ侍りけるに、鷲尾の花の下にて一日二千句連歌」と*詞書のある句が残されており、*宗砌『*古今連談抄』に、善阿が院の車の簾を開け、院に戯れたとあるのはこの地でのことと思われる。また、*二条良基『*僻連抄』奥書に、この書は鷲尾のあたりで得たものとあり、鷲尾が連歌の中心地であったことを窺わせる。（廣木）

萱草《わすれぐさ》　連歌句集。*宗祇著。文明六年（一四七四）二月以前の成立。宗祇の最初の自選句集。四季・*恋・*雑《ぞう》の六巻に分類され、四季の各部の初めに*発句、雑部に「*俳諧体」の句を収める。諸本により句数に相違があり、編集が何回かに分けてなされたらしい。もっとも句数の多い場合を想定すると、発句二百三・*付句七百六十七句となる。宗祇の東国下向中の句を多く所収している。発句・付句ともに*詞書が記されるものがあり、制作事情を知り得る。貴重古典籍叢刊『宗祇句集』（角川書店）所収。（松本）

私所持和歌草子目録《わたくししょじわかそうしもくろく》　書籍目録。「冷泉家草子目録」とも。冷泉*為相《ためすけ》の蔵書目録か。歌集・歌学書・物語・連歌などに関して十二の部に分けて書名を列記したもの。連歌の部には、『古今連歌集』以下、連歌句集・*連歌式目・*寄合書・*賦物書など総数約四十五点を載せる。この中の『*連証集』は同名の寄合書が伝存し、「連歌骨法清輔」は『*袋草紙』の一部とみられるが、その他は現在見出せない。鎌倉時代の連歌書の有様を伝える貴重な資料である。片桐洋一「冷泉家蔵草子目録について」（『和歌史研究会会報』8）所収。（山本）

参考書

A 辞典

『俳諧大辞典』(伊地知鐵男・井本農一・神田秀夫・中村俊定・宮本三郎・明治書院・昭和32年7月)

はじめての本格的な俳諧・連歌に関する辞典である。当時の学会を挙げてのもので、連歌・俳諧・雑俳・俳句にかかわる用語・事跡、書名、人名などを網羅的に項目立てている。巻末には年表・索引を付す。なお、後に『俳文学大辞典』が刊行されるが、それに含まれないもの、独自の解説もある。

『連句辞典』(東明雅・杉内徒司・大畑健治・東京堂出版・昭和61年6月)

俳諧にかかわる用語および明治以後の俳諧(連句)関係者に関する辞典である。前後に、「近代連句入門手引き」「近代連句概説」「近代連句略史」、巻末に索引を置く。連句実作に造詣の深い人々によるもので、連歌の実際を知る上で参考になる点が多い。また、用語の解説および補遺には連歌論書からの引用を多く挙げている。

『俳文学大辞典』(尾形仂・草間時彦・島津忠夫・大岡信・森川昭・角川書店・平成7年10月)

『俳諧大辞典』からほぼ半世紀を経、新たな研究成果を踏まえ、当時の学会を挙げて刊行された辞典で、連歌・俳諧・雑俳・俳句にわたり、かなり項目数を増やして刊行された書である。巻末には年表・索引を付すが、さらに叢書目録・俳誌一覧・主要俳句賞一覧などを加えて、便宜を図っている。なお、平成20年1月に普及版が刊行されている。

B 主な研究書・概説書

『連歌の史的研究 全』(福井久蔵・有精堂出版・昭和44年11月)

もともと前編が昭和五年、後編が六年に刊行された書で、昭和三年に刊行された佐々政一『連俳史論』・樋口功『連俳史』に続く、本格的な近代連歌研究の曙を告げるものである。前編では古代から近世末までの連歌史が論述されているが、近世連歌師に関する箇所は現在に至るまでほとんど類例のない貴重なものである。後編は簡単な解説を付した連歌作品・論書などの目録で、連歌書目録の先駆をなすものとして重要である。

『連歌及び連歌史（岩波日本文学講座）』（山田孝雄・岩波書店・昭和7年6月）

はじめに「連歌の解説」を置き、連歌の方法を分かりやすく概説する。続いて「連歌の略史」として、連歌の起源から近世の連歌まで論述する。福井久蔵の『連歌の史的研究』を受けて、一般への周知を試みた書である。

『連歌概説』（山田孝雄・岩波書店・昭和12年4月）

連歌の方法・ありようを懐紙の解説からはじめて、具体的に述べた書で、連歌師の家系に連なる著者の立場がよく現れている。連歌会席の実際の運営についてなど、連歌師が存在しなくなった現在では貴重な論述を含む。

『聯句と連歌』（能勢朝次・要書房・昭和25年2月）

中国での聯句のあり方、歴史的展開から日本における聯句受容を論述、途中に短連歌・鎖連歌・長連歌の連歌史の記述を挟み、再びその後の日本の聯句の特質、さらに和漢連句に論を及ぼせた書で、連歌を聯句との関係で考察した書として貴重なものである。後に『能勢朝次著作集　第七巻』（思文閣出版・昭和57年7月）に収められた。

『伊地知鐵男著作集Ⅱ』（伊地知鐵男・汲古書院・平成8年11月）

昭和八年代から半世紀余にわたって発表された論文をまとめた書である。連歌研究書が概説から記述しなければならなかった時代を終え、書誌学的な考察を含めた近代文学研究に踏み出したことを如実に示すものである。連歌式目の研究、多くの鎌倉・南北朝期の連歌懐紙の紹介など貴重な研究を多く含む。

『菟玖波集の研究』（金子金治郎・風間書房・昭和40年12月）

著者が戦前から伊地知鐵男と競い合うように研究してきた成果を『菟玖波集』を軸に置いてまとめた書である。中に「菟玖波集成立以前」として長連歌の成立から発展までの論考を含む。『菟玖波集』の成立事情などに詳しいことは勿論のこと、その作者の伝記的考察は貴重で、巻末の索引によって、作者辞典としての用をもなすものである。

『連歌史の研究』（島津忠夫・角川書店・昭和44年3月）

著者のおよそ二十年間の論文を集めた書である。「連歌源流の考」から短連歌、鎌倉以後室町期、さらに俳諧連歌の発生など連歌史の全般にわたって、史上で重要と思われる事柄について論じたものである。最後に五編の連歌論書の翻刻を付す。島津はこの後、姉妹書として『連歌の研究』（角川書店・昭和48年3月）を刊行、この時期までの業績はこの二書にほぼまとめられた。なお、幾分の改編を伴って、これらは『島津忠夫著作集　第二巻・第三巻』（和泉書院・平成15年6月、11月）に収められた。

『連歌の世界』（伊地知鐵男・吉川弘文館・昭和42年8月）

はじめに概説を置き、続いて連歌史を発生期から宗祇まで記した書である。平明な連歌概説の試みということであるが、概説では連歌の種類・懐紙の書式・賦物・式目・連歌神・連歌の功徳、さらには会席の次第などに筆が及び、連歌史の部分は短連歌・鎖連歌以下豊富な実例を挙げて記述され、総合的な概説書として有用な書である。

『連歌史論考上・下』(木藤才蔵・明治書院・昭和46年11月、昭和48年4月)

連歌の発生から、短連歌の完成、鎖連歌・長連歌への展開、中世末期までの主要な連歌師・作者の考察などを論述した書で、連歌通史としてもっともすぐれたものである。付載として連歌式目および貞門俳論と連歌学書の関係を加える。巻末の「連歌史年表」は今も網羅的な年表として価値が高い。また、年表を含めた人名索引は辞典としての用をもなすものである。平成五年に年表部分を増補した「増補改訂版」が出された。

『宗祇』(小西甚一・筑摩書房・昭和46年12月)

ほぼ三分の一ずつ、宗祇論、連歌概説、『水無瀬三吟』評釈に分けて記された書である。全体的に連歌の総合的紹介の趣きを持ち、宗祇論も連歌師という存在の一般的なあり方に力点が置かれている。概説では音楽との共通性を指摘するなど、連歌の魅力が分かりやすく記され、評釈では『水無瀬三吟』が式目や付合の方法などの解説を交えつつ読み物風に説かれている。

『連歌師―その行動と文学―』(奥田勲・評論社・昭和51年6月)

連歌史の展開を連歌師の行動を描くことで論述した書である。はじめに連歌の概説をした後、時代を追って登場した連歌師のありようを述べる。後半は中世最後の連歌師としての紹巴の動向に筆を費やしている。貴顕・武家などとの関係、古典研究者としての立場、地方に旅する者であることなどから、連歌師という存在を浮かび上がらせたものである。

『連歌総論(金子金治郎連歌考叢)』(金子金治郎・桜楓社・昭和62年9月)

連歌文芸の特徴を総合的に記す。連歌の仕組みなどの知見を得た後に生ずる、さまざまな疑問に答えてくれるもので、これまでに類例のない概説書である。特に、『猿の草子』や多くの執筆作法書の例を挙げつつ具体的に会席の運営を論じている点、懐紙・文台に関すること、長連歌の種類を網羅的に解説している点などに特徴的な見解が示されている。

『戦国の権力と寄合の文芸』(鶴崎裕雄・和泉書院・昭和63年10月)

寄合の文芸としての連歌のあり方を中世武士との関係で説いた書である。地方武士と連歌師との関係を宗長らの紀行、および連歌作品などから読み解き、そこには戦国権力との関わりが見出せることを指摘する。第三章に記述された都での管領細川氏の連歌「細川千句」のことも含め、連歌が単に文芸だけの営為ではなく、中世社会の構造に深く関係していることをとが示されている。

『連歌の心と会席』（廣木一人・風間書房・平成18年9月）

前半で連歌文芸の特徴を概説的に述べるが、形態の相違点のみではなく、連歌の生成のあり方からくる文芸上の特質を述べる。後半では連歌会席の実際について論述する。連歌に用いられた座敷・花や掛軸などの座敷飾りのこと、さらに執筆作法書などの会席作法書を紹介しつつ、飲食などを含め、会席がどのように運営されたかを具体的に追い、連歌会席の再現を試みた書である。

『連歌とは何か』（綿抜豊昭・講談社・平成18年10月）

連歌の方法の概説、発生当時からの連歌史について論述された書であるが、これまでの概説書と相違し、説話集・日記などの資料を多く挙げ、興味深く連歌隆盛の実態を記している。特に、近世の連歌・連歌師に関しては独自のもので、柳営連歌や東北の連歌事情を主とした地方連歌の様相など、この書によって一般に知られるようになった事柄も多い。

C　連歌研究書・概説書（著者別）

荒木良雄『宗祇』（創元社・昭和16年1月）
『心敬』（創元社・昭和23年2月）
伊地知鐵男『宗祇』（青梧堂・昭和18年8月）
『連歌の世界』（吉川弘文館・昭和42年8月）
『伊地知鐵男著作集Ⅰ・Ⅱ』（汲古書院・平成8年5月・平成8年11月）
石原清志『中世文学論の考究』（臨川書店・昭和63年3月）
石村雍子『和歌連歌の研究』（武蔵野書院・昭和50年11月）
伊藤伸江『中世和歌連歌の研究』（笠間書院・平成14年1月）
今井文男『増補恋の座』（新学社・昭和50年5月）
井本農一『宗祇論』（三省堂・昭和19年4月）
『宗祇　浪漫と憂愁』（淡交社・昭和49年2月）
岩井三四二『連歌師幽艶行』（講談社・平成14年11月）
岩下紀之『連歌史の諸相』（汲古書院・平成9年12月）
江藤保定『宗祇の研究』（風間書房・昭和42年6月）
潁原退蔵『潁原退蔵著作集　第二巻』（中央公論社・昭和54年12月）
大野温于『佐渡羽茂の連歌』（羽茂町教育委員会・平成6年3月）
岡本彦一『心敬の世界』（桜楓社・昭和49年9月）
小川剛生『二条良基研究』（笠間書院・平成17年11月）
奥田　勲『連歌師―その行動と文学―』（評論社・昭和51年6月）
『宗祇』（吉川弘文館・平成10年12月）
奥田淳一『連歌師宗祇と近江』（私家版・平成20年7月）

奥野純一『伊勢神宮神官連歌の研究』（日本学術振興会・昭和50年3月）
小高敏郎『ある連歌師の生涯　里村紹巴の知られざる生活』（至文堂・昭和42年12月）
金子金治郎『菟玖波集の研究』（風間書房・昭和40年12月）
『新撰菟玖波集の研究』（風間書房・昭和44年4月）
『連歌師兼載伝考』（桜楓社・昭和52年1月〈新版〉）
『金子金治郎連歌考叢（全五巻）』（桜楓社・昭和57年1月～昭和62年9月）
『連歌師と紀行』（桜楓社・平成2年6月）
『旅の詩人　宗祇と箱根』（神奈川新聞社・平成5年1月）
『連歌師宗祇の実像』（角川書店・平成11年3月）
金子金治郎編『連歌研究の展開』（勉誠社・昭和60年8月）
金子金治郎博士古稀記念論集編集委員会『連歌と中世文芸』（角川書店・昭和52年2月）
川添昭二・棚町知彌・島津忠夫編『太宰府天満宮連歌史Ⅰ～Ⅳ』（太宰府天満宮文化研究所・昭和55年3月～昭和62年3月）
菅基久子『心敬　宗教と芸術』（創文社・平成12年11月）
喜多唯志『少年愛の連歌俳諧史』（沖積舎・平成9年11月）
木藤才蔵『連歌史論考上・下』（明治書院・昭和46年11月・昭和48年4月、昭和50年5月増補改訂版）
『二条良基の研究』（桜楓社・昭和62年4月）
『さゝめごとの研究』（臨川書店・平成2年9月）
『連歌新式の研究』（三弥井書店・平成11年4月）
杭全神社編『平野法楽連歌』（和泉書院・平成5年10月）
国文学研究資料館『連歌資料のコンピュータ処理の研究』（明治書院・昭和60年5月）
国民文化祭行橋市連歌企画委員会『よみがえる連歌』（海鳥社・平成15年10月）
『現代と連歌』（海鳥社・平成17年4月）
小西甚一『宗祇』（筑摩書房・昭和46年12月）
小林善帆『「花」の成立と展開』（和泉書院・平成19年12月）
今野真二『大山祇神社連歌の国語学的研究』（清文堂出版・平成21年8月）
斎藤義光『中世連歌の研究』（有精堂出版・昭和54年9月）
桜井武次郎『連句文芸の流れ』（和泉書院平成元年2月）
佐々政一『連俳小史　全』（大日本図書・明治30年7月
『連俳史論』（天来書房・昭和3年4月）
島津忠夫『連歌史の研究』（角川書店・昭和44年3月）

鈴木　元『連歌の研究』（角川書店・昭和48年3月）
『能と連歌』（和泉書院・平成2年3月）
『連歌師宗祇』（岩波書店・平成3年8月）
『島津忠夫著作集　第二巻〜第六巻』（和泉書院・平成15年6月〜平成17年1月）
『室町の歌学と連歌』（新典社・平成9年5月）
勢田勝郭『連歌の新研究　論考編』（桜楓社・平成4年2月）
『連歌の新研究　索引編　七賢の部』（桜楓社・平成5年2月）
『連歌の新研究　索引編　宗祇の部』（桜楓社・平成6年2月）
『連歌の新研究　索引編　肖柏・宗長の部』（桜楓社・平成7年2月）
高城修三『可能性としての連歌』（澪標・平成16年11月）
棚町知彌・鶴崎裕雄・木越隆三編『白山万句　資料と研究』（白山比咩神社御造営奉賛会・昭和60年5月）
鶴崎裕雄『戦国の権力と寄合の文芸』（和泉書院・昭和63年10月）
『戦国を往く連歌師宗長』（角川書店・平成12年6月）
てには秘伝研究会編『テニハ秘伝の研究』（勉誠出版・平成15年2月）
寺島樵一『連歌論の研究』（和泉書院・平成8年4月）
戸田勝久『武野紹鷗研究』（中央公論美術出版・昭和44年11月）
能勢朝次『聯句と連歌』（要書房・昭和25年2月）
『能勢朝次著作集　第七巻・第八巻』（思文閣出版・昭和57年7月・昭和57年5月）
浜千代清『連歌―研究と資料』（桜楓社・昭和63年2月）
樋口　功『連俳史』（麻田書店・昭和3年4月、昭和5年5月改訂版）
廣木一人『連歌史試論』（新典社・平成16年10月）
『連歌の心と会席』（風間書房・平成18年9月）
広島中世文芸研究会『連歌とその周辺』（広島中世文芸研究会・昭和42年12月）
福井久蔵『連歌の道』（大東出版社・昭和16年12月、『福井久蔵著作撰集』国書刊行会・昭和56年2月）
『一条兼良』（厚生閣・昭和18年4月）
『二条良基』（青梧堂・昭和18年7月）
『連歌の史的研究　全』（有精堂出版・昭和44年11月）
藤原正義『宗祇序説』（風間書房・昭和59年11月）

『乱世の知識人と文学』（和泉書院・平成12年11月）

松岡　進『海武士の歌　瀬戸水軍連歌考』（私家版・昭和45年1月）

水上甲子三『中世歌論と連歌』（私家版・昭和52年8月）

宮田正信『付合文藝史の研究』（和泉書院・平成9年10月）

両角倉一『宗祇連歌の研究』（勉誠社・昭和60年7月）

『連歌師紹巴―伝記と発句帳―』（新典社・平成14年10月）

矢島玄亮『連歌索引稿』（私家版・昭和40年9月）

『連歌索引』（東北大学附属図書館・昭和41年3月）

『連歌索引続稿』（東北大学附属図書館・昭和42年4月）

山内洋一郎『連歌語彙の研究』（和泉書院・平成7年2月）

『染田天神連歌　研究と資料』（和泉書院・平成13年2月）

山田奨治・岩井茂樹『連歌の発想　連想語彙用例辞典と、そのネットワークの解析』（国際日本文化研究センター・平成18年10月）

山田孝雄『連歌及び連歌史（岩波日本文学講座）』（岩波書店・昭和7年6月）

山根清隆『連歌概説』（岩波書店・昭和12年4月）

山本唯一・北村朋典『心敬の表現論』（桜楓社・昭和58年5月）

『連歌俳諧　てには論抄』（正安書院・昭和61年3月）

湯浅　清『心敬の研究』（風間書房・昭和52年4月）

余語敏夫『宗碩と地方連歌―資料と研究―』（笠間書院・平成5年2月）

連歌総合目録編集会『連歌総目録』（明治書院・平成9年4月）

綿抜豊昭『越中の連歌』（桂書房・平成4年・2月）

『近世前期猪苗代家の研究』（新典社・平成10年4月）

『近世越中和歌・連歌作者とその周辺』（桂書房・平成10年7月）

『連歌とは何か』（講談社・平成18年10月）

D　連歌作品注釈書

『連歌文学の研究』（福井久蔵・喜久屋書店・昭和23年5月）

「水無瀬三吟」「湯山三吟」「石山百韻」「侍公周阿百番連歌合附心敬僧都百句」「宗祇独吟山何百韻」「於夢庵牡丹華月村両

吟何衣百韻」「聴雪宗牧両吟住吉法楽百韻」の注釈、および「北畠家二百五十番連歌合」「宗長百番連歌合」「連歌難陳判」の本文を収める。

日本古典文学大系『連歌集』（伊地知鐵男・岩波書店・昭和25年3月）

『菟玖波集』『新撰菟玖波集』中の代表的な連歌作者・連歌師の付合、および『水無瀬三吟』の注釈を収める。

日本古典文学全集『連歌俳諧集』（金子金治郎他・小学館・昭和49年6月）

「文和千句第一百韻」「姉小路今神明百韻」「湯山三吟百韻」「宗祇独吟何人百韻」「守武独吟俳諧百韻」「雪牧両吟住吉百韻」の注釈を収める。

新潮日本古典集成『連歌集』（島津忠夫・新潮社・昭和54年12月）

「文和千句第一百韻」「至徳二年石山百韻」「応永三十年熱田法楽百韻」「享徳二年宗砌等何路百韻」「寛正七年心敬等何人百韻」「宗伊宗祇湯山百韻」「水無瀬三吟」「湯山三吟」「新撰菟玖波集祈念百韻」「天正十年愛宕百韻」の注釈を収める。

日本の文学古典編『歌論連歌論連歌』（奥田勲・ほるぷ出版・昭和62年7月）

「紫野千句第一百韻」「宗祇独吟何人百韻」「守武等俳諧百韻（抄）」の注釈を収める。

『影印本連歌作品集』（廣木一人・新典社・平成5年4月）

「紫野千句第一百韻」「石山百韻」「宝徳千句第一百韻」「熊野法楽千句第一百韻」「新撰筑波祈念百韻」「尼子晴久夢想披百韻」「明智光秀張行百韻」の影印と注釈を収める。

新編日本古典文学全集『連歌集俳諧集』（金子金治郎他・小学館・平成13年7月）

「文和千句第一百韻」「姉小路今神明百韻」「水無瀬三吟百韻」「湯山三吟百韻」「宗祇独吟何人百韻」「雪牧両吟住吉百韻」「宗養紹巴永原百韻」の注釈を収める。

○

『百番連歌合 救済 心敬・周阿 評釈』（湯之上早苗・和泉書院・平成2年1月）

『心敬の生活と作品（金子金治郎連歌考叢）』（金子金治郎・桜楓社・57年1月）

「応仁元年夏心敬独吟山何百韻」「応仁二年冬心敬等何人百韻」、および心敬の句集から選んだ付合の注釈を収める。

『水無瀬三吟評釈』（福井久蔵・風間書房・昭和29年1月）

『宗祇』（小西甚一・筑摩書房・昭和46年12月）

「水無瀬三吟百韻」の注釈を収める。

『宗祇作品集』（金子金治郎・桜楓社・昭和38年4月）

「水無瀬三吟百韻」「湯山三吟百韻」の注釈を収める。

『宗祇名作百韻注釈（金子金治郎連歌考叢）』（金子金治郎・桜楓社・昭和60年9月）

「有馬両吟百韻」「水無瀬三吟百韻」「湯山三吟百韻」「小松原

独吟百韻」「遺誡独吟百韻」の注釈を収める。

『兼載独吟「聖廟千句」―第一百韻をよむ―』（大阪俳文学研究会・和泉書院・平成19年8月）

○

『校本菟玖波集新釈　上・下』（福井久蔵・早稲田大学出版会・昭和11年4月、昭和17年2月、『福井久蔵著作撰集』国書刊行会・昭和56年2月）
日本古典全書『菟玖波集　上・下』（福井久蔵・朝日新聞社・昭和23年4月・昭和26年1月）
新日本古典文学大系『竹林抄』（島津忠夫・乾安代・鶴崎裕雄・寺島樵一・光田和伸・岩波書店・平成3年11月）
『新撰菟玖波集全釈　第一巻～第九巻』（奥田勲・岸田依子・廣木一人・宮脇真彦編・三弥井書店・平成11年5月～平成21年3月）

○

新日本古典文学大系『中華若木詩抄　湯山聯句鈔』（大塚光信・尾崎雄二郎・朝倉尚・岩波書店・平成7年7月）
「湯山聯句」に関する抄物の注釈を収める。
『京都大学蔵実隆自筆和漢聯句訳注』（京都大学国文学研究室中国文学研究室・臨川書店・平成18年2月）
「永正七年正月二日実隆公条両吟和漢百韻」の注釈を収める。
『文明十四年三月二十六日漢和百韻訳注』（京都大学国文学研究室中国文学研究室・勉誠出版・平成19年3月）
『良基・絶海・義満等一座和漢聯句訳注』（京都大学国文学研究室中国文学研究室・臨川書店・平成21年3月）

E　連歌論書・学書注釈書

学燈文庫『歌論・連歌論』（山岸徳平・学燈社・昭和33年10月）
「連理秘抄（抄）」「筑波問答（抄）」「老のすさみ（抄）」の注釈を収める。
日本古典文学大系『連歌論集俳論集』（木藤才蔵他・岩波書店・昭和36年2月）
「連理秘抄」「筑波問答」「十問最秘抄」「さゝめごと」「吾妻問答」の注釈を収める。
日本の思想『芸道思想集』（鈴木久他・筑摩書房・昭和46年1月）
「ささめごと」の注釈を収める。
中世の文学『連歌論集一』（木藤才蔵・重松裕己・三弥井書店・昭和47年4月）
「連珠合璧集」の注釈、「連歌付合の事」の本文を収める。
日本古典文学全集『連歌論集能楽論集俳論集』（伊地知鐵男他・小学館・昭和48年7月）

「僻連抄」「ささめごと」「当風連歌秘事」の注釈を収める。

日本思想大系『古代中世芸術論』(島津忠夫他・岩波書店・昭和48年10月)

「老のくりごと」「ひとりごと」の注釈を収める。

鑑賞日本古典文学『中世評論集』(島津忠夫他・角川書店・昭和51年6月)

「老のすさみ」の注釈を収める。

『心敬連歌論集』(木藤才蔵・笠間書院・昭和56年3月)

「ひとりごと」「老のくりごと」「ささめごと(抄)」の影印と注釈を収める。

『能勢朝次著作集　第七巻』(昭和57年7月)

「僻連抄」「九州問答」「老のすさみ」の注釈を収める。

中世の文学『連歌論集二』(木藤才蔵・三弥井書店・昭和57年11月)

「長六文」「心付事少々」「老のすさみ」「発句判詞」「分葉集」「宗祇袖下」「淀渡」「七人付句判詞」「浅茅」「連歌秘伝抄」「初心抄」「初学用捨抄」「連歌諸躰秘伝抄」の注釈を収める。

中世の文学『連歌論集三』(木藤才蔵・三弥井書店・昭和60年7月)

「初心求詠集」「花能万賀喜」「田舎への状」「密伝抄」「砌塵抄」「かたはし」「筆のすさび」「ささめごと―改編本―」「所々返答」「ひとりごと」「心敬有伯への返事」「岩橋跋文」「私用抄」「老のくりごと」「心敬法印庭訓」の注釈を収める。

日本の文学古典編『歌論連歌論連歌』(奥田勲・ほるぷ出版・昭和62年7月)

「吾妻問答」「至宝抄(抄)」の注釈を収める。

中世の文学『連歌論集四』(木藤才蔵・三弥井書店・平成2年4月)

「梅春抄」「連歌延徳抄」「若草山」「景感道」「肖柏伝書」「永文」「連歌比況集」「五十七ヶ条」「雨夜の記」「篠目」「連歌初心抄」「四道九品」「当風連歌秘事」の注釈を収める。

木藤才蔵『さゝめごとの研究』(臨川書店・平成2年9月)

浜千代清『和歌連歌用語辞書 流木集広注』(臨川書店・平成4年11月)

『歌論歌学集成　第十一巻』(高梨素子・廣木一人他・三弥井書店・平成13年7月)

「落書露顕」「さゝめごと」の注釈を収める。

新編日本古典文学全集『連歌論集能楽論集俳論集』(奥田勲他・小学館・平成13年9月)

「筑波問答」「ひとりごと」「長六文」「老のすさみ」「連歌比況集」の注釈を収める。

『歌論歌学集成　第十二巻』(安達敬子他・三弥井書店・平成15年3月)

「兼載雑談」の注釈を収める。

『文芸会席作法書集　和歌・連歌・俳諧』(廣木一人・松本麻子・風間書房・平成20年10月)

「筑波問答(抄)」「長短抄(抄)」「千金莫伝抄(抄)」「連歌執筆

作法書」「会席二十五禁」「連歌会席式」「宗祇執筆次第」「用心抄」「連歌執筆之次第」の注釈を収める。

F　連歌紀行注釈書

『宗祇旅の記私注』（金子金治郎・桜楓社・昭和45年9月）

「白河紀行」「筑紫道記」「宗祇終焉記」の注釈を収める。

岩波文庫『宗長日記』（島津忠夫・岩波書店・昭和50年4月）

「宗長手記」「宗長日記」の注釈を収める。

新日本古典文学大系『中世日記紀行集』（川添昭二・福田秀一・鶴崎裕雄他・岩波書店・平成2年10月）

「筑紫道記」「宗祇終焉記」「佐野のわたり」の注釈を収める。

新編日本古典文学全集『中世日記紀行集』（伊藤敬他・小学館・平成6年7月）

「東路のつと」「吉野詣記」「九州道の記」の注釈を収める。

『紹巴富士見道記の世界』（内藤佐登子・続群書類従完成会・平成14年5月）

『中世日記紀行文学全評釈集成　第六巻』（両角倉一・祐野隆三他・勉誠出版・平成16年12月）

「白河紀行」「筑紫道の記」の注釈を収める。

『中世日記紀行文学全評釈集成　第七巻』（高橋良雄・石川一・勢田勝郭・岸田依子・伊藤伸江・勉誠出版・平成16年12月）

「廻国雑記」「九州下向記」「佐野のわたり」「紹巴富士見道記」「楠長諳九州下向記」「東路のつと」「宗長日記（抄）」の注釈を収める。

G　インターネットによる連歌作品検索サイト

国文学研究資料館→データベース→連歌・演能・連歌データベース

連歌総合目録編集会編『連歌総目録』をデータベース化したもので、現存する連歌（百韻・千句・万句等）の書誌情報を公開しているものである。

国際日本文化センター→研究支援データベース→連歌データベース

勢田勝郭の長年の尽力により構築されたもので、幕末までの連歌作品（百韻・千句・万句・句集等）の句を平仮名表記により入力してある。これにより各作品ごとの全貌を知り得、検索もできる。永禄以前の作品は、現在紹介されているほぼすべてが収められている。

H　他に連歌作品・連歌論書・連歌学書の翻刻書・影印書類が多くある。主要な翻刻書は各辞典項目の末尾に記した。

（廣木）

索　引

(数字の太字は項目としてとりあげた頁を示す)

あ

挨拶句……**33**
哀　傷……**33**, 270
あひしらひ……**33**
相　対……193
相対付……193, 311
相　頭……217, 303
秋……**33**
秋田藩桧山の連歌……**34**
秋津洲千句……**34**
挙　句……15, **34**
明智光秀張行百韻……36
朝倉家の連歌……**34**
浅　茅……**35**
足利将軍家の連歌……**35**
あしたの雲……**35**
吾妻辺云捨……**35**
吾妻鏡……70, 79
東路のつと……**35**
あづまの道の記……**36**
吾妻問答……**36**
愛宕百韻……**36**
熱田神宮……7, **36**
熱田千句……100
姉小路今神明百韻……**37**
尼子家の連歌……**37**
天橋立紀行……**37**
雨夜の記……**37**
荒木田集……**37**
有馬両吟百韻……280
闇夜一灯……**38**
安養寺千句……242

い

言捨て……**38**
飯盛千句……**38**
家　隆……**38**
家　忠……**39**
家忠日記……**39**
家　久……**39**
家久君上京日記……**39**
遺戒独吟百韻……174
伊香保三吟……**40**
池田千句……**40**
意　地……**40**
石井家……**40**, 46, 169, 271
石　苔……**41**
石山千句……**41**
石山月見記……**41**
石山百韻……**41**
石山四吟千句……41
衣　裳……**41**
異制庭訓往来……59, 278
伊勢神宮……38, **42**, 109, 192, 228
伊勢千句……**42**, 120
伊勢海連歌……42
伊勢法楽千句……47
伊勢物語詞百韻……**42**
異体千句……**42**, 94, 95, 111
一　言……**43**
一座何句物……**43**
一字名……100, 295
一　巡……**43**, 210
一巡箱……**43**, 263
一条殿御会源氏国名百韻……95, **43**
一字露顕……**44**
一二三付……**44**
一日一万句……70, 73, 74, 92, 145, 264

一年中日発句 ……231
厳島神社 ……**44**, 275, 282
厳島神社蔵連歌懐紙……**44**
厳島千句 ……274
一句立……**45**
一句連歌 ……199
一献料 ……217
一山社用旧格雑記……**45**
一紙品定之灌頂 ……**45**, 236
一遍聖絵 ……239
田舎連歌……**45**
因幡千句……**46**
猪苗代家 ……40, **46**, 169, 271
犬筑波集 ……93, 100, 145, 171, 235
伊庭千句……**46**
異　物……**46**
今　鏡……86
今川家の連歌……**46**
忌　詞……84
異　名 ……**47**, 114
異名分類抄……47
伊予千句……**47**
いりほが ……**47**, 269
衣　類……41
いろは式目 ……**47**, 54
いろは新式……47
色葉梅薫集 ……235
以呂波百韻……**48**
いろは連歌 ……**48**, 107, 209
岩国藩の連歌……**48**
石清水初卯千句 ……133
印　孝……**48**
韻　字……**49**
韻字留 ……276, 310
飲　食……**49**
韻字連歌……**49**
韻てには……52
陰の体 ……**49**, 281
蔭涼軒日録……72

う

植　物……**50**
請取てには ……**50**, 67
動　物……**50**
氏　親 ……**50**, 54
氏　頼……**51**
有心体……**51**
有心無心連歌 ……**51**, 111, 117
薄花桜……**51**
埋　付 ……**51**, 285
歌新式 ……124
うたづゑ ……233
歌てには ……**52**, 164
歌　枕 ……272, 296
歌枕名寄 ……273
歌連歌……**52**
打　句……**52**
内　曇 ……, 204
打　越 ……**53**, 207
可嫌打越物……**53**
うちひらめ……**53**
雨中吟……**53**
宇津山記……**54**
産　衣……**54**
梅千句 ……116, 144
有米廼記 ……289
梅のしづく ……306
有文無文 ……**54**, 280
裏一巡……43
裏移り ……**54**, 64
裏白連歌 ……**54**, 71
宇良葉……**55**
上賦下賦……**55**
雲玉和歌抄……**55**

え

永　運……**55**
栄　雅 ……261
永　閑……**56**
詠　吟……**56**
永　種……**56**
永正千句……40
永　仙 ……274
永仙句集 ……275
永仙付句発句集 ……275
永禄千句……41

絵懐紙……**56**
恵　俊……**57**, 306
延寿王院鑑寮日記……**57**
延宝千句……155

お

老のくりごと……**57**
老の玖理言……98
老の周諄……145
老のすさみ……**57**
老　耳……**58**
応安新式……47, 163, 167, 298
応　其……**58**
奥州紀行……**58**
奥州塩竈記……58
応召禁裏進献百句連歌……93
王沢不渇抄……**58**
応仁元年心敬独吟百韻……**59**
応仁二年心敬等何人百韻……**59**
往来物……**59**
大内家の連歌……**59**
大内政弘終焉記……35
大江元就詠草……138
大胡修茂寄合……**60**
大阪天満宮……**60**, 143, 152, 171, 176, 228, 279
大原三吟……**60**
大原野千句……**60**
大廻し……**60**
大山祇神社……**61**
小鴨千句……81
掟三箇条……155, 168, 208, 247
奥の細道……155, 205, 232
表佐千句……**61**
汚塵集……198
御光の連歌……63
思　句……**61**
面白体……**61**
表十句……**62**
面　付……**62**
表八句……33, **62**
お湯殿上の日記……109
折　紙……52, 62
折紙の呼び名……**62**
織　部……**63**
御連歌式……**63**
御連歌集……35, 271, 284
御賀千句……147
温故日録……**63**

か

懐　旧……**63**, 136, 270
改元類記紙背連歌懐紙……**64**
廻国雑記……**64**
懐　紙……18, 52, 56, **64**, 212, 252
懐紙移り……54, **64**
懐紙書様……**65**, 237
会　所……**65**
会　場……**65**
廻　状……263
会所開き……176
会席作法……18, **65**
会席正儀伝……264
会席荘厳……19, **65**
会席二十五禁……**66**, 206, 303
会席の文芸……**18**
廻文連歌……**66**
かかり……**66**
柿本衆……51
学文連歌……276
覚　祐……**66**
懸　句……**67**
懸てには……**67**
景　敏……146
賭物連歌……**67**
笠着連歌……**67**, 192, 239
重てには……**67**
春日社司祐範記……163
歌　仙……**68**, 149, 256
片歌問答……115, 118
片句連歌……**68**
片　端……**68**
賢　盛……170
談の聞書……79
合　点……**68**
合点之句……**68**
勝　仁……104

勝　元……69
歌道聞書……69
歌道七賊……69
金沢藩高岡の連歌……69
仮名仕近道之事……172
兼　良……**70**, 157, 249, 250, 298, 307, 310
壁　草……36, **70**, 182, 246
鎌倉千句……100
鎌倉連歌……45, **70**, 92
神路山……**70**, 277
神路山路次記……152
上句下句……**71**
冠字連歌……48, 268
亀戸天満宮……**71**
歌　林……**71**
歌林雑話集……190
賀連歌……**71**
河越千句……35, **71**
河瀬千句……61
寛正七年心敬等何人百韻……**72**
漢和千句独吟評……152
漢和法式……**72**
漢和聯句……**72**, 307, 310
観音開き……53, 290
看聞御記……72
看聞日記……**72**, 117
看聞日記紙背文書連歌懐紙……**73**

き

聞　句……**73**
菊池万句発句……**73**
季　語……77
紀　行……**29**
義　俊……**73**
季　題……77
喜多院殿千句……**74**
北野会所連歌始以来発句……**74**
北野社一万句……35, 283
北野社一万句発句脇第三并序……**74**
北野社家引付……**74**
北野社参詣記……**75**
北野神社法楽千句……105
北野天神連歌十徳……**75**, 302, 303
北野天満宮……54, **75**, 190, 224, 232, 256
北野天満宮連歌会所……22, **75**
北野天満宮連歌会所奉行……35, **76**, 92, 139, 170, 172, 176, 177, 179, 232
北野文叢……**76**
北野曼荼羅……67
北畠家連歌合……234
北山殿行幸記……**76**
祈禱連歌……44, **76**
季の題……**76**
吉備津宮法楽一万句連歌発句……**77**
客発句脇亭主……33, **77**
九州下向記……**77**, 100
九州道の記……**77**
九州問答……**78**
救　済……22, **78**, 121, 206, 300, 301
救済周阿心敬連歌合……**78**, 159
救済宗砌百番連歌合……**78**
救済追善百韻……**79**
救済付句……**79**
京　月……**79**
狂言と連歌……**79**
行　二……**79**
行　助……**80**, 127
行助句……**80**, 261
行助句集……**80**
行助連歌集……**80**
胸中抄……**80**, 186
享徳千句……**81**
玉拾集……**81**
玉集抄……**81**
玉梅集……**81**
玉連集……245
居　所……**81**
季寄せ……133
御　製……**82**
清水寺地主権現……**82**
清水寺本式連歌……**82**
去来抄……33, 45, 73, 83
嫌　詞……**82**, 111
嫌　物……54, 82, 116, 120
羇　旅……**83**
切　字……**83**, 121, 257
切字十八……**83**

切てには……83
公　敦……**83**
公　条……41, **84**, 124
禁　句……**84**
禁　好……84
禁好詞……51, **84**
禁　詞……84, 111
公　経……**84**
金葉和歌集……**84**

く

句　上……**85**, 88
空　盛……**85**
句返し……**85**
句　数……**85**
句数事……**86**, 242
愚　句……**86**
愚句老葉……**86**, 183
鎖連歌……13, **14**, **86**, 205, 209
楠長諳九州下向記……**87**
具　足……**87**
句　遠……**87**
邦高親王……**87**
句　引……85, **88**
首切連歌……**88**
杭全神社……**88**
熊野千句……**88**
雲　紙……52
栗本衆……51
君台観左右帳記……121

け

景感道……**89**
景　気……**89**, 225
景気付……**89**
景　曲……89
慶　純……**89**
景　物……43, **90**, 166
撃蒙句法……90
撃蒙抄……**90**, 299
下知のてには……**90**
月村斎……179
月村斎千句……**90**
月村抜句……179, 282
けり留……**90**
けれ留……**91**
玄　阿……**91**
玄　以……**91**
兼　郁……**91**
元応二年春鎌倉花の下一日一万句連歌…**92**
玄　佐……**92**
兼　載……35, 51, 89, **92**, 93, 158, 202, 235, 292, 305, 309, 311
玄　哉……**92**
兼載雑談……**93**
兼載独吟千句……**93**
兼載俳諧百韻……**93**
兼載百句連歌……**93**
兼載法橋伝……146
玄　旨……279
源氏伊勢詞百韻……**94**
建治弘安頃賦何草連歌……**94**
玄旨公御連歌……**94**, 279
源氏小鏡……**94**
源氏国名連歌……**95**
源氏詞百韻……**95**
建治新式……199, 296, 300
兼　日……**95**
兼　寿……**95**, 302
賢　俊……**95**
兼　純……93, **96**
玄　俊……**96**
玄　祥……**96**
玄　仍……**96**, 149
顕証院会千句……**97**, 255
玄仍七百韻……**97**
玄　心……**97**
玄　清……**97**
玄　碩……**97**, 288
兼　説……**98**
玄　川……**98**
玄　宣……**98**
玄　台……**98**
元　知……**99**
玄　仲……**99**
玄仲発句……99

玄　陳……**99**
玄　的……**99**
顕伝明名録……**99**, 272
賢　桃……**100**
兼　如……**100**, 263
兼如筑紫道記……77
兼如発句帳……100
建武式目……**100**, 202
建武年間記……229
兼　与……**100**, 239
玄与日記……**101**
兼与法橋直唯聞書……100
元　理……**101**

こ

其　阿……**101**, 230
其阿宗砌に御尋有ける返報抜書……**101**
小　宛……**102**, 107, 111, 214, 287
恋……**102**
五韻相通……**102**
五韻連声……**102**
香……**103**
弘安新式……295, 300
興　行……202
好　士……**103**
興　俊……92
後宇多天皇……**103**
広　幢……**103**
広幢付句集……103
高野参詣日記……184
高野参詣百韻……**103**
高野千句……**104**
強力体……**104**
小懐紙……115
後柏原天皇……**104**
五ヶ賦物……**104**
古今伝授……28, **105**
古今連談集……**105**
小倉千句……**105**
苔筵下付句……**105**
後光厳天皇……**106**
後小松天皇……**106**
心　付……61, **106**
心付事少々……294
心てには……**106**
心の小宛……**107**
古今著聞集……48, **107**
後西天皇……**107**
後嵯峨天皇……**107**
五十七ヶ条……**107**
御城連歌……289
後崇光院……117
後撰和歌集……**108**
後醍醐天皇……**108**
古代連歌抄……**108**
小短冊……136
孤　竹……**108**
孤竹斎……184
御鎮座次第記紙背連歌懐紙……**109**
滑稽太平記……120
後土御門後柏原両院御百韻……**109**
後土御門天皇……**109**
古典研究……**28**
古典の素養……**109**
事可然体……**110**
後鳥羽院御記……67
詞　書……**110**, 201
詞字留……**110**
詞　付……**110**
後鳥羽天皇……**110**
詞の小宛……**111**
詞連歌……94, **111**, 159
後奈良天皇……**111**
不好詞……**111**, 112
好　詞……**112**, 294
後花園天皇……**112**
後深草院少将内侍……**112**
後深草院弁内侍……**112**, 254
後法興院記……68, 261
後法成寺関白記……243
小松天満宮……**113**, 232
小松原独吟百韻……**113**
後水尾天皇……**113**
後美濃千句……61
御用所日記……48
後陽成天皇……**113**
言塵集……**113**

さ

座 ……**114**, 297
柴屋軒 ……180
西行谷法楽千句 ……140
歳時記 ……133
西 順 ……**114**, 169
西順千句 ……114
西順百句付 ……114
再昌草 ……**114**
歳旦吟 ……**115**
歳旦三つ物 ……115, 268
座懐紙 ……**115**
堺宗訊付句発句 ……177
酒折宮問答 ……**115**, 206
嵯峨千句 ……279
嵯峨の通ひ路 ……**115**
相良為続連歌草子 ……**115**
前 久 ……**116**
昨木集 ……284
桜御所千句……99
左経記 ……291
ささめごと ……**116**, 158, 159
指 合 ……**116**
指合を繰る ……**116**
貞敦親王 ……**117**
定 家 ……**117**
貞常親王 …… 72, **117**
貞成親王 …… 72, **117**, 298, 304
貞 世 ……289
雑体連歌 ……68, **118**, 235
佐渡の連歌 ……**118**
里村家 ……**118**, 239, 241, 271, 289
里村家連集 ……145
里村玄川句集……98
実 淳 ……72, **118**
実 氏 ……**119**
実 方 ……**119**
実 枝 ……**119**
実 隆 ……114, **119**, 129
実隆公記 ……46, **119**
実 遠 ……**120**
佐野のわたり ……42, **120**
捌 き ……**120**
去 嫌 ……53, 116, **120**
猿の草子 ……**121**
三阿弥 ……**121**, 216
連歌三部書 ……186
三義五体 ……**121**
三 吟 ……219, 308
攢花集 ……124
三 賢 ……**121**
三字切 ……**121**
三字中略 ……**122**
三 秋 ……122
三種類の連歌……**13**
三 春 ……**122**
三冊子 ……34, 226
三代集作者百韻 ……**122**
三段切 ……**122**
三の折 ……62, 155
散木奇歌集 ……**123**
山 類 ……**123**

し

字余り ……**123**
地 歌 ……156
四季恋雑句躰次第長歌 ……**123**, 297
式 目……**17**
式目歌 ……**124**
式目秘抄 ……**124**
式目和歌 ……**124**
私玉抄 ……**124**
成 種 ……**125**
重 治 ……**125**
成 之 ……**125**
重 頼 ……**125**
地下連歌 ……**125**
地下連歌師 ……21, 26, **126**, 238, 239
侍 公……78
侍公周阿百番合 ……78, 79, 159
自讃歌宗祇注……48
時衆と連歌 ……**126**
時 春 ……**126**
慈照院殿御吟百韻 ……**126**
指雪斎(昌休)発句集 ……141

師説自見集……71
下　草……**127**, 290
下草注……**127**
下　葉……185
七　賢……37, **127**, 201
七十一番職人歌合……**127**
七十句付……198
七人付句判……**128**
七人前句付……128
十花千句……40, 61, 90, 156, 238, 255
十雪千句……46, 251
十　体……**128**
耳底記……**128**
四道九品……**128**
し　留……**128**
自然斎……172
自然斎発句……55, **129**
篠　目……**129**
芝　草……129, 130
芝草句内岩橋……35, **129**, 157
芝草句内発句……59, **129**, 157
芝草内連歌合……**130**
下句起こし……**130**, 260
社格諸用雑記……45
寂　意……**130**
寂　忍……**130**
写古体……**131**
車言抄及追加……**131**
沙石集……**131**, 199, 239
釈　教……**131**
周　阿……121, **131**, 190
重　阿……**132**
秀逸六体……**132**
拾遺和歌集……**132**
拾花集……124, **132**, 163
十月千句……81, 251
重　吟……**133**
秀　句……**133**
周　桂……124, **133**
拾蛍抄……145
周桂発句帖……133
十二月題……63, 77, **133**, 184, 185, 253, 257
集百句之連歌……**134**
十　仏……**134**, 192
十問最秘抄……**134**
寿　官……**134**
種玉庵……28, **135**, 172
種玉庵千句……240
寿　慶……**135**
寿慶発句……135
趣　向……**135**
珠　全……**135**
珠　長……**135**
述　懐……63, **136**, 270
出　句……86, 87, **136**
出陣千句……**136**
出陣万句三物……192
出陣連歌……**136**
執　筆……18, 56, 120, 127, **137**, 252
執筆作法……**137**
執筆十ヶ条……**137**
執筆十徳……**137**
順　覚……**138**
春霞集……**138**
順徳天皇……**138**
春夢草……133, **138**
成　阿……**139**
昌　以……**139**
昌　逸……**139**, 288
紹　印……**139**
紹　因……**139**
紹　永……**140**
紹　鷗……**140**
昌　億……**140**
昌　穏……**140**
正　花……**141**, 238
証　歌……**141**
昌　休……**141**, 228, 302
定　句……**141**
承空本私家集紙背連歌懐紙……**142**
昌　桂……**142**
昌　俔……**142**
昌　功……**142**
照高院宮千句……155
上古・中古・当世……**142**
昌　佐……**143**
定　座……**143**, 205, 238
匠材集……81, **143**, 224

昌　察 ……143, 228
紹三問答 ……144
昌　叱 ……144, 274
昌　周 ……144
聖衆来迎寺蔵古今和歌集紙背連歌懐紙 ……144
昌　純 ……145
性　遵 ……92, 145
私用抄 ……145
畳字連歌 ……145, 285
浄　信 ……145
昌　成 ……146
昌成独吟千句 ……146
昌　琢 ……146, 291
紹　宅 ……146
昌琢発句 ……146
昌琢発句集 ……146
昌琢発句帳 ……146
昌琢連歌付合集 ……146
昌　築 ……40, 147
昌　程 ……147
昌程発句集 ……147
昌　迪 ……147
紹　滴 ……147
正徹物語 ……76
紹　巴 ……143, 148, 151, 236, 239, 244, 274, 293, 296, 297, 304
松梅院 ……74, 75
紹巴教書 ……148
肖　柏 ……129, 138, 148, 300
肖柏伝書 ……148
肖柏独吟歌仙 ……149
肖柏独吟観世音名号百韻 ……149
紹巴富士見道記 ……149
紹巴母追善千句 ……74
紹巴発句帳 ……149
従紹巴聞書 ……239
昌　坢 ……150
正風連歌 ……150, 161
昌　文 ……150
昌文万句三物 ……150
紹　芳 ……150
紹芳連歌 ……151
称名院 ……84
称名院追善千句 ……151
称名寺蔵連歌懐紙 ……151
仍　民 ……151
抄　物 ……151
承　祐 ……152
紹　与 ……152, 239
昌　陸 ……152
昌　林 ……152
昌林発句帳 ……153
生　類 ……50
初　折 ……62, 65, 155
初学一葉 ……135
初学用捨抄 ……153
諸家月次聯歌抄 ……153
続詞花和歌集 ……153
続草庵集 ……153
初心求詠集 ……154, 267, 305
初心講 ……79, 154, 265, 303
初心抄 ……145, 173
如　水 ……154, 195
女性連歌作者 ……154, 254
初中後 ……155
序破急 ……155
諸礼停止 ……155
白河紀行 ……155
白河千句 ……155
白峰寺 ……156
詞林摘要 ……197
地連歌 ……156
心　恵 ……158
信　永 ……156
神　祇 ……156
新儀八十体 ……157
真行草 ……157
心玉集 ……157
新玉集 ……157, 250, 293
親句疎句 ……157
心　敬 ……35, 43, 57, 59, 78, 105, 116, 127, 129, 130, 145, 151, 157, 158, 219, 237, 245, 294
心敬作 ……219
心敬専順点宗祇付句 ……158
心敬僧都庭訓 ……158, 301, 309
心敬僧都庭訓聞書 ……158

心敬僧都百句 ……**159**
心敬百句付 ……78, 159
心敬有伯への返事 ……**159**
心敬連歌自注 ……78, **159**
新古今集詞百韻 ……**159**
新古今和歌集 ……21, **27**, **160**
新在家文字 ……**160**
新札往来 ……59, 82, 170
新式心前聞書 ……**160**, 296
信　昭 ……**160**
新住吉社御千句 ……287
心　前 ……160, **161**
新撰犬筑波集 ……235
心前千句 ……161
新撰菟玖波祈念百韻 ……**161**
新撰菟玖波集……22, 80, 92, 93, 116, 119, 120, 143, 148, 157, **161**, 172, 180, 183, 201, 204, 220, 221, 222, 251, 262, 274, 275, 283, 284
新撰菟玖波集作者部類 ……**161**
真　存 ……**162**
新編抄 ……243, 254
新三島千句 ……136
人　倫 ……**162**

す

素　秋 ……**162**
水蛙抄 ……306
水左記 ……245
水　辺 ……**162**
随葉集 ……124, 132, **163**, 201
数度可用物 ……**163**
祐　範 ……**163**
祐範千句 ……163
簀　子 ……224
硯　下 ……132
硯　箱 ……**163**, 252
捨てには ……**164**
崇徳院奉納千句 ……261
素　春 ……162
角田川……36
墨　付 ……**164**
住吉千句 ……**164**, 167

せ

世阿弥 ……**164**
井蛙抄 ……**165**
砌塵抄 ……**165**
醒睡笑 ……3, **165**
制の詞 ……**165**
砌花発句 ……**165**
聖廟法楽千句……93
清　誉 ……**166**
瀬川家 ……**166**
席　次 ……**166**
尺素往来……59
雪月花 ……**166**
摂州千句発句脇第三 ……**167**
雪牧両吟住吉百韻 ……203
善　阿 ……**167**, 305
千金莫伝抄 ……**167**
千　句 ……**167**, 255, 268
千句の規則 ……**167**
千句之法度 ……155, **168**, 208, 247
専　芸 ……**168**
浅間千句……50
染習園発句帳……98
撰集詞連歌 ……147, 151
善寿宮寿父連歌書抄 ……161
専　順 ……68, 127, **168**, 254, 261, 294
専順五百句 ……294
専順宗祇百句付及西順百句付宗臨百句付 ……**169**
専順付合 ……306
専順独吟 ……168, 169
専順法眼之詞秘之事 ……**169**
仙台藩の連歌 ……**169**
仙伝抄 ……196
前美濃千句 ……268

そ

祖　阿 ……**169**
素　阿 ……**170**
雑 ……170
相　阿 ……**170**

草庵集 ……51, 153, 222
草庵千句 ……240
宗　伊 ……66, 127, 153, **170**, 232
宗　因 ……60, **171**, 228, 240, 243, 248, 268
宗因発句帳 ……**171**
宗因連歌 ……**171**
宗　鑑 ……**171**, 181, 235
宗　歓 ……180
宗　祇 ……3, 35, 36, 40, 41, 55, 57, 60, 86, 113, 127, 129, 135, 153, 155, 158, 160, 161, 169, **172**, 173, 202, 204, 205, 219, 253, 265, 273, 286, 294, 299, 304, 305, 311, 312
宗祇一札 ……169, 173
宗祇仮託書 ……**172**
宗祇聞書写 ……174
宗祇句集 ……129
宗祇心付の事 ……294
宗祇終焉記 ……40, 50, **172**, 183
宗祇執筆次第 ……**172**
宗祇畳字連歌 ……93, **173**
宗祇初学抄 ……153, 284
宗祇諸国物語 ……**173**
宗祇初心抄 ……**173**, 294
宗祇像 ……**173**
宗祇袖下 ……**174**
宗祇袖之下 ……174
宗祇独吟何人百韻 ……**174**
宗祇独吟名所百韻 ……**174**
宗祇秘中抄 ……172
宗祇日発句 ……172
宗祇百句 ……**174**
宗祇発句註 ……175
宗祇発句帳 ……129
宗祇発句判詞 ……**175**
宗祇山口下着抜句 ……**175**
宗　久 ……**175**
宗　及 ……**175**
宗　勲 ……**175**
総合的文化 ……**19**
草根集 ……146
宗　二 ……**176**
宗　春 ……92, **176**, 228, 300
宗　匠 ……18, 35, 76, 118, 120, 127, **176**, 221, 239
宗匠披き ……**176**
宗　訊 ……**177**, 309
宗訊句集 ……177
宋　世 ……263
宗　砌 ……74, 80, 81, 84, 101, 105, 127, 154, 165, **177**, 218, 231, 238, 267, 293
宗砌田舎への状 ……**177**
宗砌句（享徳３年） ……**177**
宗砌句（享徳４年） ……**178**
宗砌句集 ……**178**
宗砌袖内 ……**178**
宗砌判五十番連歌合 ……**178**
宗砌返礼 ……177
宗砌法師付句 ……**179**
宗砌発句並付句抜書 ……**179**
宗　碩 ……120, 135, **179**, 274
宗碩回章 ……**179**
宗碩聞書 ……180
宗碩五百箇条 ……**179**
宗碩付句 ……**180**
雑談聞書 ……93
宗　仲 ……**180**
宗　長 ……35, 37, 47, 54, 58, 70, 86, 107, 123, 127, 136, 172, 179, **180**, 223, 224, 246, 265, 281, 297, 301, 303, 304
宗長歌話 ……265
宗長紀行 ……35
宗長手記 ……42, 58, **180**
宗長追善千句 ……**181**, 277
宗長独吟名号百韻 ……**181**
宗長日記 ……**181**
宗長之書 ……**181**
宗長秘書 ……265
宗長百番連歌合 ……**182**
宗長発句 ……**182**
宗長道記 ……35
宗長連歌自注 ……301
宗長連歌自注興津宛 ……**182**
宗長連歌集 ……**182**
宗　椿 ……**183**
宗　哲 ……**183**
宗　忍 ……**183**
宗忍千句 ……183
宗　坡 ……**183**

宗　珀 ……183
宗　般 ……184
宗　文 ……184
宗　牧 ……38, 41, 80, 108, 128, **184**, 186, 187, 194, 214, 216, 235, 292, 304
宗牧月並千二百韻 ……184
宗牧独吟千三百韻 ……185
宗牧独吟連歌集 ……185
宗甫・明宗両吟千句 ……236
雑物体用事 ……185
宗　友 ……185
宗　養 ……**185**, 186, 224, 269, 292, 302, 304
宗養書留 ……186
宗養言塵伝集 ……224
宗養三巻集 ……**186**, 304
宗養紹巴永原百韻 ……186
宗養より聞書 ……**186**, 216
宗　柳 ……187
宗柳雑談聞書 ……187
宗　臨 ……169, **187**
宗麟名所千句 ……273
素　眼 ……170
疎　句 ……52, 157
続撰清正記……67
素　俊 ……187
素　暹 ……188
素丹発句 ……188
袖懐紙 ……115
袖　下 ……188
園　塵 ……93, **188**
祖　白 ……189
祖白勅批問答 ……189
祖白発句帳 ……189
聳　物 ……189
染田天神縁起 ……189
染田天神連歌 ……189
尊　胤 ……190
尊海僧正紀行……36

た

戴恩記 ……190
大覚寺千句 ……279
太閤周阿百番連歌合 ……190
大黒連歌 ……190
醍醐寺蔵諸尊法紙背連歌懐紙 ……191
第　三 ……191
大乗院寺社雑事記 ……191
大食大酒 ……191
太神宮参詣記 ……192
大神宮法楽千句 ……42, 47
大山万句三物 ……192
体　付 ……**192**, 280
太平記 ……239, 264
大発句帳 ……180, **192**
大発句帳後集……98
体　用 ……185, **192**
対揚付 ……**193**, 243
尊　氏 ……35, **193**, 206
高　国 ……193
鷹詞連歌 ……193
隆　祐 ……194
高雑談 ……194
択善集 ……37, **194**
長高体 ……194
太宰府天満宮 ……139, 45, 146, 154, **195**, 248, 282
太宰府天満宮御神忌記録 ……195
忠　説 ……165, **195**
忠　時 ……195
忠　元 ……195
忠元連歌 ……196
直　義 ……196
立　物……50
立　花 ……196
稙　家 ……196
稙家宗牧両吟何朝百韻 ……235
為　家 ……196
為　氏 ……197
為　相 ……**197**, 312
為　続 ……115, **197**
為　教 ……197
為　春 ……198
為　広 ……198
為　藤 ……198
為　道 ……198
為　世 ……199
陀羅尼観 ……116, 131, 159, **199**

単式賦物 ……………………………………**199**
短連歌 ………2, **13**, **199**, 203, 209, 220, 235

ち

智　蘊 ……………………127, **200**, 201, 231
違　付 ………………………**200**, 210, 230
違てには ……………………………………**200**
親　長 ………………………………………**200**
親長卿記 ……………………………200, 271
親　当 ………………………………………200
親当句集 ……………………………………**201**
千切木…………………………………………79
竹園抄 ………………………………………203
竹馬狂吟集 ………………145, **201**, 235, 237
竹馬集 ………………………133, 145, 163, **201**
竹　聞 ……………………………89, 202, 226
竹林集聞書 …………………………………202
竹林抄 ……………………78, 93, 157, 159, **201**
竹林抄古注 …………………………………**201**
竹林抄之注 …………………………………202
稚　児 ………………………………………**202**
遅　参 ………………………………………**202**
茶 ……………………………………………**202**
中書家久公御上洛日記………………………39
張　行 ……………………………………**202**, 293
長　珊 ………………………………………**203**
潮信句集 ……………………………………177
聴　雪 ………………………………………119
聴雪宗牧両吟住吉法楽百韻 ………………**203**
長短抄 ………………………………………**203**
長連歌 ……………13, **14**, **203**, 205, 209, 272
長六文 ………………………………………**204**
勅撰集 ………………………………………**204**
勅撰名所和歌抄出 ……………179, 272, 291
勅撰名所和歌要抄 ……………………………291
知連抄 ……………157, 203, **204**, 299, 310

つ

追　加 ………………………………………247
追善連歌 ……………………………………**204**
継　歌 ………………………………………**205**
月次連歌 …………………………………**205**, 217
月の句 ………………………………………**205**
筑紫道記 ……………………197, **205**, 262, 283
菟玖波集……22, 79, 106, 190, 193, 204, **206**, 217, 284
筑波の道 ……………………………………20, **206**
菟玖波廼山口 ………………………………**206**
筑波問答 ……………………………………**206**
作　句 ………………………………………**207**, 240
作連歌 ………………………………………**207**
付　合 ……**16**, 102, 158, 193, **207**, 211, 220, 254, 260, 286
付合の方法……………………………………**16**
———拠り所……………………………………**28**
付　句 ……………………………16, **207**, 210, 260
付　様 ………………………………………**207**
付様八体 ……………………………………**208**
土屋家 ………………………………………**208**
つづけ歌 ……………………………………205
津山紀行 ……………………………………268
つらねうた …………………………………205
徒然草…………………………………………67

て

出合遠近 ……………………………………**208**
定家卿色紙開百韻 …………………………**209**
庭訓往来………………………………………59
定数連歌 ……………………13, 14, 107, **209**
貞　徳 ……………………………56, 190, **209**
貞徳翁之記 …………………………………**209**
手　鑑 ………………………………………**210**
出　勝 ………………………………………15, **210**
摘葉集 ………………………………………144
て　留 ………………………………………**210**
てには ………………………………………16, **210**
てには付 ……………………………………**210**
てには留 ……………………………………**211**
てにをは ……………………………………210
寺町千句 ……………………………………301
輝　資 ………………………………………**211**
輝　元 ………………………………………**211**
点………………………………………………68
添　削 ………………………………………**211**
点　者 ……………………………68, **212**, 229

天神講 ……189, 301
天神像 ……66, **212**
天神託宣連歌 ……**212**
天神名号 ……66, **212**
天水抄 ……101, 168, 209
天満宮 ……85, 118, **213**

と

等　運 ……**213**
桃華叟……70
道　灌 ……**213**
当　季 ……77, 133, 257
等　恵 ……**213**
道　興 ……64, **214**
東国紀行 ……47, **214**
倒語句 ……**214**
当座の感 ……**214**
同　字 ……**214**
道　助 ……**215**
道　生 ……**215**
堂上連歌 ……126, **215**
道　真 ……72, 213, **215**
東大寺要録紙背連歌懐紙 ……**216**
道　澄 ……**216**
当風連歌秘事 ……187, **216**
同朋衆 ……121, **216**
頭　役 ……205, **217**, 265, 303
導　誉 ……**217**
等　類 ……141, 217
同　類 ……**217**
遠輪廻 ……**217**
咎てには ……**218**
言　継 ……**218**
言継卿記 ……218
時　熙 ……**218**
時　慶 ……**218**
時慶卿記 ……218
徳川家の連歌 ……**218**
独　吟 ……15, **219**, 308
徳　元 ……**219**
所々返答 ……103, **219**
智仁親王 ……**219**
智仁親王御記 ……220
俊　頼 ……84, 123, **220**
俊頼口伝 ……220
俊頼髄脳 ……**220**
唐渡天神 ……212
渡唐天神図 ……**220**
富　子 ……**220**
留　字 ……**221**
友　興 ……**221**
富山連歌師系図 ……**221**
取りなし ……**221**
とはずがたり ……**222**
飛梅千句 ……277
頓　阿 ……**222**
頓証寺崇徳院法楽 ……156

な

長　興 ……134
中　書 ……115
長　敏 ……**222**
長門国住吉社法楽百首和歌 ……**222**, 262
永原千句 ……**223**
永原天満宮 ……**223**
永　文 ……**223**
長　慶 ……**223**
流　木 ……**224**
渚藻屑 ……**224**
名　残 ……43, 62, 65, 155
那智籠 ……**224**
夏 ……**224**
七種連歌 ……40, 46, 169, **224**, 263
七のや ……**225**
名　物 ……**225**, 271
奈良の連歌 ……66, **225**
なりの句 ……**225**
なれや留 ……**226**
難　句 ……214, **226**
可隔何句物 ……**226**

に

新納忠元上洛日記 ……196
匂　付 ……285
匂の花 ……**226**

二月二十五日一日千句 ……**227**
逃　句 ……**227**, 278
逃てには ……227
二五三四の句 ……**227**
二根集 ……**227**
二字切 ……**228**
西洞院千句……97
二字反音 ……**228**
西山家 ……**228**
西山三籟集 ……171, **228**
二条河原落書 ……70, 212, **229**
二条家御執筆秘伝 ……115
二条殿 ……**229**
二条殿周阿百番連歌合 ……190
似　物 ……**229**
日　晟 ……**229**
日　与 ……**230**
日輪寺 ……**230**
新田神社蔵連歌懐紙 ……**230**
に　留 ……**230**
蜷川親当自連歌合 ……**231**
二の折 ……62, 155
女房連歌師 ……154, 295
忍　誓 ……**231**

ぬ

主に不似合句 ……**231**
盗人連歌 ……303

ね

年中日発句 ……**231**

の

能　阿 ……121, 127, 134, **232**
能阿点宗祇連歌百句 ……174
能阿百句付 ……134
能阿弥 ……217
能　順 ……113, **232**, 306
濃　体 ……**232**
退　く ……**232**
除　句 ……**233**, 278
野坂本賦物集 ……**233**
後　鑑 ……35, 256, 271, 284
能登畠山家の連歌 ……**233**
信　実 ……**233**
宣　胤 ……**234**
宣胤卿記 ……97, 234
教言卿記 ……295
教　具 ……**234**

は

梅庵古筆伝 ……**234**
俳　諧……4, 15, 93, 173, 181, 201, **234**, 235, 261, 277, 306, 310
誹諧会法 ……168, 247
俳諧御傘 ……209, 270, 274
誹諧初学抄 ……33, 219, 240
誹諧之連歌独吟千句 ……277
俳諧名目抄 ……**235**
誹諧連歌抄 ……93, 145, **235**
梅花無尽蔵 ……307
梅薫集 ……235
梅薫抄 ……**235**
梅春抄 ……235
梅宗牧両吟朝何百韻 ……**235**
白砂人集 ……**236**
白山万句 ……**236**
白髪集 ……153, 186, **236**, 302
幕末期連歌人名録 ……**236**
端　作 ……**237**
羽柴千句 ……136, 244
馬上集 ……**237**, 302
八句連歌 ……**237**
初瀬千句 ……**237**, 255
花　桜……51
花千句 ……**238**
花園院宸記 ……238
花園天皇 ……**238**
花の句 ……**238**
花のまがき ……**238**
花下称号事 ……239
花の下宗匠 ……118, **238**
花の下の式目 ……**239**
花の下連歌 ……59, 67, 82, 167, **239**, 244,

255, 257
花の下連歌師……21, 26, 126, 160, 215, 238, **239**
はなひ草……48, 210
離　句……233
巴　聞……**239**
浜出連歌……42
浜名問答……259
浜宮千句……**240**
葉守千句……**240**
孕　句……**240**
春……**240**
春の深山路……**241**
阪　家……**241**
判　詞……**241**
半臂の句……**241**

ひ

日吉社法楽千句……111
東山千句……**242**
光　物……**242**
光源氏一部連歌寄合……**242**, 310
光源氏一部連歌寄合之事……242
引　合……**242**
引返し……54, 64
引違付……**243**
肥後道記……**243**
尚　純……**243**, 292
尚　通……**243**
毘沙門……**243**
毘沙門堂……**244**
秀　次……**244**
秀　吉……**244**
一節体……**244**
ひとりごと……**245**
独連歌……219
日次発句……245
皮肉骨……**245**
日発句……231, **245**, 260
百一連珠……169
百　韻……14, 111, **245**
百番連歌……**246**
百句付句並付句……**246**
拍　子……**246**
平　秋……240, **246**
平　句……95, 207, **246**
平句一直……**247**
平　付……211, 230, **247**
平野追加……**247**
平　春……240, 246
広柏千句……97
披　露……**247**

ふ

風　庵……**248**
風庵発句……**248**
福岡御城松御会連歌集……248
複式賦物……199
福城松連歌……45, 154, **248**
袋草紙……**248**
藤谷式目……197
藤河の記……269
藤　孝……279
富士松……79
伏見天皇……**249**
賦　物……55, **249**
賦物抄……139
賦物篇……**249**
風情句……**249**
風情付……249
筆のすさみ……**250**
夫木抄……114, 274
夫木和歌集抜書……114
冬……**250**
冬　康……**250**
冬康連歌集……**250**
冬　良……161, **251**
降　物……**251**
文安月千句……**251**, 255
文安雪千句……**251**, 255
文永本新古今和歌集紙背文書連歌懐紙……**252**
文化の伝達者……**29**
文　台……18, 163, **252**
文台返し……252
文台捌き……137, 163, 176, **252**

文台開き……252
文和千句……**252**
文和四年秋賦何船連歌……**253**
可分別物……**253**
分　葉……**253**

へ

僻連抄……**253**, 309, 310, 312
僻連秘抄……253
篇序題曲流……**254**
弁内侍日記……38, 112, **254**
弁要抄……290

ほ

法眼専順連歌……**254**
芳　純……**254**
傍　題……**255**
奉悼法泉寺殿辞……35
宝徳千句……97
宝徳四年千句……**255**
法楽発句集……277
法楽連歌……76, 156, 240, **255**, 301
法輪寺……**255**
法輪寺千句……138
卜純句集……**256**
細川千句……**256**
細川千句三物……193
細川高国朝臣六々歌仙……**256**
牡丹花……148
牡丹花宗碩両吟何人百韻……**256**
発　句……15, 95, 207, 218, 246, **257**
発句書留……232
発句聞書……48, **257**
発句指南記……153
発句帳……192
発句判詞……175
法勝寺……**257**
程……246
堀河百首題発句……194
梵　阿……**257**
本　意……243, **258**, 297
本　歌……141, **258**, 259, 294
本歌連歌……**258**
本　句……**258**
本式連歌……44, 64, **259**
本　説……**259**, 294
梵灯庵……105, 154, 203, **259**, 308
梵灯庵主返答書……**259**
梵灯庵袖下集……**260**
梵灯庵日発句……**260**
梵灯庵連歌十五番……106

ま

前　書……110
前　句……16, **260**
前句付……**260**
前句付並発句……**261**
政　家……**261**
正方宗因両吟千句……248
正　種……**261**
雅　親……86, 126, **261**
正　任……**262**
政　宣……**262**
政　春……**262**
政　弘……35, 161, **262**
匡房集……291
政　宗……**263**
政　元……**263**
正　盛……**263**
雅　康……**263**
松島一見記……58
松廼春……289
松之連歌控……248
円山千句……242
廻　文……**263**
万　句……255, **264**, 268
満　座……264
満済准后日記……**264**
満　尾……**264**
万葉集……**264**

み

箕　被……**265**
三河下り……**265**

三島千句 …… 50, 136, **265**
水海月 …… **265**
乱てには …… **266**
通　郷 …… **266**
道　真 …… 75, 76, 195, 212, 213, 220, 299
道の枝折 …… 115, 150, 166
通　秀 …… **266**
道　平 …… **266**
満　祐 …… **267**
密伝抄 …… **267**
光　秀 …… **267**
満　広 …… **267**
三つ物 …… 115, **268**
水無瀬三吟百韻 …… 5, **268**
美濃千句 …… **268**
美作道日記 …… **268**
宮島千句 …… 282
名号連歌 …… 149, 181, 204, **268**
妙　椿 …… **269**
三好長慶宛書状 …… **269**
未来記 …… 53, **269**

む

夢　庵 …… 148
無　為 …… 185, 214
無言抄 …… 47, 54, 124, 163, **269**, 304
無　生 …… **270**
無　常 …… 63, 136, **270**
無　心 …… 51
無心連歌 …… 235
夢想披き …… 270
夢窓疎石 …… **270**
夢想開き …… 310
夢想連歌 …… 109, **270**, 311
陸奥塩竈一見記 …… 58
無分別之談 …… **271**
無名抄 …… 220
無名物 …… **271**
無　文 …… 54, 156
紫野千句 …… **271**
室町殿御発句 …… **271**

め

明翰抄 …… **272**
明月記 …… 245, **272**
名　所 …… 35, 38, **272**
名所句集 …… **272**
名所千句 …… **273**
名所付 …… **273**
名所名寄 …… 220
名所方角抄 …… **273**
名所連歌 …… **273**

も

毛利千句 …… **274**
木食上人 …… 58
藻塩草 …… 81, **274**
文字留 …… 276
持　政 …… **274**
基　佐 …… **274**
基佐句集 …… **275**
基　綱 …… **275**
元　長 …… **275**
元長卿記 …… 275
元　就 …… **275**
物知連歌 …… **276**
物　付 …… 62
物名留 …… **276**
物名連歌 …… **276**
ものを留 …… **276**
守　武 …… 42, 69, 181, **277**
守武千句 …… **277**
守武独吟俳諧百韻 …… **277**
守　晨 …… 71, **277**
師　綱 …… 259
師守記 …… 82

や

八雲御抄 …… **278**
康富記 …… 82, 152
柳の糸 …… 289
山上宗二記 …… 140

山科家礼記 ……218
遺　句 ……233, **278**
遺　様 ……280

ゆ

遊学往来 ……**278**
幽玄体 ……**278**
由　己 ……60, **279**
幽　斎 ……94, 113, 128, **279**, 308
幽斎尊翁御発句連歌付相 ……279
幽斎道の記……77
幽斎連歌 ……**279**
用　付 ……**279**
行　家 ……**280**
雪の烟 ……202
行　様…**17**, 86, 155, 156, 246, **280**, 286, 290
湯山三吟百韻 ……**280**
湯山両吟百韻 ……**280**

よ

用心抄 ……**281**
幼童抄 ……265, **281**
陽の体 ……**281**
義　光 ……**281**
義　詮 ……**282**
四字上下略 ……**282**
義　隆 ……**282**
吉野詣記 ……**282**
義　教 ……**283**
義　久 ……**283**
義　尚 ……**283**
能　秀 ……**283**
慶　広 ……**283**
吉　深 ……**284**
吉深独吟千句 ……284
義　政 ……126, **284**
義　満 ……**284**
良　基 ……22, 78, 90, 121, 134, 190, 204, 206, 242, 253, **284**, 296, 297, 299, 308, 309
良基救済出座何路百韻 ……**285**
良基独吟畳字連歌 ……**285**
余情付 ……52, **285**
四手付 ……**285**, 311
淀　渡 ……**286**
世　吉 ……**286**
世々之指南 ……292
寄　合 ……16, 106, 207, **286**, 287
寄合書 ……81, 242, 265, **286**, 299, 301
寄合の小宛 ……**287**
頼　連……98
寄　所 ……**287**
頼　則 ……**287**

ら

落書露顕 ……**287**
洛陽花下里村昌逸法眼門人帳 ……**288**
拉鬼体 ……**288**
らん留 ……**288**

り

六　義 ……121, **288**
柳営御連衆次第 ……289
柳営連歌 ……22, 219, 230, 241, **289**, 304
柳営連歌師 ……**289**
柳営老人独吟連歌 ……144
良　阿 ……**289**
了　意 ……299
両　吟 ……219, 308
了　俊 ……47, 71, 78, 113, 287, **289**
了俊一子伝 ……290
了俊下草 ……**290**
了俊弁要抄 ……**290**
琳　阿 ……**290**
輪　廻 ……53, 193, **290**

る

類字名所和歌集 ……**291**
類聚名物考 ……306

れ

冷泉家草子目録 ……312
麗　体 ……**291**

連　歌 ……………………………………**291**
連歌合 …………78, 130, 231, 241, 246, **291**
連　海 ……………………………………158
連歌歌……………………………………52
連歌艶言…………………………………38
連歌延徳抄 ………………………………**292**
連歌奥儀明鏡秘集 ………………**292**, 304
連歌会所 …………………………………298
連歌会席式 …………………………**292**, 303
連歌会席図 ………………………………**292**
連歌会席之法度 …………………………168
連歌会の所要時間 ………………………**293**
————進行…………………………………**18**
————部屋・時間…………………………**19**
連歌記 ……………………………………113
連歌聞書 …………………………………179
連歌教訓 ……………………………236, **293**
連歌嫌様事 ………………………………300
連歌切 ………………………………210, **293**
連歌愚句 ……………………157, **293**, 305
連歌句集…………………………………**24**
連歌口伝抄………………………………80
連歌源氏伊勢物語其外漢聞書 …………**294**
連歌講 ……………………………………301
連歌極秘之書……………………………80
連歌心付之事 ……………………………**294**
連歌故実抄 …………………………173, **294**
連歌詞 ……………………………………**294**
連歌五百句 ………………………………**295**
連歌作者…………………………………**26**
連歌作例…………………………………37
連歌茶談 …………………………………**295**
連歌作法…………………………………60
連歌三十六人 ……………………………176
連歌三百七ヶ条 …………………………174
連歌師 ………………………**26**, 272, **295**
連歌字 ……………………………………**295**
連歌式 ……………………………………150
連歌式目 ………17, 239, 253, 278, 290, **296**, 304, 310
連歌式目聞書 ……………………………196
連歌式目抄 …………………………160, **296**
連歌七人付句判詞 ………………………128
連歌十体 …………………………………**296**
連歌十徳…………………………………79
連歌師の紀行 ……………………………**296**
連歌師の旅 ………………………………**297**
連歌至宝抄 ……………163, 258, **297**, 302
連歌集(宗仲) ……………………………262
連歌集(宗長関係) ………………………**297**
連歌集(服部家関係)……………………69
連歌十三条 ………………………………298
連歌十様 ……………………………236, **297**
連歌執筆作法 ……………………………**297**
連歌執筆次第 ……………………………**298**
連歌執筆之次第 …………………………**298**
連歌書 ……………………………………184
連歌所 ……………………………………**298**
連歌初学抄 ……………160, 249, **298**, 310
連歌初心抄 ………………………………**299**
連歌諸体秘伝抄 …………………………**299**
連歌神 ………………………212, 213, **299**
連歌新式 ………47, 160, 163, 167, 239, 284, 298, **300**, 309
連歌新式紹巴注 …………………………304
連歌新式追加並新式今案等 ……………**300**
連歌新式天文十七年注 …………………**300**
連歌仙三十六人 …………………………**300**
連歌禅尼 ……………………………154, **300**
連歌田 ……………………………………**301**
連歌付合の事 ……………………………**301**
連歌付様 ……………………………297, **301**
連歌手爾葉口伝 ……………………236, **301**
連歌てにをはの口伝 ……………………**302**
連歌手引きの糸 …………………………306
連歌天水抄 ………………………………**302**
連歌堂 ……………………………………298
連歌当流新式……………………………54
連歌名 ……………………………………295
連歌難陳判 ………………………………**302**
連歌二十五徳 ………………………237, **302**
連歌盗人 …………………………………**303**
連歌之十無益 ……………………………**303**
連歌之秘抄………………………………36
連歌の覚悟 ………………………………195
———形態…………………………………**15**
———しくみ………………………………**15**
———十徳 …………………………………**303**

連歌の種類……………………………**13**
―――人数……………………………**15**
―――病 ……………………………**303**
―――歴史(発生期)…………………**20**
―――歴史(平安後期)………………**21**
―――歴史(鎌倉期)…………………**21**
―――歴史(南北朝・室町初期)……**22**
―――歴史(室町中・後期)…………**22**
―――歴史(近世期)…………………**23**
連歌始　……………………35, **304**
連歌破邪顕正 ……………114, 281
連歌法度 ………………………**304**
連歌比況集 ……………………**304**
連歌秘極抄 ……………………147
連歌毘沙門　…………………79, 243
連歌秘袖抄 ………………186, 236, **304**
連歌秘書……………………………80
連歌秘伝抄 ……………………**304**
連歌秘伝風聞体 ………………**305**
連歌百談 ………………………**305**
連歌百句 ………………………**305**
連歌百句付 ……………………159
連歌秘要 ………………………144
連歌不審詞聞書 ………………180
連歌弁義 ………………115, 144
連歌本式 ………………259, **305**
連歌文字 ………………………**306**
連歌文字撰 ……………176, 306
連歌屋 …………………195, 298
連歌寄合 ………………………**306**
連歌寄合指南 …………………306
連歌料 …………………223, 301
連歌論集・学書……………………**25**
聯玉集 …………………113, **306**
連　句 …………………………**306**
聯　句 ………………245, 249, **307**
聯句連歌　…………………58, **307**, 310
連　衆 …………………………**307**
連集良材 ………………………**307**
連珠合璧集 ……………242, **307**
連衆の人数 ……………………**308**
連証集 …………………………**308**
連通抄 …………………………**308**
連俳文字鎖 ……………………**308**
連秘抄 …………………………184
連理秘抄 ………………………**309**

ろ

六家連歌抄 ……………………**309**

わ

和歌懐紙短冊認様同会席次第 …………168
若草記 …………………………309
若草山 …………………………**309**
和歌集心躰抄抽肝要 …………242, 267, **310**
若菜連歌　……………………42, 224
和漢篇 …………………………**310**
和漢聯句　………………72, 220, 307, **310**
脇 ……………………………15, **310**
脇起し …………………………**311**
脇五体 …………………………**311**
老　葉 …………………127, **311**
分句(付合の方法) ………………**311**
分句(百韻の句数) ………………**312**
鷲　尾 …………………………**312**
萱　草 …………………158, **312**
私所持和歌草子目録 ……………**312**

〈編　者〉

廣木一人（ひろき　かずひと）

1948年、神奈川県生。青山学院大学大学院文学研究科日本文学日本語専攻博士課程退学。青山学院大学教授。

主要著書──『歌論歌学集成　第十一巻』（三弥井書店、共編）、『新撰菟玖波集全釈　第一巻〜第八巻』（三弥井書店、共編）、『連歌史試論』（新典社）、『連歌の心と会席』（風間書房）、『文芸会席作法書集』（風間書房、共編）

〈執筆者〉

廣木一人

松本麻子（まつもと　あさこ）

1969年、東京都生。青山学院大学大学院文学研究科日本文学日本語専攻博士課程退学。文学博士。青山学院大学非常勤講師。

主要著書・論文──『新撰菟玖波集全釈　第一巻〜第八巻』（三弥井書店、項目執筆）、『文芸会席作法書集』（風間書房、共編）、「「連歌と聯句」再考」（『『古事談』を読み解く』笠間書院）、「連歌寄合書と『夫木和歌抄』」（「連歌俳諧研究」102）、「『藻塩草』の引用した歌集・歌論について──今川了俊関係書を中心に──」（「中世文学」54）

山本啓介（やまもと　けいすけ）

1974年、神奈川県生。青山学院大学大学院文学研究科日本文学日本語専攻博士後期課程修了。文学博士。日本学術振興会特別研究員・青山学院大学非常勤講師。

主要著書・論文──『新撰菟玖波集全釈　第四巻〜第八巻』（三弥井書店、項目執筆）、『文芸会席作法書集』（風間書房、共編）、『詠歌としての和歌　和歌作法・字余り歌』（新典社）、「和歌会作法書の生成－二条流・飛鳥井流の二書を中心に－」（「中世文学」52）、「「続歌」とは何か－和歌会作法書を手がかりに－」（「和歌文学研究」96）

永田英理（ながた　えり）

1977年、東京都生。早稲田大学大学院教育学研究科教科教育学専攻博士後期課程修了。博士（学術）。白百合女子大学・武蔵野大学・明星大学非常勤講師。

主要著書・論文──『新撰菟玖波集全釈　第五巻〜第八巻』（三弥井書店、項目執筆）、堀切実編『「おくのほそ道」解釈事典－諸説一覧－』（東京堂出版、共著）、『蕉風俳論の付合文芸史的研究』（ぺりかん社）、「「題」の俳論史─詞の題、心の題─」（「文学」2003年7、8月号）、「「色立」という手法─その付合文芸史的考察─」（「連歌俳諧研究」104）

連《れん》歌《が》辞典

2010年3月1日　初版印刷
2010年3月10日　初版発行

編　　者　　廣　木　一　人
発行者　　松　林　孝　至
印刷所　　株式会社三秀舎
製本所　　渡辺製本株式会社

発行所　　株式会社　東京堂出版
東京都千代田区神田神保町1-17〔〒101-0051〕
電話　東京3233-3741　振替00130-7-270

ISBN978-4-490-10778-4　C1592

Printed in Japan